日本地名에 反映된
韓系語源再考

李 鍾 徹著

國學資料院

日本地名에 反映된
韓系語源再考

李 鍾 徹 著

國學資料院

一. 序 言

韓日古代語를 比較硏究한답시고 오로지 이 길에만 매달린지도 於焉間 스무해를 헤아린다. 스무해라면 江山도 두번이나 바뀐 歲月이지만 그동안 보낸 歲月에 비하면 그 結果는 未洽하기 짝이 없다. 더구나 이제 回甲을 맞이하고 보니 지난 歲月이 아쉬울 뿐이다.

그러면서도 지난날의 足跡을 돌이켜 볼 때, 한결같이 “韓日古代語比較硏究”란 한가지 테마를 위하여 젊음을 바쳐왔다는 점만은 스스로 自負하기도 한다.

이제 그 동안 學會誌 · 回甲紀念論叢 · 退任紀念論叢 등에 收錄한 日本地名語源에 關係되는 論文 여섯篇과 새로이 세篇을 追加하여 아홉篇을 묶어 『日本 地名에 反映된 韓系語源 再考』란 題目을 붙여 책을 내 놓기로 한 것이다.

처음부터 體系있는 한 권의 책을 意圖한 것이 아니므로 그 內容에 있어서 重複되기도 하고 그 主張이 엇갈리는 部分도 없지는 않지만 크게 손질을 하지 않고 그대로 내놓기로 했으며 다만, 겉모양의 體裁만을 갖추는데 그쳤다.

周知하는 바와 같이 新羅 初期만 해도 「國名 · 王名 · 官職名 · 地名 · 人名」등은 固有語로 表現되어 있었다.

그러나, 景德王16年(757A.D.)에 各種의 이들 固有語가 모두 漢字語로 바뀌었다.

가령, 처음에는 固有語로 되어 있었던 地名도 이때에 와서는 漢字語로 된 官名으로 바뀌어 固有語가 사라진 것은 유감스러운 일이었다. 다행히 우리側 경우와는 달리, 日本側 資料에서 오히려 韓系地名語源을 示唆해 주는 豊富한 內容을 發見할 수 있었던 것은 그런대로 多幸으로 생각한다.

日本書紀 속에 引用된「百濟記·百濟本記·百濟新撰」등의 記事內容, 各種 風土記 및 그 逸文의 記事內容, 特히 和名鈔를 비롯하여, 現代日本地名表寫資料 등이 바로 그것이다.

日本書紀에 의하면 4~5世紀頃부터 大量의 技術者 및 知識人들이 倭에 건너가서 國造에서 活躍한 事實이 있고, 原始宗教를 비롯하여 生活面에서는 造船·土木·農生産에서부터 文化面에서는 美術·音樂·漢字漢文에 이르기까지 高度의 文化를 가지고 가서 그대로 日本땅에 定住한 것을 알 수 있다. 이들 渡倭人들은 自己네끼리 한 곳에 모여 살게 되고 그들이 居住하는 地名에 대한 名稱도 自然히 自國語로 命名했을 것이다. 가령, 造船業을 비롯하여 海運 및 漁撈에 從事한 所謂 新羅系 海部集團과 關聯된〔wata(海)·sima(島)·kusi(串)·Mutsu(陸)〕등이나, 稻作文化傳授에 따른〔usu(臼)·ki(杵)]등, 그리고 須惠窯文化傳授에 따른〔sue(陶)〕, 山城築城技術文化傳授에 따른〔ki(城)〕, 孝德2年大化 改新때, 우리側 地界名傳授에 따른〔kofori(郡)·suguri(村主)〕등에서 韓系語源의 흔적을 볼 수 있었다.

이러한 日本 地名語源에 대한 表記 및 表寫資料들은 우리의 古代國語의 語源研究에 수반되는 資料的 制約을 克服하는데 도움을 줄 수 있다고 筆者는 생각하였다. 물론, 韓系地名語源에 대한 이 方面의 研

究가 없었던 것은 아니다. 일찌기 新井白石을 비롯하여 本居宣長・前間恭作・新村出・金沢庄三郎・白鳥庫吉・鮎貝房之進・大野晋 等의 硏究가 바로 그것이다.

하지만, 外國人으로서의 硏究限界로 因해 誤謬를 범한 點도 적지 않았다는 것은 周知의 事實이다. 그리하여 筆者는 이러한 限界를 克服하기 위한 試圖로서 現代 日本地名表記例 및 그 表寫例를 中心으로하여 그 表記様式을 살펴 보고 日本地名속에 反映된 韓系語源에 대한 再檢討作業을 着手한 것이다. 그 結果 이루어진 그 동안의 成果가 바로 이 책 『日本地名에 反映된 韓系語源 再考』인 것이다.

끝으로 어려운 出版을 맡아주신 國學資料院의 鄭贊溶社長과 關係者 여러분, 그리고 原稿整理 및 校正을 맡아 준 沈保京孃과 全卿美孃에게도 感謝하여 마지 않는다.

1995年 7月

南 鶴 堂 에서

筆 者

일 러 두 기

1. 이 책에 수록된 論文의 原題目을 밝히면 다음과 같다.

(1) "日本地名에 反映된 韓系語源〔usu(臼)·sue(陶)〕에 대하여," 日語日文學研究 第23輯, 1993

(2) "日本地名에 反映된 百濟系借用語〔ki(城)〕에 대하여," 日語日文學研究 第25輯, 1994

(3) "日本地名 反映된 三國의 國號表記 및 그 語源에 대하여" 李明九先生退任紀念論叢, 1994

(4) "日本地名에 反映된 百濟系借用語〔tsuru(野)·baru(原)〕에 대하여" 郭永喆敎授還甲紀念論叢, 1994

(5) "日本地名 및 人名에 反映된 百濟系借用語〔sima(島)〕에 대하여" 南豊鉉敎授還甲紀念論叢, 1995

(6) "日本地名에 反映된 韓系語源〔mutsu(陸)〕에 대하여" 李基文先生退任紀念論叢, 1995

(7) "日本地名에 反映된 百濟系借用語〔suguri(村主)·kofori(郡)〕

에 대하여", 1995

(8) "日本地名에 反映된 韓系語源 [kusi(串)]에 대하여", 1995

(9) " [Fakata(博多)] 란 地名語源에 대하여", 1995

2. 이 책에 引用된 出典의 略號는 다음과 같다.

<日本側 資料>

<溫湯碑文> ; 伊予道後溫湯碑文

<露盤銘> ; 元興寺露盤銘

<丈六銘> ; 元興寺丈六光背銘

<繡帳銘> ; 天寿国曼茶羅繡帳銘

<釈迦光銘> ; 法隆寺金堂釈迦佛光背銘

<三尊光銘> ; 法隆寺三尊佛光背銘

<薬師光銘> ; 法隆寺金堂薬師光背銘

<上宮記> ; 上宮記逸文

<系譜> ; 上宮太子系譜

<萬歌> ; 萬葉集歌

<書紀> ; 日本書紀

<記謠> ; 古事記歌謠

<紀謠> ; 日本書紀歌謠

<播磨記> ; 播磨風土記

<肥前記> ; 肥前風土記

<常陸記> ; 常陸風土記

〈韓國側 資料〉

<金三>；金剛經三家解

<杜初>；杜詩諺解初刊本

<杜重>；杜詩諺解重刊本

<法華>；法華經諺解

<龍歌>；龍飛御天歌

<月印>；月印千江之曲

<月釋>；月印釋譜

<釋譜>；釋譜詳節

<訓蒙>；訓蒙字會

<石千>；石峰千字文

<類合>；新增類合

<東言>；東言考略

<華方>；華音方言字義解

<芝峰>；芝峰類說

<雅言>；雅言覺非

<五倫>；五倫行實圖

<內訓>；內訓初刊

<譯語>；譯語類解

<楞經>；楞嚴經諺解

<同文>；同文類解

<蒙山>；蒙山法語

<永嘉>；永嘉集

<圓覺>；圓覺經諺解

<阿彌>；阿彌陀經諺解

<朴初>；朴通事諺解初刊本

* 原典提示에서 漢字數字는 卷, 아라비아數字는 張을 表示하는데 龍飛御天歌와 月印千江之曲만은 章을 표시한 것임.

* 本著에서 使用되는 鄕歌解讀者의 人名 및 그 著書의 略稱, 그리고 原文出處의 略號는 다음과 같다.

<小> : 小倉進平(郷歌 及び 吏讀の 研究, 1929)
<梁> : 梁柱東(增訂 古歌硏究, 1965)
<池> : 池憲英(鄕歌麗謠新釋, 1948)
<善> : 金善琪(향가의 새로운 풀이, 1967~1975)
<鄭> : 鄭然粲(鄕歌의 語文學的 硏究, 1972)
<徐> : 徐在克(新羅鄕歌의 語彙硏究, 1974)
<俊> : 金俊榮(鄕歌文學, 1979)
<完> : 金完鎭(鄕歌解讀法硏究, 1980)

<慕> : 慕竹旨郎歌	<獻> : 獻花歌	<安> : 安民歌
<讚> : 讚耆婆郎歌	<處> : 處容歌	<薯> : 薯童謠
<禱> : 禱千手觀音歌	<風> : 風謠	<願> : 願往生歌
<兜> : 兜率歌	<遇> : 遇賊歌	<彗> : 彗星歌
<怨> : 怨歌	<廣> : 廣修供養歌	<禮> : 禮敬諸佛歌
<稱> : 稱讚如來歌	<請轉> : 請轉法輪歌	<懺> : 懺悔業章歌
<隨> : 隨喜功德歌	<恒> : 恒順衆生歌	<請佛> : 請佛住世歌
<總> : 總結無盡歌	<悼> : 悼二將歌	<普> : 普皆廻向歌

目　次

二. 日本地名에 反映된 三國의 國號 表記 및 그 語源에 대하여

〔1〕

現代 日本人名을 살펴보면 그 作名方式에서 日本의 県名·市名·区名 등을 따온 所謂 所出自를 나타내고 있음을 알 수 있다. 가령, 奈良[1]·福井[2]·福岡[3]·福島[4]·宮城[5]·宮崎[6]·山形[7]·山口[8] 等은 県名

---

1) 奈良和麻呂(なら·かずまろ) 青森放送社長
奈良久彌(なら·ひさや) 三菱総合研究所社長
奈良康明(なら·やすあき) 駒沢大 教授(宗教文化史 專攻)
奈良岡朋子(ならおか·ともこ) 俳優
奈良林祥(ならばやし·やすし) 東京都衛生局 技師
奈良原一高(ならはら·いっこう) 写眞作家
奈良本辰也(ならもと·たつや) 立命館大 教授

2) 福井功(ふくい·いさお) 武蔵野音大 教授
福井謙一(ふくい·けんいち) 京都工芸纖維大 名誉教授
福井崇時(ふくい·しゆうじ) 椙山女学園大 教授(原子核 物理学)
福井烈(ふくい·つよし) プロテニス選手
福井直敬(ふくい·なおたか) 武蔵野音大 学長
福井直俊(ふくい·なおとし) 武蔵野音大 理事長
福井甫(ふくい·はじめ) 住友商事 副社長

에서 그 姓氏를 따온 것이고, 名古屋[9] 成田[10]・別府[11]・宗像[12] 等은 市名에서, 門司[13]는 区名에서, 그리고 羽田[14]・能登[15]・日比谷[16] 등은

---

3) 福岡悟郎(ふくおか・ごろう) 共同印刷 社長
福岡成忠(ふくおか・しげただ) ニコン会長
福岡正夫(ふくおか・まさお) 慶應大 名誉教授(理論経済学)
福岡政行(ふくおか・まさゆき) 駒沢大 助教授(比較政治学)
4) 福島新吾(ふくしま・しんご) 日本平和学会会長(政治学)
福島泰樹(ふくしま・やすき) 歌人 法昌寺住職
福島量一(ふくしま・りょういち) 住宅金融公庫 副総裁
5) 宮城淳(みやぎ・あつし) 早大教授, 日本体育協会理事
宮城音蔵(みやぎ・おとぞう) 武蔵野美大 名誉教授
宮城眞理子(みやぎ・まりこ) 俳優
6) 宮崎明(みやざき・あきら) 鹿島建設社長
宮崎勇(みやざき・いさむ) 経済評論家
宮崎市定(みやざき・いちさだ) 東大名誉教授
宮崎輝(みやざき・かがやき) 経団連常任理事
宮崎邦次(みやざき・くにじ) 第一勧業銀行頭取
宮崎繁樹(みやざき・しげき) 明治大 教授(国際法)
宮崎進(みやざき・しん) 多摩美大 教授(洋画)
宮崎仁(みやざき・じん) 石油公團 副総裁
宮崎利夫(みやざき・としお) 東京薬大学長(微生物学)
7) 山形勝一(やまがた・しょういち) 宮城県中央公民館長
8) 山口勇(やまぐた・いさむ) 韓日信用金庫会長
山口岩(やまぐち・いわお) 全国農協中央会専務理事
山口梅太郎(やまぐち・うめたろう) 東大名誉教授(資源開發工学)
山口恵照(やまぐち・えしょう) 大阪大名誉教授(ハンド哲学)
山口修(やまぐち・おさむ) 佛教大教授(日中交渉史)
山口香(やまぐち・かおり) 武蔵野大 助手(柔道)
山口和雄(やまぐち・かずお) 東大教授(日本経済史)
9) 名古屋章(なこや・あきら) 俳優
10) 成田絵智子 (なりた・えちこ) 東京音大 教授(メゾソプラノ) 成田十次郎(なりた・じゆうじろう) 筑波大 教授
11) 別府祐弘(べっぷ・ゆうこう) 成蹊大 教授(経営計画論)
12) 宗像善俊(むなかた・よしとし) 大阪府 副知事
13) 門司正三(もんじ・まさみ) 東人 名誉教授(生態学)

其他 地名에서 따온 것이다.

그런데 日本人들과는 無關한 三國時代의 國號를 따서 自己네들의 姓氏를 삼은 경우가 있다. 가령, 「新羅(しんら)・新良(しんら)・新良貴(しらぎ)」[17] 등의 姓氏라든가, 「百済(くだら)・百済(ももずみ)」[18] 등의 姓氏라든가, 「高麗(こま 또는 こうらい)・狛(こま)・駒(こま)」[19] 등의

---

14) 羽田健太郎(はねだ・けんたろう) 東大音大 客員教授(ピア)
羽田三郎(はねだ・さぶろ) 大阪外大 教授(英語学)
羽根田整(はねだ・せい) 産経新聞記者
15) 能登勇(のと・いさむ) 全国商工会聯合会 専務理事
16) 日比谷京(ひびや・たかし) 東大 名誉教授(魚類生理学)
17) ① 〔sinra〕란 姓氏를 「新羅・新良」 등으로 表記한 日本人名.
新羅一郎(しんら・いちろう) 明治大 教授
新良宏一郎(しんら・こういちろう) 「要説化学通論」의 著者
② 〔siragi〕란 姓氏를 「新良貴」로 表記한 日本人名.
新良貴義人(しらぎ・よしと) 三井信託財務有限公司社長
18) ① 〔kudara〕란 姓氏를 「百濟」로 表記한 日本人名.
百済嘉從(くだら・よしつぐ) 「プログラムの作成」의 著者
百済河成(くだら・かわなり) 官僚・画家
百済俊哲(くだら・しゆんてつ) 将軍
② 「百済」로 同一하게 表記하면서 〔momozumi〕로 읽은 日本人名
百済勇(ももずみ・いさむ) 「東欧社会主義経済史」의 著者
19) ① 〔koma〕란 姓氏를 「高麗」로 表記한 日本人名.
高麗澄雄(こま・すみお) 高麗神社 事務所長
高麗喜美子(こま・きみこ) 富士写眞機レンズ部JM
② 〔koma〕란 姓氏를 「狛」로 表記한 日本人名.
狛朝葛(こま・あさかつ) 「続教訓抄」의 著者
古代日本人名에서는 用字例가 많다(註 20 參照)
③ 〔koma〕란 姓氏를 「駒」로 表記한 日本人名.
駒尺喜美(こましやく・きみ) 法政大 教授
駒敏郎(こま・としお) 時事評論家
駒村秀雄(こまむら・ひでお) 大阪市立大 教授
駒田徳広(こまだ・のりひろ) プロ野球選手
駒田信二(こまだ・しんじ) 東京大 教授(中國文学)
駒形十吉(こまがた・じゆうきち) 新潟総会テレビ社長

姓氏가 보이는데 이러한 人名 등은 古代의 日本人名表記[20]에서부터

駒井洋(こまい・ひろし) 筑波大 教授(社会学)
駒井茂春(こまい・しげはる) 日本フランチヤイズチエーン協会常任理事
④「高麗」로 同一하게 表記하면서 〔korai〕로 읽은 日本人名.
高麗嫗(こうらい・ばば) 陶工
高麗美久(こうらい・よしひさ)「社会保険」의 著者

20) 竹內理三 編(1978)「日本古代人名辞典」, PP. 693 - 878.
① 〔sinra〕란 姓氏를「新羅」로 表記한 古代日本人名.
新羅(豊城入彦命の後, 持君3世의 孫), 新羅飯麻呂(画工司 画師),
新羅伯萬呂(右京班田司史生), 新羅子牟久賣(京林坊人),
新羅海邊人(石井의 従者)
② 〔siragi〕란 姓氏를「新良木」로 表記한 古代日本人名.
新良木舍姓県麻呂('清住造'란 姓氏를 받음)
新良木舍姓前麻呂('清住造'란 姓氏를 받음)
③ 〔kudara〕란 姓氏를「百済」로 表記한 古代日本人名.
百済秋田(左大舍人大属)
百済朝臣東人(一名 余東人)
百済意多郎(武烈 3年 11月 死)
百済藥(雜使)
百済連弟麻呂(左京五条 五坊戸主인 弟人의 戸口)
百済連弟人(左京五条 五坊의 戸主)
百済息波(東大寺 司木工所 服務)
百済大野(舍人)
百済公秋麻呂(陰陽大属)
百済五百島(校生)
④ 〔koma〕란 姓氏를「ⓐ 高麗 ⓑ 狛 ⓒ 駒」등으로 表記한 古代日本人名.
a. 高麗朝臣石麻呂(福信의 子)
高麗使主馬養(「多可連」란 姓을 下賜)
高麗恵便(一名 恵便)
高麗朝臣大山(一名 背奈公大山)
高麗使主淨日(「多可連」란 姓을 下賜)
高麗畵師子麻呂(一名 狛堅部子)
高麗朝臣広山(一名 背奈公広山)
高麗朝臣福信(一名 背奈公福信)

現代의 日本人名表記에 이르기까지 그 脈이 이어지고 있음을 볼 수 있다. 이처럼, 日本地名속에 三國系 人名이 反映된 것은 실로 偶然한 일은 아닐 것이다. 일찌기 彌生時代의 稲作文化를 비롯하여, 古墳時代後半부터 須恵窯文化라든가, 奈良時代의 찬란한 佛教文化등이 三國으로부터 日本에 傳授됨과 同時에, 數많은 學僧・博士・技術者들이 直接 건너가서 集團的으로 한 곳에 모여 살게 되고 自己들이 居住하는 地名도 自然히 鄕愁에 젖어 꿈에도 잊지 못하던 故國의 地名이라든가 國號를 따다가 自己네들이 居住하는 地名에 命名했을 것으로 推定된다.

筆者의 調査에 의하면, 日本書紀에 收錄된 三國系 渡倭人 중에는 百濟系 209名[21], 新羅系 85名[22], 高句麗系 39名[23] 其他 任那・加羅・

高麗宮知(中大兄皇子때 将軍)
高麗若光(武蔵国 高麗氏의 始祖)
b. 狛(百済国人, 縵連의 祖)
狛淨成(一名「長背連」)
狛造千金(一名「大狛連」)
狛臣比等古(高麗国使臣, 用明때 '狛'란 姓氏 下賜)
狛枚人(経師)
狛連広足(一名「長背連」)
狛皆萬呂(鑄工)
狛堅部子麻呂(「高麗画師子麻呂」와 同一人)
c. 駒子直(阿智使主의 아들)
駒田勝忍人(大津皇子의 侍従人)

21) 神功 46年(247 A.D.) 3月「久氏・彌州流・莫古」등이 百済調貢使로 渡外한 것이 最初이지만, 応神 15年(284 A.D.) 8月의 阿直岐와 16年(285 A.D.) 2月의 王仁博士가 渡倭하여 菟道稚郎의 스승이 된 記錄이 있는데 所謂 「二周甲引上說」을 適用・換算하면 各各 404 A.D. 및 405 A.D.가 된다.

22) 垂仁 3年(26 A.D.) 3月에 天日槍(新羅王子)가 渡倭한 記錄(二周甲引上說을 適用・換算하면 146 A.D.가 됨)이 있고 그후, 神功 9年(210 A.D.) 10月에 微叱己知 波珍干岐가 人質로 온 事實이 있다(「二周甲引

耽羅系 등을 합쳐 20餘名 都合 353名인데 여기에 日本書紀에 收錄되지 않은 渡倭人들을 모두 합치면 그 數爻는 이보다 훨씬 더 많아질 것이다.

이러한 三國人들의 渡倭過程을 想定해 볼 때, 現代 日本人名속에 反映된 [siragi・sinra・kudara・koma・korai]란 人名을 가진 氏族들은 三國으로부터 日本에 건너간 三國系 渡倭人들의 後裔라고 推定할 수 있다.

그런데 日本側地名表寫資料에서는 「新羅・百濟・高句麗」등을 [sinra・paikche・kokuryo] 등으로 우리 式 音讀을 하지 않고 [siragi・kudara・koma] 등으로 訓讀한 것이다.

그러나, 筆者는 日本 固有語에는 [siragi・kudara・koma]란 말의 語源을 發見할 수 없으므로 이말들은 다름아닌, 三國系 借用語로 보고자 한다. 그렇게 본 論據를 몇가지 提示해 보면 다음과 같다. 첫째) '新羅國'을 「新羅(しらくに)」로 나타낸 地名이 있다. 播磨国風土記餝磨郡에 「新羅訓村(しらくにむら)」란 地名이 있는데 그 村名을 붙인 緣由는 新羅國의 사람들이 그 마을에서 宿泊한 事實이 있기 때문이다. 둘째) 肥後国風土記 葦北郡에는 「百濟來(くだらき)」란 地名이 보인다. 百濟國 사람들이 백제로부터 이곳에 와서 살았기 때문에 마을이름이 그렇게 命名되었다고 한다. 셋째) 和名類聚鈔에 收錄된 武蔵国의 郡名으로 「新座(にいくら)」란 地名이 있는데, 奈良時代에는 「新羅鄕」이라고 부르던 地名이 平安初에 들어와서 「新座(にいくら)」로 부르다가 現在에는 「新座(にいざ)」로 다시 改稱된 것이다. [にいくら]란 말의 語

上說」을 適用・換算하면 330 A.D.가 됨).

23) 推古元年(592 A.D.) 4月에 僧 慧慈가 渡倭하여 廐戸豊聰耳皇子(聖德太子)의 스승이 된 記錄이 있다.

源은 「새로이 設置한다」는 意味로 三國系 渡倭人들이 새로이 이곳에 定着하여 마을을 이룬데서 緣由된 것으로 推定된다.

地名語源에 대한 現在까지의 硏究史를 要約해 보면 日本人 學者인 白鳥倉吉(1970)·鮎貝房之進(1971) 등을 비롯하여 金沢庄三郎(1986)에 의해 이루어졌으며, 國內 初期 硏究는 李丙燾(1971)를 中心으로 하여 주로 史學者들의 關心事였던 것이 梁柱東(1965)·都守熙(1972)·李炳銑(1982)·李南德(1985)등 國語學者들에 의해 그 硏究가 進行되어 왔다. 그러나, 地名語源에 대한 漢字借用表記資料가 零細한 우리 處地는 不得已 日本側 資料를 援用하여 우리의 資料的 制約을 克服할 수 밖에 없고 日本地名속에 묻혀 있는 三國系 借用語를 發掘하여 우리 古代語를 再構할 수 있는 발판을 마련해야 할 切實한 實情인 것이다.

本稿의 [1]에서는 序文을, [2]에서는 新羅란 表記樣式과 그 語源에 대한 論議를, [3]에서는 百濟란 表記樣式과 그 語源에 대한 論議를, [4]에서는 高句麗란 表記樣式과 그 語源에 대한 論議를, [5]에서는 結論을 要約하기로 한다.

〔2〕

日本側 地名表寫資料를 보면 三國時代의 國號의 하나인 「新羅」를 우리와 同一하게 「新羅」로 表記하면서 [sinra]로 읽지 않고 [siragi]로 읽은 것이 거의 대부분의 경우다. 다만 「眞良」 또는 「新羅」로 表記하고 [sinra]로 읽은 地名도 매우 드물게 보인다.

이제, [sinra] 또는 [siragi]에 대한 日本式 漢字借用表記樣式을 보면 다음과 같다.

A. 1-1. 新羅町(しんらちょう) <福岡県北九州市門司区>
1-2. 新羅神社(しんらじんじや) <青森県・香川県>

2-1. 眞良(しんら) <広島県 三原市>
2-2. 眞良驛(しんらのえき) <広島県 三原市>

B. 1-1. 新羅郡(しらぎぐん) <埼玉県>
1-2. 新羅江莊(しらぎえのしょう) <大阪市>

2-1. 白木(しらぎ) <千葉県 勝浦市・福井県敦賀市・三重県亀山市・鳥羽市・鹿児島県大口市・福岡県八女郡立花町・福岡県朝倉郡杷木町・大阪府南河内郡河南町・佐賀県東松浦郡七山村・大分県北海 部郡佐賀関町・奈良県桜井市>
2-2. 白木尾(しらぎお) <熊本県天草郡苓北町>
2-3. 白木川(しらぎかわ) <滋賀県>
2-4. 白木河内(しらぎかわち) <熊本県天草郡河浦町>
2-5. 白木漁港(しらききぎょこう) <福井県>
2-6. 白木越(しらきごえ) <石川県>
2-7. 白木観音堂(しらぎかんのんどう) <鹿児島県>
2-8. 白木崎上大和町(しらぎざきかみやまとまち) <福岡県北九州市>
2-9. 白木崎西町(しらぎざきにしまち) <福岡県北九州市門司区>
2-10. 白木崎東町(しらぎざきひがしまち) <福岡県北九州市門司区>
2-11. 白木崎町(しらぎざきまち) <福岡県北九州市門司区>
2-12. 白木城村(しらぎじょうむら) <福岡県耶麻郡猪苗代町>
2-13. 白木村(しらぎそん) <山口県大島郡東和町>
2-14. 白木谷(しらぎだに) <高知県南国市>

2-15. 白木町(しらぎちょう) <岐阜県岐阜市・長崎県佐世保市・広島県広島市安佐北区>
2-16. 白木峠(しらぎとうげ) <岩手県・福岡県・佐賀県>
2-17. 白木野(しらぎの) <長崎県南高来郡南有馬町>
2-18. 白木森(しらぎのもり) <滋賀県>
2-19. 白木濱鄕(しらぎはまのこう) <福井県敦賀市>
2-20. 白木原山村(しらぎはらやまむら) <佐賀県武雄市>
2-21. 白木水無県立自然公園(しらぎみずなしけんりつしぜんこうえん) <富山県>
2-22. 白木峰(しらぎみね) <富山県・岐阜県・長崎県諫早市>
2-23. 白木村(しらぎむら) <大分県大分市・熊本県菊池市・石川県小松市・新潟県佐渡郡小木町・佐賀県神埼郡背振村>
2-24. 白木山(しらぎやま) <広島県・山口県・德島県・大分県>
2-25. 白木原(しらぎわら) <大分県西国東郡大田村>
2-26. 白木原川(しらぎわらがわ) <大分県>

C. 3- 1. 白城駅(しらぎえき) <富山県>
3- 2. 志楽木鄕(しらぎのごう) <埼玉県>

위의 A.1-1 및 1-2의 用例는 漢字語인 「新羅(sinra)」 2字를 내리 '音'으로 읽은 「正音字+正音字」의 表記이고, A.2-1 및 2-2의 用例는 「眞良(しんら)」 2字를 내리 音借하여 「新羅」를 나타낸 「音仮名+音仮名」의 表記다. 따라서 「眞良」은 「新羅」로,「眞良駅」은 「新羅駅」의 表記와 一致된다.

그런데 B.group의 用例들은 A.group의 用例와는 달리,「新羅」를 [siragi]로 읽은 경우인데, [siragi]의 第2音節語 [sira]까지는 音讀한 경우와 一致點이 있으나, B.group의 用例들은 「新羅」 2字속에 文字上 讀法이 反映되지 않은 [gi]까지 添加시켜 읽은 點이 相異하다고 하겠다. 日本側 地名表寫資料에 의하면 [sinra]보다는 거의 大部分의 경우 [siragi]로 읽은 것이다. B.2-1.~ 2-26.의 用例들은 「白木(しらぎ)」 2字를 訓借하여 「新羅(しらぎ)」를 나타낸 「訓仮名+訓仮名」의 表記인

것이다. 따라서 「白木川・白木漁港・白木観音堂・白木崎・白木城村・白木村・白木谷・白木町・白木峠・白木野・白木森・白木濱郷・山木村・白木山・白木原」등은 「新羅川・新羅漁港・新羅観音堂・新羅崎・新羅城村・新羅村・新羅谷・新羅町・新羅峠・新羅野・新羅森・新羅濱郷・新羅山・新羅原」등의 表記와 一致된다. 위의 C.3-1의 用例는 「白城(しらき)」 2字를 내리 訓借하여 '新羅'를 나타낸 「訓仮名+訓仮名」의 表記로 「白城」는 「新羅」의 表記에 一致된다. 위의 3-2의 用例는 「志楽木(しらき)」 3字에서 第1・2字까지는 내리 音借하여 읽고 第3字는 訓借하여 各各 '新羅'를 나타낸 「音假名+音假名+訓假名」의 表記様式인 것이다. 따라서 「志樂木(siragi)」는 「新羅」의 表記에 一致된다.

「新羅」의 語源에 대하여는 三國史記・三國遺事 등에 몇가지 記事가 있다. 먼저, 三國史記 卷第四 新羅本紀 第四 新羅智證麻立干 四年十月 記事에 의하면, 群臣이 아뢰기를 「始祖 開國以來 國名이 一定치 아니하여 혹은 '新羅' 혹은 '斯盧'라 하였으나 臣들이 생각컨대 '新'은 德業이 날로 새로운 뜻이요,'羅'는 四方을 망라하는 뜻이니까 그것을 '國號'로 삼는 것이 좋을 듯하다」고 했다.[24]

中國側 史書인 梁書 諸夷傳에 의하면[25] 魏나라 때 '新盧', 宋나라 때 '新羅' 或은 '斯羅'라 한 點으로 보아 옛날부터 [sira] 또는 [sinra]로 부른 것이 分明하다.

三國史記 卷第34 第三 地理志一 新羅에 의하면[26] 「脫解王 9年에 始

---

24) 新羅智證麻立干四年冬十月群臣上言始祖創業已來國名未定或稱斯羅或稱斯盧或稱新羅臣等以爲新者德業日新羅者網羅四方之義則其爲國號宜矣

25) 魏時曰新盧宋時曰新羅或曰斯羅

26) 按新羅始祖 …… 國號曰徐耶伐或云斯羅, 或云斯盧或云新羅, 脫解王九年, 始林有鷄怪, 更名鷄林 因以爲國號 …… 基臨王十年, 復號新羅, 初赫居世二十一年築宮城號金城

林에서 鷄怪가 있었으므로 '始林'을 다시 '鷄林'이라 이름하고 그것을 國號로 삼았다가 基臨王 10年에 다시 新羅로 이름하였다. 처음 赫居世 21年에 宮城을 쌓고 이름을 「金城」이라 했다」.

三國遺事 卷第一 王曆第一에 의하면[27] 「第一代赫居世는……國號를 徐羅伐・徐伐・斯盧・鷄林이라」 했다.

梁柱東(1965 : 385 – 389)은 「斯羅・新羅・新盧・尸羅」 및 「徐那伐・徐伐・鷄林・始林」 등을 「**ᄉᆡᄇᆞᆯ**」로 把握한 것이다. 「ᄉᆡ(東・曙・新) + **ᄇᆞᆯ**(國・原)」 즉 「東京・東都・羅京(現 慶州)」는 '都市名'인 同時에 '國號'로 본 것이다.

그런데 日本側 地名表寫資料에서는 '新羅'를 우리 式으로 [sinra]로 읽거나 [sira]로 읽은 것이 아니고 거의 大部分의 경우 [siragi]로 읽은 것이다(現代 日本地名表寫資料에서 [sinra]로 읽은 곳도 드물게 있다). [siragi]의 語源에 대하여는 楠原佑介(1982 : 235)는 新羅란 地名이 반드시 新羅移民의 땅에 局限된 名稱만이 아니라 [sira]는 「シラ」과 同系語로서 '濕地'란 뜻이고 [gi]는 '場所'를 나타내는 接尾辭라고 했다. 金沢庄三郎(1986 : 207)은 「徐羅伐」의 「徐羅」는 즉 [sira]에 相當한 稱號로 여기에 添記된 「伐(por)]은 日本語 「村(ふれ)」와 一致되는 말이므로 「徐羅伐」은 즉 「新羅村(しらふれ)」의 意味다. 그렇다면 「村(ふれ)」와 같은 뜻의 「城(き)」를 붙이면 「新羅城(しらき)」가 된다. 따라서 國名 그것은[sira] 로서 [ki]는 '城邑'의 뜻을 가진 別個의 말임은 疑心할 餘地가 없다고 했다.

筆者는 [siragi]에서 [sira(또는 sinra)]까지가 '國名'으로 보아야 하며 여기에 添記된 [gi]는 「城・國」의 意味를 附加한 名稱으로 보고자

---

27) 第一赫居世 …… 國號徐羅伐又徐伐或斯或鷄林之謫, 至脫解王時, 始置鷄林之號

한다. 따라서 [siragi]는 '新羅城' 또는 '新羅國'의 意味로 본다. 왜냐하면 첫째) 日本側 上代文獻 地名表記資料에서 「新羅奇(しらき) <萬十五卷3696>・志羅紀(しらき) <出雲国風土記意宇郡>・新良貴(しらき) <姓氏錄>」 등에서 [sira]란 國號아래 音仮名 [ki(奇・紀・貴)]가 添記되어 [siragi]로 읽혀지고 있기 때문이다. 둘째) 現代 日本地名 表記資料에서도 「白木村(しらきむら)・白木城村(しらきじょうむら)・白木觀音堂(しらきかんのんどう)・白木町(しらきちょう)」 등에서의 訓仮名 [siragi]의 表記가 보이기 때문이다.

〔 3 〕

日本側 地名表記資料를 살펴 보면, 三國時代의 國號의 하나인「百濟(paekche)」를 우리와 同一하게「百濟」로 表記하면서 [paekche]로 읽지 않고 거의 대부분의 경우 [kudara]로 읽은 地名이 많다. 다만, [hyakusai]로 音讀한 地名은 매우 드물게 보인다. 또「百濟」를 音借하여「久多良[kudara]」로 表記한 地名도 간혹 보인다.

A. 1-1. 百済寺(ひやくさいじ) <佐賀県愛知郡愛東町>
   1-2. 百済寺甲(ひやくさいじこう) <佐賀県愛知郡愛東町>
   1-3. 百済寺乙(ひやくさいじおつ) <佐賀県愛知郡愛東町>
   1-4. 百済寺丙(ひやくさいじへい) <佐賀県愛知郡愛東町>
   1-5. 百済寺丁(ひやくさいじてい) <佐賀県愛知郡愛東町>
   1-6. 百済寺戊(ひやくさいじぼう) <佐賀県愛知郡愛東町>

B. 2-1. 百済(くだら) <大阪府堺市・奈良県北葛城郡広陵町>
2-2. 百済川(くだらがわ) <奈良県>
2-3. 百済来村(くだらぎむら) <熊本県八代郡坂本村>
2-4. 百済寺(くだらじ) <大阪府>
2-5. 百済寺(くだらでら) <奈良県>
2-6. 百済野(くだらの) <大阪府>
2-7. 百済寺史蹟公園(くだらでらしせきこうえん) <奈良県>
2-8. 百済郷(くだらのごう) <大阪府 大阪市>
2-9. 百済郡(くだらのこおり) <大阪府 大阪市>
2-10. 百済原(くだらのはら) <奈良県>
2-11. 百済濱 (くだらはま) <島根県>
2-12. 百済町(くだらまち) <福岡県北九州市門司区>

C. 3-1. 久多良木(くだらぎ) <熊本県>

위의 A.1-1.~ 1-6.의 用例는 漢字語인「百濟」2字를 내리 音讀하여 읽은「正音字+正音字」의 表記樣式인 것이다. B.2-1 ~ 2-12.의 用例는「百濟」2字를 내리 '訓'으로 [kudara]로 읽은「義訓字+義訓字」의 表記이며 C.3-1.의 用例는「久多良(kudara)」3字를 내리 音借하여「百濟」를 나타낸「音仮名+音仮名+音仮名」의 表記인 것이다. 따라서「久多良木(kudaragi)」은「百濟城(kudaragi)」의 表記에 一致된다.

百濟란 語源에 대하여 三國史記 卷第二十三 百濟本紀 第一 始祖 溫祚王의 記事[28] 및 三國遺事 卷第二 紀異第二 南扶餘・前百濟의 記事

28) 溫祚都河南慰禮城 以十臣爲輔翼國號十濟是前漢城帝鴻嘉三年之云云 後以東時百姓樂從改號百濟

[29]에 의하면 「溫祚王이 慰禮城에 都邑하였는데 十臣이 補翼했기에 '十濟'라 했다가 후에 百姓들이 慰禮城으로 돌아올 때 모두 기뻐했다고 해서 國號를 '百濟'로 다시 改新했다」고 했다. 梁柱東(1965 : 570-571)은 百濟는 「붉잣 -붉재(光明城·夫餘城)」의 意味로 보았다. 朴恩用(1972 : 219-238)은 「百濟」를 '百'과 '濟'로 分析하여 「ən(百)+che(濟)」의 表記로 認識하여 「廣·寬」등으로 解釋할 수 있겠으나 그 原義는 「指導者·先鋒者」 등을 意味하여 結局 '溫祚王'에서 國號를 따온 것으로 본 것이다. 李炳銑(1982 : 200-202)은 「十濟·百濟·慰禮」의 三者는 同一語辭인 「nɔrɔ(主·國)」의 異表記로 把握한 것이다. 「jərə(十)·ənə(百)·ərə(慰禮)」의 前次形 語源을 「nara(主·國)」에서 찾아서 「*nara-sai(王城·主城)」의 異表記인 「*nɔrɔ-sai(王城·主城)」가 口蓋音化하여 「*ŋɔrɔ-sai」로 다시 「jɔrɔ-sai(十濟)」로, 다시 半母音 [j]가 脫落되어 「ɔrɔ-sai(百濟)」로 發展된 것으로 본 것이다. 여기에서 [ɔrɔ]의 慰禮는 '王'을 나타내는 百濟語인 「於羅瑕(ɔrɔha)」의 「於羅(ɔrɔ)」와 같은 同系語로서 「王·大」의 뜻을 가지며 이것은 「阿利水(漢水·漢江)」에서의 「ari(阿利)」와도 同系語인 것이라고 했다. 왜냐하면 日本書記 雄略20年에 引用된 「百濟記」와 三國史記 第二十三卷百濟本記 第一 始祖 溫祚王의 記事內容에 根據하여 慰禮國은 「慰禮城·漢城」을 가리키며 「王城·大城」의 意味가 있다고 했다. 그런데, 日本側 地名 表寫資料에서 보면 「百濟」를 [paikche]로 音讀하지 않고 義訓借表記의 [kudara]로 읽은 경우가 大部分인 것이다.

金沢庄三郎(1986 : 23-24)은 「百濟·伯濟·百殘」 등에서 「百·伯」 등은 音讀하여 [pak]으로 읽고 「濟·殘」만을 訓讀한 것이다. 前者인 「濟(わたり)」에는 三國系 借用語[naru]로 그리고 後者인 「殘(のこり)」

---

29) 註 28의 記事內容과 完全히 一致함.

의 地名에서 [tar(a)]의 語源은 '山'으로 당시 大部分의 '都邑'이 山城에 位置하였기 때문에 [tar(a)]는 「'都邑' 또는 '國'」의 뜻으로 사용된 것이다. 둘째) 古代 三國系 語源에서 [t]音과 [n]音은 相轉하므로 [tara]는 [nara]로도 바뀌므로 「百殘」의 「殘(toro)]」이 바뀌여 「百濟」의 「濟(naru)」로 될 수 있기 때문이다. 따라서 「百濟 · 百殘」의 [pak]은 「貊族의 意味」요, [tara] 및 그 轉語인 [nara]는 '山城' 즉 '國'의 뜻이라면 「百濟 · 百殘」의 原義는 「貊族의 國」으로 풀어야하며 또 '百濟王'이 '扶余'로 姓氏를 삼고 그 '扶'를 생략하고 '余'一字만 使用하여 '余'라 稱하는 것처럼, 「貊(paku)」도 第一音節語인 [pa]는 省略되고 第二音節語인 [ku]만을 取해서 後續音[tara]와 組合하여 「kudara(貊族의 國)」란 語辭를 造語한 것으로 推定한 것이다. 그러나, 筆者는 '貊'의 略字를 '狛'으로, 다시 '狛' 字를 想定한다고 하드라도[30)][paku]에서 第一音節語인 [pa]가 省略되고 [ku]만 取音했다고본 見解에는 同意할 수 없다. 왜냐 하면 吏讀 · 鄕札表記 方式에 의하면, [paku]의 韻尾 [k](또는 ku)는 省略될 수 있지만 「聲母+韻母」인 [pa]가 생략되는 경우는 없기 때문이다. 따라서 「百濟 · 百殘」에서 '百'을 音讀하고 「濟 · 殘」을 訓讀한 表記樣式으로 보기는 어렵다.

梁柱東(1967 : 571)은 百濟를 [kudara]로 읽은 所以가 扶餘 林川 東北쪽 白馬江 남쪽에 位置한 「古多津(고다ᄂᆞ라)」에서 비롯된 것이라 했다.

都守熙(1972 : 136)도 [kudara]란 百濟末期의 古都 扶餘邑 舊校里에 位置한 津名인 「구드래ᄂᆞᄅᆞ」를 王稱인 「於羅瑕」와 관련시켜 「大王

30) a. 貊 - 漢音 バク, 吳音 ミャク. えびす(北方未開人) 驪馬의 一種(짐승이름)
b. 狛 - 「貊」의 略字. 高麗犬(こまいぬ), '이리'에 닮은 짐승
c. 百 - ハク(ヒャク) cf. 貊 · 狛

津」으로 把握하고 「古多津」도 역시 「구드래나루」의 吏讀式 音寫로 보고 「大王津」의 異表記語라고 했다. 그 (1972 : 155)는 「구드래」의 構造를 「구+ㄷ+으래」로 分析하고 이것은 「어라하(於羅瑕)」에 「구(大)」가 接頭되고, 다시 持格促音 'ㄷ'이 介在하여 「구+ㄷ+어라하」가 되고 이것이 「구ㄷ으래(구드래)」로 변천한 것으로 보려 하였다. 그렇다면 「於羅瑕」는 王의 位號이니까 「구드래」는 '大王'의 意味가 되고 「구드래나루」는 「大王津」이 되는 것이다.

筆者는 [kudara]란 意味가 「大國, 큰 나라, 偉大한 나라」로 보는 見解에는 同意하지만 그 造語過程에서는 이와는 달리 본다. 筆者는 [kudara]의 語源을 [ku]+[dara]의 두 語辭가 合成語를 形成한 것으로 보고자 한다. 先行語의 [ku]의 語根은 15世紀 國語의 「kurk(厚・大)-」에서 찾은 것이다. 後行語 「dara(山・都城・國)」가 後續될 경우, 先行語幹[kurk-]의 두 語幹末子音 [r]과 [k]가 後行語 [tara]의 語頭子音 [t]와 合成될 때, [r]과 [k]중 [r]이 먼저 脫落하여 [kuk+tara]로 되고 여기서 다시 第2의 語幹末音 [k]마저 다시 脫落하여 [ku'大'+ tara'國']로 變形된 開音節化 過程을 經驗한 構造로서 [kudara(百濟國)]는 古代 日本人에게 있어서는 所謂 '文化의 師傅國'이 되었을 것이요 「大國・偉大한 나라」로 認識되어 그렇게 呼稱되었을 것이다.

筆者의 이와 같은 語源 想定의 論據는 다음과 같다. 첫째) 十五世紀 國語에서 [kurk-]에는 「크다・홀륭하다・偉大하다」란 意味가 있으므로[31] 이것을 論據로 하여 古代語[*kurk-]을 再構할 수 있기 때문이다.

31) 15世紀國語에서는 「굵다」란 말에 '厚'의 意味 以外로 「크다」와 「偉大하다・훌륭하다」의 두가지 意味가 더 있다.

둘째) 現代 日本語에서 「くだらない」란 말의 語源을 「百済+無い」에서 찾을 수 있다고 보기 때문이다. 「くだらない」의 辭典式 意味에는 두가지가 있는데[32] 「下らない」란 意味 以外에 「つまらない」란 意味가 하나 더 있다. 이 後者의 意味인 「價値가 없다 · 시시하다 · 하찮다」의 語源에 대하여 筆者가 「*百済+有る」를 想定해 본다면 「*價値가 있다 · *훌륭하다」란 意味가 된다. 즉 「百濟나라에 있으면 價値가 있고 훌륭한 것이 되지만, 百濟나라에 없는 것이라면 價値가 없고 시시한 것이 된다」는 意味로 통한다. 즉 이러한 發想의 動機는 「舶来(はくらい)」란 말에서도 찾을 수 있다. 가령 「舶来(品)はくらい(ひん)」이란 말은 「배에 실어서 外國으로 부터 가져오는 行爲, 또는 그 가져온 물건」을 가리킨다든가 「丁度 舶来(ちょうど はくらい)」란 말에는 「마치(흡사) 外來品과 같다」는 意味가 있기 때문이다. 즉 當時에는 百濟로부터 日本에 「稻作文化 · 須恵窯文化 · 佛教文化」 등 모든 文化의 傳授가 이루어졌으므로 百濟에 대한 日本人들의 憧憬은 매우 컸을 것으로 모든 文

---

a. 「크다」의 意味 :
閣ᄋᆞᆫ 굴근 지비라(閣은 큰집이라) 〈阿彌 8〉
굴근 림금(큰 임금) 〈朴初上 4〉
b. 「훌륭하다, 偉大하다」의 意味 :
부톄 도녀 諸國ᄋᆞᆯ 教化ᄒᆞ샤 廣嚴城에 가샤
樂音樹 아래 겨샤 굴근 比丘八千人과 ᄒᆞᆫᄃᆡ 잇더시니 〈月釋 九5〉

32) 現代日本語에서 「くだらない」란 말에는 두가지 意味가 있다.
a. くだらない 本(시시한 책), くだらない 話(價値없는 이야기)
b. 10萬円を下らない金額(10萬円이나되는 금액)
本項에서의 「くだらない」는 a의 뜻으로 「つまらない」와 同意語로 把握한 것이다.
「くたら(百済) + ない(無い)」로 分析 · 推定하여 筆者는*「百済 + 有る」의 反對 表現으로 「百濟 + 無い」란 語形을 想定해 본 것이다. 다시 말해서 「百濟나라에 있으면 價値가 있고 百濟나라에 없으면 시시하고 價値가 없는 것」이란 말과 통하는 것으로 본 것이다.

化價值의 尺度는 百濟가 그 모델이 되었을 것으로 推定되기 때문이다.

〔4〕

日本側 地名表記資料를 살펴 보면, 三國時代의 國號의 하나인 「高句麗(koguryeo)]를 그대로 우리와 同一하게 「高句麗」로 表記한 地名은 보이지 않는다. 거의 大部分의 경우 「高麗」로 表記되어 [koma]로 읽거나 [korai]로 읽은 경우다.

高麗로 表記한 以外에도 「狛・駒・小馬・小間・木間・胡麻・巨摩・護摩・許麻・古眞」 등으로 各各 表記하여 [koma]로 읽힌 地名도 상당히 많다.

이밖에 「小栗(kokuri)」를 訓借하여 「高句麗」를 나타낸 地名도 보인다.

이제 [koma・korai・kokuri]에 대한 日本式 漢字借用表記方式을 살펴 보기로 한다.

一. 〔こうらい〕로 읽히는 경우

A. 1-1. 高麗池(こうらいいけ) <愛媛県>
2-1. 高麗寺(こうらいじ) <神奈川県中郡大磯町>
2-2. 高麗寺村(こうらいじむら) <神奈川県中郡大磯町>
3-1. 高麗町(こうらいちょう) <東京都台東区・鹿児島県鹿児島市>
3-2. 高麗町(こうらいまち) <熊本県八代市>
4-1. 高麗橋(こうらいばし) <大阪府大阪市中央区・鹿児島県鹿

児島市>

4-2. 高麗橋詰町(こうらいはしづめちょう) <大阪府大阪市東区>
5-1. 高麗門(こうらいもん) <熊本県熊本市>
5-2. 高麗門裏町(こうらいもんうらまち) <熊本県熊本市>
5-3. 高麗門町(こうらいもんまち) <熊本県熊本市>
6-1. 高来(こうらい) <富山県 富山市>
7-1. 幸来橋(こうらいばし) <山形県・栃木県>

二. 〔こま〕로 읽히는 경우

B. 1-1. 高麗(こま) <神奈川県中郡大磯町>
2-1. 高麗川(こまがわ) <埼玉県>
2-2. 高麗川大橋(こまがわおおはし) <埼玉県>
2-3. 高麗川橋(こまがわばし) <埼玉県>
2-4. 高麗川村(こまがわむら) <埼玉県日高市>
3-1. 高麗丘陵(こまきゆうりょう) <埼玉県>
4-1. 高麗郡(こまぐん) <埼玉県>
5-1. 高麗本郷(こまほんごう) <埼玉県日高市>
6-1. 高麗神社(こまじんじや) <埼玉県日高市>
7-1. 高麗峠(こまとうげ) <埼玉県>
8-1. 高麗郷(こまのごう) <埼玉県日高市>
9-1. 高麗町(こままち) <埼玉県日高市>
10-1. 高麗村(こまむら) <埼玉県日高市>
11-1. 高麗山(こまやま) <神奈川県・鳥取県>
12-1. 高麗領(こまりょう) <埼玉県>

C. 1-1. 狛(こま) <奈良県 桜井市>
2-1. 狛江(こまえ) <東京都狛江市>
2-2. 狛江郷(こまえのごう) <東京都>

3-1. 狛川(こまがわ) <奈良県>
4-1. 狛城(こまじょう) <京都府>
5-1. 狛田村(こまだむら) <京都府相樂郡精華町>
6-1. 狛月谷(こまづきだに) <滋賀県>
7-1. 狛村(こまむら) <和歌山県那賀郡岩出町>

D. 1-1. 駒(こま) <長野県下伊那郡阿智村>
2-1. 駒井(こまい) <東京都狛江市・山梨県韮崎市>
2-2. 駒井川(こまいがわ) <滋賀県>
2-3. 駒井郷(こまいごう) <滋賀県草津市>
2-4. 駒井沢(こまいざわ) <滋賀県草津市>
2-5. 駒井沢町(こまいざわちょう) <滋賀県草津市>
2-6. 駒井新田(こまいしんでん) <大阪府大阪市住之江区>
2-7. 駒井田町(こまいだまち) <熊本県人吉市>
2-8. 駒井野(こまいの) <千葉県成田市>
2-9. 駒井荘(こまいしょう) <滋賀県草津市栗東町>
3-1. 駒泉村(こまいずみむら) <福島県相馬郡鹿島町>
4-1. 駒板(こまいた) <福島県郡山市>
4-2. 駒板新田村(こまいたしんでんむら) <福島県河沼郡河東町>
4-3. 駒板村(こまいたむら) <福島県河沼郡河東町>
5-1. 駒江(こまえ) <三重県桑名郡長島町>
5-2. 駒江新田(こまえしんでん) <三重県桑名郡長島町>
6-1. 駒榮町(こまえちょう) <兵庫県神戸市長田区>
7-1. 駒生(こまおい) <北海道網走郡美幌町>
7-2. 駒生(こまにゆう) <栃木県宇都宮市>
8-1. 駒岡(こまおか) <神奈川県横濱市鶴見区>
9-1. 駒ケ江(こまがえ) <岐阜県海津郡海津町>
9-2. 駒ケ坂(こまがざか) <東京都>
9-3. 駒ケ崎(こまがざき) <茨城県古河市>

9-4. 駒ケ岳(こまがたけ) <長野県・神奈川県・新潟県・富山県・秋田県・山梨県・岩手県>

9-5. 駒ケ岳神社(こまがたけじんじや) <岩手県>

9-6. 駒ケ谷(こまがたに) <大阪府羽曳野市>

9-7. 駒ケ根市(こまがねし) <長野県>

9-8. 駒ケ根村(こまがねむら) <長野県>

9-9. 駒ケ野(こまがの) <三重県度会郡度来町>

9-10. 駒ケ橋(こまがはし) <神奈川県横濱市港北区>

9-11. 駒ケ林(こまがばやし) <兵庫県神戸市須磨区>

9-12. 駒ケ林南町(こまがばやしみなみまち) <兵庫県神戸市長田区>

9-13. 駒ケ原町(こまがはらちょう) <広島県三原市>

9-14. 駒ケ峰(こまがみね) <青森県・宮城県>

9-15. 駒ケ嶺(こまがみね) <岩手県二戸郡浄法寺町・福島県相馬郡新地町>

10-1. 駒返峠(こまがえしとうげ) <京都府>

10-2. 駒返峠(こまがえりとうげ) <島根県・熊本県>

10-3. 駒返新田(こまがえりしんでん) <新潟県>

10-4. 駒返廃寺跡(こまがえりはいじあと) <奈良県>

11-1. 駒帰(こまがえり) <新潟県西頸城郡青海町・石川県金沢市・鳥取県八頭郡智頭町>

12-1. 駒池(こまいけ) <滋賀県>

13-1. 駒方(こまがた) <富山県高岡市>

13-2. 駒方新(こまがたしん) <富山県高岡市>

13-3. 駒方町(こまがたちょう) <愛知県名古屋市昭和区>

13-4. 駒方村(こまがたむら) <埼玉県入間市・秋田県雄勝郡稲川町・福島県耶麻郡塩川町>

14-1. 駒形(こまがた) <秋田県山本町二ツ井町> <埼玉県三郷市・行田市> <群馬県前橋市> <東京都台東区>

14-2. 駒形神社(こまがたじんじや) <岩手県・長野県>
14-3. 駒形新宿(こまがたしんじゆく) <神奈川県南足柄市>
14-4. 駒形町(こまがたちょう) <神奈川県横濱市中区・山梨県甲府市・静岡県静岡市・愛知県豊橋市>
14-5. 駒形根神社(こまがたねじんじや) <宮城県>
14-6. 駒形橋(こまがたばし) <東京都>
14-7. 駒形富士山(こまがたふじやま) <埼玉県入間市>
14-8. 駒形本町(こまがたほんちょう) <静岡県静岡市>
14-9. 駒形村(こまがたむら) <埼玉県入間市・秋田県雄勝郡稲川町・福島県耶麻郡塩川町>
15-1. 駒門(こまかど) <静岡県御殿場市>
15-2. 駒門風穴(こまかどふうけつ) <静岡県>
16-1. 駒川(こまがわ) <大阪府大阪市東住吉区>
17-1. 駒木(こまぎ) <青森県南津軽郡大鰐町>
17-2. 駒木村(こまきむら) <秋田県>
17-3. 駒木新田(こまきしんでん) <千葉県流山市>
17-4. 駒木根(こまぎね) <茨城県鹿島郡鉾田町>
17-5. 駒木野(こまきの) <東京都青海市>
18-1. 駒城村(こまきむら) <山梨県北巨摩郡白州町>
19-1. 駒衣(こまぎぬ) <埼玉県児玉郡美里町>
20-1. 駒久保(こまくぼ) <千葉県君津市>
21-1. 駒倉(こまくら) <京都府宮津市>
22-1. 駒込(こまごめ) <青森県青森市・福島県岩城市・千葉県猿島郡三和町・東京都文京区>
23-1. 駒塚(こまづか) <岐阜県羽島市・茨城県稲敷郡江戸崎町>
23-2. 駒塚古墳(こまづかこふん) <奈良県>
23-3. 駒塚橋(こまつかばし) <東京都>
24-1. 駒湯(こまのゆ) <宮城県・長野県>
24-2. 駒湯温泉(こまのゆおんせん) <新潟県>

25-1. 駒場(こまば) <北海道網走市・埼玉県浦和市北川辺町・東京都目黒区・愛知県豊田市・栃木県足利市・

茨城県東茨城郡茨城町>

25-2. 駒場北(こまばきた) <北海道網走市>

25-3. 駒場北町(こまばきたまち) <北海道河東郡音更町>

25-4. 駒場城(こまばじょう) <長野県>

25-5. 駒場町(こまばちょう) <北海道釧路市・愛知県名古屋市・

東京都目黒区>

25-6. 駒場西(こまばにし) <北海道河東郡音更町>

26-1. 駒月(こまつき) <滋賀県蒲生郡日野町>

26-2. 駒月川(こまつきがわ) <滋賀県蒲生郡日野町>

27-1. 駒止町(こまどめちょう) <北海道函館市・愛知県名古屋市>

27-2. 駒止峠(こまどとうげ) <福島県>

27-3. 駒止高原(こまどこうげん) <福島県>

28-1. 駒鳴(こまなき) <佐賀県伊萬里市>

28-2. 駒鳴峠(こまなきとうげ) <佐賀県・大分県>

29-1. 駒野(こまの) <岐阜県海津郡南濃町・愛知県海部郡彌富町>

29-2. 駒野新田(こまのしんでん) <岐阜県海津郡南濃町>

30-1. 駒町(こまのちょう) <兵庫県寶塚市>

30-2. 駒之町(こまのちょう) <京都府京都市上京区>

31-1. 駒宮(こまみや) <山梨県大月市>

31-2. 駒宮神社(こまみやじんじや) <宮崎県>

32-1. 駒山(こまやま) <福島県福島市>

32-2. 駒山村(こまやまむら) <千葉県富津市>

33-1. 駒籠(こまごめ) <岩手県稗貫郡東和町・山形県北村山郡大石田町>

34-1. 駒城(こまじょう) <茨城県>

35-1. 駒楯(こまだて) <福島県>

36-1. 駒立堤(こまだてつつみ) <岩手県>
37-1. 駒田村(こまたむら) <青森県西津軽郡木造町>
38-1. 駒寺野新田(こまでらのしんでん) <埼玉県日高市>
39-1. 駒爪町(こまづめちょう) <岐阜県岐阜市>
40-1. 駒橋(こまのはし) <東京都>
40-2. 駒橋(こまはし) <山梨県大月市>
41-1. 駒羽根(こまはね) <茨城県猿島郡総和町>
42-1. 駒跿(こまはね) <茨城県岩井市>
43-1. 駒見(こまみ) <北海道上磯郡鹿部町>
44-1. 駒村(こまむら) <三重県度会郡大内山村>

E. 1-1. 小馬野村(こまのむら) <千葉県山武郡松尾町>

F. 1-1. 小間見(こまみ) <岐阜県郡上郡大和町>
1-2. 小間見川(こまみがわ) <岐阜県>

G. 1-1. 木間村(こまむら) <大阪府>

H. 1-1. 韓形村(こまがたむら) <岡山県岡山市>

I. 1-1. 胡麻(ごま)<京都府船井郡日吉町>
2-1. 胡麻川(こまがわ) <京都府>
3-1. 胡麻島(ごまじま) <富山県小矢部市>
4-1. 胡麻中村(ごまなかむら) <京都府船井郡日吉町>
5-1. 胡麻山村(こまやまむら) <宮崎県東臼杵郡椎葉村>
6-1. 胡麻郷村(こまごうむら) <京都府船井郡日吉町>
7-1. 胡麻ヶ岳(こまがだけ) <島根県>
8-1. 胡麻崎城(こまがさきじょう) <鹿児島県>
9-1. 胡麻柄山(こまからやま) <大分県>

J. 1-1. 巨摩郡(こまぐん) <山梨県>
2-1. 巨摩山地(こまさんち) <山梨県>
3-1. 巨摩町(こまちょう) <山梨県中巨摩郡白根町>
4-1. 巨摩郷(こまのごう) <大阪府柏原市・八尾市>
5-1. 巨摩橋通(こまばしとおり) <大阪府東大阪市>

K. 1-1. 護摩壇山(ごまだんさん) <和歌山県・奈良県>
1-2. 護摩平(ごまだいら) <奈良県>
1-3. 護摩堂城(ごまどうじょう) <岩手県>
1-4. 護摩山(ごまやま) <香川県>

L. 1-1. 許麻神社(こまじんじや) <大阪府>

M. 1-1. 古眞立(こまだて) <愛知県北設樂郡豊根村>

N. 1-1. 小栗山(こぐりやま) <青森県弘前市・宮城県加美郡色麻町・秋田県由利郡大内町・新潟県大沼郡金山町・新潟県刈羽郡小国町・新潟県小千谷市・新潟県五泉市笹神村・新潟県南魚沼郡六日町>
1-2. 小栗山町(こぐりやままち) <新潟県見附市>
1-3. 小栗山今新田(こぐりやまいましんでん) <新潟県南魚沼町六日町>
1-4. 小栗山新村新田(こぐりやましんむらしんでん) <新潟県北蒲原郡笹神村>
1-5. 小栗山神社(こぐりやまじんじや) <青森県>
1-6. 小栗山本新田(こぐりやまもとしんでん) <新潟県六日市>
2-1. 小栗林(こぐりばやし) <鹿島県大竹市栗谷町>
3-1. 小栗栖(こぐりす) <奈良県吉野郡東吉野村>

4-1. 小栗沢組(こぐりさわぐみ) <秋田県>
5-1. 小栗崎村(こぐりざきむら) <青森県北津経郡金木町>

위의 A. 1-1 ~ 5-3의 用例는 三國時代의 國號의 하나인 '高句麗'를 '高麗'로 表記하여 漢字語인 「高麗(korai)」 2字를 내리 '音'으로 읽은 「正音字 + 正音字」의 表記인 것이다. A. 6-1 및 7-1의 用例는 「高麗(korai)」를 나타내기 위하여 「高来(こうらい)」와 「幸来(こうらい)」등 2字를 내리 '音'을 借用하여 읽은 「音假名 + 音仮名」의 表記인 것이다. 그런데 '高句麗'를 나타내기 위한 '高麗'란 地名은 '音'을 借用하여 읽은 경우보다는 '訓'을 借用하여 읽은 경우가 더 많은 편이다. B. 1-1 ~ 12-1의 用例는 「高麗(koma)」 2字를 내리 '訓'을 義借用하여 읽은 「義訓字 + 義訓字 」의 表記인데 [koma]란 地名表記를 위하여는 이밖에도 「狛・駒・小馬・小間・胡麻・巨摩・護摩・許麻・古眞」 등의 用字例가 보인다. C. 1-1 ~ 7-1의 用例는 「狛(koma)」 1字를 '訓'을 借用하여 읽은 訓仮名의 表記이고, D. 1-1 ~ 44-1의 用例는 「駒(koma)」 1字의 '訓'을 借用하여 읽은 訓仮名의 表記이며 E. 1-1의 「小馬(koma)」, F. 1-1 및 1-2의 用例인 「小間(koma)」, G. 1-1의 「木間(koma)」등 2字는 내리 '訓'을 借用하여 읽은 「訓仮名 + 訓仮名」의 表記이며, I. 1-1~9-1의 「胡麻(koma)」, J. 1-1~5-1의 「巨摩(koma)」, K. 1-1~1-4의 「護摩(koma)」 등은 '音'을 借用하여 읽은 「音仮名 + 音仮名」의 表記이며, M. 1-1의 用例는 「古眞(koma)」 2字중 第1字는 '音'을 借用하고 第2字는 '訓'을 借用하여 읽은 「音仮名+訓仮名」의 表記인 것이다. 그런데 上述한 用例 A.group~M. group에서는 '高句麗'를 指稱하는 경우에는 보두 [koma]라 부른 것이다.

그런데 現代 日本地名 表寫資料를 살펴 보면 [koma]로 읽은 경우

以外에 [kokuri]로 읽은 경우도 있다. 위의 N. 1-1~ 5-1의 用例에서는 「小栗(kokuri)」 2字를 내리 '訓'을 借用하여 읽은 「訓仮名 + 訓仮名」의 表記다.

[koma]란 語源에 대하여 白鳥倉吉(1980 : 100)는 中國史書에서 '高句麗'를 가리켜 '駒驪'라고 하고 日本에서도 「말(馬)」을 [koma]라고 읽었고, 또 高句麗에서 말을 生産했기 때문에 그렇게 命名했다고 했다.

李丙燾(1972 : 10)는 「貊・熊」을 神聖視하여 이를 守護神・祖上神으로 崇拜했던 토템(totem)思想에서 [koma]란 말이 생겼다고 본 것이다. 그러나, 李炳銑(1982 : 128)은 [koma]를 「君・王」을 나타내는 말로 把握하여 「高句麗・濊・貊」의 地域에 「君城・王城」인 여러 [koma]國이 있었던 까닭에 [koma]라고 稱한 것으로 본 것이다.

筆者는 [koma]란 韓半島의 中部以北의 「高句麗・濊・貊・東妖姐」 등의 廣闊한 地域에 널리 分布된 部族들을 總稱하는 말로 이들이 일찌기 日本에 건너가서 自己네들끼리 한 곳에 모여 살면서 그들이 居住하던 地名을 [koma]라 命名하지 않았나 推定해 본다. 왜냐 하면, 첫째) 新撰姓氏錄에서 所謂 蕃別系(首・村主・忌寸・連) 등은 三國系 渡倭人의 人名 아래 흔히 붙는 「かばね(姓)」로서 [koma]란 姓氏를 가진 사람중에는 「連(むらじ)」란 官職名이 붙어 있는 사람이 많기 때문이다. 가령, 狛(一名 長背連), 狛淨成(一名 長背連), 狛造千金(一名 大狛連), 狛連広足(一名 長背連) 등[33] 둘째) 古代人名 및 地名으로부터 現代人名에 이르기까지 그 脈이 이어지고 있다는 點으로 미루어 볼 때 「狛・駒(koma)」란 姓氏가 三國系 渡倭人들의 後裔란 事實이 立證되기 때문이다.[34]

---

33) 竹內理三, op. cit. pp. 809 - 810 參照.

〔 5 〕

現在 日本地名속에 보이는 三國의 國號表寫 및 그 表記는 日本人들에 의해 命名된 것이라고 보기는 어렵고, 當時 三國으로부터 日本에 건너간 三國系 渡倭人들에 의해서 命名된 것으로 推定된다. 왜냐 하면 일찌기 彌生時代에 稻作文化를 비롯하여 古墳時代 後半부터의 須恵窯文化, 奈良時代의 佛教文化 등 여러가지 技術文化가 일본에 傳授됨과 同時에, 數많은 學僧·博士·技術者들이 건너갔고([1] 序論 參照) 集團的으로 한 곳에 모여 살게 되어 그들이 居住하는 地名도 自己네들이 鄕愁에 젖은 故國山村의 地名 또는 國號를 따서 自己네들의 居住하는 地名을 命名하게 되었을 것으로 推定된다. 日本地名에 反映되어 있는 [siragi·kudara·koma]에 대한 表記樣式과 그 語源에 대한 論議를 要約하면 다음과 같다.

(1) 現在 日本側地名表寫資料에서 三國時代의 國號의 하나인 '新羅'를 [sinra]와 [siragi]의 두가지로 읽은 것을 알 수 있다. 첫째의 경우는, 가령, 「新羅(sinra)」 2字를 내리 '音'으로 읽은 「正音字 + 正音字」의 表記이고 「眞良(sinra)」은 2字를 내리 '音'을 假借하여 읽은 「音仮名 + 音仮名」의 表記인 것이다.

둘째의 경우는 가령 「白木(siragi)」 2字는 내리 '訓'을 假借하여 읽은 「訓仮名 + 訓仮名」의 表記이고 「白城(siragi)」 2字는 내리 '訓'을 仮借하여 읽은 「訓仮名 + 訓仮名」의 表記이며 「志樂木(siragi)」 3字는

---

34) (註 20)에서의 現代日本人名 用字例 參照.

第 1·2字는 '音'을 假借하고 第3字는 '訓'을 '假借'하여 읽은 「音仮名 + 音仮名 + 訓仮名」의 表記인 것이다.

(2) 現在 日本側 地名表寫資料를 보면 '百濟'를 [Hyakusai]와 [kudara]의 두가지로 읽은 것을 볼 수 있다.

첫째의 경우에서는 가령 「百濟(Hyakusai)」 2字를 내리 '音'으로 읽은 「正音字 + 正音字]의 表記이며, 둘째의 경우에서는 가령 「百濟(kudara)」 2字를 내리 '訓'을 義借하여 읽은 「義訓字 + 義訓字」의 表記인 것이다. 이 밖에도 가령, 「久多良(kudara)」 3字를 내리 '音'을 假借하여 읽은 「音仮名 + 音仮名 + 音仮名」의 表記도 있다.

(3) 現在 日本側 地名表寫資料를 살펴 보면 三國時代의 國號의 하나인 '高句麗'를 그대로 表記한 地名例는 보이지 않는다. '高句麗' 3字를 '高麗' 2字로 表記하고 읽기는 [korai]로 읽거나 [koma]로 읽은 것이다. 「高麗(こうらい)」 2字를 내리 '音'으로 읽은 경우는 「正音字 + 正音字」의 表記인 것이고 「高麗(こま)」 2字를 내리 '訓'을 義借하여 읽은 경우는 「義訓字 + 義訓字」의 表記인 것이다. [koma]로 읽은 地名중에는 「高麗(こま)」 以外의 表記例로는 「狛(こま)·駒(こま)·小馬(こま)·小間(こま)·木間(こま)」 등 '訓'을 假借하여 읽은 訓仮名의 表記様式도 있고 「胡麻(こま)·巨摩(こま)·護摩(ごま)·許摩(こま)」 등은 '音'을 假借하여 읽은 「音仮名 + 音假名」의 表記様式도 있으며, 「古眞(こま)」 2字를 第1字는 '音'을 假借하고 第2字는 '訓'을 假借하여 읽은 「音仮名 + 訓仮名」의 表記様式도 있다.

이 밖에도 '高句麗'를 [korai] 또는 [koma]로 읽은 上述한 여러 경우와는 달리, 「小栗(kokuri)」란 表記様式을 가지고 「高句麗(kokuri)」를 나타낸 경우도 있다.

가령, 「小栗(kokuri)」 2字를 '訓'을 假借하여 읽은 「訓仮名 + 訓仮

名」의 表記様式도 보인다.

(4) 日本側 上代文獻 表寫資料에서 보면 三國 國號의 하나인 '新羅'를 거의 大部分의 경우 [siragi]로 읽은 것이다. 여기에서 [sira 또는 sinra]까지는 그 文字에 對應되는 論據가 있으나 第3音節語인 [gi]만은 文字가 그 속에 反映되어 있지 않은 單純한 接尾語의 添記에 不過한 것이다.

筆者는 이 接尾語 [gi]는 「山城・都城・國」 등을 나타내는 三國系 借用語 [gi]로 보고 이에 先行한 '新羅'만을 國號로 보아 [siragi]란 「新羅城(siragi)」 즉 「新羅國」을 나타낸 말로 把握한 것이다. 왜냐 하면 첫째) 日本側 上代文獻表記資料에서 '新羅'를 나타내는 말에 또 다른 表記様式이 더 있기 때문이다. 가령, 「新羅奇(しらぎ)・志羅紀(しらぎ)・新良貴(しらぎ)」 등에서 「新羅(sira)・志羅(sira)・新良(sira)」 등은 「國號(sira)」를 나타낸 것이고 여기에 添記된 音仮名 「奇(gi)・紀(gi)・貴(gi)」 등은 '城' 또는 '國'을 나타내는 接尾語인 것이다. 둘째) 現代 日本地名表寫資料에서 보면 '都城'의 名稱에서 緣由된 듯이 보이는 地名이 꽤 많이 보인다. 가령, 「駒木(こまぎ)・駒木村(こまぎむら)・駒城村(こまぎむら)」 등에서의 [komagi]는 「高麗城(こまぎ)」을 나타낸 地名이며, 「久多良木(くだらき)」에서의 [kudaragi]는 「百濟城(くだらぎ)」를 나타낸 地名으로 보이기 때문이다.

(5) 十五世紀國語에서 「굵다」란 말의 意味에서 「크다・偉大하다・훌륭하다」란 古訓이 있는 것으로 미루어 볼 때, [kudara]란 말의 語源은 「kurk-(굵-) > kuk-(국-) > ku(大・偉大) + tara(山城・都城・國)」로 두 말의 合成語가 造語된 純粹한 三國系 借用語로 推定된다. 다시 말해서 「큰나라・偉大한 나라」는 바로 '百濟國'이란 意味로 통한다. 왜냐 하면 當時 日本國에 百濟國으로부터 여러가지 技術文化가 傳授되

었으므로 先進國의 모든 文物은 後進國인 日本人에게는 憧憬의 對象이요, 모든 것이 神奇하게만 여겨졌을 것이므로 百濟國이 모든 價値의 尺度의 基準이 되었을 것이다. 現代 日本語에서 「つまらない(價値없다·시시하다)」의 同意語로 「くだらない」란 말이 있다. 筆者는 이 ‘くだらない’의 語源을*「百濟 + 無い」로 보고자 한다. 「偉大한 나라, 훌륭한 나라인 百濟나라에 있는 것이면 日本人들에게는 모두가 價値가 있는 것이 되고 百濟國에 없는 것이라면 그것은 바로 價値가 없고 시시한 것이 된다」라는 解釋이 可能하다.

(6) [koma]의 語源은 部族名을 代表한데서 由來된 것으로 推定된다. 韓半島 中北部 地方에 位置한 「高句麗·濊·貊·東沃沮」 等地에 살았던 貊族 全體를 代表하는 名稱이 [koma]로 이들 部族이 日本에 건너가서 自己들끼리 한 곳에 모여 살게 되고 그들이 居住하는 地名에 對한 名稱도 自己네들의 部族名을 따서 命名한 것으로 推定된다. 왜냐하면 日本古代人名을 보면 [koma]란 姓氏들이 三國系 渡倭人들에게만 붙인 所謂 蕃別系인 「連(むらじ)」란 「かばね(姓)」를 가진 사람들이 많이 있다는 點과, 그 後裔로 보이는 [koma]란 姓氏가 現代 人名에까지도 그 命脈이 이어져 왔고, 現代 日本地名에서도 그 表記例가 많이 보이기 때문이다.

三. 日本地名에 反映된 韓系 語源 再考

1. 〔sima(島)〕의 表記樣式 및 그 語源

〔 1 〕

周知하는 바와 같이 日本地名에 反映되어 있는 韓系 語源으로 推定되는 것은 너무나 많다. 가령 「nara(奈良)・kofori(郡)・baru(原)・kuma(熊)・usu(臼)・ki(杵)・ki(城)・kusi(串)・wada(海)・mutsu(陸)」등이 바로 그것이다. 本稿에서는 그 중 [sima(島)]만을 論議의 對象으로 할 것이다.

우리側 文獻資料에서 「島」를 나타내는 [sjəm]은 十五世紀에 들어와서 볼 수 있지만[35] 日本側 上代文獻에서는 「島」를 意味하는 音仮名 [sima(斯麻・斯摩・志麻・志摩・之麻・之摩・之萬・之末・思麻・辭摩)] 등으로 表記된 借字例가 많이 보인다.

---

35) 셤 안해 도ᄌᆞᆨ 니저니(島不警賊)〈龍歌53章〉
셤 爲 島〈訓正解例 用字例〉
大海 셤이 人境에 그츤ᄃᆡ(大海島ㅣ 絶於人境ᄒᆞᄂᆞ니)〈楞八133〉
鹹水바다해네 셤이 잇ᄂᆞ니 동녁셔믄 弗婆提오, 남녁셔믄 閻浮提오,
西ㅅ녁셔믄 欆　尼오, 븍녁셔믄 鬱單越이니〈月印-24a,b〉
셤 도 : 島〈訓蒙上4〉〈類合 上 6〉

이 音仮名으로 表記된 [sima]란 말은 上代 日本의 固有語가 아닌, 百濟系 語源임을 論證해 보려는 것이 本稿가 意圖하는 바다. 日本書紀 武烈王 4年 4月条에 引用된 百濟新撰에 의하면 「百濟 蓋鹵王이 日本 敏達王을 慰勞하기 위해 自己 아우인 昆支君과 産月인 自己 妻를 함께 日本에 보냈는데 航海 途中 筑紫의 各羅島에서 아이를 낳게 되었다. 그 어린애가 뒤에 百濟 武寧王이 되었는데 그가 섬(島)에서 태어났기 때문에 百濟人들이 그를 가리켜 '섬王' 즉 百濟語로 [sima(斯麻)王이라고 불렀다」는 說話가 있다.

그런데 李丙燾(1977: 403)는 武寧王의 諱인 이 「斯麻」와 日本語 「シマ(島)」가 그 發音이 類似한 點에서 꾸며낸 說話에 불과한 것으로 보았다.

그러나 1971年 公州 武寧王陵에서 出土된 誌石에서는 武寧王의 諱가 「斯麻(sima)」로 記錄되어 있다는 點[36]과, 그의 崩年(523 A.D.)[37]도 三國史記와 日本書紀의 記事가 完全히 一致된 點으로 미루어 보아, 日本書紀 武烈王 4年 4月条에서 引用된 百濟新撰의 記事內容은 事實로 받아들여야 한다고 본다. 왜냐 하면, 百濟側에서 阿華王代부터 東城王代까지와 日本側에서 応神王代부터 雄略王代에 이르기까지는 百濟의 王室과 大和倭의 皇族과의 關係가 매우 親密해서 大和倭 宮中에는 언제나 百濟王室의 王族 가운데 누군가가 滯在하고 있었다는 事實[38]만

36) 三國史記(百濟本紀 第4) 및 三國遺事(王曆第 1)에서는 百濟 武寧王의 諱가 「斯摩」로 表記되었으나 百濟新撰과 武寧王陵 誌石에서는 「斯麻」로 表記되어 있다.

37) 1971年 忠南 公州에서 武寧王陵 發掘에 의해 買地券이 發見되고 그 誌石 속에 「寧東大將軍인 百濟 斯麻王이 그의 나이 62才 되던 癸卯年 5月 丙戌七日壬辰에 돌아가셨다」라고 武寧王의 崩年(523 A.D.)이 밝혀졌다.

38) 日本書紀에 의하며, 百濟 阿華王의 太子인 腆支王이 397年에 渡倭하여 405年까지 応神王과 함께 大和倭 宮中에서 起居한 記事가 있고, 仁德王때

미루어 봐도 「斯麻王(武寧王)」이 渡倭한 記事內容은 事實로 받아들여야 할 것이다.

筆者의 調査에 의하면 日本書記에 收錄되어 있는 三國系 渡倭人 總 353名중 百濟系가 209名이나 되는데 특히 各種 技術 傳授를 위해 渡倭한 百濟系 技術陣의 人名 중 「斯」字를 돌림字로 가진 사람이 13名[39]이고, 「麻(또는 摩)」字를 가진 사람도 15名[40]이나 된다. 따라서 「斯麻王(武寧王)」이 日本에 건너갔을 때 그 人名과 同時에 「斯」 및 「麻」란 字音에 대한 東音系 發音이 거기에 反映되었을 可能性도 想定해 볼 수 있지 않을까 한다. 「斯麻(sima)」란 表記에서 「斯(si)」의 古代音은 兩側에 相互 一致하지만[41] 「麻(ma)」에 경우에서는 相異함을 볼 수 있다.[42] 諸橋轍次(1957: 十二 939)에 의하면 「麻」의 吳音은 [me]이고, 漢音은 [ba]이므로, 「斯麻」를 吳音으로 읽으면 [sime]가 될 것이고 漢音으로 읽는다면 [siba]가 될 것이므로 sima와는 當時 日本 現實音과는 距離가 멀다. 「斯麻」를 [sima]로 읽은 것은 다름 아닌, 三國으로부터 日本에 건너간 當時 東音으로 推定된다.

에는 百濟王의 孫子인 酒君이 大和倭 宮中에 살면서 仁德과 함께 사냥을 다니기도 했다. 또 百濟의 蓋鹵王은 동생 昆支를 日本에 보내어 雄略王을 돕게 했는데 百濟 三斤王이 479年에 죽자 昆支王의 둘째 아들이 百濟로 돌아와서 東城王이 되었는데 그가 日本을 떠나올 때, 雄略王이 그의 얼굴과 머리를 쓰다듬어 주면서 작별을 아쉬워했다는 記事內容도 있다.

39) II.의 百濟系 渡倭人名 表記 및 表寫資料에서 〔斯(si)〕 參照.

40) II.의 百濟系 渡倭人名 表記 및 그 表寫資料에서 〔麻(ma)〕 參照.

41) 諸橋轍次 (1957: 五626)에 의하면 斯シ 〔集韻〕 相支切, 斯義切
藤堂明保(1965: 481)에 의하면 斯 「周: sieg→六朝 sie 吳音 シ→唐 si 漢音 シ→元 si→北京 si」

42) Ibid, 十二939에 의하면
┌麻 : 吳音 メ, 漢音 バ
└麻 : 謨加切 〔集韻〕
Ibid, 五 363에 의하면
┌摩 : 吳音 マ, 漢音 バ
└摩 : 眉波切 〔集韻〕

現在까지 [sima(島)]의 語源에 대하여 楠原佑介(198: 163)는「三角州등 周囲가 물에 둘러싸인 땅」에 붙여진 地名으로 [tsuba]가 [siba]로 바뀌고, 다시 [siba]가 [sima]로 바뀐 말로「崖地」의 意味로 본 것이다.

이와는 달리, 坂本太郎・家永三郎・井上光貞・大野晋(1967: 542)은「島主(せまきし)・主島(にりむせま)」의 例를 들어, [せまきし, にりむせま]의 古訓 [sema]는 [sima]와 같은 말로 朝鮮語[syom(島)]과 同系語라 했고, 佐竹昭廣・前田金五郎(1974: 636)도 [sima]는 朝鮮語[sjəm(島)]과 同系語라 했다. 李基文(1972: 37)도 中世國語의 [sjəm(島)]과 古代日本語의 [sima(島)]가 同系語源으로 이 [sima]는 百濟語의 殘影으로 본 바 있다.

그러나 [sima]에 대한 現在까지의 論議는 극히 斷片的인 것에 不過했음도 事實이다.

本稿에서는 日本側 地名・人名 表記 및 그 表寫資料를 통해서 '島'를 나타내는「斯麻」의「斯」字와「麻」字의 字音에 대한 檢證을 통해서「sima(斯麻)」가 日本에 건너간 東音系임을 立證하고 [sima]란 말이 百濟系 借用語임을 밝혀 보기로 한다.

〔 2 〕

韓日兩側의 人名·地名表記 및 그 表寫資料를 中心으로하여「斯」와「麻」의 字音에 대한 檢證을 해 보기로 한다.

먼저,「斯」의 경우부터 살펴 보면, 三國史記 및 三國遺事에 收錄되어 있는 三國系 人名表記 및 地名表記[43]에서 [斯(si)]의 借字例가 보

인다. 가령,

辰斯王(百濟 第16代王)
斯紀(百濟 第2代 近仇首때 馬飼育人)
斯厤王(百濟 第26代 武寧王)
斯由(高句麗 第16代 故國原王)
異斯夫(新羅 第4代 眞興王때 將軍)
斯多含(新羅 第4代 眞興王때 將軍)

특히 日本書記 속에 收錄되어 있는 百濟系 渡倭人의 人名속에서 「斯」의 借字例가 풍부하게 보인다. 가령,

斯我君(しがきし)百済 武寧王의 子, 武烈 7年(505 A.D.)4月 渡倭
延那斯(えなし)百済使臣, 欽明 2年(541)11月 渡倭 一名 阿賢移那斯
斯二岐君(しにきのきし)百済使臣 欽明 5年(544) 11月 渡倭
斯那奴次酒(しなのししゆ)百済施德 欽明 5年(544) 11月 渡倭
怒唎斯致契(ぬりしちけい) 百済達率, 欽明 13年(552) 10月 渡倭
汶斯干奴(もんしかんぬ) 百済杆率, 欽明 15年(544) 12月 渡倭
鬼室集斯(くいしつしふし) 百済佐平, 福信의 子, 天智4年(665) 2月 渡倭
自斯(じし) 百済達率, 皇極 2年(643) 7月 渡倭

43) 居斯勿縣(青雄縣 現, 南原郡 南原邑)
仇斯珍兮(貴旦縣 現, 長城郡 長城邑)
奴斯只縣(儒城縣 現, 大德郡 儒城面)
居斯勿(隆化縣 現, 禮山郡 禮山邑)
丘斯珍兮縣(珍原縣 現, 長城郡 珍原面)
阿斯達(無葉山 또는 白岳 現, 開城)

斯我(じが) 百濟武寧王의 子, 武烈7年(505) 2月 渡倭

例示된 바와 같이 百濟使臣들이 欽明 2年 (541)부터 天智 4年(665)에 이르기까지 수차례에 달해서 日本에 건너갔고, 그들의 人名도 함께 日本에 알려졌을 것이다. 「斯」의 東音系 [si]도 日本에서 受容되었을 可能性이 없지 않다. 왜냐 하면 現存最古의 日本의 記錄으로서 百濟系 渡倭人인 船史一族의 筆錄으로 推定[44]되는 所謂 推古朝遺文[45] 속에서는 百濟系 人名에서는 물론이고, 當時 百濟와 매우 親密한 關係를 가져왔던 大和倭 皇室의 人名 및 그 表寫資料에서 [斯(シ)]의 借字例가 보이기 때문이다.

阿米久爾意斯波羅支比里爾波彌己等(天国排開広庭天皇, 欽明天皇의 諱)
アメクニオシハラキヒロニハミコト <元興寺 露盤銘>
等巳彌居加斯支移比彌乃彌己等(豊御食炊室姫天皇, 推古天皇의 諱)
トヨミケカシキヤヒミノミコト <天寿国曼茶羅繡帳銘>
吉多斯比彌乃彌己等(堅 媛 欽明天皇의 妃)<天寿国曼茶羅繡帳銘>
キタシヒミノミコト
己乃斯里王(聖德太子의 子)<上宮太子系譜>
コノシロ
伊等斯古王(聖德太子의 子)<上宮太子系譜>
イトシコ
伊斯賣支彌(俾支王의 皇后)<上宮太子系譜>

---

44) 大矢透(1911) 仮名源流考, pp, 234~237 參照.
45) 所謂 推古朝(593--627 A.D.)때의 遺文을 가리키는데 가령, 元興寺露盤銘(596A.D.), 元興寺丈六光背銘(605 A.D.), 天寿国曼茶羅繡帳銘(621 A.D.), 上宮太子系譜·上宮記逸文 등.

イシメキミ
中斯和命(意富富等王의 皇后)<上宮記逸文>
ナカシワノミコト
都奴牟斯君(意富富等王의 子)<上宮記逸文>
ツヌムシ
汙斯王(大加羅國王의 子)<上宮記逸文>
ウシ
布遲波良己等布斯郎女(藤原琴節郎女)<上宮記逸文>
フチハラコトフシイラツメ

藤堂明保(1957: 482)에 의하면 「斯」字는 「周: sieg→六朝 sie 吳音シ→唐 si 漢音シ→元 si→北京 si」이고, 「相支切 斯義切(集韻)」이므로 東音系도 [si]에 一致된다.

우리側 資料인 16世紀의 訓蒙字會에서 「斯」字의 現實音은 後舌的 [sɐ] 이지만, 古代에서는 前舌的 [si]이었음을 推定할 수 있다. 가령, 「新羅」를 [sira(斯羅·斯良)] [siro(斯盧)]로 表記된 것등이 바로 그것이다.

따라서 日本上代文獻속에 收錄되어 있는 百濟系 人名 및 그 表寫資料에서 보이는 [斯(si)]는 百濟系 渡倭人들이 日本에 가지고 간 東音系로 推定할 수 있다.

다음에는 「麻[ma]또는 摩[ma]」 의 경우를 살펴 보기로 한다.

三國史記 및 三國遺事에 收錄되어 있는 三國系 人名表記 및 地名表記例[46]에서도 「麻[ma]또는 摩[ma]」의 借字例가 보인다.

---

46) 麻知峴城(百濟故地, 現, 報恩郡 報恩邑)
古麻山(百濟故地, 現, 保寧郡 鰲川面)
古麻只(百濟故地, 現, 古魯縣)
麻斯良(百濟故地, 歸化縣 現, 保寧郡)

A.

1-1. 麻帝 (百濟第24代 東城王. 諱는 牟大, 餘大)<遺事, 王曆 第1>

1-2. 麻品王(駕洛國第3代王)<遺事, 王曆第1>

1-3. 麻盧(高句麗 第3代 大武王때 將軍)<史記, 高句麗本紀 第2>

1-4. 麻衣太子(新羅第56代敬順王의 子)<史記, 新羅本紀第12>

B.

1-1. 摩羅難陁(百濟第15代 枕流王때 胡僧)<史記, 百濟本紀第2>

1-2. 摩離(高句麗 始祖朱蒙의 侍從)<史記, 高句麗本紀第1>

1-3. 摩那夫人(新羅第26代 眞平王의 妃)<史記, 新羅本紀第4>

1-4. 摩帝 (新羅第6代 祇摩尼師今때 伊飡)<史記, 新羅本紀第1>

A. 1-1~1-4등은 百濟·高句麗·新羅系의 人名表記例에서 「麻」字를 借字하였는데 특히 新羅에서는 「王」을 나타내는 「麻立干」(第19代 訥祇麻立干·第20代 慈悲麻立干·第21代 毗處麻立干·第22代 智證麻立干)이라든가, 「職名」을 나타내는 「奈麻·大奈麻」 등에서 「麻」의 借字例가 보인다.

B. 1-1~1-4등은 百濟·高句麗·新羅의 人名表記例에서 「摩」字를 借字한 경우다. 諸橋轍次(1957: 五363)에 의하면, B.group에서 「摩」는 吳音이 [ma]이고, 「眉波切」<集韻>이므로 「摩」字를 [ma]로 읽는데는 별문제가 없으나, A. group에서의 麻」字의 경우는 이와 좀 다르다고 본다. 諸橋轍次(1957: 十二939)에 의하면 A. group에서의 「麻」字는 吳音이 [me], 漢音이 [ba]이므로 「麻」를 [me]로 읽거나 [ba]로 읽을 수는 있

麻木峴(百濟故地, 現, 鳥嶺)

으나 [ma]로 읽을 수는 없다.

그럼에도 不拘하고 日本書紀속에 收錄되어 있는 百濟系 人名 表寫 資料에서 보면 「摩」字를 [ma]로 읽은 것은 물론이고, 「麻」字까지도 모두 [ma]로 읽은 것이다. 가령,

A.

1-5. 木羅麻那(百済佐平, 欽明 4年(543) 12月 渡倭 一名, '麻那君')
モクラマナ

1-6. 彌麻沙(百済奈率, 欽明 2年(541) 7月 渡倭
ミマサ

1-7. 麻奇牟(百済施德, 欽明 15年(554) 12月 渡倭
マガム

1-8. 奇麻(百済奈率, 欽明 5年(544) 3月 渡倭)
ガマ

1-9. 佐魯麻都(百済使臣, 欽明 5年(544) 3月, 渡倭) 一名 '加不至費直' サロマツ

1-10. 汝休麻那(百済德率, 欽明 8年(547) 4月 渡倭)
モンクマナ

1-11. 芝耆麻呂(百済奈率, 推古 20年(612) 渡倭)
シキマロ

1-12. 麻奈文奴(百済瓦博士, 崇峻 1年(588) 渡倭)
マナモンス

1-13. 昔麻帝彌(百済瓦博士, 崇峻 1年(599) 渡倭)
シャクマタイミ

B.

1-5. 德麻呂(百済使臣, 推古 17年(609) 4月 渡倭)
トクマロ

1-6. 味麻之(百済樂人, 推古 20年(612) 渡倭)
ミマシ

A. 1-5~1-13등 百濟系 人名表寫資料에서 「麻」字를 [ma]로 읽은 것은 百濟系 東音 [ma]가 反映된 것으로 보인다. 왜냐 하면 「麻」의 吳音은 [me]이므로 當時 日本 現實漢字音은 [ma]가 아니고, [me]이기 때문이다. 諸橋(1957 : 十二 939)는 「麻」의 吳音 [me]와 漢音 [ba]以外에 慣習音 [ma]를 하나 더 設定해 놓았는데, 所謂 慣習音 [ma]의 起源은 어디서 찾을 수 있는 것인가. 筆者는 이 「麻(ma)」란 中國으로부터 日本에 直輸入된 것이 아니라, 一段 韓半島에 輸入된 字音이 韓國語의 音韻構造에 맞도록 同化된 [ma]音 즉 東音이 日本땅에 건너간 것으로 推定된다.

왜냐 하면 百濟系 船史一族의 筆錄으로 推定되는 推古朝遺文속에 收錄되어 있는 百濟系 人名表記에서는 借字例가 보이며 당시 百濟와 親密한 關係를 維持해 왔던 大和倭의 皇室의 人名 表寫資料(가령, 敏達天皇의 諱·聖德太子의 諱 등)에서도 「麻」를 [ma]로 읽은 것이며 [me]로 읽지 않고 있다는 事實이다.

A.

1-1. 麻奈文奴(百済 瓦博士 崇峻 1年(588) 渡倭)<元興寺露盤銘>
マナモンメス

1-2 昔麻帝彌(百済 瓦博士, 崇峻 1年(588) 渡倭)<元興寺露盤銘>
シヤクマタイミ

B.

2-1. 蕤奈久羅乃布等多麻斯岐乃彌己等(淳中倉太珠敷尊 敏達天皇의

諱)

ヌナクラノフトタマシキノミコト <天寿国曼茶羅繡帳銘>

2-2. 有麻移刀等已刀彌彌乃彌已等(廐戸豊聽耳太子・聖德太子의 諱)

ウマヤトトヨトミミノミコト <元興寺露盤銘>

2-3. 麻里古王(椀子皇子, 聖德太子의 子)<上宮太子系譜>

マリコ

2-4. 巷宜汗麻古(蘇我馬子大臣)<上宮太子系譜>

ソガウマコ

A. group의 百濟系 人名은 元興寺建築을 위한 日本側 要請에 의하여 崇峻 1年(588)에 日本에 派遣된 百濟系 瓦博士들로서 百濟人이 一段 건너가면 그 人名도 함께 건너갔을 것이므로 自然히 百濟系 東音이 日本에 傳播되게 마련인 것이다.

B. group 2-1.에서는 敏達天皇의 諱, 2-2. 및 2-3.에서는 聖德太子의 諱, 2-4.에서는 蘇我馬子大臣의 이름인데, 이들 大和倭의 皇室人名表記例에서도 「麻돌림字」가 發見된다는 사실은 결코 偶然한 一致라고만 할 수 없다. 推古朝遺文의 人名表寫資料속에서 「麻」를 [me]로 읽지 않고, [ma]로 읽은 것은 推古朝遺文이 百濟系 渡倭人들의 記錄이란 點과 그 遺文에 쓰인 音仮名속에 百濟系 東音 [ma]가 反映되어 있음을 立證한 것으로 보인다.

다음은 日本上代文獻 表記資料 및 그 表寫資料를 통해서 '島'를 나타내는 [sima]란 音仮名이 어떻게 借字되어 있는지를 時代別로 살펴보기로 한다.

I.

1-1. 斯歸斯麻宮(磯城島宮)<元興寺露盤銘>

シキシマノミヤ

1-2. 斯歸斯麻大宮(磯城島大宮)<元興寺丈六光背銘>

シキシマノオホミヤ

1-3. 斯歸斯麻大宮(磯城島大宮)<天寿国曼茶羅繡帳銘>

シキシマノオホミヤ

II.

(A) 1-1. 夜斯麻久爾(八島国)<記謠2>

ヤシマクニ

1-2. 斯麻能佐岐邪岐(島の埼埼)<記謠 5>

シマノサキザキ

1-3. 加毛度久斯麻邇(鴨着く島に)<記謠8>

カモドクシマニ

1-4. 斯麻爾波夫良婆(島に放らば)<記謠86>

シマニハフラバ

(B) 2-1. 伊知遲志麻(伊知遲島)<記謠42>

イチヂシマ

2-2. 美志麻爾斗岐(美島に着き)<記謠42>

ミシマニトキ

2-3. 志麻都登理(島つ鳥)<記謠14>

シマツチトリ

2-4. 阿岐豆志麻登布(蜻蛉島とふ)<記謠97>

アキヅシマトフ

(C) 3-1. 志摩母美由(島も見ゆ)<記謠53>

シマモミユ

3-2. 阿波志摩(淡島)<記謠>

アハシマ

3-3. 於能碁呂志摩(於能碁呂島)<記謠53>

オノゴロシマ

3-4. 佐氣都志摩美由(佐氣都島見ゆ)<記謠53>

サキトシマミユ

III.

(A) 1-1. 阿豆斯麻野麻登(蜻蛉島大和)<記謠75>

アキヅシマヤマト

2-1. 遣斯摩宿禰于卓淳国<書紀, 神功摂政 46年3月>

(斯摩宿禰を卓淳国に遣す)

(B) 3-1. 遣逢臣志摩于留守司高坂王<書紀, 天武 1年6月>

(逢臣志摩を留守司高坂王のもとに遣して)

3-2. 志摩乃還之 <書紀, 天武 1年6月> (志摩は乃ち還りて)

3-3. 賜志摩国造等冠位<書紀, 持統 6年3月> (志摩の国朝等に冠位を賜ひ)

3-4. 甲申, 賜所過志摩百姓<書紀, 持統 6年3月>

(甲申に過ぎます志摩の百姓)

3-5. 志摩珥波夫利(島に放り)<紀謠70>

シマニハフリ

(C) 4-1. 之麻能野父播羅(島の原)<紀謠109>

シマノヤブハラ

(D) 5-1. 志摩途等利 (島つ鳥)<紀謠12>

シマツトリ

(E) 6-1. 豫呂辞枳辭摩 志摩(宜しき島 島)<紀謠40>

ヨロシキシマ シマ

(F) 7-1. 阿波施辞摩(淡路島)<紀謠40>

アハヂシマ

7-2. 阿豆枳辞摩(小豆島)<紀謠40>

アヅキシマ

7-3. 阿企　辭摩(秋津島)<紀謠63>

アキツシマ

(G) 8-1. 施麻倍母曳岐(島辺も良き)<紀謠126>

シマハモエキ

IV

1-1. 志麻奈良奈久爾(島ならをくに)<萬歌二十4355>

シマナラナクニ

2-1. 之麻能牟漏能木(島のむろの木が)<萬歌十五3601>

シマノムロノキ

3-1. 伊都禮乃思麻爾(いづれの島に)<萬歌十五3593>

イヅレノシマニ

V.

1-1. 夜蘇志麻加久理(八十島隱り)<常陸記香島郡>

ヤソシマカクリ

1-2. 阿是古志麻波母(安是小島はも)<常陸記香島郡>

アゼコシマハモ

VI.

1-1. 之萬多(島田)<駿河国第79富士郡六19ウ>

シマタ

1-2. 之萬爾(島根)<阿波国第121 那賀郡九4ウ>

シマネ

1-3. 木之萬(杵島)<肥前国第129 杵島郡九17ウ>

キシマ

2-1. 之末爾(島根)<山陰国 第64 出雲郡五21ウ>

シマネ

3-1. 志萬美(島美)<肥前国第129, 杵島郡九17ウ>

シマミ

4-1. 志末乃加美(島上) <幾內国第60 摂津国五11ウ>

シマノカミ

위의 例文 I.1-1.~1-3. 등에서 例示된 바와 같이 推古朝遺文(596~621 A.D.)에서는 '島'을 나타내는 [sima]의 表記에 音仮名 [斯麻(シマ)]를 借字한 경우인데 이것은 百濟 武寧王陵 誌文에서 보이는「斯麻」와 百濟新撰에서 표기된「斯麻」와 完全히 一致된 借字例를 보인다. 例文 II.는 古事記(712 A.D.)의 借字例로, [sima]의 表記에「斯麻·志麻·志摩」등을 借字한 것이다. 즉 II. A. 1-1.~1-4.등에서는 [sima]의 表記에「斯麻」를 借字하여 앞의 例文 I. 등의 推古朝遺文의 借字樣式에 그대로 一致되고 있지만, 이와는 달리, II. B. 2-1.~2-4. 등에서는「志麻」를, 그리고 II. (C) 3-1.~3-4. 등에서는「志摩」를 各各 借字하여 새로운 音仮名 樣式을 採擇한 點이 相異하다.

例文 III.에서는 日本書紀(720 A.D.)의 用字例로 [sima]의 表記에「斯麻·斯摩·志摩·之麻·之摩·之魔·辭摩·施麻」등 比較的 多樣한 音仮名을 借字한 것이다. 즉 III.(A) 1-1.에서는 [sima]의 表記에「斯麻」를, (A) 2-1.에서는「斯摩」를 各各 借字하여 앞에서의 推古朝遺文·古事記 등에서의 借字樣式에 完全히 一致된 경우다.

그러나, 이와는 달리, III. (B) 3-1.~3-5. 등에서는 [sima]의 表記에「志摩」를 (C) 4-1.에서는「之麻」를, (D) 5-1.에서는「之摩」를, (E) 6-1.에서는「之魔」를, (F) 7-1.~7-3. 등에서는「辭摩」를, 그리고 (G) 8-1.에서는「施麻」를 各各 借字하여 [sima]의 表記에 새로운 音仮名樣式

을 採擇한 點이 相異한 것이다. 例文 IV.에서는 萬葉集歌(759-785 A.D.)의 用字例로 [sima]의 表記에 「志麻 · 之麻 · 思麻」등을 各各 借字하여 推古朝遺文이나 古事記 · 日本書紀 등에서 볼 수 있었던 「斯麻」 또는 「斯摩」의 用字例는 여기서 그 자취를 감추고 새로운 音仮名 表記樣式을 採擇한 點이 特徵이라고 할 수 있다.

例文 V.는 常陸風土記(721 A.D.)의 用字例로 [sima]의 表記에 音仮名 「志麻」를 借字하여 古事記·萬葉集歌의 경우에 대체로 一致한다.

例文 VI.은 倭名類聚鈔(934 A.D.)의 用字例로 [sima]의 表記에 「之萬·之末·志萬·志末」 등을 各各 借字하여 前述한 「斯麻 · 斯摩 · 志麻 · 志摩」 등의 音仮名은 전혀 다른 새로운 樣式의 音仮名을 取하는 傾向으로 변해갔다. 다시 말해서 比較的 이른 時代에 속하는 推古朝遺文을 비롯하여 古事記 · 日本書紀등 古代文獻表記資料에서는 '島'를 나타내는 [sima]의 表記에 「斯麻」 및 「斯摩」등으로 借字되었고, 萬葉集歌 · 常陸風土記 등에서는 「志麻 · 志摩」등의 音仮名을 擇하는 傾向으로 轉換되었고, 이보다도 더 時代를 내려와서 倭名類聚鈔(934 A.D.)에 이르면 前代의 「斯麻 · 斯摩」라든가, 「志麻 · 志摩」와는 전혀 다른 새로운 樣式의 音仮名 「之萬 · 之末 · 志萬 · 志末」 등을 採擇한 傾向으로 轉換해 버린 것이다. 즉 百濟 武寧王陵 誌石 및 百濟新撰에서 同一하게 「斯麻」란 表記樣式이 借用되었다는 사실로 미루어 볼 때, 「斯麻」란 表記樣式은 百濟系 渡倭人들에 依한 '一種의 表記癖'이라고 한다면 「志麻 · 志摩」 및 「之萬 · 之末 · 志萬 · 志末 · 辝摩 · 施麻」란 表記樣式은 日本人系의 新筆錄者에 의한 「새로운 表記癖」이 形成되었다고 할 수 있으며, 이와 같은 새로운 音仮名 表記樣式은 百濟系 漢字借用表記法의 영향권에서 완전히 벗어나서 새로이 發展한 日本式 表記樣式으로 보여진다. 왜나 하면 百濟系 渡倭人들의 記錄으로 推定되는 推古朝遺

文에서는 百濟系 漢字借用表記法이 反映된 것으로 推定되는 表記方式들이 後代로 내려오면 올 수록 日本人系의 新筆錄者들에 의하여 새로운 日本式 漢字借用表記樣式으로 轉換되었기 때문이다. 가령, 文章 終止形의 '之'를, '也'字로 交替시킨 것이라든가 「尊稱補助動詞」의 「たまふ」를 나타내는 '賜'字를, '給'字로 代替시킨 日本式의 새로운 漢字借用表記方式이 많이 發見되기 때문이다.

以上을 要約해 보면, 「斯痲(또는 斯摩)」를 表寫한 [sima]는 百濟로부터 上代 日本에 건너간 東音系 字音인 동시에, '島'를 意味하는 [sima]란 百濟語가 上代 日本列島에서 借用語로 受容된 것이라고 想定할 수 있다.

〔 3 〕

以上 論議된 內容을 要約하면 다음과 같다.

'島'를 나타내는 [sima]란 말은 日本의 固有語가 아니라, 百濟로부터 借用된 말로 推定할 수 있다.

왜냐 하면 첫째) 日本書紀에 收錄되어 있는 百濟新撰(455-523 A.D.)에 의하면 百濟 武寧王이 筑紫 各羅島에서 태어났기 때문에 百濟人들이 그를 불러 '섬王'즉 「시마(sima)王」이라 稱한 사실로 미루어, 당시 百濟語로 '島'가 [sima]였음을 想定할 수 있기 때문이다.

둘째) 1971년 忠南 公州에서 發掘된 武寧王陵 誌石에서도 그의 諱가 「斯痲」로 表記되어 있기 때문이다.

셋째) 그의 崩年(523 A.D.)이 三國史記와 日本書紀에서 一致되기 때문이다.

넷째) 百濟 第17代 阿華王代부터 第24代 東城王代에 이르기까지는 百濟의 王室과 日本 皇室(應神·仁德·雄略까지)과는 매우 親密한 關係를 維持하여 兩側의 來往이 자주 있어서 百濟의 王子 및 王孫 중 어느 누군가가 언제나 渡倭하여 大和倭의 宮中에 滯在하면서 日本 皇室사람과 交遊했다는 日本書紀 記事內容으로 미루어 볼 때, 「斯麻王(武寧王)」의 渡倭 事實은 事實 그대로로 認定해야 할 것이다.

다섯째) 百濟 斯麻王이 渡倭했다면 그의 人名도 자연히 그와 함께 日本에 傳播되었을 것이고, 당연히 [斯(si)]와 [麻(ma)]의 東音系 字音도 함께 傳播되었을 것으로 추정된다

여섯째) 日本書紀속에 收錄되어 있는 百濟系 渡倭人들의 人名 및 地名 表寫資料에서 볼 수 있는 [斯(シ)]와 [麻(マ)]의 表記例는 三國史記와 三國遺事에 收錄되어 있는 人名 및 地名 表記資料에 그대로 一致되는 것으로, 東音系 [si](斯)와 [ma](麻)가 그대로 日本에 反映된 것으로 推定된다.

일곱째) 百濟系 渡倭人인 船史一族에 의한 記錄으로 推定되는 推古朝遺文에서도 '島'를 나타내는 [sima]를 「斯麻」로 表記한 借字例가 보이기 때문이다. 여기서 第2音節의 「麻」의 吳音은 [me]이고 漢音은 [ba]이므로 「斯麻」를 當時 日本 現實音으로 읽으면 [sime]로 읽어야만 하는데, 이와는 달리, 그 表寫資料에서 언제나 [sima]로 읽은 것이다. 이 [sima]는 바로 百濟系 東音이라고 보지 않고는 달리 說明될 수 없기 때문이다.

여덟째) '島'를 나타내는 音仮名 [sima]에는 크게 두가지로 分類할 수 있다. A group의 用字例인 「斯麻 斯摩」와, B group의 用字例인 「志麻·志摩·志萬·志末·之摩·之魔·之萬·之末·辞摩」등으로 나눌 수 있는데, 前者의 경우가 「百濟系 渡倭人 筆錄者들이 흔히 使用하는 表記癖」이었다고 한다면 後者의 경우는 時代가 이보다 後代로 내

려오면서 주로 「日本人系 新筆錄者들에 의한 表記癖」이 [sima]의 表記에 反映되어 있는 것으로 보인다. 이러한 表記癖은 百濟系 渡倭人들인 所謂 船史一族에 의한 記錄으로 推定되며 推古朝遺文의 漢字借用表記法에서도 잘 表現되고 있다. 가령, 文章의 終止形을 나타내는 「~なり」의 表記에 「之」字를 借用한 것이라든가, 尊稱補助動詞를 나타내는 「たまふ」의 表記에 '賜'를 借字한 點은 三國系 金石文의 借用表記法에 그대로 一致된 點인데, 이러한 「之 · 賜」등이 時代를 내려오면서 日本人系 新筆錄者들에 의해 「之」는 「也」字로, 그리고 「賜」는 「給」字로, 各各 交替된 表記例를 發見할 수 있기 때문이다.

2. 〔Ki(城)〕의 表記樣式 및 그 語源

〔 1 〕

우리가 日本地名을 考察해 보면 그 속에 反映된 百濟系 借用語로 推定되는 것이 꽤 많다. 本稿에서는 그 중에서 [Ki(城)]만을 論議의 對象으로 한다.

日本側 資料인 「播磨国風土記 神前郡(716 A.D.)」에 의하면 百濟人들이 日本에 건너와서 百濟式으로 山城을 築城했다는 記錄이 있는데[47] 만약, 山城을 築城하는 技術文化가 百濟로부터 傳授된 것이라면, 築城하는 技術을 指導하기 위해 技術者가 直接 건너갔을 것이고 그 「實物(城)」에 대한 名稱까지도 自國語를 그대로 使用했을 可能性이 없지 않았을 것이다. 왜냐 하면, 첫째 우리側 資料인 三國史記 地理志 卷36에서 「城」을 나타내는 百濟語가 音借字인 [Ki(己 및 只)]에 對應되고 있는 文證을 發見할 수 있기 때문이다[48]. 둘째 日本側 地名表記資料에서도 '城'을 나타내는 말에 音仮名인 [Ki(基・貴・紀・帰)] 등이 各各 對應關係를 이루고 있는 文證이 보이기 때문이다[49].

現在 日本地名 表記資料에서 보면 '城'을 音讀하여 [ジョウ]로 읽

47) 秋本吉郎(1958), 「校注 風土記」
「あるひといへらく城を掘りし處は品太の天皇(応神)の御俗參度り来し百済人等有俗の隨に城(き)を造りて居りき其の孫等は川辺の里の三家(みやけ)の人夜代(やしろ)等なり」(一云掘城處者 品太天皇御俗 參度来百済人等 隨有俗 造城居之 其孫等 川邊里三家人 夜代等)

48) 〔2〕의 用例 4에서 ①・② 및 ③ 參照.

49) 〔2〕의 用例 5에서 ①, ②, ③, ④ 參照.

거나[50] 그것을 訓讀하여 [しろ]로 읽은 地名도 있다[51]. 그리고 [き]로 읽거나[52] [さし]로 訓讀한 경우도 있다[53]. 前二者의 경우에서는 日本式 音讀이거나 訓讀이지만, 後二者의 경우에서는 韓系 語源으로 보인다.

本稿에서는 이 後二者중 [Ki(城)]만이 百濟系 借用語로 보고, [Sasi(城)]는 新羅系 借用語로, [Ki(城)]와는 서로 軌를 달리한 것으로 推定한 것이다.

現在까지의 '城'을 나타내는 [Ki]와 [Sasi]의 語源研究에 대한 國內外 研究史를 要約해 보면, 前者인 [Ki(城)]의 語源에 대하여는 李基文(1961)[54] 大野晋(1974)[55]만이 百濟系 借用語로 본 것이다. 丸山林平(1967)[56]은 그 [Ki]의 語源을 「限り」에서 찾으려고 했다. 그리고 金沢庄三郎(1986:178-188)은 '城'을 [Ki]로 읽거나, [Siki]로 읽었다. 'き'의 語源에 대하여는 그도 다른 사람과 마찬가지로 '丘陵위에 城壁을 쌓아서 敵侵을 防備하는 것'에서 命名된 것으로 보았고, 다음 'シキ'의 語源에 대하여는 'キ'와 함께, '都城의 뜻'으로 把握한 것이다. 특히 [Siki]類에 대하여는 [Siki(斯岐・斯枳・師木・磯城・志貴・志紀), Saki(佐紀・狭城), Suka(周賀・須可)] 等의 日本地名과, 蒙古語의 [suku], 그리고 古代朝鮮語의 [sukuri(村主)] 等과의 借用關係가 成立된 것으로 推定한 바 있다. 後者인 [Sasi(城)]의 語源에 대하여는 松井

---

50) 〔2〕의 用例 1 參照.
51) 〔2〕의 用例 2 參照.
52) 〔2〕의 用例 3 參照.
53) 〔3〕의 用例 7 ⓐ - ⓝ 參照.
54) 李基文(1961), 國語史概說, p. 38 參照.
55) 大野晋・佐竹昭広・前田金五郎(1974), 岩波 古語辞典, p. 552 參照.
56) 丸山林平(1967), 上代語辞典, p.328 參照.

簡治(1967)[57]・丸山林平(1967)[58]・時枝誠記(1982)[59]・中田祝夫(1983)[60]・中村幸彦(1984)[61] 등이 이미 古代朝鮮語로 推定한 바 있다.

筆者가 本稿에서 論議하고자 하는 것은 [Ki(城)] 및 [Sasi(城)] 兩者 모두가 일본에 건너갔지만 前者인 [Ki(城)]란 말은 日本에 借用語로 受容된 데 反해서, 後者인 [Sasi(城)]란 말은 三國關係地名表記資料에서만 보일 뿐, 日本에 借用語로 受容되지 못한 것으로 推定한 것이다. 왜냐 하면, 前者의 경우는 現代 日本地名 表記資料에서 뿐만 아니라 日本上代文獻地名表記例에서도 그 借字例가 풍부하게 發見되고 있는데 反해서 後者의 경우는, 現代 日本地名表記例에서 그 借字例가 發見되지 않으며 또 日本上代文獻 地名表記資料에서도 그 用字例가 發見되지 않기 때문이다(다만, 日本書紀속에 收錄된 三國關係地名表記에서만 그 用字例가 보일 뿐이다).

本稿가 日本地名語源을 論議의 對象으로 삼은 動機는 첫째) 地名表記가 매우 保守性이 강해 古語를 고스란히 간직하고 있어서 日本地名 속에 反映되어 있는 韓系 語源에 대한 硏究는 우리의 古代漢字借用表記資料의 貧困性을 克服할 수 있기 때문이고, 둘째) 그것을 통해서 우리의 古代韓國語를 再構할 수 있는 기틀이 마련되기 때문이다.

本稿의 [1]에서는 序文을, [2]에서는 [Ki(城)]의 語源에 대한 論議를, [3]에서는 [Sasi(城)]의 語源에 대한 論議를, [4]에서는 結論을 要約하기로 한다.

---

57) 松井簡治・上田萬年(1967), 修訂 大日本国語辞典, p. 864 參照.
58) 丸山林平(1967), op. cit. p. 58 參照.
59) 時枝誠記・吉田精一(1982), 角川 国語大辞典, p. 824 參照.
60) 中田祝夫・和田利政・北原保雄(1983), 古語大辞典, p. 696 參照.
61) 中村幸彦・岡見正雄・阪倉篤義(1984), 角川 古語大辞典, p. 672 參照.

〔 2 〕

[1]에서도 言及한 바와 같이, 山城을 築城하는 技術文化가 百濟로부터 日本에 傳授되었다면, 그 築城하는 技術者가 건너갔음은 勿論이고, 그 「實物(城)」에 대한 名稱도 自國語인 百濟語를 그대로 使用했을 可能性이 없지 않을 것이다.

現在 日本地名表記資料를 살펴 보면 '城'을 音讀하여 [ジョウ]로 읽거나 訓讀하여 [しろ]로 읽은 地名도 있다. 그리고 [き]로 訓讀한 地名도 보인다.

◎ [城(ジョウ)]의 表記例

用例 1：
七城町(シチジョウマチ) <熊本県菊池郡>
弁城(ベンジョウ) <福岡県田川郡方城町>
城辺町(ジョウヘンチョウ) <愛媛県南宇和郡>
西城内(ニシジョウナイ) <佐賀県唐津市>
東城内(ヒガシジョウナイ) <佐賀県唐津市>
城南町(ジョウナンチョウ) <鹿児島縣鹿兒島市>
西城町(サイジョウチョウ) <広島県比婆郡>
多賀城市(タカジョウシ) <宮城県>
新城(シンジョウ) <鹿児島県垂水市>
安城市(アンジョウシ) <愛知県>
五城目町(ゴジョウメマチ) <茨城県南秋田郡>

南城内(ミナミジョウナイ) <佐賀県唐津市>
高城(タカジョウ) <鹿児島県垂水市>
安城(アンジョウ) <鹿児島県西之表市>
東城町(ヒガシジョウチョウ) <広島県>

이밖에 <駅名>에서 '城'을 [ジョウ]로 읽은 用例도 보인다.

城川原(ジョウガワラ) <富山港線>
城野(ジョウノ) <日豊線・日田彦山線・小倉モノレール>
城端(ジョウハタ) <城端線>
高城(タカジョウ) <日豊線>
多賀城(タカジョウ) <仙石線>
南安城(ミナミアンジョウ) <名鉄西尾線>
都城(ミヤコノジョウ) <日豊線>
武蔵新城(ムサシシンジョウ) <南武線>
山城(ヤマジョウ) <三岐鉄道三岐線>

◎ [城(しろ)]의 表記例

用例 2：
城山町(しろやまちょう) <福岡県北九州市・鹿児島県鹿児島市・愛知県名古屋市・神奈川県津久井郡>
山城町(やましろちょう) <京都府熊野郡・德島県三好郡>
城川町(しろかわちょう) <愛媛県東宇和郡>
新城市(しんしろし) <愛知県>
城木町(しろきちょう) <愛知県名古屋市>
城町(しろまち) <福岡県久留米市>

이밖에 <駅名>에서 '城'을 [しろ]로 읽은 用例도 보인다.

市城(いちしろ) <吾妻線>
神城(かみしろ) <大糸線>
城下(しろした) <上田交通>, <岡山電軌東山本線>
城西(しろにし) <飯田線>
新城(しんしろ) <飯田線>
南神城(みなみかみしろ) <大糸線>
山城青谷(やましろあおたに) <奈良線>
山城多賀(やましろたが) <奈良線>

◎ [城(き)]의 表記例

用例 3:
岩城(いわぎ) <熊本県葦北郡津奈木町>
岩城村(いわぎむら) <愛媛県越智郡>
宮城郡(みやぎぐん) <宮城県>
大城(おおぎ) <福岡県三井郡北野町・福岡県大野城市>
上益城郡(かみますぎぐん) <熊本県>
水城(みずぎ) <福岡県太宰府市>
築城町(ついぎまち) <福岡県筑上郡>
姫城(ひめぎ) <鹿児島県国分市・鹿児島県あいら郡はやと町>
城崎町(ぎのさきちょう) <兵庫県城崎郡>
天城町(あまぎちょう) <鹿児島県大島郡>
小城町(おぎまち) <佐賀県小城郡>
下益城郡(しもますぎぐん) <熊本県>
豊城(とよぎ) <福岡県浮羽郡田主丸町>
高城町(たかぎちょう) <鹿児島県川内市>

坂城町(さかきまち) <長野県埴科郡>
赤城村(あかきむら) <群馬県勢多郡>
北茨城市(きたいばらきし) <茨城県>
頸城村(くびきむら) <新潟県中頸城郡>
東頸城郡(ひがしくびきぐん) <新潟県>
中頸城村(なかくびきむら) <新潟県>
茨城町(いばらきまち) <茨城県結城郡>
宮城野区(みやぎのく) <宮城県宮城市>
天城湯ケ島町(あまぎゆがしまちょう) <静岡県田方郡>
金城町(かなぎちょう) <島根県那賀郡>
城崎町(ぎのさきちょう) <兵庫県城崎郡>
吉城郡(よしきぐん) <岐阜県>
稲城市(いなぎし) <東京都>
結城市(ゆうきし) <茨城県結城郡>
西茨城市(にしいばらきし) <茨城県>
西頸城郡(にしくびきぐん) <新潟県>
岩城町(いわきまち) <茨城県由利郡>
宮城村(みやぎむら) <群馬県勢多郡>

이밖에 <駅名>에서 '城'을 [き]로 읽은 用例도 보인다.

磐城(いわき) <近鉄南大阪線>
磐城淺川(いわきあさかわ) <水郡線>
磐城石井(いわきいしい) <水郡線>
磐城石川(いわきいしかわ) <水郡線>
磐城太田(いわきおおた) <常磐線>
磐城棚倉(いわきたなくら) <水郡線>

磐城常葉(いわきときわ) <磐越東線>
磐城守山(いわきもりやま) <水郡線>
大城(おおき) <西鉄甘本線>
小城(おぎ) <唐津線>
城戸(きど) <篠栗線>
城崎(きのさき) <山陰線>
薩摩高城(さつまたかき) <鹿児島線>
水城(みずき) <鹿児島本線>
宮城野原(みやぎのはら) <仙石線>
結城(ゆすき) <水戸線>

윗 用例 1 및 2의 경우에서는 日本式의 音讀이거나 訓讀이지만 윗 用例 3의 [Ki]로 읽힌 경우에서는 日本의 固有語가 아닌, 韓半島로부터 건너간 말이 日本地名에 反映된 것으로 推定된다. 왜냐 하면, 當時 百濟에서는 '城'을 意味하는 말에 [Ki(己・只)]란 音借字를 借用한 文證이 三國史記 地理志 卷36에서 보이며, 新羅 第35代 景德王 때에 옛 百濟地名과 高句麗地名[62]을 모두 漢字語로 改新한 事實이 있기 때문이다.

用例 4 :
① 悅城縣本百濟悅己縣 <三國史記 地理志 卷36>
('열성현'은 本來 百濟의 '열기현'였다.)
② 潔城郡本百濟結己郡 <三國史記 地理志 卷36>
('결성군'은 本來 百濟의 '결기군'였다.)
③ 儒城縣本百濟奴斯只縣 <史記 地理志 卷36>

62) 高句麗에서는 〔hol(忽)〕이란 말이 '城'의 意味로 쓰였다. 가령, 似城本史忽, 積利城本赤里忽, 車城縣本車忽縣, 高城郡本達忽 등

('유섣현'은 본래 백제의 '놋긷현'였다)

윗 用例4. ① 및 ② 등은 本來의 百濟地名인 '悅己縣'을 '悅城縣'으로, 그리고 本來의 '結己郡'을 '潔城郡'으로 各各 改新했고, 윗 用例4 ③은 本來의 百濟地名인'奴斯只縣'을 '儒城縣'으로 各各 漢字式으로 改新한 것이다. 여기서 윗 用例4. ①및 ② 등은 百濟語 [Ki(己)]가 漢字語인 '城'에, ③은 百濟語 [Ki(只)]가 漢字語인 '城'에 各各 對應되고 있음을 볼 수 있다. 前者 4 ① 및 ②의 경우, '己'가 [Ki]로 일반적으로 읽혀지지만[63], 後者 4 ③의 경우, '只'가 [Ki]로 읽혀짐은 常道에서 벗어난 듯이 보일 것이다. 왜냐 하면 '只'의 中古音은 「紙韻」 혹은 「支韻」이기 때문이다.[64] 그러나, 鄕札.吏讀의 讀法에 의하면 '只'字가 [^ci]가 아닌, [Ki]이므로[65] 例 4 ③의 '奴斯只縣'은 '놋긷현'으로 읽혀진다. 그러나 「奴斯(놋)」이 '儒'에 對應된 경우에는 문제가 있다. 하나는 原文의 [yu]字가 '鍮'의 誤植일 경우거나[66] 또 하나

---

63) 諸橋轍次(1969), 大漢和辭典, P. 381(四卷)에 의하면

己 ┌① キ〔集韻〕 荀起切
　 │② キ〔集韻〕 居吏切
　 └③ コ〔慣習音〕

64) Ibid. p. 749(二卷)에 의하면

只 ┌① シ 〔集韻〕 章移切
　 └② シ 〔集韻〕 掌氏切

藤堂明保(1966), 「漢字語源辭典」 p. 464 參照.

* tieg → tʃɪe

cf) 是 : 周 dhieg → 六朝 ʒie → 唐ʒɪe → 元 si → 北京 si

吳音 ゼ 　　漢音シ

65) 향가인 稱讚如來歌 9行의 「必只」에서의 「只」는 〔Ki〕로 읽기도 하고, 〔K〕로 읽기도 했다. 가령, 「반ᄃᆞ긷〈小倉〉」, 「반독〈完〉」 등 또는 「비록」〈梁·善·俊〉으로도 읽었다. 遇賊歌 9行의 「唯只」에서의 「只」는 〔K〕로 읽기도 했다(「오딕」〈徐·俊·完〉). 그리고 鄕藥救急方(十三世紀 資料)에서 「癮」을 「置等羅只(두드러긷)」로 읽은 文證도 있다.

는 가령 '琉璃眼鏡'을 '麥鏡'으로 읽는 등 取音字로 보는 경우거나 둘 중의 하나인데,[67] 위의 어느 경우에 해당되는지 速斷하기는 어려우나 '奴斯只縣(노기현)'을 '儒城縣'에 對應되는 用例임은 確然하다.

日本側 地名表記資料에서도 '城'을 나타내는 말에 音仮名 [Ki(基・貴・紀・帰)]가 對應關係의 借字例로 보인다.

用例 5 :

① 柯羅俱爾能基能陪爾(韓国の城の上に) <紀謠 100・101 番歌>
カラクニノキノヘニ

② 志貴嶋倭国者(磯城島の大和の国は) <萬歌 十三・3254 番歌>
シキシマノヤマトノクニハ

③ 宇陀能多加紀爾(宇陀の高城に) <記謠 9 番歌>
ウタノタカキニ
迦豆良紀多迦美夜(葛城高宮) <記謠 58 番歌>
カツラキタカミヤ
曾能多迦紀那流(その高城なる) <記謠 60 番歌>
ソノタカキナル

④ 斯歸斯麻宮(磯城島の宮) <露盤銘>・<丈六銘>・<繡帳銘>
シキシマノミヤ

윗 用例5 ① - ④ 등에서 '城'을 나타내는 말에 모두 音仮名 [Ki]가 各各 對應되는 경우다. 즉 例 5 ①에서는 [Ki(基)][68], ②에서는

---

66) 趙炳舜(1984)「補增 三國史記」에 依하면 '儒'를 '鍮'字의 誤植으로 보지 않았다는 點.

67) 丁若鏞(1819), 「雅言覺非」에서는 '琉璃眼鏡'의 '琉璃'를 13世紀 中國 中古音「보리・버리」로 取音하여 '麥鏡'으로 읽은 사실이 있다.

68) 藤堂明保(1957), 「漢字語源辭典」, p.124 參照.
基 : 周 kiəg ⟶ 六朝 kiei ⟶ 唐 ki ⟶ 元 ki ⟶ 北京 tsi

[Ki(貴)][69], ③에서는 [Ki(紀)][70], ④에서는 [Ki(帰)][71] 등이 各各 借字된 경우로 韓日兩側에 共通點이 있다.

그런데 [Ki(城)]의 用字例는 現在 日本地名에서도 보이지만, 日本上代文獻資料인 推古朝遺文[72]・古事記・日本書紀・萬葉集歌 등에서도 많이 發見되며, 播磨国風土記(716 A.D.)・常陸国風土記(718 A.D.)・肥前国風土記(732 - 746 A.D.) 등에서도 [Ki(城)]의 用字例가 많이 보인다.

用例 6 :

高城乃山(高城の山) <記謠 9・60 番歌>, <萬歌 三 353 番歌>
タカキノヤマ
葛城(かづらき) <記謠 58 番歌>, <書紀 神功摂政 5年 3月>
磯城島(しきしま) <露盤銘>, <萬歌 九 1787・十三 3326 番歌>
城上(きのへ) <紀謠 100・101 番歌>, <書記 垂仁 5年 10月>,
<萬歌 十三 3324・3326 番歌>
城中(きのなかに) <書紀 垂仁 5年 10月>

吳音 コ・キ　漢音 キ

69) 諸橋轍次(1969), op. cit. p. 726(十卷), 參照.
貴 : 〔集韻〕歸謂切

70) 諸橋轍次(1969), op. cit. p. 935(八卷) 參照.
藤堂明保(1957), op. cit. p. 128 參照.
* k'iəg ⟶ k'iei

71) 諸橋轍次(1969), op. cit. p. 723(六卷) 參照.
帰 : ① キ 〔集韻〕居韋切
② ギ┐〔集韻〕求位切
キ┘

72) 大矢透(1911)가 推古朝 當時의 金石遺文을 收錄해 놓은「仮名源流考」에 依함.「元興寺露盤銘・元興寺丈六光背銘・法降寺金堂薬師光背銘・法隆寺金堂釈迦佛光背銘・法隆寺二尊佛光背銘・天寿国曼茶羅繡帳銘・上宮記逸文・上宮太子系譜・伊予道後溫湯碑文 등.

城崩(きくづれて) <書紀 垂仁 5年 10月>
作城(きをつくる) <書紀 垂仁 5年 10月>
稲城(いなき) <書紀 垂仁 5年 10月>
囲城(きをかくむ) <書紀 垂仁 5年 10月>
今城岳(いまきのをか) <萬歌 十 1944 番歌>
石城山(いはきやま) <萬歌 十二 3195 番歌>
石城(いはき) <萬歌 十二 3195 番歌>
大荒城(おおあらき) <萬歌 三 441 番歌>
城国(きのくに) <萬歌 九 1679 番歌>
城山道(きのやまみち) <萬歌 四 576 番歌>
奥津城(おくつき) <萬歌 九 1801・1802・1807 番歌>
奥津城處(おくつきどころ) <萬歌 三 432・九 1801 番歌>
掘城(きをほりし) <播磨記 神前郡>
造城(きをつくりて) <播磨記 神前郡>, <常陸記 茨城郡>,
小城(をき) <肥前記 小城郡>
茨城(いばらき) <常陸記 茨城郡>, <萬歌 二十 4364・4367 番歌>
城宮(きみや) <播磨記 賀古郡>
城牟禮山(きむれやま) <播磨記 神前郡>

그런데 日本上代文獻속에 收錄된 天皇族의 人名表記에서도 [Ki(城)]의 用字例가 보이는데[73] 天皇族들이 그 都城을 統治한 緣由에서 命名

---

73) ① 葛城王(敏達天皇의 皇子), 葛城皇子(欽明天皇의 皇子)
葛城直磐村(用明天皇嬪인 広子의 父)
葛城襲津彦(仁德天皇皇后인 磐之媛의 父)
葛城韓媛(雄略天皇의 妃), 葛城高額比賣(神功皇后의 母)
葛城圓大臣(葛城襲津彦의 孫)
② 大原今城眞人(今城王, 大伴坂上郎女의 子)
③ 御間城入彦(崇神天皇), 御間城姫(崇神天皇의 皇后)
④ 磐城王(允恭天皇의 皇孫), 磐城皇子(雄略天皇의 皇子)

된 것으로 推定된다. [Ki(城)]란 姓氏는 現代人名表記에서도 그대로 이어지고 있다.[74] 또 現代人名중에는 그 祖上이 山城을 築造하는데 關與한 緣由로 命名된 「やまき(山城)」라든가 「やましろ(山城)」란 姓氏도 꽤 많이 보인다.[75] 이 事實은 일본에 山城을 築造하는 技術文化의 傳授와 더불어 그 技術者들에게 命名된 것으로 推定된다. 왜냐 하면 日本古代人名에서 'やましろ'란 人名表記를 訓仮名인 「山代(やましろ)」로 表記하거나 「山背(やましろ)」로 表記한 用例가 發見되는데 이들은 'やましろ'란 姓氏밑에 「いみき(忌寸 또는 伊美吉)」란 官職名이 붙어 있다(드물게는 「むらじ(連)」도 있다).[76] 姓氏錄에 의하면 官職을

---

74) ① 古城利明(中央大 教授, 政治社会学)
② 高城修三(小説家)
③ 城戸又一(福岡大 名誉教授)
城戸眞理子(タレント)
城戸夏男(茨城大 客員教授)
城戸毅(東大 教授 西洋史学)

75) 山城晴夫やまきはるお(小説家)
山城章やましろあきら(鳥取大 名誉教授, 経営学)
山城祥二やましろしょうじ(放送大 客員教授, 分子生物学)
山城新伍やましろしんご(俳優)
山城彬成やましろよしなり(NKK 社長)
山城隆一やましろりゆういち(大阪工芸グラフイツク デサインナ)
山城巴やましろともえ(小説家)

76) ① 「山代」의 表記例 :
山代忌寸国依(河内国山代郷의 戸主)
山代忌寸豊足(河内国石川郡大国郷의 戸主)
山代忌寸百引(河内国石川郡人)
山代伊美吉東人(河内国石川郡余戸郷의 戸主)
山代伊美吉大村(河内国石川郡人)
山代伊美吉大山(河内国石川郡人)
山代伊美吉眞作(河内国石川郡人)
② 「山背」의 表記例 :
山背忌寸凡海(山背国愛宕郡愛宕郷의 戸主)

「皇別(天孫民族)・神別(宿禰, 朝臣, 臣)・蕃別(忌寸, 連, 村主, 首)」등 三大別할 수 있는데 그중에서 「忌寸・連」등은 蕃別에 속한 官職으로서 오직 三國系 渡倭人들에게만 붙여진 벼슬이름인 것이다. 따라서 [やましろ]를 비록 「山代」 또는 「山背」로 表記했다하드라도 그 姓氏밑에 「いみき(忌寸 또는 伊美吉)」나 「むらじ(連)」가 붙어 있는 點으로 미루어 볼 때, 「山代(やましろ)」는 河内国에, 「山背(やましろ)」는 山背国에 居住地를 가졌던 氏族들로서 「山城(やまじろ)」와 결코 無關하지 않을 것이며, 이 事實은 그들의 祖上들이 山城을 築造하는데 關與한 百濟系 渡倭人 技術者이었음을 示唆해 주는 것이다. 그런데, 金沢庄三郎(1986 : 179-185)은 [1]에서 言及한 바와 같이 '城'을 나타내는 말의 語源을 「キ」類와 「シキ」類의 두가지로 分類한 바 있다. [Ki]類가 「高城(たかき)」로부터 「都城・都邑」의 意味로 바뀐 것으로 認識한 點에 있어서는 全的으로 同調하지만, [Siki]類의 設定에 대하여는 筆者는 다음 몇가지 理由에서 同意할 수 없다. 왜냐하면 첫째) 蒙古語의 「saha・saki・saka・sku」 等이 「防備・牆壁」의 意味가 있어서 이와 音相이 비슷하다고 하여 [Siki]類와의 聯關을 생각한 것 같으나, 「高城(たかき)」란 築城文化가 百濟로부터 日本에 건너간 文証이 있고, 築城 후 그 實物에 대한 名稱을 自國語인 百濟語 [Ki]로 命名했을 可能性이 크기 때문이다. 둘째) 古代의 朝鮮語인 「村主(スクリ)」를, 「村干(スキカヌ → スカヌ → スカル → スクリ)」으로 把握하여 [Siki]類로 認識하였으나, 「村主」와 「高城」과는 歷史的으로 아무런 關聯이 없다. 오히려 「高城」과 關聯이 깊은 姓氏로는 「やまき(山城)・やましろ(山城・山

山背忌寸嶋賣(山背国愛宕郡의 戶主)
山背忌寸品遲, 山背忌寸諸上, 山背忌寸野中, 山背忌寸広橋,
山背連韎鞨

背・山代)」등이 있는데 이들의 'かばね'가 「忌寸・連」로서 三國系 특히 百濟系 渡倭人임이 確實하기 때문이다(註 29・30 參照). 셋째) 그가 例示한 古代 朝鮮地名중에는 [Siki]類에 속한다기보다는 오히려 [Ki]類에 속한 것이 더 많기 때문이다(가령, 伊斯枳(いしき)・都久斯岐(つくしき 등). 넷째) 「塞・防」의 意味를 나타내는 「佐伎牟理(防人)」의 [Saki]라든가, 同一한 意味를 가진 蒙古語의 [Suku]라든가, '飛鳥'의 意味를 나타내는 '阿須可'에서의 [Suka] 等은모두 [Siki]類와 音相이 相似하여 [Siki]類에 속한 것으로 認識하였으나 [Ki]類와는 그 語源的 差異가 크므로 서로 軌를 달리한 것으로 보기 때문이다. 筆者는 오직 [Ki(城)]類만이 百濟系 語源으로 「高城(たかき)」란 '都城'의 意味가 後代로 내려오면서 '城郭'에서 '都市'의 意味로 바뀌어서 日本의 現代地名속에 借用語로 受容된 것으로 推定한다.

〔 3 〕

日本 上代語에서 '城'을 意味하는 말에 [Ki(城)]以外에 [Sasi(城)]란 말이 하나 더 있다. 그러나, [Sasi(城)]는 [Ki]와는 달리, 日本上代文獻資料에서는 그 用字例가 보이지 않지만 오직 日本書紀에 收錄되어 있는 三國關係地名 속에서만 그 用字例가 發見될 뿐이다.

用例 7:

ⓐ 東韓者 甘羅城・高難城・爾林城 是也 <書紀 応神 16年 2月>
(東韓はかむらのさし・かうなんのさし・にりむのさしなり)

ⓑ 次于蹈津拔草羅城還之 <書紀 神功摂政 5年 3月>

(たたらの津に次りてさわらのさしを抜きて還る)

ⓒ 三月伴跛築城於子呑・帶沙... <書紀 継体 8年 3月>
(三月に, 伴跛, さしをしとん・たさに築きて...)

ⓓ 割多多羅・素奈羅・弗知鬼・委陀・南迦羅・阿羅羅　六城以請服 <書紀 推古 8年 2月>
(たたら・すなら・ほちくぃ・わだ・ありひしのから・あらら, むつのさしを 割きて服はむと請す)

ⓔ 抜刀伽・古跛・布那牟羅, 三城 <書紀 継体 23年 3月>
(とか・こへ・ふなむら, 三つのさしを抜る)

ⓕ 自熊川入任那己叱己利城 <書紀 継体 23年 4月>
(くまなれより, 任那のこしこりのさしに入る)

ⓖ 率衆守伊斯枳牟羅城 <書紀 継体 24年 9月>
(ともがらを率ていしきむらのさしを守らしむ)

ⓗ 築城而還. 号曰久禮牟羅城. <書紀 継体 24年 9月>
(さしを築きて還る. 號けてくれむらのさしと曰ふ)

ⓘ 還時觸路, 抜藤利枳牟羅・布那牟羅・牟雌枳牟羅・阿夫羅・久知波多枳, 五城. <書紀 継体 24年 9月>
(還る時に觸路に, とりきむら・ふなむら・むしきむら・あぶら・くちはたき, 五つのさしを抜る)

ⓙ 達率餘自進, 據中部久麻怒利城 <書紀 斉明 六年 9月>
(だちそちよじしん, 中部のくまのりのさしに拠る)

ⓚ 仮遣軍将, 據疏留城 <書紀 天智 元年 3月>
(仮りて軍将を遣して, そるさしに拠らしむ)

ⓛ 今可遷於避城 <書紀 天智 元年 12月>
(今へさしに遷るべし)

ⓜ 取新羅沙鼻・岐奴江, 二城<書紀 天智 二年 6月>
(新羅のさび・きぬえ, 二つのさしを取る)

ⓝ 甲戌, 日本船師, 及佐平余自信・達率木素貴子・谷那晋首・憶禮福留, 幷国民等, 至於弖禮城 <書紀 天智 2年 9月>

(甲戌に日本の船師, 及び佐平よじしん・達率もくそくいし・こくなしんす・おくれいふくる, 并て国民等, てれさしに至る)

윗 用例7 ⓐ - ⓝ까지는 日本書紀속에서 '城'을 나타내는 말을 [Sasi]로 읽은 表寫例인데 모두가 三國關係 地名 表記에서만 볼 수 있는 地名이다. 즉 日本書紀 注釈[77]에 의하면 用例7 ⓐ의 「甘羅城(かむらのさし)」는 現在 「全北咸悅」, 「高難城(かうなんのさし)」는 「全南 谷城」, 「爾林城(にりむのさし)」는 「忠南 大興」 등을 가리킨다. ⓑ의 「草羅城(さわらのさし)」는 現在 「慶南 梁山」을, ⓒ의 「子呑(しとん)」 및 「帶沙(たさ)」 등은 現在 「慶南 晋州」를 가리킨다. ⓓ의 「多多羅(たたら)・素奈羅(すなら)・弗知鬼(ほちくぃ)・委陀(わだ)」 등 4邑과 南迦羅(ありひしのから)와 「阿羅羅(あらら)」 등은 現在 釜山・金海 및 그 周邊의 地域을 가리킨다. ⓔ의 「刀伽(とか)・古跛(こへ)・布那牟羅(ふなむら)」 등은 현재 地名이 未詳이나 釜山・金海 地域으로 推定된다. ⓖ의 「伊斯枳牟羅城(いしきむらのさし)」도 확실치 않으나 慶南地域으로 推定된다. ⓗ의 「久禮牟羅城(くれむらのさし)」는 현재 慶北 「達成」, ⓘ의 「勝利枳牟羅(とりきむら)・布那牟羅(ふなむら)・牟雌枳牟羅(むしきむら)・阿夫羅(あぶら)」 등 4城은 현재 「慶北 達成」에 해당되며 특히 「久知波多枳(くちはたき)」는 「慶北 達成郡 永智面」을 가리킨다. ⓙ의 「久麻怒利城(くまのりのさし)」는 현재 「忠南 公州」를 가리키며, ⓚ의 「疏留城(そるさし)」는 現在 '錦江下流沿岸の山'으로 推定되며 ⓛ의 「避城(へさし)」는 現在 「全北 金堤」로 推定되며 ⓜ에서 「沙鼻(さび)」는 「慶北 尙州」,「岐奴江(きぬえ)」는 「慶北 三嘉」, ⓝ의 「弖禮城(てれさ

---

77) 坂本太郎・家永三郎・井上光貞・大野晋(1977), 「日本書記 上・下」(日本古典文学大系 67)에 收錄된 注釈 參照.

し)」는 「全南 烏城」 地域으로 各各 推定한 바 있다. 以上의 用例7. ⓐ - ⓝ 등은 모두가 三國關係地名이 日本書紀속에 引用된 것들이다.

[Sasi(城)]의 語源에 대하여 前述한 바와 같이 松井簡治(1967)・丸山林平(1967)・時枝誠記(1982)・中田祝夫(1983)・中村幸彦(1984) 등이 이미 古代朝鮮語로 推定한 바 있으나, 다른 地名語源說도 있다. 첫째) 佐賀縣 唐津市의 地名인 「佐志」에서 語源을 찾으려는 異說도 있다. 「松浦家世傳」에 의하면 當地의 浜田城에 松浦黨의 佐志氏가 居住한데서 그 人名을 取해서 [Sasi(佐志)]란 地名이 發生했다는 說[78] 둘째) 神功皇后가 朝鮮出兵 때, 當地에서 大陸의 方向을 '指さし'한 것에서 由来되었다는 說[79] 그리고 アイヌ系 語源 「チャシ(城砦)」에 根據를 둔 說[80]도 있으나 筆者는 [Sasi]는 古代韓國語 '자시(城)'을 音仮名 「佐志(さし)」로 表記한 것으로 보고자 한다. 왜냐 하면, 「佐賀県 唐津市 佐志(さし)」는 東松浦半島東部에 位置해서, 北은 唐津湾의 一部 唐房灣에 面하고, 中央을 佐志川가 南北으로 통하고 있어 韓半島와는 예로부터 海上交通이 頻繁했던 곳이기도 하다. 現在에도 唐津湾의 西東丘陵의 山麓에는 浜田城이 位置하고 있어서 唐津市의 地名중에는 가령, 「佐志中里(さしなかざと)・佐志中通(さしなかどおり)・佐志浜町(さしはままち)・佐志南(さしみなみ)」 등이 現存하는데 특히 中世 (鎌倉期 - 南北朝期)에 보이는 村名인 「佐志村」란 '城'을 나타내는 말로 韓半島로부터 건너간 말임을 示唆해 주고 있다. 또한 日本의 上代文獻資料에서도 그 借用例가 發見되지 않는다는 事實에 注目할 필요가 있

78) 角川 日本地名大辭典(1990), 「佐賀県」 編, p. 328. 唐津市 '佐志' 參照.

79) Loc. cit.

80) 上代語辞典編修委員会 編(1990),「時代別国語大辞典」 上代編, p.329 '參考欄' 參照.

다. 이 [Sasi]란 말은 [Ki]와 함께 '城'을 나타내는 말이지만 첫째) 現在 日本地名에서 借用例가 없고 둘째) 日本上代文獻表記資料에서도 用字例가 없다는 點으로 미루어 보아, [Sasi]는 當時 日本에 건너갔지만 借用語로 受容되지 못한 말로, [Ki]와는 軌를 달리한 것으로 推定된다. [Ki]가 日本에 借用되어 百濟滅亡과 함께 韓國側 漢字借用表記資料에서 자취를 감추는 運命에 놓이게 된 말이라고 한다면 [Sasi]는 [Ki]와 軌를 달리하여, 古代韓國語에서 中世韓國語에 이르기까지 그 命脈을 꾸준히 維持해 온 것으로 推定된다.

왜냐 하면 첫째) 이 [Sasi(城)]는 新羅鄕歌에서부터 「城(잣)」 <彗星歌 ②>이란 用例를 보이기 때문이다.

用例 8 :

乾達婆矣遊烏隱城叱肹良望良古 <彗星歌 2行>

① 건달파ᄋᆡ 노론 자ᄉᆞᆯ랑 ᄇᆞ라고(건달파의 논城을 바라보며) <完>
② 乾達婆의 노온 잣ᄋᆞᆯ난 바라고 <小倉>
③ 乾達婆ᄋᆡ 노론 잣ᄒᆞᆯ란 ᄇᆞ라고 <梁>
④ 乾達婆ᄋᆡ 노론 잣ᄒᆞᆯ란 ᄇᆞ라고 <池>
⑤ 깐딸빠이 놀온 잣깔란 바라고 <善>
⑥ 乾達婆ᄋᆡ 노론 잣하 ᄇᆞ라고 <徐>
⑦ 乾達婆의 놀온 잣흘아 바라고 <俊>

윗 用例 8.① - ⑦ 에서 '城'을 '잣'으로 解讀함에는 모두 一致한다. 다만, 解讀의 正道에서 벗어난 ⑥ 및 ⑦을 論外로 한다면 모든 解讀에서 「城叱肹良」을, 「訓讀字(城) + 末音添記字(叱) + 對格(肹) + 指定格(良)」의 構造로 把握했다. 따라서 '城'을 나타내는 古代新羅語는 [^cas(잣)]로 推定된다.

十五世紀 中世 韓國語에서도 '城'을 나타내는 말에 [^cas(잣)]이란 用字例를 보이기 때문이다.

用例 9 :
잣곶(城串) <龍歌 四 21>
잣뫼(城山) <龍歌 一 52>
나라히며 자시며 <釋譜 六 40>
ᄆᆞᄉᆞᆯ히어나 자시어나 <釋譜 六 40>
ᄡᅡ히어나 자시어나 <釋譜 十九 1>
城은 자시라 <月印 一 6>
ᄃᆞᆫ니ᄂᆞᆫ 자새 (於所遊城) <楞經 一 32>
ᄇᆞ라ᄃᆡ 잣 ᄀᆞᆮ다가 ᄒᆡ 노ᄑᆞ면 업ᄂᆞ니라 <楞經 八 55>
셔울 잣안(東京在城) <朴初 上 60>
외ᄅᆞ왼 자샌(孤城) <杜初 七 10>
막대를 지혀 외로왼 자ᄉᆞᆯ 도라셔쇼라(倚杖背孤城) <杜初 三 44>
잣 안해 十萬戶ㅣ 어니와(城中十萬戶) <杜初 七 7>
아ᄒᆡ 죵이 잣안 져재로셔 오니(童僕來城市) <杜初 十 15>
잣다온 뎌 當今ㅅ景 잣다온뎌 <新都歌>
城 : 잣셩 <訓蒙字會 中 8>, <新增 上 18>, <石千 27>

그러나 17世紀의 近代韓國語에 내려오면서 漢字語의 세력에 밀려서 우리의 固有語[^cas(잣)]이 漢字語[Seong]에 代替되었기 때문이다.

用例 10 :
셩가킈(名) 성가퀴(城垛子) <同文 上 40>
셩각회(名) 성가퀴 ┌堞 : 성각회 텹 <倭語>
└城垛口 <漢淸>
셩각회구무(名) 성벽에 대포를 쏘기 위해 뚫어놓은 구멍<譯語補>

셩귀다야(名) 城의 水門 (垜口水眼) <同文 上 40>
셩문밧(名) 城門밖 <同文 上 40>, <漢淸 262>

이 [Sasi(城)]는 新羅鄕歌에서 [^cas (城)]이란 用例가 쓰인 點으로 보아, 古代新羅語에서 中世韓國語에 이르기까지 그 命脈을 維持해 오다가 近代韓國語에 들어와서 漢字語인 [Seong(城)]에 밀려 그와 代替되어 버린 新羅語系로 보인다. 周知하는 바와 같이, 滿洲와 韓半島에서 使用된 言語중에는 高句麗語·沃沮語·濊語 등 北方의 夫餘系와 南方의 辰韓(新羅語)·弁韓(加耶語)·馬韓(百濟語) 등 韓系의 二大語群의 言語가 相異했고, 韓系 言語間에도 서로 다른 言語를 使用했을 可能性이 있다. 왜냐 하면 첫째) 三國志 魏志 東夷傳에서 辰韓(新羅語)는 弁韓(加耶語)과는 言語 風習이 서로 같지만 馬韓(百濟語)과는 그 言語가 相異한 點[81], 둘째) 梁書 百濟傳에서 百濟語가 高句麗語와 같다는 點[82] 셋째) 周書 異域傳 百濟條에 의하면 百濟語는 支配層의 言語가 被支配層의 言語에 置換 現象을 일으키지 못한 上層言語란 點[83] 등으로 미루어 볼 때, [Ki]와 [Sasi]는 同一한 韓系言語에 속하지만, 그 軌를 달리한 言語로서 [Ki(城)]만이 日本에 受容되어 그 結果, 現在까지 日本地名에 反映되어 있는 百濟系 借用語의 殘影으로 推定할 수 있다.

---

81) 弁韓與辰韓雜居 ----- 言語法俗相似
辰韓在馬韓之東 ----- 其言語不與馬韓同

82) 今言語服章 略與高句麗同

83) 王姓夫餘氏 號於羅瑕 民呼爲鞬吉支 ------- (支配層의 言語로는 '王'을 「어라하(於羅瑕)」이라 부르고 被支配層의 言語로는 '王'을 「건길지(鞬吉支)」라 한다).

〔4〕

古代 韓半島로부터 어떤 技術文化가 日本에 傳授되었다면 그 文化의 傳授와 더불어 技術指導를 위한 技術陣이 渡倭했을 것이고, 그 技術陣이 使用하는 技術用語도 自然히 自國語를 그대로 使用하게 되었을 것이다. 또 그들이 集團的으로 한 곳에 모여 居住하는 地名의 名稱까지도 自然히 自國語로서 命名했을 可能性을 排除할 수 없을 것이다. 따라서 日本의 地名을 살펴 보면 韓系 語源으로 推定할 수 있는 것이 상당히 많이 있는데 그 중 [Ki(城)]만을 論議의 對象으로 다룬 것이다.

그 內容을 要約하면 다음과 같다.

(1) 現在 日本地名表記에서는 勿論이고, 日本上代文獻인 古事記・日本書紀・萬葉集歌・播磨國風土記・常陸國風土記・肥前國風土記・住吉神代記・續後記 등에서도 '城'을 나타내는 말은 [Ki]로서 이것을 百濟系 借用語 [Ki(城)]로 推定한 것이다. 왜냐 하면, 첫째) 우리側 資料인 三國史記 地理志 卷 36에서 '城'을 나타내는 百濟語가 音借字인 [Ki(己・只)]에 對應되는 文證이 있는데 日本側 地名表記資料에서도 '城'을 나타내는 말에 音仮名인 [Ki(基・貴・紀・帰)] 등이 各各 對應關係를 이루는 文證이 兩側에 共通的으로 發見되기 때문이다. 둘째) 當時 日本에는 「平城(ひらじろ)」뿐, 所謂 「山城(やまじろ)」란 것은 없었던 것이다. 그러나 百濟의 山城築城文化가 건너간 後, 百濟로부터 渡倭한 技術陣에 의해 山 陵線위의 險峻한 地形을 利用한 築城이 이루어지게 된 것이다. 따라서 이 「實物(城)」에 대한 名稱도 自然히 自國語인 百濟語를 그대로 借用했을 可能性이 있기 때문이다. 셋째)

'城'이라고 하면 그 周圍에 城壁을 쌓아 만든 '都城'이란 뜻으로 '國王이 居處하여 나라를 다스리는 곳'이란 意味로 옮겨져서 드디어 「村(むら)·都(みやこ)·国(くに)」란 意味로 轉換하기에 이르렀는데 이러한 過程이 兩側에, 相互 一致點이 있기 때문이다.

(2) 日本上代文獻의 人名表記에서 「城(き)」字가 많이 보이는데 이것은 그 城을 支配한 天皇族이거나 그 先祖가 築城技術陣의 百濟系 渡倭人들로서 人名과 無關하지 않을 것으로 推定된다.

(3) 日本古訓에서 '城'을 나타내는 말로 [Sasi]란 말이 하나 더 있다. [Sasi(城)]는 現在 日本地名에서는 그 用例를 찾아 볼 수 없으며, 또 日本上代文獻資料에서도 그 用例가 없다는 點으로 미루어 볼 때 (다만, 日本書紀에 收錄된 三國關係地名에서만 그 用例가 보일 뿐), 日本에서는 借用語로 受容되지 못한 것으로 推定할 수 있다. 따라서 [Ki]가 百濟語로서 그 築城技術文化의 傳授와 더불어 日本에 건너가서 百濟系 借用語로 受容된데 反해서 이 [Sasi]는 이와 軌를 달리하여, [Ki]와 더불어 兩者 모두가 日本에 건너 갔지만 日本에서는 借用語로 受容되지 못한 것으로 보인다. 즉 [Sasi]는 古代新羅語 [^casi]로부터 中世韓國語 [^cas]에 이르기까지 그 命脈을 維持해오다가 近代韓國語에 들어와서 漢字語의 勢力에 밀려, 漢字語[Seong(城)]에 代替되어 버린 新羅系 語源으로 推定할 수 있다.

따라서 '城'을 나타내는 [Ki]만이 日本地名에 反映된 百濟系 借用語로 推定한다.

3. 「tsuru(野)·aru(原)」의 表記樣式 및 그 語源

〔 1 〕

日本地名表記例에서 보면 '넓고 평평한 들판'을 「~平野(~heiya)」[84]라 읽고, 특히 '그 地帶가 높고 평평한 들판'이라면 「~高原(~kogen)」[85]이라고 音讀한 点에 있어서는 韓國語에서도 「~平野(~phyongya)」라든가, 「~高原(~koweon)」이라고 音讀한 경우에 그대로 一致한 것으로 兩側 모두 漢字語로부터의 借用이란 点에서 共通点이 있다. 그런데, 兩側 地名表記例에서 보면 「平野」에서의 '野'와 「高原」에서의 '原'을 '音'으로 읽지 않고, '訓'으로 읽은 경우가 더 있다.

'먼저, 日本의 地名表記例에서 '野'의 경우를 살펴 보면 다음 두가지의 경우가 있다. 첫째) 漢字語로 音讀한 경우와는 달리, 日本語式으로 訓讀한 경우와 百濟으로부터 日本에 건너가 日本地名속에 借用語로 受容된 경우가 있다. 즉 '野'를 日本固有語인 [no]로 읽은 경우[86]가 前

---

84) 石狩平野(いしかりへいや)〈北海道〉
青森平野(あおもりへいや)〈青森県〉
秋田平野(あきだいへいや)〈宮城県〉
庄內平野(しょうないへいや)〈山形県〉〈以下 用例 省略〉

85) 岩木高原(いわきこうげん)〈青森県〉
室根高原(もろねこうげん)〈岩手県〉
天童高原(てんどうこうげん)〈山形県〉
阿武隈高原(あぶくまこうげん)〈福島県〉
奥陸高原(おくむつこうげん)〈福井県〉
聖山高原(ひじりやまこうげん)〈長野県〉〈以下 用例 省略〉

86) 野付郡(のつけぐん)〈北海道〉
野辺地町(のへじまち)〈青森県上北郡〉

者에 속한다면, 百濟系 語源으로 推定되는 [tsuru]로 읽은 경우가 後者에 속한다고 하겠다.

現在까지 「野・原」에 대한 內外學者들의 主張을 要約해 보면 다음과 같다.

먼저, '野'에 대하여는 오직 金沢庄三郎(1930:190)만이 [tsuru(野・坪]를 다음과 같은 論據를 提示하면서 朝鮮系 語源으로 推定한 바 있다. 첫째) 朝鮮地名表記例에서 「野・坪」을 나타내는 朝鮮語가[tŭr]이기 때문, 둘째) 滿州語에서도 '曠野'를 나타내는 말이 *[tala]이기 때문, 셋째) 任那國 즉 伽耶國 地名表記例에서 「野・坪」을 나타내는 [tari(多利)]란 表記例가 보이므로 여기서 *[tŭr]形을 再構할 수 있기 때문이라고 했다.

그런데, 이 以外에 「野・坪」에 대한 다른 研究者의 論議는 아직까지 發見되지 않는다. 다음, '原'에 대하여 楠原佑介(1981:258)는 「はらが平地와 關係된 地名이란 것은 確實하다면서 「の(野)」와 「はら(原)」의 意味上의 差異点에 대하여 여러 사람의 主張을 紹介한 바 있는데 筆者가 그것을 여기에 再引用해 보면 첫째) 「はらは 人力으로 開発한 平地」(吉田東伍의 說), 둘째) 「はらは 開墾이 늦어진 不毛地로 入会地가 된 곳」(松尾俊郎의 說), 셋째) 「はらは 'の(野)'와는 달리, '神聖한 땅'이란 意味를 含蓄하고 있다」(吉田茂樹의 說). 이에 대하여 楠原佑介(1981:258)는 위의 세가지 主張과 正反對의 主張도 있기 때문에 무엇이라고 斷定할 수는 없으나 'はら'와 'はる'는 同根으로 '넓은 곳'을 나타내는 말임에는 틀림없다고 하면서 이 말이 朝鮮系語源[pöl]에서 由

野田村(のだむら)〈岩手県九戸郡〉
飯野町(いいのまち)〈福島県伊達郡〉
粟野町(あわのまち)〈木県上都賀郡〉〈以下 用例 省略〉

來되었다는 學說은 여러가지로 疑問点이 많아서 認定할 수 없다고 했다. 그러나, 이러한 楠原의 主張과는 달리, 大野晋(1977:1059)은 「はら(原)」를 朝鮮語[pöl(原)]과 同源으로 본 것이다.

鮎貝房之進(1932:447)도 「原・波良(はら)」와 對應되는 古代朝鮮語[pŏ̃l]의 「弗・伐・發・夫里」 및 「火・列」等을 同系 語源으로 推定한 바 있다. 梁柱東(1967:391)도 일찌기 이러한 主張에 同調한 바 있다.

鮎貝房之進(1932:447)도 「原・波良(はら)」와 對應되는 古代朝鮮語[pŏ̃l]의 「弗・伐・發・夫里」 및 「火・列」等을 同系 語源으로 推定한 바 있다.

그러나, 이들 모두는 「野・原」의 語源에 대한 극히 斷片的인 言及에 不過한 것이었고 日本地名表記속에 受容되어 있는 全般的인 分布・調査도 한 바 없으며, 「hara(はら・ばら・わら)」系와 「baru(ばる・はる」系의 兩者가 모두 同一系 語源으로 認識한 点에 있어서 筆者는 同意할 수 없다. 그러므로 本稿에서는 [tsura]가 '野'를 나타내는 百濟系 語源 *[tŭrŭ]의 借用語임을 그 分布를 통해 밝혀 내고, [hara]系와 [baru]系는 서로 軌를 달리한 말로 보아, [hara]系가 全國的으로 分布되어 있는 日本의 傳統的인 固有語라고 한다면, [baru]系는 이와는 달리, 日本語와는 無關한, 三國系 [p ɔ̈r]系가 主로 日本九州地域에서 [baru]란 借用語로 日本地名속에 受容된 것으로 推定하고 그에 對한 本格的인 論議를 進行하고자 한다.

[1] 에서는 序論, [2]에서는 '野'에 對한 論議를, [3]에서는 '原'에 對한 論議를, [4]에서는 結論을 要約하기로 한다.

〔 2 〕

十五世紀 韓國語에서는 '野'의 意味를 나타내는 두가지 語形이 共存했는데 [tǔrǔ][87] 및 [mʌi]가 바로 그것이다. 前者의 경우는 現代韓國語 [tul]에 이르기까지 오랜 表記傳統을 維持해 온 말인데 이것이 또 한편으로는 日本에 건너가 日本地名속에서 [tsuru]란 借用語로 受容되기도 했다. 後者의 경우는 十五世紀 中世韓國語에서 그 表記例를 보이다가 十七世紀 近代韓國語에 들어서면서 漢字語인 [ya(野)]에 그 勢力이 밀려 死語化되어 버린 것이다. 그런데, 古代韓國語의 地名表記例에서 '野'를 [ya]로 音讀한 경우는 있어도 ˙[tǔrǔ]로 訓讀한 表記例는 보이지 않는다. 그렇지만, 多幸스럽게도 '野'의 同意語인 「坪・平」 등을 *[tǔrǔ]로 읽은 用字例는 보인다. 金沢庄三郎(1930:190)에 의하면, 가령, 忠淸北道에 있는 「城坪洞」을 [syõng tũr kor]로, 忠淸北道에 있는 「昇平洞」을 [syõng tũr kor]로 各各 읽었으므로 이로 미루어 볼

---

87) A. 「드르(野)」의 表記例:

① 郊 ; 드르. (교)〈字會上4〉
坪 ; 드르 (평)〈字會上4〉
野甸子 ; 드르 〈譯語上6・籠砦쇼〉

② 드릇밧긔셔(野外) .杜初二十二5.

③ 너븐 드르콰(曠野) 〈嚴22〉

④ 드르히 크고(野大) 〈杜初八28〉

⑤ 龍이 드르헤 싸호아(龍鬪野中) 〈龍歌69〉

B..「ᄆᆡ(野)」의 表記例:

① 野 ; ᄆᆡ야 〈訓蒙上4〉

② 거츤 ᄆᆡ해(荒野애) 〈法華六154〉

③ 東녁 ᄆᆡᄒᆞᆫ(東郊ᄋᆞᆫ) 〈杜初七25〉

④ 프른 ᄆᆡᄒᆞᆯ(靑郊ᄒᆞᆯ) 〈杜初七1〉

⑤ ᄆᆞᆰᄀᆞᆫ ᄀᆞᅀᆞᆳ ᄆᆡ햇(靑秋野) 〈蒙山27〉

때,「坪」및「平」을 [tũr]로 읽었음을 確認할 수 있다. 따라서, '野'도「坪·平」과 함께, 古代韓國語에서도 中世韓國語의 경우에서처럼 *[tŭrŭ]로 읽혀졌음을 推定할 수 있다. 그런데, 古代日本地名 特히 九州地方의 地名表記例에서 百済系 借用語로 推定되는 *[tsuru(津留·都流]가 많이 發見된다. 가령, 肥後国玉名郡에서도 '野'의 意味를 나타내는「津留(つる)」란 地名이 보이며, 또 豊後国大分郡에서도 '大野'의 意味를 나타내는「大津留(おおつる)」란 地名이 있다. 이와 같이,「野·坪·平」등의 意味를 나타내는 [tsuru]란 表記例는 古代地名에서부터 現代地名에 이르기까지 그 表記傳統을 維持해 온 것이라 하겠다. 現代日本地名에서 [tsuru]란 地名表記例를 例示하면 다음과 같다.

1—1. 津留 <三重県多氣郡多氣町>
つる <福岡県行橋市>
<佐賀県伊萬里市>
<熊本県玉名市>
<熊本県山鹿市>
<熊本県菊池郡菊陽町>
<大分県大分市>
<大分県杵築市>
<鹿児島県薩摩郡入来町>

1—2. 津留村 <福岡県山門郡瀬大和町>
つるむら <福岡県山門郡大和町>
<佐賀県佐賀市>
<熊本県下益城郡砥用町>
<大分県大野郡大野町>
<大分県南海部郡彌生町>

2—1. 都流 <山梨県都留市>

つる

3. 都留鄕《つるのごう》 <山梨県北都留郡上野原町>

4—1. 水流《つる》 <宮崎県えびの市>

4—2. 水流村《つるむら》 <宮崎県都城市>

윗 例 1—1.의 「津留(つる)」 및 1—2.의 「津留村(つるむら)」에서의 「津留」의 文字는 모두 「音仮名+音仮名」 構造의 表記로서 글자 自體속에서는 아무런 意味가 없는 所謂 「あて字」인 것이다. 2—1.의 「都流(つる)」 및 3.의 「都留鄕(つるのごう)」에서의 「都流(つる)」 및 「都留(つる)」도 「音仮名+音仮名」 構造의 「あて字」인 것이다. 4—1.의 「水流(つる)」 및 4—2.의 「水流村(つるむら)」의 '水流' 2字도 글자 한 字 한 字에서는 아무런 意味가 없는 「訓仮名+音仮名」의 構造란 点에서는 앞의 1.~3.의 경우와 다르지만, 「野・坪・平」 등의 意味를 나타내는 [tsuru]로 읽은 点에 있어서는 3者 모두 一致点이 있다고 하겠다. 윗 例 1—1. ~4—2. 등에서 [tsuru]의 分布가 當時 兩國間 海上交通이 頻繁했던 九州地方에 集中되어 있다는 事實은 三國 特히 百濟語와의 借用關聯을 示唆해 주고 있는 것으로 볼 수 있다. 다만, 2—1. 및 3의 「都留・都留鄕」 등 2個所가 甲斐国 地名에서 보이는데 이것은 九州地方에서 受容된 地名이 다시 二次的으로 本州地方의 地名으로 옮겨간 것으로 推定된다(後述參照). 李基文(1961: 37)에 의하면 百濟語는 新羅語와는 달리, 語末母音을 保存하는 傾向이 있는 듯하다고 하여 「熊津(고마ᄂᆞᄅᆞ)」의 開音節性을 百濟語의 殘影으로 본 바 있다. 筆者의 見解도 [tŭrŭ](野)]란 말이 「熊(koma)」 및 「島(sima)」와 함께 百濟語의

殘影으로 推定한 것이다. 그런데, '野'의 意味를 나타내는 또 하나의 語形인 [mɐi(野)]는 [tŭrŭ]와는 서로 軌를 달리한 것이다. [tŭrŭ]가 現代韓國語[tŭl]에 이르기까지 그 表記傳統의 命脈을 維持해 오면서, 또 한편으로는 日本地名속에서 [tsuru]란 借用語로 受容된 경우와는 달리, [mɐi(野)]는 十五·十六世紀中世韓國語에서는 [tŭrŭ]와 共存하다가 十七世紀 近代韓國語에 이르러 漢字語에 그 勢力이 밀려 死語化되어 사라진 말인 것이다.

따라서, 日本地名속에서 '野'를 [no]로 읽은 경우는 日本固有語의 表記傳統을 이어온 경우라고 한다면 [tsuru]로 읽은 경우는 百濟로부터 건너간 借用語 *[tŭrŭ]의 變異形[tsuru]가 日本地名속에 受容되어 古代로부터 現代에 이르기까지 그 表記傳統을 이어온 地名으로 推定된다.

筆者는 [tsuru]란 地名이 '野'를 나타내는 朝鮮系語源이라는 金沢庄三郎의 主張에 同意하지만 [tsuru]가 *[tŭl] 및 *[tari]의 變異形으로 推定하기보다는 古代韓國語에서 '野'를 나타내는 말이 開音節性을 가진 *[tŭrŭ]로 推定되므로 이 [tŭrŭ]가 日本語에 同化되면서 口蓋音化된 [tsuru]란 借用語로 日本地名속에 受容된 것으로 보인다. 왜냐하면, 첫째) 日本書紀持統 2年 5月記事에서 甲斐国 都留郡에 敬順 및 德那利 등을 비롯한 많은 百濟人들을 옮겨 살게 했다는 記錄이 있는 点으로 미루어, 이곳에 百濟人들이 集團的으로 모여 살게 되었고, 自己네들이 사는 이 고장의 이름도 自國語를 가지고 命名했을 可能性이 있으므로 甲斐国에 있는 都留郡의 [tsuru]란 말도 百濟系 語源일 것으로 推定되기 때문, 둘째) 倭名類聚鈔에 의하면 肥前国에 있는 松浦郡의「松浦」를「萬豆良(マツラ)」로 表記하고 있다.((金沢庄三郎도 이 '萬豆良(松浦)'를「都留(つる)」系과 同源으로 본 바 있다.) 卽[matsura]가 [matura]로부터의 變異形으로, 다시 말해서 [tu(豆)]가 [tsu]로의 口蓋

音化를 認定한 것이다. 따라서, *[tŭrŭ]가 日本語化하는 過程에서 [tsuru]로 變異될 可能性은 充分히 認定할 수 있기 때문이다.

〔 3 〕

現代 日本地名의 表記例를 보면 '原'을 音讀하여 [gen]으로 읽은 경우 以外에도 訓讀한 네가지 경우가 더 있다. 즉 첫째) [hara]로 읽힌 것은 正訓字「原」을 그대로 읽은 경우다. 둘째) [bara]로 읽힌 것은 [hara]가 有聲的 環境에서 有聲音化(濁音化)한 경우다. 셋째) [wara]로 읽힌 것은 어떤 말 아래에 [hara]가 連接될 때, 先行語의 語末音節과 後行語[hara]의 語頭音節사이에 Hiatus를 막기 위한 半子音[w]가 介入한 경우다. 넷째) [ra]로 읽힌 경우는 先行語[kaha]의 語末音節과 後行語[hara]의 語頭音節사이에 重複된 [ha]의 同音省略의 경우다.

[hara]系 表記例를 例示해 보면 다음과 같다.

A 1. 栗原郡(くりはらぐん) <宮城県>
2. 原町市(はらまちし) <福島県>
3. 內原町(うちはらちょう) <茨城県東茨城郡>
4. 藤原町(ふじはらまち) <栃木県鹽谷郡>
5. 長野原町(ながのはらまち) <群馬県吾妻郡>
6. 市原市(いちはらし) <千葉県>
7. 大原町(おおはらまち) <千葉県夷隅郡>
8. 桧原村(ひのはらむら) <東京都>
9. 中原区(なかはらく) <神奈川県横濱市>
10. 相模原市(さがみはらし) <神奈川県>

11. 伊勢原市(ぃせはらし) <神奈川県>
12. 上野原町(うえのはらまち) <山梨県北都留郡>
13. 原村(はらむら) <長野県取訪郡>
14. 関ケ原町(せきがはらちょう) <岐阜県不破郡>
15. 各務原市(かがみはらし) <岐阜県>
16. 串原村(くしはらむら) <岐阜県>
17. 笠原町(かさはらちょう) <岐阜県土岐郡>
18. 米原町(まぃはらちょう) <滋賀県滋賀市>
19. 美原町(みはらちょう) <大阪府南河内郡>
20. 河原町(かわはらちょう) <鳥取県入頭郡>
21. 大原郡(おおはらぐん) <島根県>
22. 日原町(にちはらちょう) <島根県>
23. 三原市(みはらし) <広島県>
24. 向原町(むかぃはらちょう) <広島県>
25. 笹原町(ささはらまち) <福岡県久留米市>
26. 原山町(はらやままち) <福岡県久留米市>
27. 宮原町(みやはらまち) <福岡県久留米市>
28. 吉原町(よしはらまち) <福岡県飯.市>
29. 片原町(かたはらまち) <福岡県柳川市>
30. 久久原(くくはら) <福岡県柳川市>
31. 吉　原(よしはら) <福岡県柳川市>
32. 椿原町(つばはらまち) <福岡県柳川市>
33. 原　町(はらまち) <福岡県春日市>
34. 新原町(しんはらまち) <福岡県北九州市>
35. 足　原(あしはら) <福岡県北九州市>
36. 田 原(たはら) <福岡県北九州市>
37. 下原町(しもはらまち) <福岡県北九州市>
38. 上原町(かみはらまち) <福岡県北九州市>
39. 原　田(はらだ) <福岡県福岡市>

40. 柏 原(かしはら) <福岡県福岡市>
41. 原. (はら) <福岡県福岡市>
42. 祖 原(そはら) <福岡県福岡市>
43. 城 原(じようのはら) <福岡県福岡市>
44. 桑原 (くわはら) <福岡県八女郡黑木町>
45. 久木原(くきはら) <福岡県八女郡上場町>
46. 原 島(はらじま) <福岡県八女郡立花町>
47—1. 水原(みずはら) <福岡県八女郡広川町>
47—2. 水原(みずはら) <福岡県鞍手郡若宮町>
47—3. 水原(みずはら) <福岡県筑上郡椎田町>
48. 口原(くちのはら) <福岡県嘉穂郡田町>
49. 竹原(たけはら) <福岡県鞍手郡若宮町>
50. 原町(はらまち) <福岡県山門郡山川町>
51. 笠原(かさ はら) <福岡県八女郡黑木町>
52. 原古賀町(はらこがまち) <佐賀県鳥栖市>
53. 中原町(なかはらちょう) <長崎県佐世保市>
54. 広原町(ひろはらちょう) <宮崎県宮崎市>
55 原町(はらまち) <宮崎県日向市>
56. 春原町(はるはらちょう) <宮崎県日向市>
56—1. 西原田(にしはらだ) <宮崎県えびの市>
56—2. 南原田(みなみはらだ) <宮崎県えびの市>
57. 原良町(はららちょう) <鹿児島県鹿児島市>
58. 宮 原(みやはら) <鹿児島県加世田市>
59. 柳原(やなぎはら) <愛媛県北条>
60. 原町(はらまち) <愛媛県伊予郡砥部町>
61. 篠原(しのはら) <高知県南国市>
62. 楮原(かじはら) <高知県吾川郡池川町>
63. 芳原(よしはら) <高知県吾川郡春野町>
64. 黑原(くろはら) <高知県高岡郡佐川町>

65. 竹原(たけはら) <高知県高岡郡大野見村>

66. 桃原(ももはら) <高知県長岡郡大豊町>

67. 三原村(みはらむら) <高知県幡多郡>

68. 東原(ひがしはら) <徳島県阿波郡阿波町>

69. 久原(ひさはら) <徳島県阿波郡阿波町>

70. 柿原(かきはら) <徳島県板野郡吉野町>

71. 福原(ふくはら) <徳島県勝浦郡勝浦町>

72. 西原(にしはら) <徳島県那賀郡那賀川町>

73. 出原(いずはら) <徳島県那賀郡木頭村>

74. 高原(たかはら) <徳島県名西郡石井町>

75. 片原町(かたはらまち) <香川県高松市>

76—1. 原田町(はらだちょう) <徳島県丸龜市>

76—2. 原田町(はらだちょう) <徳島県善通寺市>

77. 原町(はらちょう) <徳島県觀音寺市>

78. 柏原(かしはら) <香川県綾歌郡国分寺町>

79. 川原(かわはら) <香川県綾歌郡飯山町>

80. 萱原(かやはら) <香川県綾歌郡綾南町>

81. 川内原(かわないはら) <香川県香川郡香川町>

82—1. 安原下(やすはらしも) <香川県香川郡香川町>

82—2. 安原上(やすはらかみ) <香川県香川郡鹽江町>

82—3. 安原上東(やすはらかみひがし) <香川県香川郡鹽江町>

83. 原の内(はらのうち) <香川県香川郡庵治町>

84. 原 (はら) <香川県香川郡牟禮町>

85. 葛原 (かずはら) <香川県仲多度郡多度津町>

86. 大野原町(おおのはらちょう) <香川県仲多度郡三豊郡>

B. 1. 北塩原村(きたしおばらむら) <福島県耶麻郡>

2. 塩原町(しおばらまち) <栃木県鹽谷郡>

3. 茂原市(もばらし) <千葉県>

4—1. 中蒲原郡(なかかんばらぐん) <新潟県>
4—2. 南蒲原郡(みなみかんばらぐん) <新潟県>
4—3. 北蒲原郡(きたかんばらぐん) <新潟県>
4—4. 西蒲原郡(にしかんばらぐん) <新潟県>
5. 水原町(すいばらまち) <新潟県北蒲原郡>
6. 蒲原町(かんばらちょう) <静岡県庵原郡>
7. 榛原郡(はいばらぐん) <静岡県庵原郡>
8. 柏原町(かいばらちょう) <兵庫県永上郡>
9. 湯原町(ゆばらちょう) <岡山県眞庭郡>
10. 井原市(いばらし) <岡山県眞庭郡>
11. 庄原市(しょうばらし) <広島県>
12. 舞松原(まいまつばら) <福岡県福岡市>
13. 生松原(いきのまつばら) <福岡県福岡市>
14. 塩原(しおばら) <福岡県福岡市>
15. 松原(まつばら) <福岡県北九州市>
16. 西神原町(にしかんばらまち) <福岡県北九州市>
17. 桑原(くわばら) <福岡県北九州市>
18. 久原(くばら) <福岡県糟屋郡久山町>
19. 小原(おばら) <福岡県筑上郡椎田町>
20. 松原町(まつばらまち) <佐賀県鳥栖市>
21. 島原市(しまばらし) <長崎県>
22. 松原町(まつばらまち) <宮崎県延岡市>
23. 小松原(こまつばら) <鹿児島県鹿児島市>
24. 桑原(くわばら) <愛媛県松山市>
25. 姫原(ひめばら) <愛媛県松山市>
26. 松原町(まつばらちょう) <愛媛県新居濱市>
27. 大原町(おおばらちょう) <高知県高知市>
28. 甲原(かんばら) <高知県土佐市>
29. 大原町(おおばらちょう) <徳島県徳島市>

30. 前原町(まえばらちょう) <徳島県小松島市>
31. 学原町(がくばらちょう) <徳島県阿南市>
32. 下原(しもばら) <徳島県阿波郡阿波町>
33. 北原(きたばら) <徳島県阿波郡阿波町>
34. 拝原(はいばら) <徳島県美馬郡脇町>
35. 柞原町(くばらちょう) <徳島県丸亀市>
36. 松原(まつばら) <香川県大川郡白鳥町>

C. 1. 五所川原市(ごしょがわらし)<青森県>
2. 大田原市(おおたわらし) <栃木県>
3. 佐原市(さわらし) <千葉県>
4. 小笠原村(おがさわらむら) <東京都>
5. 小田原市(おだわらし) <神奈川県>
6. 芦原町(あわらちょう) <福井県坂井郡>
7. 萩原町(はぎわらちょう) <岐阜県不破郡>
8. 藤原町(ふじわらちょう) <三重県員弁郡>
9. 柏原市(かしわらし) <大阪府>
10. 菅原.(すがわら) <福岡県浮羽郡田主丸町>
11. 菅原町(すがわらちょう) <福岡県福岡市>
12. 藤原.(ふじわら) <福岡県福岡市>
13. 小石原村(こいしわらむら) <福岡県朝倉郡>
14. 井田原(いだわら) <福岡県糸島郡志摩町>
15. 井原　(いわら) <福岡県糸島郡前原町>
16. 牛原町(うしわらまち) <佐賀県鳥栖市>
17. 藤原(ふじわら) <愛媛県松山市>
18. 竹原(たけわら) <愛媛県松山市>
19. 柿原(かきわら) <愛媛県宇和島市>
20. 藤原(ふじわら) <愛媛県宇摩郡土居町>
21. 葛原(かずらわら) <高和県長岡郡大豊町>

22. 内原町(うちわらちょう) <高和県阿南市>
23. 向樫原(もろかしわら) <徳島県美馬郡木屋平村>
24. 吉原町(よしわらちょう) <香川県善通寺市>

D. 1. 宇田川原(うだがわら) <福岡県福岡市>
2 高川原(たかがわら) <徳島県名西郡石井町>

E. 1. 下原　(しもばる) <福岡県福岡市東區>
2. 塩原　(しおばる) <福岡県福岡市東區>
3. 桧原　(ひばる) <福岡県福岡市東區>
4. 屋形原(やかたばる) <福岡県福岡市東區>
5. 女　原(みょうばる) <福岡県福岡市西區>
6. 夕原町(ゆうばるまち) <福岡県北九州市>
7—1. 中原西(なかばるにし) <福岡県北九州市>
7—2. 中原東(なかばるひかし) <福岡県北九州市>
8. 大郎原町(だいろばるまち) <福岡県久留米市>
9. 平原町　(ひらばるまち) <福岡県久留米市>
10. 元原　(もとばる) <福岡県三池郡高田町>
11. 唐川原(からかばる) <福岡県三池郡高田町>
12. 荷原 (いないばる) <福岡県三池郡甘木市>
13. 柿原 (かきばる) <福岡県三池郡甘木市>
14. 屋形原(やかたばる) <福岡県三池郡甘木市>
15. 郷原　(ごうばる) <福岡県三池郡大川市>
16. 福原　(ふくばる) <福岡県三池郡行橋市>
17—1. 春日原北町(かすがばるきたまち) <福岡県三池郡春日市>
17—2. 春日原南町(かすがばるみなみまち) <福岡県三池郡春日市>
17—3. 春日原東町(かすがばるひがしまち) <福岡県三池郡春日市>
18. 白木原(しらきばる) <福岡県三池郡大野城市>
19. 前原町(まえばるまち) <福岡県三池郡糸島郡>

20. 飯原 (いいばる) <福岡県糸島郡前原町>
21. 川原 (かわばる) <福岡県糸郡前原町>
22. 長者原(ちょうじやばる) <福岡県粕屋郡粕屋町>
23. 仲原 (なかばる) <福岡県粕屋郡粕屋町>
24. 新原 (しんばる) <福岡県粕屋郡古賀町>
25. 九郎原(くろうばる) <福岡県嘉穂郡嘉穂町>
26. 湯原 (ゆばる) <福岡県鞍手郡若宮町>
27. 今任原(いまとうばる) <福岡県田川郡大任町>
28. 中原(なかばる) <福岡県筑紫郡那珂川町>
29. 櫟原 (いちぎばる) <福岡県筑紫郡築城町>
30—1. 上唐原(かみとうばる) <福岡県筑紫郡吉富町>
30—2. 下唐原(しもとうばる) <福岡県筑紫郡大平村>
31. 西原 (にしばる) <福岡県三井郡大刀洗町>
32. 六町原(ろくちょうばる) <福岡県三潴郡城島町>
33. 宮原 (みやばる) <福岡県京都郡勝山町>
34. 与原 (よばる) <福岡県京都郡苅田町>
35. 下原 (しもばる) <福岡県京都郡犀川町>
36—1. 大川原(おおかわばる) <佐賀県伊萬里市>
36—2. 南大川原(みなみおおかわばる) <佐賀県伊萬里市>
37. 城原 (じょうばる) <佐賀県神埼郡神埼町>
38. 境原 (さかいばる) <佐賀県神埼郡千代田町>
39. 鎌原 (かまばる) <佐賀県佐賀郡富士町>
40. 中原 (なかばる) <佐賀県佐賀郡富士町>
41. 八反原(はったんばる) <佐賀県佐賀郡大和町>
42. 平原 (ひらばる) <佐賀県西松浦郡濱玉町>
43. 池原 (いけばる) <佐賀県東松浦郡七山村>
44. 中原町(なかばるちょう) <佐賀県藤津郡>
45. 蓑原 (みのばる) <佐賀県藤津郡中原町>
46. 田原町(たばるちょう) <長崎県佐世保市>

47. 上原町(うわばるちょう) <長崎県佐世保市>
48. 世知原町(せちばるちょう) <長崎県北松浦市>
49. 宮原 (みやのばる) <熊本県鹿本郡菊鹿町>
50. 薄原 (うすばる) <熊本県水俣市>
51. 小原 (おばる) <熊本県山鹿市>
52. 米原 (よなばる) <熊本県菊池市>
53. 上原 (うわばる) <熊本県葦北郡芦北町>
54—1. 南宮原(みなみみやばる) <熊本県阿蘇郡阿蘇町>
54—2. 宮原 (みやばる) <熊本県阿蘇郡小国町>
55. 塩原 (しおばる) <熊本県阿蘇郡蘇陽町>
56. 中原 (なかばる) <熊本県阿蘇郡南小国町>
57. 田原 (たばる) <熊本県上益城郡益城町>
58—1. 市原 (いちばる) <熊本県上益城郡矢部町>
58—2. 市の原(いちのばる) <熊本県上益城郡清和村>
59. 佛原 (ほとけばる) <熊本県上益城郡清和村>
60. 平原 (ひらばる) <熊本県鹿本郡植木町>
61. 岩原 (いわばる) <熊本県鹿本郡鹿央町>
62. 林原 (はやしばる) <熊本県菊池郡七城町>
63—1. 小原 (おばる) <熊本県菊池郡旭志村>
63—2. 小原 (こばる) <熊本県玉名郡南関町>
64. 宮原 (みやばる) <熊本県球磨郡岡原村>
65. 榎原 (えのきばる) <熊本県玉名郡菊水町>
66. 久井原(ひさいばる) <熊本県玉名郡菊水町>
67. 前原 (まえばる) <熊本県玉名郡菊水町>
68. 椎原 (しいばる) <熊本県八代郡泉村>
69. 稗原町(ひえばるちょう) <宮崎県宮崎市>
70. 平原町(ひらばるまち) <宮崎県延岡市>
71. 柿木原(かきのきばる) <宮崎県えびの市>
72. 小原 (こばる) <宮崎県えびの市>

73. 楢原 (ならばる) <宮崎県えびの市>
74—1. 西神社原(にしじんじゃばる) <宮崎県えびの市>
74—2. 東神社原(ひがしじんじゃばる) <宮崎県えびの市>
75—1. 西元地原(にしもとじばる) <宮崎県えびの市>
75—2. 東元地原(ひがしもとじばる) <宮崎県えびの市>
76. 山王原(さんのうばる) <宮崎県北諸県郡三股町>
77. 中原 (なかばる) <宮崎県北諸県郡三股町>
78. 花見原(はなみばる)－ <宮崎県北諸県郡三股町>
79. 餅原 (もちばる) <宮崎県北諸県郡三股町>
80—1. 紫原 (むらさきばる) <鹿児島県鹿児島市>
80—2. 西紫原町(にしむらさきばるちょう) <鹿児島県鹿児島市>
81—1. 崎原 (さきばる) <鹿児島県名瀬市>
81—2. 崎原 (さきばる) <鹿児県大島郡伊仙町>
82. 柊原 (くぬぎばる) <鹿児島県垂水市>
83. 西原 (にしばる) <鹿児島県大島郡笠利町>
84—1. 上小原(かみおばる) <鹿児島県肝属郡串良町>
84—2. 下小原(しもおばる) <鹿児島県肝属郡串良町>
85. 田原 (たばる) <鹿児島県薩摩郡宮之城町>

F.. 1. 唐原 (とうのはる) <福岡県福岡市東區>
2. 陳原 (じんのはる) <福岡県北九州市>
3. 茶屋原(ちゃやのはる) <福岡県北九州市>
4. 塔原 (とうはる) <福岡県筑紫野市>
5. 原 (はる) <福岡県筑紫野市>
6. 原田 (はるだ) <福岡県筑紫野市>
7—1. 原町 (はるまち) <福岡県宗像市>
7—2. 原町 (はるまち) <福岡県浮羽郡田主丸町>
8. 上原 (かみはる) <福岡県浮羽郡新宮町>
9. 原上 (はるかみ)<福岡県三豬郡城島町>

10. 原中牟田(はるなかむた) <福岡県三　郡城島町>
11. 藤原　　(ふじはる) <佐賀県神崎郡三瀬村>
12. 南小麥原(みなみこむぎはる) <佐賀県伊萬里市>
13. 高原町(たかはるちょう) <宮崎県西諸県郡>

윗 例에서 A. group 1.—86.에 속하는 「hara(原)」의 分布는 東北地方(宮城県・福島県등)으로부터 비롯하여 関東地方(茨城県・栃木県・群馬県・千葉県・東京都・神奈川県등)・中部地方(山梨県・長野県・岐阜県등)・近幾地方(滋賀県・大阪府등)・中国地方(鳥取県・島根県・広島県등)等 本州地方에서는 勿論이고, 四国地方(德島県・愛媛県・香川県・高知県등) 및 九州地方(福岡県・佐賀県・長崎県・宮崎県・鹿児島県등)에 이르기까지 全國的인 分布를 보이고 있다.

B. group 1.—36.에 속하는 「bara(原)」의 分布도 위로 東北地方(福島県)으로부터 비롯하여 関東地方(栃木県・千葉県등)・中部地方(新潟県・静岡県등)・近幾地方(兵庫県)・中国地方(岡山県・広島県등)等 本州地方에서 뿐만 아니라, 남쪽으로 내려와서 四国地方(德島県・愛媛県・香川県・高知県등) 및 九州地方(福岡県・佐賀県・長崎県・宮崎県・鹿児島県등)等에 이르기까지 全國的으로 고루 分布되어 있다.

C. group 1.—24.에 속하는 「wara(原)」의 分布는 東北地方(青森県)으로부터 시작해서 関東地方(栃木県・千葉県・東京都・神奈川県등)・近幾地方(大阪府)等 本州地方에서는 물론이고, 四国地方(德島県・愛媛県・香川県・高知県등) 및 九州地方(福岡県・佐賀県등) 等에 이르기까지 그 分布가 發見된다. 따라서 「はら・ばら・わら」등 「hara(原)」系는 現代 日本地名表記에서 全國的인 分布를 確認할 수 있다.

그런데 이 「hara(原)」系는 日本上代文獻表記資料인 記謠[88)]・紀

謠[89] 및 萬葉集歌[90] 등에서도 그 表記例가 매우 풍부하게 發見된

---

88) A. 'はら'로 읽힌 例:
① 阿斯波良能(葦原の)〈記謠19〉
あしはらの
② 阿佐士怒波良(淺小野原)〈記謠35〉
あさじのはら
③ 意富迦波良能(大河原の)〈記謠36〉
おほかはらの
④ 阿多良須賀波良(あたら菅原)〈記謠64〉
あたらすがはら
⑤ 加志波良袁登賣(白檮原孃子)〈記謠92〉
かしはらをとめ
B. ばら.로 읽힌 例:
和加久流須婆良(若栗栖原)〈記謠93〉
わかくるすばら

89) ① 麻矩儒播羅(眞葛原)〈紀謠128〉
まくずはら
② 之麻能野父播羅(島の藪原)〈紀謠109〉
しまのやぶはら
③ 阿佐樻簸羅(淺茅原)〈紀謠85〉
あさぢはら

90) A. 'はら'로 읽힌 경우:
a. 正訓字「原(ハラ)」의 表記例;
① 天原(あまのはら)〈二147 67, 三289 17 79, 983, 九1712〉
② 廬原乃(いほはらの)〈三296〉
③ 味経乃原爾(あぢふのはらに)〈六928〉
④ 五柴原能(いつしばはらの)〈十一2770〉
⑤ 朝茅原(あさぢはら)〈十一2466〉
⑥ 葦原乃(あしはらの)〈二167, 九1804, 十三3227 253〉
b. 音仮名「波良(ハラ)」의 表記例:
① 故布乃波良爾(こふのはらに)〈五813〉
② 宇奈波良(うなはら)〈五874, 十四3498, 十五3648, 3651〉
③ 宇奈波良乎 (うなはらを)〈十五3611 718, 二十4328〉
④ 伎欲吉波良(きよきはら)〈十七3957〉

다는 事實로 미루어 볼 때, 「原」의 意味를 가진 「hara」란 말은 日本의 固有한 表記 傳統을 維持해 온 点에서 後述할 「baru」系(ばる・はる)와는 그 起源을 달리한 것으로 보인다. 다만, D. group의 分布는 그 表記例가 2個例에 不過하지만, 日本의 駅名表記例에서 그 表記例가 6個例[91]나 더 보이므로 위의 A・B・C group의 것과 同軌로 보고자 한다. 그러므로 本稿에서는 「はら・ばら・わら・ら」등을 「hara(原)」系로 묶어 同軌의 語源的 變遷을 經驗한 말로 認識하여 「baru(原)」系와 區別하고자 한다. 다음, E. group 및 F. group등은 앞에서 記述된 [hara]系와 그 軌를 달리하고 있는 「baru(原)」系에 속한 것이다.

E. group. 1.—85.의 分布는 매우 特異해서 本州의 其他 地域에서는 그 表記例가 보이지 않고 오직 限定된 地域인 「福岡県・佐賀県・長崎

B. ばら 로 읽힌 경우:
① 海原(うなばら) 〈一2, 六1016, 七1075 089, 十二2367 789, 十五 3592 613, 十二4334 360〉
② 松原(まつばら) 〈三279 95 34, 五895, 六1030, 七1185, 九1674, 十2198, 十三3346, 十七3890〉
③ 小松原(こまつばら) 〈十五3621〉
④ 桧原乃山(ひばらのやま) 〈七1092〉

C. わら 로 읽힌 경우:
① 河原乃(かわらの) 〈三372〉
② 河原乎(かわらを) 〈九1721〉
③ 河原爾(かわらに) 〈六925, 七1123〉
④ 川原乎(かわらを) 〈六913, 七1106 251 252〉

91) 大河原(おおかわら) 〈関西線・東北線〉
宿河原(しゆくがわら) 〈南武線〉
谷河原(やがわら) 〈水郡線〉
湯河原(ゆがわら) 〈東海道線〉
和田河原(わだがわら) 〈伊豆箱根雄山線〉
柏原(かしわら) 〈関西線〉

県·熊本県·宮崎県·鹿児島県」등 九州地方에서만 發見된다는 点이다. 즉 85個 表記例 중에서 福岡県35個例, 熊本県23個例, 佐賀県11個例, 宮崎県13個例, 鹿児島県9個例, 長崎県3個例 等이 各各 發見되는데, 反해서 大分縣은 같은 九州地方이지만 그 表記例가 하나도 없다. 四国地方에서도 「baru」系의 分布는 보이지 않는다. 특히 같은 九州地方이라고 해도 韓半島와 海上交通이 頻繁했던 地域에서만 「baru(原)」의 分布率이 높다는 点이다. 이런 事實은 三國系 語源인 [pŏr(A伐·B火·C列)][92]이 日本의 地名表記에 있어서 借用語로 受容되었을 可能性을 示唆해 주고 있다.

F. group 1.—13.의 分布는 매우 限定된 地域인 「福岡県·佐賀県·

---

92) A. '伐'의 用字例:

① 伊伐支縣(현재 「경북 영풍군 부석면 소천리」의 고구려 때 옛 地名인데, 신라 경덕왕 때 '隣豊縣'으로 改稱), ② 岌伐奴縣(현재 「서울특별시 관악구 봉천동」의 고구려 때 옛 地名인데, 신라 경덕왕 때 '穀壤縣'으로 改稱), ③ 岌伐山郡(현재 「경북 영풍군 순흥면」의 고구려 때 옛 地名인데 신라 경덕왕 때 '岌 山'으로 改稱)

B. '火'의 用字例:

① 加火押(현재 「평남 중화군 당정면」의 고구려 때 옛 地名인데, 신라 경덕왕 때 '唐岳縣'으로 改稱), ② 仇火縣(현재 「경북 안동군 임하면」의 고구려 때 옛 地名인데, 신라 경덕왕 때 「曲城郡」으로 改稱), ③ 達句火縣(현재 「경북 대구직할시」의 고구려 때 옛 地名인데, 신라 경덕왕 때 '大邱'로 改稱), ④ 刀冬火縣(현재 「경북 영천시 도남동」의 고구려 때 옛 地名인데, 신라 경덕왕 때 '道同縣'으로 改稱), ⑤ 伊火兮縣(현재 「경북 青松郡安德面」의 고구려 때 옛 地名인데, 신라 경덕왕 때 '武縣'으로 改稱)

C. '列'의 用字例:

① 比列忽郡(현재 「함남 안변군」의 고구려 때 옛 지명인데, 신라 경덕왕 때 '朔庭郡'으로 改稱), ② 烏列忽(鴨綠江以北의 11城중 하나로 高句麗때 古地名인데 遼東城州로 改稱했다가 現在는 '遼陽'으로 改稱)

宮崎県」등 九州地方에서만 發見된다. 즉 14個 表記例 중에서 福岡県11個例, 佐賀県2個例, 宮崎県1個例 등 九州地方에서도 극히 限定된 地域에서만 보인다는 点에서 E. group의 경우와 同軌의 것으로 認識된다. 이 「haru(原)」란 地名은 「baru(原)」의 類推現象으로 推定된다. 鮎貝房之進(1932:448)은 「坪(또는 '平')」을 「벌[pōl]」로 새기는 論據는 . 邑里의 옛 方言인 [pɔ̆r]의 借字 〈弗・伐・發・夫里・火〉등과 同系語源으로 보기 때문이라 했다.93) 왜냐하면 '邑里'는 平地를 選擇하게 마련이어서 「平・坪」 등을 '邑里'의 뜻에 對應된다고 했다. 그는 五萬分地圖의 地名을 引用하여 「幕坪(マクボル) <咸鏡北道上倉坪> 犁坪(ボスツボル) <同上四湖洞>榛坪(ケムボル) <江原道楊口>」등에서의 「坪(ボル)」을, 「江南伐(カンナムボル) <慶尙南道居昌>・薪伐(シンボル) <同上>塔伐(タブボル) <同上>」등에서의 「伐(ボル)」에 對應되는 것으로 보았고, 沙坪(モレツル) <咸鏡北道院德里>・內坪(アンツル) <平安北道滿浦鎭>등에서의 「坪(ツル)」은 「野(ツル)」에 各各 對應되는 表記例로 認識한 것이다. 梁柱東(1965:391)도 上述한 鮎貝의 主張에 同調하여 「hara(原)」와 「baru(原)」가 同系 語源으로 「國土・原野・都邑」의 뜻으로 변하여, 義字론 「國・原・野」이고, 音借字론 「發・伐・不・弗・沸・夫里・夫餘」이며 「坪・平・評」등을 의미하는 訓借字론 「火・列」 등으로 各各 記寫된 것이라 했다.

筆者는 「baru(原)・haru(原)」등 [baru]系가 三國系 語源인 [pōl(伐・列・火)]系에서 借用되었다는 主張에는 전적으로 同意하지만, 여기에 「hara(原)」・bara(原)・wara(原)・ra(原)」등 「hara」系까지 이와 同

93) 鮎貝房之進(1932)는 '評'字가 「郡・州・縣・邑」等의 意味를 나타내는 'こほり'(15世紀 中世韓國語의 'ᄀᆞᄫᆞᆯ')로서 日本의 上代文獻 地名表記資料에서 그 論據가 될 만한 것을 例示한 바 있다.

系語源에 包含시키는 見解에는 同意할 수 없다. 다시 말해서 「baru」系가 三國系 語源이 借用된 것이라면, 「hara」系는 日本의 固有語로서의 傳統을 維持해 온 語辭로 「baru」系와는 서로 軌를 달리한 것으로 보고자 한다. 왜냐하면, 첫째) 「baru」系가 日本上代文獻表記에서 그 表記例가 보이지 않으며, 오직 現代地名表記例에서만 發見되기 때문이다. 둘째) 「hara」系의 分布가 全國的인데 反해서 「baru」系는 限定된 韓半島와의 海上交通이 頻繁했던 地域에서만 그 表記例가 發見되기 때문이다.

以上을 要約하면 「hara」系에서 첫째) 「hara」는 正訓字 「原」그대로 읽은 경우, 둘째) 「bara」는 「hara」가 有聲的 環境에서 有聲音化(濁音化)한 경우, 셋째) 「wara」로 읽힌 것은 어떤 말 아래에 [hara]가 連接될 때, 先行語의 語末音節과 後行語인 [hara]의 語頭音節사이에 Hiatus를 막기 위해 半子音[w]이 介入된 경우요, 넷째) [ra(原)]는 先行語인 [kaha]의 語末音節과 後行語인 [hara]의 語頭音節 사이에 重複된 [ha]의 同音省略의 音便現象의 경우다.

따라서 「hara · bara · wara · ra」등은 그 語源的 起源을 같이하는 日本의 固有한 傳統的 表記인 [hara]系로 묶는다.

이와는 軌를 달리한, [baru]系에서는 첫째) 「baru」의 경우, 日本語와는 無關한 三國系 語源[pɔ̈r]系로부터의 借用語로 보인다. 둘째) 「haru」도 「baru」에 類推現象으로 因해 생긴 地名으로 보인다.

그러므로 現代 日本地名表記에서 「原」의 意味를 나타내는 「hara」系(はら · ばら · わら · ら」와 「baru」系(ばる · はら」는 相互間 軌를 달리한 地名으로 結論할 수 있다.

〔 4 〕

以上 論議된 內容을 要約하면 다음과 같다.

(1) 現代九州地名表記例에서 보이는 [tsuru(津留・都留・都流)]란 地名은 百濟系 語源 *[tŭrŭ(野)]로부터의 借用語로 推定된다. 다시 말해서 '野'의 意味를 나타내는 [no(野)]가 日本의 上代語에서부터 現代語에 이르기까지 日本固有語의 傳統을 維持해 온 말이라면, [tsuru(野)]는 日本固有語와는 無關한 것으로, 百濟人들이 日本에 가지고 간 말로 그들이 集團的으로 한 곳에 모여 살게 되고 그들의 居住地의 이름도 自然히 自國語인 百濟語[tŭrŭ(野)]를 가지고 命名했을 可能性이 있으며, 이 [tsuru]란 借用語도 그때부터 日本 地名속에 受容되었을 것으로 推定된다. 왜냐하면 첫째) 日本書紀 持統 2年 5月 記事에 의하면, 百濟人들이 甲斐國都留郡에 건너와서 살았다는 記錄이 있고, '都留郡'이란 地名은 古代地名에서부터 現代地名에 이르기까지 그 表記 傳統이 이어져왔기 때문이다. 둘째) 倭名類聚鈔의 「松浦: 万豆良(郡)」에서 [mutura]가 [mutsura]로 읽혀지듯이, [tŭrŭ]도 [tsuru]로 읽혀지기 때문이다. 셋째, 百濟語는 新羅語와는 달리 語末母音을 保存하는 傾向이 있어 [tŭrŭ(野)]의 開音節性을 百濟語의 殘影으로 보이기 때문이다.

(2) 或者는 「hara(はら・ばら・わら・ら)」系와 「baru(ばる・はる」系를 모두 同系語源으로 認識해 왔지만, 筆者는 이들과는 달리, 兩者는 서로 軌를 달리해 온 것으로 본 것이다. [hara]系가 日本固有語의 傳統을 維持해 온 것이라면 [baru]系는 日本固有語와는 無關한, 三國系 借用語로 推定한 것이다. 왜냐하면, 첫째, [hara]系의 分布가 東北地方(宮城県・福島県)으로부터 비롯하여 関東地方(茨城県・栃木県・群馬県

・千葉県・東京都・神奈川県)・中部地方(山梨県・長野県・岐阜県)・近幾地方(滋賀県・大阪府)・中部地方(鳥取県・島根県・広島県)등 本州地方에서는 勿論이고, 남쪽으로 내려와 四国地方 및 九州地方에 이르기까지 全國的으로 고르게 分布되어 있는 反面, [baru]系의 分布는 오직 九州地方(福岡県・熊本県・佐賀県・宮崎県・鹿児島県・長崎縣)에서만 發見된다는 事實 때문이다. 둘째, [hara]系는 日本의 上代文獻表記資料에서 그 表記例가 매우 豊富하게 發見되는 것으로 上代語에서부터 現代語에 이르기까지 日本固有語의 傳統을 維持해 온데 反해서, [baru]系는 日本上代文獻 表記資料에서는 그 用例를 볼 수 없는 것으로 日本固有語와는 無關한 것으로 外來 借用語로서 그 分布에 있어서도 극히 限定된 地域의 地名 즉 九州地方의 地名 表記例에서만 發見되기 때문이다. 셋째, [baru]系의 分布는 오직 九州地方에 限定된 것으로 總87個例중에서 福岡県35例・熊本県23例・佐賀県11例・宮崎県13例・広児島県9例 長崎県3例등의 分布率이 發見되는데 反해서, 大分県에서는 오직 한 例도 보이지 않는다는 事實이다. 다시 말해서 똑같은 九州地方이라고 할지라도 古代로부터 韓半島와 海上交通이 頻繁했던 地域에 있어서만 [baru]系의 分布率이 높다는 点으로 미루어 볼 때, 이 [baru]系가 三國系 語源인 *[pör]系의 借用으로 推定된다. 즉 韓國古代語에서 「野 ・原・坪・平」등의 意味를 나타내는 音借字의 「伐・發・弗 夫里」나 訓借字의 「火・列」등의 表音字 *[pör]이 [baru]系에 各各 對應되기 때문이다.

4. 〔suguri(村主)·〔kofori(郡)〕의 表記樣式 및 그 語源

〔 1 〕

周知하는 바와 같이, 일찌기 中國 周代의 地界名인「州·府·郡·縣·村」等이 우리의 地界를 區劃하는 데 反映된 바 있고 우리式 地界名이 다시 日本에 건너가 孝德2年 大化改新 때, 日本의 地界名을 붙이는데 影響을 준 바 있다.

訓蒙字會에 의하면 '고을'이란 '訓'에는 '郡'字를 비롯하여「州·邑·縣」等 여러가지의 用字를, 그리고 '마을'이란 '訓'에서도 '村'字를 비롯하여「里·鄕」等의 用字가 보이는데 十五世紀國語의 表記例에서는 前者의 경우에서는〔ᄀᆞ올〕로 後者의 경우에서는〔ᄆᆞᅀᆞᆯ〕로 兩系例은 서로 別個의 語辭로 確然히 區分되어 왔음을 볼 수 있다.

그런데 一部의 地界名接尾語가 一般名詞로 轉成되면서 大小單位에 있어서도 相互 混同을 招來한 것도 보인다. 가령,「栗村(조 고올)<龍歌2卷 註解>」에서 '村'을 'ᄆᆞᅀᆞᆯ'로 읽지 않고 '고올'로 읽은 경우라든지 杜詩諺解 初刊本[94]에서나 金剛經三家解[95]에서도 '鄕'字를 'ᄆᆞᅀᆞᆯ'로 읽지 않고 '고올'로 읽은 것이 바로 그것이다.

---

94) ① 나그내ᄂᆞᆫ 어느 ᄀᆞ올로조차와 (客從何鄕)〈杜初十八16〉
② 다ᄅᆞᆫ ᄀᆞ올ᄒᆡ (他鄕)〈杜初七4〉
③ 녯 ᄀᆞ올히라와 됴토다 (勝故鄕)〈杜初八35〉
④ 다ᄅᆞᆫ ᄀᆞ올ᄒᆡ셔 (他鄕)〈杜初十五51〉

95) 鄕ᄋᆞᆫ ᄀᆞ올히오〈金三解四 33〉
ᄀᆞ올 들어 (入鄕)〈金三解 忠2〉

이로 미루어 볼 때, 中國 周代의 地界制度가 輸入되던 古代에는 「村・郡」 兩系 地界名이 現代國語의 경우에서처럼 확연히 區分되어 使用되지 못하고 「村 ・郡」 兩系列 相互間의 槪念上의 混同이 있었던 것 같다.

〔suguri(村主)〕 나 〔kofori(郡)〕 의 語源에 대한 考察은 일찌기 日本人 學者들에 의해 이루어졌다.

먼저, 〔suguri〕 의 語源에 대하여는 直接的으로 韓語인 〔suki・suku〕 에서 由來한 것으로 認識한 경우와, 日本의 固有語인 〔fure(村)〕 가 韓語 〔puri(夫里)〕 로부터 轉訛된 것으로 認識한 두가지 경우가 있다.

金沢庄三郎(1929)・鮎貝房之進(1931)・沢潟久孝(1967)・山中襄太(1969)・大野普(1974)・楠原佑介(1981)等이 前者에 속하며 白鳥庫吉(1894)이 後者에 속한다.

다음은 〔kofori(郡)〕 의 語源에 대하여 그 語源을 韓語 〔koper〕 로 본 경우와, 日本의 固有語로 보아 두 語辭 〔ko(大)〕 와 〔fori(村)〕 의 合成語 즉 '大村'의 意味로 認識한 경우다.

新井白石(1720)・本居宣長(1799)・沢瀉久孝(1967)・大野晋(1974)・中村辛彦(1985) 等은 前者에 속하고 金沢庄三郎(1929)은 後者에 속한다.

그러나, 從來 日本人 學者들의 主張은 '村'字를 〔スキ〕 로 表寫한 日本書紀通釋에만 依存했을 뿐, '村'가 어떤 過程을 거쳐 〔スキ〕 로 읽을 수 있는지에 대한 論議가 不足했고, '村'의 日本 古訓 〔fure〕 와 우리의 現代語 〔mauel(村)〕 을 同系語源으로 認識했다든가, 〔kofori(郡)〕 를 日本 固有語로 보아 두 語辭(ko'大'+fori'村')의 合成語로 把握했다든가 그 資料에 대한 考證에서 首肯하기 어려운 点이 많고 地界名接

尾語의 機能에서 名詞的 性格으로 轉成되면서 ‘村’과 ‘郡’의 兩系列의 混用에 관한 明白한 論議가 不足했던 것도 事實이다.

筆者는 現在 日本地名속에 나타나 있는 [suguri]系와 [kofori(또는 koori)]系의 分布를 調査하여 ‘鄕村’의 相通된 意味를 나타내는 이 두 系列의 語辭들이 日本地名表記例에서 얼마나 受容되어 있는지 그리고 이들 語源에 대한 現在까지의 語源에 관한 論議를 再檢討해 보고자 한다.

本稿의 [1]에서는 序言을, [2]에서는〔suguri(村名・村長)〕에 대한 論議를, [3]에서는〔kofori(郡名・郡司)〕에 대한 論議를, [4]에서는 結論을 要約하기로 한다.

〔 2 〕

日本의 地名表寫資料에 의하면 ‘村’字는 두가지로 읽혀졌다. 첫째는〔suki・suku〕系로 音讀한경우와 둘째는〔fure〕系로 訓讀한 경우다.

먼저,〔suki・suku〕系로 읽은 경우부터 살펴 보기로 한다.

‘村’字를〔スキ〕또는〔スク〕의 單字로 借字되기보다는 거의 대부분의 경우 그 아래에 ‘主’字를 添記한 「村主(スグリ)」란 2字의 表記樣式을 取한 경우가 더 많다. 또 드물게는 ‘首’字를 그 아래 添記하여 「村首(スグリ)」란 表記樣式을 보이기도 한다.[96]

和名鈔에 의하면 ‘伊勢国安濃郡村主鄕’에서의 ‘村主’에 대한 注釈文에서 ‘須久利’란 表記例가 보이므로 이 地名을〔suguri〕로 읽혀졌음

96) 孝德大化 2年 3月紀에서는〔すぐり〕의 表記에 ‘村首’를 借字하기도 했다.

百濟系 渡倭人인 船史一族의 記錄으로 推定되는 推古朝遺文의 人名 및 地名을 나타내는 推古朝仮名에서나, 三國의 人名 및 地名에서 '須'는 〔su〕[97]로 '久'는 〔ku〕[98]로, '利'는 〔ri〕[99]로 各各 읽혀지고 있다.

---

97) 推古朝仮名에서 「須」의 用字例는 보이지 않으나 百濟 人名에서 用字例가 發見된다.

ㅇ百濟 人名 ;

仇須兮・貴須・八須夫人・解須 등

藤堂明保에 의하면(1966 : 292) 에 의하면

「須」의 吳音도 〔ス〕 다.

98) A. 人名 ; ① 久米王 〈系普〉

クメ

② 久波侈　女 王 〈系譜〉

クハタのイラツメ

③ 久米王 〈系普〉

クメ

④ 伊久牟尼利比古大王 〈上宮記〉

イクムネリヒコ

⑤ 久留比彌命 〈上宮記〉

クルヒミのミコト

⑥ 阿米久爾斯波羅支比里 爾波彌己等 〈露盤銘・繡帳銘〉

アメクニオシハラキヒロニハミコト

B. 地名 : ① 多加牟久之村 〈上宮記〉

タカムクのムラ

② 佐久羅韋等由良宮 〈露盤銘〉

サクラヰトユラのミヤ

99) ㅇ推古朝遺文人名 ;

① 止利佛師 〈釈迦背銘〉

トリ

‘村主’는 오늘날의 ‘村長’과 같은 것인데 ‘마을이름’을 ‘村主鄕’이라 稱한 것은 ‘村主’가 그 마을을 다스리는 데서 起因한 듯하다. 가령, 雄略8年2月 条와 10年9月 条에 「身狹村主青(むさのすぐりあを)」란 人名이 두번 나오는데 여기서 人名인 「身狹(むさ)」란 ‘大和国高市郡矣佐鄕’에서의 「牟佐(むさ)」란 鄕名으로부터 命名된 것으로 그 「牟佐(むさ)」란 마을을 다스린 ‘村長’이란 点에서 「身狹村主(むさすぐり)」란 人名이 비롯된 것이다. 이처럼 「村主(すぐり)」란 「かばね(姓)」의 머리위에는 大部分의 경우 윗例에서 보는 바와 같이 ‘地名’을 取하여 自身이 다스리는 ‘村名’의 머리위에 오게 마련이다.[100]

姓氏錄에 依하면[101] 「村主(suguri)」 란 日本땅에 건너가 當時 戶籍

---

② 伊久牟尼利比古大王 〈上宮記〉
イクムネリヒコ
③ 布利比彌命 〈 〃 〉
フリヒミのミコト
④ 乎波利王 〈系譜 〉
ヲハリ
⑤ 波等利女王 〈 〃 〉
ハトリ
⑥ 由波利王 〈 〃 〉
ユハリ
○高句麗 人名 ; 類利, 託利, 高朱利, 倉助利
○新羅 人名 ; 利音, 急利, 伊利夫人

100) 茨田勝 〈河内国茨田郡茨田鄕〉
上 勝 〈和泉国日根郡賀美鄕〉
不破勝 〈美濃国不破郡〉
木 勝 〈山城国紀伊郡紀伊鄕〉
韓嶋勝 〈豊前国宇佐郡辛島鄕〉
各矣勝 〈美濃国各務郡各務鄕〉
塔 勝 〈豊前国上毛郡多布鄕〉
丁 勝 〈豊前国仲津郡丁里〉

에 대한 記錄이나 稅金徵收帳簿 整理 등 주로 筆錄을 擔當했던 百濟系 渡倭人들에게 日本 朝廷에서 내려준 所謂「かばね(姓)」로서 이들과 關連이 있는 地名에 〔suguri〕란 名稱이 붙게 된 것으로 보인다.

그런데, ‘村主’의 語源에 대하여 金沢庄三郎(1929 : 187)은 ‘村主’란 職名이 三國史記에서의 ‘村干’[102]을 意譯한 것으로 보아, 「村(suki)+干(kanu)」에서 찾은 것이다. 즉「suki+kanu→suki+karu→sukaru→suguri」로 바뀐 것으로 認識한 것이다. 여기서 〔suki〕란 말은 우리 側 文獻資料나 方言에서는 그 用字例가 發見되지 않으나 日本書紀에 收錄된 百濟系 地名을 引用하여 그 論據로 삼은 것이다.

A. (1) 意流《オル》 村《のスキ》 今云 州流《スル》 須祇《スキ》 <神功49年3月紀>
(2) 白《ハク》 村《スキ》 江《エ》 <天智2年8月紀>
(3) 三《ミ》 次《スキ》(阿波国美馬郡三次郷)
(4) 来 次(出雲国大原郡来次郷)

---

101) ㅇ勝(すぐり)条「上勝同祖. 百済国人多利須須之後也」〈山城国諸蕃(第25卷)〉
ㅇ上勝(かみすぐり)条「出自百済国人多利須須也」〈右京諸蕃(第24卷)〉
佐伯有清(1983 : 卷五 172)는 「勝(すぐり)」와 「上勝(かみすぐり)」가 吳国人으로 보는 說도 있으나 百済国人으로 보는 것이 옳다고 했다. 姓氏錄 第23卷에 의하면 高向村主(たかむかすぐり)을 비롯한 ‘村主’로 表記한 かばね(姓)가 24名이나 되고, 茨田勝字을 비롯한 ‘勝’로 表記한 かばね(姓)가 37名이나 보인다.

102) 三國史記 卷四十五列傳第四 朴堤上에 의하면
水酒村干~新羅 訥祗王 때 사람, 伐寶靺의 官職名.
一利村干~新羅 仇里酒(내)의 官職名.
利伊村干~新羅 波老의 官職名.

キ スキ

B. (5) 佐 知 村 <欽明15年5月紀>

サ チ スキリ

C. (6) 德 宿 (常陸国鹿島郡德宿鄉)

トコ スク

(7) 揖 宿 (薩摩国揖宿郡)

イブ スキ

D. (8) 筑 足流 城 或本云 都久斯岐 城 <雄略8年2月紀>

ツク ソクルの キ ツクシキのキ

윗例 A.(1) 및 (2)에서는 '村'字를 그 注釋에서 〔須祇〕로 쓴 点으로 미루어 〔suki〕로 읽은 것이다. A.(3) 및 (4)는 '次'를 訓仮名〔suki〕로 읽은 것인데 A.group.에서는 '村'를 모두 〔suki〕로 읽은 경우다. 그런데, A.group의 〔suki〕系는 B.(5)에서의 〔sukiri(村)〕란 表寫資料에 의거, 〔sukiri〕(鄉村)으로부터의 轉訛로 보는 편이 더 合理的이다. 왜냐 하면, 첫째) 〔suki〕란 말이 우리側 古代文獻資料에서나 方言에서 그 用例가 단 한번도 發見할 수 없기 때문이다. 둘째) '村'字의 吳音과 漢音이 兩者 모두 〔son〕이고[103], 百濟系 東音에서 그 韻尾〔n〕이 〔ki〕로 읽혀질 可能性이 전혀 없기 때문이다.

C. group의 (6)과 (7)에서는 '宿'의 音仮名을 用字한 경우인데 同一한 文字를 取하여 (6)에서는 〔suku〕로 (7)에서는 〔suki〕로 읽어 〔suku〕와 〔suki〕兩者가 '鄉村'을 나타내는 相通된 말임을 알 수 있다.

---

103) 藤堂明保(1966 : 690)에 의하면

寸~周 tsʻuən→六朝 tsʻuən→唐tsʻuən→元 tsʻuən

吳音 スン ・ 漢音ソン

諸橋轍次(1967 : 六卷 141)에 의하면

'村'의 吳音ソン・漢音 ソン

D. (8)에서「或本云」이란 說明으로 미루어 볼 때, 〔sokuru(鄕村)〕란 말을 다른책에서는 〔suki(村)〕라고 함을 알 수 있다.

筆者의 見解로는 A. group(1)~(4)의 〔suki〕系는 B. group의 〔sukiri〕系로부터의 轉訛로, 그리고 C. group의 〔suku〕系와 D.group의 〔sokuru〕系는 모두 〔suguri(村主・鄕村)〕系로부터의 轉訛로 보는 편이 合理的인 것이다.

왜냐 하면 첫째) 현재 日本地名 表記例에서 〔suguri(村主・須栗・勝・勝呂)〕의 表記例는 많이 보이지만 〔suki・suku〕系의 表記例는 단 1個例도 發見되지 않기 때문이다. 둘째) 〔suguri〕란「かばね(姓)」의 머리위에는 그 村主가 居住한 '마음이름'이 오게 마련인데 ((가령, 上勝(かみすぐり)<和泉国日根郡賀美郷>, 木勝(きすぐり)<山城国紀伊郡紀伊郷>등)) 이것은 '村主郷' 즉「村主가 다스리는 마을」이란 뜻에서 命名된 것으로 推定되므로「村名═村主」의 等式이 成立되므로 [suguri]란 意味도 '村主'를 가리키기도 하고, 同時에 '村名'을 가리키기도 하기 때문이다.

이제 現在 日本地名 表記例에서 〔suguri〕의 表記에「村主・須栗・勝・勝呂」등을 借字한 用例를 보이면 다음과 같다.

A. 1-1. 村主 すぐり <和歌山県 橋本市>
〃 〃 < 〃 ,伊都郡高野口町>
〃 〃 <三重県安芸郡安濃町>

B. 2-1. 須栗平新田村 すぐりだびらしんでんむら <長野県茅野市>

C. 3-1. 勝之村 すぐれのむら <福島県喜多方市>
3-2 勝観音 すぐれのかんのん <広島県>

D. 4-1 勝呂鄕 すぐろのごう <埼玉縣>
4-2 勝呂村 すぐろのむら < 〃 , 川越市坂戸町>
4-3 勝呂部落 すぐろぶらく < 〃 , 比企郡小川町>

윗例에서 볼 수 있는 바와 같이, 〔suguri(村主・鄕村)〕의 分布는 주로 中部地方에서는 三重県과 長野県에, 그리고 近畿地方에서는 和歌山県에 集中된 傾向이 있음을 볼 수 있다. A. 1-1~1-3등은 古代로부터 現代에 이르기까지 그 表記 傳統을 이어 온 것으로 '村主'란 「かばね(姓)」와 '村名'이 兩者 一致된 경우다. B. 2-1은 「音仮名 su(須)+訓仮名 guri(栗)」의 表記樣式을 보인 것이다. 이런 用例는 金沢庄三郎(1929:187)의 主張대로 村 〔suki(村)〕와 〔kanu(干)〕의 두 語辭로 分離됨이 不可能함을 立證하는 것이 된다. 〔suku〕나 〔suki〕가 單獨으로 '鄕村'의 意味를 나타내는 것이 아닌 것이다. 〔suguri〕는 單一語로 보아 〔鄕村〕 또는〔村主〕의 意味를 包含한 것이다.

C. 3-1 및 3-2 등은 '勝'의 「すぐれる」란 '訓'을 假借하여 〔suguri(村主・鄕村)〕를 나타낸 表記樣式인 것이다. D. 4-1~4-3 등은 「訓仮名 suguro(勝)+具書 ro(呂)」의 表記樣式인 것이다. 여기서 具書로 쓰인 '呂'字는 앞에 놓인 '勝'字를 '訓'으로 읽을 것을 指示하는 동시에, 그 語形의 末音이 〔ro〕가 되도록 읽을 것을 指示하는 機能을 가진 글자로 解讀에는 反映하지 않은 것이다. 따라서 C.group의 用法과 一致되는 것이라 볼 수 있다. 특히 D. 4-1에서의 地界名接尾語 '鄕'字나 D. 4-2의 地界名接尾語 '村'字는 先行語인 「勝呂(すぐろ)」가 '村主'의 意味를 立證한 것으로 D. 4-1과 4-2는 모두 '村長'이 다스리는 마을 즉 '村主鄕'의 뜻이 된다.

따라서, '村' 1字나 '村主' 2字의 表記樣式이 兩者 모두 '鄕村'의 意味를 나타내는 百濟系 語源 〔suguri〕系의 借用語로서 日本 地名속에 受容된 것으로 推定한다.

다음에는 '村'字를 日本의 古訓〔fure〕系로 訓讀한 경우를 살펴 보기로 한다.

'村'字를〔suku・suki〕로 音讀한 上述한 경우와는 달리, '村'字를 日本의 古訓〔fure〕로 訓讀한 경우를 살펴 보기로 한다.

日本의 固有語〔fure〕系가 韓語〔puri(夫里)〕系와 同系語源으로 舌音인'〔p〕・〔m〕兩音相通說'을 들어, 日本語의〔mura(村)〕와 韓語〔maeul(村)〕과 關聯이 있다고 보는 主張과〔maeul〕과 〔mura〕가 확연히 區分되는 別個의 語辭로 본 主張이 있다.

白鳥庫吉(1894)와 金沢庄三郎(1897)은 前者에 속하며, 中田薰(1903)와 鮎貝房之進(1931)은 後者에 속한다고 하겠다.

白鳥庫吉(1894:30-31)은 朝鮮語의〔マウル〕과 日本語의〔ムラ〕는 다함께 朝鮮의 古語〔ブル(夫里)〕에서 根源한다고 하면서「p・b의 2音 相通」을 들어「プル→ブル→ムル→ムラ→マウル」로 轉訛된 것이라 했다. 金沢庄三郎(1897: 9-10)도 三韓에서 '都城'의 뜻인〔pur〕란 말이「伐・夫里・火 ・弗・不離・卑離」등을 借字한 点과 任那의 地名인「久斯牟羅・久礼牟羅・布那牟羅」등에서의〔牟羅(mura)〕는〔村(mura)〕를 나타낸 것으로 韓語〔pur〕이〔mur〕로 바뀐것으로 推定하고 唇音인 〔p〕・〔m〕兩音의 轉換에서 온 것으로 認識하여〔pur〕은 今日의 韓語〔maur(村落)〕과 관련된다고 했다. 그러나, 이와는 달리, 中田薰(1903)은 百濟의 '夫里'와 日本語의 'フレ'가 '村'을 나타내는 同系語源란 点에 있어서는 同調했지만, 任那地方인「牟羅」와 韓語〔maeul〕과는 兩語間에 확연히 區分되는 別個의 語辭로 본 것이다.

鮎貝房之進(1913:426)도 日本語의〔fure(村)〕系가 百濟系〔pur(夫里)〕와 同系語源이란 点에 있어서는 一致된 見解를 가졌으나〔mura(村)〕와〔maeul(村)〕은 別個의 語辭로 보고 「マサル→マスル→マウル→マル」의 轉換으로 把握한 것이다.

筆者의 見解는 後者의 立場에 선다. 왜냐 하면, 첫째) 現在 日本地名表記例에서 '村'의 表記에 「ふる(布留)[104]・ふり(布里・振)[105]・ふれ(布礼・富連)[106]」등〔fure〕系 地名이 그 表記傳統을 가진 것이 입증되기 때문이다. 이〔fure〕系는 唇音 p,b,f의 相通說에 의해 前者의 主張대로 韓系〔puri(夫里)〕나〔pur(伐・火・坪・平)〕과 同系 語源으로 推定함에 있어서는 筆者도 同意하기 때문이다. 둘째) 任那의 地名인 「久斯牟羅・久礼牟羅」등에서의 「牟羅(ムラ)」에 이끌려,〔maeul(村)〕이〔mura(村)〕의 轉訛로 認識한 前者의 主張과는 달리, 筆者는 '村'을 나타내는 古代國語가〔mɐsɐr〕이므로 이것이〔mɐsɐr>mɐzɐr>maɨr>maɨl〕의 音韻變化를 겪은「s>z>zero」의 過程을 想定해야 되므로〔mura(村)〕와〔maɨl(村)〕은 兩側에서 相互 그 時代를 달리하고

---

104) ① 布留 ふる 〈奈良県天理市〉
布留遺跡 ふるいせき 〈奈良県〉
布留野 ふるの 〈奈良県〉
布留郷 ふるのごう 〈富山県〉
布留山 ふるやま 〈奈良県〉
布留瀧 ふるのたき 〈 〃 〉
布留川 ふるがわ 〈 〃 〉
② 布流村 ふるむら 〈福島県喜多方市〉

105) ① 布里 ふり 〈愛知県南設樂郡鳳来町〉
② 振顔野村 ふりがおのむら〈大分県竹田市〉
振上村 ふりかみむら 〈福井県坂井郡芦原町〉
振慶名 ぶりきな 〈沖縄県名獲市〉

106) 布札別 ふれべつ 〈北海道富良野市〉
富連郷 ふれのごう〈長野県上田市〉

그 軌를 달리한 語辭로 보아야 하기 때문이다.

〔 3 〕

[1]에서도 言及한 바와 같이, 우리側 地界名이 日本에 건너가 孝德2年(646A.D)에 日本의 地界名 設置에 影響을 준 바 있다. 大化改新詔에 令制로 郡의 規定이 생겼다.

그런데 周制에서는 '郡'의 單位가 작고 '縣'이 커서 '縣'밑에 '郡'을 두고 '四郡'이 設置되었다가 戰國時代以後로 내려오면 이와 反對로 單位規模의 大小가 뒤바뀌어 '郡'이 오히려 큰 單位가 되고 '縣'이 작은 單位가 되었다. 그 후 秦制에서는 天下를 36郡으로 나누고 '郡'밑에 '縣'을 두게 되었는데 이것이 漢나라 以後까지 이어진 것이다. 古代 日本地界名에서 '國'이 제일 큰 單位가 되고 그 아래에 '縣'이나 '郡'이 있고 그 밑에 '里·村'이 있었는데 특히 出雲風土記등에서 보면 '郡'밑에 '鄕'을 두고 다시 그아래에 '里'를 둔 것을 볼 수 있다(가령,~郡~鄕~里등) 前述한 [2]에서 小單位 地界名인 '村'에 대한 論議를 했으므로 本項에서는 中單位인 '郡'에 대한 論議를 展開하기로 한다.

日本書紀 孝德2年紀에 의하면 大小 單位의 基準을 알 수 있다. 가령, 마을數가 40個以上이면 '大郡'으로, 마을數가 30個以下 4個以上이면 '中郡'으로, 마을數가 3個를 '小郡'이라 稱했다고 한다. 大宝令에서는 '郡'을 「大·上·中·下·小」等의 5段階로 區分한 것이다. 가령, 마을數가 20개以下16個以上을 '大郡'으로, 12個以上16個以下을 '上郡'으로, 8個以上을 '中郡'으로, 4個以上을 '下郡'으로, 2個以上을 '小郡'이라 했다.

地界名중에서 특히 '郡'을 〔kofori〕로 읽은 것은 朝鮮語의 語源에서 나온 것이란 主張은 일찌기 新井白石(1720)의 東雅(63-64)를 비롯하여 本居宣長(1799)의 古事記傳(29권329-331)에서 이미 밝힌 바 있다.

〔kofori〕의 語源에 대한 見解는 두가지로 갈린다. 첫째는 韓語〔koper(郡)〕에서 直接 借用된 것으로 본 경우와 日本의 固有語인〔ko(大)〕와〔fori(村)〕의 두 語辭의 合成語가〔kofori〕로서 '大村'이란 意味로 把握한 경우다.

新井白石(1720)의 東雅(63-64)를 비롯하여 本居宣長(1799)의 古事記傳(29卷329-331)·沢瀉久孝(1967:307-308)·大野晋(1974:516)·中村幸彦(1985:54)등은 前者에 속하며 金沢庄三郎(1929:177)과 鮎貝房之進(1913:435-437)은 後者에 속한다.

筆者는〔kofori〕의 語源은 百濟系〔koper(郡)〕의 直接 借用이란 觀點에 同調하여 前者의 主張과 一致한다. 따라서 지금부터 後者의 主張에 대한 論議를 展開하기로 한다. 金沢庄三郎(1929:172-173)은〔kopŏr〕를〔ko〕와〔pŏr〕로 두가지 語辭로 分析하였는데 여기서〔pŏr〕이 韓系 地界接尾語인 音借字〔伐·夫里〕[107]나 訓借字〔火·列·坪〕[108]에 對應되는 同系語源이란 主張에서만은 筆者도 同意하지만〔ko

---

107) ① 伐(*pɔ̆r) 用字例 ;
a)伊伐支縣 (본시 高句麗 地名인데 新羅景德王 때 隣豊縣으로 改稱)
b)仍伐奴縣 (본시 高句麗 地名인데 新羅景德王 때 穀壤縣으로 改稱)
c)沙伐州 ('沙都城'을 改築하여 '沙伐州'로 改稱, 現 慶北尙州郡沙伐面)

② 夫里(*pɔ̆ri)의 用字例 ;
a)波夫里郡(본시 百濟地名인데 新羅 景德王 때 富利縣으로 改稱)
b)夫夫里縣(본시 百濟地名인데 新羅 景德王때 澮尾縣으로 改稱)
c)古良夫里縣(본시 百濟地名인데 新羅 景德王 때 靑正縣으로 改稱)
d)半奈夫里縣(본시 百濟地名인데 新羅 景德王 때 潘南郡으로 改稱)

108) ① 火(*pɔr)의 用字例

] 와 [pǒr] 의 두 語辭의 合成語일 수는 없고 [kofori] 는 單一語로 認識해야만 된다.

鮎貝房之進(1913:435-437)도 [コホリ] 와 同語인 [고을(ko-ul)] 에서의 [을(ul)] 은 古言 [블(bul)] 이 바뀐 말로 보아, 두가지의 語辭인 [ko] 와 [ul] 의 合成語로 把握한 点에서는 同一한 誤謬를 범한 것이다.

鮎貝房之進(1931:436)이 例示한 慶尙道花園縣의 「古火」는 [ko] + [pǒr] 의 두 語辭의 合成語로 보기보다는 單一語 [kobɐr] 의 音借字로 보는 편이 合理的이다.

隨書 百濟傳의 「其都曰居拔城」에서의 '居拔 [kobɐr] '이라든가 北史 百濟傳의 「百濟都俱拔城」에서의 '俱拔 [ku-bɐr] '等은 두개의 語辭 [ko(또는 ku)] 와 [bɐr] 등으로 分離될 수는 없는 單一語 [kobɐr(郡)] 의 音借字 表記例로 보아야 한다. 金沢庄三郎(1929 : 176)은 朝鮮에서는 옛날 「郡・村」을 다같이 [pǒr] 이나 [ko-pǒr] 이라 부르고 別段 兩者間에 判然한 區劃을 세우지 않은 것 같다고 했다.

---

a)加火押 (본시 高句麗 地名인데 景德王 때 唐岳縣으로 改稱)
b)仇火縣 (〃 〃 新羅 景德王 때 高丘縣으로 改稱)
c)屈火郡 (〃 〃 〃 曲城郡으로 改稱)
d)達句火縣(新羅 景德王 때 大丘縣으로 改稱, 現在 慶北大邱市)
e)刀冬火縣(〃 〃 道同縣으로 改稱, 現在 慶北永川市)
f)比火縣 (〃 〃 安康縣으로 改稱, 現在 慶北慶州郡 安康面)

② 列(*pɔr)의 用字例
a)比列忽郡(본시 高句麗地名인데 新羅 景德王 때 朔庭郡으로 改稱)
b)烏列忽 (〃 遼東城州로 改稱. 現在의 遼陽)

③ 坪(*pɔr)의 用字例
a)幕坪 막벌 (咸鏡北道上倉)
b)坪村 벌마을 (平安南道祥原・黃海道 黃州)

몇몇 用例에서는 「마을(村)」과 「ᄀᆞ올(郡)」의 區分이 混同된 用例가 있다. 가령, 龍歌 卷二의 註釋에서 '栗村'을 '조마을'이라 하지 않고 '조고을'로 읽은 用例도 보인다. 그러나 十五世紀國語의 全般的인 表記例에서는 兩系列 間에 確然히 區分되어 表記한 것이다.[109] 金沢庄三郎가 이렇게 본 原因은 '鄕'의 用字例에서 起因한 것으로 보인다. '鄕'字가 字典式 意味로는 「마을;향」字이지만 十五世紀國語表記例에서는 「고을(郡)」의 意味에 對當한 用例가 보이기 때문이며 또한 出雲風土記에서도 '縣'보다는 작고 「村・里」보다는 큰 地界名 單位로 '鄕'字가 쓰였기 때문이다.

우리側 資料에서도 이 '鄕'는 字典式'訓'과는 달리 「고을(郡)」로 읽혀지기도했다.[110]

日本書紀 継体23年3月条에서는 加羅國王으로 推定되는 渡倭人인 「己富利知伽(こほりちか)」란 人名의 表記例가 보인다. '知伽'는 「知干(ちかん)」의 省略으로 加羅國 官名이고 '己富利'는 '郡'의 뜻이므로 「己富利知伽(こほりちか)」는 '郡'의 '首長'이란 意味다. 앞에 [2]項에서 「村

---

109) 1. 고올(郡・縣・邑)의 表記例 ;
① 東녃 고올셔 (東郡) 〈杜初 20 : 7〉
② 다ᄅᆞᆫ ᄀᆞ올ᄒᆞ로 (異縣) 〈杜初 21 : 18)
③ ᄀᆞ올 안햇 (邑中) 〈杜初 15 : 43〉
2. ᄆᆞᅀᆞᆯ(村・里)의 表記例 :
① ᄆᆞᅀᆞᆯᄒᆞ로 나오놋다 (出村) 〈杜初 7 : 39)
② ᄆᆞᄆᆞᆯ해 (里中) 〈內訓 2 : 86〉

110) 1. 'ᄀᆞ올'의 表記에 '鄕'을 用字한 경우 ;
① 어느 ᄀᆞ올로조차 와 (何鄕來) 〈杜初 18 : 16〉
② 다ᄅᆞᆫ ᄀᆞ올히 (他鄕) 〈杜初 7 : 4〉
③ 鄕ᄋᆞᆫ ᄀᆞ올히오 〈金三解 4 : 33〉
2. 'ᄆᆞᅀᆞᆯ'의 表記에 '鄕'을 用字한 경우
① ᄆᆞᄋᆞᆯ에 구ᄒᆞ되 엇디 못ᄒᆞ고 (求於鄕不得) 〈五倫 1 : 56 〉
② ᄆᆞᅀᆞᆯ 향 :鄕 〈類合下 23〉

主(すぐり)」란 百濟系 渡倭人들에게 주어진 「かばね(姓)」로서 그 '村'을 다스린 官人의 姓인 同時에 그가 다스리던 地域을 기리키는 村名으로도 相通된 것처럼, 「郡(こほり)」을 다스리던 官職의 「かばね(姓)」로서의 「己富利(こほり)」도 그 '郡名'에 그대로 붙여진 것으로 보인다. 日本書紀 継体24年9月紀에 「背評(へこほり)」란 註沢을 보면 「能備己富利(のびこほり)」란 地名이 있다. 여기서 'こほり'의 表記에 '郡'字를 借字하지 않고 '評'字를 借字하여 'こほり'로 읽은 것이 특이하나 '評'字는 우리側表記例에서는 볼 수 없고 오직 日本側地名表記例에서만 보이는 借字다(오직 日本書紀속에 수록된 三國系地名에서만 보인다). '能備己富利'에서의 「能備(のび)」는 慶南 '熊川'의 古地名인 '熊只'를 가리킨 것으로 여기서의 「只(ki)」[111]는 邑城의 古方言인 「己富利」와 同語인 것이다. 「己富利(こほり)」3字의 音仮名은 百濟系 渡倭人의 記錄으로 推定되는 推古朝遺文[112]속에 收錄되어 있는 人名이나 地名의 表記例에서도 發見된다. 즉 '己'字는 〔ko〕[113]로, '富'字는 〔fo〕[114]로 '利'字

111) 金沢庄三郎 (1929) op. cit. pp 179-184 參照
李鍾徹(1994) "日本地名에 反映된 百濟系 借用語〔ki(城)〕에 대하여" pp. 14-20 參照

112) 大矢透(1971) 「仮名源流考及証本写眞」에는 推古朝 當時의 遺文 8편이 收錄되어 있다. 가령, 伊予道後溫湯碑文, 元興寺露盤銘, 元興寺丈六光背銘, 法隆寺金堂樂師光背銘, 法隆寺金堂积迦佛光背銘, 法隆寺三尊佛光背銘, 上宮記逸文, 上宮太字系譜 등

113) ① 母母思己麻和加中比彌〈上宮記〉
モモシコマワカナカツヒミ
② 布遲波良己等布斯郎女〈上宮記〉
フチハラコトフシイラツメ
③ 己乃斯里王〈系譜〉
コノシロ
④ 多至波奈等已比乃彌己等〈繡帳銘〉
タチバナトヨヒノミコト

는 〔ri〕[115]로 各各 읽혀지고 있기 때문에 百濟系 東音임을 確認할 수 있다.

이제, 現在 日本地名表記例에서 〔koori(또는 kofori)〕의 表記에 어떤 用字를 취했는가 살펴 보기로 한다.

A. 1-1. 郡遺跡 (こおりいせき) <福島県>
1-2. 郡山 (こおりやま) < 〃 ,郡山市>
1-3. 〃 〃 < 〃 ,河沼郡河東町>
1-4. 郡山新村 (こおりやましんむら) < 〃 , 〃 , 〃 >
1-5. 郡山宿 (こおりやましゆく) < 〃 >

---

⑤ 有麻移刀等已刀彌彌乃彌己等〈露盤銘〉
ウマヤトトヨトミミノミコト
李鍾徹(1979) "日本에 傳授한 百濟의 漢字文化에 대하여" pp.166-167 參照.

114) ① 乎富等大公王〈上宮記〉
ヲホト
② 佐富女王 〈系譜〉
サホイラツ
③ 意富富等王〈上宮記〉
オホホト
藤井茂利(1994) "古代日本語の 表記法 研究" PP. 3-16 參照

115) ① 止利佛師〈釈迦背銘〉
トリ
② 乎波利王〈系譜〉
ヲハリ
③ 波等利女王〈系譜〉
ハトリ
④ 伊久牟尼利比古王 〈上宮記〉
イクムネリヒコ
⑤ 布利比彌 命 〈上宮記〉
フリヒミのミコト

1-6. 郡山五香遺跡 (こおりやまいせき) < 〃 >

1-7. 郡山層 (こおりやまそう) < 〃 >

1-8. 郡山台 (こおりやまだい) < 〃 二本松市>

1-9. 郡山盆地 (こおりやまぼんち) < 〃 >

1-10.郡山通 (こおりやまどおり) <岩手県>

1-11.郡山城 (こおりやまじょう) <岩手県>

1-12.郡山城下 (こおりやまじょうか) < 〃 紫波郡紫波町>

1-13.郡山 (こおりやま) <宮城県仙台市・白石市>

1-14. 〃 (〃) <山形県南陽市・東根市>

1-15. 〃 (〃) <秋田県雄勝郡羽後町>

2-1. 郡 (こおり) <千葉県郡津市・香取郡神崎町>

2-2. 郡本 (こおりもと) <千葉県市原市>

2-3. 郡郷 (こおりのごう) <千葉県香取郡東庄町>

2-4. 郡山郷 (こおりやまのごう) <茨城県猿島郡総和町>

3-1. 郡 (こおり) <福井県勝山市>

3-2. 郡町 (こおりまち) < 〃 , 大野市>

3-5. 郡 (こおり) <静岡県藤枝市>

3-6. 郡部里 (こおりべり) < 〃 >

3-7. 郡村 (こおりむら) <三重県上野市>

3-8. 郡山 (こおりやま) < 〃 , 鈴鹿市>

3-9. 郡町 (こおりまち) <石川県七尾市>

3-10. 郡 (こおり) <長野県更埴市>

4-1. 郡 (こおり) <大阪府茨木市・寝屋川市>

4-2. 郡村 (こおりむら) < 〃 , 堺市>

4-3. 郡 川 (こおりがわ) < 〃 , 八尾市>

4-4. 郡北村 (こおりきたむら) < 〃 , 寝屋川市>
4-5. 郡元町 (こおりもとまち) < 〃 , 〃 >
4-6. 郡 荘 (こおりのしよう) < 〃 , 東大阪市>
4-7. 郡 (こおり) <京都府京都市右京区>
4-8. 郡 里 (こおりかり) < 〃 , 〃 , 〃 >
< 〃 , 宇治市伏見区>
4-9. 郡 条 (こおりじよう) <奈良県五條市>
4-10. 郡殿荘 (こおりどののしよう) < 〃 , 奈良市>
4-11. 郡元町 (こおりもとまち) < 〃 , 大和郡山市>
4-12. 郡山県 (こおりやまけん) < 〃 >
4-13. 郡山城 (こおりやまじよう) < 〃 >
4-14. 郡山藩 (こおりやまはん) < 〃 >
4-15. 郡部駅 (こおりべのえき) <兵庫県養父郡養父町>
4-16. 郡 荘 (こおりのしよう) <滋賀県伊香郡高月町>

5-1. 郡 (こおり) <岡山県岡山市>
5-2. 郡神社 (こおりじんじや) <岡山県>
5-3. 郡 町 (こおりまち) <岡山県岡山市>
5-4. 郡 (こおり) <島根県隠岐郡五箇村>
5-5. 郡 村 (こおりむら) < 〃 仁多郡仁多町>
5-6. 郡 (こおり) <山口県厚狭郡山陽町>

6-1. 郡 (こおり) <徳島県板野郡土成町>
6-2. 郡 原 (こおりはら) < 〃 >
6-3. 郡頭神社 (こおりずじんじや) <高知県>

7-1. 郡 (こおり) <鹿児島県 薩摩郡伊集院町・肝属郡佐多町・川辺郡知覧町>

7-2. 郡田 (こおりだ) <鹿児島県国分市>
7-3. 郡名 (こおりみよう) < 〃 >
7-4. 郡元 (こおりもと) < 〃 , 鹿児島市>
7-5. 郡本 (こおりもと) < 〃 , 姶良郡加治木町・肝属郡根古町>
7-6. 郡山 (こおりやも) < 〃 , 日置郡郡山町>
7-7. 郡山村 (こおりやまむら) < 〃 >
7-8. 郡山筋 (こおりやますじ) < 〃 >
7-9. 郡 (こおり) <長崎県大村市>
7-10.郡城 (こおりのじよう) < 〃 >
7-11.郡岳 (こおりだけ) < 〃 >
7-12.郡七山十坊 (こおりしちざんじゆうぼう) < 〃 >
7-13.郡山 (こおりやま) <大分県大野郡野町>
7-14.郡元 (こおりもと) <宮崎県都城市>

B. 8-1 氷遺跡 (こおりいせき) <長野県>
8-2 氷ケ瀬 (こおりがせ) < 〃 >

C. 9-1 小折本町 (こおり ほんまち) <愛知県江南市>
9-2 小折東町 (こおり ひがしまち) < 〃 , 〃 >
9-3 小折村入鹿郷新田 (こおり むらいるかごうしんでん) < 〃 >
9-4 小折 (こおり) <愛知県江南市> <千葉県市原市>
9-5 小折田新田 (こおりたしんでん) <愛知県丹羽郡大口町>
9-6 小折田郷新田 (こおり だごうしんでん) < 〃 , 〃 , 〃 >
9-7 小折入鹿出新田 (こおり いるかたしんでん) < 〃 >

D. 10-1 桑折 城 (こおりじよう) <宮城県>

10-2 桑折 寺 (こおりじ) <福島県>
10-3 桑折 宿 (こおりしゆく) < 〃 >
10-4 桑折 堰 (こおりぜき) < 〃 >
10-5 桑折 (こおり) < 〃 , 伊達郡桑折町>
<宮城県黑川郡三本木町>

E. 11-1 木折山村 (こおりやまむら) <高知県>

F. 12-1 小掘町 (こほりちよう) <滋賀県長浜市>
12-2 小掘内遺跡 (こほりないいせき) <岩手県>
12-3 小掘川 (こほりがわ) <京都府京都市北区>
12-4 小掘橋 (こほりばし) <滋賀県>
12-5 小掘牧 (こほりまき) <熊本県>
12-6 小掘 (こほり) <福井県大飯郡大飯町>
<広島県甲奴郡上下町>
12-7 小掘 (こぼり) <滋賀県長浜市>
<大分県中津市>
12-8 小掘切村分 (こほりきりむらぶん) < 新潟県>
12-9 古保利村 (こほりむら) <滋賀県伊香郡高月町>
12-10 古保利藥師堂 (こほりやくしどう) <広島県>
12-11 古保利 (こほり) < 〃, 山県郡千代田町>

위의 A.group 1-1~7-14등에서 볼 수 있는 바와 같이, 東北地方에서는 福島県(9例)에 그 分布가 集中되어 있고, 岩手県에 3個例, 그리고 宮城県·山形県·秋田県등에 各各 1個例가 보인다. 関東地方에서는 千葉県(3例)에 集中된 편인데 茨城県에 1個例가 있다. 中部地方에서는 福井県·静岡県·三重県등에 各各 2個例가 있고 石川県·長野県에 各

各 1個例가 보인다. 그런데,「郡(こおり)」의 分布가 가장 높은 地域은 亦是 近幾地方이라고 할 수 있다. 大阪府의 7個例・奈良県에서 6個例・京都府에서 3個例등이 가장 높고 兵庫県・滋賀県등에서도 1個例가 보인다.

中国地方에서도 岡山県의 3個例, 島根県의 2個例, 山口県에 1個例가 있다. 四国地方에서도 德島県의 2個例, 高知県의 1個例가 發見된다. 九州地方에는 특히 鹿児島県(11個例)과 長崎県(4個例)에 「郡(こおり)」字의 分布가 集中되어 있는 反面에 大分県・宮崎県에서는 各各 1個例에 불과하다는 事實은 우리에게 示唆해 주는 것이 많다.「郡(こおり)」의 分布가 높은 近幾地方의 京都・大阪・ 奈良地域과 九州地方의 長崎・鹿児島地域은 古代부터 일찌기 우리나라와는 交流가 頻繁했던 同一文化圈에 놓였던 關係로 大化改新(645A.D.)의 行政區劃에 대한 律令이 發效될 무렵쯤「郡(こおり)」란 말도 韓半島로부터 日本에 건너가 日本地名表記속에 受容된 것으로 推定된다. 특히 日本의 '訓'이나 '音'을 假借하여〔koori〕를 表記한 C.group~F.group등은〔koori〕란 말이 外來借用語임을 示唆해 준다. C.group~E.group등은〔ko〕의 表記에「小・桑・木」字의 '訓'을 假借하고〔ori〕의 表記에 '折'字의 '訓'을 各各 假借하여〔koori(郡)〕를 表記한 様式으로서 A.group에서의〔koori〕의 表記가 '郡'字의 '訓'을 그대로 正借한 경우라면 B.group~F.group등은 '郡'의 '訓'을 假借한 表記様式인 것이다.

B. 8-1~8-2.등은〔koori〕의 表記에 '氷(こおり)'의 '訓'을 假借하여 訓仮名 1字를 取한 表記様式으로 認識된다. 윗例8-1은 '郡の遺跡'란 뜻으로 '氷'의 '訓'과는 無關하며 8-2도 '郡ヶ瀬'의 意味이므로 '氷'의 '訓'과는 距離가 먼 것으로 보인다. 따라서 '氷遺跡'나 '氷ヶ瀬'의 '氷'는 訓仮名인 것이다.

C. 9-1~9-7등은 〔koori〕의 表記에 '小(こ)'와 '折(おる)'의 '訓'을 各各 假借한「訓仮名 '小(こ)'+ 訓仮名 '折(おり)'」의 表記様式으로 認識된다. 윗例9-1은 '郡の本町'란 意味로, 9-2는 '郡の東町'란 뜻으로 9-3은 '郡の村'란 意味로 把握되므로 9-4~9-7등의「小折(こおり)」은 '小'字와 '折'字의 '訓'과는 無關한 單純한 發音記號의 機能뿐인 것이다. 따라서 C.group에서의「小(こ)」字와「折(おり)」字는 訓仮名인 것이다.

D. 10-1~10-5等은 〔koori〕의 表記에 '桑(くわ)'와 '折(おる)'의 '訓'을 各各 假借한「訓仮名 '桑(こ)'+訓仮名 '折(おり)'」의 表記様式으로 본다. 윗例 10-1.은 '郡の城'란 뜻으로, 10-2는 '郡の寺'로, 10-3은 '郡の宿'로 10-4는 '郡の堰'의 意味로 把握되므로 10-5.의 '桑折'(こおり)은〔こおり(郡)〕로 읽을 수 있다고 認識된다. E. 11-1도〔koori〕의 表記에「木(き)」字와 '折(おる)'의 '訓'을 各各 假借하여「訓仮名 '木(こ)'+訓仮名 '折(おり)'」의 表記様式으로 認識된다. 윗例11-1.은 '郡の山村'란 뜻으로 把握되므로 '木'字와 '折'의 訓과는 無關한 單純한 發音記號의 구실뿐이다. 따라서 D.group에서 '木(こ)'字와 '折(おり)'字는 訓仮名으로 쓰인 것이다.

F. group 12-1~12-11.등은 古代地名表寫資料에서 볼 수 있듯이 '郡'字를〔こほり〕또는〔こぼり〕로 읽은 것이다. 윗例 F.12-9~12-11등은〔kofori〕의 表記에 3字의 音仮名을 各各 借字한 경우다,「音仮名 '古(コ)'[116]+音仮名 '保(ホ)'[117]+音仮名 '利(り)'[118]」의 表記様式인 것

---

116) 李鍾徹(1979) op. cit. p. 165 參照
古良夫里・古西伊・古彌・古龍・古馬彌知・古沙夫里・古祿只 (以上 百濟地名)
古爾解・莫古解・灼莫古・速古王・鼻利莫古・恩古 (以上 百濟人名)

117) 保安縣(欣良買縣 現 扶安郡 保安郡 保安面)〈百濟地名〉

이다. F. 12-9는 '郡の村'의 뜻으로, F. 12-10은 '郡の藥師堂'의 意味로, 그리고 F. 12-11은 「郡(こほり)」의 表記例로 認識된다. 따라서, 〔kofori(郡)〕는 古代地名으로부터 現代地名에 이르기까지 그 表記傳統을 이어온 百濟系 借用語로 結論할 수 있다.

〔 4 〕

以上 論議된 內容을 要約하면 다음과 같다.

(1) 現在 日本 地名속에 反映되어 있는 地界名接尾語가 固有名詞로 轉成된 것이 많은 데 그 중 代表的인 것을 두가지 들면 〔suguri(村名・村主)〕系와 〔kofori(郡名・郡司)〕系가 바로 그것이다.

(2) 〔suguri〕의 表記에 있어서는 「村主・須栗・勝・勝呂」등을 各各 借字하고, 〔kofori〕의 表記에는 「郡・氷・小折・桑折・木折・小掘・古保利」等을 各各 借字한 表記例가 보인다.

(3) 〔suguri〕를 「村主」로 借字한 것이 百濟系 渡倭人인 「旧筆錄者들의 表記癖」이라고 한다면 〔suguri〕를 「勝・勝呂・須栗」等으로 借字한 것은 日本人系 「新筆錄者들의 表記癖」이 反映된 것으로 推定할 수 있다. 이와 마찬가지로 〔kofori〕를 「郡」으로 借字한 것이 「百濟系 渡倭人들의 表記癖」이라고 한다면 〔kofori〕를 「評(こほり)・氷・小折

保寧郡(新村縣 現 保寧郡大川邑) 〈 〃 〉
保刀夫人(新羅法興王妃) 〈新羅人名〉

118) 乃利阿縣 (利城縣 現 金堤郡 域內) 〈百濟地名〉
一利郡 (加利縣 現 星州郡加川面) 〈新羅地名〉
類利・高朱利・倉助利 〈以上 高句麗人名〉
利音・急利・伊利夫人 〈以上 新羅人名〉

・ 桑折・木折・小掘・古保利」等으로 借字한 것은 日本人系「新筆錄者들의 表記癖」이 反映된 것으로 推定된다.

(4) 從來 몇몇 主張과 같이, 〔suguri〕 를 '村'과 '主'의 두 語辭로 보아, 〔suki(村)+kanu(干)〕 나 〔suki(村)+nirimu(主)〕 등의 合成語로 볼 수는 없다. 왜냐 하면 첫째) '村'字의 吳音이나 漢音이 兩者 모두 〔son〕 이고, 그 韻尾 〔n〕 도 〔ki〕 나 〔ku〕 로 읽혀질 可能性이 없기 때문이며 둘째) 日本書紀收錄百濟系 人名이나 地名에서 '村'字를 〔スキ〕 또는 〔スク〕 로 表寫한 資料가 보인다고 해도 우리側 古代文獻資料에서나 方言에서 〔suki〕 나, 〔suku〕 란 말이 發見되지 않기 때문이다.

(5) 筆者의 見解로는 「意流村(オルスキ)・白村江(ハクスキエ)」에서의「村(スキ)」나「三次(ミスキ)・来次(キスキ)・揖宿(イブスキ)」에서의 「次(スキ)・宿(スキ)」등의 〔suki〕 는 「佐知村(サチスキリ)」에서의 〔sukiri〕 로부터의 轉訛로 보고, 이 〔sukiri(鄕村)〕 는 다시 〔sukuri(또는 suguri) '鄕村'〕 으로부터의 轉訛로 認識된다. 그리고「筑足流城(ツキ ソクルのキ)」에서의 「sokuru(足流)」의 〔soku〕 나 「德宿(トコ スク)」에서의 〔suku〕 등도 〔suguru(鄕村)〕 으로부터의 轉訛로 把握한 것이다. 筆者는 이 [suguri(村主・鄕村)]가 中世國語에서의「스ᄀ올(鄕)>스골」과 同系語源으로 推定한다. 왜냐하면 一部中世國語에서 '村'字와 '鄕'字가 相通・混用된 点으로보아 新羅語系[mɐsɐr]과는 서로 軌를 달리한 것이기 때문이다.

(6) 新撰姓氏錄에 의하면, 〔suguri(村主・勝)〕 란 「かばね(姓)」를 가진 蕃人들의 大部分이 百濟系 渡倭人들이므로 그들의 自國語인 百濟語로 自身들의 居住하는 地名을 命名했을 것으로 推定되므로 〔suguri (鄕村・村主)〕 도 百濟系 借用語로 보인다.

(7) 和名鈔에 의하면「伊勢国安濃郡村主鄕」에서의 '村主'에 대한 注

釈文에서 '須久利'란 表記例가 있으므로 이 地名을 〔suguri〕로 읽을 수 있음이 推定된다. 왜냐하면, 百濟系 渡倭人들의 記錄으로 推定되는 所謂 推古朝遺文속에 收錄된 人名 및 地名에서나 百濟의 人名 및 地名 表記例에 있어서도 '須' 字는 〔su〕로, '久'字는 〔ku〕로, '利' 字는 〔ri〕로 各各 읽혀졌음으로 이 「須久利」를 〔suguri〕 로 읽은 것은 百濟系 東音으로 推定된다.

(8) '村主鄕'이란 地名에 의해 〔suguri〕가 「村長이 다스리는 村名」이란 뜻과 「村長」의 意味가 共存하듯이, 〔kofori〕도 「郡司가 다스리는 郡」이란 意味와 그 「郡의 首長」 이란 의미가 共存한다. 継体23年3月紀의 「加羅己富利 (からこほり)」란 人名이나 継体24年9月紀의 「能備己富利 (のびこほり)」란 地名은 〔kofori〕란 말이 百濟系 借用語임을 示唆해 준다. 왜냐하면 百濟系 推古朝遺文에 수록된 人名 및 地名 表記例의 推古朝仮名에서 '己'字는 〔コ〕로, '富'字는 〔ホ〕로, '利'字는 〔リ〕 로 읽혀졌으므로 이 「己富利」를 〔kofori〕로 읽은 것은 百濟系 東音으로 推定된다.

(9) 從來 或者의 主張에서 〔kofori〕를 日本의 固有語로 認識하여, 〔ko(大)〕와 〔fori (村)〕의 두 語辭로 分析하여 '大村'의 意味로 把握했으나 〔kofori〕는 百濟系 借用語 〔koper〕과 同系語源의 單一語로 보아야 한다.

5. 〔mutsu(陸)〕의 表記樣式 및 그 語源

〔 1 〕

周知하는 바와 같이 現代 日本의 地名속에는 韓系語源으로 推定되는 것이 상당히 많이 있다. 그 중에서 [mutsu]만을 論議의 對象으로 삼은 動機는 첫째) 日本地名表寫資料에서 보면 [陸奧]란 同一한 地名 表記例를 가지고 왜 두 가지로 달리 읽었을까 하는 疑問에서다.

다시 말해서 하나는 日本上代文獻(가령, 古事記·日本書紀·萬葉集歌·風土記・和名鈔 등) 表寫資料에서 흔히 볼 수 있는 [みちのおく(또는 みちのく)]이고, 또다른 하나는 現代地名表寫例에서만 볼 수 있는 [むつ]인 것이다. 즉 前者의 경우는 [陸(みち)]와 [奧(おく)]란 2個의 正訓字를 모두 訓讀한 [mitsi no oku (또는 mitsi-noku)]의 경우로 典型的인 日本式 讀法이라고 한다면 後者의 경우는 [陸奧] 2字에서 第1番字인 [陸] 1字만을 [むつ]로 읽고, 나머지 第2番字인 [奧]는 虛字로 보아 讀法에 反映시키지 않은 경우로 오직 [陸] 1字만을 가지고 [mutsu]로 읽었는데 그와 같은 讀法의 根據가 어디에 있을까 하는 點이다. 둘째) 諸橋轍次(1969 : 十一 912)에 의하면 「陸」에 대한 古訓에 [くが]나 [みち]란 두가지 '訓'은 있어도 [むつ]란 '訓'은 없는데 어째서 [陸]을 [むつ]로 表寫하고 있는가 하는 것이 考察의 對象이 된 것이다.

筆者는 韓國方言에서 「陸」의 意味를 나타내는 [mut (또는 mut'e 및 mut'i)]란 말이 아직도 쓰이고 있다는 點으로 미루어 볼 때, 이 [mutsu]는 韓系語源 [mut 또는 mut'][119]이 日本列島로 건너가 日本語

化(開音節化) 過程에서 [mutu 또는 mut'u]가 되고 다시 口蓋音化하여 [mutsu]란 借用語로 日本地名表記속에 受容된 것으로 想定해 본 것이다.

從來 內外學者들의 主張을 要約해 보면 「松井簡治(1953)·新村出(1973)·大野晋(1974)·時枝誠記(1979)·楠原佑介(1981)·中田祝夫(1983)」 등은 「陸奥」를 「東山道 및 東海道の奥]란 意味로 把握하여 [みちのおく]로 읽은 것이다. 그런데 「金沢庄三郎(1985)·本居宣長(1952)」 등은 앞의 경우와는 달리, 「陸奥」 2字를 합쳐 두 사람 모두가 [むつ]로 읽은 것이다. 즉 金沢은 「陸」의 古訓이 [むつ]라고 言及했을 뿐, 그 語源은 밝히지 않았고 本居는 [michinokunokuni]에서의 同音省略 現象에 의해 [noku]의 重複을 피해서 [michinokuni]로 된 것인데 이 [michi]가 [mitsu]로 잘못 읽혀진 結果로 본 것이다.

그러나, 金思燁(1979 : 76)과 李男德(1985 :226)만이 비로소 「陸」의 古代韓國語가 [むつ]라고 밝히고 이 [むつ]와 [mut 또는 mut^{h}]이 서로 對應되는 말이라고 했다. 그렇지만, 두 사람 모두가 「陸」 1字를 [むつ]

119) A. 〔mut(묻)〕의 表記例 :
① 믈와 묻과 空애 行ᄒᆞ니(水陸空行) 〈永嘉上 29〉
② 믈와 묻과앳 微細ᄒᆞᆫ구믈어리ᄂᆞᆫ거시(若水若陸 微細蠢動) 〈圓覺下一23〉
③ 믈와 묻과 ᄂᆞ라ᄃᆞ니ᄂᆞᆫ 여러 物像ᄋᆞᆯ(水陸飛行ᄒᆞᄂᆞᆫ 諸所物像ᄋᆞᆯ 〈楞經 一74〉
B. 〔mut'(뭍)〕의 表記例 :
① 무트로 올아가매 프렛 이스리 저젯고(登陸草露滋) 〈杜初 二十二23〉
② 무틔 나거시ᄂᆞᆯ 〈月曲 64章〉
③ 무틔 술윗바회만 靑蓮花ㅣ 나며 〈月印 二31〉
④ 中間平ᄒᆞᆫ 무틔 三千洲 잇ᄂᆞ니(中間平陸에 有三千洲ᄒᆞ니) 〈楞經 二 84〉
⑤ 므렛거시며 무틧거시며 〈月印 一11〉

로 읽은 1字構造에 限한 解明이고, 「陸奥」 2字를 [むつ]로 읽은 2字構造에 대한 解明은 아니었다. 특히 [陸奥(むつ)]의 第2番字인 '奥'의 讀法에 대한 具體的인 言及이 없었다.

筆者는 [陸奥(むつ)]에 대한 造語上의 構造를 [正訓字'陸'+具書'奥'(暗示性)]의 2字構造의 表記樣式으로 把握하여 이것이 우리側 鄕札表記法에서의 [訓讀字'修'+末音添記字'將來'(暗示性)]의 構造에 그대로 一致되는 表記樣式으로 認識한 것이다. 즉 兩側에 있어서 具書인 '奥'字와 末音添記字인 '將來'字는 兩者 모두가 讀法에는 直接 反映되지 못했지만 各各 그 先行字에 대한 어떤 狀況을 暗示해 주는 機能을 가진 點에 있어서는 兩側에 共通點이 있다. 왜냐 하면 日本의 '正訓字'와 우리의 '訓讀字'는 그 運用方式이 相互 類似하고 또 거기에 添記된 萬葉仮名의 '具書'와 우리 鄕札의 '末音添記字'의 機能은 相互 共通點이 있다는 事實이 立證되어 있기 때문이다.[120)]

本稿에서는 現代 日本地名에서 [むつ]로 表寫된 單字構造인 [陸(むつ)]와 複字構造인 [陸奥(むつ)]의 表記樣式을 中心으로하여 論議를 展開하여 日本地名表寫資料에서 보이는 [mutsu]가 韓系 語源 [mut 또는 mut']이 開音節化(日本語化) 過程을 걸쳐 日本地名表記속에 受容된 韓系 借用語임을 밝혀 보기로 한다.

---

120) 李鍾徹(1983), 鄕歌와 萬葉集歌의 表記法比較硏究, pp. 61-80 參照.
______(1983), 鄕歌의 末音添記字와 萬葉集歌의 sutegana의 機能, pp. 3-32 參照.

〔 2 〕

現代日本地名 表寫資料에서 보면, 「陸」을 [リク][121]란 '音'으로 읽거나 [くが][122]란 '訓'으로 읽거나 했는데, 이것들은 모두 典型的인 日本

---

121) 1-1 陸前町(りくまえちょう)〈愛知県名古屋市〉
1-2 陸前高田市(りくぜんたかたし)〈岩手県〉
1-3 陸前国(りくぜんのくに)〈岩手縣·宮城県〉
1-4 陸前浜街道(りくぜんはまかいどう)〈宮城県·福島県·茨城県〉
2-1 陸中海岸国立公園(りくちゅうかいがんこくりつこうえん)〈岩手県〉
2-2 陸中国(りくちゅうのくに)〈岩手県·秋田県〉
3-1 陸別(りくべつ)〈北海道足寄郡陸別町〉
3-2 陸別東(りくべつひがし)〈北海道足寄郡陸別町〉
3-3 陸別本通(りくべつほんどおり)〈北海道足寄郡陸別町〉
3-4 陸羽街道(りくうかいどう)〈青森·宮城·福島·栃木·埼玉県〉
3-5 陸郷(りくごう)〈長野県〉
3-6 陸軍橋(りくぐんばし)〈福岡県〉

1-1 陸田(くがた)〈愛知県稲沢市〉
122) 1-2 陸田一里山町(くがたいちりやまちょう)〈愛知県稲沢市〉
1-3 陸田馬山町(くがたうまやまちょう)〈愛知県稲沢市〉
1-4 陸田栗林町(くがたくりばやしちょう)〈愛知県稲沢市〉
1-5 陸田高畑町(くがたたかばたちょう)〈愛知県稲沢市〉
1-6 陸田花塚町(くがたはなづかちょう)〈愛知県稲沢市〉
1-7 陸田白山町(くがたはくさんちょう)〈愛知県稲沢市〉
1-8 陸田東出町(くがたひがしでちょう)〈愛知県稲沢市〉
1-9 陸田本町(くがたほんまち)〈愛知県稲沢市〉
1-10 陸田丸之内町(くがたまるのうちちょう)〈愛知県稲沢市〉
1-11 陸田宮前町(くがたみやまえちょう)〈愛知県稲沢市〉
2-1 陸(くが)〈兵庫県相生市〉
3-1 陸町(くがのちょう)〈兵庫県相生市〉
4-1 陸本町(くがほんまち)〈兵庫県相生市〉
5-1 陸上(くがみ)〈鳥取県岩美郡〉
5-2 陸上川(くがみがわ)〈鳥取県〉
5-3 陸上岬(くがみみさき)〈鳥取県〉

式 讀法인 '音讀'이거나 '訓讀'의 경우다. 그런데, 이와는 달리 地名表寫資料에서 보면, 「陸」 1字나 「陸奥」 2字나 兩者 모두를 同一하게 [むつ]로 表寫한 表記例도 있는데 이것은 日本의 訓讀에서는 到底히 그 解明이 不可能하다. 가령,

A. 1-1 陸《むつ》 閉《へ》 <茨城県結成郡八千代町>

B. 1-1 陸奥《むつ の》 国《くに》 <青森·秋田·岩手·山形·宮城·福島·茨城>

1-2 陸奥《むつ》 湾《わん》 <青森県>

1-3 陸奥《むつ》 国《こく》 分《ぶん》 寺《じ》 跡《あと》 <宮城県仙台市木下三丁目>

1-4 陸奥《むつ》 国《こく》 分《ぶん》 尼《に》 寺《じ》 跡《あと》 <宮城県仙台市志波町>

위의 A. 1-1에서는 單字構造의 「陸(むつ)」의 表記例가 一個例에 不過하지만 人名表記例[123]에서는 單字構造의 「陸(むつ)」이 많이 보인다. 이것은 地名表記例의 複字構造인 「陸奥(むつ)」에서의 '奥'字가 어떤 場所의 狀況을 暗示해주는 機能을 가진 것으로 所謂 「具書(sonaekaki)」[124]임을 示唆해 주고 있다고 본다. 왜냐 하면 地名과 同一한 範疇에

---

123) A.1-1 陸田博《むつたひろし》(「あなたも近視がなおせる」의 著者, 白提社,〈Japa Marc〉

1-2 陸田菊太郎《むつたきくたろう》(大阪市豊中高教諭, 〈国立国会図書館著者名典拠録〉

1-3 陸口潤《むつぐちじゅん》(「もうひとつの昭和史」의 著者, 〈国立国会図書館著者名典拠録〉

124) 李鍾徹(1982), op.cit.pp 3-32.

속하는 日本 駅名에 대한 表記例에서도 前述한 「正訓字'陸'+具書'奥'」의 複字構造의 表記様式이 많이 發見되기 때문이다. 가령,

B. 1-5 陸奥 赤 石 ('五能線'의 駅名)
むつ あか いし

1-6 陸奥 岩 崎 ('五能線'의 駅名)
むつ いわ さき

1-7 陸奥 黑 崎 ('五能線'의 駅名)
むつ くろ さき

1-8 陸奥 沢 辺 ('五能線'의 駅名)
むつ さわ べ

1-9 陸奥 鶴 田 ('五能線'의 駅名)
むつ つる だ

1-10 陸奥 森 田 ('五能線'의 駅名)
むつ もり た

1-11 陸奥 柳 田 ('五能線'의 駅名)
むつ やなぎ た

1-12 陸奥 白 浜 ('八戸線'의 駅名)
むつ しら はま

1-13 陸奥 湊 ('八戸線'의 駅名)
むつ みなと

1-14 陸奥 横 浜 ('大湊線'의 駅名)
むつ よこ はま

1-15 陸奥 関 根 (下北交通大畑線의 駅名)
むつ せき ね

李鍾徹(1983), op.cit.pp 61-68.

위의 B.group 1-5~1-15 等은 東北道 및 東山道등을 走行하는 「五能線·八戸線·大湊線」 등의 駅名으로서 大部分이 海岸地帯에 位置하여 「바다(海)」나 「섬(島嶼)」 쪽에서 바라보는 맞은편 건너편이 바로 「뭍·뭍(陸地)」이 되고, 여기의 깊숙한 곳이 바로 「陸奥(むつ)」인 것이다(여기서 第2番字의 '奥'는 虚字로서 暗示的 機能을 示唆해 준다).

日本의 現代地名表記例 중에서는 前述한 B.group 1-1~1-15에서의 「正訓字+具書(暗示性)」인 複字構造의 表記様式은 이밖에 다른 表記様式에서도 나타난다. 가령, 「幡多·幡田·幡陀」 등의 2字를 [はた]로 읽는다든가, 「末江」란 2字를 [すえ]로 읽은 경우가 바로 그것이다.

A. 2-1 幡《はた》 <茨城県常陸太田市>

3-1 末《すえ》 <福井県福井市·兵庫県三田市·大分県宇佐市> <京都府天田郡夜久野町> <香川県大川郡志度町>

B. 2-1 幡多《はた》郡 <高知県>

幡多《はた》本《ほん》郷《ごう》 <高知県>

幡多《はた》荘《の しょう》 <高知県>

幡多《はた》山《さん》地《ち》 <高知県>

幡多《はた》 <岡山県岡山市> <兵庫県三原郡三原町>

幡多《はた》郷《の ごう》 <新潟県佐渡郡畑野町>

2-2 幡田　　郷 <茨城県勝田市·那珂湊市>

はた　の　ごう

2-3 幡陀　　郷 <和歌山県有田市>

はた　の　ごう

3-1 末江 <福岡県京都郡犀川町>

すえ

위의 B.group 2-1, 2-2, 2-3 및 3-1 등의 構造는 前述한 B.group 1-5~1-15의 「正訓字+具書」란 複字構造의 表記樣式에 그대로 一致된다. 즉 B.group 2-1, 2-2, 2-3 等은 「正訓字'幡'(はた)+具書'多(た)·田(た)·陀(た)'」란 表記樣式의 複字構造이고 B.group 3-1은 「正訓字'末'(すえ)+具書'江'(え)」란 表記樣式의 複字構造인 것이다. 이와는 달리, A.2-1 및 A.3-1은 前述한 A.group 1-1의 「正訓字+無添記」란 單字構造에 그대로 一致된다. 즉 A.2-1은 「正訓字'幡(はた)'+無添記」인 單字構造이고 A.3-1은 「正訓字'末(すえ)'+無添記」의 單字構造인 것이다. 다시 말해서 [むつ]란 表記에 「陸」 및 「陸奥」를, [はた]란 表記에 「幡」 및 「幡多·幡田·幡陀」 등, 그리고 [すえ]란 表記에 「末」 및 「末江」 등 同一한 地名에 대한 '双形表記樣式'인 것이다. A.group의 表記樣式인 「正訓字+無添記」의 單字構造에서보다는 B.group의 「正訓字+具書」의 複字構造의 表記例가 地名에 있어서 더 一般的인 것은 '奥'字가 地名表記에서 어떤 方向에 대한 暗示的 機能이 있음을 示唆해 주는 것이다. 다만, '奥'字가 讀法에는 反映되어 있지 않으므로 結局 B.group에서의 複字構造도 A.group의 單字構造와 讀法上의 差異가 없다는 것이다.

그런데 이들 具書중에도 暗示的 添記와 純正添記의 두 가지가 있다. 위의 B.group중에서도 B.1-1~1-15에서의 具書인 '奧'가 先行하는 正訓字아래 붙어 그 正訓字에 대한 어떤 暗示的 機能을 가진 경우라면 B.2-1~2-3 및 3-1에서의 具書인 「多(た)·田(た)·陀(た)·江(え)」 등은 先行하는 正訓字밑에 添記되어 그 正訓字의 語形末音을 指示해 주는 機能만을 가지고 暗示的 機能이 缺如된 點에서는 差異가 있다고 하겠다. 따라서 前者를 '暗示的 添記'라고 한다면 後者를 '純正添記'로 認識한 것이다.125)

이러한 A.group 對 B.group의 双形表記樣式은 日本의 地名表記의 경우에서 뿐만 아니라, 韓日兩側의 漢字借用表記法에 있어서 共通된 普遍的인 表記樣式이기도 하다.

萬葉集歌의 表記法에서도 「正訓字+具書(暗示性)」의 表記樣式이 상당히 많이 보인다.

A. 4-1 黄《もみづ》 <十 2194·2195>

5-1 渥《ひづち》 <七 1090>

B. 4-1 黄変《もみづ》 <八 1623, 十 2192·2196>

4-2 黄反《もみづ》 <八 1516>

4-3 黄色《もみづ》 <十三 3266>

5-1 渥打 <二 194, 三 475>

---

125) 金完鎭(1980 : 18)은 末音添記의 表記樣式을 다음 다섯가지로 分類했다(가령,純正添記 · 代替 · 添記· · 附加的添記 · 確認添記 · 無添記 등). 그리고,'暗示的 添記'에 대하여는 李鍾徹(1983 : 75-77) 參照

ひづち

위의 A.group과 B.group의 双形表記樣式은 「正訓字+無添記」란 單字構造 對 「正訓字+具書(暗示性)」란 複字構造의 差異는 보이나 讀法上으로는 兩者間의 差異가 없다. 다만 B.group에서는 正訓字밑에 添記된 具書가 暗示的 機能을 가졌다는 點이 A.group과의 差異點일 뿐이다.

즉 B.group 4-1의 具書인 '変'字는 先行한 「黄(もみづ)」이 단풍이 들어 「黄葉」이나 「紅葉」으로 變한 것을 具體的으로 暗示한 것이다. B.4-2에서의 具書인 '反'字도 綠葉이 단풍으로 물들어 「黄葉」이나 「紅葉」으로 바뀐 狀況을 暗示한 것이다. B.4-3에서의 具書인 '色'字도 단풍이 들어 綠葉이 노랗거나 빨갛게 그 색깔이 물들은 단풍을 暗示한 것이다. B. 5-1에서의 具書인 '打'字도 「단순한 진흙물이 아니라, 그 튀긴 흙탕물」이란 狀況을 具體的으로 暗示한 것일 뿐, A.group과 意味上 差異는 없다.

이와 같은 「正訓字+具書(暗示性)」의 萬葉仮名表記樣式은 「訓讀字+末音添記字(暗示性)」의 鄕札表記樣式에 그대로 一致되는 것이다.

A. 6-1 修叱賜乙隱 <隨喜功德歌 5行>
닷ᄀᆞ시른(닦으심은) <金完鎭 解讀>
B. 6-1 修將來賜留隱
닷ᄀᆞ려시론(닦으시려하신) <金完鎭 解讀>

위의 A.group과 B.group의 '双形表記樣式'은 「訓讀字+無添記」란 單字構造 對 「訓讀字+末音添記字(暗示性)」란 複字構造의 差異는 보이지

만 讀法에서는 크게 다를 바 없다. 다만, B.group에서는 訓讀字밑에 添記된 末音添記字의 「將來」가 그 先行하는 意味字의 文法的 指示 즉 '意圖法'을 暗示해 주는 表現上의 差異일 뿐, 意味上의 差異點은 없다.

그런데, 從來 鄕歌 解讀에서 보면 「修將來賜留隱」에서의 訓讀字 '修'에 添記된 '將來' 2字를 모두 '末音添記字'로 본 경우(가령, 梁柱東 「닷ᄀᆞ려시ᄅᆞᆫ」·池憲英 「닷ᄀᆞ려샤ᄅᆞᆫ」·金完鎭 「닷ᄀᆞ려시론」 등)와, 第1番字인 '將' 한 字만을 '末音添記字'로 보고 그에 後續된 第2番字인 '來'는 別個의 訓讀字로 把握한 경우(가령, 金善琪 「닷+오샤론」·金俊榮 「닷ᄀᆞ+오샤륜」 등)가 있으나, 筆者는 '將來' 2字 모두를 '末音添記字'로 認識한 것이다. 따라서 上述한 「修將來賜留隱」에서의 '將來'는 前述한 日本地名의 「陸奥」에서의 具書인 '奥'字라든가 萬葉集歌의 「黄変·黄反·黄色」에서의 具書인 「変·反·色」 등과 함께, 모두 暗示的 添記의 範疇속에 넣은 것이다. 다만, 그 暗示하는 狀況에 있어서 兩側에 多少의 差異가 있을 뿐이다. 前者의 경우가 文法的 機能 즉 '意圖法'을 暗示한 것이라면 後者의 경우는 純粹한 狀況 變化만을 暗示한 것이라는 差異는 있으나 넓은 意味에서 보면 兩者 모두가 暗示的 添記의 範疇에 속한다고 하겠다. 그러므로 [mutsu]란 表記를 위해 單字構造의 「陸(むつ)」나 複字構造의 「陸奥(むつ)」가 兩者 어느 쪽도 可能한 表記樣式이 될 수 있다.

〔 3 〕

前述한 [2]에서는 單字構造인 「正訓字+無添記」와 複字構造인 「正訓字+具書(暗示性)」의 双形表記樣式을 가진 日本地名 表記例를 考察히

였는데, 本項에서는 이와는 달리, 單字構造인「無添記+正訓字」와 複合構造인 「具書(暗示性)+正訓字」 등의 双形表記樣式에 대한 表記例를 살펴 보기로 한다. 다시 말해서 前述한 [2]의 用字例는「具書(暗示性)」가 正訓字밑에 添記되어 先行하는 그 正訓字에 대한 어떤 暗示的 機能을 가진 것이라면 本項의 경우에서는 「具書(暗示性)」가 正訓字의 머리 위에 얹혀서 그 後行하는 正訓字에 대한 어떤 暗示的 機能을 가진「具書(暗示性)+正訓字」의 複字構造인 表記樣式인 것이다.

A. 4-1 泉 <北海道芦別市·北見市>
いずみ <宮城県泉市>
<秋田県秋田市>
<山形県長井市>
<福島県福島市·いわき市>
<茨城県下館市>
<枥木県矢板市>
<埼玉県三郷市>
<千葉県我孫子市>
<新潟県枥尾市·長岡市>
<富山県氷見市>
<石川県金沢市>
<福井県大野市>
<岐阜県土岐市>
<静岡県熱海市>
<愛知県一宮市>
<三重県度会郡南勢町>
<滋賀県彦根市>
<京都府相楽郡加茂町>
<大阪府大阪市>

<兵庫県多紀郡篠山町>

<鳥取県米子市>

<岡山県総社市>

<広島県御調郡久井町>

<高知県高岡郡仁淀村>

<福岡県春日市>

<佐賀県三養基郡三根町>

<長崎県壹岐郡上対馬町>

B. 4-1 和泉 <北海道勇拂郡穂別町>

いずみ <青森県南津軽郡田舎館村>

<福島県北会津郡会津村>

<栃木県足利市>

<埼玉県比企郡滑川町>

<千葉県千葉市·鴨川市>

<千葉県印旛郡印西町>

<東京都狛江市>

<神奈川県川崎市>

<新潟県糸魚川市>

<富山県西礪波郡福老町>

<山梨県中巨摩郡甲西町>

<長野県松本市>

<岐阜県安八郡神戸町>

<愛知県安城市>

<三重県桑名市>

<京都府北桑田郡美山町>

<大阪府和泉市>

<兵庫県加西市>

<愛媛県松山市>

<福岡県久留米市·筑後市>

<大分県竹田市>

위의 B. 4-1은 그 表記様式이 「和(具書)+泉(正訓字)」의 複字構造이고 A. 4-1은 「無添記+泉(正訓字)」의 單字構造란 差異는 있으나 讀法上에는 差異가 없어서 A.group이나 B.group이나 兩者 모두가 「いずみ」로 읽힌다. 다만, B. 4-1에서는 具書인 '和'字가 後續된 그 正訓字의 어떤 狀況(즉 「샘물이 잔잔하고 깨끗하며 어떤 광물질이 섞인 물」이란 意味)에 대한 暗示性을 부과해 주는 機能이 있다는 點에서 表現上의 差異가 있을 뿐이다. [いずみ]로 읽혀지는 地名에 대한 双形表記様式[126)]은 日本人名 表記例에서도 상당히 많이 발견된다[127)].

---

126) ① 〔いずみだ〕의 두 表記様式 :
泉田 〈山形県新庄市〉〈福井県福井市〉〈福島県白河市〉〈愛知県刈谷市〉〈岡山県岡山市〉〈広島県庄原市〉
和泉田 〈福島縣南会津郡南郷村〉
② 〔いずみしんでん〕의 두 表記様式 :
泉　新田 〈福島県〉〈栃木県〉
和泉新田 〈新潟県中頸城郡〉
③ 〔いずみしんでんむら〕의 두 表記様式 :
泉　新田村 〈山形県酒田市〉
和泉新田村 〈福島県大沼郡〉

127) A. '泉'의 表記例 :
① 泉　麻人(東京·慶大·エッセ--　1956. 4.8 일생)
いずみあさと
② 泉　三太郎(東京·東京外大·図書出版社代表取締役)
いずみさんたろう
③ 泉　大八(鹿児島·七高中退·小説家, 1928. 8.25 일생)
いずみだいはち
④ 泉　勝(東京·早大·東京日産自動車販売, 前社長, 1918. 8.18일생)
いずみまさる
B. '和泉'의 表記例 :
① 和泉　あき(北海道·国学院大·文芸評論, 1928. 9.23 일생)
いずみあき

이와 같은 A.group 對 B.group의 双形表記様式은 日本 地名 및 人名 表記의 경우에서 뿐만 아니라, 韓日 兩側의 漢字借用表記法 특히 萬葉集歌와 鄕歌의 表記法에서 「具書(暗示性)+正訓字」 對 「頭音添記字(暗示性)+訓讀字」란 複字構造의 表記様式이 兩側에 共存하고 있다.[128]

A. 5-1 馬《うま》 <一 4·49, 二 164, 三 239·263·265, 四 715, 六 926·946, 七 1104·1153>

6-1 梅《うめ》 <三 392·398, 四 788, 五 849, 六 949·1011, 八 1423·1434·1436, 十 1842, 十七 3905>

7-1 草《くさ》 <一 11·16·22, 二 181, 三 385, 四 780·785, 七 1121·1169, 十 1919·1983, 十一 2351, 十二 3041, 十三 3296, 十六 3842, 十九 4197>

B. 5-1 宇馬《うま》 <十四 3537·3538>

6-1 于梅《うめ》 <五 864>

6-2 宇梅《うめ》 <十七 3904·3906, 十八 4041, 二十 4497>

6-3 烏梅《うめ》 <五 815·833·842, 二十 4496>

7-1 久草《くさ》 <十四 3530>

---

② 和泉《いずみ》 雅子《まさこ》 (東京·精華学園·俳優, 1947. 7.31 일생)

③ 和泉《いずみ》 元秀《もとひで》(東京·狂言和泉流十九世宗家·日本大講師, 1937. 7.18 일생)

128) 李鍾徹(1983), op.cit. pp. 187-189 參照.

위의 A.group과 B.group은「無添記+正訓字」의 單字構造 對「具書+正訓字」의 複字構造란 表記樣式의 差異는 있으나 讀法上 아무런 差異点은 없는 것이다. 다시 말해서 A. 5-1과 B.5-1은 모두 [うま]로, A. 6-1과 B. 6-1~6-3 等은 모두 [うめ]로, 그리고 A.7-1과 B. 7-1은 [くさ]로 兩者가 同一하게 읽힌다. 다만, B.group의 경우에서는 具書가 正訓字 머리 위에 얹혀서 後行하는 語形의 語頭音을 唆示해 주는 '純正添記'의 機能을 가진 것이 A.group과의 差異點이라 하겠다. 이러한「具書(純正性)+正訓字」의 表記樣式은「頭音添記字(純正性)+訓讀字」의 鄕札表記例에 그대로 一致된다.

金完鎭(1980 : 154-155)은 遇賊歌 10行의「安支尙」에서의 '安'字를, 所謂 '義字後添'이라 하여 後續되는 訓讀字「尙(안즉)」의 語形을 指示하는 機能을 가진 것으로 認識한 것이다. 즉「安支尙」에서의 '支'은 先行字의 訓讀을 指示하므로「安=얹」이 되고 訓讀字「尙(안즉)」의 머리위에 얹혀 義訓借 '安'으로 音相을 보이면서 그 뜻을 指示하는 機能을 하는 것으로 본 것이다. 李鍾徹(1989 : 1-19)은「安支尙」에서의 訓讀字「尙(안즉)」의 머리위에 얹힌「安支」2字에서 第一次的인 指示機能은 '安'이 擔當했으므로 그 다음의 第二次的 添記인 指定文字 '支'字의 機能[129]은 이미 喪失된 것으로 보고,「安支尙」에서의 '安'은 義訓借로 認識하기보다는 音借字 [an]으로 보아,「안즉(尙)」의 第一音節의 語頭音만을 指示한 것으로 把握하여「安'안'(頭音添記)+尙'안즉'(訓讀字)」으로 認識한 것이다[130]. 왜냐 하면 萬葉仮名表記法의 경우,「具書(純正性)+正訓字」의 複字構造에서 具書로 쓰인 文字는 언제나 例外없이 音仮名

---

129) '指定文字의 機能'에 대하여는 金完鎭(1980 : 34-38) 參照.
130) 李鍾徹(1989) "鄕歌詩句「安支下·安支尙」에서의 '支'의 指示機能에 대하여", pp.1-19 參照.

뿐이기 때문이다.

그런데 上述한 바와 같이, 訓讀字의 머리위에 얹혀 아래 오는 語形을 指示하는 '純正添記'의 機能을 나타내는 경우에서 뿐만 아니라, 前述한 [2]의 用例 「黃変·黃反·黃色·埿打」에서의 '暗示的 具書'인 「変·反·色·打」의 機能처럼, 순전히 '暗示的 添記'의 機能만을 나타내는 表記樣式은 鄕札表記法에서도 그대로 一致된다. 가령, 遇賊歌 3行의 「過出知遣」에서의 '過'字와 遇賊歌 4行의 「未去遣省如」에서의 '未'字가 바로 그것이다. 金完鎭(1980 : 147)은 從來 解讀과는 달리, 이 '過'字 및 '未'字를 通常的으로 音讀하거나 訓讀하는 것이 아니라, 該當用言의 머리위에 얹혀 그 時制를 規定짓는 要素로 理解한 것이다[131].

筆者는 이와 같은 '過'字나 '未'字가 바로 '暗示的 添記'의 範疇에 속한 것으로 認識한 것이다. 다시 말해서 '純正添記'가 訓讀字의 아래나 위에 添記되어 그 「訓讀字의 語形을 指示해 주는 것」이라고 한다면 '暗示的 添記'란 그 「訓讀字의 아래나 위에 붙어서 音讀이나 訓讀되는 경우가 아니라, 오직 그 狀況에 대한 어떤 暗示만을 해 주는 機能을 가진 것으로 理解한 것이다. 따라서 上述한 [いずみ]란 地名表記例인 「和(具書)+泉(正訓字)」에서의 具書(暗示性) '和'字는 鄕札表記樣式인 「過(頭音添記字)+出(訓讀字)」에서의 頭音添記字(暗示性) '過'字나, 또는 「未(頭音添記字)+去(訓讀字)」에서의 頭音添記字(暗示性) '未'字와 함께, 모두 그 後續되는 '訓讀字(또는 正訓字)'의 머리위에 얹혀 어떤 狀況에

131) ① '過'에 대한 從來解讀 : 「....過出知遣〈遇③〉 : 디나치고〈梁〉, 디나알고〈池〉, 디나간알고〈琪〉, 디나티견〈徐〉, 디나디고〈榮〉
② '未'에 대한 從來解讀 : 「今呑藪未去遣省如〈遇④〉 : 엳ᄯᅳᆫ수메가고쇼다 〈梁〉, 곰ᄃᆞᆫ드메가고쇼다〈池〉, 여ᄃᆞᆫ드미가거셩나〈徐〉, 엳ᄯᅳᆫ슈매가고쇼다〈榮〉

대한 '暗示的 機能'만을 나타내는 것임을 알 수 있다.

다시 말하면 「和泉(いずみ)」에서의 具書 '和'나 遇賊歌 3行 및 4行의 「過+出...」 및 「未+去...」에서의 頭音添記字 '過' 및 '未' 等이 '暗示的 機能'을 위한 添記인 것처럼, 前述한 〔2〕에서의 「陸奥(むつ)」의 '奥'도 '暗示的 機能'을 가진 添記란 點에서는 共通點을 認定할 수 있다.

本項의 경우가 「具書 '暗示性'〔또는 頭音添記字 '暗示性'〕+正訓字(또는 訓讀字)」의 表記樣式이라면, 前述한 〔2〕의 경우에서는 「正訓字〔또는 訓讀字〕+具書'暗示性'〔또는 末音添記字'暗示性'〕」의 表記樣式의 差異일 뿐, 兩者 모두가 위·아래에 있는 「正訓字(또는 訓讀字)」에 대한 어떤 '暗示的 機能'을 가진 添記란 點에서는 兩側에 있어서 相互 共通點이 認定된다.

'漢字借用表記法'이란 觀點에서 특히 萬葉仮名表記法과 鄕札表記法에서 韓日兩側의 文字體系 및 그 運用方法의 共通點은 이러한 「正訓字+具書」와 「訓讀字+末音添記字」의 表記樣式이라든가 또는 「具書+正訓字」와 「頭音添記字+訓讀字」의 表記樣式의 相互 共通點을 認定하게 할 뿐만 아니라, 前述한 바 있는 複字構造의 「陸奥(むつ)」나, 單字構造인 「陸(むつ)」나 兩者 모두가 〔むつ〕로 읽을 수 있다는 點을 우리에게 示唆해 준다. 日本語의 古訓에는 '陸'을 나타내는 말로 〔くが〕는 있어도 〔むつ〕란 말은 存在하지 않았다는 點이라든가 日本의 上代文獻 表寫資料――古事記[132]·日本書紀[133]·萬葉集歌[134]·常陸風土記[135] 및 和名類

132) 古事記에서는 「みちのく」의 表記에 「道奥」만이 보인다.
例) 道奥石城国造(みちのくのいわきのくにのみやつこ) 〈中巻 12オ 9〉

133) 日本書紀에서는 「みちのく」의 表記에 「道奥」 및 「陸奥」의 두가지 表記例가 있다.
A. 「道奥」의 表記例 : 道奥蝦夷(みちのくのえみし) 〈齊明 5年 7月〉
B. 「陸奥」의 表記例 : 陸奥(みちのく) 〈齊明元年 正月·5年 正月〉

聚鈔136) 등에서 '陸奥'를 모두 〔みちのおく(또는 みちのく)〕로만 읽었을 뿐, 〔むつ〕로 읽지 않았다는 點이라든가, '陸奥'란 表記가 처음에는(齊明元年 655 A.D.) '道奥'였으므로 그 讀法도 〔みちのおく〕였던 것이 그 後(天武 673 A.D.)에 '陸奥'로 그 表記가 改新되었지만 如前히 慣習的으로 〔みちのおく 또는 みちのく〕로 읽혀져 왔다는 點이라든가, 日本上代文獻 表記資料(가령, 古事記·日本書紀·萬葉集歌·風土記 등)에서 '海'의 意味를 나타내는 〔わた〕가 朝鮮語 〔pata(海)〕와 同源이라고 한다면, 이 〔mutsu(陸)〕란 말도 〔わた(海)〕란 말의 對稱語이므로 韓系 語源으로 推定할 수 있다는 點137) 등, 歷史的으로 미루어 보아도 〔みち

陸奥国(みちのくのくに) 〈推古 35年 2月〉〈持統 3年 正月〉〈天武 11年 正月〉

134) A. 「みちのく」의 表記에 「陸奥」가 보인다.
   ㅇ 陸奥(みちのく) 〈萬 三 396, 七 1329〉
 B. 「みちのく」의 表記에 音仮名 「美知能久·美知乃久」 등이 보인다.
   ① 美知能久(みちのく) 〈萬 十八 4097·4094, 十四 3427〉
   ② 美知乃久(みちのく) 〈萬 十四 3437〉

135) 常陸風土記에서는 「みちのおく」와 「みちのく」 두 가지로 읽힌다.
 A. ① 陸奥国(みちのおくのくに) 〈常陸風土記 香鳥郡〉
   ② 陸奥蝦夷(みちのくのえみし) 〈風土記逸文 信太郡〉
 B. 陸奥国石城船造(みちのくのにのいわきのふなみやこ) 〈常陸風土記 香鳥郡〉

136) 陸奥 : 三知乃於久(みちのおく) 〈倭名類聚鈔〉

137) 坂本太郎(1967), 「校注 日本書紀(上) p.339」에 의하면, '微叱己知'는 第15代 奈勿王의 아들 未斯欣(三國史記·三國遺事에서는 '美海') '波珍干岐'는 新羅 17等 官位의 第4 波珍干(飡)=海干 ('海'の朝鮮古訓 'patar').
 梁柱東(1965 : 707-708) 및 李基文(1976 : 65) 등도 「바ᄅᆞᆯ(海)·바ᄃᆞ(海)」의 基本形을 〔patɔr〕로 推定한 바 있다. 新井白石(1938 : 167)·大野晋(1974 : 1391-1392)·時枝誠記 (1979 : 2280)·新村出(1973 : 2376) 등은 「わた(海)」를 朝鮮語 「pata(海)」와 同源으로 본 것이다.

のおく 또는 みちのく]가 日本의 典型的인 日本式讀法이라고 한다면, 現代 日本地名表寫資料에서만 볼 수 있는 [むつ]는 韓半島로부터의 借用語일 可能性을 排除할 수 없다.

「陸奥(むつ)」란 말은 明治元年(1868) 東北地方의 5個国(가령, 磐城·岩代·陸前·陸中·陸奥 등)으로 分割될 무렵인 19世紀 後半以前부터 韓系語源 [mut 또는 mut']이란 말이 日本에 건너가 日本語化(開音節化) 過程에서 [mutu 또는 mut'u]가 [mutsu]로 口蓋音化하여 이것이 日本地名속에 借用語로 受容된 것으로 推定한다.

〔 4 〕

以上 論議된 內容을 要約하면 다음과 같다.

(1) 日本의 地名表寫資料를 보면 「陸奥」란 同一한 地名이 두 가지로 달리 읽힌 것을 볼 수 있다. 하나는 日本上代文獻인 「古事記·日本書紀·萬葉集歌·常陸風土記·風土記逸文·倭名類聚鈔」 등의 地名表寫資料에서 「ミチノ オク(또는 ミチノク)」로 읽힌 경우고, 또다른 하나는 現代 日本地名表寫資料에서만 볼 수 있는 「ムツ」로 읽힌 경우다. 前者는 正訓字 「陸(みち)」와 正訓字 「奥(おく)」의 2字를 모두 日本의 '訓'인 「'みちのおく'(또는 'みちのく')」로 읽은 典型的인 日本式 讀法 그대로의 것이다. 이와는 달리, 後者는 「陸奥」 2字를 「むつ」로 읽힌 경우다. 즉 「陸奥(むつ)」에서의 '奥'字는 [むつ]란 讀法에 그것이 전혀 反映되어 있지 않은 虛字로서 오직 「陸(むつ)」 한 字만이 그 讀法에 反映되어 [mutsu]로 읽힌 것이다. 日本地名表寫資料에서 [mutsu]란 '陸地'를 나타내는 韓系 語源 [mut(뭍) 또는 mut'(뭍)]이 日本地名속에 受容된

것으로 推定된다.

왜냐 하면, 첫째) 日本語의 古訓에서 '陸'을 나타내는 말에는 [くが]나 [みち]란 '訓'은 있어도 「むつ」란 '訓'은 存在하지 않기 때문이다. 둘째) 「陸奥(ムツ)」의 造語上 構造를 「正訓字'陸'+具書(暗示性)'奥'」의 複字構造의 表記樣式으로 把握한다면 이것은 우리側 鄕札表記法에서의 「訓讀字 '修'+末音添記字(暗示性) '將來'」의 表記樣式에 그대로 一致된다. 이러한 論據는 兩側의 文字體系와 그 運用方法에 있어서의 共通點, 특히 萬葉仮名表記法에서의 '具書'와 鄕札表記法에서의 '末音添記字'의 暗示的 機能에 있어서의 共通點이 認定되기 때문이다. 셋째) 「陸奥赤石(むつあかいし)·陸奥市川(むついちがわ)·陸奥岩崎(むついわさき)·陸奥黑崎(むつくろさき)·陸奥沢辺(むつさわへ)·陸奥白浜(むつしろはま)·陸奥湊(むつみなと)」 등 東北道·東山道를 走行하는 五能線·八戶線·大湊線 등의 駅名등의 位置를 살펴 보면, 이들 大部分의 驛등이 海岸에 沿하여 있어서 「바다(海)·섬(島嶼)」 쪽에서 마주 바라보면 對面하고 있는 地域인 「陸地의 깊숙한 곳」 즉 「묻(陸) 또는 뭍(陸)」이 되므로 上述한 「陸奥(ムツ)」의 「奥」字가 暗示하는 意味內容과 결코 無關하지 않을 것이다. 특히 「ムツ」란 人名表記例에서는 거의 모두가 單字構造의 「陸(ムツ)」인데 반해서 地名表記例에서나 駅名表記例에서나 거의 例外없이 複字構造의 「陸奥(ムツ)」란 表記樣式으로 여기에 반드시 「奥」字(暗示性 具書)가 添記되어 있다는 事實은 複字構造의 「陸奥(ムツ)」가 地名表記樣式임을 示唆해 주고 있다. 넷째) 日本人名表寫資料에서는 「陸」字를 [リク]로 音讀한 경우를 除外하면, '訓'으로 읽힌 경우가 두 가지 더 있다. 그 하나가 [くが]로 읽힌 경우고, 다른 하나가 [むつ]로 읽힌 경우다. 前者는 「陸」의 日本語 古訓이 [くが]이므로 日本系 姓氏로 보인다. 後者는 日本語 古訓에는 [むつ]란 말이 없고, 오

직 韓語의 古訓에서만 [mut(묻) 또는 mut'(뭍)]이란 말이 있으므로 日本 人名表記例에서 볼 수 있는 [陸(むつ)]란 姓氏는 韓系 渡倭人들의 後裔로 推定되는데 이들을 통하여 日本地名表記에 [mut(묻) 또는 mut'(뭍)]이란 말이 [mutsu]란 借用語로 日本地名表記속에 受容되었을 可能性을 排除할 수 없기 때문이다.

(2) 日本 地名 [mutsu]의 表記에, 單字構造인 「正訓字'陸'+無添記」의 表記樣式이거나 複字構造인 「正訓字'陸'+具書'奧'」의 表記樣式이거나를 막론하고 兩者는 明治元年(1868) 五個国(가령, 磐城·岩代·陸前·陸中·陸奧 등)으로 分割될 무렵以前부터, 韓系 語源 [mut(또는 mut')]이란 말이 東北地方에 건너가서 開音節化(日本語化) 過程에서 [mutu 또는 mut'u]가 다시 口蓋音化하여 [mutsu]로 借用되어 日本地名表記속에 受容된 것으로 推定한다.

6. 〔Fakata(博多)〕의 表記樣式 및 그 語源

〔 1 〕

日本 九州에 있는 '博多(はかた)'란 地名은 일찌기 貞観年間(859 - 876 A.D)부터 日本文獻에 登場된다. '博多港'은 當時 三國으로부터 文化交流·通商使臣등이 日本 列島로 건너가는 門戶인 동시에, 海運 및 漁撈에 從事하던 新羅系 海部族들의 活動舞臺가 되었던 곳이기도 하여 우리와는 아주 이른 時期부터 密接한 歷史的 關係를 맺고 兩國人들의 往來가 매우 頻繁했던 곳이기도 하다.

그럼에도 불구하고 '博多'란 地名 語源에 대하여는 現在까지 滿足스러운 解明이 없는 것도 事實이다.

從來의 日本人學者들은 [Fakata]를 日本의 固有語로만 認識하려고 하여 다음 몇가지로 그 語源을 풀이했다. 1) 博多는 그 地域이 넓고 物資가 많은 데서 由来되었다<池田·竹内 說>. 2) 그 地形이 새가 깃을 편 모양과 흡사한 데서 由来되었다<竹内·池田 說> 3) 그 地形이 「筥(はこ)」처럼 周囲가 河海로 둘러 싸인 데서 由来되었다<池田 說>. 4) 「船舶이 머무는 海辺」에서 由來되었다<竹内 說>. 5) [Fakata]를 [Fa(端) '岸']와 [kata(潟) '水流']로 分析하여 海辺에서 由来되었다<楠原 說> 등.

1)에서는 '博多'의 '字義的 풀이'에 不過한 것이고, 2) 및 3)에서의 地形由来說도 博多湾 以外의 다른 곳에서도 그와 類似한 地形은 얼마든지 發見될 수 있으므로 筆者는 위의 1), 2), 3)의 地名語源說에는 同

意할 수 없으나 4) 및 5)에서는 港灣의 意味를 나타내는 地名이므로 筆者가 앞으로 論議를 展開할 [pata ‘海’] 語源說에 接近한 풀이로 보아 同調한다.

國內學者로는 實學者인 黃胤錫만이 [Fakata]는 ‘海’를 나타내는 [pata]와 同系 語源으로 본 것이다. 그는 梵語의 ‘普陀落伽’는 漢文으로 ‘海島’란 意味로 쓰였는데 여기서의 ‘普陀’가 바로 우리말의 [pata ‘海’]를 表記한 것이라고 했다.

그런데, 日本地名중 [Fakata]란 地名은 古代로부터 現代에 이르기까지 매우 多樣하게 表記되었다.

和名鈔에 의하면, 古代에는 「伯太(はかた)」[138]나 「博多(はかた)」[139]로 表記하였고, 現在에는 「白太(はかた)」[140]나 「羽方(はかた)」[141]나 「博多(はかた)」[142] 등 여러가지의 表記樣式이 보이는데, 韓國側 文獻資料에서는 ‘博多’란 同一한 地名에 대하여 위의 日本地名表記例와 전혀 다른 表記樣式으로 記錄되었다. 가령, 海東諸國記를 비롯하여 高麗史에서는 同一地名을 ‘覇家臺’로[143] 陽村集에서는 ‘朴加大’[144]로, 그리고 華音方言字義解(頤齊遺稿 雜著)에서는 ‘覇家臺’ 및 ‘博加大’로 各各 表記하였는데, 이러한 「覇家臺·朴加大·博加大」 등의 세 表記例와 「博多」

---

138) 備候国御調郡伯太郷.

139) 常陸国新治郡博多郷.

140) 広島県御調郡御調町.

141) 茨城県下館市 및 香川県三豊郡高瀬町.

142) 福岡県福岡市.

143) 高麗史의 地名 索引 參照.

〈通卷〉	〈卷〉	〈葉〉
87	表2	14A-3-739下-7
133	傳46	40A-1-697上-14

144) 陽村先生文集 第35卷 「東賢史略」 중 「中贊金方慶」 條에서 ‘博多’란 地名을 ‘朴加大’로 表記하였다.

란 表記例는 兩側이 相互 一定한 音韻對應을 이루고 있어서 [Fakata]에 대한 讀法과 그 語源에 대한 어떤 示唆를 우리에게 주는 것이 아닐까 한다. 그렇게 볼 수 있는 論據를 提示하면 첫째)「覇家臺·朴加大·博加大」 3字를 日本式 萬葉仮名로 各各 읽으면 3者 모두가 [Fa+ka+ta]로 읽혀지지만,[145] 이것을 우리式 反切法을 適用하여 읽으면「覇家·博加·博加」등 2字는「反切上字 'ㅂ'+反切下字 'ㅏ'」의 2字合聲으로 [pa(바)]音이 되고,「臺·大」1字는 [ta]音에 가까우므로 결국, 3字合聲하면 [pa+ta '海']란 2音節語로 各各 읽혀지기 때문이다. 金沢庄三郎(1949 : 385)도 日本地名을 表記함에 있어서 上代부터 反切法을 利用한 事實을 밝힌 바 있다.[146] 둘째) '博多' 2字를 日本式 萬葉仮名으로 읽으면 [Fa+ ka+ta]의 3音節語가 되지만 이것을 우리의 吏讀 鄕札式으로 읽으면 第1番字인「博(pak)」에서의 入聲韻尾 [k]는 脫落되거나 無視되므로 '博'字는 [pa]音으로 읽히고 第2番字인 '多'字는 [ta]音에 가까우므로 '博多' 2字는 [pa+ta '海']로 읽혀지기 때문이다.

이 밖에도 筆者는 日本의 地名 및 人名 表記에서 [Fata]系나 [wada]系가 '海'를 나타내는 新羅系 借用語 [patɔr]系와 同系 語源일

---

145) ① 覇(ハ) : 必馬切〈諸橋轍次, 大漢和辞典 十巻 p.316〉
② 家(カ) : 居牙切〈Ibid. 二巻 p.599〉
③ 臺(タイ) : 渇來切〈Ibid. 二巻 p.757〉
④ 朴(ハ) : 匹角切〈Ibid. 六巻 p.66〉
⑤ 加(カ) : 居牙切〈Ibid. 二巻 p.369〉
⑥ 大(タ) : 他佐切〈Ibid. 三巻 p.367〉
⑦ 博(ハ) : 伯各切〈Ibid. 二巻 p.599〉
⑧ 多(タ) : 當何切〈Ibid. 三巻 p.342〉

146) 金沢庄三郎(1949), "地名の研究", 亞細亞研究叢書六 p.385.
「反切은 2字의 音을 取해서 1音으로 하는 것. 가령,
如(ジョ)+此(シ)→爾(ジ), 而(ジ)+已(イ)→耳(ジ)
不(フ)+可(カ)→叵(ハ), 之(シ)+於(オ)→諸(ショ)」등

것이라는 假說 아래, [Fakata]系도 [Fata]系의 變異形으로 認識하고 [wada]系와 함께, 3者 모두가 軌를 같이하는 新羅系 借用語임을 밝혀 보고자 한다.

本稿에서는 [1]은 序論을, [2]에서는 [Fata]系의 語源에 대한 論議를, [3]에서는 [wada]系의 語源에 대한 論議를, [4]에서는 [Fakata]系의 語源에 대한 論議를, [5]에서는 以上의 論議된 內容을 要約하여 整理한 것이다.

〔 2 〕

[Fata]系란 地名은 古代로부터 現代에 이르기까지 여러가지로 表記된 것이다. 和名鈔에 의하면 '幡多'(土佐国幡多郡·高知県幡多郡)의 表記例가 보이며 現在 日本地名에서도 「波多·波太·八太·八多·判多·覇多·秦·畑·羽田·羽多」 등의 表記例도 發見된다.

竹內理三(1990)에 의해 그 地名의 由來를 크게 세가지로 分類해 보면 다음과 같다. 첫째) 'うみ(海)'의 古訓인 [fata]를 나타낸 경우 둘째) 「秦·波多·畑·幡」란 姓氏와의 關聯에서 命名된 경우, 셋째) 農業耕作地帶였던 데서 그 地名이 由來된 경우 등이 있다.

A. 1-1 波多津　　はたつ　　<佐賀県伊万里市>
1-2 波多津川　　はたつがわ　　<佐賀県伊万里市>
1-3 波多津漁港　　はたつぎょこう　　<佐賀県伊万里市>
1-4 波多見港　　はたみこう　　<広島県安芸郡音戸町>
1-5 畑多漁港　　はたきょこう　　<広島県佐伯郡沖美町>

2-2 畑津浦 はたづうら <佐賀県伊万里市>

A.group의 「はた(波多·畑)」 등은 거의 대부분 「港口·津·浦·瀨戶·島」 등이 接尾되어 있어서 海岸地帶에 位置한 地名임을 쉽게 알 수 있다. 다시 말해서 1-1은 伊万里市 波多津町 一帶의 廣範한 地域을 가리키며 伊万里湾을 마주 보는 곳에 位置한 데서 由來된 것. 1-2는 伊万里市 波多津町 地区에 있는 三岳의 南麓 附近에서 源泉이 시작되어 西便 伊万里湾으로 흘러들어간 데서 由來된 것. 1-3은 伊万里市 波多津町 大字辻에 있는 漁港. 1-4는 安芸郡音戶町 倉橋島 北岸에 있는 港口. 2-1은 佐賀県佐伯郡沖美町 西能美島의 海岸에 位置한 港口. 2-2는 佐賀県伊万里市 波多津川 河口에 位置한데서 由來된 것이다.

그런데 「うみ(海)」의 古訓 'わた'가 朝鮮語 [pata]와 同源이란 主張이 있는가 하면 「機織(はたおり)」에서의 'はた'란 說도 있고, チベット語에서 그 地名 語源을 찾은 說도 있다.

新井白石(1906 : 56)·鮎貝房之進(1929 : 338-339)·関晃(1967 : 96-97)·丹羽基二(1982 : 241) 등은 이 [はた]의 語源은 朝鮮語 「バタ(海)」에서 온 것으로 推定하였고, 이와는 달리, 金沢庄三郎(1910)·高楠順次郎(1941) 등은 「機織(はたおり)」의 'はた'에서 온 것으로 보았고 田辺尙雄은 'はた'가 チベット語로서 '辺鄙의 땅'을 나타내는 말로 그 語源을 各各 推定한 바 있다. 그러나, 筆者의 見解로는 이 'はた'란 말은 織物을 짜는 技術이 新羅系 渡倭人으로 推定되는 秦氏에 의해 韓半島로부터 日本列島에 伝授되었을 것이므로 「機織(はたおり)」의 'はた'로 볼 수도 있을지 모르지만 그보다는 丹羽基二(1982 : 241)가 主張하는 대로 古代 海部族과의 關聯에서 풀어야 할 것이다. 왜냐 하면, 海部集団은 「玄海灘이란 '바다(海)'를 건너온 사람들」이란 點에서 [fada]란 姓

氏를 創氏할 수도 있고 또 그들이 從事하는 일이 '海運'과 '漁撈'로서 '바다(海)'와 密接한 關係를 가졌으며 自己集団끼리 한곳에 모여 살게 되고 自己네들이 居住하는 地名에 있어서도 自國語인 'pata(海)'를 가지고 命名했을 可能性이 크기 때문이다. 더구나 'はた'가 '辺鄙한 땅'을 나타내는 チベット語에서 왔다는 田辺尙雄의 主張에는 筆者는 同調할 수 없다. 鮎貝房之進(1929 : 338-339)은 「パタ(바다)」의 語源이 「パタリ(바달)」과 「パトリ(바돌)」에서 찾아야 된다고 했다. 그는 朝鮮古訓에서 '海'를 [patɔr]로 읽은 文證은 日本書紀 神功摂政前紀 中哀 9年 10月 条의 新羅使臣의 이름[147]에서 發見된다고 했다. 다시 말해서 '微叱己知波珍干岐(みしこちはとりかんき)'에서 '微叱己知(みしこち)'까지가 人名[148]이고 '波珍干岐(はとりかんき)'는 新羅 第四位의 官位로서 '波珍湌' 즉 '海干'에 해당된다. 여기서 우리의 固有語인 '波珍'은 漢字語인 '海'에, 그리고 固有語를 나타낸 '湌'은 漢字語인 '干'에 各各 對應된다. 따라서 古代國語에서 '海'를 나타내는 말은 [patɔr]임을 알 수 있다. 三國史記 職官志에 '波珍湌'을 한결같이 '海干'으로 쓰는 것은 '海'의 新羅語가 [patɔr]이기 때문이다. 三國史記 地理志에서 '熊州石山縣'의 옛 地名이 '珍惡山縣'였다고 한다. 여기서 固有語 '珍惡' 2字는 漢字語 '石(tor)' 1字에 對應되는 말인 것이다. 高麗史 地理志에서도 현재 光州에 있는 '無等山'을 '武珍岳'으로 읽었는데 여기서 「無(mu)+等(tu

147) 坂本太郎·家永三郎·井上光貞·大野晋(1967) 日本書紀 上卷 p.339 注 24 參照.

148) 神功皇后摂政 5年 3月条(Ibid. 上 p.350)에 依하면 同一人名을 「微叱許智伐早(みしこちほっかん)」이라 하였고, 欽明 21年 9月条(Ibid. 下 p.118)에 依하면 「彌至己知奈末(みしこちなま)」라 稱하기도 했다. 이 사람이 三國史記에서는 新羅 第18代 '未斯欣王'이며, 三國遺事에서는 '美海王'을 各各 指稱한 것이다.

r)」을 「武(mu)+珍(tor)」로 읽은 것이다. 또 全州 '馬靈縣'의 옛 地名인 '馬突縣'은 한결같이 '馬珍縣'으로 表記하였는데, 여기서 漢字語인 '突(tor)'은 固有語 '珍(tor)'에 各各 對應된다. 따라서 新羅語에서 '珍'은 한결같이 [tor]로 읽었는데 그 原義가 '金玉' 또는 '玉石'임을 알 수 있다. 따라서 新羅語인 [patɔr]이란 말이 中世國語에 들어와서는 [parɔr] 또는 [parɔ]로 바뀌였음을 推定할 수 있다. 李基文(1972 : 70-71)은 古代國語에서 다음과 같은 單語들은 母音間의 *[t]를 가지고 있었는데 中世國語에서 *[r]로 變化했음을 例示한 바 있다. 가령, *patɔr '海'→parɔr(바ᄃᆞᆯ→바ᄅᆞᆯ), *hɔtɔr '一日'→hɔrɔr(ᄒᆞᄃᆞᆯ→ᄒᆞᄅᆞᆯ), *katɔr '脚'→karɔr(가ᄃᆞᆯ→가ᄅᆞᆯ) 등.

梁柱東(1965 : 707-708)은 '바ᄃᆞᆯ'系와 '바ᄅᆞᆯ'系는 'ㄷ'과 'ㄹ'의 互轉이고 '바ᄃᆞ' 및 '바ᄅᆞ'는 '바ᄃᆞᆯ' 및 '바ᄅᆞᆯ'形에서의 'ㄹ脫落形'이기 때문에 이 네가지 語形의 相互 關係를 다음과 같이 圖示했다.

바ᄃᆞᆯ '海' ⟶ 바ᄅᆞᆯ '海'
↓ ↓
바다 '海' 바ᄅᆞ '海'

위의 圖示에서 '바ᄅᆞᆯ' 및 '바다'의 基本形이 '바ᄃᆞᆯ'임을 推斷할 수 있다. 그리고 鄕歌인 稱讚如來歌 3行의 '無盡辯才叱海等' 및 普皆廻向歌 5行의 '佛體叱海等' 등에서의 「海等(바ᄃᆞᆯ)」 등은 上述한 '微叱己知波珍干岐'에서의 '波珍(바ᄃᆞᆯ)'과 同軌로 볼 수 있다.

이제 古代國語로부터 中世國語에 이르기까지의 '바ᄃᆞᆯ/바다'系 및 '바ᄅᆞᆯ/바ᄅᆞ'系의 用例를 例示하면 다음과 같다.

D. 波珍湌或云海干 <三國史記 卷 38>

E. 1-1 無盡辯才叱海等 <稱讚如來歌 ③行>

무진변재ㅅ바ᄃᆞᆯ <양주동·지헌영·김준영·김완진>

무진변재ㅅ바돌 <김선기>

1-2 佛體叱海等 <普皆廻向歌 ⑤行>

부텨ㅅ바ᄃᆞᆯ <양주동·지헌영·김준영·김완진>

부텨ㅅ바돌 <김선기>

F. 微叱己知波珍干岐 <書記 仲哀 9年 10月>

みしこちはとりかんき

G. 1-1 닐굽山ᄊᆞᅀᅵᄂᆞᆫ 香水바다히니 <月釋一 23>

1-2 鹹水바다히 잇거든 <月釋一 5>

1-3 受苦ㅅ바다해 ᄌᆞ마잇ᄂᆞ니 <月釋九 22>

2-1 바다 ᄒᆡ : 海 <訓蒙上 4·石千 3>

2-2 바다 양 : 洋 <訓蒙上 4>

2-3 바다 명 : 溟 <類合下 32>

3-1 바다ᄒᆡ ᄯᅥ날제ᄂᆞᆫ <關東別曲>

3-2 바다ᄒᆞᆯ 겻ᄃᆡ 두고 <關東別曲>

4-1 블근 구름이 바다흐로셔 소사나 <太平廣記一 53>

5-1 바다ᄒᆡ 고기(海魚) <漢淸 445 b>

H. 1-1 바ᄅᆞ래 가ᄂᆞ니(于海必達) <龍歌 2>

1-2 바ᄅᆞᄅᆞᆯ 건너시ᇙ제(爰涉于海) <龍歌 18>

1-3 바ᄅᆞ래 ᄇᆡ업거늘(海無舟矣) <龍歌 20>

1-4 바ᄅᆞᇗ우희 金塔이 소ᄉᆞ니 <龍歌 83>

2-1 너희 ᄲᆞᆯ리 바ᄅᆞᇗᄀᆞᅀᅢ가아 <月十 13>

2-2 바ᄅᆞᇗ믈 부수믄 <月二 64>

2-3 제모미 ᄒᆞᆫ 바ᄅᆞᆳᄀᆞᅀᅢ 다ᄃᆞᄅᆞ니 <月二十一 23>
2-4 四天下ㅣ 다 바ᄅᆞᆳ셔밀ᄊᆡ <月一 47>
2-5 모시 바ᄅᆞ리 아니며 <月二 76>
2-6 바ᄅᆞᆯ 건너고져 ᄒᆞ야도 <月二十一 176>
3-1 바ᄅᆞᆳ 믌겴소리라 <釋十三 9>
4-1 海ᄂᆞᆫ 바ᄅᆞ리라 <月釋序 8·月釋一 45>
4-2 제모미 ᄒᆞᆫ 바ᄅᆞᆳᄀᆞᅀᅢ다
4-3 바ᄅᆞᆳ믈로 머리예 브ᅀᅮᆷᄀᆞ토미 <月釋一 64>
5-1 큰 바ᄅᆞᆯ 븗ᄃᆞᆺ ᄒᆞᄂᆞ니라 <楞八 93>
6-1 바ᄅᆞᆯ 어둠(得海) <法華六 170>
7-1 道ㅣ 큰 바ᄅᆞ리 ᄀᆞᆮᄒᆞ야(道如大海) <蒙法 49>
8-1 바ᄅᆞᆯ ᄀᆞᆮᄒᆞ니라(如海) <圓覺序 29>
9-1 네 바ᄅᆞ래 ᄇᆞᄅᆞ미 자고(四溟風息) <金三·二 9>
10-1 바ᄅᆞ리 어윈 ᄃᆞᆺ ᄒᆞ도다(若溟渤寬) <杜初一 29>
10-2 바ᄅᆞ래 그려긔 ᄂᆞ로미 깁도다(海雁飛深) <杜初五 18>
10-3 ᄀᆞᄅᆞᆷ과 바ᄅᆞᆯ왜 흐르놋다(江海流) <杜初九 24>
11-1 바ᄅᆞ래 살어리랏다 <樂詞 : 靑山別曲>
12-1 海 : 把剌 <朝鮮館譯語地理門>

I. 1-1 바ᄅᆞᆺ 보ᄇᆡ(海寶) <法華一 79>
1-2 바ᄅᆞᆺ 가온ᄃᆡ(海中) <法華三 47>
2-1 여러 바ᄅᆞᆺ가온ᄃᆡ 이쇼라(在諸海中) <楞解二 84>
2-2 이 世界ㅅ사ᄅᆞ미 바ᄅᆞᆺ고기 ᄀᆞᆮᄒᆞ야(此界人同於海) <楞解三 28>
3-1 淮水와 바ᄅᆞ왓 楊州에 ᄒᆞᆫ 俊傑ᄒᆞᆫ 사ᄅᆞ미로소니
(淮海惟楊一俊人) <朴初二十一 12>
4-1 바ᄅᆞ우희 들구를 좃놋다 <朴初九 24·十五 52>
(隨海上槎)
4-2 이 바ᄅᆞᆺ 누니라(是海眼) <杜初三 70>
4-3 바ᄅᆞᆺ西ㅅ軍(海西軍) <杜初四 26>

4-4 바ᄅᆞᆺᄀᆞᅀᆡ 갯고(海畔) <杜初八 38>
4-5 바ᄅᆞᆺ東녀긧 구루믈 보노라(見海東雲) <杜初十二 35>
4-6 바ᄅᆞᆺ셤 잇ᄂᆞᆫᄃᆡ 다 가리라(窮海島) <杜初十九 33>

윗 例 D 등에서는 新羅語인 [patɔr(波珍)]이 漢字語인 [海]와 서로 對應되는 말임을 보여 주는 根據가 된다.

E 등에서는 '海'가 訓讀字로 '바ᄃᆞᆯ'을 나타낸 것이고 [等(ᄃᆞᆯ)]은 末音添記字로서 그 先行字의 語形末音이 'ᄃᆞᆯ'임을 暗示해 주는 所謂 '末音添記字'로 「海等」 2字가 합쳐 「바ᄃᆞᆯ(海)로」 읽혀짐을 보인 것이다.

F에서는 '海'를 意味하는 新羅語가 [patɔr(波珍)]임을 立證해 준 것이다.

G에서는 [patɔ(海)]系가 中世國語에 이르기까지 存續하고 있었음을 보여 준 것이다.

H에서는 中世國語에서 [patɔr(海)]系가 [parɔr]系와 共存하고 있었음을 보인 것이고 I에서는 [parɔr]系에서 그 語末子音 [r]이 脫落된 경우를 보여 준 것이다. 따라서 D·E·F·G 등의 [patɔr](海)]는 古代國語에서만 볼 수 있는 語形이며, (단지으로 [patɔ]形은 現代語 [pata]까지 그 傳統이 存續) [parɔr(海)]系는 中世國語에서만 볼 수 있었던 語形으로 古代國語와는 달리, [patɔr]에서 母音間의 *[t]音이 *[r]音으로 바뀐 語形인 것이다. 다시 말해서 古代國語의 語形인 [patɔr]系(patɔr/patɔ)만이 韓半島로부터 日本列島로 건너가서 日本地名속에 受容된 新羅系 借用語로 推定된다.

B 1-1 波多	はた	<佐賀県東松浦郡北波多村>
1-2 波多順	はたす	<三重県熊野市>
1-3 波多国	はたのくに	<高知県幡多郡全域>

2-1 秦　　はだ　　<大阪府寝屋川市>
2-2 秦庄　　はたのしょう　　<奈良県磯城郡田原本町>

B. group 등은 「はた(波多·秦)」란 姓氏와의 관련에서 地名이 命名된 경우다. 1-1은 德須惠川 右岸에 位置하여 鎌倉期頃부터 波多氏가 付近에서 居住했던 데서 유래된 것. 1-2는 東方에 熊野灘을 바라보는 傾斜地에 位置한 '秦住'란 말에서 由来된 것<紀伊続風土記>. 1-3은 渡來人 秦氏가 國造에서 벼슬한 데서 波多国이라 由来된 것<国造本紀考>. 2-1은 寝屋川上流에 位置해서 古代 秦氏가 居住한데서 由来된 것. 2-2는 大和川 支流寺川 左岸에 位置한데서 이 付近에는 飛鳥期 古代朝鮮으로부터 渡來한 秦氏가 開發한 곳에서 由来된 것이라고 했다.

平野邦雄(1977 : 1312-1406), 竹内理三(1966 : 1312) 및 佐伯有清(1962 : 279-308)에 의하면 「はた(秦·波多·波太·判太·半太·羽田·八太」란 姓氏는 韓半島로부터 日本에 渡來한 三國系 技術陣(画師·鑄工·木工·佛工 등)의 人名[149]이나 「経師·校生·史生」 등의 人名[150]에서 많이 보인다. 특히 秦氏란 人名에서는 三國系 渡倭人들만이 唯一하게 가진 「忌寸(いみき)·連(むらじ)」란 'かばね'가 붙어 있다는 點[151] 등으로 미루어

149) ① 画師 ~ 秦朝万呂, 秦竜万呂, 秦連稲村, 秦稲守, 秦伊美吉継手
② 鑄工 ~ 秦船人, 秦中国
③ 木工 ~ 秦九月, 秦小鯨
④ 佛工 ~ 秦家継, 秦祖父

150) ① 経師 ~ 秦在職, 秦石村, 秦毛人, 秦吉麻呂, 秦鹽万呂, 秦月万呂, 秦双竹, 秦林万呂, 秦人成, 秦眞入, 秦黄人, 秦道方, 秦度守, 秦姓乙安
② 校生 ~ 秦忌寸椋生
③ 史生 ~ 秦伊美吉益倉

151) ① 忌寸(いみき) : 秦忌寸秋主(右京人)
秦忌寸牛養(一云 広幡牛養)

볼 때, B. group의 地名은 모두 「秦·波多·波陀」氏들과 깊은 關聯을 가진 그들의 居住地이었음을 示唆해 준다.

C. 1-1	畑野上	はたのうえ	<和歌山県那賀郡打田町>
1-2	畑新田	はたしんでん	<三重県員弁郡員弁町>
1-3	畑山	はたやま	<大阪府堺市>
2-1	幡代	はたしろ	<大阪府泉南市>

C. group의 'はた'로 읽혀지는 地名은 文字 그대로 '畑作地帶'였던 데서 由来된 것이 大部分의 경우다. 즉 1-1은 紀川支流·海神川 下流 右岸의 平坦한 沖積平野에 位置한 데서 由来된 것. 1-2는 員弁川 中流 左岸 丘陵에 位置하여 乏水台 地上의 畑作地帶였던 데서 由来된 것. 1-3은 石津山의 下流 東方丘陵에 位置하여 入会山을 開拓한 新田으로 大部分이 畑地였던 데서 由来된 것. 2-1은 和泉山地에서 西北으로 흐르는 金熊寺川 下流 右岸 丘陵에 位置하여 새로운 開墾地였던 데서 由来된 것이라고 한다<以上은 竹内理三(1990) 參照>.

以上을 要約하면 A. group의 [fata] 用例는 주로 海岸地帶에 位置한

秦忌寸黑人
秦忌寸箕造(一云 山背国葛野郡人)
秦忌寸長野(左京人)
秦忌寸朝慶(僧 弁正의 子)
秦忌寸朝元(僧 弁正의 子)
秦忌寸足人(山代国人)
秦忌寸都駕布(秦忌寸知麻留女의 子)
② 連(むらじ) : 秦大蔵連喜達(秦大蔵連彌智의 子)
秦大蔵連彌知(右京四条四坊의 戶主)
秦連稲村(画師)
秦連鵜根子

地名과 깊은 關聯이 있다는 點과 日本語의 古訓에서는 '海'를 나타내는 [fata]란 말이 당시 存在하지 않았다는 點 등으로 미루어 보아 [patɔr '海']系는 新羅系 秦氏族들이 韓半島로부터 日本列島로 가지고 간 新羅系 借用語임을 示唆해 준 것이다.

B. group의 [fata] 用例는 韓半島로부터 日本列島에 건너간 新羅系 渡倭人으로 推定되는 秦氏와 깊은 관련이 있는 居住地에서 由來된 地名으로 보인다.

C. group의 [fata] 用例는 文字 그대로 秦氏族들이 畑作地帶를 直接開墾·開拓한 데서 由來된 것이다. 이 點은 일찌기 彌生時代以後 農耕文化가 韓半島로부터 日本에 伝授한 事實과 無關하지 않을 것이다.

以上 위의 세가지 경우인 A. group 用例로부터 C. group 用例에 이르기까지 三國系 渡倭人으로 推定되는 [fata] 姓氏와의 關聯이 안 되는 것이 없지만, 本項에서는 A. group의 地名用例를 中心으로 하여 新羅系 借用語 [patɔr '海']系가 日本에 건너가서 [fata]系로 變形되어 日本地名속에 受容되었을 것으로 推定한 것이다. 특히 新撰姓氏錄의 記錄대로 [fata]氏[152]가 當時 '海運'과 '漁撈'에 從事한 所謂 海部集団으로 玄海灘이란 [pata]를 건너간 新羅系 渡倭人들이었다고 한다면, 自己네들이 居住한 地名을 命名함에 있어서 自國語인 新羅語 [patɔr]을 借用했을 可能性도 排除할 수 없는 것이다.

---

152) 新井白石全集 第四 東雅 p.56 參照.
関晃(1966) 歸化人, pp.90-106 參照.
竹內理三·山田英雄·平野邦雄(1966) 日本古代人名辭典 第五卷, pp.1339-1406 및 1312-1320 參照.
佐伯有清(1962) 新撰姓氏錄の硏究 本文篇, pp.279-280 및 307-308 參照.
坂本太郎·平野邦雄(1990), 日本古代氏族人名辭典, pp.488-492 參照.

〔 3 〕

[wada]란 地名은 古代로부터 現代에 이르기까지 여러가지의 表記例가 보인다.

和名鈔에 의하면 '和太郷(參河国八名郡和太郷·相模国大住郡和太郷) 나 '丸田郷'(上総国周淮郡丸田郷) 등 表記例가 있으며 現在日本地名에서는 「和太·和田·渡·綿」 등의 表記樣式도 發見된다. 前述한 [2]에서 筆者는 [fata]의 語源이 新羅系 借用語 [patɔr '海']系에서 由來된 것으로 推定한 바 있는데, [umi(海)]系가 日本의 固有語라고 한다면 [wada(海)]系는 日本語가 아닌, 外來 借用語로서 新羅系 渡倭人들이 韓半島로부터 日本列島로 가지고 온 新羅系 借用語 [patɔr]系가 [wada]系로 音韻이 變移된 語形으로 보인다.[153)]

일찌기 「坂本太郎(1967)·大野晋(1974 : 1391-1392)·新村出(1973 : 2376)·時枝誠記(1979 : 2280)·金沢庄三郎(1986 : 68)」 및 李基文(1972 : 65) 등은 [wada]가 朝鮮語 [pata'海']와 同源이라고 했다. 그러나, 楠原佑介(1981 : 333)는 [wada]의 語源에 대하여 朝鮮語系로 보는 것은 잘못이며 '川'이나 '海'의 '湾曲한 地點'을 가리키는 말로 「輪処(わた)」에서 由来된 것이라 했으며 其他 다른 사람들은 [wada]는 [umi(海)]의 古訓이라고 했다. 筆者는 日本 上代文獻인 古事記[154)]·日本書紀[155)]·萬葉集

---

153) 〔patɔr'海'〕 → 〔patɔ(語末子音인 〔r〕이 脫落) → 〔fata(語頭子音 'p'이 → 'f'로 音韻變化)〕 → 〔wada(語頭子音'f' → 'w'로 音韻變化)

154) A. 海中(わたなか) 上 56
海底(わたのそこ) 上 46
海神(わたのかみ) 上 5·53·54·55·56·57
綿津見神(わたつみのかみ) 上 13·55

[156]·和名鈔[157]·風土記[158] 등에서 보면 [wada'海']와 [umi'海']란 表記例

B. 海(うみ) 上 5·26·52·53　中 41·47·53·54　下 2·5
海佐知(うみさち) 上 52·53
海道(うみつぢ) 上 57　中 1
海辺(うみべ) 上 53　中 42
宇美(うみ) 中 47
宇美賀波(うみがは) 中 47

155) A. 海中(わたのなか) 二 1039·1048·1058·1105 三 1791 五 3673
海鄕(わたのくに) 二 1016
海上(わたのうへ) 一 654
海神(わたのかみ) 一 146·201
海底(わたのそこ) 一 247 二1007
海西(わたのにし) 三 1984·1985 四 2777
海表(わたのほか) 二 1349·1400·1402 四 2450·2624·2843
海畔(わたのへた) 五 3195
B. 海(うみ) 二 982·1007·1030·1048·1051
海陸(うみくが) 二 1058
海路(うみち) 三 1644·1676·1701·1748·1799·1904 五 3360
海裏(うみのうち) 五 3098·3294
海魚(うみのうを) 二 1013
海北道中(うみのきたのみちのなか) 一 379
海中(うみのなか) 二 741 三 1861
海濱(うみべた) 二 920·994·1016·1030·1053
海辺(うみべた) 二 997·998·1007·1016·1039 三 1897

156) A. 海(わた) 七 1317
海神(わたつみ) 七 1301·1302·1303 十六 3791
海若(わたつみ) 三 327·388 九 1740·1784 十二 3079·3080
海中(わたなか) 七 1417
海底(わたのそこ) 一 83 四 676 六 933 七 1290·1327
海之底(わたのそこ) 七 1323 十二 3199
和多(わた) 十四 3354
和多都美(わたつみ) 十五 3597·3605·3627·3663·3694 十八 4122
和多都民(わたつみ) 十九 4420
和多能曾許(わたのそこ) 五 813

가 共存했다는 事實과, 諸橋에 의하면 日本의 古訓에서 [wada '海']란 말이 存在하지 않는다는 事實로 미루어 볼 때, [umi '海']가 日本의 固有語라고 한다면 [wada '海']는 外來 借用語로서 新羅系 借用語 [patɔr '海']가 日本에 건너와 [wada]系로 音韻이 變遷되어 日本地名속에 受容된 것이 아닐까 한다. 現在 日本地名에서는 「和田·渡·亘」 등의 表記樣式이 보이는데 그 중 「和田」의 表記만을 中心으로 하여 그 地名語源을 세가지로 分類해 보면 다음과 같다.

첫째) '海'를 나타내는 地名 表記例에서 「和田(wada)」가 借用된 경

渡津海(わたつみ) 一 15
渡中(わたなか) 一 62
綿津海(わたつみ) 三 366
綿之底(わたのそこ) 七 1223
方便海(わたつみ) 七 1216
B. 海(うみ) 二 220·三 241·319 四 689 六 1003·1062·1063 七 1184·1299·1308·1309·1317·1386·1397 九 1715 十一2438·2738 十二 3190 十六 3849·3852 十八 4094 十九 4199 十三 3234·3332·3336·3339
海路(うみぢ) 三 366 十三 3339
海道(うみぢ) 十三 3335·3338
海津路(うみつぢ) 九 1781
海辺(うみべ) 二 131·138 六 954 十五 3580 十七 3932 十九 4211
宇美(うみ) 十五 3605 二十 4383
宇美辺(うみべ) 十八 4044

157) A. 海神 : 和太豆美乃加美〈神靈類 二卷 2ウ〉
B. 海 : 宇三〈河海類(第十) 一卷 16ウ〉

158) A. 和多太島(わただしま) 139 (16)〈出雲国風土記嶋根県〉
B 海底(うみのそこ) 393 (11)〈肥前国風土記佐嘉郡〉
海神(うみ) 392 (10)〈肥前国風土記佐嘉郡〉
大海(おほうみ) 140 (7)〈出雲国風土記嶋根県〉
水海(みづうみ) 160 (3), (4)〈出雲国風土記嶋根県〉

우, 둘째) 「和田(wada)」氏와의 關聯에서 命名된 경우, 셋째) 地形이 曲湾하므로 「輪処(wada)」라고 불려진 데서 由来된 경우 등이다.

먼저 [wada]가 '海岸地帶'를 나타낸 地名 表記例부터 例示해 보기로 한다.

A. 1-1 和田 わだ <千葉県安房郡和田町>
1-2 和田 わだ <静岡県榛原郡相良町>
1-3 和田 わだ <香川県三豊郡豊浜町>
1-4 和田 わだ <高知県宿毛市>
1-5 和田 わだ <鹿児島県鹿児島市>
2-1 和田村 わだむら <静岡県燒津市>

윗 例 1-1~2-1 등에서 A. group의 [wada]란 地名은 千葉県으로부터 鹿児島県에 이르기까지 매우 廣範圍하게 分布되어 있는데 모두가 海岸地帶에 位置한 것으로 '海'란 語源과 關聯된 地名에서 由来되었음을 쉽게 알 수 있다. 가령, 1-1은 三豊平野의 南西端에 位置해서 北部는 平地, 南部는 高尾山·大谷山 등의 山嶺에 접해 있고, 北쪽에 「和田浜(わたはま)」도 있으므로 '海辺'이란 意味에서 命名된 것. 1-2는 松田川 下流의 左岸·宿毛沖積平地의 東端에 位置해서 옛날에는 '바다'가 여기까지 들어온 데서 由来된 것. 1-3은 南東쪽이 太平洋에 面해 있는 데서 由来된 것. 1-4는 鹿児島湾 奥西岸·和田川下流域에 位置하고 있으며, 「海神('わたつみ' 또는 'わた')」에 根據를 두고 있고 '海辺'의 意味도 있으므로 [wada]로 命名된 것. 1-5는 萩間川 中流 左岸에 位置한 데서 由来된 것. 2-1은 木屋川·栃山川 流域에 位置해서 물결이 밀어닥치는 '沿海의 땅'이란 데서 由来되었다고 한다(以上은 竹內理三

(1990) 參照).

특히 다음에 例示된 地名에서는 그 곳이 海岸 地帶임이 더 明確하게 드러난다.

和田岬 わたみさき <滋賀県東浅井郡びわ町>
和田港 わたこう <福井県大飯郡高浜町>
綿打浦 わたうちうら <愛媛県宇和島市>
渡津 わたづ <島根県江津市>
渡瀬 わたせ <大分県竹田市>

등에서 볼 수 있듯이, [wada]에 接尾語들이 모두 '海岸地帶'를 나타내는「岬(みさき)·港(こう)·津(つ)·瀨(せ)·浦(うら)」等이므로 그 先行語인 [wada]가 '海'를 나타내고 있는 地名임이 立證될 수 있다고 본다.

다음에는 [wada]氏族들의 居住地에서 그 地名이 由来된 경우를 살펴 보기로 한다.

B. 1-1 和田 わだ <秋田県河辺郡河辺町>
1-2 和田 わだ <千葉県四街道市>
1-3 和田 わだ <茨城県北相馬郡藤代町>
1-4 和田 わだ <兵庫県氷上郡山南町>
1-5 和田 わだ <三重県亀山市>
1-6 和田 わだ <岐阜県揖斐郡揖斐川町>
2-1 和田村 わだむら <奈良県吉野郡川上村>
3-1 和田野 わだの <京都府竹野郡彌榮町>
4-1 和田浜 わだはま <香川県三豊郡豊浜町>

윗 例 1-1~4-1 등에서 B. group의 [wada]란 地名은 모두 「和田(わだ)」氏의 居住地와의 關聯에서 命名된 地名인 것이다.

1-1은 和田義盛氏가 北条氏와의 戰爭에서 敗해서 이곳으로 逃亡하여 살았던 데서 由来한 것. 1-2는 和田義盛의 一族이 이곳에서 居住했던 것에서 由来된 것. 1-3은 和田民部氏가 戰爭에 敗해서 椎名氏로 改姓하고 여기에 定着했던 데서 由来된 것. 1-4는 信濃国 和田에서 和田氏가 来往해서 市場村을 和田町로 改稱했던 데서 由来된 것. 1-5는 延曆 15年에 当地를 訪問한 空海가 地藏尊을 조각해서 那智山 石上寺를 세우고 周辺의 田園을 開拓해서 '和田里'라고 改稱한 데서 由來된 것. 1-6은 戰國期에 本巣郡 美江寺 城主 和田氏의 地頭가 있었던 데서 由来된 것. 2-1은 南朝遺臣 和田正処氏가 当地에 隱棲했던 데서 由来된 것. 3-1은 大永期 当地에 居城을 쌓았던 和田野 大和守氏가 居住했던 데서 由来된 것. 4-1은 景行天皇의 皇女인 和田姬氏가 當地에 居住했던 데서 由来되었다고 한다<以上은 竹內理三(1990) 參照>.

다음, 河川이나 海岸의 地形이 曲灣하기 때문에 그 地名이 [wada(輪処)]로 命名된 경우를 살펴 보기로 한다.

C. 1-1 和田 わだ <兵庫県神戸市>
1-2 和田 わだ <鳥取県和田市>
1-3 和田 わだ <滋賀県甲賀郡甲賀町>
1-4 和田 わだ <和歌山県西牟婁郡大塔村>
1-5 和田 わだ <和歌山県日高郡美浜町>
1-6 和田 わだ <和歌山県和歌山市>

1-7 和田 わだ <兵庫県美方郡村岡町>

1-8 和田 わだ <兵庫県西脇市>

1-9 和田 わだ <兵庫県城崎郡竹野町>

1-10 和田 わだ <島根県那賀郡旭町>

2-1 和田村 わだむら <和歌山県東牟婁郡那智勝浦町>

윗 例 1-1~2-1 등에서 C. group의 [wada]란 地名은 모두 개천이나 海邊의 灣曲한 地帶에 位置하고 있어서 「輪処(わだ)」의 意味가 反映된 [wada]로 命名된 것이다.

1-1은 明石川 中流 右岸에 位置해서 물이 湾曲하게 유유히 흐르고 있어서 地名도 이 湾曲 즉 「輪処(わだ)」에서 유래된 것. 1-2는 弓浜半島 中央部에 位置하고 美保湾에 面하고 있어서 그 河川이 湾曲하게 흐르는 데서 由来된 것. 1-3은 河川의 曲流部 등이 꽤 넓은 둥근 平野를 이루었는데 이를 가리켜 [wada]로 命名한 것. 1-4는 油日谷 西部 和田川을 貫流하는 地域에 位置해 있기 때문에 「和太(わだ)·輪田(わだ)」라고도 表記하여 屈曲의 意味를 나타내기도 한 것이다. 1-5는 日置川支流인 安川에 流入하는 和田川流域에 位置해서 河川의 흐름이 湾曲한 데서 由来한것. 1-6은太平洋에 面해서 東部를 西川이 흐르고 있다. 따라서 日高川의 河口에 이르므로 그 湾曲한 데서 [wada]로 命名된 것. 1-7은 和田川左岸沿의 低濕한 氾濫原에 位置해서 海浜水隈湾曲地에서 由来하며 '曲' 즉 'わだ'의 뜻에서 由来된 것. 1-8은 矢田川의 中流域에 位置한다. 따라서 平地를 크게 돌았던 곳을 意味하는 「曲田(わいた)」에 의해 命名되었다고 한다<七美郷名記>. 1-9는 加古川와 그 支流인 杉原川가 合流되는 地点의 右岸에 位置한다. 따라서 川의 曲流部의 넓은 平地를 꼬불꼬불 맴도는 地点이므로 [wada]라 命

名된 것. 1-10은 竹野川의 河口 付近에 位置하므로 竹野川이 地内를 湾曲하게 흐르고 있는 데서 由来된 것. 2-1은 家古屋川의 支流인 白角川의 上流部에 位置하기 때문에 「和田村(わだむら)」라고 呼稱된 까닭은 물이 湾曲히 흐르는 마을이란 意味에서 命名되었다고 한다<以上은 八重澤 參照>.

以上 위의 A. group의 地名語源으로부터 C. group의 地名語源에 이르기까지 新羅系 渡倭人으로 推定되는 [wada]氏와의 깊은 關聯에서 由来되지 않는 것이 없다. 本項에서 특히 A.group의 地名用例들은 新羅系 借用語 [patɔr'海']系가 [patɔ(또는 fata)]로 音韻이 變遷되고 이것이 다시 [wada]系로 變形되어 日本 地名속에 受容된 것으로 推定된다. 왜냐 하면, 新撰姓氏錄의 記錄에서 [wada]氏族들이 文字 그대로 「渡る·渡り」의 意味대로 玄海灘이란 「바다(海)」를 건너간 氏族들로서 海部集団으로 推定되는 「fata(秦·波多·波陀)」氏와 더불어, 新羅系 渡倭人들로서 自己네들끼리 한 곳에 모여 살게 되고 自己네들이 居住하는 地名을 命名함에 있어서도 自國語인 新羅系 語源인 [patɔ·fata·wada]系를 借用했을 可能性을 排除할 수 없기 때문이다.

〔 4 〕

九州에 있는 '博多(はかた)'란 地名은 貞観年間(859-876 A.D.)부터 日本 文獻에 나타난다. 그러나, 이보다 앞서 日本書紀에서는 [fakata]란 同一한 地名을 「那津(なのつ) 및 娜大津(なのおおつ)」로 表記하였고, 萬葉集에서는 「志賀浦(しかのうら)」라고도 했지만 續日本紀에 이르면 「博多大津(はかたおおつ)」 및 「大宰博多津(たざいはかたつ)」라고

하여 '博多'란 表記例가 보이기 시작한다.

和名鈔에서는 「伯太(はかた)」<備後国御調郡伯太郷>나 「博多(はかた)」<常陸国新治郡博多郷>로 表記하였다. 現在 日本地名에서 [fakata]란 表記에는 「博多(はかた)·伯方(はかた)·波方(はかた)·白太(はかた)·羽方(はかた)」 등 「音仮名+音仮名」라든가 「訓仮名+訓仮名」등의 多様한 表記様式으로 借字한 用例가 보인다.

A. 1-1	博多	はかた	<福岡県福岡市·北海道松前郡松前町>
1-2	博多川	はかたがわ	<福岡県>
1-3	博多港	はかたこう	<福岡県>
1-4	博多瀬戸	はかたせと	<長崎県>
1-5	博多湾	はかたわん	<福岡県>
1-6	博多平野	はかたへいや	<福岡県>
2-1	伯方港	はかたこう	<愛媛県>
2-2	伯方島	はかたしま	<愛媛県>
2-3	伯方瀬戸	はかたせと	<愛媛県·広島県>
2-4	伯方町	はかたまち	<愛媛県越智郡>
3-1	波方	はかた	<愛媛県越智郡>
B. 4-1	白太	はかた	<広島県御調郡御調町>
5-1	羽方	はかた	<茨城県下館市·香川県三豊郡高瀬町>

윗 例 A. group 1-1~3-1 등의 地名에는「港·湾·島·瀬戸」 등의 接尾語가 붙어 있어서 그 先行語가 '海岸地帯'를 나타내는 地名임을 示唆해 주고 있다.

前述한 [2]項에서의 [fata]系나 [3]項에서의 [wada]系가 ‘海岸地帶’를 나타내는 地名인 것처럼, [fakata]란 地名語源도 新羅系 [patɔr ‘海’]의 借用일 可能性이 있다. 윗 例 B. group 4-1~5-1 등은 現在에는 內陸 地方에 位置한 地名으로 [patɔr ‘海’]系와 無關한 地名으로 보일지 모르지만 이 B. group의 地名도 A. group의 地名으로부터 二次的으로 轉移한 地名으로 推定된다.

다음은 [fakata]란 地名語源에 대한 從來의 主張들을 몇가지로 要約·整理해 보면 다음과 같다.

1) 사람과 物産이 한 곳에 많이 集結되고 土地가 広博한 데서 由来된 것(池田末則 1982 : 852) 2) 그 地形이 마치 새(鳥)가 깃을 핀 모양 같아서 由来된 것(竹內理三 1990 : 1061 ‘福岡県’) 3) 「筥多(はこた)」에서 ‘はかた’로 변한 語形으로 보아 그 地形이 河海로 둘러싸여 마치 ‘筥(はこ)’ 모양같아서 由来된 것(池田末則 1982 : 852) 4) 船舶이 停泊하는 海辺(潟)이란 데서 由来된 것(竹內理三 1990 : 1061 ‘福岡県’) 5) [fakata]를 「fa 端‘岸’+kata 潟‘水流’」로 分析하여 ‘海辺’이란 意味에서부터 由来된 것(楠原佑介 1981 : 246) 6) 梵語의 ‘普陀落伽’란 말은 ‘海島’란 뜻으로 使用되었는데, 여기서 「普陀(pota)」는 ‘海’에, 「落伽」는 ‘島’에 各各 對應된다고 했다. ‘普’字의 古音은 [pa]音이고 ‘陀’는 [ta]音에 가깝기 때문에 ‘博多’는 實際로 [普陀(pota)]가 [pata‘海’]로 바뀐 것이라고 했다.[159]

위의 1), 2), 3)의 主張에 대하여는 筆者는 同意할 수 없다. 다시 말

159) 黃胤錫(1789) ‘頤齊遺稿 卷之二十五 雜箸 36 ‘華音方言字義解’에서
或以日本之西海九州道稱以覇家臺亦呼博多(博者覇家二合聲也　多者華語臺音之轉)　在我國東大海中故因呼海爲博多　朕此本梵語普陀落伽　海島也本在中國浙江之東海中而我國倭國亦因之則普陀　海也　落伽　島也　普古有바音而陀音近다則博多實普陀之轉耳(覇家臺出高麗史而陽村集作博加大)

해서 1)에서는 '博多'란 字義的 풀이에 不過한 것이고 2) 및 3)은 그 地形에서 由來되었다고 하나, 다른 '海岸地帶'에서도 이와 같은 地形은 얼마든지 發見할 수 있기 때문이다. 그러나 4) 및 5)에서는 [fakata]란 語源을 '海岸地帶'에서 찾으려는 主張과, 6)에서의 新羅系 [pata '海']에서 그 語源을 探究하려는 主張에 대하여는 筆者도 同意한다.

그런데 九州에 있는 '博多'란 地名을 韓國側 文獻資料에서 보면, 日本의 경우와는 전혀 다른 表記樣式으로 記錄되어 있음을 볼 수 있다. 가령, 海東諸國記를 비롯하여 高麗史등에서는 '博多'란 地名을 '覇家臺'로, 陽村集에서는 '朴加大'로, 그리고 華音方言字義解(頤齊遺稿 雜著)에서는 '覇家臺' 및 '博加大' 등으로 反切法을 利用하여 表記해 놓은 것을 볼 수 있다. 여기서 「覇家臺·朴加大·博加大」란 우리側 表記例와 '博多'란 日本側 表記例 사이에 兩側이 서로 一定한 音韻對應을 이루고 있어서 [fakata]에 대한 讀法과 그 語源에 대한 어떤 示唆를 얻을 수 있다고 본 것이다. 그렇게 볼 수 있는 論據는 첫째) 「覇家臺·朴加大·博加大」 등의 3字를 各各 日本式 萬葉仮名으로 읽으면 [fa+ka+ta]의 3音節語로 읽혀지지만, 이것들을 우리式 反切法으로 읽으면 [pa+ta]란 2音節語로 읽혀진다. 다시 말해서 「覇家·朴加·博加」 등 2字는 「反切上字 'ㅂ'+反切下字 'ㅏ'」의 2字合聲으로 [pa(바)]音이 되고, 「臺·大」 1字는 [ta]音에 가까우므로 3字合聲하면 [pa+ta '海']란 2音節語로 各各읽혀지기 때문이다.

金沢庄三郎(1949 : 385)도 日本의 地名 表記例 중에서는 上代부터 反切法을 利用한 事實이 있었음을 밝힌 바 있다.

둘째) '博多' 2字를 日本式 萬葉仮名으로 읽으면 [fa+ka+ta]의 3音節語가 되지만 이것을 우리의 吏讀·鄕札式으로 읽으면 [pa+ta]로 읽힌다. 다시 말해서 第1番字인 [博(pak)]에서의 入聲韻尾 [k]는 脫落되거나

無視되므로 '博'字는 [pa]音으로 읽히고 第2番字인 '多'字 는 [ta]音에 가까우므로 '博多' 2字는 [pa+ta '海']로 읽혀지기 때문이다.

이 밖에도 日本 人名表記例 중 [fata(秦·波多·波陀)]氏와 [wada(渡·和多·和田)]氏 등의 創氏 由來가 「玄海灘이란 '바다(海)'를 건너온 사람들」에서 비롯되었고 그들이 '海運'과 '漁撈'에 從事하는 所謂 海部集団의 新羅系 渡倭人들이라면 '海'를 나타내는 新羅系 語源인 [patɔr '海']이란 말도 이들 渡倭人들과 함께 日本列島로 건너가서 [fata·wada·fakata]란 말로 借用되어 日本地名속에 受容될 수 있는 可能性도 排除할 수 없기 때문이다. [fata] 및 [wada]란 말이 '海'를 나타내는 語源에서 왔다면 [fakata]도 이와 軌를 같이하는 語源으로 推定할 수 있지 않을까 한다.

前述한 [2] A.group에서의 [fata'海']系와 [3] A.group에서의 [wada '海']系의 경우가 모두 新羅系 借用語인 [patɔr'海']系의 直接的인 借用이라고 한다면 本項의 [fakata]系는 [patɔr'海']系의 間接的인 借用이라고 推定된다.

〔 5 〕

以上 論議된 內容을 要約하면 다음과 같다.

(1) 日本 九州에 있는 「博多(はかた)」란 地名 語源에 대한 從來 日本人學者의 主張을 살펴 보면, 거의 모두가 日本의 固有語로 認識하거나 티베트語에서의 借用으로 보기도 했다. 그러나, 筆者는 [fakata]란 말은 日本의 固有語가 아니라, 玄海灘을 건너간 新羅系 借用語로 본

것이다. [fakata]란 말은 新羅系 [patɔr '海']의 借用語로 推定되는 [fata '海']系나 [wada '海']系와 함께 그 軌를 같이한 同系 語源으로 볼 수 있다.

왜냐 하면, 첫째) [fata]系나 [wada]系의 地名중에는 「~岬·~港·~津·~浦·~瀨戶·~島」 등의 接尾語가 흔히 붙은 경우가 많은 편인데 [fakata]系 地名에 있어서도 이런 接尾語가 흔히 붙어 있어서 몇몇 內陸地方의 地名(가령, 羽方·白太·博方)을 除外한다면 거의 모두가 '海岸地帶'의 地名이기 때문이다. 둘째) 日本書紀 仲哀 9年 10月条의 記錄대로 「波珍 はとり(一云 '海干'」란 官職을 가진 新羅使臣 「微叱己知(みしこち)」가 日本땅에 건너간 것이 事實이라고 한다면 이 사람과 함께 新羅系 [patɔr '海']이란말도 同時에 日本땅에 借用될 可能性이 있기 때문이다. 셋째) 新羅鄕歌의 「海等(바돌) <稱歌 3行> 및 <普歌 5行>」 등에서 新羅語로 推定되는 [patɔr '海']의 語末子音 [r]이 脫落된 [patɔ]系로 語形이 바뀌고 이것이 다시 [fata]系나 [wada]系로 音韻이 變化되어 日本地名에 借用된 것으로 推定되기 때문이다. 넷째) 新撰姓氏錄에 의하면 所謂 蕃別系 「連(むらじ)・忌寸(いみき)」란 'かばね'는 주로 新羅系 技術陣 渡倭人들의 人名에서 많이 發見되는데 특히 「はた(秦・波多・幡陀・波太・八太・半太・判太・羽田)」 氏들의 人名에서 「連・忌寸」란 姓氏가 많다는 事實이 注目된다. 다시 말해서 新羅系 技術陣 渡倭人들은 모두가 玄海灘이란 '바다(海)를 건너간 사람들'이며, 所謂 '海部集団'과 더불어 日本땅에서 自己네들끼리 자연히 한 곳에 모여 살게 마련이며, 自己네들이 居住하는 地名에 대한 名稱도 自然히 自國語인 新羅語 [patɔr'海']를 가지고 命名했을 可能性을 排除할 수 없기 때문이다. 다섯째) 日本地名중 「波多津·波多津漁港·波多見港」 등의 表記例에서 보면 '波多(fata)'란 거의 모두가 '海岸地帶에 位置한 地

名'으로서 이것을 日本式 音仮名으로 읽으면 [fata]이지만, 이것을 그대로 우리의 吏讀 鄕札式으로 읽어 본다면 [pata]가 된다. 즉 '波'字는 東音에서 [pa]音이고, '多'字의 東音은 [ta]音이므로 '波多' 2字는 '海'를 나타내는 [pata]로 읽혀진다. 따라서 日本의 [fata'海']系와 우리의 [pata '海']系는 서로 音韻對應이 成立되므로 [fata]系는 新羅系 [patɔr '海']의 語末音 [ㄹ] 脫落形 [patɔ]系가 日本地名속에 [fata]로 音韻이 變化되어 受容된 것으로 推定되기 때문이다. 여섯째) 現代 日本人名인 「渡邊(わたなべ)·渡部(わたべ)·渡里(わたり)·和田(わだ)·和多(わだ)」 등의 表記例에서 示唆해 주는 바와 같이, [wada]氏는 「渡る·渡り」란 文字 그대로의 意味대로 「韓半島로부터 日本列島로 '바다(海)'를 건너간 사람들」의 後裔로 推定되는데 이들은 自己네들이 日本땅에서 한 곳에 모여 살면서 自己네들이 居住하는 地名에 대한 名稱에 있어서도 [wada]氏로 創氏했을 可能性을 排除할 수 없기 때문이다. 일곱째) 日本人學者중에는 「'わた(海)'」는 'うみ'의 古訓」이라고 흔히 말하는데 諸橋에 의하면 日本의 固有語에서 '海'를 나타내는 말로 'うみ'는 있어도 'わた'란 말은 없기 때문이다. 筆者는 「うみ(海)」가 日本의 固有語라면 「わた(海)」는 新羅系 借用語로서 [patɔr '海']가 變形·受容된 것으로 본다. 따라서 日本上代文獻(古事記·日本書紀·萬葉集·和名抄·風土記 등)에서 보이는 두가지 共存形 [うみ '海']와 [わた '海'] 중 [うみ]가 日本의 固有語라고 한다면 [わた]는 韓半島로부터 日本列島로 건너간 渡倭人 특히 海部族이 日本땅에 가지고 들어간 新羅系 借用語로 推定되기 때문이다.

(2) [fakata]란 地名에 日本側 文獻資料에서는 「伯太(はかた)·白太(はかた)·羽方(はかた)·博多(はかた)」 등 여러가지의 表記例가 보이는데 韓國側 文獻資料에서는 同一한 地名에 대하여 日本의 表記例와는 전

혀 다른 表記樣式으로 記錄된 것이 發見된다. 가령, 海東諸國記를 비롯하여 高麗史에서는 '博多'를 '覇家臺'로, 陽村集에서는 '朴加大'로, 그리고 華音方言字義解에서는 '覇家臺' 및 '博加大'로 各各 表記되어 있는데 이러한 「覇家臺·朴加大·博加大」 등의 表記例와 「博多」란 表記例는 兩側이 相互 一定한 音韻對應을 이루고 있어서 [fakata]에 대한 讀法과 그 語源에 대한 어떤 示唆를 해 주고 있다. 그렇게 볼 수 있는 論據는 첫째) 「覇家臺·朴加大·博加大」 3字를 日本式 音仮名로 읽으면 3者 모두가 [fa+ka+ta]로 읽혀지지만, 이것을 우리式 反切法을 適用해 읽어보면 「覇家·朴加·博加」 등 2字는 「反切上字 'ㅂ'+反切下字 'ㅏ'」의 2字合聲으로 [pa(바)]音이 되고 여기에 「臺·大」 1字는 [ta]音에 가까우므로 결국, 3字合聲하면 [pa+ta '海']란 2音節語로 各各 읽혀지기 때문이다. 日本地名을 表記함에 있어서 上代로부터 이러한 反切法을 利用한 事實은 이미 金沢庄三郎(1949 : 385)에 의해 밝혀진 바 있다. 둘째) '博多' 2字를 日本式 萬葉仮名으로 읽으면 [fa+ka+ta]의 3音節語가 되지만, 이것을 우리의 吏讀鄕札式으로 읽어 보면 [pa+ta]란 2音節語로 읽힌다. 즉 第1番字인 「博(pak)」에서의 入聲韻尾 [k]는 脫落되거나 無視되므로 [pa]音으로 읽히고, 第2番字인 '多'字는 [ta]音에 가까우므로 '博多' 2字는 [pa+ta '海']로 읽혀지기 때문이다.

(3) '広島県御調郡'에 있는 「白太(はかた)」나 '香川県三豊郡'에 있는 「羽方(はかた)」란 地名은 內陸地方에 位置하여 '海'를 나타내는 [fakata]의 一次的 地名 語源과는 無關하게 보일지 모르나 이것도 一次的 地名으로부터 轉移된 二次的인 地名으로 보여진다.

(4) [fakata]를 [fa(端) '岸']와 [kata(潟) '水流']로 分析해 보면 後續된 [kata]는 [wada '輪処']의 [ta '処']의 경우처럼, '어떤 場所를 나타내는 接尾語'로 쓰이는 경우가 많다. 따라서 [fakata]는 [fata '海']의 變

異形이요, [wada '海']는 [fata '海']가 音韻變化를 한 語形이기 때문에 [fata·wada·fakata] 등의 3者는 모두 '海'를 나타내는 新羅系 [patɔr '海']과 軌를 같이하는 新羅系 借用語로 推定된다.

7. 〔Kusi '串'〕의 表記樣式 및 그 語源

〔 1 〕

韓日 兩側의 史書에 있는 5世紀까지의 記錄을 본다면 兩國이 끊임없이 서로 往來하면서 接觸이 있어 왔다는 事實을 알 수 있다. 日本書紀에서는 4~5 世紀頃부터 大量의 技術者 · 知識人이 三國으로부터 倭에 건너가서 國造에서 活躍한 事實이 傳한다.[160] 原始宗敎를 비롯하여 生活面에서는 造船·土木·農生産에서부터 文化面에서는 美術·音樂·漢字漢文에 이르기까지 高度의 文化를 가지고 가서 그대로 日本땅에 定住한 것이다. 그들이 自己들끼리 한곳에 모여 살게 되고, 그들이 居住한 地名에 대한 名稱도 自國語로 命名했을 것이다. 특히 造船業을 비롯하여 海運 및 漁撈에 從事하는 所謂 海部集団 [161]이 居住한 地名表記例에서는 '海'를 나타내는 [wada·fata·fakata] 등이 보이는데, 이러한 地名이 新羅系 借用語임이 밝혀졌다. 周知하는 바와 같이, 이들 三國系 渡倭人들을 통하여 日本에 건너가서 日本地名속에 受容된 것으로 推定되는 韓系 借用語는 상당히 많은 편인데 「海(바다)」와 對稱語인 [mutsu '陸'][162]나 「섬(島)」을 나타내는 [sima '島']도[163] 韓系 借用語

---

160) 金思燁(1979), 記紀萬葉の朝鮮語, pp. 123-124 參照.
李鍾徹(1979), "日本에 傳授한 百濟의 漢字文化", pp. 147-153 參照.
______(1983), 鄕歌와 萬葉集歌의 表記法 比較 硏究 pp. 9-24 參照.

161) 丹羽基二(1982), 姓氏の語源, pp. 39-51 參照.
佐伯有清(1962), 新撰姓氏錄の硏究(本文篇), pp. 149-353 參照.

162) 李鍾徹(1995), "日本地名에 反映된 韓國系 語源 〔mutsu(陸)〕에 대하여", 李基文先生退任紀念論文集 參照.

로 推定한 바 있다.

本稿에서는 그 중에서 [kusi '串'] 만을 論議의 對象으로 삼은 것이다. [kusi '串']를 論議의 對象으로 한 動機는 첫째) 諸橋轍次(1969 : 一卷 319)에 의하면 '串'字에 대한 日本語의 古訓에는「1) 慣れる·慣う 2) 手形 3) 貫く·穿つ 4) ぜにさし·串刺し」란 말은 있어도 '岬角'의 意味를 나타내는「くし」란 古訓이 없는데, 日本地名表記例에서 보면, 어째서 '串'字를 [kusi]로 읽어서「クシ」로 表寫해 놓은 것인지 하는 疑問이 생긴 것이다. 둘째) 日本의 地名表記例를 살펴 보면 '작은 半島'라고 表現할 수 있는 所謂 '岬角'을 意味하는 말에는「~鼻(はな)·~首(くび)·~崎(さき)·~岬(みさき)·~串(くし)」 등이 있는데 그중 前3者는 日本側 地名表記에서만 쓰인 '岬角地名'을 나타내는 接尾語인데 反해서 後2者는 日本 地名表記例에서는 물론이고, 韓國側 地名表記에서도 그 表記例가 共通으로 보인다. 日本表記例에서 보면 岬角地名接尾인「岬(みさき)」와「串(くし)」가 兩者 相互 그 軌를 달리한 것임을 알 수 있다.「岬(みさき)」가 日本의 典型的인 岬角地名接尾語의 機能을 維持한 것이라면「串(くし)」는 그 接尾語의 구실을 잃고 名詞的 用法이 强化되면서 漢字語式 地名으로 改稱된 것이다. 韓國側 表記例를 보면 이와 反對로「串(곶)」은 岬角地名接尾語의 機能을 維持한데 反하여「岬(갑)」은 그 接尾語의 機能이 弱化되고 名詞的 用法이 强化되면서 漢字語로 地名이 改稱되어간 것이다.

本稿에서 筆者는 日本의 地名表記例에서 보이는 [kusi '串']는 韓國側 [koz '串']이 [kozi 또는 kuzi]로 開音節化(日本語化)하여 이것이 日

---

163) 李鍾徹(1995), "日本의 地名 및 人名에 反映된 百濟系 借用語〔sima(島)〕에 대하여", 南豊鉉教授回甲紀念論文集 參照.

本地名속에 [kusi]로 音韻이 變化되어 受容된 것으로 推定해 본 것이다.

[kusi '串']의 語源에 대한 從來 內外學者들의 主張을 要約·整理하여 再引用해 보면 다음과 같다.

1) 「'櫛(クシ)'의 原材의 産地」에서 由来된 것(邨岡良弼의 說)
2) 「冠岳神社의 祭神인 '櫛御氣之命(クシミケノミコト)'」에서 由来된 것(金思燁의 說)
3) 「海岸의 砂兵의 連續을 'クシ'라 稱한데서」 由来된 것(邨岡良弼의 說)
4) 「갈대가 무성한 場所」란 뜻의 아이누語에서 由来된 것(池田末則·丹羽基二의 說)
5) 「小半島·岬」 등이 'クシ'의 意味인데서 由来된 것(松尾俊郎의 說)
6) 「朝鮮語 [kos '串']과 同源이라 했다」(大野晋·佐竹昭広·前田金五郎의 說)
7) '串'은 朝鮮語 [コス '串']에서 由来된 것(谷川健一·金達壽의 說)
8) 「半島形으로 된 땅모양을 '串·岬'의 意味로 '고지' 또는 '구지'라고 한다고 했다」(朴甲千의 說)

1)의 「櫛(クシ)」가 訓仮名 [kusi]를 取하여 [kusi '串']를 나타낸 경우와, 正訓字 [kusi '串']를 나타내는 경우는 서로 表記様式이 軌를 달리하는 것이므로 [kusi '串']의 語源과는 距離가 먼 것으로 보아 筆者는 同意할 수 없다.

2)의 鬼神과 「櫛·串」를 結付시킨 主張도 '岬角地名語源'을 밝히는 作業과는 距離가 먼 것으로 筆者는 贊成할 수 없다.

3)의 '海岸의 砂丘'란 位置와 '岬角地帶'의 位置는 地形上 分明히 一致되지 않으므로 筆者는 同意할 수 없다.

4)의 アイヌ語 起源說도 筆者의 見解와는 距離가 멀다.

5), 6), 7), 8)의 主張은 筆者의 見解에 接近한 것이나 모두가 극히 斷片的인 言及에 不過했던 것도 事實이다.

本稿에서는 現代 日本地名例에 나타난 '岬角地名'의 接尾語인 「~鼻(はな)·~首(くび)·~崎(さき)·~岬(みさき)·~串(くし)」 등을 中心으로 하여 그 分布를 살펴 보고 日本側에서만 쓰인 日本 固有의 '岬角地名의 接尾語'와 兩側에서 共通으로 쓰인 '岬角地名을 나타내는 接尾語'를 選別하여 오직 [kusi '串'] 만은 日本의 固有語가 아니라, 韓系 借用語임을 밝혀 보려 한다.

本稿에서는 [1]은 序言을, [2]에서는 日本의 固有한 '岬角地名接尾語' 「~鼻·~首·~崎」에 대한 論議를, [3]에서는 「~岬」에 대한 論議를, [4]에서는 「~串」에 대한 論議를, 그리고 [5]에서는 以上의 論議된 內容을 要約하여 整理한 것이다.

〔 2 〕

日本地名表記例에서 '小半島' 즉 '바다로 뾰죽하게 내민 땅'을 가리키는 所謂 '岬角地名의 接尾語'를 모두 羅列해 보면 「~鼻(はな)·~首(くび)·~崎(さき)·~岬(みさき)·~串(くし)」 등 다섯 가지가 있다. 前3者는 주로 日本地名表記例에서만 나타난 것이고, 後2者는 日本地名表記例에서는 물론이고, 韓國側 地名表記例에서도 共히 發見되는 '岬角地名接尾語'인 것이다.

먼저, 日本側 地名表記例에서 小半島를 나타내는 岬角地名의 接尾語인 「~鼻(はな)」의 경우부터 살펴 보기로 한다.

A. 1-1 長崎鼻(ながさきばな) <千葉県>

1-2 松ケ鼻(まつがばな) <千葉県>

2. 城ケ鼻(じょがはな) <神奈川県 三浦市>

3-1 沢崎鼻(さわさきはな) <新潟県 佐渡島>

3-2 竹鼻(たけがはな) <新潟県中頸城郡柿崎町>

4 竹ケ鼻(たけがはな) <三重県 伊勢市>

5-1 長尾鼻(ながおばな) <鳥取県>

5-2 網代鼻(あじろのはな) <鳥取県>

6-1 魚待鼻(うおまちのはな) <島根県>

6-2 十六島鼻(うっぷるいはな) <島根県 平田市>

7-1 黑崎鼻(くろさきばな) <広島県>

7-2 長崎鼻(ながさきばな) <広島県>

8 岩屋の鼻(いわやのはな) <山口県>

9-1 長崎の鼻(ながさきのはな) <香川県>

9-2 大角鼻(おおかどのはな) <香川県 小豆島>

9-3 生石鼻(なまいしはな) <香川県 淡路島>

9-4 長者ケ鼻(ちょうじやがはな) <香川県>

9-5 沖の鼻(おきのはな) <香川県>

9-6 権県鼻(ごんげんばな) <香川県>

9-7 釈迦ケ鼻(しゃかがはな) <香川県>

9-8 鞍掛の鼻(くらかけのはな) <香川県>

9-9 赤鼻(あかはな) <香川県>

10-1 大崎ケ鼻(おおさきがはな) <愛媛県>

10-2 梶取の鼻(かじとりのはな) <愛媛県>

10-3 波妻鼻(はづまのはな) <愛媛県>

10-4 梶谷鼻(かじやばな) <愛媛県>

11 松ケ鼻(まつがばな) <高知県>

12-1 津崎鼻(つざきばな) <長崎県>
12-2 長崎鼻(ながさきばな) <長崎県>
12-3 海豚鼻(いるかばな) <長崎県>
13-1 長崎鼻(ながさきばな) <大分県>
13-2 松ケ鼻(まつがばな) <大分県>
14-1 戸崎鼻(とさきばな) <宮崎県>
14-2 鞍崎鼻(くらさきはな) <宮崎県>
14-3 鞍掛鼻(くらかけはな) <宮崎県>
15 長崎鼻(ながさきはな) <鹿児島県揖宿郡山川町>

B. 1 長崎鼻公園(ながさきばなこうえん) <鹿児島県>
2 長崎鼻古墳(ながさきばなこふん) <香川県>
3 竹ケ鼻(たけがはな) <滋賀県彦根市·福井県福井市>

윗 例 A 1-1~1-15 등에서 볼 수 있는 바와 같이,「~鼻(はな)」란 岬角地名接尾語의 分布는 위로 関東地方(千葉県·神奈川県)에서부터 中部地方(新潟県·三重県), 中国地方(鳥取県·島根県·広島県·山口県), 四国地方(香川県·愛媛県·高知県), 九州地方(長崎県·大分県·宮崎県·鹿児島県)에 이르기까지 많은 表記例가 있다. 그런데 A.group 地名이 주로 海岸地帶의 地名인데 반해 内陸地方의 地名속에서도「~鼻(はな)」의 接尾語가 붙은 地名이 더러 보인다. 윗 例 B. 1, 2, 및 3 등에서의「長崎鼻公園(ながさきばなこうえん)」나 「長崎鼻古墳(ながさきばなこふん)」나 「竹ケ鼻(たけがはな)」 등은 海岸地帶의 岬角地名이 아닌 경우다. B.group은 A.group의 一次的인 岬角地名에서부터 轉移되어 '岬角地名의 接尾語'의 機能을 喪失한 二次的인 地名 表記例로 보인다. 그런데, 韓國側 地名表記例에서는 '~鼻'字의 表記例는 發見되지 않으므로 이것은 오직 日本이 固有한 岬角地名接尾語로 推定된다. 濟州島 西歸浦

근처 「牛島 돈내코」란 地名이 있다. 즉 '돈내'란 「구불구불한 시냇물이 돌다」란 뜻이고 여기에 쓰인 '코'는 「陸地가 바다쪽으로 쑥 내민 곳」을 比喩한 발로, 이 '돈내코'는 日本의 岬角地名接尾語 '鼻'가 濟州道 地名表記에 逆輸入되어 借用된 경우로 推定한다.

다음에는 日本의 地名表記例에서 岬角地名의 接尾語 「~首(くび)」의 表記例의 살펴 보기로 한다. 이와 同一한 表記樣式을 取한 「~頸(くび)」의 表記例도 드물게 보인다.

a) 牛の首(うしのくび) <島根県>
b) 牛ケ首(うしがくび) <広島県>
c) 亀ケ首(かめがくび) <広島県>

d) 牛ケ首(うしがくび) <宮崎県>
e) 亀頸(かめがくび) <広島県安芸郡倉橋町>

윗 例 A. a)~d) 등에서 볼 수 있는 바와 같이 「~首(くび)」란 岬角地名接尾語의 分布는 위로 中国地方(島根県·広島県)으로부터 아래로 九州地方(宮崎県)에 이르기까지 그 表記例가 發見된다. 広島県安芸郡倉橋町에서는 岬角地名接尾辭 'くび'의 表記에 '頸'字를 用字한 表記例도 드물게 보인다. 그런데, 韓國側 地名表記例에서는 '~首'字의 表記例는 發見되지 않으므로 이것도 日本의 固有한 地名表記例의 岬角地名接尾語로 推定된다.

다음에는 岬角地名의 接尾語인 「~崎(さき)」의 表記例를 살펴 보기로 한다.

A. 16 大崎(おおさき) <北海道桧山郡上国町>

17-1 黑崎(くろさき) <青森県下閉伊郡普代村>

17-2 大戸瀬崎(おおどせざき) <青森県>

18-1 大崎(おおさき) <岩手県久滋市>

18-2 黑崎(くろさき) <岩手県下閉伊郡普代村>

18-3 狐崎(きつねざき) <岩手県 釜石市>

19 岩井崎(いわいざき) <宮城県氣仙沼市>

20-1 大崎(おおさき) <秋田県南秋田郡天王町>

20-2 黑崎(くろさき) <秋田県男鹿市>

21 犬吠崎(いぬぼうざき) <千葉県銚子市>

22 大崎(おおさき) <東京都品川区>

23-1 観音崎(かんのんさき) <神奈川県横須賀市>

23-2 稲村ケ崎(いなむらがさき) <神奈川県鎌倉市>

24 島崎(しまさき) <新潟県三島郡和島村>

25 黑崎(くろさき) <富山県富山市>

26-1 黑崎(くろさき) <石川県七尾市·加賀市>

26-2 赤崎(あかさき) <石川県輪島市>

27 赤崎(あかさき) <福井県敦賀市>

28 石廊崎(いしろうざき) <静岡県賀茂郡南伊豆町>

29 大崎(おおさき) <愛知県豊橋市>

30 安乗崎(あのりざき) <三重県志摩半島>

31 島崎(しまさき) <京都府宮津市>

32-1 黑崎(くろさき) <兵庫県揖保郡御津町>

32-2 赤崎(あかさき) <兵庫県美方郡浜坂町>

33-1 大崎(おおさき) <和歌山県下津町>

33-2 瀬戸崎(せどざき) <和歌山県>

34-1 大崎(おおさき) <鳥取県米子市>
34-2 赤崎(あかさき) <島根県安来市>
34-3 地藏崎(じぞうざき) <島根県八束郡美保関町>
35-1 大崎(おおさき) <岡山県玉野市>
35-2 黑崎(くろさき) <岡山県倉敷市>
35-3 赤崎(おかさき) <岡山県倉敷市>
36-1 大崎(おおさき) <広島県大崎町>
36-2 浦崎(うらさき) <広島県尾道市>
37-1 大崎(おおさき) <山口県防府市>
37-2 瀬戸崎(せどさき) <山口県長門市>

38-1 黑崎(くろさき) <徳島県鳴門市>
38-2 網代崎(あじろさき) <徳島県>
39 黑崎(くろさき) <福岡県北九州市>
40-1 大崎(おおさき) <長崎県長崎市·松浦市>
40-2 赤崎(あかさき) <長崎県諫早市>
40-3 志志伎崎(ししきざき) <長崎県平戸島>
40-4 魚釣崎(うおつりざき) <長崎県>
41-1 島崎(しまさき) <熊本県熊本市>
41-2 赤崎(あかさき) <熊本県天草郡有明町>
42 地藏崎(じぞうざき) <大分県北海部郡佐賀関町>
43-1 大崎(おおさき) <鹿児島県曾於郡大崎町>
43-2 大瀬崎(おおせざき) <鹿児島県>
44 浦崎(うらさき) <沖縄県国頭郡本部町>

B. 4 大崎(おおさき) <宮城県古川市·玉造郡岩出山町>
5-1 大崎(おおさき) <茨城県水海道市·岩井市>

5-2 島崎(しまさき) <茨城県行方郡牛堀町>

5-3 市崎(いちざき) <茨城県稲敷郡東村>

6-1 大崎(おおさき) <埼玉県浦和市>

6-2 赤崎(あかさき) <埼玉県北葛飾郡庄和町>

7 大崎(おおさき) <千葉県佐原市>

8 大崎(おおさき) <新潟県新井市·三条市·新発田市>

9 島崎(しまさき) <長野県諏訪市>

10 島崎(しまさき) <岐阜県各務原市>

11 大崎(おおさき) <静岡県引佐郡三ヶ日町>

12 大崎(おおさき) <愛知県豊川市·一宮市·宝飯郡旭町>

13-1 大崎(おおさき) <滋賀県·高島郡·マキノ町>

13-2 今崎(いまざき) <滋賀県八日市市>

14 黑崎(くろさき) <奈良県桜井市>

15 大崎(おおさき) <兵庫県氷上郡氷上町>

16 大崎(おおさき) <島根県大原郡加茂町>

17 今崎(いまさき) <岡山県和氣郡吉永町>

18 大崎(おおさき) <高知県吾川郡吾川村>

19 市崎(いちざき) <福岡県福岡市>

20 大崎(おおさき) <佐賀県杵島郡北方町>

21 黑崎(くろさき) <長崎県諫早市>

윗 例 A. 16~44에서 볼 수 있는 바와 같이 「~崎(さき)」의 分布는 北海道로 부터 東北地方(青森県·岩手県·宮城県·秋田県), 関東地方(千葉県·東京都·神奈県), 中部地方(新潟県·富山県·石川県·福井県·静岡県·愛知県·三重県), 近畿地方(京都府·兵庫県·和歌山県), 中国地方(鳥取県·島根県·岡山県·広島県·山口県), 四国地方(徳島県), 九州地方(福岡県·長崎県·熊本県·大分県·鹿児島県)에 이르기까지 골고루 分布되어 있다.

그런데, 日本地名表記例에서는 內陸地方의 地名에서도 岬角地名을 나타내는 「~埼(さき)」가 接尾된 경우가 보인다.

윗 例 B. 4~21에서 例示된 地名은 본래 海岸地帶에 位置한 A.group의 岬角地名接尾語로부터 二次的으로 轉移되어 本來의 岬角地名의 接尾語의 機能을 喪失한 것으로 보인다. 이런 機能의 喪失 原因은 岬角地名接尾語가 二重的으로 重疊된 表記樣式에서 찾을 수 있다.

A. 45 牛の首 岬(うしのくび みさき) <青森県>
46 汐首 岬(しおくび みさき) <北海道亀田郡戸井町>
47 鳥ケ首 岬(とりがくび みさき) <新潟県上越市>
48 鹿の首 岬(かのくび みさき) <徳島県>

B. 22 戸崎 鼻(とさき ばな) <宮崎県>
23 津崎 鼻(つさき ばな) <長崎県>
24 黑崎 鼻(くろさき ばな) <広島県>
25 長崎 鼻(ながさき ばな) <長崎県·鹿児島県·広島県·大分県·千葉県>
26 館鼻 崎(たてばな さき) <宮城県>

A. 45~48은 接尾語 「~首(くび)」와 「~岬(みさき)」가 重複 添記되어 先行語 「~首(くび)」는 사실상 岬角地名을 나타내는 機能을 後行하는 「~岬(みさき)」에게 넘겨주고 自身은 그 機能을 잃어 버린 것으로 보인다.

가령, A. 45에서의「牛の首岬(うしのぐび みさき)」은 '首'字와 '岬'字가 二重的으로 添記된 複字構造의 表記樣式인데 島根県에선「牛の首」의 '首'字의 單字構造의 表記例도 있다. 이와 마찬가지로 A. 46에서도「汐首岬(しおぐび みさき)」는 '首'字와 '岬'字가 二重으로 添記된 複字構

造의 表記様式인데 北海道에서는 「汐首(しおくび)」란 '首'字의 單字構造의 表記例도 있다. 單字構造의 '首(くび)'字는 岬角地名接尾語의 機能을 가진데 반해서 複字構造인 '首岬(くびみさき)'의 경우에는 先行語인 '首'는 그 接尾語의 機能을 後行語인 '岬'에게 넘겨주고 自身은 그 機能을 喪失한 것으로 보인다.

이러한 現象은 B. 22~25의 경우에서도 마찬가지다. 單字構造인 '鼻'字는 岬角地名接尾語로서의 機能을 가진데 反해서 複字構造의 表記様式인 「崎鼻(さきばな)」의 경우, 先行語인 「崎(さき)」字는 後行語인 「鼻(はな)」에게 岬角地名接尾語의 機能을 讓步하고 自身은 그 機能을 잃게 된 것으로 보인다. B. 26의 경우에서는 複字構造의 語順이 바뀐 「鼻崎(はなさき)」의 경우로 後行語인 '崎'字 쪽에 岬角地名接尾語의 機能이 있고 先行語인 '鼻'字 쪽에서는 그 機能이 喪失된 경우로 推定된다.

以上을 要約·整理해 보면 「~鼻(はな)·~首(くび)」란 岬角地名接尾語는 人體의 部位를 象徵하여 造語된 日本의 固有한 接尾語로서 日本側에서만 오직 사용된 岬角地名接尾語로서 韓國側에서는 이와같이 人體部位를 가지고 岬角을 나타내는 地名表記例는 發見되지 않는다.

〔 3 〕

本項에서는 前述한 [2]의 경우와는 달리, 日本側 地名에서 뿐만 아니라, 韓國側 地名表記例에서도 보이는 韓日兩側의 共通된 '岬角地名의 接尾語'가 있는데 그것이 바로 「岬(みさき)」와 「串(くし)」인 것이다.

먼저 「岬(みさき)」의 表記例부터 살펴 보기로 한다.

A. 49-1 青苗岬(あおなえみさき) <北海道奥尻島>
49-2 恵山岬(えさんみさき) <北海道>
49-3 落石岬(おちぃしみさき) <北海道>
49-4 雄冬岬(おふゆみさき) <北海道>
49-5 神威岬(かむぃみさき) <北海道>
49-6 宗谷岬(そうやみさき) <北海道>
49-7 茂津多岬(もつたみさき) <北海道>
49-8 能取岬(のとりみさき) <北海道>
49-9 知床岬(ちしょうみさき) <北海道>
49-10 襟裳岬(もりもみさき) <北海道>
49-11 地球岬(ちきゅうみさき) <北海道>
49-12 白神岬(しらかみみさき) <北海道>

50-1 八幡岬(はちまんみさき) <千葉県>
50-2 刑部岬(きょうぶみさき) <千葉県海上郡飯岡町>
51 眞鶴岬(まなづるみさき) <神奈川県>

52-1 猿山岬(さるやまみさき) <石川県>
52-2 珠洲岬(すずみさき) <石川県>
53 観音岬(かんおんみさき) <新潟県刈羽郡刈羽村>
54 越前岬(えちぜんみさき) <福井県丹生郡越前町>
55 伊良湖岬(いらごみさき) <愛知県>
56 田曾岬(たそみさき) <三重県>

57 和田岬(わだみさき) <兵庫県神戸市>
58 潮岬(しおのみさき) <和歌山県西牟婁郡串本町>

59-1　宇部岬(うべみさき) <山口県>
59-2　川尻岬(かわしりみさき) <山口県>
59-3　神田岬(かんだみさき) <山口県>
59-4　高山岬(こうやまみさき) <山口県>

60　室戸岬(むろとみさき) <徳島県>
61　佐多岬(さたみさき) <愛媛県>
62-1　井岬(いのみさき) <高知県>
62-2　足摺岬(あしずりみさき) <高知県>

63　鍾岬(かねのみさき) <福岡県宗像郡玄海町>
64　都井岬(といみさき) <宮崎県>
65-1　野間岬(のまみさき) <鹿児島県>
65-2　永田岬(ながたみさき) <鹿児島県>
65-3　田皆岬(たみなみさき) <鹿児島県>
66　喜屋武岬(きやんみさき) <沖縄県糸満市>

윗 例 A. 49-1~66 등에서 例示된 바와 같이, 「岬(みさき)」의 分布는 위로 北海道(用例 49-1~49-12)로부터 関東地方(千葉県·神奈川県), 中部地方(石川県·新潟県·福井県·愛知県·三重県), 近畿地方(兵庫県·和歌山県), 中国地方(山口県), 四国地方(徳島県·愛媛県·高知県), 九州地方(福岡県·宮崎県·鹿児島県·沖縄県)에 이르기까지 널리 퍼져 있어서 前述한 「~崎(さき)」와 더불어 岬角地名을 나타내는 가장 一般的이고 典型的인 接尾語임을 알 수 있다. [misaki]란 表記에는 正訓字 '岬'을 用字한 경우 以外에도 여러가지 表記様式이 發見된다.

a) 美岬(みさき) <北海道網走市·石川県加賀市>

b) 御崎(みさき) <北海道岩内郡岩内町·大阪府大阪市·兵庫県赤穂市·鳥取県西伯郡中山町>

c) 三崎(みさき) <山形県飽海郡遊佐町·千葉県銚子市·神奈川県三浦市·石川県珠洲市·三重県木曾岬村·熊本県玉名郡岱明町>

d) 三先(みさき) <大阪府大阪市>

e) 三咲(みさき) <千葉県船橋市>

f) 美咲(みさき) <北海道斜里郡斜里町>

윗 例에서 例示한 바와 같이 a)에서는 [misaki]란 表記에 「音仮名+正訓字」로, b) 및 c)에서는 「訓仮名+正訓字」로, d) 및 e)에서는 「訓仮名+訓仮名」 그리고 f)에서는 「音仮名+訓仮名」로 그리고 各各 表記樣式을 달리한 것이다. a)~f)에서 具書로 쓰인 「三(み)·御(み)·美(み)」字를 除外한다면 語基인 [saki]는 '崎'字이거나 '岬'字로 이 둘은 서로 對應例로 볼 수 있으며 現在 日本地名表記例에서 보더라도 「~岬(みさき)」를 [saki]로 읽은 경우도 많이 發見된다.

가령, 「千葉県安房郡天津小湊町」에 있는 「入道ケ岬(にゅうどうがみさき)」란 地名에서는 '岬'字를 [misaki]로 읽었지만, 「秋田県男鹿市」에 있는 「入道岬(にゅうどうざき)」란 同一한 地名에서의 '岬'字를 [saki]로 읽기도 했다.

다음에는 其他의 地名表寫資料에서 '岬'字를 [saki]로 읽은 경우를 例示해 보기로 한다.

ㅇ稲穂岬(いなほさき) <北海道奥尻島>

○ 八幡岬(はちまんざき) <千葉県勝浦市>
○ 手結岬(ていさき) <高知県>
○ 行当岬(ぎょうどうざき) <高知県室戸市>
○ 輿津岬(おきつざき) <高知県幡多郡窪川町>
○ 部瀬名岬(ぶせなざき) <沖縄市·名護市>

上記例에서 볼 수 있듯이, 現在 日本地名表寫資料에서 보면 '岬'字를 [ミサキ]나 [サキ(ザキ)]로 混用하여 읽고 있음을 確認할 수 있다.

落合重信(1984 : 46-62)은 당시 西日本과 南部朝鮮은 同一한 文化圈에 속해 있었으므로 이 「~崎(saki)」의 語源을 다음 두가지 [sata]의 意味로 認識하고, 이것이 당시 南部朝鮮의 한 古地名인 「沙陀(sata)」와 同軌의 '~岬'의 뜻으로 推定한 것이다. 첫째) [sata]는 柳田国男의 主張(定本柳田国男集 第27巻 p. 190)을 引用하여 '岬의 이름' 중에는 [サダ]가 많다는 點을 例示했다. 가령, 土佐国의 「蹉陀(サダ)」나 大隅国의 「佐多崎(サダサキ)」나 伊予国의 「佐田鼻(サダバナ)」나 出雲国의 「佐陀(サダ)」 등이 모두 岬端을 意味하는 말로 「サダ=岬」임을 確認할 수 있다고 했고 둘째) [sata]는 天孫降臨의 神話속에 나오는 '猿田彦'이 原來는 [サルダヒコ]가 아니라, [サダヒコ]였었을 것이고 여기서 [サダ]에 '先導하는 意味'가 있어서 '先端'인 [ミサキ]의 意味와도 서로 相通한데서 비롯된 것이라고 했다. 또 松岡靜雄(1939 : 408)은 万葉集歌 「2732·3029」의 「左太の浦」에서의 「左太(サダ)」와 出雲風土記 国引条의 「北門の佐伎の国」에서의「佐伎(サキ)」 등을 引用해서 'サダ'가 '崎'의 地形에 의한 것을 나타내는 有力한 資料로 보고 「左太の浦」에 關聯해서 'サダ'는 「伊豫·土佐·大隅의 'サダ'」의 岬와 함께 'サキ'의 同義語일 것이라 했다. 'サ'는 '先'의 意味이고, 'キ'와 'ト'('タ'는 그 音便)

는 同義語로 언제나 '處'를 뜻한다고 했다. 그러나 'サダ'에서 'サキ'로 바뀐 것이라는 主張에는 역시 問題가 있다고 했다. 落合重信(1984 : 46-62)은 當時 西日本과 南部朝鮮이 同一한 文化圈에 속했다는 事實에 重點을 두고 末松保和가 推定해 놓은 南部朝鮮의 古地名인 「沙陀」에서 'サダ'의 地名語源을 찾으려고 했다(任那より百濟へ割讓の四郡位置図參照)

그런데, 韓國側 地名表記例에서는 '곶'의 意味를 나타내는 岬角地名의 接尾辭로는 大部分의 경우 '串'字의 用字例만 많이 볼 수 있을 뿐, '岬'字의 用字例는 오히려 드문 편이다. 大東與地圖에서 忠州에 있는 「烏岬(오갑)」과 高麗史에서 宋岳郡養子洞에 있는 「摩訶岬(마가갑)」만이 岬角地名의 接尾語로 쓰였을 뿐이다. '岬'字는 '岬角地名接尾語'로 쓰였다기보다는 名詞的 用法으로 쓰여서 「岬(みさき)」를 岬角地名接尾語로 쓰인 日本의 表記例와는 對照的인 것이다. '全羅南道 長城郡'을 三國史記에서는 '古尸伊縣(고지縣)'이라 불렀는데, 新羅의 景德王때 漢字語로 改稱하여 「岬城郡(갑성군)」이라 부른 것이다. 여기서 漢字語 '岬'字에 對應되는 우리의 固有語는 「고지(古尸伊)」[164]임을 알 수 있다. 京畿道江華郡江華邑에 있는 地名인 「甲比 古次(가비 고지)·甲比古次津(가비 고지 나루)」 등은 본래 高向麗때 地名이었는데 新羅 景德王때 「甲串·甲串津」이란 漢字語로 改稱해 놓은 것이다. 여기서 「가비(甲比)」[165]는 「岬 '갑'」에, 그리고 「고지(古次)」[166]는 「串 '곶'」에 各

---

164) '古尸伊'에서 第1番字는 〔ko〕로 읽히고 第2番字 '尸'와 第3番字 '伊'는 2字合聲하여 〔si〕란 '音'을 나타낸다. 다시 말해서 '尸'는 反切上字인 〔s〕가 되고 '伊'는 反切下字인 〔i〕가 되어 이 2字合聲이 〔si〕인 故로 '古尸伊'는 〔kosi(또는kozi)〕로 읽혀진다.

165) '甲比'는 〔kappi〕가 아니라 〔kapi〕로 읽혀진다. 吏讀 鄕札式 讀法에서 〔kap '甲'〕의 入聲韻尾 〔p〕은 無視되거나 읽지 않으므로 '甲比'의

各 對應되는 것임을 認識할 수 있다. 그런데 이 '岬'字는 흔히 다음 表記例에서 볼 수 있는 바와 같이 '甲'字를 代用하기도 했다. 가령,

o	甲村(갑촌)	<忠淸道公州牧>	* 岬村
o	甲鄕(갑향)	<全羅道潭陽郡>	* 岬鄕
o	甲峴(갑현)	<慶尙道新寧縣>	* 岬峴
o	甲火良谷(갑벌곡)	<慶尙道梁山郡>	* 岬火谷
o	甲山(갑산)	<慶尙道草溪郡>	* 岬山
o	甲岩(갑암)	<平安道昌成郡>	* 岬岩
o	甲州(갑주)	<咸鏡道甲山都護府>	* 岬州

(*표는 筆者가 再構한 것임)

윗 例에서 처럼 「甲(*岬)」[167]은 漢字語로서 名詞的 用法으로 쓰여서 '岬角地名의 接尾語'로서의 機能은 完全히 喪失한 경우다.

따라서, 日本側 「~岬(みさき)」와 우리側의 「岬(갑)」은 地名表記 受容過程에 있어 兩側이 서로 그 軌를 달리한 것으로 보인다. 왜냐하면 첫째) 日本側 地名表記例에서 「~岬(みさき 또는 さき)」와 「~崎(さき)」가 '岬角地名의 接尾語'의 機能이 있는데 반해서, 韓國側에서는 岬角地名接尾語로 '岬'字만을 受容했을 뿐이다. '崎'字는 단 1個의 表記例도 發見되지 않으므로 上述한 落合重信가 主張하는 「sata(佐田·佐多·

讀法은 〔kapi〕인 것이다. '岬(갑)'의 韓國方言形 '가비' 參照.

166) '古次'에서 第1番字인 '古'字는 〔ko〕로, 第2番字인 '次'는 古代音이 〔zi〕로 推定되므로 〔kozi '串'〕을 나타낸 말.번

167) '岬(갑)'의 方言形 '가비'의 表記에 '甲比'를 用字한 點으로 미루어, 韓國의 地名表記例에서 「岬(갑)」字와 「甲(갑)」字는 相通한 것으로 推定된다.

佐太)」의 「崎(さき)와의 同源說」에는 筆者도 同意할 수 없다. 둘째) 末松의 推定地名図에 南部朝鮮의 古地名이라는 「沙陀(サダ)」는 海岸地帶에 位置한 것이 아니고, 內陸地帶에 位置했으므로 日本側 地名表記例에서 海岸地帶를 나타내는 岬角地名接尾語 [sata(佐田·佐多·佐太)]와는 根本的으로 軌를 달리하는 것으로 보인다. 셋째) 落合(1984 : 55)은 古代文獻語 以前의 日本語가 地名에 남았던 例로 「サダ=岬」이 死語化해서 '崎'에 그 자리를 넘겨 준 것으로 推定했으나 韓國側 地名表記例에서 「岬(갑)」과 「串(곶)」字는 보이나 '崎'字의 表記例는 단 1例도 發見되지 않으므로 그의 主張대로 「サダ=岬」의 仮說에는 同意할 수 없다.

넷째) 周知하는 바와 같이, 日本 上代文獻인 古事記·日本書紀·萬葉集·風土記 등의 注釈에서는 古代韓國語로 推定되는 것이 상당히 많이 收錄되어 있는데, 만약, [saki]가 [sata]와 同系語源이라고 한다면 「サダ=岬」를 입증할 論據가 發見되어야 하는데 그러한 것이 없기 때문이다.

다섯째) [misaki]란 表記様式은 여러가지가 있는데 가령, 正訓字인 '崎'字나 '岬'字 以外에도 「音仮名+正訓字」의 様式인 「美岬(みさき)」로, 「訓仮名+正訓字」의 様式인 「御崎(みさき)」로, 「音仮名+訓仮名」인 「美咲(みさき)」로, 그리고 「訓仮名+訓仮名」인 「三先(みさき)」나 「三送(みさき)」 등에서 볼 수 있듯이 [misaki]에서 [saki]에 先行語 [mi(御·三·美)] 등은 單純한 美稱을 나타내는 接尾語에 不過한 것으로 그말의 語基는 [saki]인 것으로 日本語의 경우, [saki]와 [misaki]의 兩者는 서로 相通되는 日本의 固有語로서 韓國側 '岬'과는 전혀 軌를 달리하는 '岬角地名의 接尾語'로 推定되기 때문이다.

그런데, 日本地名表記例에서는 '內陸地方의 地名'에서도 岬角地名을

나타내는 '崎'字가 接尾된 경우가 例外的으로 많이 보인다.

B. 27. 三崎(みさき) <北海道虻田郡京極町·福井県円生郡織田町·鳥取県西伯郡会見町·岡山県·眞庭郡久世町>
28. 水崎(みさき) <徳島県那賀郡上那賀町>
29. 見崎(みさき) <山形県山形市>
30. 美咲(みさき) <山梨県甲府市>

윗 例 B.27~30에서 例示된 地名은 海岸地帶에 位置한 A.16~44의 岬角地名接尾語로부터 二次的으로 '地名의 移動'을 거쳐 '岬角地名의 接尾語'의 機能이 喪失된 것으로 보인다.[168] 이러한 機能의 喪失 原因은 岬角地名接尾語가 二重的으로 重疊된 表記樣式에서 찾을 수 있다. 앞에서 例示된 B.22~25 등에서는 岬角地名接尾語인 '崎'와 '鼻'가 二重으로 重疊·添記되어 先行한 '崎'는 事實上 岬角地名의 接尾語의 機能을 後行하는 '鼻'에게 넘겨주고 自身은 그 機能을 잃어버린 것으로 보인다. B.26의 경우는 '鼻'字와 '崎'의 順序가 뒤바뀐 경우로 B.22~25의 경우와는 正反對로 先行한 '鼻'는 後行하는 '崎'에게 接尾語의 機能을 讓步하고 自身은 그 機能을 잃게 된 것으로 推定된다. 이것은 前述한 A.group의 '首'와 '岬'가 重複添記되어 先行語의 '首'가 後行하는 '岬'에게 岬角地名을 나타내는 接尾語의 機能을 넘겨 준 경우와 一致된다고 하겠다.

---

168) 金沢庄三郎(1950), '地名の移動' p.463(「地名の研究」) 參照.
周防国의 '周防'를 文武天皇 2年紀에서는 「周芳(すは)」로, 그리고 信濃国의 諏訪郡의 '諏訪'을 大化改新前에는 「須羽(すは)」로 各各 稱함.

〔 4 〕

韓日 兩側의 地名表記例에서 ‘串’字는 그 用字例가 매우 豊富하게 發見된다. 韓國側 地名에서 ‘곶’의 表記에 ‘串’字를, 그리고 ‘갑’의 表記에 ‘岬’字를 各各 用字한 것처럼, 日本側 地名에서도 ‘くし’의 表記에 ‘串’字를, 그리고 ‘みさき’의 表記에 ‘岬’字를 各各 用字하는 方式에서 一致點이 있다. ‘岬’字의 用字例에 관하여는 이미 [3]에서 前述한 바 있으므로 本項에서 ‘串’字의 兩側 表記例를 살펴 보기로 한다.

먼저 韓國側 地名表記例를 例示해 보면

A. 67　穿串(천곶) <咸鏡道利城縣>

68-1　可串(가곶) <平安道甑山縣>
68-2　吾道串(오도곶) <平安道宣川郡>
68-3　牛耳串(우이곶) <平安道宣川郡>
68-4　仍朴串(잉박곶) <平安道定州牧>
68-5　砧串(침곶) <平安道江西縣>
68-6　炭串(탄곶) <平安道甑山縣>

69-1　間斯津桃串(간사진도곶) <黃海道安岳郡>
69-2　儿串(궤곶) <黃海道長淵郡>
69-3　吉串(길곶) <黃海道長淵郡>
69-4　大串(대곶) <黃海道長淵郡>
69-5　碓串(대곶) <黃海道長連縣>
69-6　桃串(도곶) <黃海道安岳郡>

69-7 冬羅串(동라곶) <黃海道長淵郡>
69-8 寺串(사곶) <黃海道安岳郡>
69-9 小串(소곶) <黃海道安岳郡>
69-10 薪串(신곶) <黃海道長淵縣>
69-11 阿斯津松串(아사진송곶) <黃海道長連縣>
70-1 桑串(상곶) <京畿道通津縣>
70-2 鐵串(철곶) <京畿道江華都護府>
70-3 甲串津(갑곶진) <京畿道通津縣>
70-4 石串浦(석곶포) <京畿道交河縣>
70-5 月串鎭(월곶진) <京畿道江華都護府> <京畿道喬桐縣>
70-6 長串津(장곶진) <京畿道交河縣>
70-7 長串鎭(장곶진) <京畿道江華都護府>

71-1 靈津串(영진곶) <江原道高城郡>
71-2 竹邊串(죽변곶) <江原道蔚珍縣>

72-1 多修山串(다수산곶) <忠淸道泰安郡>
72-2 大山串(대산곶) <忠淸道洪州牧>
72-3 孟串(맹곶) <忠淸道唐津郡>
72-4 安眠串(안면곶) <忠淸道瑞山郡>
72-5 栗串(율곶) <忠淸道瑞山郡>
72-6 梨山串(이산곶) <忠淸道泰安郡>
72-7 長背串(장배곶) <忠淸道庇仁縣>
72-8 興陽串(홍양곶) <忠淸道洪州牧>

73-1 柯乙串(가을곶) <慶尙道巨濟縣>
73-2 訥逸串(눌일곶) <慶尙道巨濟縣>
73-3 凍川串(동천곶) <慶尙道南海縣>
73-4 末乙上串(말을상곶) <慶尙道固城縣>

73-5 汝火串(여화곶) <慶尙道漆原縣>
73-6 帝釋串(제석곶) <慶尙道東萊縣>
73-7 住岳串(주악곶) <慶尙道固城縣>
73-8 海平串(해평곶) <慶尙道固城縣>

74-1 唐串(당곶) <全羅道務安縣>
74-2 白也串(백야곶) <全羅道順天都護府>
74-3 上堂串(상당곶) <全羅道珍島郡>

31 壓戎串(압융곶) <咸鏡道安邊都護府>
32-1 貴林串(귀림곶) <平安道三和縣>
32-2 石串(돌곶) <平安道平壤府>
32-3 所串(소곶) <平安道龜城郡>
32-4 鎭兵串(진병곶) <平安道義州牧>

33-1 沙串(사곶) <黃海道海州牧>
33-2 臥火串(와화곶) <黃海道鳳山郡>
33-3 芿串(잉곶) <黃海道延安都護部>
33-4 皮串(피곶) <黃海道海州牧>
33-5 黃柄串(황병곶) <黃海道鳳山郡>

34-1 槐台吉串(괴대길곶) <京畿道水原都護府>
34-2 毛月串(모월곶) <京畿道富平都護府>
34-3 彌之串(미지곶) <京畿道南陽都護府>
34-4 陽也串(양야곶) <京畿道水原都護府>
34-5 吾乙未串(오을미곶) <京畿道水原護府府>
34-6 注火串(주화곶) <京畿道富平都護府>
34-7 八羅串(팔라곶) <京畿道水原都護府>
34-8 洪源串(홍원곶) <京畿道水原都護府>

35-1 非方串(비방곶) <忠淸道德山縣>
35-2 外也串(외야곶) <忠淸道稷山縣>
35-3 吐串(토곶) <忠淸道恩津縣>

36 退串(퇴곶) <慶尙道安東大都護府>

37 箭串(살곶이) <漢城府>

윗 例 A.67~74-3에서 例示한 바와 같이, 「~串(곶)」의 分布는 위로 咸鏡道地方(穿串)으로부터 平安道地方(甑山·宣川·定州·江西), 黃海道地方(安岳·長淵·長連), 京畿道地方(江華·交河·通津·喬桐), 江原道地方(高城·蔚珍), 忠淸道地方(泰安·洪州·唐津·瑞山·庇仁), 慶尙道地方(巨濟·南海·固城·漆原·東萊) 및 全羅道地方(務安·順天·珍島) 등 西海岸·南海岸地帶에서는 相當히 豊富하게 分布되어 있으나, 江原道 및 慶尙道의 東海岸方面에서는 地形의 생김새가 單調롭기때문에 岬角地名의 接尾語가 西海岸·南海岸에 비해 드문 편이다. 그런데, 윗 例 B.31-37 등에서 例示한 바와 같이 '串'字로 表記한 地名중에는 海岸地帶가 아닌, 內陸地帶의 地名임에도 不拘하고 岬角地名의 接尾語인 「~串(곶)」字가 쓰인 用例다. 이와 같이 內陸地帶의 地名表記例에 登場된 '串'字는 海岸地帶를 나타내는 一次的인 岬角地名接尾語로부터 '地名의 移動'을 거쳐 二次的으로 轉移되어 그 接尾辭의 機能을 完全히 喪失하게 된 것으로 보인다. 왜냐 하면 內陸地帶의 地名表記例중에는 B.group(31~37)의 '串'의 單字構造가 있고, '串'에 「浦」나 「津」가 各各 後接하여 '串浦'나 '串津'의 複字構造의 表記樣式이 있는데 이 複字構造를 造成할 경우, 先行語인 '串'가 後行語인 '浦'나 '津'에게 그 接尾語의 機能을 讓步하고

自身은 岬角地名의 接尾語의 機能을 잃어버렸기 때문이다. 가령, 「石串浦(京畿道交河縣)·吾乙末串浦(忠淸道平澤縣)·鐵串浦(京畿道陽川縣)」 등에서의 '串'과 '浦'의 複字構造의 경우나 「所串津(平安道寧邊大都護府)·栗串津(黃海道鳳山郡·載寧郡)」 등에서의 '串'과 '津'의 複字構造의 경우가 바로 그것이다.

그런데 이 '串'字가 岬角地名을 나타내는 接尾語가 아니라, 名詞的 性格을 지닌 漢字語 '串(관)'으로 읽혀지는 地名表記例도 드물게 보인다. 가령,

ㅇ串岬院(관갑원) <慶尙道聞慶県>
ㅇ串餘嶺(관여령) <咸鏡道高原郡>
ㅇ串亦江津嶺(관역강진) <平安道泰川県>
ㅇ串川(관천) <慶尙道咸昌県>

윗 例에서 볼 수 있는 바와 같이, '串'字는 岬角地名의 接尾語의 機能이 喪失되고 名詞的 性格을 지닌 漢字語 '串(관)'으로 읽혀지는 경우다.

다음에는 日本地名에서 「~串(くし)」字의 表記例를 살펴 보기로 한다.

A. 75　串浜(くしはま) <千葉県勝浦市>

76-1 串(くし) <石川県小松市>
76-2 串茶屋(くしちゃや) <石川県小松市>
77　串岡(くしおか) <富山県高岡市>
78　串野(くしの) <福井県福井市>

79-1 串本(くしもと) <和歌山県西牟婁郡串本町>
79-2 串本港(くしもとこう) <和歌山県西牟婁郡串本町>

80-1 串田(くしだ) <岡山県倉敷市>
80-2 小串(こぐし) <岡山県岡山市>
81-1 串浜漁港(くしはまぎょこう) <広島県>
81-2 串戸(くしど) <広島県廿日市市>
82-1 串崎村(くしさきむら) <山口県下関市>
82-2 串村(くしむら) <山口県宇部市>

83 串(くし) <愛媛県越智郡弓削町·伊予郡双海町·西宇和郡三崎町>

84-1 串(くし) <佐賀県東松浦郡鎮西町>
84-2 串浦漁港(くしうらぎょこう) <佐賀県東松浦郡鎮西町>
85-1 串山鼻(くしやまのはな) <長崎県>
85-2 串山(くしやま) <長崎県南高来郡小浜町>
86 串間(くしま) <宮崎県串間市>
87-1 串木野港(くしきのこう) <鹿児島県>
87-2 串木野(くしきの) <鹿児島県串木野市>

윗 例 A.75~87-2에서 볼 수 있듯이 「~串(くし)」의 分布는 위로 関東地方(千葉県)으로부터 中部地方(石川県·富山県·福井県), 近畿地方(和歌山県), 中国地方(岡山県·広島県·山口県), 四国地方(愛媛県), 九州地方(佐賀県·長崎県·宮崎県·鹿児島県)에 이르기까지 주로 日本列島의 南部인 西日本쪽에 퍼져 있다.

이밖에도 [kusi '串']란 表記에 「久志(くし)·久司(くし)·具志(ぐし)·久

慈(ぐし)」 등을 借字하기도 했다. 가령,

88　久志村(くしむら) <鹿児島県大島郡徳之島町>
89　久志浜(くしはま) <京都府>
90　久志浦(くしうら) <鹿児島県>
91　久司浦(くしうら) <愛媛県越智郡弓削町>
92　具志川村(ぐしかわむら) <沖縄県国頭郡本部町>
93　具志頭村(ぐしかみそん) <沖縄県, 島尻郡>
94　具志川市(ぐしかわし) <沖縄県>
95　櫛形町(くしがたちょう) <山梨県中巨摩郡>
96　櫛形村(くしがたむら) <三重県津市>

윗 例 88~90 등은 「音仮名'久(ku)'+音仮名'志(si)'」로, 91은 「音仮名'久(ku)'+音仮名'司(si)'」로, 92~94 등은 「音仮名'具(gu)'+音仮名'志(si)'」로, 그리고 95~96 등은 「訓仮名'櫛(kusi)'」로 各各 [kusi '串']를 나타낸 表記例다.

그런데, '串'字로 表記된 地名 중에는 海岸地帶의 地名이 아닌, 內陸地帶의 地名인데 '串'字의 表記例가 例外的으로 發見된다. 가령,

B. 31　串(くし) <和歌山県西牟婁郡大塔村·山口県佐波郡徳地町>
32　串作(くしつくり) <愛知県一宮市·埼玉県加須市>
33　串崎新田(くしざきしんでん) <千葉県松戸市>
34-1　串橋(くしはし) <神奈川県伊勢原市>
34-2　串橋郷(くしはしのごう) <神奈川県伊勢原市>
35-1　串川(くしがわ) <神奈川県>

35-2　串川村(くしがわむら) <神奈川県, 津久井郡津久井町>

36-1　串田(くした) <富山県射水郡大門町>

36-2　串田新(くしたしん) <富山県射水郡大門町>

37　串原(くしはら) <岐阜県恵那郡串原村>

38　串毛村(くしげむら) <福岡県八女郡黑木町>

39　串良(くしら) <鹿児島県肝属郡串良町>

40　串引(くしひき) <埼玉県大宮市>

前述한 A.group(75~87-2)에서의 '串'字가 海岸地帶에 位置한 漢字語式 岬角地名임에 反하여, 윗 B.group(31~40) 등에서의 '串'字는 內陸地帶에 位置하여 岬角地名과는 아무런 關聯이 없는, 名詞的 用法으로 轉移된 漢字語式 地名의 表記例인 것이다.

日本側 地名表記에서도 「和歌山県西牟婁郡大塔村」나 「山口県佐波郡德地町」 등은 海岸地帶가 아닌, 內陸地帶에 位置한 地名임에도 「串(くし)」字가 쓰여 '地名의 移動'을 經驗한 것으로 보인다.

이러한 岬角地名接尾辭의 機能 喪失과 '地名의 移動'이란 現象의 原因은 岬角地名接尾語가 二重으로 重疊 添記되어 先行接尾語의 機能을 後行接尾語에게 讓渡해 버리고 自身은 그 機能이 喪失된 結果로 發生된 現象으로 推定된다. 가령, 韓國側 內陸地名중 「石串浦(京畿道交河郡)·吾乙末串浦(忠淸道平澤郡)·鐵串浦(京畿道陽川郡)」등에서의 '串'字와 '浦'字의 重疊이나 日本側 內陸地名중 「串浜(千葉県勝浦市)·串浦(佐賀県)·串崎村(山口県下関市)」등에서의 '串'字와 「浜·浦·崎」字와의 重疊된 現象이 바로 그것이다.

以上을 要約 整理하면, 韓日地名表記例에서 兩側에 共通으로 쓰인 '串'字는 一次的으로는 小半島 즉 岬角을 나타내는 地名에, 그리고 二

次的으로는 '地名의 移動'에 따라 岬角地名과는 關聯이 없는 內陸地帶의 地名으로 轉移된 現象에 이르기까지 兩側에 共通點이 發見된다. 다만 [kusi]란 三國系 語源이 日本地名속에 借用語로 受容되면서부터 本來의 岬角地名接尾辭의 機能이 弱化되고 名詞的 用法이 强化된 點에 있어서만 差異를 보일 뿐이다. [kusi]가 三國系 借用語로 推定하는 論據는 다음과 같다. 첫째) [kusi '串']란 말이 日本의 古訓에는 없지만 韓國의 方言에서는 [kusi/kosi 및 kuzi/kozi]形이 現存한다는 點 둘째) 日本의 地名表記例에서 '串'의 分布를 보면 九州地方을 비롯하여 四国地方과 中国地方에 集中된 點과, 韓半島 南部地域과 全西日本 地域이 同一文化圈에 놓여 있었다는 點 등으로 미루어 볼 때, 岬角地名接尾語인 '串'가 韓半島로부터의 건너간 借用語라는 推定을 可能케 한다는 點 셋째) 當時 海運과 漁撈에 從事하던 所謂 新羅系 海部集団의 活動舞臺가 바로 西日本 全地域이었으므로 이들을 통한 新羅系 語源(가령, はた'海'·わた'海'·むつ'陸'·しま'島' 등)이 [kusi (串)」]와 함께 日本地名속에 受容되었을 可能性을 排除할 수 없기 때문이다.

〔 5 〕

以上 論議된 內容을 要約하면 다음과 같다.

(1) 日本의 地名表記例에서 所謂 '岬角地名의 接尾語'로 「~鼻·~首·~崎·~岬 · ~串」 등 다섯가지가 있는데 이 중에는 日本側 地名表記에서만 쓰인 것과 韓日兩側의 地名表記에 共通으로 쓰인 것이 있다. 즉 前3者는 「~鼻(はな)·~首(くび)·~崎(さき)」 等이고, 後2者는 「~岬('갑'

對 'みさき')·串('곶' 對 'くし')」 등이다.

(2) 日本側 地名表記例에서는 '岬'字와 '崎'字가 兩者 相通의 岬角地名接尾語로 쓰였으나 韓國側 地名表記例에서는 '岬'字만을 借字하고 '崎'字는 借字하지 않았다. '崎'字가 字典式 意味에는 물론 '岬角地名의 뜻'은 있지만 韓國側 地名表記例에서는 '岬角地名의 接尾語'로 借字하지 않은 點이 서로 다르다.

(3) 日本人學者중에는 朝鮮南部의 古地名인 「沙陀(サダ)」에 根據를 두어 [sada(沙陀)→saki(崎)]說을 主張한 바 있으나 筆者는 다음과 같은 論據에 의해 同意하지 않는다. 왜냐 하면, 첫째) 朝鮮南部의 古地名으로 推定하는 「沙陀(サダ)」의 位置가 海岸地帶가 아닌, 內陸地帶(末松의 推定図에 依함)이므로 岬角地名接尾語로 볼 수 없기 때문이다. 둘째) '崎'字는 字典式 意味로는 '岬角地名'을 나타내지만, 韓國側 地名表記例에서 岬角地名接尾語로 쓰인 用字例가 단 1例도 없기 때문이다. 셋째) 日本書紀·古事記·萬葉集·風土記 등 日本上代文獻註釈속에는 韓系 語源으로 推定되는 것이 많이 收錄되어 있으므로 或者의 主張대로 「サダ=崎」이라면 그 論據가 發見되어야 하는데 [saki(崎)]는 몇 例가 있어도, [sada(沙陀)]가 「崎」의 意味로 쓰인 用例는 1個도 보이지 않기 때문이다.

(4) 韓日兩側의 地名表記例에서 相互 共通으로 쓰이고 있는 '岬'字와 '串'는 兩側의 地名表記에 受容되는 過程에서 兩者가 각기 서로 달리 發展한 것이다. 日本側에서는 「～岬(みさき·さき)」字는 '岬角地名接尾語'의 機能을 完璧하게 遂行한데 반해서 韓國側에서는 '岬'字가 '岬角地名接尾語'의 機能이 一次的으로 弱化되고 二次的의 名詞的 用法으로 轉成되면서 漢字語로 地名表記를 改稱하는 傾向으로 바뀐 것이다. 그러나, '串'字의 경우에 있어서는 이러한 現象이 正反對로 發生하여

'串'字가 '岬角地名接尾語'의 機能을 充實히 反映시킨 데 反하여, 日本側에서는 '岬角地名接尾語'의 機能이 一次的으로 弱化되고 二次的으로 名詞的 性格으로 바뀐 것이다.

(5) 日本地名表記例에서 「串(くし)」字의 分布는 九州地方을 中心으로한 西日本 全地域에 널리 퍼져 있는데 이것은 韓半島로부터 岬角地名接尾語의 機能을 가진 「串」字가 西日本 地域으로 건너가 日本地名속에 借用語로 受容된 後, 이것이 다시 名詞的 用法으로 强化되고 漢字語로 地名이 改稱된 것으로 推定된다. 왜냐 하면, 첫째) '串'字의 日本 古訓에는 [kusi]란 말이 없지만 韓系 方言[kosi/kusi, kozi/kuzi]形이 現存하고 있기 때문이다.

둘째) '串'字가 「弗('꼬치·꼬챙이'의 意味)의 誤用」이란 主張에 同意할 수 없는 理由는 '곶·갑'을 나타내는 '岬角地名接尾語'의 機能은 오직 '串'字만이 擔當하고 있기 때문이다.

셋째) 韓半島의 南部地域과 西日本의 地域과는 아주 이른 時代부터 同一文化圈에 놓여 있었다는 點과, 이 地域을 舞臺로 海運과 漁撈에 從事했던 所謂 海部集团은 新羅系 渡倭人들로 推定되므로 [koz '串']系 語源이 이들을 통해 日本땅에 건너가 日本地名속에 借用語로 愛容되었을 可能性을 排除할 수 없기 때문이다.

(6) '串'字로 表記된 兩側 地名중에서 海岸地帶를 나타내는 '岬角地名'의 경우와, 이와는 전혀 아무런 關聯이 없는 '內陸地名'을 나타내는 경우 등 두가지가 兩側에 共存된다. 前者의 경우, 韓國側 地名表記例에서는 '串'字가 '岬角地名接尾語'의 機能을 維持하고 있으나 日本側 地名表記例에서는 이 '串'字는 本來의 그 接尾語의 機能을 잃고 名詞的 用法으로 轉移된 것이 兩側 表記例의 差異라고 하겠다. 後者의 경우에 있어서는 岬角地名과는 關聯이 전혀 없는 內陸地帶의 地名表記

에서의 '串'字를 用字한 경우인데 이 點에 있어서는 共通點이 있다.

가령, 「살고지(箭串)·돌고지(石,串)·말고지(橛串)」 등 韓國側 地名에서는 이미 '岬角地名接尾語'의 機能을 喪失한, 岬角地名과는 아무런 關聯이 없는 地名으로 轉換한 것이다. 이와 마찬가지로 日本地名表記例 중 '和歌山縣西牟婁郡大塔村'와 '山口縣佐波郡德地町'에 位置한 「串(くし)」란 地名도 岬角地名과는 전혀 關聯이 없는 內陸地帶의 地名으로 바뀐 것들이 兩側에서 共通으로 보인다.

8. 〔usu(臼)・sue(陶)〕의 表記樣式 및 그 語源

〔1〕

日本地名을 살펴보면 韓系 語源으로 推定되는 것이 상당히 많이 있다.

本稿에서는 그 중에서 〔usu(臼・碓・字須)〕 및 〔sue(陶・須恵・須江・須衛・須依・菅江・洲衛・末・末江)〕 만을 論議의 對象으로 한다.

韓日兩側 考古學者들에 依해 이미 밝혀진 바와 같이[169] 彌生時代에 稲作文化가 韓半島로부터 日本에 傳授되었다는 事實이라든가, 古墳時代 後半부터 奈良時代에 걸쳐 '須恵窯文化'가 日本에 傳授되었다는 事實[170]이 바로 그것이다.

만약, '벼 農事 짓는 技術'이나 '須恵器를 만드는 技術'이 일본에 傳授되었다다고 한다면 그에 必要한 器具의 製作이라든가, 그 使用方法까지도 三國으로부터 건너간 渡倭人들에 의해 指導되었을 것이고, 그 器具에 대한 名稱 및 技術用語까지도 自國語를 그대로 가져다가 使用했을 可能性이 없지 않다. 가령, 'すえ窯'란 用語에서 'かま(窯)'가 韓語

---

169) 石田英一郎(1975) シンポジウム「日本文化の源流」(農耕文化の起源) pp.113-159 參照. (泉靖一・有光教一・伊東信雄・金延鶴・芹沢長介・宋文薫・坪井清足 등 參席)

170) 玉口時雄・小金井靖 (1985)「土師器・須恵器の知識」pp. 79-154 參照

의 借用語이라 한다면 이 말에 先行된 'すえ'도 韓語로부터의 借用語일 可能性도 없지 않다.

現在까지의 硏究史를 요약해 보면, 日本地名속에 反映되어 있는 韓系 語源을 밝혀 보려는 여러 學者들의 試圖가 없지 않았다. 먼저 日本學者로서는 鮎貝房之進(1971)・金沢庄三郞(1985)・白鳥倉吉(1985)등을 비롯하여 몇몇 學者들의 座談会記錄[171] 등이 있고, 日本書記 注釈[172] 속에서도 斷片的으로 韓系 語源이 밝혀져 있다.

國內學者로서는 金思燁(1982)・李炳銑(1982)・李男德(1985)・徐廷範(1986) 그리고 在日僑胞學者 金達壽(1988)의 硏究가 있으나 本格的인 硏究에는 아직 未洽한 편이다.

本稿가 日本地名語源을 論議의 對象으로 삼은 動機는 첫째,記紀에 의하면, 各分野의 수많은 三國系 技術陣이 韓半島로부터 日本에 건너가서 한 곳에 集團的으로 모여 살았고 그들이 居住地의 名稱도 자연히 自國語를 가지고 命名했는데 現存하는 이런 地名은 保守性이 매우 强하여 옛말을 고스란히 간직하고 있어서 日本 地名속에 反映되어 있는 韓系語源에 대한 硏究는 우리의 古代文獻表記資料의 貧困性을 克服할 수 있고, 우리의 古代國語를 再構할 수 있기 때문이다. 둘째,鄕札과 万葉仮名을 比較해 보면 兩側의 土着化 過程에 있어서 同質的 竝行性이 發見되는데 특히 固有名詞의 表記方式에 있어서는 相互 共通點이 많다.[173]

---

171) 大野晋(1973) 「古代日本語の謎」 (シンポジウム) pp.175-235 參照.(江上波夫・小釈重南・三田村泰助・金思燁・村山七郎・鈴木武樹 등 參席)
(1975)「日本古代語と 朝鮮語」(シンポジウム) pp. 125-188 參照

172) 大野晋(1965) 日本書記 (上) pp.330-501 및 日本書記 (下) pp.18 537 參照

本稿의 [1]에서는 序文을, [2]에서는 〔usu〕의 語源에 대한 論議를, [3]에서는 〔sue〕의 語源에 대한 論議를, [4]에서는 結論을 要約하기로 한다.

〔 2 〕

[1]에서도 言及한 바와 같이, 彌生時代에 稻作文化가 韓半島에서부터 日本에 傳授되었다면 그에 必要한 道具의 製作이라든가, 그 使用方法도 三國으로부터 日本에 건너간 사람들에 의해 指導되었음을 推定할 수 있다. 「벼 農事를 지어 그것을 收穫해서 햇볕에 말려 찧어서 쌀로 만드는 器具」 가령, 「절구와 절굿공이 · 맷돌 · 디딜방아 · 연자방아」 같은 器具가 바로 그것인 것이다.

그런데, 이런 器具인 [臼 · 磑 · 碓 · 碾]등의 日本語의 古訓은 全部 'うす'로만 읽은 것이다. 위의 4字중 日本地名表記에서는 「臼(うす)」와 「碓(うす)」그리고 「臼杵(うすき)」의 借字例가 주로 보인다.

◎ 「臼(うす)」의 用字例

臼井 (うすい) <茨城県 筑波市 筑波町> <群馬県 碓永郡 松井田町>

---

173)金思燁 (1979) 「記紀万葉の 朝鮮語」 pp.201-204 參照.
- ㅇ'飛鳥川'를 '阿須個我礒(asukagawa)'로 쓴 것은 完全 音仮名 表記인데 이것은 新羅의 官名 '角干'을 '舒發邗〔soboruhan〕'으로 完全히 音借字한 表記와 相互 一致된다.
- ㅇ更荒郡〔sararano kohori〕은 完全히 訓仮名 表記인데 이것은 高句麗 地名 '水城'을 買忽〔mähol〕로 表記한 方式과 一致된다.

<千葉県 佐倉市> <新潟県 白根市> <福岡県 大牟田市>

臼井阿原（うすいあわら）<山梨県 中巨摩郡 田富町>

臼井区 （うすいく） <千葉県 千葉市>

臼井新町（うすいしんまち）<福岡県 大牟田市>

臼井田（うすいだ） <千葉県 佐倉市>

臼井台（うすいだい） <千葉県 佐倉市>

臼井町（うすいちよう） <大阪府 大阪市>

臼井御厨（うすいのくりや）<三重県 松阪市>

臼井村 （うすいむら） <千葉県 夷隅郡 岬町>

臼石（うすいし）<福島県 相馬郡 飯館村>

臼尾(うすお) <大分県 大野郡 清川村>

臼ケ沢（うすがさわ）<山形県 飽海郡 松山町>

臼ケ岳（うすがたけ）< 神奈川県>

臼ケ峰（うすがみね）<富山縣>, <石川県>

臼久保(うすくぼ) <栃木県 下都賀郡 都賀町>

臼作(うすくり) <千葉県 香取郡 大榮町>

臼越山（うすごえやま）<富山県>

臼坂（うすざか）<愛媛県 周桑郡 丹原町>

臼坂山村（うすざかやまむら）<愛媛県 周桑郡 丹原町>

臼田坂（うすだざか）<東京都 大田區>

臼尻（うすじり）<北海島 茅部郡 南茅部町>

臼田（うすだ） <長野県 南佐久郡 臼田町> <福岡県 筑上郡 椎田町>

臼井原郷（うすだはらのごう） <和歌山県 伊都郡 花園村 >

臼谷 (うすたに) <富山県 小矢部市>
臼塚古墳 (うすづかこふん) <熊本県>,<大分県>
臼中 (うすなか) <富山県 西礪波郡 福光町>
臼坪村 (うすつぼむら) <大分県 佐伯市>
臼浦 (うすのうら) <長崎県 北松浦郡 小佐佐町>
臼浦港 (うすのうらこう) <長崎県 佐世保市>

◎「碓(うす)」의 用字例

碓井(うすい) <大阪府 羽曳野市>
碓井谷(うすいだに) <兵庫県 加西市>
碓永郡(うすいぐん) <群馬県>
碓永湖(うすいこ) <群馬県>
碓永峠(うすいとうげ) <群馬県>
碓永峠町(うすいとうげまち) <群馬県>
碓永川(うすいがわ) <群馬県>

◎「臼杵(うすき)」의 用字例

臼杵 (うすき) <大分県 臼杵市>,<宮崎県 臼杵郡> <愛媛県 上浮穴郡 小田町>
臼杵郡 (うすきぐん) <宮崎県>
臼杵港 (うすきこう) <大分県>
臼杵城 (うすきじよう) <大分県>
臼杵神社 (うすきじんじゃ)<大分県>
臼杵莊 (うすきしよう) <大分県 臼杵市・津久見市>

윗 例1에서는 'うす'의 表記에 正訓文字「臼(うす)」를, 例 2에서는「碓(うす)」로 表記한 것이지만, 이밖에도「宇須(うす)」[174]「宇都(うず)」[175]「有珠(うす)」[176]등 '音'을 假借한 것도 있다.

例文 3에서는 'うすき'의 表記에, 正訓文字「臼杵(うすぎ)」로 表記한 것이지만, 이 밖에도「宇宿(うすき)」[177]·「薄木(うすき)」[178]·「卯敷(うすき)」[179]·「宇須伎(うすき)」[180]·「宇杉(うすき)」[181]·「鵜杉(うすき)」[182] 등은 '音'과 '訓'을 假借한 경우도 있다. 또 'うすき'의 表記에,「正訓文字+訓仮名」의「臼木(うすき)」[183]의 用字例도 보인다. 그리고 'うすい'의 表記에, 正訓文字「碓井(うすい)·碓居(うすい)·碓氷(うすい)」등의 用字例도 있으나「宇氷(うすい)」[184]「羽氷(うすい)」[185]「薄井(うすい)」[186]등 '音'과 '訓'을 假借한 用字例도 보인다.

앞에서 例示한「臼杵(うすぎ)」<大分縣臼杵市>와「杵臼(きねうす)」<北海道 浦河市>」에서 보는 바와 같이,「杵」字가 (き·ぎ)」로 읽혀지

---

174) 宇須(うす)　〈和歌山県 和歌山市〉
宇須尾(うすお)　〈福岡県 丹生郡 宮崎村〉
宇須須木(うすすき)〈高知県 宿毛市〉
175) 宇都(うず)〈長崎県 鍊早市〉
176) 有珠(うす)〈北海道 有珠郡〉
古代에는「臼·宇須·宇寿」로도 表記했다.
177) 宇宿(うすき)〈鹿児島県 鹿児島市〉
178) 薄木(うすき)〈宮城県 柴田郡 村田町〉
179) 卯敷(うずぎ)〈島根県 隱岐郡 布施村〉
180) 宇須伎津(うすきつ)(兵庫県 姫路市〉
181) 宇杉村(うすぎむら)〈和歌山県 和歌山市〉
182) 鵜杉村(うすぎむら)〈山形県〉
183) 臼木(うすぎ)　〈大分県 下毛市 三光町〉
臼木村(うすぎむら)〈大分県 大野郡 朝地町〉
184) 宇氷(うすい)〈香川県〉
185) 羽氷 (うすい)(福井県 福井市〉
186) 薄井村(うすいむら)〈秋田県 山本郡 二ツ井町〉

기도 하고, [きね]로 읽혀지기도 한다.

A.杵('き'또는 'ぎ')로 읽힌 地名例;

a)① 杵築 (きづき) <島根県 ひがわ郡 大社町>
② 杵築北(きづききた) <島根県 ひがわ郡 大社町>
③ 杵築西(きづきにし) <島根県 ひがわ郡 大社町>
④ 杵築南 (きづきみなみ) <島根県 ひがわ郡 大社町>
⑤ 杵築宮内村 (きづきみやうちむら) <島根県 ひがわ郡 大社町>
⑥ 杵築矢野村 (きづきやのむら) <島根県 ひがわ郡 大社町>
⑦ 杵築市 (きつきし) <大分県>
⑧ 杵築城下 (きつきじようか) <大分県>

윗 例 A.a)의 ①~⑥등은 '杵築'을 'きづき'로, ⑦~⑧ 등은 'きつき'로 읽어 地名間의 清濁音의 差異를 보여준다. 그리고 'きつき'의 表記에 訓仮名을 借字한 表記例도 있다.[187]

b)① 西彼杵郡 (にしそのぎぐん) <長崎県>
② 西彼杵半島 (にしそのぎはんとう) <長崎県>
③ 東彼杵町 (ひがしそのぎちよう) <長崎県>
④ 西彼杵町 (にしそのぎちよう) <長崎県>

윗 例 b)의 ①~④ 등은 '杵'를 〔gi〕로 읽고, 앞의 a) ①~⑧ 등에서는 〔ki 〕로 읽어서 地域에 따라 清濁音의 差異를 보여준다.

---

187) 木付(きつき)〈大分県 杵築市〉
木附(きづき)〈愛知県 春日井市〉
木月(きづき)〈神奈川県 川崎市〉
木月伊勢町(きづきいせちよう)〈神奈川県 川崎市〉
木次(きづぎ)〈広島県 山県市 千代田町〉

B. 杵(きね)로 읽힌 地名例

① 杵臼 (きねうす) <北海道 浦河郡 浦河町>
② 杵ケ原村 (きねがはるむら) <大分県 大分郡 野津原町>
③ 杵原 (きねはら) <広島県 東広島市>
④ 杵屋谷 (きねやたに) <福岡県 福岡市>
⑤ 杵淵 (きねぶち) <長野県 長野市>
⑥ 杵屋町 (きねやちょう) <京都府 京都市>
⑦ 杵島 (きねじま) <香川県>

윗 예 ①~⑦ 은 '杵'를 'きね'로 읽은 地名이다. 그중 例文 ⑤에서는 'きねぶち'의 'きね'의 表記에, 訓假名 '狐'를 借字하기도 했으며[188], 例文 ⑥에서는 'きね'의 表記에 訓仮名 '木根(きね)'로 表記하거나 〔音仮名+訓仮名〕의 '枳根'를 借字하기도 했으며[189] 例文 ⑦에서는 'きね'의 表記에 訓仮名 '岐尼(きね)' 또는 訓仮名 '木根(きね)'등을 各各 借字한 用例도 보인다.[190]

그러면 이 〔usu〕 란 말의 語源은 어디서 왔을까? 이 〔usu〕 란 말은 아마 日本語가 아닌, 바로 韓系 語源으로 推定된다. 앞에서 언급한 器具 「臼 (절구)・磑(맷돌)・碓(디딜방아)・碾(연자방아)」등은 모두가 「벼를 찧어서(빻아서) 껍질을 벗겨 쌀로 만드는 器具」로서 이것을 日本語에서 'うす'라 읽은 것은 韓語 〔으스러뜨리다〕 의 語根 〔으스~(ɨsɨ)〕

188) 'きねぶちむら' 에서의 「きね(杵)」의 表記에 訓仮名 '狐'를 借字하여 「狐淵村」〈青森県 南津経郡 田舎館村〉으로 表記하기도 했다.
189) 'きね(杵)' 의 表記에 訓仮名 「木根(きね) 〈静岡県 袋井市〉, 또는 「音仮名+ 訓仮名」의 「枳根(きね) 〈大阪府 豊能郡 能勢町〉」으로 表記하기도 했다.
190) 岐尼神社(きねじんじゃ) 〈大阪府〉
人根橋(きねはし) 〈福井県 勝山市〉

를 借用하여, 日本語에서 이것을 〔usu〕로 읽은 것으로 推定할 수 있지 않을까 한다. 그러니까 「벼를 으스러뜨리는 것」, 또는 「벼를 으스러뜨리는 물건」,또는 「벼를 으스러뜨리는 器具」가 바로 〔usu〕로서 이 말은 語根이 그대로 名詞化한 것으로 보고자 한다. 「부수다」의 韓國方言形 「으스다」形이 現存하기 때문이다.

'うす'가 韓系 語源이란 主張에는 또 하나의 論據가 될 만한 것이 있다. 「うす(臼)」와 不可分의 關係가 있는 말이 「杵(き)」인데, 이 말이 韓系 語源일 可能性이 있다. 왜냐하면 첫째, 大野晋(1974)은 「杵(きね)」의 古語는 「杵(き)」인데, 이것은 韓語 「杵(ko)」와 同系語源이란 主張이 있기 때문이다[191]. 現代語에서 「杵」는 「절굿공이」라 부르는데, 여기서 '공이'란 말은 「杵」의 古訓 「고」에, 接尾辭 「~옹이」가 結合되어 「~공이」가 된 말로서 오늘날에는 「절굿공이·쇠공이· 방아공이」란 말이 생겨난 것이다.

둘째, 우리나라에서는 現在까지 使用하고 있는 '절굿공이'의 모양 및 크기(1.3m)가 同一한 것이 日本의 奈良県의 唐古遺跡地와 静岡県의 登呂遺跡地에서 發見되었다는 事實은 그 實物뿐만 아니라,그 器具에 대한 名稱까지도 同時에 건너갔을 可能性을 立證해 주고 있기 때문이다. 「うす(臼)+き(杵)」란 말은 相互 不可分의 관계에 있으므로 「杵(き)」의 先行語인 「うす(臼)」도 韓語의 借用일 可能性을 想定할 수 있기 때문이다.

그런데 우리가 흔히 마을의 이름을 붙일 경우, 自己 마을의 自然還境이나 居住하는 集團人의 職業에 의해 命名하는 경우가 많다. 가령, 粟野町(あわのまち) <栃木県>·栗山村(くりやまむら)<栃木県>·鴨川市(かもかわし)<千葉県>·境川村(さかいがわむら)<山梨県>·穴水町(

191) 大野晋(1974)은 'きね'의 古語인 'き(杵)'는 韓系 語源 「杵(ko)」와 同系語源으로 보았고, 訓蒙字會에서도 「杵」의 '訓'은 〔고〕이고,'音'은 〔져〕다.

あなみずまち)<石川県>・蓮田市(はすだし)<埼玉県> 등은 自然環境에서 取한 命名일 것이고, 鍛冶屋町(かじやまち)<福岡県>・花園町(はなぞのまち)<埼玉県>・売木村(うりぎむら)<長野県>・糀屋町(こうじやまち)<福岡県>・細工町(さいくまち)<福岡県>・魚屋町(うおやまち)<福岡県>等은 商人들이 集團的으로 居住하고 있는 職業上의 命名인 듯하다. 이와 마찬가지로 〔usuki(gi)mura〕((宇杉村<和歌山県>・臼木村<大分県>・宇杉村<山形県>))이란 「벼를 찧는 器具가 있는 마을」이란 意味를 가진다. 「うすきむら」에서 「むら(村)」를 省略한 채로 〔usuki(gi)〕((臼杵・臼木・鵜杉・宇杉))라 부르기도 한 것이다.

〔 3 〕

新羅의 「登窯文化」(のぼりかま)」가 五世紀頃에 日本에 傳受되면서 그 以前까지의 日本 在來式 土器인 「土師器(はじき)」란 것과는 달리, 高度의 技術을 必要로 하는 'すえ器'를 만들게 되었다. 이를 위해서 「陶部(すえつくりべ)」란 기관까지 設置하게 되었는데 여기에서 'すえ器'를 製作하는 技術陣들은 거의 모두가 新羅로부터 日本에 건너온 사람들뿐이며, 따라서 이들이 使用한 技術用語도 自然히 自國語를 그대로 使用했을 可能性을 排除할 수는 없다. 왜냐하면 'すえ器'를 굽는 'すえ窯'란 말에서 'かま'가 韓系 語源이라면 이에 先行語인 'すえ'란 말도 韓系 語源의 借用語임을 想定할 수 있지 않을까 한다.

'すえ器'란 古墳時代 後半부터 奈良時代에 걸쳐 盛行한 土器로서 「土師器(はじき)」에 對比된 名稱으로서 兩者間의 特徵에서 오는 差異

에서 이름이 붙여진 것 같다.

「土師器(はじき)」[192]가 진흙으로 그릇의 形體를 만들어 햇볕에 그대로 말리거나 低溫에서 구운 「素燒器(すやき)」로서 '부서지기 쉬운' 軟質土器이고, 潤氣가 없으며 表面이 거칠고 灰色 빛깔이 나는 特徵을 가진 土器인데 反해서, 「すえ器」[193]는 진흙을 ろくろく台(回転圓盤台) 위에 올려서 土器形體를 만들어 거기에 'うわ藥(釉藥)'을 바르고 1000度以上의 高溫의 「登窯(のぼりかま)」속에 넣어서 구웠기 때문에, 軟質土器와는 달리, 硬質土器로서 「쇠처럼 딱딱하고, 두드리면 쇳소리가 나며 빛깔이 쇠처럼 黑褐色이 나는 特徵을 가진 土器」이기 때문에, '쇠에 比喩해서' 〔sue〕 라고 命名한 것으로 推定할 수 있다. 修辭法의 觀點에서 보면,'すえ器'의 〔sue〕는〔ki〕의 修飾語로서 補助觀念을 나타내는 말이고, 修飾을 받는 '器'는 原觀念을 나타내는 말로서 그릇은 그릇인데, 어떠한 그릇이냐 하면 「쇠처럼 딱딱하고, 그것을 두드리면 쇠와 같은 소리가 나며 쇠처럼 黑褐色이 나는 그런 그릇」이란 意味를 包有하고 있는 것이다.

그러면, 〔sue〕가〔sö(鐵)〕와 어떤 關聯이 있는가 하면, '쇠(鐵)에 대한 古代韓國語는〔sue〕로 再構할 수 있기 때문이다. 그것은 十二世紀初의 鷄林類事[194]와 十五世紀初의 朝鮮館譯語[195]에서 쇠(鐵) ＊〔

---

192) 玉口時雄
小金井靖 (1984) 「土師器・須恵器の知識」 pp.1-56 參照

193) Ibid.pp. 79-154 參照.

194) 十二世紀初 宋나라의 孫穆이 當時 高麗語 360個를 漢字를 가지고 表寫해 놓은 책
例 ; 二日途孛

195) 十五世紀初 中國人이 編纂한 華夷譯語 13篇중의 하나인데,우리말을 배우기 위해 當時 우리말을 中國式 漢字로 表寫해 놓은 책.

sue〕로 읽을 수 있는 文證이 있기 때문이다.

鷄林類事에서는 「鐵曰歲」라고 했는데 平山久雄이 '皇極經世聲音圖의 音'을 根據로 하여 '歲'의 十二世紀 宋代音을 *〔siuei〕[196]로 推定했고, 朝鮮館譯語에서는 「鐵曰遂」라고 했는데 陸志韋는 '韻略易通의 音'을 根據로 하여 '遂'의 十五世紀初의 中國北方音을 *〔suei〕로 推定했다.[197]

그러나, 十六世紀初의 訓蒙字會[198]로 내려오면 崔世珍은 '鐵'을〔sö〕로 읽어서 現實漢字音 그대로의〔sö〕에 一致된다.[199] 日本地名表記에서는 「陶(すえ)・末(すえ)・末江(すえ)・須恵(すえ)・須江(すえ)・須衛(すえ)・須依(すえ)・菅江(すえ)・洲衛(すえ)」란 用字例가 보인다.

1. 陶(すえ) <岐阜県 端浪市>, <岡山県 倉敷市>
<山口県 山口市>, <香川県 綾南郡>
<熊本県 球磨郡>

例:耳日貴

196) 鐵日歲 *〔siuei〕 ← s + i + u + ei
〈鷄林類事〉
聲母 (s) ; 韻頭 (i), 韻腹 (u), 韻尾 (ei) → 韻母(反切・二分法)

197) 鐵日遂 *〔suei〕 ← s + u + ei
〈朝鮮館譯語〉
聲母 (s) ; 韻腹 (u), 韻尾 (ei) → 韻母(反切・二分法)

198) 十六世紀初(1517 A.D.) 崔世珍이 漢字學習을 위해 엮은 책인데 漢字 3360字의 '訓'과 '音'을 記錄한 것으로 十六世紀 古語研究와 現實漢字音研究에 貴重한 資料가 됨.

199) Ibid. 中卷 31 鐵 :쇠〈訓〉, 텰〈音〉

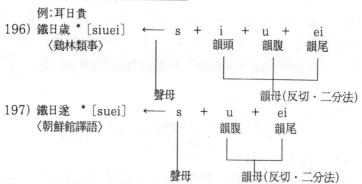

2. 末(すえ) <石川県 金沢市>, <福井県 福井市>
<兵庫県 三田市>, <大分県 宇佐市>
末江(すえ) <福岡県 京都郡>
3. 須恵 (すえ) <福岡県 宗像市>, <岡山県 色久郡>
<山口県 小野田市>, <滋賀県 蒲生郡>
<奈良県 五条市>
4. 須江 (すえ) <宮城県 挑生郡>, <埼玉県 比企郡>
<和歌山県 西牟樓郡>, <高知県 香美郡>
5. 須衛(すえ) <岐阜県 各務原市>
6. 須依 (すえ) <愛知県 海部郡>
7. 菅江(すえ) <滋賀県 坂図郡>
8. 洲衛(すえ) <石川県 輪島市>

윗 例文 1에서는 'すえ'의 表記에, 正訓文字 '陶(すえ)'를 借字한 것이고 例文 2에서는 'すえ'의 表記에, 訓仮名 '末(すえ)'를 借字한 경우와 '末'字 아래에 具書인 '江'를 添記하여 '末江(すえ)'의 2字를 합쳐 'すえ'로 읽은 地名이다.

例文 3에서는 'すえ'의 表記에, 音仮名 '須(す)'와 音仮名 '恵(え)' 등 2字를 借字한 것이고 例文 4에서는 音仮名 '須(す)'와 訓仮名 '江(え)' 등 2字를 借字한 경우다. 例文 5에서는 'すえ'의 表記에, 音仮名 '須(す)'와 音仮名 '衛(え)'등 2字를 借字한 것이고 例文 6에서도 音仮名 '須(す)'와 音仮名 '依(え)'등 2字를 借字한 경우다. 例文 7에서는 'すえ'의 表記에, 訓仮名 '菅(す)'와 訓仮名 '江(え)'등 2字를 借字한 것이고 例文 8에서는 訓仮名 '洲(す)'와 音仮名 '衛(え)'등 2字를 借字한 경우다.

〔suemura〕((須恵村・末村・陶村))[200]라든가, 〔suenomura〕((末野

200) 須恵村 〈熊本県 球磨郡〉,末村 〈岡山県 勝田郡〉,陶村 〈愛知県 小牧市〉

村・須恵野村・陶邑))[201]라든가, 〔suetsiyo〕((須恵町・陶町))[202]라든가, 〔suematsi〕((寿恵町))[203]란 〔すえ器를 만드는 마을〕, 또는 〔すえ窯가 있는 마을〕이란 意味에서 마을의 이름이 생겨났고,여기에서 '村'또는 '町'이 省略된 채로 그냥 그대로 〔sue 〕((陶・末・末江・須恵・須江・須衛・須依・菅江・洲衛))라고 부르기도 한 듯하다.

〔 4 〕

彌生・古墳・奈良時代에 걸쳐 韓半島로부터 어떤 技術文化가 日本에 傳授되었다면 그 文化의 傳授와 함께 技術指導를 위한 技術陣이 渡倭했을 것이고 그 技術陣이 使用하는 技術用語도 自然히 自國語를 그대로 使用했을 것이고 그들이 集團的으로 居住하는 地名의 名稱도 자연히 自國語로서 命名되었을 可能性이 있다. 따라서 日本의 地名을 살펴 보면 韓系 語源으로 推定되는 것이 상당히 많이 있는데 本稿에서는 그 중에서 〔usu〕와 〔sue〕만을 論議의 對象으로 하였으며 그 內容을 要約하면 다음과 같다.

(1) 彌生時代에 '稲作文化'가 韓半島로부터 日本에 傳授되었다면 그에 必要한 器具의 製作이라든가 그 使用方法도 日本에 건너간 사람들에 의해 指導되었을 것이고 그 器具의 名稱까지도 韓系 語源에서 借用되었을 可能性이 없지 않을 것이다.「벼 농사를 지어 가을철에 收穫해서 햇볕에 말려 껍질을 벗겨 쌀로 만드는 器具」즉「절구(臼)와 절굿공이(杵)・맷돌(磑)・디딜방아(碓)・연자방아(碾)」등이 바로 그것이

201) 須恵野村 〈愛知県 豊田市〉, 陶邑〈大阪村 堺市〉, 末野村〈福井県丹生郡〉
202) 須恵町〈岐阜県 各務原市〉, 陶町〈岐阜県 端浪市〉
203) 須恵町 〈福岡県 粕屋郡〉

다.

그런데, 日本語에서는 「臼・磑・碓・碾」 등의 古訓은 모두 'うす'로 읽어서 各 器具의 名稱上・概念上의 區別이 없다는 點에 注目할 必要가 있다.

'うす'란 말의 意味는 무엇일까? 이 'うす'란 말의 語源은 日本語가 아니라, 바로 韓系 語源의 借用語로 推定된다. 「臼(절구)・磑(맷돌)・碓(디딜방아)・碾(연자방아)」등은 모두가 「벼를 으스러뜨려서 껍질을 벗겨 쌀로 만드는 器具」로서 이것을 〔usu〕라 읽은 것은 韓語 〔으스러뜨리다〕의 語根 〔으스~(ɨsɨ~)〕를 借用하여 日本語의 音韻構造에 맞춘 것이 〔usu〕가 아닐까 推定해 본다

(2) 〔usu〕가 韓國系 語源의 借用語란 主張에는 또 하나의 論據가 있다. 첫째, 「うす(臼)+き(杵)」에서 'うす'와 'き'는 相互 不可分의 關係에 있는 器具로서 어느 한쪽이 없으면 다른 한쪽은 제 구실을 못하는 相互 依存關係에 놓인 말이다. 그런데 「き(杵)」가 韓系 借用語이라면 이에 先行語인 「うす(臼)」도 韓系 語源일 可能性을 排除할 수 없기 때문이다.([2] 參照). 둘째, 木製의 「절굿공이(杵)」는 우리나라에서 現在에도 사용되고 있는데, 이와 '同一한 크기'(1.3m)와 '同一한 모양'의 것이 日本 奈良縣의 唐古遺跡地와 靜岡縣의 登呂遺跡地에서도 發見되고 있다는 事實로 미루어 볼때, 그 實物과 함께 그 名稱도 韓半島로 부터 日本땅에 건너간 韓系의 借用일 可能性이 있기 때문이다.

(3) 〔usuki(gi)mura〕((宇杉村<和歌山県>・臼木村<大分県 大野郡>・鵜杉村<山形県>))란 「벼를 찧는 器具가 있는 마을」이란 意味를 가진다. 여기에서 「mura(村)」가 省略된 채로 그대로 마을 이름을 〔usuki(gi)〕((臼杵・宇宿・薄木・卯敷・宇須伎))로 부르기도 했다.

(4) 'すえ器'란 古墳時代 後半부터 奈良時代에 걸쳐 盛行한 土器로서 新羅의 '登窯文化'가 日本에 傳授되면서부터 日本에서 生産된 것으

로 이것은 高度의 技術을 必要로 하는 것이므로 처음부터 新羅系 渡倭人들만이 그 製作에 參與했으며 그들이 使用하는 技術用語도 자연히 自國語를 그대로 가져다가 使用했을 可能性이 없지 않다. 'すえ器'란 '新羅燒き'의 傳統을 이은 것으로 在來式土器인 '土師器(はじき)'에 對比된 名稱으로서 兩者間의 特徵上 差異에서 命名된 것으로 보인다. 즉,'すえ器'는 土器形體를 「ろくろく台(回転圓盤台)」를 使用하여 만들고, 'うわぐすり(釉藥)'를 바르며 高溫의 '登窯'속에 넣어서 굽기 때문에 硬質土器로서, '부서지기 쉬운' 軟質土器인 土師器와는 根本的으로 特徵이 다른 것이다. 'すえ器'란 이런 土器製作上의 特徵을 취하여 比喩的으로 命名된 것으로 보인다. 따라서 修辭法的으로 말하면, 'すえ器'의〔sue〕는 〔ki(器)〕의 修飾語로서 補助觀念을 나타내는 機能이 있고 修飾을 받는 〔ki(器)〕는 原觀念을 表現하는 機能을 가진 말로서 그릇(器)은 그릇인데 어떤 그릇이냐 하면「쇠(鐵) 처럼 딱딱하고, 쇠처럼 黑褐色이 나며, 그것을 두드리면 쇠(鐵) 소리가 나는 그릇(器)」이란 意味를 包有하고 있는 것이다.

(5)〔suemura〕((須恵村・末村・陶村))라든가,〔suenomura〕((末野村・須恵野村・陶邑))라든가,〔suetsiyo〕((須恵町・陶町))라든가,〔suematsi〕((須恵町))란「すえ窯가 있는 마을」, 또는「すえ器를 만드는 마을」이란 意味를 包有하며, 여기서 '村' 또는 '町'이 省略된 채로 그냥 그대로〔sue〕((陶・末・末江・須恵・須江・須衛・須依・菅江・洲衛))라 부르기도 한 것이다.

四. 参考論著

姜信沆(1980), 鷄林類事「高麗方言」研究, 成大出版部.

古典刊行會(1959), 新增東國輿地勝覽, 東國文化社.

金思燁(1979), 記紀萬葉の朝鮮語, 六興出版.

______(1981), 古代朝鮮語と日本語, 六興出版.

金善琪(1967-1975), "향가의 새로운 풀이", 現代文學 145-250호.

金完鎭(1980), 鄕歌解讀法研究, 서울大出版部.

金俊榮(1979), 鄕歌文學, 螢雪出版社.

都守熙(1972) "百濟王稱語 小考 -於羅瑕・鞬吉支・구드래・구다라를 中心으로-", 百濟研究 第3輯, 忠南大 百濟研究所.

東方研究所(1961), 高麗史索引, 延世大出版部.

東洋學研究所(1971), 訓蒙字會, 東洋學叢書 第一輯, 檀國大.

朴甲千(1972), 世界의 地名, 正音社.

朴性鳳(1976), 大東輿地圖索引, 慶熙大 傳統文化研究所.

徐在克(1975), "新羅鄕歌의 語彙研究", 啓明大 韓國學研究所.

徐廷範(1992), 韓國語で讀み解く古事記, 大和書房.

梁柱東(1965), 「增訂 古歌研究」, 一潮閣.

李南德(1985), 韓國語語源研究 Ⅰ・Ⅱ・Ⅲ, 梨花女大出版部.

李丙燾(1971), "百濟學術 및 技術의 日本傳播", 百濟研究 第3輯, 忠南大 百濟研究所.

______(1972), 韓國史大觀.

______(1977), 譯註 三國史記, 乙酉文化社.

李炳銑(1982), 韓國古代國名地名研究, 螢雪出版社.

李崇寧(1955), "新羅時代의 表記法 體系에 관한 試論", 서울大論文集

人文社會科學 第二輯.
李鍾徹(1978), "推古朝遺文에서의 「烏·都·奴·布」의 表寫에 대하여", 서울大 人文論叢 第2輯.
______(1979), "日本에 傳授한 百濟의 漢字文化에 대하여", 국어교육 34, 한국국어교육연구회.
______(1979), "日本古代地名 및 人名에 借用된 「麻」에 대하여", 서울大 冠岳語文硏究 第3輯.
______(1986), "推古朝와 三國의 金石文表記法比較", 日語日文學硏究 第23輯, 韓國日語日文學會.
______(1993), "日本地名에 反映된 韓系 語源 [usu(臼)·sue(陶)]에 대하여", 日語日文學硏究 第23輯. 韓國日語日文學會
______(1994), "日本地名에 反映된 百濟系 借用語 [ki(城)]에 대하여", 日語日文學硏究 第25輯. 韓國日語日文學會
______(1994), "日本地名에 反映된 三國의 國號表記 및 그 語源에 대하여", 李明九先生退任紀念論叢.
______(1994), "日本地名에 反映된 韓系 語源 [tsuru(野)·baru(原)]에 대하여", 苞山郭永喆博士華甲記念論叢.
______(1995), "日本地名에 反映된 韓系 語源 [mutsu(陸)]에 대하여", 李基文先生退任紀念論叢.
______(1995), "日本地名에 反映된 百濟系 借用語 [sima(島)]에 대하여", 南豊鉉教授回甲記念論叢.
李弘稙(1971), 韓國古代史의 硏究, 新丘文化社.
田溶新(1993), 韓國古地名辭典, 高大民族文化硏究所.
丁若鏞(1819) 「雅言覺非」 三卷.
趙炳舜(1984) 「補增 三國史記」, 保景文化社.
池憲英(1948), 鄕歌麗謠新釋.
崔昌烈(1986), 우리말 語源硏究, 一志社.
한글학회(1965), 한국지명총람 1-18, 삼일인쇄공사.

黃胤錫(1791), 華音方言字義解, 頤齊遺稿 巻之二十五 雜書 36.

秋本吉郎(1979) 校注風土記, 日本古典文学大系 2, 岩波書店.

朝倉書店(1954), 日本地名辞典, <全三巻総索引>.

阿瀬利吉(1943), 日本上代に於ける地名と国語の相関的發達史.

アチックミウゼアム(1935), 日本地名索引, <旧陸軍測図>.

鮎貝房之進(1932), 雜攷 新羅王号朝鮮国名攷, 朝鮮印刷株式会社.

__________(1971), 雜攷 日本書紀 朝鮮地名攷, 国書刊行会.

新井白石(1906), 東雅 <新井白石全集> 第四, 東京活版株式会社.

池辺彌(1966), 和名類聚鈔郷名考證, 吉川弘文館

______(1981), 和名類聚鈔郡郷里駅名考証, 吉川弘文館.

飯田武郷(1903), 日本書紀通釈 第1~5巻, 東京印刷株式会社.

石田英一郎(1975) シンポジウム日本文化の源流, 角川書店.

石田竜次郎(1936), “新田開発とその地名”, <地理教育 25巻 4号>.

一志茂樹(1951), “かいと考”, <信濃 3巻>.

________(1952), “地名と国史の研究” <信濃 4巻>.

井上文夫(1966), 岡山県アイヌ語地名解.

井上光貞(1948), “部民史論”, <新日本史講座>.

井村哲夫(1989), 古京遺文注釈, 桜楓社.

池田末則(1992), 日本地名ルーツ辞典, 創拓社.

今村學郎(1942), “日本の地名(I)”, <科学 12>.

岩瀬広一郎(1938), 满洲地名の研究.

魚澄惣五郎(1931), 古社寺の研究.

內山眞(1803), 地名考.

大越勝秋(1954), 摂津東部に於ける條里の坪名<近幾民俗 14号>.

太田亮(1928), 日本古代史新研究.

______(1941), 姓氏と家系.

太田爲三郎(1912), 帝国地名辞典.

大塚史学会(1955), 郷土史辞典.

大西林五郎(1903), 実用帝国大字辞典.

小川琢治(1923), 市町村大字読方名彙.

________(1930), 人文地理学研究.

________(1924), 日本地図帖.

________(1926), "人文地理学の地名学的研究に就いて", <歴史と地理 18巻 1号>.

小野均(1928), 近世城下町の研究.

大野晋(1974), 岩波古語辞典, 岩波書店.

大矢透(1911), 仮名源流考及び証本写眞, 勉誠社.

小倉進平(1929), 郷歌及び吏読の研究, 京城大學.

落合重信(1982), 地名研究のすすめ, 国書刊行会.

小葉田亮(1936), "館名集落", <地球 26巻>.

鏡味完二(1957), 日本地名学.

________(1978), 地名の源流, 角川書店.

金沢庄三郎(1950), "地名の研究", 亞細亞研究叢書 六.

__________(1985), 日韓古地名の研究, 草風館.

__________(1897), "郡村の語源に就いて", 史学雜誌 第13編 第11号.

__________(1929), "地名·人名等に関する日鮮語の比較",<日鮮同祖論>, 刀江書院.

__________(1912), 日鮮古代地名の研究.

葛西猛千代他(1930), 樺太の地名.

香川幹一(1928), 地名の起原.

門脇禎二(1950), "ミヤケの史的位置", <史林 35巻 6号>.

河田·吉田·高橋(1897), 沿革考証日本読史地図.

楠原佑介(1981), 古代地名語源辞典, 東京堂出版.

菊地山哉(1947), "別所と俘囚", <東京史談 15巻>.

________(1951), "別所と俘囚", <東京史談 19巻>.

喜田貞吉(1931), “国号及び地名·日本の歴史地理”, <地理学講座>.
________(1935), “浮浪民と集落所特殊部落の成立”, <地理教育, 增刊号>,
北島葭江(1956), 万葉集大和地誌.
木村圭一(1954), “アイヌ地名から見た古代日本の鮭の分布”,
<東北地理 6巻 3号>.
金田一京助(1933), 言語の研究.
__________(1938), 国語史·系統論.
__________(1948), “蝦夷即アイヌの論” <民族学研究 13巻 1号>.
国松久彌(1935), “津と集落”, <地理教育 10周年記念号>.
旧玉幸多(1953), 日本史地図.
近藤忠(1950), “九州の地名”, <人文地理 2巻>.
佐伯有清(1962), 新撰姓氏錄の研究(本文編·研究編·考証編), 吉川弘館.
佐佐木彦一郎(1931), “郷土研究と人文地理学”, <郷土科学講座>.
____________(1935), “民族學と人文地理学の境”, <岩波講座>,
日本民族学研究.
坂本太郎(1977), 日本書紀(上·下), 日本古典文学大系 67, 岩波書店.
更科源蔵(1966), アイヌ語地名解.
沢瀉久孝(1990), 時代別国語大辞典(上代編), 三省堂.
三省堂編修所(1973), 広辭林, 三省堂.
白鳥庫吉(1894), “朝鮮古代諸国名稱考”, 史学雜誌 第6編 第7·8号.
________(1895), “朝鮮古代地名考”, 史学雜誌 第6編 第10·11号.
________(1904), “中田君が郡村の語源に就いての考を読む”, 史学雜誌
第15編 第9号.
________(1905), “韓語城邑の稱呼たる忽(kol)の原義に就いて”, 史学
雜誌 第16編 第6号.
篠崎晃雄(1956), 漢字難読地名姓氏錄, <謄写刷>.
清水三男(1943), 日本中世の村落.

白野夏雲(1880), “古代地名考”, <地理協会報告>.

新村出(1983), 広辭苑, 岩波書店.

水路部(1948), 日本沿岸地名表.

関晃(1967), 歸化人, 至文堂.

高木市之助(1974), 古事記総索引, 平凡社.

竹内理三(1966), 日本古代人名辞典, 吉川弘文館.

________(1990), 角川 日本地名大辞典, 角川書店.

谷川健一(1988), 地名の古代史, 河出書房新社.

玉口時雄(1984), 土師器 須恵器の知識, 東京美術.

武見芳二(1936), “新潟県に於ける新田集落”, <地理教育 25巻 2号>.

知里眞志保(1956), アイヌ語入門 ～特に地名研究者のために～

__________(1956), 地名アイヌ語小辞典.

__________(1953), 分類アイヌ語辞典植物篇.

__________(1954), 分類アイヌ語辞典人間篇.

辻村太郎(1939), “地名の分布に関する私見”, <形成創刊号>.

帝国学士院(1944), 東亞民族名彙.

東條操(1954), 分類方言辞典.

藤堂明保(1957), 漢字語源辞典, 学燈社.

長井政太郎(1939), “山形県の地名研究” <地理学評論 15巻 11号>.

永田方正(1891), 北海道蝦夷地名解.

中田祝夫(1984), 古語大辞典, 小学館.

中野文彦(1952), 大和地名大辞典正編.

________(1959), 大和地名大辞典続編.

中野弘(1940), “我国の山の名の分布”, <地理学評論 16巻 10・11号>.

中村新太郎(1927), “朝鮮地名の考説”, <地球 4巻 5号>.

中村幸彦(1984), 角川古語大辞典, 角川書店.

西村嘉助(1952), “広島県の火耕地名”, <人文地理 4巻>.

日本書房(1939), 日本地名大辞典.

日本地名学研究所(1957), “地名学研究” <1-21號>.

日本民族学会(1968), “民族学 研究” <季刊 1-33巻>.

丹羽基二(1982), 姓氏の語源, 角川書店.

野口保一郎(1451), 常陸風土記の歴史地理学的研究.

八幡一郎(1968), 日本文化のあけぼの, 吉川弘文館.

平泉澄(1927), 中世に於ける社寺と社会との関係.

藤井茂利(1973), “日本書紀の音仮名「富」に就いて”, 東海大学 日本文学会.

________(1995), 古代日本語の表記法研究, 漢陽大学校大学院.

富本時次郎(1903), 帝国地名大辞典.

掘井令以知(1988), 語源大辞典, 東京堂出版.

本間信治(1992), にっぽん地名紀行, 新人物往来社.

牧野信之助(1931), “散居竝に環豪部落について”, <歴史と地理 27巻>.

正宗敦夫(1970), 和名類聚鈔, 風間書店.

________(1994), 萬葉集総索引, 平凡社.

深田久彌編(1939), 峠.

増田忠雄(1933), “垣内の地名的考察”, <地理教育 18巻>.

松岡静雄(1937), 新編日本古語辞典.

________(1929), “都市名義考·都市地理研究”, <人文地理學報>.

松尾俊郎(1959), 地名の研究.

松本豊明(1953), “中世豪族屋敷·その成立と変遷竝に崩壊について”, <地理学評論 26巻 3号>.

丸山林平(1967), 上代語辞典, 明治書院.

三村清三郎(1929), 江湖地名字集覧.

宮本常一(1960), 日本の離島.

民俗学研究所(1955), 綜合日本民族語彙 <5巻>.

村山七郎(1974), 日本語の語源, 弘文堂.

邨岡繁樹(1947), 全国市町村大字大鑑·地理帖.

本居宣長(1785), 漢字三音考.

諸橋轍次(1957), 大漢和辞典, 大修館書店.

矢津永昌(1917), 歴史的 日本地理.

柳田国男(1936), 地名の研究.

________(1932), “地名の話”, <地理学評論 8巻>.

________(1951), 民俗学辞典.

________(1937), 分類農村語彙.

________(1938), 分類漁村語彙.

________(1941), 分類山村語彙.

山形県郷土研究会(1938), 山形県地名錄.

山口貞夫(1933), 地形名彙.

________(1936), 地名の研究.

________(1940), “沿海地名雜記”, <民間伝承 11月号>.

________(1941), “地名研究の文献と資料”, <旅と伝説 3月号>.

山口彌一郎(1943), “最小集落の生活と単位地名”, <地理学研究>.

__________(1943), “地名より見た開墾集落の発達”, <地理学評論 19巻 11号>.

__________(1957), 開拓と地名.

__________(1953), 大和郷土名のゆかり.

山田節三(1936), “地名に於ける同義語重複”, <地理学評論 4巻 4号>.

山田秀三(1957), 東北と北海道のアイヌ地名考.

山中襄太(1969), 地名語源辞典, 大修館書店.

吉沢好謙(1773), 信濃地名考, <上中下, 和本木版>.

吉田東伍(1907), 大日本地名辞典.

________(1917), 新編日本読史地図.

米倉二郎(1936), “中世村落の様相”. <地理叢書 18輯>.

渡辺光(1955), 日本地名辞典.

日 文 抄 錄

◎ 日本地名に反映された三国の国号 表記 及び その 語源 再考

現在日本の地名の中に見受けられる三国の国号表写と表記は日本人達により命名されたのだとは考えられず.当時三国より日本へ渡った三国系渡倭人達に依って命名されたと推定される.何故かと言えば早くから彌生時代に稲作文化を始め古墳時代の後半からの須恵窯文化,奈良時代の佛教文化等色色な技術文化が日本へ伝授すると同時に,数多い僧,博士,技術者達が渡っていき(Ⅰ.序論参照)集団的に同じ場所に集って暮すようになり彼等が居住した地名も自分達の郷愁がにじんだ故国山村の地名又は国号を取り,自分達の居住する地名を名付けたと推定される.日本地名に反映された〔siragi・kudara・koma〕に対する表記様式やその語源に対しての論議を要約すれば次の通りになる.

(1)現在日本側地名表写資料では三国時代の国号の一つである新羅には〔sinra〕と〔siragi〕の二つの読み方が見受けられる.初めの場合,例えば新羅(sinra)」は2字を使い全部音で読む「正音字＋正音字」の表記であり「眞良(sinra)」は2字を全部音を仮借して読む「音仮名＋音仮名」の表記である.後の場合は例えば「白木(siragi)」2字は全部‘訓’を仮借して読む「訓仮名＋訓仮名」の表記であり「白城(siragi)」2字は全部‘訓’を仮借して読む「訓仮名＋訓仮名」の表記であり,「志楽木(siragi)」3字は第1，第2は‘音’を仮借して第3字は‘訓’を仮借して読んだ「音仮名＋音仮名＋訓仮名」の表記である.

(2)現在日本側地名表写資料を見れば「百済」には〔Hyakusai〕と〔kudara〕の2つの読み方が見受けられる．初めの場合は「百済(Hyakusai)」2字を全部‘音’で読む「正音字＋正音字」の表記であり,後の場合は「百済(kudara)」2字を‘訓’を代用して読む「義訓字＋義訓字」の表記である.この外にも例えば「久多良(kudara)」のように3字を全部‘音’を仮借して読む「音仮名＋音仮名＋音仮名」の表記もある.

(3)現在日本側地名表写資料を調べて見れば三国時代の国号の一つである「高句麗」をそのまま表記した地名例は見受けられない.「高句麗」3字を「高麗」2字で表記する読み方は〔korai〕と読むか〔koma〕と読む.「高麗」2字を〔korai〕と読む場合は「正音字＋正音字」の表記であり,「高麗」2字を〔koma〕と読む場合は「義訓字＋義訓字」の表記である.〔koma〕と読む地名の中には「高麗」以外の表記例では「狛(こま)・駒(こま)・小馬(こま)・小間(こま)・木間(こま)」等‘訓’を仮借して読む訓仮名の表記様式もあり,「胡麻(こま)・巨摩(こま)・護摩(ごま)・許摩(こま)」等は‘音’を仮借して読む「音仮名＋音仮名」の表記様式もあり「古眞(こま)」2字を第1字は‘音’を仮借して第2字は‘訓’を仮借して読む「音仮名＋訓仮名」の表記様式もある.この外にも「高句麗」を〔korai〕又は〔koma〕と読む上述した各種の場合と違い「小栗(kokuri)」という表記様式を持って「高句麗(kokuri)」を表わした場合もある.例えば,「小栗(kokuri)」2字を‘訓’を仮借して読む「訓仮名＋訓仮名」の表記様式も見受けられる.

(4)日本側上代文献表写資料を見れば三国の国号の一つの「新羅」を殆ど大部分〔siragi〕と読んだが.ここには〔sira又はsinra〕まではその文字に対応する論拠があるが第3音節語である〔gi〕だけは文字がその中に

反映されない單純な接尾語の添記に過ぎない.筆者はこの接尾語〔gi〕は「山城・都城国」等を表わす三国系借用語〔gi〕だと見てここに先行した〔sira〕だけを国号と見て〔siragi〕とは「新羅城(siragi)」即ち「新羅国」を表わした言葉だと把握した.何故ならば先づ日本側上代文献表写資料には「新羅」を表わした言葉はあまり見られない.〔siragi〕の3字表記例がもう一つ有るからである.例えば「新羅奇(しらぎ)・志羅紀(しらぎ)・新良貴(しらぎ)」等では「新羅(sira)・志羅(sira)・新良(sira)」等を国号で表わしたのであり,ここに添記した音仮名「奇(gi)・紀(gi)・貴(gi)」等を城で表わした接尾語である.二つ目に現代日本地名表写資料では都城の名稱で緣由されたと見られる地名がかなり多く見受けられる.例えば「駒木(こまぎ)・駒木村(こまぎむら)・駒城村(こまぎむら)」等で〔komagi〕は高麗城にまぎを表わした地名であり「久多良木(くだらぎ)」では〔kudaragi〕か「百濟城」を表わした地名だと見られるわけである.

(5)十五世紀国語では「굵다」と言う意味で「크다・偉大하다・훌륭하다」と言う古訓があるので推定して見れば〔kudara〕と言う言葉の語源は「kurk-(굵-)」→「kuk-(국-)」→「ku(大・偉大)+tara(山城・都城国)」で合成語が造語された純粋な三国系借用語と推定される.改めて言えば「大国・偉大なる国」は正に「百濟国」だとその意味が通じだ.なぜならば当時日本国へ百済国から各種の技術文化が伝授されたので先進国の全ての文物は後進国なる日本人にとって憧憬の的であり,全てが珍らしく思われ百済国が全ての価値の尺度の基準になっていたと思われる.現代日本語で「つまらない」の同義語で「くだらない」と言う言葉がある.筆者はこの「くだらない」の語源を「百済+無い」と見たい.「偉大なる国, 優れた国なる百済国にもしあれば日本人達にはみんな価値がある事になり,百済国でもしなければ価値がないつまらない事になる」のだと解釈するこ

とが可能である.

(6)〔koma〕の語源は部族名を代表したのが由来したのだと思われる.韓半島中北部地方に位置した｢高句麗・濊・貊・東沃沮｣等の地に住んだ貊族全体を代表した名稱が〔koma〕でありこの部族が日本へ渡り同じ場所に集団で居住した.そしてその地名も自分達の族稱により命名したと推定される.何故ならば日本古代人名を見れば〔koma〕と言う姓氏は三国系渡倭人達だけが名付けた所謂蕃別系の｢連(むらじ)｣と言う官職名を持った人達に多い点とその後裔だと見られる〔koma〕と言う姓氏は現代人名にまでそのままつがれて来た(現代日本地名にもその表記例が数多く見受けられるからである).

◎ 日本地名に反映された百濟系借用語〔Sima(島)〕に就いて

我が側の文献資料にて島を表わす〔sjəm〕は15世紀に入ってから見られるが日本側上代文献では島を意味する音仮名〔Sima(斯麻・斯摩・志麻・志摩・之麻・之摩・之萬・之末・思麻・辞摩〕等で表記された借字例が多く見られる.

この音仮名で表記された〔Sima〕と言う言葉は上代日本の固有語ではなく,百済系の語源なることを論証して見せるのが本稿の意図である.

日本書紀武烈4年4月条に引用された百済新撰に依れば『百済蓋鹵王が日本の敏達王を慰める爲に自分の弟昆支君と産月になった自分の妻を共に日本へ行かせたが,航海中筑紫の各羅島で妻が出産をし,その子供が後日百済の武寧王になったこと.また彼が島で生まれたので百済の人達が彼を稱して‘島王’卽ち百済語で‘sima(斯麻)王’と呼んだ』と言う説話があるが,李丙燾(1977:403)は武寧王の諱なるこの「斯麻」と日本語「シマ(島)」がその発音に類似した点で作られた説話に過ぎないと思われる.しかし1971年公州武寧王陵で掘り出された誌石では武寧王の諱が「斯麻」と記録されている点と,その崩年(523A.D.)も三國史記と日本書紀の記事が完全に一致した点から推察して見ると,日本書紀武烈王4年4月条で引用した百済新撰の記事内容は事實として受け入れるべきだと見られる

筆者の調査に依れば日本書紀に收録されている.三国系渡来人総353名の内,百済系が209名になるが特に各種技術伝授の爲に渡来した百済系技術陣の人名の中で‘斯’字を持った人が13名もあり,‘麻’字を持った人

が15も見られた.

依って「斯麻王(武寧王)」が日本へ渡った時,その人名と同時に'斯'又'麻と'言う字音に対する東音系発音がそこに反映された可能性も想定される.「斯麻」とは表記で「斯(si)」の古代音は両側相互一致するが「麻(ma)」の場合は相異するものも見られる.

諸橋轍次に依れば'麻'の呉音は〔me〕で漢音は〔ba〕であるので,「斯麻」を呉音で読めば〔sime〕になるべきで漢音で読めば〔siba〕になるので,〔sima〕と当時日本の現実音とは距離がある.

「斯麻」を〔sima〕と読むのは三国から日本へ渡った当時の東音にほかならないと思われる.

現在まで〔sima(島)〕の語源に対して楠原佑介(1983:163)は「三角州など周囲が水に四方がまわされた所」に付けられた地名で〔tsuba〕が〔siba〕にかえられ,又〔siba〕が〔sima〕にかわった言葉で'崖地'の意味として見ている.

これに反して,坂本太郎・家永三郎・井上光貞・大野晋(1967:542)は島主(せまきし)・主島(にりむせま)の例を取り,〔せまきし・にりむせま〕の古訓〔sema〕は〔sima〕と同じ言葉で朝鮮語〔syom(島)〕と同系語と述べ,　佐竹昭広・前田金五郎(1974:636)も〔sima〕は朝鮮語〔sjəm(島)〕と同系語と述べている.李基文(1972:37)も中世国語の〔sjəm(島)〕と古代日本語の〔sima(島)〕が同系語源での〔sima〕は百済語の殘影であると見ている.

しかし,〔sima〕に対する現在までの論議は極く断片的なものに他ならないのが事実である.

本稿では日本側地名・人名表記等その表写資料を通して島を表わす「斯麻」の'斯'字と'麻'字の字音に対する検証を通して「ɜima(斯麻)」が口

本へ渡った東音系なることを立証して〔sima〕と言う言葉が百済系の借用語であることを明らかにしたい.

'島'を表わす〔sima〕とは日本の固有語ではなく百済より借用された言葉だと推定される.何故ならば,先ず日本書紀に收錄された百済新撰(455-523)に依ると百済武寧王が筑紫各羅島で生まれたことから百済人達が彼を'島王',卽ち「sima(斯痲)王」と稱した事実から推測して当時百済語で島が〔sima〕だと推定される爲である.二番目に1971年忠南道公州で発掘された武寧王陵の誌石でも彼の諱が「斯痲」と表記されていた爲である.三番目に彼の崩年(523　A.D.)が三国史記と日本書紀で一致された爲である.四番目は百濟第17代阿華王代から第24代東城王代に至るまでは百済の王室と日本皇室(応神・仁徳・雄略)とは極めて親密な関係を維持して,兩側の往来が頻繁に行われ百済の王子や王孫等當時誰かが渡倭して,大和宮中に滞在しながら日本皇室の人人と交遊したという日本書紀の記事內容から見ると「斯痲王(武寧王)」の渡倭事実をそのまま認めるべきだ.

5番目は百済の斯痲王が渡倭したならばその人名も自然に彼と共に日本へ伝播されたはずであるし,当然'斯'と'痲'の東音系字音も同じく伝播されたであろう.6番目は日本書紀の中に收錄されている百濟系の渡倭人達の人名と地名表写資料に見られる'斯'と'痲'の表記例は,三国史記と三国遺事に收錄された人名又地名表記資料とそのまま一致しているので東音系'斯'と'痲'がそのまま日本に反映されたものだと推定される.

7番目は百済系の渡倭人なる船史一族に依った記錄と推定される推古朝遺文にも,'島'を表わす〔sima〕を「斯痲」と表記した借字例が見受けられる. ここで第2音節の'痲'の呉音は〔me〕で漢音は〔ba〕であるので,「斯痲」を当時の日本の現実音で読むと〔sime〕と読まなければならないのに,これに反して〔sima〕と読んでいるが,この〔sima〕は正に百濟系東音だと言う他に道理がないからである.8番目は上記に例示した通り‘島’を表わす音仮名〔sima〕は大きく二つに分類される.

A.グル-プの用字例の「斯麻・斯摩」とB.グル-プの用字例の「志麻・志摩・志萬・志末・之麻・之摩・之魔・之萬・之末・辞摩」等に分けられるが,前者の場合が「百済系渡倭人筆錄者達が頻繁に使用する表記癖」だとすれば,後者の場合は時代がこれより後代になるに従って主に「日本人系新筆錄者達に依った表記癖」が〔sima〕の表記に反映されているものと見られる.

このような表記癖は百済系の渡倭人達の所謂船史一族に依る記録だ と推定される推古朝遺文の漢字借用表記法でもよく表現されている.例えば文章の終止形を表わす「～なり」の表記に‘之’字を借用したとか,尊稱補助動詞を表わす「たまふ」の表記に‘賜’を借字した点は三國系金石文の借用表記法にそのまま一致した点だが,このような「之・賜」等が時代を經ながら日本人系新筆錄者達に依り‘之’は ‘也’字として,更に‘賜’は ‘給’字で各各交替された表記例を発見することが出来るからである.

◎ 日本地名に反映された百済系借用語〔Ki(城)〕に就いて

(1)日本地名を調べて見ると三国系語源だと推定されるのが相當に多い．本稿ではその中で〔Ki(城)〕だけを論議の対象とした．

現在日本地名表写資料で見れば城を漢字語そのまま音読して「ジョウ」とよむ地名もありそれを訓読して「しろ」とよむ地名もあるし「き」と読む地名も多い． 前二者の場合では日本式音読か，訓読であるが，後一者の場合では百済系借用語と推定される．日本古語辞典では「城」の意味を表す〔Ki〕と言う言葉は大低“しろ”の古代語だと解釈しているだけで，〔Ki〕の語源に対しては言及していない．丸山林平(1967)はその語源に対して敵の攻撃を防ぐ爲に石のへいを築き內と外を区画した所即ち「限り」でその〔Ki〕の語源を探した．李基文(1961)・大野晋(1974)だけが〔Ki(城)〕は百済語らしいと言った．

筆者はもし“山城”を築城する技術文化が百済から日本へ伝授したと言えばその築城技術文化と共にその技術者達も渡倭されてその実物(城)に對する名稱たる〔Ki(城)〕と言うことばまでも同時に渡っただろうとその可能性も否定出来ないと思われる．そのわけは当時百済では城を意味することばに〔Ki(己・只)〕という音借字を借用した文証が三国史記地理志巻36の中に表われている．

新羅第35代景德王時代に昔の百済地名と高句麗地名を全部漢字語で改新した事実がある．卽ち本来の百済地名なる‘悅己縣’を‘悅城県’とよび又本来の‘結己郡’を‘潔城郡’と．...．そして‘奴斯只縣’を‘儒城縣’等と改新したがここで百済語の〔Ki(己・只)〕が漢字語の“城”に対応しているのを見受けられる．

日本側地名表記資料では“城”を現すことばに音仮名[Ki(帰・基・紀・貴)]が対応関係の借用例だと見受けられる.

それから〔Ki(城)〕の用字例は日本地名では勿論,日本上代文献資料即ち推古朝遺文・古事記・日本書紀・萬葉集歌等でも多いに発見される.播磨国風土記・常陸国風土記・肥前国風土記等でも〔Ki(城)〕の用字例が多く見られる.

(2)日本上代語では“城”を意味する言葉に〔Ki(城)〕以外に,〔Sasi(城)〕と言うことばがもう一つある.しかし〔Sasi〕は〔Ki〕とは違い.日本書紀の中でだけその用字例が見受けられるが主に三国関係地名表記の場合特に多く発見された(用例7.参照)〔Sasi(城)〕の語源に対しては松井簡治(1967)・丸山林平(1967)・時枝誠記(1982)・中田祝夫(1983)・中田幸彦(1984)等がすでに古代朝語で推定した事がある.この〔Sasi〕と言うことばは〔Ki〕と共に“城”を表すことばだが〔Ki〕とは異り現在日本地名では用字例が殆ど無く.他の上代日本文献資料でも発見されない点でも推定される.当時日本の借用語にも受容できない,〔Ki〕とは軌を異にするのだと推定される.この〔Sasi(城)〕は新羅郷歌では〔城(자시)〕と言う用例が使われる点でも見られ,古代新羅語(用例8参照)で中世韓国語(用例9参照)に至るまでその命脈を維持した事だが近代韓国語に入り漢字語の〔Seong(城)〕に追われそれに代わる新羅語系だと思われる.

依って〔Ki(城)〕だけが日本地名に反映された百済系借用語だと推定される.

◎日本地名に反映された百済系借用語〔tsuru(野)baru(原)〕に就いて

日·韓両国の地名表記例で見れば‘平野’での‘野’と‘高原’での‘原’を音読ではなく訓読する場合がまたある.日本の地名表記例で‘野’の場合を見れば次の二つのケ-スがある.日本語式で訓読した場合と韓半島から日本へ渡って來て日本の地名の中に借用語として受容された場合がある.卽ち,‘野’を日本の固有語なる〔no〕と読んだ場合が前者に屬し,韓系語源に推定して〔tsuru〕と読んだ場合が後者に属するのである.

現在まで「野・原」に対する内外研究者達の研究史を要約すると次の通りである.

先ず,‘野’に対しては金沢庄三郎(1930:190)のみが次の論拠を提示しながら朝鮮系語源と推定している.

a)朝鮮地名表記例で「野・坪」を表わす朝鮮語が〔tŭr〕である.b)満州語でも‘曠野’を表わす言葉が*〔tala〕である.c)任那国卽ち伽耶国の地名例で「野・坪」を表わす〔tari(多利)〕という表記例が見えることからここで*〔tŭr〕形を再構することが出来るためである.

次に,‘原’に対しては楠原佑介(1981:258)の引用を筆者がここに再引用すればa)「原(はら)は人力で開発した平地」(吉田東五の說),b)「原(はら)は開墾が遲れた不毛地で入会地になった所(松尾俊郎の說),c)「原(はら)は‘野(の)’と異り,‘神聖な土’と言う意味を含蓄している」(吉田茂樹の說)

以上に就いて楠原佑介(1981:258)は上の三つの主張と正反對の主張も多いのでその内の一つに断定することは出来ないが,「はら(原)」と「はる(原)」は同根で'広い所'を表わす言葉だと言うことには相違ないから,この「はら(原)」を朝鮮系語源〔pǒl〕から由来したと言う学説に反対したのである.しかし,大野晋(1977:1059)は「はら(原)」を朝鮮語〔pǒl(原)〕と同源としている.また,鮎貝房之進(1932:447)も「原(はら)・波良(はら)」と対応する古代朝鮮語なる〔pǒl〕の「弗・伐・発・夫里」及び「火・列」等を同系語源として推定している.また,梁柱東(1967:391)も早くからこのような主張に同調したことがある.しかしながら共に 「野・原」の語源に対しては極く断片的な言及に過ぎず,日本地名表記の中に受容されている全般的な分布・調査もしたことがないので「hara(原)」系と「baru(原)」系を等しく同一系の語源に認識した点に於いて筆者は同意することが出来ないのである.従って本稿では〔tsuru〕が'野を表わす百済系語源*〔tŭrŭ〕の借用語だということをその分布に於いて明らかにし,また,〔hara〕系と〔baru〕系は相互軌を異にした言葉として認識し,〔hara〕系が全国的に分布されている日本の伝統的な固有語だとすれば〔baru〕系はこれと異り,日本語とは無関な百済系*〔tŭrŭ〕が主に日本九州地域において〔tsuru〕という借用語で日本の地名の中に受容されたとする論議を展開したのである.

その論議内容を要約すると次の通りである.

(1)現代九州地名表記例に見られる〔tsuru(津留・都留・都流)〕と言う地名は韓系語源,特に百済系語源*〔tŭrŭ(野)〕からの借用語と推定する,即ち '野'の意味を表わす〔no(野)〕が日本の上代語から現代語に至るまで日本の固有語の伝統を維持して来た言葉とすれば〔tsuru(野)〕は日本の固有語ではなく,百済人達が日本へ渡って来て集団的にひとつの場所に集まって自分達の居住地の名称も自然に自国語なる百済系*〔tŭrŭ(野)〕を持って命名した可能性があるので,この〔tsuru〕と言う借用語もその当時から日本の地名の中に受容されたものと推定される.なぜならば,a)日本書紀持統2年 5月条記事に依ると,百済人達が甲斐国都留郡へ渡って来て暮らした記録があり,'都留郡'という地名は古代地名から現代地名に至るまで,その表記伝統が続いているためである.b)倭名鈔の「松浦:万豆良(郡)」に依って〔matura〕が〔matsura〕と口蓋音化して読めるように*〔tŭrŭ〕も*〔tsuru〕と読めるためである.

(2)或者は「hara(はら・ばら・わら・ら)」系と「baru(ばる・はる)」系を共に同系語源として認識したが筆者はこの説に反して,両者は相互軌を異にして來たものであると認識している.

〔hara〕系が日本の固有語の伝統を維持したものとすると〔baru〕系は日本語とは関係ない百済系の借用語と推定した.なぜならば,

a)〔hara〕系の分布が東北地方(宮城県・福島県等)から始め,関東地方(茨城県・木県・群馬県・千葉県・東京都・神奈川県等)・中部地方(山梨県・長野県・岐阜県等)・近幾地方(滋賀県・大阪府等)・中国地方(鳥取県・島根県・広島県等)など本州地方では勿論,南方の四国地方と九州地方に至るまで全国的に均一に分布されている反面,〔bara〕系の分布は唯一九州地方(福岡県・熊本県・佐賀県・宮崎県・鹿児島県・長崎県等)のみに發見されるためである.

b)〔hara〕系は日本の上代文献表記資料でその表記例が多く発見されているので,上代語から現代語に至るまで日本の固有語の伝統を維持したのに反して,〔baru〕系は日本の上代文献の表記資料ではその表写例を見ることが出来ないので日本の固有語ではなく外来の借用語だと推定するためである.

c)〔baru〕系の分布は唯一九州地方に限定されているのを發見したためである.卽ち総87個例の中で福岡県35例,熊本県23例,佐賀県11例,宮崎県13例,鹿兒島県9例,長崎県3例などの分布率が発見されたが,大分県では一例も見えなかったのは注目すべきことである.同じ九州地方でも古代から韓半島と海上交通が頻繁な地域に於いては,〔baru〕系の分布率が高いという点で見ると,この〔baru〕系が韓系語源なる*〔pɔr〕系の借用語と推定出来るのである.

◎ 日本地名に反映された百済系借用 〔Suguri(村主)・Kofori(郡)〕に就いて

周知の通り昔から中国周代の区画名なる「州・府・郡・県・村」等が我等の区画を整理するのに反映された例があり,我が式の区画名が再び日本へ渡り孝徳2年大化改新の際, 日本の区画名の名付けに影響を与えた例がある.

訓蒙字会に依ると'koeul'と呼ぶ訓には'郡'字を始め「州・邑・県」等のいろいろな用字を,そして'maeul'と呼ぶ訓でも'村'字を始め「里・郷」等の用字が見受けられるので十五世紀の韓国語の表記例では前者の場合では 「ᄀᆞ올」を,後者の場合は「ᄆᆞᅀᆞᆯ」を両系例は互いに別個の語辞で確然に区分されて来たことが見られるが,一部の区画名接尾辭が一般名詞に転成されながら大小單位に上っても相互混同を招来したのも見られる.例えば「栗村(조고올)〈竜歌2巻注解〉」では'村'を'ᄆᆞᅀᆞᆯ'と読まず,'고올'と読む場合や,杜詩諺解初刊本や金剛経三家解でも'鄕'字を'ᄆᆞᅀᆞᆯ'と読まず,'고올'と読むのが正にそれである.

これを以って推測すれば中国周代の区画制度が輸入された古代では「村・郡」両系区画名が明らかに区分されて使用されたものが新羅統一期以後全ての地名を漢字式官名で改稱した.この時からそれ以前までの俗名に用いられた〔pɔr(伐・火・列)〕系及び〔pɔri(夫里)〕系が消えると共に 「村・郡」両系列相互間の概念上の混同を惹起させた要因の作用をしたと見られる.〔Suguri(村)〕と〔Kofori(郡)〕の語源に対した考察は早くから日本人学者達に依って成された.

先ず〔Suguri〕の語源に対しては直接的な韓語の〔Suki・Suku〕から

由來したものと認識した場合と日本の固有語の〔fure(村)〕が韓語〔Puri(夫里)〕から転化したものと認識した二つの場合がある.金澤庄三郎(1929)・鮎貝房之進(1931)・澤瀉久孝(1967)・山中襄太(1969)・大野晋(1974)・楠原佑介(1981)等が前者に属し,白鳥庫吉(1894)が後者に属する.次は‘郡’の語源に対してその語源を韓語〔Koper〕として見た場合と,日本の固有語として見て二つの語辞〔ko(大)〕と〔fori(村)〕の合成語卽ち‘大村’の意味と認識した場合である.新井白石(1720)・本居宣長(1799)・澤瀉久孝(1967)・大野晋(1974)・中村辛彦(1985)等は前者に属し,金沢庄三郎(1929)は後者に属する.

しかし,従来日本人学者達の主張は‘村’字を〔スキ〕と表写した.日本書紀通釈にだけ依存し‘村’がとんな過程を経て〔スキ〕と読まれたかに対しては論議が不足であり,‘村’の日本古訓〔fure〕と我等の現代語〔mauel(村)〕を同系語源で認識されたとか,〔kofori(郡)〕を日本固有語で見た二つの語辞の合成語で把握したとか,その資料に対した考証では首肯出来ない点が多いし区画名接尾辞の機能では名詞的性格で転成されながら‘村’と‘郡’の両系列の混用に関した明白な論議が不足であったことも事実である.

筆者は現在日本地名の中に表われている〔Suguri〕系と〔Kofori〕系の分布を調査してこの二つの系列の語辞等が日本地名表記例ではどのように受容されるか,そしてこれ等の語源に対する現在までの語源に対する論議を再検討して見たい.

(1)現在日本地名の中に反映された区画名接尾辞が固有名詞に転成されたものが多いが,その中で代表的なものを二つ取ると〔Suguri(村名・村主)〕系と〔Kofori(郡名・郡司)〕系が正にそれである.

(2)〔Suguri〕の表記に対しては「村主・須栗・勝・勝呂」等を各各借

字し,〔Kofori〕の表記では「郡・氷・小折・桑折・木折・小掘・古保利」等を各各借字した表記例が見られる.

(3)〔Suguri〕を‘村主’で表記したのが百済系渡来人の「舊筆錄者達の表記癖」だとすれば〔Suguri〕を「勝・勝呂・須栗」等で表記したのは「日本人系 「新筆錄者達の表記癖」が反映されたものだと推定される.それと同じく〔Kofori〕を‘郡’と表記したのが「百済系渡来人達の表記癖」だとすれば〔Kofori〕を「評・氷・小折・桑折・木折・小掘・古保利」等で表記したのは 「日本人系 新筆錄者達の表記癖」が反映されたもの推定される.

(4)従来の様様な主張によると,〔Suguri〕を‘村’と‘主’の二つの語辞と見ているが〔Suki(村)+Kanu(干)〕とか〔Suki(村)+nirimu(主)〕等の合成語としては見られない.なぜならば先ず‘村’字の呉音や漢音が両者共〔son〕でありその韻尾〔n〕も〔ki〕や〔ku〕で読まれる可能性がなく.次いで日本書紀收錄の百済系の人名とか地名で‘村’字を〔スキ〕或いは〔スク〕に表写した資料が見えても我国の古代文献資料や方言においては〔Suki〕や〔Suku〕と言う言葉が発見されないからである.

(5)筆者の見解では「意流村(オルスキ)・白村江(ハクスキエ)」での「村(スキ)」や「三次(ミスキ)・来次(キスキ)・揖宿(イブスキ)」での「次(スキ)・宿(スキ)」等の〔Suki〕は「佐知村(サチスキリ)での〔Sukiri〕からの転化と見てこの〔Sukiri(村)〕は新たに〔Suguri(村)〕からの転化と認識される.そして「筑足流城(ツキソクルノキ)」での「sokuru(足流)」の〔soku〕や「徳宿(トコスク)」での〔suku〕等も〔Suguri〕からの転化と把握されたのである.

(6)新撰姓氏錄に依れば〔Suguri(村主・勝)〕と言うかばね(姓)を持った蕃人達の大部分が百済系の渡来人なのでその人達の自国語たる百済語で自分達の居住した地名を命名したものと推定されるので〔Suguri(

村名・村主)〕も百済系借用語と見られる.

(7)和名鈔に依れば「伊勢國安濃郡村主郷」での村主に対する注釈文での'須久利'と言う表記例があるのでこの地名を〔Suguri〕と読むものと思われる.何故ならば百済系の渡来人達の記録であると推定される所謂推古朝遺文の中に収録された人名,地名にも百済の人名,地名表記例にも'須'字は〔su〕と,'久'字は〔ku〕と,'利'字は〔ri〕と,各各読まれるので'須久利'を〔Suguri(村・村主)〕と読むのは百済系東音と推定される.

(8)村主郷とは地名に依り〔Suguri〕が「村長が治める村」だと言う意味と村長の意味があるように,〔Kofori〕も「郡司が治める郡」と言う意味とその「郡の首長」だと言う意味が包まれている.継体23年3月紀の「加羅己富利(からこほり)」と言う人名や,継体24年9月紀の「能備己富利(のびこほり)」と言う地名は〔Kofori〕と言う言葉が百済系の借用語なることを示唆している.何故ならば,百済系の推古朝遺文に収録された人名,地名表記例の推古朝仮名での'己'字は〔コ〕に,'富'字は〔ホ〕に,'利'字は〔リ〕と読まれたのでこの '己富利'を〔Kofori〕に読んだのは百済系の東音だと推定される.

(9)従来或者の主張で〔Kofori〕を日本の固有語として認識し〔Ko(大)〕と〔fori(村)〕の二つの語辞に分析して'大村'の意味に把握されたが〔Kofori〕は百済系の借用語〔Kopər〕と同系語源の單一語に見なければならない.

◎ 日本地名に反映された韓系語源〔mutsu(陸)〕に就いて

周知の通り,現在日本の地名には韓系語源と推定されるのが多い.その中で〔mutsu〕だけを論議の対象にした動機は先ず,日本地名表写資料で見るとなぜ「陸奥」と言う同一な地名表記例を持って二つに異り読まれるのかという疑問が出た.卽ち一つは日本上代文献(古事記・日本書紀・萬葉集歌・風土記・和名鈔等)の表写資料でよく見られる〔みちのおく或いはみちのく〕で,もう一つは現代地名表写例で見られる〔むつ〕である.前者の場合は〔陸(みち)〕と〔奥(おく)〕2個の正訓字を全く訓読した〔mitsi no oku(或ぃはmitsinoku)〕の場合で典型的な日本式読法だとすると,後者の場合は〔陸奥〕2字に於いて最初の「陸」1字だけを〔むつ〕に読んで,殘りの「奥」は虚字と見て読法に反映させなかった場合で,「陸」1字だけをもって〔mutsu〕に読んだその根拠はどこにあるのか.

次に諸橋轍次(1969:十一912)に依れば‘陸’に対した古訓に〔くが〕や〔みち〕と言う二つの‘訓’があるが〔むつ〕と言う‘訓’はないのに,なぜ‘陸’を〔むつ〕に表写しているのか疑問が生まれたからである.

筆者は韓国方言で‘陸’の意味を表わす〔mut(或いはmut'e及びmut'i)〕と言う言葉が現在においても使用している点から見ても,この〔mutsu〕は韓系語源〔mut或いはmut'〕が日本列島へ渡って日本語化(開音節化)過程で〔mut或いはmut'〕になって,再び口蓋音化して〔mutsu〕と言う借用語で日本地名表記の中に受容されたものと想定して見たのである.

従来の内外学者達の主張を要約して見ると「松井簡治(1953)・新村出(1973)・大野晋(1974)・時枝誠記(1979)・楠原佑介(1981)・中田祝夫(1983)などは「陸奥」を「東山道及び東海道の奥」という意味に把握して〔み

ちのおく〕と読んだのである.

しかし,「金沢庄三郎(1985)・本居宣長(1952)」などは前者の場合とは異なり「陸奥」2字を合わせて〔むつ〕と読んだのである.卽ち金沢は‘陸’の古訓が〔むつ〕だと言及しただけで,その語源は明らかにしなかった.一方本居は〔michinokunokuni〕での同音省略現像に依って〔noku〕の重複を避けて〔michinokuni〕になったのでこの〔michi〕が〔mitsu〕に問違って読まれた結果と見たのである.

韓国においては金思燁(1979:76)と李男德(1985:226)だけが始めに‘陸’の古代韓国語が〔むつ〕であると明らかにして,この〔むつ〕と〔mut或いは muth〕が相互に対応される言葉だと述べている.

しかし,両者共に‘陸’1字を〔むつ〕と読んだ1字構造に限した解明で「陸奥」2字を〔むつ〕と読んだ2字構造に対した解明ではなかった.特に「陸奥(むつ)」の‘奥’の読法に対した具體的な言及がなかった.

筆者は〔陸奥(むつ)〕に対し造語上の構造を〔正訓字‘陸’+具書‘奥’(暗示性)〕の2字構造の表記様式と把握して,これが我が国の鄕札表記法での〔訓讀字‘修’+末音添記字‘将來’(暗示性)〕の構造にそのまま一致する表記様式だと認識したのである.卽ち日·韓両国に於いて具書なる‘奥’字と末音添記字なる‘将来’字は両者共に読法には直接反映されず,各各その先行字に対したある狀況を暗示する機能を持った点に於いては両国に共通点がある.なぜならば,日本の‘正訓字’と我等側の‘訓読字’はその運用方式が相互類似しており又そこに添記されている萬葉仮名の‘具書’と我が国の鄕札の‘末音添記字’の機能は相互共通点があるという事実が立証されているからである.

本稿では現代地名で〔むつ〕で表写された單字構造なる〔陸(むつ)〕と複字構造なる〔陸奥(むつ)〕の表記様式を中心にして論議を展開して日本地名表写資料に見られる〔mutsu〕が韓系語源〔mut 或いは mut'〕が閉音

節化過程を経て日本地名表記の中に受容された韓系借用語であることを明らかにしてみたい.

以上の論議内容を要約すると次の通りである.

(1)日本の地名表写資料を見れば「陸奥」とは同一な地名が二つに異り読まれたことが見られる.一つは日本上代文献なる「古事記・日本書紀・萬葉集歌・常陸風土記・風土記逸文・倭名鈔」等の地名表写資料で〔ミチノオク(或いはミチノク〕と読める場合で,もう一つは現代日本地名表写資料で見られる〔ムツ〕と読める場合である.前者は正訓字「陸(みち)」と正訓字「奥(おく)」の2字を共に日本の'訓'なる〔みちのおく〔或いは'みちのく'〕と読んだ典型的な日本式の読法そのままである.これと異り,後者は「陸奥」2字を〔むつ〕と読んだ場合である.即ち,「陸奥(むつ)」での'奥'字は〔むつ〕という読法にそれが全く反映されていない虛字で唯〔陸(むつ)〕1字だけがその読法に反映され〔mutsu〕と読んだのである.現代日本地名表写例で〔mutsu〕という'陸地'を表わす韓系語源〔mut(묻)或いはmut'(뭍)〕が日本地名表記例に借用語として日本地名の中に受容されたものと推定される. 何故ならば,先ず日本語の古訓で'陸'を表わす言葉には〔くが〕や〔みち〕という'訓'はあるが〔むつ〕という'訓'は存在しないのである.2番目に〔陸奥(むつ)〕の造語上構造を「正訓字　'陸'+具書'奥'(暗示性)」の複字構造の表記様式だと把握すればこれは我が国の鄕札表記法での「訓読字'修'+末音添記字'将来'(暗示性)」の表記様式にそのまま一致する.

このような論拠は両国の文字体系とその運用方法に於いての共通点,特に萬葉仮名表記法での'具書'と鄕札表記法での'末音添記字の'暗示的機能に於いての共通点が認定されるのである.3番目に「陸奥赤石(むつあかいし)・陸奥市川(むついちがわ)・陸奥岩崎(むついわさき)・陸奥黑崎(むつくろさき)・陸奥沢辺(むつさわへ)・陸奥白浜(むつしろはま)」等, 東北道・

東山道を走行する五能線・八戸線・大湊線等の駅名の位置を見ると,大部分の駅が海岸に沿っているので「うみ(海)」の方から見たら対面している地域である「陸地のおく側」が〔mutsu(陸)〕になるので上述した「陸奥(むつ)」の'奥'字が暗示する意味内容と必ずしも無関しないのである.特に〔むつ〕と言う人名表記例では皆單字構造の「陸(むつ)」に表記したが,駅名表記例では必ず複字構造の「陸奥(むつ)」の表記様式を持つことを見れば複字構造の「陸奥(むつ)」が地名表記様式だと言う事実を示唆しているのである.4番目に日本人名表写資料では '陸'字を〔りく〕と音読した場合を除外すれば'訓'で読める場合がもう二つある.その一つは〔くが〕で,もう一つは〔むつ〕である.前者は'陸'の日本語の古訓が〔くが〕なので日本系姓氏と見られる.後者は日本語の古訓には〔むつ〕と言う言葉はないが韓系古訓では〔mut・mut^{h}〕が現在方言にも残っているため,日本人名表記例で見られる〔陸(むつ)〕という姓氏は韓系渡倭人の後裔と推定されるのでこの人達に依って日本地名表記に〔mut或いはmut'〕という言葉が〔mutsu〕という借用語で日本地名表記の中に受容された可能性を排除することが出来ないからである.

(2)日本地名〔mutsu〕の表記に單字構造なる「正訓字'陸'＋無添記」の表記様式とか複字構造なる「正訓字'陸'＋具書'奥'」表記様式とかがあるが共に両者は明治元年(1868　A.D.)に五個国(例えば,磐城・岩代・陸前・陸中・陸奥など)に分割される頃以前から韓系語源〔mut或いはmut'〕という言葉が東北地方に渡って開音節化(日本語化)過程で〔mut或いはmut'u〕が再び口蓋音化して〔mutsu〕と借用され日本地名表記の中に受容されたと推定したのである.

◎ 日本地名に反映された新羅系語源〔fakata(博多)〕に就いて

〔1〕日本九州にある「博多(はかた)」という地名語源に対する從来の日本學者達の主張を見れば,殆ど共に日本の固有語と認識している.しかし,筆者は〔fakata〕という言葉は日本の固有語じゃなくて,　玄海灘を渡った新羅系借用語と見たのである.

〔fakata〕ということばは新羅系〔patɔr'海'〕の借用語と推定される〔fata'海'〕系や〔wada'海'〕系と共にその軌を共にした同系語源と見られる.何故ならば,先ず,〔fata〕系や〔wada〕系の地名の中で「~岬,~港,~津,~浦,~瀬戸,　~島」等接尾語が付けられた場合が多く.〔fakata〕系の地名に於いてもこの接尾語がよくつけられていて,いくつかの內陸地方の地名(羽方・白太・博多等)を除外すれば殆どすべてが'海岸地帶'の地名なのである.2番目に日本書紀仲哀9年10月条の記錄の通り,「波珍'はとり'(一云'海干')」という官職を持った新羅使臣「微叱己知(みしこち)」が日本へ渡ったということが事実だとすれば,この人物と共に新羅系〔patɔr'海'〕と言う言葉も同時に日本へ借用される可能性があるからである.3番目に新羅の鄕歌の「海等(바ᄃᆞᆯ)〈稱歌3行〉,〈普歌5行〉」等で新羅語として推定される〔patɔr'海'〕が語末子音〔r〕が脫落された〔patɔ〕系に語形が代わりこれが再び〔fata〕系や〔wada〕系に音韻が變化され日本地名に借用されたものと推定されるのである.4番目に新撰姓氏錄に依れば所謂蕃別系の「連(むらじ)・忌寸(いみき)」という「かばね」は主に新羅系技術陣の渡来人達の人名として多く発見されるが,特に「はた(秦・波多・幡多・幡陀・波太・八太・半太・判太・羽田)」氏達の人名で「連」や「忌寸」という姓氏が多い事実に注目する必要がある.即ち新羅系技術陣の渡来人達は

皆が玄海灘という‘海’を渡った人達という意味で,所謂‘海部集団’と言う人達と共に日本で自分達同士ひとつの場所に集まったため,自分達が居住する地名に対する名称も自然に自国語である新羅語〔patɔr‘海’〕をもって命名した可能性を排除することが出来ないのである.5番目に日本地名の中で「波多津・波多津漁港・波多見港」等の表記例で見たら「波多(fata)」とはほとんどすべてが「海岸地帯に位置した地名」なのでこれを日本式音仮名で読むと〔fata〕だが,これをそのまま我が国の吏読や郷札式で読んで見たら〔pata〕になるのである.即ち, ‘波’の字は東音で〔pa〕音で,‘多’の字の東音は〔ta〕音だから,‘波多’の2字は‘海’を表わす〔pata〕と読める.従って,日本〔fata‘海’〕系と我が国の〔pata‘海’〕系は相互音韻対応が成立するので〔fata〕系は新羅系〔patɔr‘海’〕が語末音〔r〕脱落形の〔patɔ〕系が日本地名で〔fata〕に音韻が変化され受容されたものと推定するためである.6番目に現代日本人名なる「渡初(わたなべ)・渡部(わたべ)・渡里(わたり)・和田(わだ)・和多(わだ)」等の表記例で示唆した通り,〔wada〕氏は「渡る・渡り」と言う文字そのものの意味の通り「韓半島から日本列島へ‘海’を渡って来た人達」の後裔と推定されるので,この人達は自分達が居住する地名に〔wada〕と言う姓氏を付けた可能性が推定されるためである.7番目に日本人学者の中では「わた(海)」は‘うみ’の古訓だと主張しているが,諸橋に依れば日本の固有語で‘海’を表わす言葉で‘うみ’はあるが‘わた’と言うことばないのである.筆者は「うみ(海)」が日本の固有語だと言えば「わた(海)」は新羅系借用語の〔patɔr‘海’〕が変形して受容されたものであると思う.従って日本上代文献で見受られる二つの共存形〔うみ〕と 〔わた〕の中で〔うみ(海)〕が日本の固有語であるとすると〔わた(海)〕は韓半島から日本列島へ渡った渡来人,特に所謂海部族が日本へ持ち入れた新羅系借用語と推定される.

〔2〕〔fakata〕と言う地名に日本側の文献資料では「伯太(はかた)・白太(はかた)・羽方(はかた)・博多(はかた)」など様様な表記例が見られるが, 韓国側の文献資料では同一な地名に対して日本の表記例とは全く異なる表記様式で記録されたことが発見出来る.例えば,海東諸国記を始め,高麗史では‘博多’を‘覇家臺’と,陽村集では‘朴加太’と,そして華音方言字義解では‘覇家臺’及び‘博加大と’各各表記されているが,このような「覇家臺・朴加大・博加大」等の表記例と「博多と」は両国が相互一定な音韻対応を形成しているので〔fakata〕に対する読法とその語源に対するある関聯性を示唆するものである.

そのように見られる論拠は先ず「覇家臺・朴加大・博加太」の3字を日本式の音仮名で読むと3字共に〔fa＋ka＋ta〕と読めるがこれを我が国の反切法を適用させて読めば「覇家・朴加・博加」等の2字は「反切上字‘ㅂ’＋反切下字‘ㅏ’」の2字合聲で〔pa(바)〕音になってここに〔臺・大〕の1字は〔ta〕音に近いので,結局,3字を合声すれば〔pa＋ta‘海’〕と言う2音節語に各各読めるためである.日本地名を表記するのに上代からそのような反切法を利用した事実は早くから金沢庄三郎(1949;385)に依って明らかになっているためである.2番目に‘博多の’2字を日本式の萬葉仮名で読むと〔fa＋ka＋ta〕の3音節語になるが,これを我が国の吏読や郷札式で読むと〔pa＋ta〕と言う2音節語に続めるためだ.即ち第1番字なる〔博(pak)〕での入声韻尾〔k〕は脱落出来るか無視されるので〔pa〕音に読めて,第2番字なる‘多の’字は〔ta〕音に近いので ‘博多の’2字は〔pa＋ta‘海’〕として読まれるのである.

〔3〕‘広島県御調郡’にある「白太(はかた)」や‘香川県三豊郡’にある「羽方(はかた)」という地名は内陸地方に位置して‘海’を表わす〔fakata〕の一

次的地名語源とは関係がないように見えるがそれも一次的地名から転移された二次的地名としてに考えられる.

〔4〕〔fakata〕を〔fa(端)'岸'〕と〔kata(潟)'水流'〕に分析して見ると後讀された〔kata〕は〔wada'輪処'〕の〔ta'処'〕の場合と同じく「ある場所を表わす接尾語」に使う時も多い.従って〔fakata〕は〔fatta'海'〕の変異形で〔wada'海'〕は〔fata'海'〕が音韻変化した語形なので〔fata,wada,fakata〕等の3者は共に'海'を表わす新羅系〔patɔr'海'〕と軌を共にした新羅系借用語と推定される.

◎ 日本地名に反映された新羅系借用語〔kusi(串)〕に就いて

筆者が〔kusi‘串’〕を論議の対象にした動機は先ず日本語の古訓には「a) 慣れる・慣う b) 毛形 c) 貫く・穿つ d) ぜにさし・串刺し」と言う言葉はあるが ‘岬角’の意味を表わす「くし」という古訓がないのになぜ日本地名表記例で‘串’の字を〔kusi(くし)〕と読むのかということに疑問を持ったのである.次いで日本の地名表記例を見ると‘小さい半島’と表現する所謂‘岬角’を意味する言葉には「~鼻(はな)・~首(くび)・~崎(さき)・~岬(みさき)・~串(くし)」等があるが,その内前3者は日本側の地名表記で使われた‘岬角地名’を表わす接尾語だが,後2者は日韓両国共に使われたのである.しかし,この「岬(みさき)」と「串(くし)」は両者相互その軌を異にしているのでその用法の差異点を考察してみたい.

本稿で筆者はこの「串(くし)」という「岬角接尾語」が日本地名例に反映させた新羅系借用語であると主張したい.何故ならば,韓国側の〔koz‘串’〕が〔kozi或いはkuzi〕に開音化(日本語化)してこれが日本地名の中で〔kusi〕に音韻が変化され,日本地名に受容されたものと推定するためである.

〔kusi‘串’〕の語源に対する従来の内外学者の主張を要約・整理して再引用して見ると次の通りである.

a)「‘櫛(クシ)’の原料の産地から由来した〈邨岡良弼の説〉

b)「冠岳神社の祭神なる‘櫛御氣之命’から由来した〈金思燁の説〉

c)「海岸の砂丘の連続を‘クシ’と稱したことから由来した〈邨岡良弼説〉

d)「葦が茂盛な場所」と言うアイヌ語に由来した〈池田末側・丹羽基二の説〉

e)「小半島・岬」等が‘クシ’の意味であることに由来した〈松尾俊郎の

說〉

f)「朝鮮語〔kos‘串’〕と同源だとする〈大野晋・佐竹昭広・前田金五郎の說〉

g)「朝鮮語〔コス‘串’〕から由来した〈谷川健一・金達壽の說〉

h)「半島形の地形は‘串・岬’の意味で韓国の方言でも‘고지’或いは‘구지’と言ったとする〈朴甲千の說〉

a)の「櫛(クシ)」は訓仮名〔kusi〕を取ったので「串(くし)」の語源とは距離があるため筆者は同意しない.b)の鬼神と「櫛」を結付させた主張も岬角地名語源とは関係ないので同調しない.c)の‘海岸の砂丘’と‘岬角’とは意味が一致しないので筆者は同意しない.d)のアイヌ語の起源說も筆者の見解とは相違がある.しかし,e),f),g),h)の主張は筆者の見解に接近しているが極めて断片的な言及に過ぎないというのも事実である.本稿では現代日本地名例に表われる‘岬角地名’の接尾語である「~鼻(はな)・~首(くび)・~崎(さき)~・岬(みさき)~・串(くし)」等を中心にしてその分布を考察して日本側においてのみ用いた‘岬角地名の接尾語’と日韓両国で共通に用いた岬角地名接尾語を選別し,唯〔kusi‘串’〕だけは新羅系借用語であることを明らかにしたいのである.

以上の論議内容を要約すると次の通りである.

(1)日本の地名表記例で所謂‘岬角地名の接尾語’で「~鼻・~首・~崎・~岬・~串」等の五つがあるが,この中には日本側の地名例で用いているものと日韓両国の地名表記で共通に用いているものがある.前3者の場合は「~鼻・~首・~崎」等で,後2者の場合は「~岬・串」等である.

(2)日本側の地名表記例では‘岬’の字と‘崎’の字が両者共通の接尾語として用いているが韓国側の地名表記例では‘岬’字だけを使っているのである.

‘崎の’方は字典式意味では岬角地名の意味はあるが岬角地名の接尾語には使わなかったのが差異点である.

(3)日本人学者の中に朝鮮南部の古地名なる「沙陀(サダ)」を根拠にして〔sada(沙陀)→saki(崎)〕説を主張したことがあるが筆者は次のような論拠に依って同意し難いのである.なぜならば,a)朝鮮内部の古地名と推定する「沙陀(サダ)」の位置が海岸地帯でなく內陸地帯(末松の推定図に依る)であるため岬角地名の接尾語に思えないのである.b)‘崎’の字は字典式意味では‘岬角地名’を表わしているが韓国側の地名表記例では日本側の用字法と異り,用字例が唯1例も見えないのである.

(4)日韓両国の地名表記例で相互共通に用いている‘岬’の字と‘串’の字は兩側の地名表記に受容される過程に於いて相互軌を異にしたと思われる.　卽ち日本側では「~岬(みさき)」の字は‘岬角地名の接尾語’の機能を完壁に逐行したが,韓国側では‘岬’の字が名詞的な用法に転成されながら漢字的な地名に 改稱する傾向が强かったのである.

しかし,「串(くし)」の字の場合は　「岬(みさき)」の用字法と異なり,‘岬角地名の接尾語の機能’を充実に反映させた典型的な‘岬角地名の接尾語’の地位を確立したのである.

(5)日本地名表記例で「串(くし)」の字の分布は九州地方を中心にした西日本の全地域に広がっているがこれは韓半島から‘岬角地名の接尾語機能’を持った「串」の字が西日本の地域へ渡って,日本地名の中に借用語として受容されながら名詞的な用法が强化され漢字的な地名に改稱されたと思われる.何故ならばa)‘串の’字の日本の古訓では〔kusi〕と言う言葉は見えないが韓国側の方言には今も〔kosi/kusi, kozi/kuzi〕の形が現存しているのである.b)‘串’の字は「弗(꼬치・꼬챙이の意味)の誤用」だと主張したのに対しては,筆者は同意出来ないためである.卽ち‘串’の字だけが

'岬角地名の接尾語の機能'を擔当しているためである. c)韓半島の南部地域と西日本の地域とは早くから同一文化圏に置いている点とこの地域を舞臺にして海運と漁撈に従事した所謂海部集団は新羅系渡来人と推定されるので〔koz'串'〕系語源は彼等に依って日本へ渡った可能性を排除することが出来ないのである.

(6)'串'字で表記された両国の地名例の中に海岸地帯を表わす'岬角地名の場合'と,これとは全く関聯がない'内陸地名を表わす場合など'があるという二点が両国の地名例に見られる共通点である.前者の場合韓国側地名表記例では'串'字が'岬角地名接尾語'の機能を維持しているが日本側地名表記例ではこの'串'字は本来のその接尾語の機能が喪失されて名詞的用法に転移されたことが両国の表記例の差異点である.後者の場合に於いては岬角地名とは関聯が全くない内陸地帯の地名に'串'字を表記した点に於いても両国に共通点がある.例えば「살고지(箭串)・돌고지(石串)・말고지(薍串)」など韓国側の地名では既に岬角地名接尾語の機能が喪失されて岬角地名とは関聯がない地名に転換したように日本側の地名例の中の'和歌山県西牟婁郡大塔村'と'山口県佐波郡徳地町'に位置した「串(くし)」と言う地名も岬角地名とは全く関聯がない内陸地名にかわったものと言えるであろう.

◎ 日本地名に反映した新羅系借用語〔usu(臼)・sue(陶)〕に就いて

日本の地名を調べて見れば韓国系の語源だと推定されるのが意外に多い.本稿ではその中で〔usu〕と〔sue〕だけを捨い論議の対象にした.韓日両方の考古学者達の現在までの研究結果を見ると昔から古代韓半島から多数の技術文化が日本列島へ伝授されたが特に稲作文化と須恵窯文化が正にそれである.一般的に語れば或る文化が伝授される場合その技術を伝授する技術者が渡り行くようになるのが当り前になる.その技術陣が使用する用語も自然に自分達の自国語をそのまま使用するし自分達が住んでいる地名も自国語で命名した事と想定される.本稿では〔usu〕と〔sue〕とはふたつの語源とそれらの技術文化の背景を持った言葉で日本の固有語ではなく新羅系語源を借りた言葉ではないだろうかと推定し見たその論拠を項目別に示て見れば次の通りである.

(1)「臼·磑·碓·碾」等はみんな「稲を粉にしてその穀をむき米を作り出す器具」でこれを日本語で〔usu〕と読んだ韓国語の〔으스러뜨리다〕の語源〔으스～(ɨsɨ～)〕を借用し日本音韻構造と同化させ〔usu～〕と読んだと思われる.

(2)現在韓国で使っている同じ形と同じ大きさの「杵(き)」が日本の唐古や登呂遺跡地で発見され又「杵(き)」が韓語「杵(ko)」と同系語源だと主張する根拠もあり「杵(き)」と不可分の関係がある「臼(うす)」も韓系語源の可能性が多い.

(3)「うすきむら(宇杉村・臼木村)」と言う名称で見られる通り「臼杵(うすき)がある村」と言う意味で村の名称が思い出され,ここで'村'が省略されたまま「うすき(臼杵・宇宿・薄木・卯敷・宇須伎)」と呼んだらしい.

(4)「すえ窯」で「窯(かま)」が韓系語源であればここに先行した〔sue〕が韓系語源だ想定される「すえ器」は新羅焼きの伝統を受け次いた硬質土器であり,在来式土器である「土師器」とはちがい「鉄のように丈夫な,たたけば鐵音が鳴り色合いが鐵の同じ黒褐色が出る」故に鉄にたとえらた名稱で韓語の鉄の古代語〔sue〕を再構する事が出来る.

(5)「すえむら·すえまち」と言う名稱で見られる通り「すえ窯がある村」又は「すえ器を製作する村」だと言う意味で村の名稱が思い出され,ここで ‘村’又は‘町’が省略されたまま,〔sue〕((陶·末·末江·須恵·須江·須衛·須依·菅江·洲衛))と呼んだらしい.

六. 索 引

1. 人 名

〔國文部〕

(ㄱ)

(ㄷ)

(ㅂ)

(ㅅ)

(ㅇ)

(ㅈ)

(ㅊ)

(ㅎ)

〔日文部〕

(あ)

(か)

（な）

（は/ば）

（ま）

(や)

(わ)

2. 地 名

〔國文部〕

〔日文部〕

(あ)

(か/が)

(な)

(は/ば)

(ま)

3. 事 項

〔國文部〕

(ㅈ)

(ㅍ)

(ㅎ)

〔日文部〕

(あ)

(か/が)

(さ/ざ)

〈附 錄〉

다음의 附錄內容은 佐伯有淸의 「新撰姓氏錄の硏究(本文篇)」에 收錄되어 있는 「校訂 新撰姓氏錄(pp.137-361)」을 附錄에 転載한 것이다.

다음은 그 凡例 說明文을 国文으로 옮겨 놓은 것이다.

1. 本篇의 校訂은 神宮文庫所藏의 新撰姓氏錄(御巫淸直本)을 底本으로 岩瀨文庫所藏의 新撰姓氏錄抄(柳原紀光本)을 副本으로해서 作成한 것이다.

2. 底本 및 副本間의 異同의 處理에 대해서는 底本의 字句를 中心으로 삼은 것은 勿論이지만, 副本 및 他写本이 一致하고 底本이 다른 경우, 副本以下의 写本이 오히려 바르다고 생각될 경우에는 底本의 字句를 改訂했다.

3. 底本과 副本 모두 誤字·脫字가 있을 경우, 다른 写本에 의해서 校訂하고 또 他写本의 誤字·脫字·衍字도 되도록 그 本의 系統을 표시해 놓았다.

4. 오늘날 一般的으로 널리 使用되고 있는 本은 橋本稻彦의 「訂正 新撰姓氏錄」및 그것을 底本으로 삼아 註釋을 加한 栗田寬의 「新撰姓氏錄考証」이지만, 前者는 本居宣長·上田百樹 等의 說과 橋本稻彦의 私見에 의해 改訂을 加한 点이 많고, 後者는 前者의 說을 받아들여 여기에 栗田寬의 私見을 덧붙인 点이 不純하므로 佐伯有淸은 原則으로 採擇하지 않기로 한다. 그러나, 그 異同은 他版本의 異同과 함께 頭註로

서 明示하고 校訂에 맞춰 取해야 할 說은 그것에 의해 底本을 改訂한 경우도 있다. 私見을 가지고 改訂한 경우는 적다. 그런 경우일지라도 頭註에서 그 趣旨를 明記하고 있다.

5. 本文字句의 左傍에 붙인 「·」표는 底本을 改訂한 字句에 限해서 이것을 붙이고, 頭註에서 改訂의 證拠를 보였으며 「 ˚」표는 그 字句에 대한 諸本의 異同을 頭註로 내세워 나타낸 것이다.

6. 本文속의 返点·句点 등은 讀者에게 읽기 쉽게하기 위해서 佐伯有淸이 붙인 것이다.

7. 本文의 體裁는 꼭 底本과 副本에만 依存했다기보다는 오히려 鴨脚家本逸文에 따른 편이다. 왜냐하면 이것이 原本의 體裁를 더 保存하고 있다고 보기 때문이다.

8. 底本 或은 副本에 있는 異体는 現在 通用文字로 고쳐 썼다. 예를 들면 「号·真·弥·尔」 等이, 「號·眞·彌·爾」등으로 相通됨과 같다. 다만, 諸本間에 있어서 誤字의 經違를 엿볼 수 있는 文字의 경우는 特히 原本의 그것을 보였다.

9. 頭註는 原則的으로 本文과 同一한 페이지 속에 싣기로 했다. 다만, 頭註가 많아서 前後의 페이지에 걸쳐질 경우에는 같은 페이지의 頭註와 區別하기 위해 罫線으로 줄을 그어 놓았다.

10. 頭註에 引用된 諸本의 略稱은 아래와 같다.

底本	御巫淸直本(神宮文庫所蔵)
副本	柳原紀光本(岩瀬文庫所蔵)
益本	黑瀬益弘本(神宮文庫所蔵)
狩本	狩谷掖齊本(岩瀬文庫所蔵)
西本	西山政年本(無窮会神習文庫所蔵)
岩本	岩瀬文庫本(岩瀬文庫所蔵)

井本　井本瀬国本(無窮会神習文庫所蔵)
脇本　脇坂安元本(天理図書館所藏)
小本　小西新右衛門甲本(宮內庁書陵部所蔵)
小本　小西新右衛門乙本(東京大学史料編纂所所蔵)
色甲本 色川三中甲本(無窮会神習文庫所蔵)
昌本　昌平坂学門所本(內閣文庫所蔵)
林本　林崎文庫本(神宮文庫所蔵)
中本　中原師英本(內閣文庫所蔵)
鷹本　鷹司家本(宮內庁書陵部所蔵)
大本　大橋長憙本(宮內庁書陵部所蔵)
上本　上田正昭所蔵本(上田正昭氏所蔵)
色乙本 色川三中乙本(静嘉堂文庫所蔵)
柏本　柏木信利本(静嘉堂文庫所蔵)
白本　白井宗因訓点「新撰姓氏錄」
松本　松下見林是正「新撰姓氏錄抄」
群本　群書類従本
新群本 新校群書類従本
橋本　橋本稲彦校「訂正 新撰姓氏錄」
要本　古今要覽稿本「姓氏錄校正」
考本　栗田寬著「新撰姓氏錄考証」
皇本　皇学叢書本
神本　神典本

11. 頭註에서「底本·副本·諸本」이란 것은 底本과 副本과 其他의 写本이 모두 同一할 것을 나타낸 것이고「底本·益本·諸本」이란 것은 延文 5年系本의 諸本이 同一함을, 그리고「底本·林本·諸本」이란 것은 延文 5年系本과 混成本의 諸本이 同一함을 보인 것이다. 또「底本·林本·諸本」이란 것은 建武 2年系本과 混成本의 諸本이 字句의 異同에 관해 똑같음을 나타낸 것이다.

12. 本篇에 收錄된 逸文은 栗田寬의「新撰姓氏錄考証」, 和田英松의

「国書逸文」, 田中卓의 「新撰姓氏録の基礎研究」, 古典保存会의 「新撰姓氏録抄緑」等을 参照해서 作成할 것이다.

13. 逸文의 配列은 巻數順으로해서 各逸文의 末尾에 그 巻數와 姓氏名 및 逸文所蔵의 書名을 보인 것이다.

附 錄

又改賜二忌寸姓一。

姓氏錄曰。犬養男。從三位苅田麿。廢帝天平寶字八年。特賜二大忌寸一。〇第廿三卷坂上大宿禰。坂上系圖。

姓氏錄云。中臣東人孝昭之後也。七世孫鏩着大使主男中臣。賜二中臣一。神龜二年。廿二世孫從八位下智麿男東人云々。〇第卅卷中臣臣。古今和歌集目錄。

ｏ昭—モト「明」ニ作ル、現抄本中臣臣條ニヨリ改ム
ｏ鏩—モト「漸」ニ作ル、中臣臣條ニヨリ改ム
ｏ主—モトナシ、中臣臣條ニヨリ補ウ

印は、その字句に關する諸本の異同を頭註としてかかげたことを示してある。

一、本文の返點・句點は讀みやすくするため私に附したものである。

一、本文の體裁は、かならずしも底本・副本によらず、むしろ鴨脚家本逸文のそれにしたがった。原本の體裁を存していると考えられるからである。

一、底本あるいは副本に存する異體もしくは通用の文字は現今通用の文字に改め用いた。たとえば、𠂇・号・昕・真・令・祢・旀・扵・尒などを左・號・所・眞・合・禰・彌・於・爾に作るがごときである。ただし諸本間における誤寫の經緯をうかがうことができる文字の場合は、とくに原本のそれを示した。

一、頭註は原則として本文と同一頁内に収めることにした。ただし頭註が多く前後の頁にわたった場合は、同一頁の頭註と區別するため罫線をもって劃した。

一、頭註にかかげた諸本の略稱は左のとおりである。

底本　御巫清直本（神宮文庫所藏）
副本　柳原紀光本（岩瀬文庫所藏）
益本　黑瀬益弘本（神宮文庫所藏）
狩本　狩谷棭齋本（岩瀬文庫所藏）
西本　西山政年本（無窮會神習文庫所藏）
岩本　岩瀬文庫本（岩瀬文庫所藏）
井本　井上賴圀本（無窮會神習文庫所藏）
脇本　脇坂安元本（天理圖書館所藏）
小本　小西新右衞門甲本（宮内廳書陵部所藏）

小本　小西新右衛門乙本（東京大學史料編纂所所藏）
色甲本　色川三中甲本（無窮會神習文庫所藏）
昌本　昌平坂學問所本（內閣文庫所藏）
林本　林崎文庫本（神宮文庫所藏）
中本　中原師英本（內閣文庫所藏）
鷹本　鷹司家本（宮內廳書陵部所藏）
大本　大橋長憙本（宮內廳書陵部所藏）
上本　上田正昭所藏本（上田正昭氏所藏）
色乙本　色川三中乙本（靜嘉堂文庫所藏）
柏本　柏木信利本（靜嘉堂文庫所藏）
白本　白井宗因訓點『新撰姓氏錄』
松本　松下見林是正『新撰姓氏錄抄』
群本　群書類從本
新群本　新校群書類從本
橋本　橋本稻彥校『訂正新撰姓氏錄』
要本　古今要覽稿本『姓氏錄校正』
考木　栗田寬著『新撰姓氏錄考證』
皇木　皇學叢書本
神本　神典本

一、頭註で「底本・副本・諸本」とあるのは底本、副本その他すべての寫本が同一であることを示し、「底本・益本・諸本」とあるのは延文五年系本の諸本が同一であること、「底本・林本・諸本」とあるのは延文五年系本および混成本の諸本が同一であること、また「副本・林本・諸本」とあるのは建武二年系本および混成本の諸本が、字句の異同について同一であることを示してある。

一、本篇に收錄した逸文は栗田寛『新撰姓氏錄考證』、和田英松『國書逸文』、田中卓「新撰姓氏錄の基礎研究」、古典保存会『新撰姓氏錄抄錄』などを參照して作成したものである。

一、逸文の配列は巻數順にし、各逸文の末尾に、その巻數と姓氏名および逸文所載の書名をかかげておいた。

•上新撰姓氏錄表

○臣萬多等言。臣聞。陰陽定位。裁萬物以先人倫。敍聖正名叶五音。而甄姓氏。是以因生之本自遠。胙土之基增崇。•沿帝道而•汚隆。襲王風而興替者也。伏惟。國家降天孫而創業。横地軸以開邦。一統架宗。環八洲以○御。辨五運無代。跨億載而期圖。高門接軫。甲姓聯衡。枝葉寔繁。派流彌衆。既而德廣所覃。○占雲靡輟。情願編•戸。星陣相尋。或•擬丘陵而挺峻。或飛軒蓋以騰華。又有僞會冒祖。安認膏腴。證神引皇。虚○託

•上―底本・益本・狩本・脇本ナシ、副本・色甲本・昌本ニヨリ補ウ

○臣―副本「㠯」ニ作ル、以下同ジ
•沿―底本・諸本「治」ニ作リ、副本・諸本「㳂」ニ作ル、鷹本・上本ニヨリ改ム
•汚―底本・諸本「汗」ニ作リ、副本・諸本「汙」ニ作ル
○御―橋本・要本・考本下ニ「宇」アリ、底本・副本・諸本ナシ
○占―諸本同ジ、松本・橋本・群本「者」ニ作ル
•戸―底本・副本・諸本「尸」ニ作ル、色甲本「戸イ」トアリ、色乙本・柏本ニヨリ訂ス
•擬―底本・諸本「撰」ニ作ル、副本「擬イ」トアリ、柏本ニヨリ訂ス
○託―考本・神本「記」ニ作ル

•仄―底本・副本・諸本「仄」ニ作ル、狩本・色乙本・柏本ニヨリ訂ス
○今―副本・昌本「令」ニ作リ、色甲本「今イ」トアリ

●逐―底本・副本・諸本「遂」ニ作ル、林本・中本ニヨリ訂ス
○對―副本「勤イ」トアリ
○謝―副本「謙」ニ作ル
○緒―橋本・考本「諸」ニ作ル
●閱―底本・諸本「聞」ニ作リ、副本・色甲本・昌本「閲」ニ作ル、群本ニヨリ改ム
○系―中本・鷹本「糸」ニ作ル
○讎―副本・色甲本・昌本「讐」ニ作ル
○捴―副本・色甲本・昌本「惣」ニ作ル
○肇―副本・色甲本「肈」ニ作ル
○卌―井本・柏本「三十」ニ作ル
○譬―橋本・考本下ニ「如」アリ
○覈―副本・色甲本・昌本・益本「覈」ニ作ルハ誤リ
○疎―岩本・白本・要本・考本「踈」ニ作ルハ誤リ
○氷―井本・白本・要本「水」ニ作ルハ誤リ
○言―色乙本・柏本・白本・松本・考本「白」ニ作ル
○六―西本「五イ」トアリ
●廿―底本・益本・諸本「二十」ニ作ル、副本・色甲本ニヨリ改ム
○臣―副本・昌本「𦣝」ニ作ル
●皇―底本・益本・狩本・井本上ニ「天」アリ、副本・諸本ニヨリ削ル
○傅―副本・昌本ナシ、色甲本「○傅」トアリ
○勳―副本・色甲本「勲」ニ作ル
○藤原朝臣―副本・色甲本・昌本

瀎晃上。先朝臨二其假濫一留二慮根源一。味旦臨レ軒。●仄景忘レ膳。○今臣等。謹奉二綸言一。追二●逐前旨一。徒○對二三絕一。空淹二四時一。矧夫才非二博物一。識○謝二通贍一。何以溫二知本枝一。抑二揚○緒●閱一。然書府舊文。見進新○系。○讎挍合之。則○捴以入レ錄。其未レ詳者。則集爲二別卷一。年○肇二神武一。人兼二倭漢一。凡一千一百八十二氏。幷レ目○卌一卷。名二新撰姓氏錄一。○譬二窺レ井談レ星。取レ蠡議レ海。恐二綜○覈○疎訛。撰緝謬違一。謹詣レ闕奉進。伏增二谷○氷一。謹○言。

弘仁○六年七月●廿日

中　務　卿　四　品　○臣　萬　多　親　王

右大臣從二位兼行●皇太弟○傅○勳五等臣○藤○原○朝○臣園人

參議從三位行宮內卿兼近江守○臣藤原○朝○臣緒○嗣

正　五　位　下　行　造　○東　○寺　長　官　臣　阿　○倍　朝　臣　眞　勝

従五位○上行尾張守臣三原朝臣弟平

従五位上行大外記兼因幡介○臣●上毛野朝臣●頴人等上●表

「藤〓」ニ作リ、岩本「原」ナシ、中本「朝臣」ノ二字次行「参議」ノ上ニアリ

○臣—副本・昌本ナシ、色甲本「臣」トアリ、次行ノ「臣」モ同ジ。

○朝臣—副本・色甲本「〓」ニ作ル、次行ノ「朝臣」モ同ジ

○嗣—岩本・井本次行「正」ノ上ニアリ

○東寺—色乙本・柏本・諸版本「東大寺」ニ作ルハ誤リ

○倍—色乙本・白本・橋本・考本「部」ニ作ル、井本コノ行ト次行トガイレカワル

○上—狩本「下」ニ作ル

○臣—副本「巨」ニ作ル

●上—底本・谷本・狩本・諸本ナシ、副本・色甲本・昌本ニヨリ補ウ

●頴—底本・諸本「款」ニ作リ、副本・諸本「頴」ニ作ル、正字ニ改ム

●表—底本・諸本ナシ、副本・諸本ニヨリ補ウ

●新撰姓氏錄序―以下ノ序文底本・益本・狩本・西本・岩本・井本・脇本ナシ、副本・色甲本・昌本・林本・中本ナドニヨリ補ウ
○第―副本・色甲本「弟」ニ作ル、昌本・林本・中本・上本ニヨリ訂ス
○抄―大本「鈔」ニ作ル
○注―白本・要本・松本「註」ニ作ル
○私所爲―白本・松本ナシ、林本・中本・上本「爲」ヲ「焉」ニ作ル
○記―副本・群本「紀」ニ作ル、諸本ニヨリ改ム
○漸―色乙本「漸」ニ作ル
○帥―副本・林本・中本・上本「師」ニ作ル、諸本ニヨリ訂ス
○洎―副本・柏本「泊」ニ作ル、諸本ニヨリ訂ス
○陳―柏本「陣」ニ作ル
○清―色甲本・大本・上本「靖」ニ作ル
○土―副本「上」ニ作リ、昌本「互」ニ作ル、諸本ニヨリ改ム
○斯―副本・色甲本「期」ニ作ル、昌本・諸本ニヨリ改ム
○惠―中本・鷹本・上本「蕙」ニ作ル
○那―副本「郡」ニ作ル、昌本・諸本ニヨリ訂ス
○欽―林本・中本・大本・上本・色乙本・柏本「嚮」ニ作ル
○著―上本「着」ニ作リ、色乙本「箸」ニ作ル
○全―副本・色甲本・昌本「人王」ニ作ル、諸本ニヨリ訂ス

新撰姓氏錄序

此者第一卷之序也。不レ載二於官書目錄一。而載二此卷一。又抄二姓氏錄文一注二於此卷一。是皆爲レ備二指掌一。私所レ爲也。

蓋聞。天孫降レ襲西化之時。神世伊開。書記靡レ傳。神武臨レ夏東征之年。人物漸滋。梟帥間起。洎二乎神劔下授。靈鳥于飛一。歸首星陳。群凶霧散。膺二受明命一。光二宅中州一。泰階平齊。海內清謐。既而謹レ德考レ功。胙レ土命レ氏。國造縣主始號二於斯一。垂仁撫レ運。惠澤彌新。擧措得レ中。姓氏稍分。況復任那欽レ風。新羅歸レ賛。爾來。諸蕃仰レ德。無二思不一レ來。懐レ遠賜レ姓。是時著明。允恭御宇。

萬姓紛紜。時下詔旨盟神探湯。首實者全。冒虛者害。自茲厥後。氏姓自定。更無詐人。涇渭別流。皇極握鏡。國記皆燔。幼弱迷其根源。狡強倍其僞說。天智天皇儲宮也。船史恵尺奉進燼書。至庚午年編造戸籍。人民氏骨各得其宜。自茲以降。歴代帝王隨時改正。聯綿不絶。勝寶季中。特有恩旨。聽許諸蕃任願賜之。遂使前姓後姓文字斯同。蕃俗和俗氏族相疑。萬方庶民。陳高貴之枝葉。三韓蕃賓。稱日本之神胤。時移人易。罕知而言。寶字之末。其爭猶繁。仍聚名儒撰氏族志。抄案弗半。逢時有難。諸儒解體。輟而不興。皇統彌照聖明。生而叡哲。自體性仁。威被日出之崖。德光月朏之域。停烽廢闕。文軌爲一。慮周品物。思切正名。廼降絲綸。撰勘本系。緗帙未畢。鳳輿登遐。天朝至明。紹脩前業。至聖承聖。垂脊後謀。

○氏｜以下八字副本・昌本・林本・上本ナシ、色甲本「○氏姓自定更無詐人イ」ノ傍註アリ、色乙本・柏本ニヨリ補ウ、ナオ柏本・松本ハ「人」ノ下ニ「厥後」アリ
○狡｜副本・昌本「校」ニ作リ、色甲本「校狡イ」トアリ、諸本ニヨリ訂ス
○各｜副本「名」ニ作リ、昌本「若」ニ作ル、色甲本「名各イ」トアリ、諸本ニヨリ訂ス
○季｜林本・中本・鷹本・大本・上本「年」ニ作ル
○特｜副本・諸本「時」ニ作リ、色甲本「時特イ」トアリ、柏本ニヨリ改ム
○庶｜林本・中本・鷹本・上本「庻」ニ作ル
○民｜副本・昌本「氏」ニ作リ、色甲本「氏民イ」トアリ、上本・柏本ニヨリ改ム
○之｜白本・橋本ナシ
○罕｜副本・色甲本「䍐」ニ作ル、諸本ニヨリ改ム
○抄｜大本「鈔」ニ作ル
○案｜林本・中本・鷹本・大本・上本「按」ニ作ル
○叡｜副本・色甲本・昌本「叡」ニ作ル、諸本ニヨリ訂ス
○崖｜林本・中本・鷹本・上本「崕」ニ作ル
○紹｜林本・中本・鷹本・大本・上本・柏本上ニ「継明」ノ二字アリ
○業｜副本・色甲本・昌本「葉」ニ作ル、諸本ニヨリ訂ス
○脊｜大本「春」ニ作ル
○謀｜色乙本・柏本「課」ニ作ル

爰勅中務卿四品臣萬多親王。右大臣從二位兼行皇太弟傅臣藤原朝臣園人。參議正四位下行右衞門督兼近江守臣藤原朝臣緒嗣。正五位下行陰陽頭臣阿倍朝臣眞勝。從五位上行尾張守臣三原朝臣弟平。從五位上行大外記兼因幡介臣上毛野朝臣頴人等。追慕前志。推弘此文。閲書府之祕藏。尋諸氏之苑丘。臣等。歷探古記。博觀舊史。文駿辭蹐。音訓組雜。會釋一事。還作楯矛。搆合兩說。則有牴牾。新進本系多違故實。或錯綜兩氏。混爲一祖。或不知源流。倒錯祖次。或迷失己祖。過入他氏。或巧入他氏。以爲己祖。新古煩亂。不易芟夷。彼此謬錯。不可勝數。是以雖欲成之不日。而猶十歲於茲。京畿本系。未進過半。今依見進。以類銓矣。本其元生。則有三體。跡其群分。則有三例。天神地祇之冑。謂之神別。天皇々子之派。謂之皇別。大漢三韓

○臣―副本・諸本ナシ、色甲本「。臣イ」トアリ、柏本・群本・考本ニヨリ補ウ
○緒嗣―以下十五字、色乙本・白本・松本ナシ
○五―副本・昌本ナシ、色甲本「。五イ」トアリ、諸本ニヨリ補ウ
○頴―副本「殼」ニ作ル、色甲本・昌本「穀頴イ」トアリ、諸本ニヨリ訂ス
○慕―昌本「暮」ニ作ル
○推―副本・諸本「雅」ニ作リ、色甲本「雅推イ」トアリ、諸版本ニヨリ訂ス
○苑丘―副本・昌本「茇抂」ニ作リ、色甲本「茇苑イ抂丘イ」トアリ、林本「苑茇イ抂抵イ」ニ作リ、中本「苑抂丘イ」トス、柏本「苑」ヲ「舊」ニ作ル
○辭蹐―副本・昌本「辤踳」ニ作リ、色甲本「辤踳蹐イ」トアリ
○釋―林本・鷹本・中本・上本「釈」ニ作ル
○楯矛―副本・色甲本・昌本「指弟」ニ作ル、諸本ニヨリ訂ス
○牴―副本・色甲本・昌本「抯」ニ作リ、上本「抵」ニ作ル
○芟―副本・色甲本・昌本「茇」ニ作ル、鷹本・中本・上本「華」ニ作ル、大本・色乙本ニヨリ訂ス
○以―色乙本・松本「巳」ニ作ル
○進―林本・鷹本・中本・上本ナシ
○銓―林本・中本・上本「鈴」ニ作リ、色乙本・白本・橋本「詮」ニ作ル
○矣―副本・昌本「失」ニ作リ、色甲本「失矣イ」トシ、林本・鷹本・上本・白本「夫」ニ作ル、大

之族。謂之諸蕃。所以別同異序前後。是爲三體也。枝別之宗。○特立之祖。書曰出自。或古記本系並錄而載。或載古記而漏本系。或載本系而漏古記。書曰同祖之後。宗氏古記雖云遺漏。而立祖不謬。○但事涉狐疑。書曰之後。所以辨遠近示親疎。是爲三例也。夫寸璞尺木尙有○瑕節。況乎後生叵知前世。故祖次相變。世數頗誤。則不爲大失。○討論而裁成。眞人是皇別之上氏也。幷集京畿以爲一卷。附皇別首。未定是諸氏之未明也。○惣爲一卷。附諸蕃尾。○又有諸姓漏本系而載古記。則抄古記以寫附。本系之與古記違。則據古記以○刪定。○今○案之中證引古記。則雖文駮而不必改。○所以存其文取辭達也。○京○畿之氏。大體牢○籠諸國之氏。或不必入京畿。○臣等奉勅。謹加研精。招○摭群言。沙汰金礫。截舊記之煩蕪。採會新之機要。

本・色乙本ニヨリ改ム
○體―以下八字、副本・昌本・色乙本・白本・松本ナシ、色甲本「體・跡其畢分則有三イ」トアリ、林本・鷹本・中本・大本・上本ニヨリ補ウ、但シ「跡」ヲ中本ハ「訖」ニ、大本ハ「拖」ニ、林本ハ「拖別イ」ニ、鷹本ハ「詭論乎」ト作リ、柏本ハ「別」ニ作ル
○胄―白本「曾」ニ作ルハ誤リ
○派―副本・昌本「孤」ニ作リ、色甲本「孤派イ」トアリ、林本・上本ニヨリ改ム

○特―副本・昌本「時」ニ作リ、色甲本「時特イ」トス、林本・諸本ニヨリ改ム
○日―副本・色甲本・昌本下ニ「日」アリ、衍ナルタメ削ル
○但―林本・中本・鷹本・大本・上本「祖」ニ作ル、色甲本「祖イ」ノ傍註アリ
○疑―副本・色甲本・昌本「疑」ニ作ル
○瑕―副本「瑕」ニ作リ、昌本「瑕」ニ作ル、色甲本「瑕瑕イ」トス、林本・諸本ニヨリ改ム
○討―副本・昌本「計」ニ作リ、色甲本「計討イ」トアリ、林本・諸本ニヨリ改ム
○惣―林本・鷹本・上本・柏本「捴」ニ作ル、諸本ニヨリ改ム
○又―副本・昌本「人」ニ作リ、林本・色甲本「人又イ」トアリ、諸本ニヨリ訂ス
○刪―副本・色甲本・鷹本「刪」ニ作リ、昌本「刪」ニ作ル
○今―昌本同ジ、副本・色甲本「定

新撰姓氏錄序

一四七

除二新系之塗説一。撮二通古之折中一。思レ所下以令中文約辭易。冷然示レ掌。煥乎指南上。起レ自二神武一。迄二乎弘仁一。溫レ故知レ新。能事粗畢。

凡一千一百八十二氏。惣爲二卅卷一。勒成二三部一。名曰二新撰姓氏錄一。

雖レ非二韋編耽樂之義。玉板翫好之文一。抑亦人倫之樞機。國家之隱栝也。唯京畿未進幷諸國且進等類。一時難レ盡。闕而不レ究。

其諸姓目列二於別卷一。云レ爾。

今」ニ作ル、「定」ハ誤リ
○案―色甲本・昌本同ジ、林本・中本・鷹本・上本・色乙本「按」ニ作ル
○以―林本・中本・鷹本・大本・上本ナシ
○京―林本・中本「糸」ニ作リ、鷹本「糸京」トアリ
○畿―昌本「幾」ニ作リ、色甲本「幾畿イ」トアリ
○諸―考本上ニ「諸國」ノ二字ヲ補ナエレド非ナリ
○臣―副本・昌本「巨」ニ作リ、色甲本「㠯」ニ作ル
○撫―副本・昌本「撫」ニ作リ、色甲本「撫撫イ」トアリ、林本・諸本ニヨリ訂ス

○辭―考本・神本「解」ニ作ル
○煥―鷹本・上本・白本・橋本「煖」、副本「煗」、昌本「燰」ニ作リ、色甲本「煗煥イ」トアリ、林本・中本・色乙本ニヨリ改ム
○惣―林本・中本・鷹本・大本・上本「捴」ニ作ル
○卅―色乙本「三十」ニ作ル
○勒―白本「勤」ニ作ル、橋本・皇本「勤」ニ作ルハ非ナリ
○義―副本「氣」ニ作リ、色甲本・昌本「氣義イ」トアリ、林本・諸本ニヨリ改ム
○亦―林本・中本・大本・鷹本・上本・柏本「是」ニ作ル
○隱栝―昌本同ジ、色甲本「隱栝隱イ」トアリ、中本・大本「隱括」、鷹本・上本「隱栝」ニ作ル
○京―林本・中本・鷹本「糸」ニ作ル
○畿―昌本「幾」ニ作ル

○抄―益本・白本・橋本ナシ、大本「鈔」ニ作ル
●帙―底本・益本・諸本「帙」ニ作リ、林本・中本・鷹本・上本「帙」ニ作ル、副本ニヨリ改ム
○左―大本・白本・松本「右」ニ作ルハ非ナリ
●奈―底本・狩本・岩本・小本・上本「柰」ニ作リ、益本「柰」ニ作ル、正字ニ改ム
●卌四―底本・副本・諸本「卅三」ニ作リ、色乙本・井本「三十三」ニ作ル、私見ニヨリ訂ス
○稚―副本・色甲本・昌本「雅」ニ作ル、以下同ジ
○俣―中本・上本「俣」ニ作リ、林本「俣俣イ」トアリ
○王―副本・色甲本・昌本「五」ニ作ル
○眞人―副本・色甲本・昌本「々々」ニ作ル、以下同ジ
○毛―副本・色甲本・昌本・上本ナシ
○俣―林本・中本・上本「俣」ニ作ル、以下同ジ
○親―柏本ナシ
○合―副本・色甲本・昌本・中本・上本下ニ「也」アリ

新撰姓氏錄抄

第一帙

左京皇別　起レ自二左京息長眞人一。盡二攝津國爲奈眞人一。卌四氏。

息長眞人

出レ自二譽田天皇諡應神。皇子稚渟毛二俣王之後一也。

山道眞人

息長眞人同祖。稚渟毛二俣親王之後也。日本紀合。

坂田酒人眞人

息長眞人同祖。

八多眞人

出レ自二諡應神皇子稚野毛二俣王一也。日本紀合。

三國眞人

諡繼體皇子椀子王之後也。依二日本紀一附。

路眞人

出レ自二諡敏達皇子難波王一也。日本紀合。

守山眞人

路眞人同祖。難波親王之後也。日本紀合。

甘南備眞人

路眞人同祖。續日本紀合。

飛多眞人

路眞人同祖。

英多眞人

路眞人同祖。

大宅眞人

○諡―柏本ナシ、以下同ジ
○子―益本ナシ
●稚―底本・副本・益本・諸本「雅」ニ作ル、狩本・岩本ニヨリ改ム
○野―諸本同ジ、井本「渟」ニ作ル
○紀―副本「記」ニ作リ、色甲本・上本「給」ニ作ルハ誤リ
○合―副本・色甲本・昌本・上本下ニ「也」アリ
○紀―副本「記」ニ作ル
●也―底本・益本・林本・大本・小本・上本ナシ、副本・諸本ニヨリ補ウ
○紀―副本・色甲本「記」ニ作ル、以下同ジ
○親―諸本同ジ、橋本・考本・皇本・神本ナシ

○多―柏本「田」ニ作ル
○路―以下五字、橋本・考本・皇本「同上」ニ作ル
○宅―井本「它」ニ作ル

路眞人同祖。○依二續日本紀一刊定。

大原眞人

出レ自二諡敏達●孫百濟王一也。續日本紀●合。

○島根眞人

大原眞人同祖。百濟○親王之後也。

豐國眞人

大原眞人同祖。續日本紀●合。

山於眞人

大原眞人同祖。

吉野眞人

○大原眞人同祖。

桑田眞人

○大原眞人同祖。

池上眞人

○依—副本ナシ、色甲本「○依ィ」トアリ

●孫—底本「孫」ニ作ル、諸本ニヨリ改ム

●合—底本・益本・狩本・岩本・井本・脇本・林本・上本下ニ「也」アリ、副本・昌本ニヨリ削ル

○島—副本・色甲本・昌本「嶋」ニ作ル

○原—色乙本「宗」ニ作ル

○親—橋本・考本・皇本・神本ナシ、以下同ジ

●合—底本・副本・諸本下ニ「也」アリ、橋本ニヨリ削ル

○大—以下六字、橋本・考本・皇本「同上」ニ作ル

○大—以下六字、橋本・考本・皇本「同上」ニ作ル

大原眞人同祖。

海上眞人

大原眞人同祖。依續日本紀附。

清原眞人

桑田眞人同祖。百濟親王之後也。

香山眞人

出自敏達皇子春日王也。

登美眞人

出自用明皇子來目王也。續日本紀合。

蜷淵眞人

出自用明皇子殖栗王也。

三島眞人

出自舒明皇子賀陽王也。續日本紀合。

淡海眞人

○大—以下六字、橋本・考本・皇本「同上」ニ作ル

○桑田—副本「桑原田歟」ニ作リ、色甲本「桑原田イ歟」ニ作リ、昌本「桑原日歟」ニ作ル、橋本・考本・皇本「大原」ニ作ルハ非ナリ

●之—底本・副本・諸本ナシ、橋本・考本ニヨリ補ウ

○後—井本ナシ

○自—井本「息」ニ作ル

○達—柏本下ニ「天皇」ノ二字アリ

○也—林本・中本・鷹本・岩本下ニ「敏達皇子春日王也」ノ八字アリ

○明—柏本下ニ「天皇」ノ二字アリ、以下同ジ

○來目—狩本・岩本・井本・西本・林本・中本・鷹本・大本・上本「來日」ニ作リ、益本「來月」ニ作ル、色乙本・白本・松本「春日」ニ作ルハ非ナリ

●合—底本・副本・諸本下ニ「也」アリ、白本・橋本ニヨリ削ル

○明—柏本下ニ「天皇」ノ二字アリ

出レ自二諡天智皇子大友王一也。續日本紀合。

三園眞人

出レ自二諡天武皇子淨廣壹磯城親王之後一也。

笠原眞人

三園眞人同祖。磯城親王之後也。

高階眞人

出レ自二諡天武皇子淨廣壹太政大臣高市王一也。續日本紀合。

氷上眞人

出レ自二諡天武皇子一品大惣管新田部王一也。續日本紀合。

岡眞人

出レ自二諡天武皇子一品贈太政大臣舍人王一也。續日本紀合。

右京皇別

山道眞人

○智―柏本下ニ「天皇」ノ二字アリ
●王―底本・副本・諸本「末」ニ作ル、新群本ニヨリ改ム
●續―以下五字、底本・益本・諸本ナシ、副本・諸本ニヨリ補ウ
○武―柏本下ニ「天皇」ノ二字アリ、以下同ジ
●壹―底本・副本・諸本ナシ、橋本・考本ニヨリ補ウ
○親―柏本ナシ、以下同ジ
○園―副本・昌本・中本・色乙本「國」ニ作ル、色甲本「國（國職）」トアリ、白本・要本モ「國」ニ作ルハ誤リ
●太―底本・益本・諸本「大」ニ作ル、副本・林本・諸本ニヨリ改ム
●合―底本・副本・諸本下ニ「也」アリ、白本・橋本・考本ニヨリ削ル、以下同ジ
○大―副本・色甲本・昌本・岩本・井本・大本・小本「太」ニ作ル
○惣―林本・中本・鷹本・上本「揔」ニ作ル
○新―副本・色甲本・昌本・上本「親」ニ作ルハ誤リ
●太―底本・益本・狩本・西本・岩本「大」ニ作ル、副本・井本・林本ニヨリ改ム
○人―色甲本傍註ニ「親イ」トアリ、要本・新群本下ニ「親」アリ
○合―副本・色甲本下ニ「也」アリ
●右京皇別―以下「攝津國皇別」ノ五字マデノ條文、底本・益本・狩本・西本・岩本・井本・林本・中本・鷹本・大本・小本・脇本・上本ナシ、副本・色甲本・昌本ニヨリ補ウ

○渟―昌本「停」ニ作ル
○親―柏本・橋本・考本ナシ
○祖―色乙本ナシ
○體―柏本下ニ「天皇」ノ二字アリ、以下同ジ
○之―昌本ナシ、色甲本「之ィ」トアリ
○合―副本・色甲本・昌本下ニ「也」アリ、以下同ジ
○治―橋本・考本下ニ「比」アリ
○皇―副本・色甲本「々」ニ作ル、以下同ジ
○宣化―副本・色甲本・昌本「同」ニ作ル、色乙本・柏本ニヨリ改ム

息長眞人同祖。應神皇子稚渟毛二俣親王之後也。

息長丹生眞人

息長眞人同祖。

三國眞人

謚繼體皇子椀子王之後也。日本紀合。

坂田眞人

出自謚繼體皇子仲王之後也。日本紀合。

多治眞人

宣化天皇皇子賀美惠波王之後也。

爲名眞人

宣化天皇皇子火焰王之後也。日本紀合。

春日眞人

敏達天皇皇子春日王之後也。

高額眞人

春日眞人同祖。春日親王之後也。

當麻眞人

用明皇子麿古王之後也。日本紀合。

文室眞人

天武皇子二品長王之後也。續日本紀合。

豐野眞人

天武天皇皇子淨廣壹高市王之後也。續日本紀合。

山城國皇別

三國眞人

繼體皇子椀子王之後也。日本紀合。

大和國皇別

酒人眞人

○親—柏本・橋本・考本ナシ

○麿—色乙本・柏本・白本「麻呂」ニ作ル

○之後—副本・色甲本・昌本ナシ、色甲本傍註ニ「之後ィ」トアリ、色乙本・諸版本ニヨリ補ウ

○武—色乙本・柏本・白本・橋本下ニ「天皇」ノ二字アリ

○長王—副本・色甲本「長屋主」ニ作リ、昌本「長屋王」トアリ、柏本「長親王」トスル、橋本・考本ニヨリ改ム

○眞人—副本・白本ナシ、色甲本「〻」、昌本「々々」トアリ、色乙本ニヨリ補ウ

○天武—副本・色甲本・昌本・色乙本「同」ニ作ル、柏本・考本ニヨリ改ム

○之後—副本・昌本ナシ、色甲本「之後ィ」トアリ、色乙本ニヨリ補ウ

繼體皇子兎王之後也。日本紀合。

攝津國皇別

爲奈眞人

宣化皇子火焰王之後也。日本紀合。

右第一卷。

左京皇別上　起源朝臣。盡新田部宿禰。卌二氏。

源朝臣

源朝臣信。年六。腹廣井氏。弟源朝臣弘。年四。腹上毛野氏。弟源朝臣常。年四。弟源朝臣明。年二。已上二人腹飯高氏。妹源朝臣貞姫。年六。腹布勢氏。妹源朝臣潔姫。年六。妹源朝臣全姫。年四。已上二人腹當麻氏。妹源朝臣善姫。年二。腹百濟氏。信等八人。是今上親王也。而依弘仁五年五月八日勅賜姓。貫於左京一條一坊。即以信爲戸

。繼體—色乙本・白本・橋本「同天皇」ニ作ル

。化—柏本下ニ「天皇」ノ二字アリ

。子—副本・色甲本・昌本ナシ

。上—副本・昌本ナシ、色甲本「。上」トアリ

。盡—副本・色甲本・林本・中本・鷹本・上本「書」ニ作ル

●新—底本・副本・諸本ナシ、柏本・橋本ニヨリ補ウ

。田—昌本「日」ニ作ル

。卌—副本・林本・諸本「卅」ニ作リ、井本・大本・柏本「三十」ニ作ル

。朝臣—副本・色甲本「々々」ニ作ル、以下同ジ

。弟—昌本上ニ「弟」アリ

。二—昌本ナシ

。勢氏—色乙本ナシ

。全—林本・鷹本・大本「令」ニ作リ、中本「令」ニ朱デ「全ィ」ト傍註セリ、上本「仝」トアリ

●腹—底本・益本・林本・諸本ナシ、副本・色甲本・昌本ニヨリ補ウ

。二—井本ナシ

。氏—昌本「王」ニ作ル

。戸—色乙本・白本・松本「尸」ニ作リ、中本「尸」ト朱デ傍註

○宇―諸本同ジ、橋本・考本「子」ニ作ル
○之―柏本「永」ニ作ル
○女―色乙本・柏本・白本・松本ナシ
●嫡―底本・林本・諸本ナシ、副本・色甲本・昌本ニヨリ補ウ
○暦―林本・中本「歷」ニ作ル、以下同ジ
●廿―底本・林本・諸本「二十」ニ作ル、副本・色甲本・昌本ニヨリ改ム、以下同ジ
○特―副本・色甲本・昌本「持」ニ作ル
○姓―副本・色甲本・昌本ナシ
○右―橋本・要本・考本・皇本「左」ニ作リ、橋本頭註ニ「左作右非」トアレド誤リ
○女―色乙本・柏本・白本・松木ナシ
●嫡―底本・益本・林本・諸本ナシ、副本ニヨリ補ウ、以下同ジ
○所―大本下ニ「繼」アリ
○右―橋本・要本・考本・皇本ニ「左」ニ作ルハ誤リ
○光―狩本「先」ニ作ル
●仁―底本・益本・林本・諸本ナシ、副本ニヨリ補ウ
●潛―底本・林本・諸本「滯」ニ作ル、副本ニヨリ訂ス
○之時―昌本ナシ
○養―副本・色甲本・昌本「食」ニ作ル
●勇―底本「厚」ニ作リ、西本「厲」ニ作ル、色乙本・白本・松本「男」ニ作ル、副本ニヨリ改ム
○賜―柏本・考本下ニ「姓」アリ、橋本「姓」トアリ

主。

良岑朝臣

從四位下良峯朝臣安世。是皇統彌照天皇諡桓武。御宇也。從七位下百濟宿禰之繼。爲女嬬而供奉所生也。延暦廿一年十二月廿七日特賜姓良岑朝臣。貫於右京。

長岡朝臣

正六位上長岡朝臣岡成。是皇統彌照天皇諡桓武。之御東宮也。多治比眞人豐繼。爲女嬬而供奉所生也。延暦六年特賜姓長岡朝臣。貫於右京。續日本紀合。

廣根朝臣

正六位上廣根朝臣諸勝。是光仁天皇龍潛之時。女嬬從五位下縣犬養宿禰勇耳。侍御而所生也。桓武天皇延暦六年特賜廣根朝臣。續日本紀合。

春原朝臣

天智天皇皇子淨廣壹河島王之後也。

三原朝臣

天武天皇皇子一品新田部王之後也。

永原朝臣

天武天皇皇子淨廣壹高市王之後也。續日本紀合。

橘朝臣

甘南備眞人同祖。敏達天皇皇子難波皇子男。贈從二位栗隈王男。治部卿從四位下美努王。美努王娶從四位下縣犬養宿禰東人女贈正一位縣犬養橘宿禰三千代大夫人。生左大臣諸兄。中宮大夫佐爲宿禰。贈從二位牟漏女王。女王適贈太政大臣藤原房前。生太政大臣永手。大納言眞楯等。和銅元年十一月己卯大嘗會。廿五日癸未曲宴賜橘宿禰姓於大夫人。天平八年十二月甲子詔參議從三位行左大辨葛城王賜橘宿禰諸兄。

淡海朝臣

●皇―底本・副本・諸本「々」ニ作ル、色乙本・諸版本ニヨリ改ム、以下同ジ
◦島―副本・色甲本・昌本「嶋」ニ作ル
◦武―大本・白本「智」ニ作ルハ誤リ
◦朝臣―鷹本・上本ナシ
●天武―底本・副本・諸本「同」ニ作ル、色乙本・諸版本ニヨリ改ム
●廣―底本・副本・諸本ナシ、色甲本「廣イ」ノ傍註アリ、色乙本・諸版本ニヨリ補ウ
●市―底本・林本・諸本・「布」ニ作ル、副本・色甲本・昌本ニヨリ訂ス
●皇子―底本・益本・諸本「之」ニ作ル、副本・岩本・井本・林本・諸本ナシ、柏本・橋本ニヨリ改ム
◦贈―林本・鷹本・上本「賜」ニ作ル、中本「贈乎」ノ傍註アリ
●美―以下三字、底本・諸本「々々」ニ作ル、色乙本・白本・松本「下ニ美努ニ」ニ作ル、橋本・考本ニヨリ改ム
●贈―底本・副本・諸本ナシ、橋本ニヨリ補ウ
◦正―橋本・考本「從」ニ作ルハ誤リ
◦養―林本・中本・鷹本・上本「狼」ニ作ル
◦大―副本・色甲本・昌本「太」ニ作ル
◦人―副本・昌本ナシ、色甲本「人イ」ノ傍註アリ
●女王―底本・副本・諸本「々々」ニ作ル、色乙本・白本・橋本ニヨリ改ム
◦適―小本「遍」ニ作リ、「適カ」

ノ朱註アリ
●太ー底本・益本・狩本・岩本「大」ニ作ル、副本・井本ニヨリ改ム、以下同ジ
●手ー底本・副本・諸本「乎」ニ作ル、色甲本「平手歟」トアリ、色乙本・橋本ニヨリ改ム
●廿ー底本・林本・諸本「二十」ニ作ル、副本・色甲本・昌本ニヨリ改ム、柏本「廿五日」ノ三字ナシ
●癸ー底本・益本・狩本・西本「祭」ニ作ル、副本・色甲本・昌本ニヨリ訂ス
○宴ー大本「妻」ニ作ル、中本「妻」ニ作リ「宴」ノ傍註アリ
○人ー色乙本ナシ
○平ー副本ナシ、色甲本「平ィ」ノ傍註アリ
○甲子ー副本・色甲本・昌本「甲午」ニ作リ、白本・松本・要本・橋本「丙子」ニ作ル
●兄ー底本・益本・諸本下ニ「橘諸兄始名葛城王」ノ八字アリ、柏本「橘諸兄初名葛城王云云」トアリ、大本・白本「初名號葛城王云云」ニ作ル、副本・上本ニヨリ削ル
○島ー副本・色甲本・昌本「嶋」ニ作ル
○元ー狩本「光」ニ作ル
○紀ー井本「記」ニ作ル、橋本・考本下ニ「及」アリ
●續ー以下四字、底本・林本・諸本ナシ、副本・色甲本・昌本・色乙本ニヨリ補ウ
○倍ー色乙本「部」ニ作ル、以下同ジ
○祖ー昌本下ニ「太彦命男彦皆立大稲要日命之後也日本紀合」ノ十

春原朝臣同祖。河○島親王之後也。

阿倍朝臣

孝○元天皇皇子大彦命之後也。日本○紀。●續●日●本●紀合。

布勢朝臣

阿○倍朝臣同○祖。日本紀漏。

○完人朝臣

阿倍朝臣同祖。○大彦命男彦背立大稲○腰命之後也。日本紀合。

高橋朝臣

阿倍朝臣同祖。大稲○輿命之後也。景行天皇巡㆓狩東國㆒供㆓獻大蛤㆒。于㆑時天皇喜㆓其奇美㆒。賜㆓姓膳臣㆒。天渟中原瀛眞人天皇（諡天武）。十二年改㆓膳臣㆒賜㆓高橋朝臣㆒。

許曾倍朝臣

阿倍朝臣同祖。大彦命之後也。日本○紀漏。

阿○閉臣

阿倍朝臣同祖。

竹田臣

阿倍朝臣同祖。大彦命男武渟川別命之後也。

名張臣

阿倍朝臣同祖。大彦命之後也。

佐々貴山公

阿倍朝臣同祖。

膳大伴部

阿倍朝臣同祖。大彦命孫磐鹿六雁命之後也。景行天皇巡二狩東國一。至二上總國一。從二海路一渡二淡水門一。出二海中一得二白蛤一。於レ是磐鹿六雁爲レ膳進レ之。故美二六雁一賜二膳大伴部一。

阿倍志斐連

大彦命八世孫稚子臣之後也。孫自臣八世孫名代。諡天武御世獻二之楊花一。勅曰何花哉。名代奏曰。辛夷花也。群臣奏曰。是

九字アリ
○完―昌本コノ條文ナシ、橋本・考本「宍」ニ作ル
○大―副本・色甲本「太」ニ作ル
○腰―副本・色甲本「要」ニ作ル
○輿―副本・昌本「与」ニ作リ、色甲本「与（輿イ）」トアリ、小本「興」ニ作ル
○喜―副本・色甲本・昌本「吉右」ノ二字ニ作ル
●渟―底本・益本・西本・岩本・井本・中本・大本「停」ニ作リ、狩本・林本・鷹本・上本「停」ニ作ル、副本・色甲本・小本ニヨリ改ム、以下同ジ
○人―狩本「入」ニ作ル
○改―昌本「故」ニ作ル
○紀―井本「記」ニ作ル
○漏―井本「令」ニ作ル
○閉―副本・色甲本・昌本「閇」ニ作ル

○男―狩本・色乙本・柏本・白本上ニ「之」アリ
●臣―底本・副本・諸本ナシ、昌本「々」ニ作ル、コレハ「臣」ヲサス、橋本・考本ニヨリ補ウ
○々―底本・副本・諸本同ジ、色乙本・柏本・白本・諸版本「佐」ニ作ル
○磐―副本・昌本「般若」ノ二字ニ作リ、色甲本「[illegible]」ニ作リ、狩本「盤」ニ作ル
●鹿―底本・林本・諸本「麻」ニ作リ、副本・色甲本・昌本「庶」ニ作ル、諸版本ニヨリ訂ス
○六―副本・色甲本・昌本ナシ
○膳―諸本同ジ、橋本・昌本・考本「膾」ニ作ル

○楊花也。名○代猶強奏辛夷花。因賜阿倍志斐連姓也。日本紀○漏。

石川朝臣

孝元天皇皇子彥○太○忍●信命之後也。日本紀合。

田口朝臣

石川朝臣同祖。武內宿禰大臣之後也。蝙蝠臣。豐御食炊屋姬天皇謚推古。御世。家於大和國高市郡田口村。仍號田口臣。日本紀漏。

櫻井朝臣

石川朝臣同祖。蘇我石川宿禰四世孫稻●目宿禰大臣之後也。日本紀合。

紀朝臣

石川朝臣同祖。○建內宿禰男紀角宿禰之後也。

角朝臣

○伴―林本・中本・鷹本・上本「倍」ニ作ル
○部―狩本「倍」ニ作ル
○斐―副本・色甲本・昌本「非久」ノ二字ニ作ル
●孫―底本「孫」ニ作ル
●稚―底本・副本・諸本「雅」ニ作ル、色乙本・諸版本ニヨリ改ム
○孫―橋本・松本・考本ナシ、群本以下二字「自孫」ニ作ル
○哉―狩本・副本・色甲本・昌本ナシ
●名代―底本・益本・井本・大本・鷹本ナシ、副本・色甲本・昌本・狩本・上本「代」ノミアリ

○楊―鷹本・小本「物」ニ作ル
○代―林本・中本・鷹本・岩本・上本「氏」ニ作ル
○漏―井本上ニ「合」アリ
○太―副本・色甲本「大」ニ作ル
○忍―昌本「恩」ニ作ル
●信―底本・益本・狩本・西本「倍」ニ作ル、副本・色甲本・昌本ニヨリ改ム
●目―底本・林本・諸本「田」ニ作ル、副本・色甲本ニヨリ訂ス
○建―益本同ジ、副本・色甲本・昌本・狩本・西本・岩本・井本・林本・中本・鷹本・大本・上本「達」ニ作ル

紀朝臣●同●祖。●紀角宿禰之後也。日本紀合。

坂本朝臣

紀朝臣同祖。紀角宿禰男白城宿禰之後也。

○林朝臣

石川朝臣同祖。武内宿禰之後也。○日本紀合。

道守朝臣

波多朝臣同祖。波多○矢○代宿禰之後也。日本紀合。

雀部朝臣

巨勢朝臣同祖。○建内宿禰之後也。星河建彦宿禰。謚應神御世。代㆓於皇太子大鷦鷯尊㆒。繋㆓木綿●襷㆒。掌㆓監御膳㆒。因賜㆑名○曰㆓大雀臣㆒。日本紀合。

生江臣

石○川朝臣同祖。武内宿禰之後也。日本紀○漏。

布師首

●同ー以下三字、底本・林本・諸本ナシ、副本・昌本ニヨリ補ウ、色甲本「祖」ヲ「禰」ニ作リ「祖イ」ト註ス

○林ー昌本「木」ニ作リ「林イ」ト註ス

○日ー以下四字、小本ナシ

○矢代ー林本・中本・鷹本・大本・上本「失氏」ニ作ル

○建ー益本同ジ、副本・色甲本・昌本・狩本・岩本・井本・林本・中本・大本・上本・小本「達」ニ作ル

●襷ー底本・狩本「椽不審」トアリ、益本・岩本・井本・林本・中本・鷹本・上本・小本「椽」ニ作リ、副本、色甲本「樨」ニ作リ、昌本「擧方」ニ作ル、諸版本ニヨリ訂ス

○曰ー副本・昌本・鷹本・上本「田」ニ作リ、色甲本「田曰イ」、中本「田曰カ」、小本「田曰歟」トアリ

○川ー井本「河」ニ作ル

○漏ー色乙本・白本「合」ニ作ル、色甲本・松本「合漏イ」トアリ

○武—以下七字、柏本ナシ
○目—昌本「田」ニ作ル
○也—井本ナシ
○泊—副本・色甲本・昌本「伯」ニ作ル
○世—橋本・考本・皇本下ニ「蜾蠃」ノ二字ヲ補ウ
○取—副本・色甲本・昌本・林本・中本・鷹本・大本・上本・柏本「收」ニ作ル
○蚕—副本・色甲本「替」ニ作ル
○聚—小本「娶」ニ作ル
○哂—林本・中本・鷹本・上本・岩本・小本「啞」ニ作ル
○姓—小本ナシ
●朝臣—底本・副本・諸本「宿禰」ニ作ル、柏本・橋本・考本ニヨリ改ム
●太—底本・副本・諸本「火」ニ作ル、色乙本・橋本ニヨリ改ム
○稚—副本・林本・諸本「雅」ニ作ル
○朝臣—狩本・岩本・井本・小本・上本「宿禰」ニ作ル
●朝臣—底本・諸本「宿禰」ニ作リ、副本・色甲本・昌本「々々」ニ作ル、コレ「朝臣」ノ略、ヨッテ改ム
○之—柏本ナシ
○孫—以下六字、昌本ナシ
●朝臣—底本・諸本「宿禰」ニ作ル、橋本・考本ニヨリ改ム

生江臣同祖。○武内宿禰之後也。

箭口朝臣

宗我石川宿禰四世孫稻○目宿禰之後也。

多朝臣

出レ自二謚神武皇子神八井耳命之後一也。日本紀合。

小子部宿禰

多朝臣同祖。神八井耳命之後○也。○大○泊瀬幼武天皇御○世。所レ遣二諸國一。○取二斂○蚕兒一。誤○聚二小兒一貢レ之。天皇大○哂。賜二○姓小兒部連一。日本紀合。

吉備●朝●臣

大日本根子彦●太瓊天皇皇子○稚武彦命之後也。

下道○朝○臣

吉備●朝●臣同祖。稚武彦命○之○孫吉備武彦命之後也。

道守●朝●臣

•列|底本・副本・諸本「判」ニ作リ、松本・柏本・橋本「頬」ニ作ル
•朝臣|底本・諸本「宿禰」ニ作ル、白本・松本・橋本ニヨリ改ム
•入|底本・副本・諸本下ニ「々」アリ、後文ニヨリ削ル
•命|底本・諸本ナシ、副本・色甲本・昌本ニヨリ補ウ
•御|底本・諸本ナシ、副本・色甲本・昌本ニヨリ補ウ
•壬|底本・諸本「王」ニ作ル、大本「壬イ」トアリ、考本說ニヨリ改ム
•命|底本・諸本ナシ、副本ニヨリ補ウ
∘括|諸本同ジ、橋本・考本「指」ニ作ルハ非ナリ
∘嘉|鷹本・上本同ジ、林本・中本・大本「喜」ニ作ル
•合|底本・諸本「令」ニ作ル、副本ニヨリ改ム
∘旨|色乙本・白本・松本・橋本・考本「者」ニ作ルハ非ナリ
•續|底本・林本・諸本ナシ、副本・色甲本・昌本ニヨリ補ウ
•朝臣|底本・諸本「宿禰」ニ作ル、白本・松本・橋本ニヨリ改ム
∘中|小本「名」ニ作ル
•人|底本・諸本「入」ニ作ル、副本ニヨリ改ム
•石|底本・諸本「右」ニ作ル、副本ニヨリ訂ス
∘附|小本ナシ
•冒|底本・諸本「昌」ニ作リ、色乙本・柏本・諸版本「日」ニ作ル、副本・色甲本・昌本ニヨリ訂ス

開化天皇皇子武豐葉列別命之後也。

御使朝臣

出自諡景行皇子氣入彦命之後也。譽田天皇御世。御室雜使大壬生等。逋逃不仕。天皇遣使尋求。並不復命。於是氣入彦命。奉詔括追於參河國。捕獲參來。天皇嘉合使旨。賜姓御使連也。續日本紀合。

犬上朝臣

出自諡景行皇子日本武尊也。

坂田宿禰

息長眞人同祖。應神皇子稚渟毛二派王之後也。天渟中原瀛眞人天皇諡天武。御世。出家入道。法名信正。娶近江國人槻本公轉戸女。生男石村。附母氏姓冒槻本公。男外從五位下老。男從五位上奈弖麻呂。次從五位下豐成。次豐人等。皇統彌照天皇諡桓武。延暦廿二年。賜宿禰姓。於是追陳父志。取祖父生長

之地名。改槻本賜坂田宿禰。今上弘仁四年。同奈弖麻呂等。改賜朝臣姓也。

間人宿禰

仲哀天皇皇子譽屋別命之後也。

新田部宿禰

安寧天皇皇子磯津彦命之後也。日本紀合。

右第二卷。

左京皇別下 起大春日朝臣。盡鴨縣主。卅二氏。

大春日朝臣

出自孝昭天皇皇子天帶彦國押人命也。仲臣令家重千金。委糟爲堵。于時大鷦鷯天皇諡仁德。臨幸其家。詔號糟垣臣。後改爲春日臣。桓武天皇延暦廿年。賜大春日朝臣姓。

小野朝臣

男―井本下ニ「槻本公男」ノ四字アリ
外―小本ナシ
老―底本・狩本「先不審」トアリ、益本・岩本「先」ニ作ル、副本・脇本ニヨリ訂ス
弖―底本・林本・諸本ナシ、以下同ジ、小本「井」ニ作ル、副本ニヨリ補ウ
呂―底本・諸本下ニ「之」アリ、副本・色甲本・昌本「ミ」アリ、諸版本ニヨリ削ル
父―底本・副本・諸本「文」ニ作ル、色乙本・柏本ニヨリ訂ス
取―底本・林本・諸本「故」ニ作ル、副本ニヨリ訂ス
禰―以下二字、林本・中本ナシ
今―鷹本・大本・上本ナシ
年―副本・色甲本・昌本「季」ニ作ル
宿禰―底本・林本・諸本「朝臣」ニ作ル、鷹本ナシ、副本・色甲本・昌本「々々」ニ作ルハ「宿禰」ノ略、「宿禰」ガ正シイタメ改ム
磯―橋本・考本下ニ「城」アリ
右―小本「左」ニ作ル
盡―色甲本・林本・中本・鷹本・上本「書」ニ作ル
主―底本・副本・諸本ナシ、色甲本「○主」トアリ、橋本・要本ニヨリ補ウ
昭―底本・諸本「照」ニ作ル、副本・林本ニヨリ改ム
國押―底本・林本・諸本「押國」ニ作ル、副本ニヨリ改ム
大―底本・林本・諸本ナシ、副

本・色甲本・昌本ニヨリ補ウ
○詔—井本「語」ニ作ル
○姓—昌本下ニ「大徳小野臣姓子家于近江國」ノ十二字アリテ次ノ小野朝臣ノ條文ナシ

○姥—副本・林本・鷹本・上本ナシ、色甲本・中本「姥」ノ傍註アリ
○也—橋本・考本・皇本下ニ「其後敏達天皇御世」ノ八字アリ
○妹—副本・林本・中本・鷹本・大本・小本・上本「姓」ニ作ル
○安—諸本同ジ、柏本「尔」ニ作リ、橋本・考本・皇本「爾」ニ作ルハ誤リ、以下同ジ
○姥—岩本・林本・中本・鷹本・上本ナシ、小本下ニ「乎《ヒカ》」アリ
○矢田—鷹本ナシ
○部—橋本下ニ「朝臣」ヲ補ウ
○姥—副本・昌本・岩本・井本・林本・中本・鷹本・上本ナシ、色甲本「姥ィ」トアリ
○命—副本・昌本「合」ニ作リ、色甲本「命ィ」ノ傍註アリ
●孫—以下八字、底本・副本・諸本ナシ、橋本・考本ニヨリ補ウ

大春日朝臣同祖。彦姥津命五世孫米餅搗大使主命之後也。大徳小野臣妹子。家于近江國滋賀郡小野村。因以爲氏。日本紀合。

和安部朝臣

大春日朝臣同祖。彦姥津命三世孫難波宿禰之後也。續日本紀合。

和爾部宿禰

和安部朝臣同祖。彦姥津命四世孫矢田宿禰之後也。續日本紀合。

櫟井臣

和安部同祖。彦姥津命五世孫米餅春大使主命之後也。

和安部臣

和安部朝臣同祖。彦姥津命五世孫米餅春大使主命之後也。

葉栗臣

○穴—諸本同ジ、色乙本・松本・考本「安」ニ作ル
●昭—底本・㳅本・狩本・西本・岩本・井本「照」ニ作ル、副本・林本・諸本ニヨリ改ム
○菅—狩本「普」ニ作ル
○間—鷹本・上本「門」ニ作ル
○那—中本・鷹本・上本「郡」ニ作ル
○己—諸本同ジ、色甲本「巴」、「巴ィ」ノ傍註アリ、諸版本「巴」ニ作ルハ非ナリ
○土—副本・色甲本「五」ニ作リ、色甲本「土ィ」ノ傍註アリ、昌本「下一地民」ニ作ル、柏本「土」以下七字ヲ「土地膏腴。人民亦富饒」ニ作ル
○人—副本・色甲本・昌本・林本・上本ナシ
○羅—岩本・中本・大本・上本ナシ
○國—井本「下」ニ「乎」アリ
○民—大本「氏」ニ作ル
○請—鷹本・上本同ジ、林本・中本・大本「諸」ニ作ル
●塩—底本・㳅本・諸本「㧪」ニ作リ、副本・林本・諸本「垣」ニ作ル、橋本ニヨリ改ム
●垂—底本・副本・諸本「乘」ニ作ル、橋本ニヨリ改ム
●贅—底本・副本・諸本「贅」ニ作ル、諸版本ニヨリ改ム
○松—昌本同ジ、副本・色甲本「杢」ニ作ル
●尺—底本・林本・諸本「寸」ニ作ル、副本・昌本「サカ」ニ作リ、色甲本「サカ尺ィ」トアリ、橋本ニヨリ改ム
○悍—井本「悍」ニ作ル

和安部朝臣同祖。彥姥津命三世孫建穴命之後也。

吉田連

大春日朝臣同祖。觀松彥香殖稻天皇(論孝昭。)皇子天帶彥國押人命四世孫彥國菅命之後也。昔磯城瑞籬宮御宇御間城入彥天皇御代。任那國奏曰。臣國東北有三己汶地。(上己汶。中己汶。下己汶。)地方三百里。土地人民亦富饒。與新羅國相爭。彼此不能攝治。兵戈相尋。民不聊生。臣請將軍令治此地。即爲貴國之部也。天皇大悅。勅群卿。令奏應遣之人。卿等奏曰。彥國菅命孫塩垂津彥命。頭上有贅三岐如松樹。(因號松樹君。)其長五尺。力過衆人。性亦勇悍也。天皇令塩垂津彥命遣。奉勅而鎭守。彼俗稱宰爲吉。故謂其苗裔之姓。爲吉氏。男從五位下知須等。家居奈良京田村里。仍天璽國押開豐櫻彥天皇(論聖武。)神龜元年。賜吉田連姓。(吉本姓。田取居地名也。)今上弘仁二年。改賜宿禰姓也。續日本紀合。

●丸部

和安部同祖。彥姥津命男伊富都久命之後●也。

○丈部

天足彥國押人命孫比○古意○祁豆命●之後也。

下毛野朝臣

崇神天皇皇子豐城入彥命之後也。日本紀合。

上毛野朝臣

下毛野朝臣同○祖。豐城入彥●命五世孫多奇波世君之後也。大○泊瀬幼武天皇諡雄略。御世。努賀君男百尊。爲二阿女●產一向二●聟家一犯レ夜而歸。於二應神天皇御陵邊一。逢二騎馬人一相共○話○語。換レ馬而別。明日○看二所レ換馬一。是土馬也。○因負二姓陵邊君一。百尊男德尊。孫斯羅。諡皇極御世。賜二河內山下田一。以レ解二文書一。爲二田邊史一。寶字稱德孝謙皇帝天平勝寶二年。改賜二上毛野公一。今上弘仁元年。改賜二朝臣姓一。續日本紀合。

○姓—昌本「性」ニ作ル
●間—底本・副本・諸本「河」ニ作ル、色乙本・橋本ニヨリ改ム
●壐—底本・副本・諸本「蛋」ニ作リ、昌本「壐」ニ作ル、諸版本ニヨリ改ム
○田—色甲本・昌本「用田イ」トアリ

●丸—底本・副本・諸本「凡」ニ作リ、色甲本「丸イ」ト傍註ス、色乙本・柏本・橋本ニヨリ改ム
●也—底本・副本・諸本ナシ、大本・色乙本ニヨリ補ウ
○丈—色甲本「大丈」トアリ、色乙本「文」ニ作ル
○古—色甲本・林本・中本・鷹本・大本・色乙本・上本「吉」ニ作リ、色甲本「古イ」ト傍註ス
○祁—上本「初」ニ作ル
●之—底本・副本・諸本ナシ、私見ニヨリ補ウ
○祖—副本・色甲本「裡」ニ作リ、色甲本「祖イ」ト傍註ス
●命—底本・副本・諸本ナシ、色甲本「命歟」ト傍註ス、橋本ニヨリ補ウ
○泊—副本・色甲本・昌本・鷹本・上本「伯」ニ作ル
●產—底本・副本・諸本「彥」ニ作リ、色甲本「產歟」トアリ
●聟—底本・林本・諸本「智」ニ作ル、副本ニヨリ改ム
○話語—副本・色甲本・昌本「語話」ニ作ル
○看—副本・昌本「者」ニ作リ、色甲本「看イ」ノ傍註アリ
○因—副本・昌本・岩本・鷹本

池田朝臣
上毛野朝臣同祖。豐城入彥命十世孫佐太公之後也。日本紀合。

住吉朝臣
上毛野同祖。豐城入彥命五世孫多奇波世君之後也。日本紀賜姓合也。依續日本紀。

池原朝臣
住吉同氏。多奇波世君之後也。

上毛野坂本朝臣
上毛野同祖。豐城入彥命十世孫佐太公之後也。續日本紀合。

車持公
上毛野朝臣同祖。豐城入彥命八世孫射狹君之後也。雄略天皇御世。供進乘輿。仍賜姓車持公。

大網公
上毛野朝臣同祖。豐城入彥命六世孫下毛君奈良弟眞若君之後

「国」ニ作リ、上本「困」ニ作ル、色甲本「因イ」ノ傍註アリ

•十世—底本・益本・諸本「十一」ニ作ル、後文オヨビ副本・色甲本・昌本ニヨリ改ム
•太—底本・益本・狩本「大」ニ作ル、副本・林本ニヨリ改ム、以下同ジ
◦也—副本・色甲本・昌本ナシ
•日—以下四字、底本・林本・諸本ナシ、副本・色甲本・昌本ニヨリ補ウ
◦野—大本・小本下ニ「朝臣」ノ二字アリ
•祖—底本・副本・諸本下ニ「氏」アリ、柏本・橋本ニヨリ削ル
◦日—以下十二字、橋本・考本「續日本紀合」ニ作ル
◦紀—要本下ニ「合」アリ
◦野—大本「埜」ニ作ル
◦公—大本「姓」ニ作ル
◦公—諸本同ジ、白本・松本・橋本「臣」ニ作ルハ非ナリ
◦野—大本「埜」ニ作ル
◦毛—橋本・考本下ニ「野」アリ

也。

桑原○公

上毛野同●祖。豐城入彥命五世孫多奇波世君之後●也。

川合○公

上毛野同氏。多奇波世君之後●也。

垂水史

上毛野同氏。豐城入彥命●孫彥狹島命之後●也。

商長首

上毛野同氏。多奇波世君之後○也。三世孫久比。○泊瀨部天皇（諡崇○峻）御世。被レ遣二○呉○國一。雜寶物等獻二於天皇一。其中有二呉權一。天皇勅二○此物一也。久比奏曰。呉國以懸二定萬物一。令レ○爲二交易一。其名云二○波賀理一。天皇勅之。○勿レ令二他人○同一。久比男宗○麿。舒明天皇御○代。負二商長姓一也。日本紀○漏。

吉彌●侯部

○公―諸本同ジ、白本・松本・橋本・要本・考本「臣」ニ作ルハ誤リ
●祖―底本・副本・諸本「氏」ニ作ル、林本・鷹本・大本・柏本「祖」ニ作リ、上本「氏ィ」トアリ、林本ニヨリ改ム
●也―底本・副本・諸本ナシ、大本・色乙本ニヨリ補ウ
○公―副本・色甲本・昌本ナシ
●也―底本・副本・諸本ナシ、大本・色乙本ニヨリ補ウ
●孫―底本・副本・諸本「男」ニ作ル、橋本・考本ニヨリ改ム
●也―底本・副本・諸本ナシ、大本・色乙本ニヨリ補ウ
○野―大本「埜」ニ作ル
○也―大本ナシ
○泊―副本・色甲本・昌本・林本・中本・鷹本・上本「伯」ニ作ル
○峻―井本「神」ニ作ル
○呉―副本・昌本「口天」ノ二字ニ作ル
○國―色甲本下ニ「○ロィ」トアリ
○此―以下二十七字、副本・昌本ナシ、色甲本「イ」トシテ記入セリ、柏本下ニ「何」アリ
○爲―橋本・考本ナシ
○波―林本・中本・鷹本・上本・色乙本「彼」ニ作ル
○勿―大本「而」ニ作ル
○同―柏本・考本「司」ニ作ル、アルイハ「用」カ
○曆―狩本・岩本・林本・中本・鷹本・大本・上本・白本「磨」ニ作リ、昌本・小本・色乙本・橋本「麻呂」ノ二字ニ作ル
○代―小本「世」ニ作ル
○漏―副本・色甲本・昌本「合」

上毛野朝臣同祖。豐城入彥命六世孫奈良君之後也。

甲能

從五位下御方大野之後也。續日本紀合。

葛城朝臣

葛城襲津彥命之後也。日本紀。續日本紀。官符改姓並合。

稻城壬生公

出自垂仁天皇皇子鐸石別命也。

小槻臣

同天皇皇子於知別命之後也。

牟義公

景行天皇皇子大碓命之後也。

守公

牟義公同氏。大碓命之後也。

治田連

ニ作ル
●侯—底本・副本・諸本「隻」ニ作ル、橋本ニヨリ改ム
●也—底本・副本・諸本ナシ、大本・色乙本ニヨリ補ウ
●甲—底本・諸本「申」ニ作ル、副本ニヨリ改ム
○後也—副本・色甲本ナシ
○符—諸本同ジ、大本・色乙本・白本・松本・橋本・考本「府」ニ作ル
○壬—狩本「土」ニ作ル
○自—小本ナシ
○石—狩本下ニ「川」アリ
○碓—畠本・林本・中本・鷹本・大本・上本「雄」ニ作ル、以下同ジ
●也—底本・副本・諸本ナシ、井本ニヨリ補ウ
●也—底本・副本・諸本ナシ、井本・大本・色乙本ニヨリ補ウ

開化天皇皇子彥坐命之後也。四世孫彥命征二北夷一有二功効一。因割二近江國浅井郡地一賜レ之。爲二墾田地一。大海。眞持等。墾二開彼地一。以爲二居地一。大海六世孫之後。熊田。宮平等。因二行事一賜二治田連姓一也。

輕我孫

治田連同氏。彥坐命之後也。四世孫白髮王。初彥坐分來賜二阿比古姓一。成務天皇御代。賜二輕地卅千代一。是負二輕我孫姓一之由也。

鴨縣主

治田連同祖。彥坐命之後也。

右第三卷。

右京皇別上　起二八多朝臣一。盡二猪使宿禰一。卅三氏。

八多朝臣

○坐―西本・昌本「生」ニ作ル
○彥―色乙本下ニ「坐」アリ、橋本・考本下ニ「□」アリ
●北―底本・益本・諸本ナシ、副本・林本・諸本ニヨリ補ウ
○因―副本・色甲本・昌本「目」ニ作ル
○孫―狩本・西本・岩本・井本ナシ
○後―昌本下ニ「也」アリ
●平―底本・林本・諸本「手」ニ作ル、副本・岩本ニヨリ改ム
●也―底本・副本・諸本ナシ、私見ニヨリ補ウ
○分―色甲本「今」ニ作リ、白本「命」ニ作ル
○來―白本「未」ニ作リ、橋本「末」ニ作ル
○卅千―狩本「卅子」ニ作リ、副本・色甲本・昌本「三十千」ニ作ル
●由―底本・林本・諸本「田」ニ作リ、副本・昌本・色甲本「男」ニ作ル、小本ニヨリ訂ス
○右―小本「左」ニ作ル
●卅―底本・林本・諸本「三十」ニ作ル、副本・色甲本・昌本ニヨリ改ム

石川朝臣同祖。武内宿禰命之後也。日本紀合。

巨勢朝臣

石川同●祖。巨勢雄柄宿禰之後也。日本紀合。

巨勢楲田朝臣

雄柄宿禰四世孫稲茂臣之後●也。男荒○人。天豊財重日足姫天皇論皇極。御○世。遣㆓佃葛城○長田㆒。其地野上。漑㆑水難㆑至。荒人能●解㆓●機術㆒。始造㆓長楲㆒。川○水灌㆑田。天皇大悦。賜㆓楲田臣姓㆒也。日本紀漏。

巨勢斐○太臣

巨勢楲田同氏。巨勢雄柄四世孫稲茂男荒人之後也。

紀朝臣

石川朝臣同氏。屋主忍雄建猪心命之後也。日本紀合。

平群朝臣

石川朝臣同○氏。武内宿禰男平群○都久宿禰之後也。日本紀合。

●祖―底本・林本・諸本「氏」ニ作ル、副本・色甲本・昌本ニヨリ改ム
●也―底本・副本・諸本ナシ、橋本・考本ニヨリ補ウ
○人―小本「入」ニ作ル
○世―大本下ニ「御世」ノ二字アリ
○長―小本「毛」ニ作ル
●解―底本・副本・諸本「鮮」ニ作ル、諸版本ニヨリ改ム
●機―底本・副本・諸本「杬」ニ作ル、上本ニヨリ訂ス
○水―副本・色甲本・昌本ナシ
○太―大本・色乙本「大」ニ作ル
○氏―副本・色甲本「代」ニ作ル
○都―副本・色甲本・林本・中本・鷹本・大本・上本ナシ

平群文室朝臣
同都久宿禰之後也。日本紀漏。

都保朝臣
平群朝臣同祖。都久足尼之後也。

高向朝臣
石川同氏。武内宿禰六世孫猪子臣之後也。日本紀合。

田中朝臣
武内宿禰五世孫稻目宿禰之後也。日本紀合。

小治田朝臣
同上。日本紀合。

川邊朝臣
武内宿禰四世孫宗我宿禰之後也。日本紀合。

岸田朝臣
武内宿禰五世孫稻目宿禰之後也。男小祚臣孫耳高。家居岸田

∘朝臣—副本・色甲本・昌本ナシ
∘朝臣—副本・昌本・鷹本・上本ナシ、色甲本「∘朝臣ィ」トアリ
∘群—狩本・井本・白本「郡」ニ作ル
∘祖—副本・色甲本・昌本「宿」ニ作ル
∘也—副本・昌本ナシ、色甲本「也ィ」トアリ
●世—底本・𦊆本・諸本下ニ「之」アリ、副本・色甲本・昌本ニヨリ削ル
∘小—色乙本「小治田朝臣」「川邊朝臣」ノ條文ナシ
∘川—井本「河」ニ作ル
∘朝臣—副本ナシ、色甲本「∘朝臣ィ」トアリ
●内—底本「門」ニ作ル、諸本ニヨリ改ム
∘武—以下四字、色乙本・大本「同」ニ作ル
●之—底本・副本・諸本ナシ、大本・小本・柏本ニヨリ補ウ
∘臣—色乙本ナシ

村。因負岸田臣號。日本紀合。

久米朝臣

武內宿禰五世孫稻目宿禰之後也。日本紀合。

御炊朝臣

武內宿禰六世孫宗我馬背宿禰之後也。日本紀漏。

玉手朝臣

同宿禰男葛木曾頭日古命之後也。日本紀合。

掃守田首

武內宿禰男紀都奴宿禰之後也。

上毛野朝臣

崇神天皇皇子豐城入彥命之後也。日本紀合。

佐味朝臣

上毛野朝臣同祖。豐城入彥命之後也。日本紀合。

大野朝臣

●五―以下三字、底本・副本・諸本ナシ、色甲本「五世孫」ノ傍註アリ、上文・橋本ニヨリ補ウ

○漏―井本・大本「令」ニ作ル

●奴―底本・狩本・諸本「久」ニ作ル、副本・昌本・鷹本・大本・上本ナシ、色甲本「奴ィ」トアリ、橋本・考本ニヨリ改ム

○朝臣―副本・昌本ナシ、色甲本「○朝臣」トアリ

○同—柏本「上毛野朝臣同祖」ニ作ル
●乃—底本・林本・諸本ナシ、岩本・井本・小本「｜」ニ作ル、副本・色甲本・昌本ニヨリ補ウ
●德—底本・副本・諸本「元」ニ作ル、橋本ニヨリ改ム
○岡—副本・色甲本・昌本・色乙本・白本・要本・松本「四山」ノ二字ニ作ルハ非ナリ
●水—底本・林本・諸本ナシ、副本ニヨリ補ウ
○令—副本・色甲本・昌本「合」ニ作ル
○通—色乙本・柏本・白本・橋本下ニ「水」アリ
○使—諸本同ジ、諸版本「便」ニ作ルハ非ナリ
●命—底本・副本・諸本ナシ、井本ニヨリ補ウ
●也—底本・副本・諸本ナシ、大本・色乙本ニヨリ補ウ
○同上—白本「豐城入彥命孫大荒田別命之後也」ニ作ル、中本コノ文朱書ス
○倍—色乙本・白本・要本「部」ニ作ル
●牟都—底本・副本・諸本ナシ、橋本・考本ニヨリ補ウ
○閇—副本・昌本・上本「閉」ニ作ル、井本下ニ「朝」アリ
○背—副本・色甲本・昌本「皆」ニ作リ、中本「自」ニ作ル

○同豐城入彥命四世孫大荒田別命之後也。日本紀合。

垂水公

豐城入彥命四世孫賀表●乃眞稚命之後也。六世孫阿利眞公。謚孝●德天皇御世。天下旱魃。河井涸絕。于時阿利眞公。造作高樋。以垂水○岡基之●水。○令○通宮內。供奉御膳。天皇美其功。○使賜垂水公姓。掌垂水神社也。日本紀漏。

田邊史

豐城入彥命四世孫大荒田別●命之後●也。

佐自努公

○同○上。日本紀漏。

若櫻部朝臣

阿○倍朝臣同氏。大彥命孫伊波我●牟●都加利命之後也。日本紀合。

阿○閇臣

大彥命男彥○背立大稻輿命之後也。日本紀合。

●臣―底本・副本・諸本ナシ、色乙本・松本・要本「宿禰」ニ作ル、橋本ニヨリ補ウ
○田―副本「日」ニ作リ、色甲本・昌本「日田ィ」トアリ
○氏―橋本・考本・皇本「祖」ニ作ル
○加―白本「伊加」ニ作リ、橋本「伊賀」ニ作ル
●字―底本・林本・諸本ナシ、副本・色甲本・昌本・色乙本ニヨリ補ウ
○不―以下二字、小本「敷」ニ作ル
○氏―副本・色甲本・昌本「祖」ニ作ル
●太―底本・副本・諸本「大」ニ作ル、橋本ニヨリ改ム
○氏―橋本・皇本「祖」ニ作ル、考本「同氏」ナク「孝元天皇皇子大彦命之後也」トアリ

伊賀●臣
大稻輿命男彥屋主○田心命之後也。日本紀合。
阿閉間人臣
同○氏。
他田廣瀨朝臣
同氏。續日本紀。○加廣瀨二●字○不見。
道公
同○氏。大彥命孫彥屋主田心命之後也。
音●太部
高橋朝臣同祖。彥屋主田心命之後也。
會加臣
孝元天皇皇子大彥命之後也。
杖部造
同○氏。

猪使宿禰

安寧天皇皇子志紀都比古命之後也。日本紀合。

右第四卷。

右京皇別下　起粟田朝臣。盡新良貴。卌四氏。

粟田朝臣

大春日朝臣同祖。天足彦國忍人命之後也。日本紀合。

山上朝臣

同氏。日本紀合。

眞野臣

天足彦國押人命三世孫彦國蕢命之後也。男大口納命。男難波宿禰。男大矢田宿禰。從氣長足姬皇尊論神功。征伐新羅。凱旋之日。便留爲鎭守將軍。于時娶彼國王猶榻之女。生二男。二男兄佐久命。次武義命。佐久命九世孫和珥部臣鳥。務大肆忍

●志―底本・副本・諸本ナシ、橋本ニヨリ補ウ

●人―底本・副本・諸本ナシ、色甲本「人ィ」ノ傍註アリ、柏本・白本ニヨリ補ウ

○押―副本・色甲本「掃」ニ作ル

○禰―橋本・考本・皇本下ニ「後口」アリ

○從―色乙本・白本・松本・要本「後」ニ作ル、右トモニ誤リ

●便―底本・益本・諸本「使」ニ作ル、副本・上本ニヨリ改ム

●爲―底本・益本・諸本ナシ、副本・上本ニヨリ補ウ

●男―底本・副本・諸本「女」ニ作ル、橋本ニヨリ改ム

●二男―底本・副本・諸本「ゝゝ」ニ作ル、色乙本・白本・橋本「云々」ニ作ル、「ゝゝ」ハ上ノ「二男」ノ略ナレバ訂ス

●久―底本・諸本「元」ニ作リ、副本・色甲本・昌本「元久イ」トアリ、下文ニヨリ改ム

○肆―副本・色甲本・昌本「津」ニ作ル

勝等。居住近江國志賀郡眞野村。庚寅年負眞野臣姓也。

和邇部

天足彦國押人命三世孫彦國葺命之後也。

安那公

同上。

野中

同彦國押人命之後也。

和氣朝臣

垂仁天皇皇子鐸石別命之後也。神功皇后征伐新羅凱歸。明年車駕還都。于時忍熊別皇子等。竊搆逆謀。於明石堺備兵待之。皇后鑑識。遣弟彦王於針間吉備堺。造關防之。所謂和氣關是也。太平之後。錄從駕勳。酬以封地。仍被吉備磐梨縣。始家之焉。光仁天皇寶龜五年。改賜和氣朝臣姓也。

續日本紀合。

●同上—底本・林本・諸本「上同」ニ作ル、副本・色甲本・昌本ニヨリ改ム
○押—以下二字、橋本・考本・皇本「葺」ニ作ル
○人—林本・中本・鷹本・大本・色乙本・上本ナシ
○凱—色乙本・白本・諸版本下ニ「旋」アリ
●堺—底本・林本・諸本「埼」ニ作ル、岩本・井本「堺カ崎カ」ノ傍註アリ、西本ニヨリ改ム
○鑑—副本・橋本・考本「監」ニ作ルハ非ナリ
○關—昌本・林本・中本・鷹本・上本・小本「開」ニ作ル、以下同ジ
○太—狩本・西本・岩本・井本「大」ニ作リ、色甲本「天太イ」トアリ
●錄—底本・益本・西本「銀」ニ作ル、副本・諸本ニヨリ訂ス
○酬—副本・色甲本「酬」ニ作リ、昌本「翔」ニ作ル
○封—昌本ナシ
○被—橋本・考本・皇本下ニ「賜」アリ、要本「披」カトイエド、イズレモ誤リ
○磐—狩本「盤」ニ作ル
○焉—大本「馬」ニ作ル

山邊公

和氣朝臣同祖。

阿保朝臣

垂仁天皇皇子息速別命之後也。息速別命幼弱之時。天皇●爲㆓皇子㆒。築㆓宮室於伊賀國阿保村㆒。以爲㆓封邑㆒。子孫○因家㆑之焉。允恭天皇御代。以㆓居地名㆒。賜㆓阿保君姓㆒。廢帝天平寶字八年。改㆑公賜㆓朝臣姓㆒。續日本紀合。

羽咋公

同天皇皇子磐衝別命之○後●也。

讃岐公

大足彥忍代別天皇皇子五十香彥命●亦名神櫛別命。之後●也。●續日本紀合。

酒部公

同皇子三世孫足彥大兄王之後也。大鷦鷯天皇之御代。從㆓韓國㆒

●爲—底本・林本・諸本ナシ、副本・色甲本・昌本ニヨリ補ウ

○因—色甲本「目」ニ作ル

○後—副本・色甲本・昌本・林本・諸本下ニ「亦名神櫛別命也續日本紀合」ノ十二字アリ

●也—底本・益本・諸本下ニ「亦名神櫛別命續日本紀合」ノ十一字アリ、私見ニヨリ讃岐公ノ條下ニ入レル

●亦—以下六字、私見ニヨリ前條ヨリ移ス

●也—底本・副本・諸本ナシ、大本・色乙本ニヨリ補ウ

●續—以下五字、私見ニヨリ前條ヨリ移ス

參來人。兄曾●々保利。弟曾●々保利二人。天皇勅レ有二何才一。○皆有二造レ酒之才一。令レ造二御酒一。於レ是賜二○麻○呂號酒○看○都子一。賜二山鹿比咩號酒看都女一。因以二酒看●都一爲レ氏。

建部公

●犬上朝臣同祖。日本武尊之後也。續日本紀合。

別公

建○部同氏。

御立史

御○使同氏。氣入彥命之後也。持統天皇御代。依レ居二參河國青海郡御立地一。賜二御立史姓一。日本紀○漏。

高篠連

景行天皇皇子五百木入彥命之後也。續日本紀合。

佐伯直

景行天皇皇子稻背入彥命之後也。男御諸別命。稚足彥天皇謚成務。

●々—底本・林本・諸本ナシ、副本ニヨリ補ウ
○皆—橋本・考本「白」ニ作ル、柏本下ニ「曰」アリ
○麻呂—副本・林本・諸本「麿」ニ作ル
○看—副本・色甲本「者」ニ作ル
○都—副本・林本・諸本「郎」ニ作ル、以下同ジ
●都—狩本・西本・井本同ジ、底本・副本・諸本「郎」ニ作ル、前出ニヨリ訂ス
●犬—底本・副本・諸本「大」ニ作ル、諸版本ニヨリ訂ス
○部—副本・色甲本・昌本下ニ「公」アリ
○使—益本・西本・小本・林本・諸本「史」ニ作ル
○漏—井本「令」ニ作ル

○自—白本・松本「白」ニ作リ、色甲本「白自イ」昌本「白隹」トアリ
○別—益本・狩本・岩本・井本・色乙本ナシ、林本・中本・鷹本・上本「名」ニ作リ、小本・柏本・白本・松本「分」ニ作ル
●幸—副本・色甲本・昌本・松本同ジ、底本・諸本「達」ニ作リ、白本・要本「逡」ニ作ル、副本ニヨリ改ム
●崎—底本・諸本「堺」ニ作リ、色甲本・林本・諸本「埼」ニ作ル、副本ニヨリ訂ス
○崗—副本・色甲本・昌本「山岡」ノ二字ニ作ル、以下同ジ
○仍—色乙本・松本「依」ニ作ル
●別—底本・副本・諸本ナシ、小本「分」ニ作ル、前出ニヨリ補ウ
○命—色乙本・白本・松本・要本「分」ニ作ル
○往—狩本「征」ニ作ル
○問—副本・色甲本・昌本・鷹本・上本「間」ニ作ル
○日—副本・色甲本「田」ニ作ル
●所—底本・副本・諸本「可」ニ作リ、色甲本「可所イ」トアリ、小本・柏本ニヨリ改ム
○藝—白本・要本「蘇」ニ作ル
○豫—副本・色甲本・昌本「預」ニ作ル
○此—橋本・考本「地」ニ作リ、下ニ「爲」アリ
○君—益本・狩本・西本・岩本・井本・大本・上本ナシ
●佐—以下十三字、底本・副本・諸本「佐伯者所謂氏姓也直者謂君也」ノ如ク作ル、私見ニヨリ細字ニ改ム

御代。中分針間國給之。仍號針間別。男阿良都命一名伊許自別。譽田天皇爲定國堺。車駕巡幸。到針間國神崎郡瓦村東崗上。于時青菜葉自崗邊川流下。天皇詔應川上有人也。仍差伊許自別命往問。卽答曰。己等是日本武尊平東夷時。所俘蝦夷之後也。散遣於針間。阿藝。阿波。讃岐。伊豫等國。仍居此氏也。後改爲佐伯。伊許自別命以狀復奏。天皇詔曰。宜汝爲君治之。卽賜氏針間別佐伯直。佐伯者所謂氏姓也。直者謂君也。爾後至庚午年。脫落針間別三字。偏爲佐伯直。

笠朝臣

孝靈天皇皇子稚武彦命之後也。應神天皇巡幸吉備國。登加佐米山之時。飄風吹放御笠。天皇恠之。鴨別命言。神祇欲奉天皇。故其狀爾。天皇欲知其眞僞。令獵其山。所得甚多。天皇大悅。賜名賀佐。

笠臣

笠朝臣同祖。稚武彦命孫鴨別命之後也。

吉備臣

稚武彦命孫御友別命之後也。

眞髪部

同命男吉備武彦命之後也。

廬原公

笠朝臣同祖。稚武彦命之後也。孫吉備建彦命。景行天皇御世。被レ遣二東方一。伐二毛人及凶鬼神一。到二于阿倍廬原國一。復命之日以二廬原國一給レ之。

宇自可臣

孝靈天皇皇子彦狹島命之後也。

道守臣

道守朝臣同祖。豐葉頰別命之後也。

島田臣

○者―橋本・群本・考本下ニ「前」アリ

○幸―大本・白本・要本「達」ニ作ル

●臣―底本・林本・諸本ナシ、副本・色甲本・昌本「々」ニ作ル、「臣」ノ略ナルニヨリ補ウ

●友―底本・益本・諸本「支」ニ作リ、副本「支」、林本・中本・色乙本・白本・松本「文」、上本「与」ニ作ル、色甲本「支友イ」トアリ、鷹本「与支イ」トアリ

○眞―以下三字、色乙本ナシ

○建―小本「武」ニ作ル

●凶―底本・諸本ナシ、副本・色甲本・昌本ニヨリ補ウ

○到―昌本同ジ、副本・色甲本・群本「至」ニ作ル

○島―副本・群本・林本・諸本「嶋」ニ作ル、以下同ジ

多朝臣同祖。神八井耳命之後也。五世孫武恵賀前命孫仲臣子上。稚足●彦天皇〔諡成務。〕御代。尾張國島田上下二縣有惡神。遣子上平服之。●復命●之日賜號島田臣也。

茨田連

多朝臣同祖。神八井耳命男彦八井耳命之後也。日本紀漏。

志紀首

多朝臣同祖。神八井耳命之後也。

○薗部

同氏。

火

同氏。

○高圓朝臣

出自○正六位上高圓朝臣廣世也。〔○元就母○氏。爲石川朝臣。〕續日本紀合。

日置朝臣

●彦—底本・副本・諸本ナシ、橋本ニヨリ補ウ

●復—底本・益本・諸本ナシ、副本・林本・諸本ニヨリ補ウ

●之—底本・益本・諸本ナシ、副本・岩本・林本・諸本ニヨリ補ウ

○薗—井本・小本・林本・鷹本・大本・上本「園」ニ作ル

○高圓朝臣—コノ條色乙本・柏本・諸版本「日置朝臣」ノ條ノ次ニアリ

○正六位上—副本・色甲本・昌本・林本・中本・大本・小本「或本正五位下」ノ傍註アリ

○元—以下九字、色乙本・白本細字ニ記サズ

○氏—副本・昌本「代」ニ作リ、色甲本「代氏」トアリ

應神天皇皇子大山守王之後也。續日本紀合。

息長連

同天皇皇子稚渟毛二派王之後也。

大私部

開化天皇皇子彦坐命之後也。日本紀漏。

新良貴

彦波瀲武鸕鷀草葺不合尊男稻飯命之後也。是出二於新良國一。即爲二國主一。稻飯命出二於新羅國一王者祖合。日本紀不ㇾ見。

右第五卷。

山城國皇別　起二小野朝臣一。盡二息長竹原公一。廿四氏。

小野朝臣

孝昭天皇皇子天足彦國押人命之後也。

粟田朝臣

○大—林本・中本・鷹本・上本「火」ニ作リ、色甲本「天火」トアリ

○派—色乙本・柏本・白本・諸版本「俣」ニ作ル

○私—副本・昌本・林本・鷹本・上本・小本・白本「松」ニ作ル

○漏—井本「令」ニ作ル

○草—色乙本「艸」ニ作ル

○稻—鷹本・上本「稚」ニ作ル

○昭—井本・柏本「照」ニ作ル

天足彦國押人命三世孫彦國葺命之後也。

小野臣

○同命●七世孫○人花命之後也。

和邇部

小野朝臣同祖。天足彦國押人命六世孫米餅搗大●使主命之後。

一本。彦姥津命三世孫難波宿禰之後也。日本紀漏。

大○宅

小野朝臣同祖。

葉栗

小○野同祖。彦國葺命之後也。

○村公

天足彦國押人命之後也。

○度守首

村公同祖。

○同—林本・中本・鷹本・上本「国」ニ作リ、大本・柏本・白本・諸版本「天足彦國押人命」ニ作ル

●七—底本・林本・諸本ナシ、副本・色甲本・昌本ニヨリ補ウ

○人—大本・白本ナシ

●使—底本・林本・諸本下ニ「王」アリ、副本・色甲本・昌本ニヨリ削ル

○宅—小本・橋本下ニ「臣」アリ

○野—橋本・考本・皇本下ニ「朝臣」アリ

○村—副本・色甲本「松」ニ作ル

○度—副本・色甲本・新群本「渡」ニ作ル

阿閇臣

阿倍朝臣同祖。大彥命之後也。

的臣

石川朝臣同祖。彥太忍信命三世孫葛城襲津彥命之後也。

與等連

塩屋連同祖。彥太忍信命之後也。

曰佐

紀朝臣同祖。武內宿禰之後也。欽明天皇御世。率㆓同族四人。國民卅五人㆒歸化。天皇矜㆓其遠來㆒。勑㆓珍勲臣㆒。爲㆓卅九人之譯㆒。時人號曰㆓譯氏㆒。男諸石臣。次麻奈臣。是近江國野洲郡曰佐。山代國相樂郡山村曰佐。大和國添上郡曰佐等祖也。

出庭臣

孝元天皇皇子彥太忍信命之後也。

日下部宿禰

○閇―井本・色乙本・白本・橋本「閉」ニ作ル

●倍―底本・林本・諸本「部」ニ作ル、副本・色甲本・昌本ニヨリ改ム

●同祖―底本・副本・諸本ナシ、中本「臣大間疑同祖二字脫」ト朱書ス、色乙本・橋本ニヨリ補ウ

●太―底本・林本・諸本「大」ニ作ル、副本ニヨリ改ム

●四人―底本・益本・諸本ナシ、副本・林本・諸本ニヨリ補ウ

○國民―狩本「同氏」ニ作ル

●矜―底本・副本・諸本「務」ニ作ル、色甲本「矜」ト傍註ス、群本ニヨリ改ム、白本・松本・橋本下ニ「以」アリ

○勑―橋本・考本下ニ「稱」アリ

○珍―色乙本・白本・要本ナシ

●卅―底本・益本・諸本「三十」ニ作ル、副本ニヨリ改ム、林本・鷹本・上本「卌」ニ作リ、大本「四十」ニ作ル

○佐―白本・要本下ニ「勲」アリ

●彥―底本・副本・諸本ナシ、橋本ニヨリ補ウ、大本以下四字「彥坐命」ニ作ルハ誤リ

●太―底本・益本・諸本「大」ニ作ル、副本・林本・諸本ニヨリ改ム

○也―副本・昌本ナシ

開化天皇皇子彦坐命之後也。日本紀合。

輕我孫公

治田連同祖。彦●今簀命之後也。

堅井公

彦坐命之後也。日本紀合。

別公

○同」○上。

道守臣

道守朝臣同祖。武波都良和氣命之後也。

今木

道○守同祖。建豐羽頰別命之後○也。

間人造

間人宿禰同祖。譽屋別命之後也。

布○施公

●今—底本・副本・諸本「命」ニ作リ、色甲本「命今」トアリ、諸版本ニヨリ訂ス

○同—以下二字、柏本「彦坐命之後也」ニ作ル

○上—色乙本「氏」ニ作ル

○守—橋本・考本下ニ「朝臣」アリ

○也—副本・昌本ナシ

○施—益本・井本・昌本・鷹本・上本・色乙本「勢」ニ作ル

仲哀天皇皇子忍稚命之後也。續日本紀不レ見。

茨田連

茨田宿禰同祖。彦八井耳命之後也。

茨田勝

景行天皇皇子息長彦人大兄瑞城命之後也。

息長竹原公

應神天皇三世孫阿居乃王之後也。

右第六卷。

大和國皇別　起二星川朝臣一。盡二川俣公一。十八氏。

星川朝臣

石川朝臣同祖。武内宿禰之後也。敏達天皇御世。依レ居改賜二姓星川臣一。日本紀合。

江沼臣

○大―副本・昌本「天」ニ作ル
○兄―鷹本「光」ニ作リ、中本「呪」ニ作リ「兄」ノ朱註アリ
○瑞―白本「端」ニ作リ、橋本・要本・考本「磯」ニ作ルハ非ナリ
○居―群本「古」ニ作リ、中本「房」ニ作リ「居」ノ朱註アリ
○改―諸本同ジ、橋本・群本・考本「地」ニ作ルハ誤リ
○賜―色乙本「給」ニ作ル

石川同氏。●建內宿禰●男若子宿禰之後也。日本紀○漏。

○內○臣

孝元天皇皇子彥太忍信命之後○也。

山公

內臣同祖。味○內宿禰之後也。

阿祇奈君

玉手朝臣同●祖。彥太忍信命孫武內宿○禰之後○也。

馬工連

平群朝臣同祖。平○群木兎宿禰之後也。

日佐

紀朝臣同祖。武內宿禰之後也。

池後臣

建內宿禰之後也。日本紀不レ見。

巨勢楲田臣

●建—底本・副本・諸本「達」ニ作ル、諸版本ニヨリ改ム
●男—底本・林本・諸本ナシ、副本・色甲本ニヨリ補ウ
○漏—諸本同ジ、色乙本・松本・要本「合」ニ作ル
○內臣—上本コノ條文ナシ、井本「臣」ヲ「公」ニ作ル
○也—副本・色甲本・昌本ナシ

○內—小本「日」ニ作ル

●祖—底本・林本・諸本「姓」ニ作ル、副本・色甲本・昌本ニヨリ改ム
○禰—副本・色甲本・昌本下ニ「命」アリ
○也—副本・色甲本・昌本ナシ
○群—副本・色甲本・昌本「郡」ニ作ル

巨勢楲田朝臣同祖。武内宿禰命之後也。

音太部
高橋朝臣同祖。大日子命之後也。

坂合部首
阿倍朝臣同祖。大彦命之後也。

柿下朝臣
大春日朝臣同祖。天足彦國押人命之後也。敏達天皇御世。依家門有柿樹。爲柿本臣氏。

布留宿禰
柿本朝臣同祖。天足彦國押人命七世孫米餅搗大使主命之後也。男木叓命。男市川臣。大鷦鷯天皇御世。達倭賀布都努斯神社於石上御布瑠村高庭之地。以市川臣爲神主。四世孫額田臣。武藏臣。齊明天皇御世。宗我蝦夷大臣。號武藏臣物部首并神主首。因茲失臣姓爲物部首。男正五位上日向。天武天

○巨—以下六字、副本・林本・諸本「々々朝臣」ニ作リ、色乙本・白本・松本「池後朝臣」ニ作ル、橋本・考本・皇本「池後臣」ニ作ルハ誤リ
○命—西本・上本ナシ
○太—柏本・白本「大」ニ作ル
○子—副本・色甲本下ニ「子」アリ
○也—副本・色甲本・昌本ナシ
○合—鷹本・上本「令」ニ作ル
○倍—中本・鷹本・大本・上本・柏本「部」ニ作リ、色甲本「信」ニ作ル
●祖—底本・副本・諸本「氏」ニ作ル、諸版本ニヨリ改ム
○下—副本・色甲本・昌本「本」ニ作ル
○世—副本・色甲本・昌本「代」ニ作ル
○叓—岩本・小本「事」ニ作ル
○男—白本・松本・要本ナシ
○川—色乙本・白本・松本・要本
○下ニ「朝」アリ
○努—白本・要本ナシ
○御—諸本同ジ、橋本・考本・皇本「郷」ニ作ル
○額—林本・中本「欲」ニ作リ、鷹本「歆」、上本「欲」ニ作リ、岩本「欲額カ」、小本「欲額乎」トアリ
○臣—副本・色甲本・昌本・上本「日」ニ作ル
●主—底本・谷本・諸本ナシ、副本・色甲本・色乙本ニヨリ補ウ
○失—色乙本下ニ「大」アリ
○位—林本・上本「品」ニ作リ、中本・鷹本「品位イ」トアリ
○天—以下二字、白本ナシ
○武—井本ナシ

皇御世。依㆓社地名㆒改㆓布瑠宿禰姓㆒。日向三世孫邑智等也。

久米臣

柹本同祖。天足彦國押人命五世孫大難波命之後也。

肥直

多朝臣同祖。神八井耳命之後也。

下養公

上毛野朝臣同祖。豐城入彦命之後也。

廣來津公

下養公同祖。豐城入彦命四世孫大荒田別命之後也。

川俣公

日下部宿禰同祖。彦坐命之後也。

右第七卷。

攝津國皇別　起㆓川原公㆒。盡㆓車持公㆒。廿九氏。

○世―副本・色甲本・昌本「代」ニ作ル

○三―鷹本「二」ニ作ル

○本―橋本・考本・皇本下ニ「朝臣」アリ

○押―副本・色甲本・昌本ナシ、群本・新群本「忍」ニ作ル

○養―副本・色甲本・昌本「養」ニ作ル

○命―色乙本・大本・柏本・白本・要本下ニ「之」アリ

○川―大本「河」ニ作ル

○川原公

爲奈眞人同祖。火焔○親王之後也。天智天皇御世。依レ居賜二○川原

公姓一。日本紀漏。

榛原公

息長眞人同祖。大山守命之後○也。

高橋○朝臣

阿●倍朝臣同祖。大彥命之後也。日本紀不レ見。

佐々貴山君

同レ上。

久々智

同レ上。

坂合○部

同大彥命之後也。允恭天皇御世。造二立國境之標一。因賜二姓坂合

部連一。

○川—井本・大本「河」ニ作ル

○親—諸本同ジ、橋本・考本ナシ

○川—井本「河」ニ作ル

○也—副本・色甲本・昌本ナシ

○朝—諸本同ジ、色乙本・柏本・白本・橋本・考本ナシ

●倍—底本・林本・諸本「部」ニ作ル、副本・色甲本・昌本ニヨリ改ム

○部—橋本・考本・皇本下ニ「連」アリ

○我―諸本同ジ、群本・新群本「賀」ニ作ル
●倍―底本・林本・諸本「部」ニ作ル、副本ニヨリ改ム
●波―底本・狩本・西本「彼」ニ作リ、益本「佊」ニ作ル、副本・諸本ニヨリ訂ス
●祖―底本・林本・諸本「姓」ニ作ル、副本・色甲本・昌本ニヨリ改ム
●也―底本・副本・諸本ナシ、大本・色乙本ニヨリ補ウ
○奈―小本「那」ニ作ル、上本下ノ「臣」ナシ
●古―底本・諸本下ニ「津」アリ、副本ニヨリ削ル
○手―橋本・考本・皇本下ニ「朝臣」アリ

伊我水取
阿倍朝臣同祖。大彥命之後也。
吉志
難波忌寸同祖。大彥命之後也。
三宅人
大彥命男波多武日子命之後也。
雀部朝臣
巨勢朝臣同祖。建內宿禰命之後也。
坂本臣
紀朝臣同祖。彥太忍信命孫武內宿禰命之後也。
阿支奈臣
玉手朝臣同祖。武內宿禰男葛城曾豆比古命之後也。
布敷首
玉手同祖。葛木襲津彥命之後也。

井代臣

大春日朝臣同祖。米餅搗大使主命之後也。居大和國添上郡井手村。因負姓井出臣。

津門首

櫟井臣同祖。米餅搗大使主命之後也。

物部首

大春日朝臣同祖。

和邇部

大春日朝臣同祖。天足彦國忍人命之後也。

物部

物部首同祖。米餅搗大使主命之後也。

羽束首

天足彦國押人命男彦姥津命之後也。

日下部宿禰

●使―底本・林本・諸本下ニ「王」アリ、副本・諸本ニヨリ削ル

○出―諸本同ジ、橋本・考本「代」ニ作ル

○物部首―コノ條文、考本・神本「和邇部」條ノ次ニアリ

○同―岩本・井本・林本・中本・上本・小本ナシ

●祖―底本・林本・諸本下ニ「也」アリ、副本・色甲本・昌本ニヨリ削ル、橋本・考本・皇本下ニ「孝昭天皇皇子天帶彦國押人命之後也」ノ十六字アリ

○彦―白本・要本ナシ

○忍―諸本同ジ、橋本・考本「押」ニ作ル

●使―底本・副本・諸本ナシ、前文・諸版本ニヨリ補ウ

出㆑自㆓開化天皇皇子彦坐命㆒也。日本紀合。

依羅宿禰

日下部宿禰同祖。彦坐命之後也。續日本紀合。

鴨君

○同㆓前氏㆒。

山邊公

和氣朝臣同祖。大●鐸●石和居命之後也。

山守

垂仁天皇皇子五十日足彦命之後○也。

豐○島連

多朝臣同祖。彦八井耳命之後也。日本紀漏。

松○津首

豐島連同祖。

道守臣

○同―以下三字、橋本・皇本「同上」ニ作リ、柏本・考本「日下部宿禰同祖彦坐命之後也續日本紀合」ノ十八字ニ作ル

●鐸―底本・林本・諸本「鋒」ニ作ル、副本・諸本ニヨリ改ム

●石―底本・林本・諸本ナシ、副本・諸本ニヨリ補ウ

○也―副本・色甲本・昌本ナシ

○島―副本・色甲本・昌本・小本・白本・橋本「嶋」ニ作ル

○津―橋本・考本「浦」ニ作ル

道守朝臣同祖。武葉●頬別命之後也。

韓矢田部造

上毛野朝臣同祖。豊城入彦命之後也。三世孫彌母里別命孫現古君。氣長足比○賣諡神功。筑紫○櫃冰宮御宇之時。海中有㆑物。差㆓現古君㆒遣㆑見。復奏之日。率㆓韓蘇使●主等㆒參來。因㆑茲賜㆓韓矢田部造姓㆒。日本紀漏。

車持○公

●同豊城入彦命之後也。

右第八卷。

河内國皇別　起㆓阿○閇朝臣㆒。盡㆓秦原㆒。卌六氏。

阿閇朝臣

阿○閇朝臣同祖。孝元天皇皇子大彦命之後也。

阿閇臣

●頬—底本・副本・諸本「釗」ニ作ル、色甲本「釗頬イ」トアリ、橋本ニヨリ改ム

○賣—橋本・考本下ニ「諡」アリ

○櫃—白本・松本・橋本「糟」ニ作ル

●主—底本・副本・諸本「王」ニ作ル、小本・柏本・橋本ニヨリ改ム

○公—上本ナシ

●同—以下九字、底本・林本・諸本ナシ、副本・諸本ニヨリ補ウ、橋本・考本・皇本「上毛野朝臣同祖豊城入彦命之後也」ニ作ル

○閇—井本・大本・色乙本「閉」ニ作ル、以下同ジ

○閇—柏本・橋本・考本「倍」ニ作ル

阿閇朝臣同祖。大彦●命男●彦瀬立大稲○起命之後也。

日下連

阿閇朝臣同●祖。大彦●命男紐結命之後○也。日本紀漏。

大戸首

阿閇朝臣同祖。大彦命男比毛●由比命之後也。謚安閑御世。河內國日下大戸村造㆓立御宅㆒。爲㆑首仕㆓奉○行㆒。仍賜㆓大戸首姓㆒。日本紀漏。

難波忌寸

大彦命之後也。阿倍氏遠祖大彦命。磯城瑞籬宮御宇天皇御世。遣㆑治㆓蝦夷㆒之時。至㆓於兎田○墨坂㆒。忽聞㆓嬰兒啼泣㆒。即認○覔獲㆓棄嬰兒㆒。大彦命見而大歡。即訪㆓求乳母㆒。得㆓兎田○弟○原媛㆒。○便○付㆓嬰兒㆒曰。能養○長安酧㆑功。於㆑是成㆑人奉㆑送㆑之。大彦命爲㆑子愛育。號曰㆓得彦宿禰㆒者。異說並存。

難波

●命―底本・副本・諸本ナシ、色甲本「命」ト註ス、橋本ニヨリ補ウ
●彦―底本・副本・諸本ナシ、色甲本「彦イ」トアリ、橋本ニヨリ補ウ
○起―橋本・考本「越」ニ作ル
●祖―底本・副本・諸本「氏」ニ作ル、小本・色乙本・白本・橋本ニヨリ改ム
●命―底本・副本・諸本ナシ、色甲本「命」ト註ス、橋本ニヨリ補ウ
○也―狩本・林本・諸本ナシ
●由―底本・狩本・諸本「田」ニ作ル、副本・色甲本・昌本ニヨリ訂ス
○行―副本・色甲本・昌本ナシ
○墨―諸本同ジ、白本・橋本・考本「黒」ニ作ル
○覔―副本・林本・諸本「不見」ノ二字ニ作ル
○弟―諸本同ジ、色甲本「茅」ノ傍註アリ、鷹本「茅」ニ作ル
○原―白本・松本・橋本・考本ナシ
○便―色乙本・白本・要本「使」ニ作ル
○付―色乙本・白本・松本・橋本・要本「就」ニ作ル
○長―副本・昌本ナシ、色甲本「長イ」トアリ

難波忌寸同祖。大彦命孫波多武彦命之後也。

道守朝臣

波多朝臣同祖。武内宿禰男八多八代宿禰之後也。日本紀合。

山口朝臣

道守朝臣同祖。武内宿禰之後也。續日本紀合。

林朝臣

同上。

道守臣

道守朝臣同祖。武内宿禰男波多八代宿禰之後也。

的臣

道守朝臣同祖。武内宿禰男葛木曾都比古命之後也。

塩屋連

同上。日本紀漏。

小家連

○男―副本・色甲本・昌本下ニ「之後也」ノ三字アリ

○同上―柏本「道守朝臣同祖武内宿禰之後也」ニ作リ、考本右十三字ニ「續日本紀合」ヲ加エ記セリ

○木―諸本同ジ、色乙本・大本・柏本・白本・橋本・考本「城」ニ作ル

•同上―底本・林本・諸本「上同」ニ作ル、大本・色乙本ニヨリ改ム、副本・色甲本・昌本「道守連同祖武内宿禰男葛木曾都比古命之後也日本紀合」ニ作ル

塩屋連同祖。武內宿禰男葛木襲津彥命之後也。

原井連

同上。續日本紀漏。

早良臣

平群朝臣同祖。武內宿禰男平群都久宿禰之後也。

布忍首

的臣同祖。武內宿禰之後也。日本紀漏。

額田首

早良臣同祖。平群木兎宿禰之後也。不尋父氏。負母氏額田首。

紀祝

建內宿禰男紀角宿禰之後也。

紀部

建內宿禰男都野宿禰命之後也。

°木―諸本同ジ、色乙本・柏本・白本・橋本・考本「城」ニ作ル

°漏―副本・色甲本「合」ニ作ル

°首―色乙本・白本・松本・要本ナシ

°臣―副本・色甲本「首」ニ作ル

•木―底本・益本・諸本「大」ニ作ル、副本・林本ニヨリ改ム

°父―副本・色甲本・昌本・中本・鷹本・上本「文」ニ作ル

°母氏―色乙本・柏本・白本・松本・要本「姓」ニ作ル

°命―橋本・要本・考本ナシ

蘇何

彥太忍信命之後也。

大宅臣

大春日同祖。天足彥國押人命之後也。

壬生臣

大宅同祖。

物部

天足彥國押人命七世孫米餅搗大使主命之後也。

日下部連

彥坐命子狹穗彥命之後也。

川俣公

日下部連同祖。彥坐命之後也。

豐階公

河俣公同祖。彥坐命男澤道彥命之後也。

∘彥―色乙本・大本・白本・諸版本上ニ「孝元天皇皇子」ノ六字アリ

∘臣―昌本ナシ、色甲本「臣ィ」トアリ

∘日―橋本・考本下ニ「朝臣」アリ

∘宅―橋本・考本下ニ「臣」アリ

∘連―上本ナシ

∘河―色甲本・昌本「阿」ニ作リ、色乙本・大本・柏本「川」ニ作ル

∘祖―昌本同ジ、副本「禰」ニ作リ、色甲本「禰祖ィ」トアリ

•澤―底本・益本・諸本「津」ニ作リ、林本・中本・鷹本・上本「降」ニ作ル、副本ニヨリ改ム

酒人造

日下○部同祖。日本紀不㆑見。

日下部

日下部連同祖。

忍海部

開化天皇皇子比古●由牟須美命之後也。

茨田宿禰

多朝臣同祖。彦八井●耳命之後○也。○男野現宿禰。仁徳天皇御代。造㆓茨田堤㆒。日本紀合。

志紀縣主

○多同○祖。神八井耳命之後也。

紺口○縣○主

志紀縣主同祖。神八井耳命之後○也。

志紀首

○部—小本下ニ「連」アリ、橋本・考本「連」アリ

●由—底本・副本・諸本「田」ニ作ル、小本・諸版本ニヨリ訂ス

●耳—底本・林本・諸本ナシ、下文・副本ニヨリ補ウ

○也—大本ナシ、以下六字、色乙本・柏本「莒呂母能古」ニ作リ、松本「男野現宿《莒呂母能古》禰」トアリ

○男—以下五字、橋本・考本「莒呂母能古」ニ作ル

○多—諸版本下ニ「朝臣」アリ

○祖—副本・色甲本ナシ

○縣主—副本・色甲本・昌本ナシ

○也—副本・色甲本・昌本ナシ

志紀縣主同祖。神八井耳命之後○也。

下家連

彦八井耳命之後也。

江首 ●江人附

彦八井耳命七世孫來○目津●彦命之後也。

●大○田宿禰

大○碓命之後也。

尾張部

彦八井耳命之後也。

守公

牟義公同祖。大○碓命之後也。日本紀漏。

阿禮首

守公同祖。大○碓命之後也。

○廣來津公

○也─右ニ同シ

●江─以下三字、底本・副本・諸本文ニ書ス、細字ニ改ム

○目─副本、色甲本・鷹本・上本「自」ニ作ル

●彦─底本・谷本・諸本下ニ「大雨宿禰大雄」ノ六字アリ、副本・昌本・鷹本ハ「大雄」ノ二字ナシ次ニ條ヲ立テココカラ削ル

●大田宿禰─コノ條底本・副本・諸本「江首」ノ文ニ書ス、小本・橋本ニヨリカカゲル

○田─小本「雨田輿」トアリ、橋本「雨」ニ作ル、考本・私見ニヨリ改ム

○碓─小本「雄碓」トアリ、色乙本・橋本ニヨリ改ム

○碓─副本・色甲本・昌本・林本・諸本「雄」ニ作ル

○碓─右ニ同シ

○廣─諸本同シ、群本・要本「尋」ニ作ル

上毛野朝臣同祖。豐城入彥命之後也。三世孫赤麻○里。依二家地名一負二尋○來津君一者。

止美連

尋來津公同祖。豐城入彥命之後也。四世孫荒田別命●男。田道公被レ遣二百濟國一。娶二止美邑呉女一。生男持君。三世孫熊。次新羅等。欽明天皇御世。●參來。新羅男●吉雄。依レ居賜二姓止美連一也。日本紀漏。

○村擧首

豐城入彥命之後也。

佐伯直

大足彥忍代別天皇皇子稻背入彥命之後也。日本紀不レ見。

蘇宜部首

仲哀天皇皇子譽屋別命之後也。日本紀漏。

磯部臣

○里―諸本同ジ、橋本・考本・皇本「呂」ニ作ル
○來―以下四字、昌本ナシ
●男―底本・益本・諸本下ニ「田別命男」ノ四字アリ、副本・諸版本ニヨリ削ル
●參―底本・林本・諸本ナシ、副本・色甲本・昌本ニヨリ補ウ
●吉―底本・益本「言」ニ作リ、狩本・小本「古」ニ作ル、副本・岩本ニヨリ訂ス
○村―諸本同ジ、白本「林」ニ作リ、「林一作村」ト註ス

同㆑上。

秦原

譽田天皇皇子大山守命之後也。

右第九卷。

和泉國皇別 起㆓道守朝臣㆒。盡㆓山公㆒。卅三氏。

道守朝臣

波多朝臣同祖。八多八代宿禰之後也。日本紀合。

坂本朝臣

紀朝臣同祖。建內宿禰男紀角宿禰之後也。男白城宿禰三世孫建日臣。因㆑居賜㆓姓坂本臣㆒。日本紀合。

的臣

坂本朝臣同祖。建內宿禰男葛城襲津彥命之後也。

布師臣

○禰—井本ナシ
○之—白本ナシ
○也—色乙本・白本ナシ
●白—底本・林本・諸本「日」ニ作ル、副本・色甲本・諸版本ニヨリ訂ス
○臣—副本・色甲本・昌本「巨」ニ作ル
●因—底本・林本・諸本「同」ニ作ル、副本・色甲本ニヨリ訂ス

同レ上。
紀辛梶臣
建內宿禰男紀角宿禰之後也。
大家臣
建內宿禰男紀角宿禰之後也。謚天智庚午年。依レ居二大家一。負二大宅臣姓一。
掃守田首
武內宿禰男紀角宿禰之後也。
丈部首
同レ上。
雀部臣
多朝臣同祖。神八井耳命之後也。
小子部連
同神八井耳命之後也。

○上―林本・中本・鷹本・上本ナシ
●辛―底本・林本・諸本ナシ、昌本「年」ニ作リ、色甲本「秊辛」トアリ、副本ニヨリ補ウ
●男―底本・林本・諸本ナシ、副本ニヨリ補ウ
○智―小本下ニ「天皇」ノ二字アリ
○宅―諸本同ジ、考本・神本「家」ニ作ル
○丈―色甲本「大」ニ作ル
○耳―林本・中本「可」ニ作ル

志紀縣主
雀部臣同祖。
膳臣
•宇太臣。松原臣。阿倍朝臣同祖。大鳥膳臣等。付「大彦命之後」。
他田
膳臣同祖。
葦占臣
大春日同祖。天足彦國押人命之後也。
物部
布留宿禰同祖。天足彦國押人命之後也。
•網部物部
同上。日本紀漏。
根連
同上。

•太―底本・益本・諸本「大」ニ作リ、副本・色甲本・昌本「多」ニ作ル、中本・鷹本・上本・色乙本ニヨリ改ム
○付―諸本同ジ、狩本ナシ、諸版本「弁」ニ作ル、色甲本・林本「弁イ」ノ傍註アリ
○後―林本・鷹本・上本・大本・色乙本下ニ「也」アリ
○春―以下二字、小本「朝臣《春日》」トアリ
○日―橋本・考本下ニ「朝臣」アリ
○國押人―副本ナシ、色甲本・昌本・色乙本・林本・中本・鷹本・上本「大彦」ニ作リ、白本「太彦」ニ作ル
•網―底本・副本・諸本「納」ニ作リ、柏本・白本「細」ニ作ル、橋本ニヨリ改ム
○上―柏本下ニ「布留宿禰同祖」ノ六字アリ、考本「布留宿禰同祖天足彦國押人命之後也」ヲ補ウ

櫛代造

同上。

日下部首

日下部宿禰同祖。彦坐命之後也。

日下部

日下部首同祖。

佐代公

上毛野朝臣同祖。豐城入彦命之後也。敏達天皇行幸吉野川瀬之時。依有勇叓。負賜佐代公。

珍縣主

佐代公同祖。豐城入彦命三世孫御諸別命之後也。●日本紀漏。

登美首

佐代公同祖。豐城入彦命男倭日向建日向八綱田命之後也。日本紀漏。

○上—右ニ同ジ

○日—以下二字、昌本「同」ニ作リ、「日下イ」ト註ス

○叓—林本・諸本「事」ニ作ル

○負—副本・昌本ナシ

●日—以下四字、底本・林本・諸本ナシ、副本・色甲本・昌本ニヨリ補ウ

○命—西本・井本・昌本・林本・中本・鷹本・上本ナシ

○丹比部—コノ條、鷹本ナシ

○田—谷森本・諸本同ジ、副本・林本・諸本・諸版本「多」ニ作ル
○鄉—諸本同ジ、柏本・諸版本「郡」ニ作ル

○犬—狩本・大本「大」ニ作ル

葛原部
佐代公同祖。豐城入彦命三世孫大御諸別命之後也。日本紀漏。
茨木造
豐城入彦命之後也。
丹比部
同レ上。日本紀漏。
輕部
倭日向建日向八綱田命之後也。雄略天皇御世。獻二加里乃鄉一。
仍賜二姓輕部君一。
和氣公
犬上朝臣同祖。倭建尊之後也。
縣主
和氣公同祖。日本武尊之後也。
酒部公

讃岐公同祖。神櫛別命之後也。

池田首

景行天皇皇子大○碓命之後也。●日本紀漏。

弭○本

○倭建尊三世孫大荒○田命之後也。

山公

垂仁天皇皇子五十日足彦別命之後也。

右第十卷。

○碓—色甲本・昌本・林本・諸本「雄」ニ作ル

●日—以下四字、底本・林本・諸本ナシ、副本・色甲本・昌本ニヨリ補ウ

○本—諸本同ジ、色乙本・諸版本「木」ニ作ル

○倭—以下四字、橋本・考本「豐木入彦命四」ノ六字ニ作ル

○田—橋本・考本下ニ「別」アリ

●帙—底本・諸本「帙」ニ作リ、副本・諸本「帖」ニ、林本・諸本「帙」ニ作ル、正字ニ改ム
○上—副本・色甲本・昌本ナシ
○屋—大本・色乙本・諸版本下ニ「根」アリ
●廿三—底本・益本・諸本「三十」ニ作リ、林本・中本・鷹本・上本「二十」ニ作ル、副本・色甲本・昌本ニヨリ改ム
○云—諸本同ジ、色乙本・大本・諸版本「曰」ニ作ル
○贈—井本・中本「賜」ニ作ル
●太—底本・益本・諸本「大」ニ作ル、副本・林本・諸本ニヨリ改ム
○朝臣—副本・色甲本ナシ
○中—小本上ニ「大」アリ
○根—西本・中本・小本・上本ナシ
○命—大本・色乙本・白本・松本「尊」ニ作ル
○臣—西本・白本・松本・橋本「巨」ニ作ル
○之—副本・色甲本・昌本ナシ
○也—副本・昌本ナシ
○香—橋本・皇本下ニ「津」アリ

第二●帙

左京神別○上　起㆓藤原朝臣㆒。盡㆓猪名部造㆒。卌八氏。

天神

藤原朝臣

出㆑自㆓津速魂命三世孫天兒○屋命㆒也。●廿●三世孫內大臣大織冠中臣連鎌子。古記云㆓鎌足㆒。天命開別天皇諡天智。八年。賜㆓藤原氏㆒。男正一位○贈●太政大臣不比等。天渟中原瀛眞人天皇諡天武。十三年。賜㆓朝臣姓㆒。

大中臣○朝○臣

藤原朝臣同祖。

○中臣酒人宿禰

大中臣朝臣同祖。天兒屋○根○命十世孫○臣狹山命○之後○也。

伊○香連

大中臣同祖。天兒屋命七世孫臣知人命之後也。

中臣宮處連

大中臣同祖。

中臣方岳連

大中臣同祖。

○屋―副本・色甲本・昌本下ニ「根」アリ
○命―色乙本・白本・松本「尊」ニ作ル
○七―副本・色甲本・昌本・岩本・井本・鷹本・上本「十」ニ作ル
○臣―橋本・松本・考本「巨」ニ作ル

中臣志斐連

天兒屋命十一世孫雷大臣命男弟子之後也。六世孫意富乃古連。雄略御世。東夷有㆓不臣之民㆒。每㆑人強力。押㆓防朝軍㆒。於㆑是意富乃古連。甲冑五重。跨㆓進敵庭㆒。無㆑勞㆓官軍㆒。一朝夷滅。天皇悅㆓其功績㆒。更加㆓名字㆒號㆓暴代連㆒。

殖栗連

大中臣同祖。

中臣大家連

大中臣同氏。

○屋―色乙本・白本・橋本下ニ「根」アリ
○命―大本・白本「尊」ニ作ル
●也―底本・副本・諸本ナシ、橋本・考本ニヨリ補ウ
●富―底本・副本・諸本「當」ニ作ル、諸版本ニヨリ改ム、以下同ジ
●官―底本・中本「宮」ニ作ル、副本・諸本ニヨリ改ム、神本「皇」ニ作ル
○績―色甲本・鷹本・大本・上本「續」ニ作ル
○代―群本「伐」ニ作ル
●連―底本・益本・諸本「臣」ニ作ル、副本・林本・諸本ニヨリ改ム
●連―右ニ同ジ
○大―以下五字、橋本・考本・皇本「同上同祖」ノ四字ニ作ル
○氏―諸本同ジ、井本・鷹本・大本・色乙本・白本「祖」ニ作ル

中村連

己々都生須比命子天乃古矢根命之後也。

石上朝臣

神饒速日命之後也。

穂積朝臣

石上同祖。神饒速日命五世孫伊香色雄命之後也。

阿刀宿禰

石上同祖。

若湯坐宿禰

石上同祖。

舂米宿禰

石上同祖。

小治田宿禰

石上同祖。欽明天皇御代。依㆔墾㆓開小治田鮎田㆒。賜㆓小治田大連㆒。

○々―色乙本・柏本・白本・松本・橋本・考本「己」ニ作ル

○生―昌本「王」ニ作リ、色甲本「生牟イ」トアリ、諸版本「牟」ニ作ル

○也―副本・色甲本・昌本ナシ

○之―群本ナシ

○五―諸本同ジ、橋本・考本「六」ニ作ル

●伊―底本・諸本ナシ、小本・諸版本ニヨリ補ウ

○之―副本・色甲本・昌本・群本ナシ

●石―以下四字、底本・谷本・諸本「同上」ニ作ル、副本・色甲本・昌本ニヨリ改ム

●治―底本・谷本・諸本ナシ、副本・色甲本・昌本「田」ノ下ニアリ、色乙本・柏本・松本・橋本ニヨリ補ウ

弓削宿禰
石上同○祖。
○氷宿禰
石上同祖。
穗積臣
伊香賀色○雄男大水●口宿禰之後也。
矢田部連
伊香我色○乎命之後也。
矢集連
同上。
物部肩野連
同上。
柏原連
同上。

○祖—色甲本「上祖イ」トアリ
○氷—諸本同ジ、色乙本・柏本・白本・松本・橋本「冰」ニ作ル
○雄—橋本・要本・考本下ニ「命」アリ
●ロ—底本・副本・諸本「日」ニ作ル、色甲本「日ロ」トアリ、諸版本ニヨリ訂ス
○乎—鷹本・上本「平」ニ作リ、色甲本「平乎」トアリ

依羅連
饒速日命十二世孫懷大連之後也。
柴垣連
同上。
佐爲連
速日命六世孫伊香我色乎命之後也。
葛野連
同上。
登美連
同上。
水取連
同上。
大貞連
速日命十五世孫彌加利大連之後也。上宮太子攝政之年。任ニ大

○柴―以下三字、色乙本ナシ
○命―副本・色甲本・昌本・大本・小本・色乙本・上本・白本ナシ
○貞―色乙本・松本「眞」ニ作ル、以下同ジ
○彌―副本「弥」ニ作リ、色甲本「弥旀イ」トアリ、昌本ナシ、白本・群本・要本「珍」ニ作ル
○利―副本・林本・諸本下ニ「々」アリ、色乙本・白本・松本・要本「利」アリ
●太―底本・白本「大」ニ作ル、副本・諸本ニヨリ改ム
○任―以下四字、色乙本・松本・群本「住巻椋宮」ニ作リ、柏本「住大椋家」ニ作ル

椋官一。于レ時家邊有二大俁楊樹一。太子巡二行卷向●宮一之時。親指レ樹
問レ之。即詔●二阿比○太連一。賜二大俁連一。四世孫正六位上千繼等。
天平神護元年。改レ字賜二大貞○連一。

曾禰連●
石上同祖。

越智直
石上同祖。

衣縫造
石上同祖。

輕部造
石上同祖。○

物部
石上同祖。○

○眞神田曾禰連

●宮—底本・益本・諸本「官」ニ作ル、副本・諸本ニヨリ訂ス

●詔—底本・林本・諸本ナシ、副本ニヨリ補ウ

○太—松本・群本・要本「大」ニ作ル、西本「太大」ノ二字ニ作ル

○連—林本・中本・鷹本・上本「達」ニ作ル

●連—底本・林本・諸本ナシ、副本・色甲本「々」ニ作ル、「連」ノ略ナルタメ補ウ

○祖—副本・色甲本「氏」ニ作ル

○祖—右ニ同シ

○眞—狩本「直」ニ作ル

神饒速日命六世孫伊香我色乎命男氣津別命之後也。

大宅首

大閇蘇杵命孫建新川命之後也。

猪名部造

伊香我色男命之後也。

右第十一卷。

左京神別中　起大伴宿禰。盡佐伯連。廿三氏。

天神

大伴宿禰

高皇産靈尊五世孫天押日命之後也。初天孫彦火瓊々杵尊神駕之降也。天押日命。大來目部立於御前。降乎日向高千穗峯。然後以大來目部。爲天靫部。靫負之號起於此也。雄略天皇御世。以入部靫負賜大連公。奏曰。衛門開闔之務。於職已

○伊―副本・色甲本ナシ
○香我―益本・林本・諸本「我香」ニ作リ、副本・色甲本「我」ナシ
○閇―諸本・群本同ジ、諸版本「閉」ニ作ル
○杵―副本・色甲本「旀」ニ作リ、昌本「祢」ニ作リ、井本・林本・中本・鷹本・上本・小本「弥」ニ作ル
●川―底本・副本・諸本ナシ、色甲本「川イ」トアリ、小本・諸版本ニヨリ補ウ
○名―昌本「者」ニ作リ、副本・色甲本「者名イ」トアリ
○三―小本「九」ニ作ル
○産―狩本・鷹本・大本・上本「彥」ニ作ル
●押―底本・益本・諸本「神」ニ作リ、副本・色甲本「神押」トアリ、西本・上本ニヨリ訂ス、以下同ジ
○々―諸本同ジ、林本・中本・大本・白本・橋本「瓊」ニ作ル
○於―白本・要本ナシ
○乎―色甲本「乎ヂイ」トアリ、諸版本「于」ニ作ル
○天―白本・松本ナシ
●靫部―底本・益本・林本・諸本ナシ、副本・色甲本・昌本ニヨリ補ウ、白本・松本・橋本「靫負部」ニ作ル
○靫―柏本・白本・松本・考本・神本上ニ「天」アリ
●入部―底本・益本・諸本「天」ニ作ル、副本・色甲本・昌本ニヨリ訂ス、上本「部」ナシ

重。若有㆓一身難㆑堪。望與㆓愚兒語㆒。相伴奉㆑衛㆓左右㆒。勅依㆑奏。是大伴佐伯二氏。掌㆓左右開闔㆒之縁也。

佐伯宿禰

大伴宿禰同祖。道臣命七世孫室屋大連公之後也。

大伴連

道臣命十世孫佐弖彦之後也。

榎本連

同㆑上。

神松造

道臣八世孫金村大連公之後也。

日奉連

高魂命之後也。

縣犬養宿禰

神魂命八世孫阿居太都命之後也。

●闔—底本・益本・諸本「關」ニ作リ、林本・中本・鷹本・上本「圖」ニ作ル、副本・色甲本ニヨリ訂ス、以下同ジ

○有—色乙本・白本・松本・橋本・考本ナシ

○望—副本・昌本「坐」ニ作ル

●與—底本・林本・諸本「上」ニ作ル、副本ニヨリ訂ス

○伴—副本・色甲本・昌本・岩本・井本・林本・上本「併」ニ作ル

●勅—以下十三字、底本・益本・林本・諸本ナシ、副本・諸本ニヨリ補ウ、「勅依」白本・松本・要本「依勅」ニ作ル

●臣—底本・益本・諸本「信」ニ作ル、副本ニヨリ訂ス、以下同ジ

●連—底本・鷹本・上本「達」ニ作ル、岩本「達連カ」トアリ、副本・諸本ニヨリ訂ス

○之—群本・新群本ナシ

●弖—底本・岩本「—」ニ作リ、井本「ミ」ニ作ル、林本・中本・鷹本・上本ナシ、副本・諸本ニヨリ補ウ

○松—群本「私」ニ作ル

○造—副本・色甲本・昌本・群本「連」ニ作ル

○臣—柏本・松本・橋本・考本下ニ「命」アリ

○大—色乙本・柏本・白本・松本・要本ナシ

○阿—副本・色甲本・中本・小本・松本「河」ニ作リ、白本・要本「佐」ニ作ルハ非ナリ

大椋置始連

縣犬甘同祖。

雄儀連

角凝命十五世孫乎伏連之後也。

竹田連

神魂命十三世孫八束脛命之後也。

掃守連

振魂命四世孫天忍人命之後也。

小山連

高御魂命子櫛玉命之後也。

畝尾連

天辭代命子國辭代命之後也。

久米直

高御魂命八世孫味耳命之後也。

○甘―色乙本・柏本・白本・松本「貝」ニ作ル

○五―昌本同ジ、副本・色甲本「一」ニ作ル

○乎―副本・色甲本・昌本「平」ニ作ル

○伏―橋本・考本・皇本「儀」ニ作ル

●命―底本・副本・諸本ナシ、小本・橋本ニヨリ補ウ

●命―底本・副本・諸本ナシ、諸版本ニヨリ補ウ

浮穴直
移受牟受比命五世孫弟意孫連之後也。
宮部造
天壁立命子天背男命之後也。
間人宿禰
神魂命五世孫玉櫛比古命之後也。
爪工連
神魂命子多久都玉命三世孫天仁木命之後也。
多米連
多米宿禰同祖。神魂命五世孫天日和志命之後也。成務天皇御世。仕奉炊職賜多米連也。
天孫
出雲宿禰
天穂日命子天夷鳥命之後也。

●直―底本・益本・諸本「連」ニ作ル、白本・橋本・考本モ同ジ、副本・色甲本「々」トアルハ「直」ノ略、岩本・林本「直イ」ト註ス、上本ニヨリ改ム
○受―色乙本・白本・松本「愛」ニ作ル
○牟―副本・色甲本・益本・西本・小本・上本「々」ニ作ル、白本・松本ナシ
○受―上本・群本「愛」ニ作ル
○弟―色甲本「茅」ニ作ル
○孫―柏本「緒」ニ作ル
●孫―底本・副本・諸本ナシ、橋本ニヨリ補ウ
●也―底本・副本・諸本ナシ、柏本・橋本ニヨリ補ウ
●鳥―底本・益本・狩本「島」ニ作ル、副本・諸本ニヨリ訂ス

出○雲
天穗日●命五世孫久志和都命之後也。
入間宿禰
○同○神十七世孫天日古曾乃○己○呂命之後也。
佐伯連
●木根乃命男丹波眞太玉之後也。
右第十二卷。

左京神別下　起二伊勢朝臣一。盡二石邊公一。廿○一氏。
天神
伊勢朝臣
天底立○命○孫天日別命之後也。
弓削宿禰
高魂命孫天日鷲翔矢命之後也。

○雲―橋本・考本下ニ「臣」アリ
●命―底本・副本・諸本ナシ、大本・白本・橋本ニヨリ補ウ
○同神―諸本同ジ、色乙本・柏本・白本・松本・橋本「天穗日命」ニ作ル
○己呂―柏本・白本・要本「日」ニ作ル
●木―底本・益本・諸本「大」ニ作ル、副本・岩本・林本・諸本ニヨリ訂ス
○一―副本・大本・色乙本・白本・要本ナシ
○命―色乙本・柏本・白本・松本「尊」ニ作ル
○孫―橋本上ニ「因囲」ノ二字アリ

若倭部

神饒速比命十八世孫子田知之後也。

天孫

尾張宿禰

火明命廿世孫阿曾禰連之後也。

尾張連

尾張宿禰同祖。火明命之男天賀吾山命之後也。

伊福部宿禰

尾張連同祖。火明命之後也。

湯母竹田連

火明命五世孫建刀米命之後也。男武田折命。景行天皇御世。擬レ殖賜レ田。夜宿之間。菌生二其田一。天皇聞食而賜二姓菌田連一。後改爲二湯母竹田連一。

竹田川邊連

○饒速—副本「須須」ニ作リ、色乙本・松本「須」ノ一字ニ作ル、橋本「㘝須」トアリ
○知—副本・色甲本「和」ニ作ル、
●廿—底本・林本・諸本「二十」ニ作ル、副本・色甲本・昌本ニヨリ改ム、色乙本・柏本・白本・松本・橋本「二十七」ニ作ル
●曾—底本・林本・諸本「魚」ニ作ル、副本ニヨリ改ム
○禰—副本・色甲本・昌本ナシ
○也—副本・昌本ナシ
○命—副本・昌本「合」ニ作ル
○之—副本・色甲本・昌本ナシ
○也—副本ナシ
○湯母—色乙本・松本「陽丹」ニ作ル、以下同ジ
●孫—底本・林本・諸本「之後」ノ二字ニ作リ、白本・松本「之後也」ニ作ル、副本・色甲本・昌本ニヨリ訂ス
○擬—橋本・考本下ニ「圖」アリ
○竹田川邊連—コノ條考本ナシ、大本後補セル如シ

同命五世之後也。仁徳天皇御世。大和國十市郡刑坂川之邊有竹田神社。因以爲氏神。同居住焉。緑竹大美。供御箸竹。因茲賜竹田川邊連。

石作連

火明命六世孫建眞利根命之後也。垂仁天皇御世。奉爲皇后日葉酢媛命。作石棺獻之。仍賜姓石作大連公也。

檜前舍人連

火明命十四世孫波利那乃連公之後也。

榎室連

火明命十七世孫吳足尼之後也。山猪子連等。仕奉上宮豐聰耳皇太子御杖代。爾時太子巡行山代國。于時古麻呂家在山城國久世郡水主村。其門有大榎樹。太子曰。是樹如室。大雨不漏。仍賜榎室連。

丹比須布

○同─大本・色乙本・柏本・白本・松本「火明」ニ作ル
○因─副本・色甲本・昌本「門」ニ作リ、林本・中本「門因イ」、小本「門田カ」トアリ
○利─副本・林本・諸本「刑」ニ作ル
●也─底本・林本・諸本ナシ、副本ニヨリ補ウ
○棺─昌本「根」ニ作ル
○大─副本・色甲本・昌本ナシ
○那─昌本同ジ、副本・色甲本・西本・鷹本・上本「郡」ニ作ル
○七─井本「四」ニ作ル
●子─底本・益本・諸本「公」ニ作ル、副本・林本ニヨリ改ム
○太子─副本・色甲本「李」ニ作リ、昌本「季」ニ作ル
○須─橋本・皇本下ニ「[illegible]」アリ

火明命三世孫天忍男命之後也。

但馬海直

火明命之後也。

大炊刑部造

火明命四世孫阿麻刀禰命之後也。

坂合部宿禰

火明命八世孫邇倍足尼之後也。

額田部湯坐連

天津彦根命子明立天御影命之後也。允恭天皇御世。被レ遣二薩摩國一。平二隼人一。復奏之日。獻二御馬一匹一。額有二町形廻毛一。天皇嘉レ之。賜二姓額田部一也。

三枝部連

額田部湯坐連同祖。顯宗天皇御世。喚二集諸氏人等一。賜二饗醼一。于レ時三莖之草生二於宮庭一。採以奉獻。仍負二姓三枝部造一。

○男―副本・色甲本・昌本・群本ナシ
○也―副本・昌本ナシ
○大―副本・色甲本・昌本・林本・中本・上本「火」ニ作ル
○合―林本・中本・大本・上本「舍」ニ作ル
○匹―色甲本・中本・鷹本・大本・上本「疋」ニ作リ、昌本「足」ニ作ル
○嘉―狩本・色乙本「喜」ニ作ル
○連―要本「造」ニ作ル
●連―底本・益本・諸本ナシ、副本・色甲本・昌本ニヨリ補ウ
○人―昌本ナシ
○宮―色甲本・大本「官」ニ作リ、色甲本「宮イ」ノ傍註アリ
○造―諸本同ジ、群本「連」ニ作リ、色甲本「連イ」ノ傍註アリ

奄智造
額田部湯坐連同祖。
額田部
同命孫意富伊我都命之後也。
地祇
弓削宿禰
出レ自下天押穂根命洗二御手一。水中化生神爾伎都麻上也。
石邊公
大國主 古記一云。大物主。 命男久斯比賀多命之後也。
右第十三卷。
右京神別上 起二采女朝臣一、盡二神門臣一、卅六氏。
天神
采女朝臣

○命―以下十字、副本・昌本ナシ、色甲本「イ」トシテ十字補ウ
○富―大本「官」ニ作リ、鷹本・上本「宮」ニ作ル
○都―柏本「部」ニ作ル

○命―橋本・考本・皇本「尊」ニ作ル
○手―橋本・考本下ニ「時」アリ
○麻―松本「麿」ニ作リ、橋本・群本・考本・皇本下ニ「呂」アリ
○大國主―鷹本・大本・上本・白本・松本氏名トシテ掲グ
○國―小本・橋本・要本・考本「物」ニ作ル
●古―以下七字、底本・副本・諸本細字ニ作ラズ、色乙本・群本ニヨリ改ム、小本・橋本・要本・考本コノ七字ナシ
○門―大本「都」ニ作ル
○六―狩本・井本「三」ニ作ル

○速—林本・中本・鷹本・大本・上本・小本ナシ、色甲本「○連イ」ニ作ル
○水口—副本・昌本「沓」ニ作リ、色甲本「沓」ニ作リ、「水口イ」ト註ス
○田—色乙本・白本・松本・要本「日」ニ作ル
○巫—副本・昌本「巠」ニ作リ、色甲本「巠巫イ」トアリ
○河—副本・林本・諸本「阿」ニ作ル

石上朝臣同祖。神饒速日命六世孫大水口宿禰之後也。

中臣習宜朝臣

同神孫味瓊杵田命之後也。

中臣熊凝朝臣

同上。

巫部宿禰

同神六世孫伊香我色雄命之後也。

箭集宿禰

同上。

内田臣

同上。

長谷置始連

同神七世孫大新河命之後也。

高橋連

同上。

水取連

同神六世孫伊香我色雄命之後也。

小治田連

同上。

依羅連

同神十世孫伊己布都大連之後也。

曾禰連

同神六世之後也。

肩野連

同上。

若櫻部造

同神三世孫出雲色男命之後也。四世孫物部長眞膽連。初去來穗別天皇諡履中。泛兩枝船於磐余市磯池。與皇妃分駕遊宴。是

●色雄―底本・副本・諸本ナシ、色乙本・諸版本ニヨリ補ウ
○連―色甲本・昌本ナシ
○同―以下七字、副本・色甲本・昌本ナシ
○世―橋本・考本・皇本下ニ「孫伊香我色雄命」ノ七字アリ
○連―鷹本・上本ナシ
○上―中本下ニ「等祖」ノ二字アリ
○同―副本・色甲本・昌本・群本「日」ニ作ル
●色―底本・副本・諸本「包」ニ作ル、岩本・中本「色ヵ」ノ傍註アリ、橋本・考本ニヨリ改ム
○後―岩本・井本・林本・中本・鷹本・上本ナシ
●也―底本・副本・林本・諸本ナシ、柏本・橋本ニヨリ補ウ
○膽―狩本「膳」ニ作ル
○中―副本・色甲本・白本・橋本・群本「仲」ニ作ル
○兩―副本・色甲本・橋本「雨」ニ作ルハ誤リ
○池―副本・色甲本「汜」ニ作リ、白本・松本「地」ニ作ル
●駕―底本・林本・諸本「賀」ニ作ル、副本・色甲本・昌本ニヨリ訂スル

時膳臣余磯獻レ酒。櫻花飛來。浮二于御盞一。天皇異レ之。遣二物部
長眞膽連一尋求。乃●俘二得掖上室山一獻レ之。天皇歡レ之。○賜二余磯姓
稚櫻部臣一。●長眞膽連賜二姓稚櫻部造一○也。

大宅首
大門蘇○杵命孫建新川命之後也。

神麻○績連
天物知命之後也。

鳥○取連
角凝魂命○三世孫天湯河桁命之後也。垂仁天皇皇子譽津別命。
年向二三十一不二言語一。于レ時見二飛鵠一。問曰。此何物。爰天皇悅レ之。
遣二天湯河桁一尋求。詣二出雲國宇夜江一。捕貢レ之。天皇大○嘉。卽
賜二姓鳥取連一。

三○島宿禰
神魂命十六世孫建日○穗命之後○也。

●俘―底本・副本・諸本「桴」ニ作リ、小本「桜」ニ作ル、諸版本ニヨリ改ム
○賜―小本下ニ「長眞膽姓稚櫻部造又」ノ九字、柏本「長眞膽連姓若櫻部造」ノ九字アリ
●長―以下十字、底本・副本・諸本ナシ、橋本・考本ニヨリ補ウ
○也―橋本・考本ナシ
○杵―副本・色甲本・昌本「旀」ニ作リ、色乙本・柏本・白本・群本「弥」ニ作ル
○績―上本・群本「續」ニ作ル
○取―諸版本下ニ「部」アリ
○三―橋本・皇本上ニ「田」アリ、考本「十三」ニ作ル
○嘉―諸本・群本同ジ、色乙本・柏本・諸版本「喜」ニ作ル
○島―副本・色甲本・昌本「嶋」ニ作リ、色乙本・柏本「鳥」ニ作ル
○穗―色甲本・白本・松本・群本「別イ」ノ傍註アリ
○也―副本ナシ、色甲本ハ別筆

天語連
○縣犬養宿禰同祖。神○魂命●七世孫天日鷲命之後也。

佐伯造
天雷神孫天●押人命之後也。

●大伴大田宿禰
高●魂命○六世孫天押日命之後也。

●佐伯日奉造
天押日命十一世孫○談連之後也。

○高志連
高魂命九世孫日臣命之後也。

高志壬生連
日臣命七世孫室屋大連之後也。

額田部宿禰
明日名門命三世孫天村雲命之後也。

○縣―以下ノ條文、鷹本ナシ
○魂―上本ナシ
●七―以下十字、底本・益本・諸本ナシ、上本「之後也」アリ、副本・色甲本・昌本ニヨリ補ウ
●押―底本・林本・諸本「神」ニ作ル、副本ニヨリ改ム
●大―以下六字、底本・益本・狩本・西本「佐伯日奉造」ニ作ル、副本・林本・諸本ニヨリ訂ス
●魂―底本・昌本・林本・諸本「神」ニ作ル、副本・色甲本ニヨリ訂ス
○六―橋本「五一作六非」ト頭註シ「五」ニ作ル、考本「五」ニ作ル
●佐―以下五字、底本・益本・狩本・西本「大伴大田宿禰」ニ作ル、副本・諸本ニヨリ訂ス、副本・林本・諸本前條「也」ノ下ニ接續ス
○談―白本「譔」ニ作リ、色乙本・柏本・白本・松本下ニ「士」アルハ非ナリ
○高―副本・色甲本・昌本「イ」トシテ前條「也」ノ下ニ接續ス、大本・小本・白本「異本」、松本「一本云」トシテ前條「也」ノ下ニ續ク

額田部瓺玉
額田部宿禰同祖。明日名門命十一世孫御○支宿禰○之後也。
久米直
○神魂命八世孫味日命之後也。
屋連
神御魂命○十世孫天御行命之後也。
多米宿禰
同神五世孫天日鷲命之○後。成務天皇御世。仕㆓奉大炊寮㆒。御飯香美。○特賜㆓○嘉名㆒。
齋部宿禰
高皇○產靈○尊子•天•太玉命之後也。
玉祖宿禰
高御牟須比乃命十三世孫大荒木命之後也。
•忌玉作

○支—副本・色甲本・昌本「与」ニ作リ、上本「文」ニ作ル
○之—副本・色甲本・昌本・群本ナシ
○神—副本・色甲本・昌本・群本下ニ「御」アリ
○十—橋本・考本・皇本・神本下ニ「一」アリ
○後—色乙本・柏本・考本下ニ「也」アリ、橋本下ニ「也」アリ
○特—林本・中本・鷹本・大本・小本・上本「持」ニ作ルハ誤リ
○嘉—松本同ジ、白本・要本「喜」ニ作ル
○產—副本・色甲本・井本・鷹本・上本「彥」ニ作ル
○尊—橋本・要本・群本「命」ニ作ル
•天—底本・益本・諸本ナシ、副本・諸版本ニヨリ補ウ
•太—底本・益本・諸本「大」ニ作ル、副本・岩本・井本・鷹本・上本ニヨリ改ム
•忌—底本・副本・諸本「忘」ニ作ル、小本・柏本ニヨリ訂ス、色甲本「忘玉作 忌一作玉作連」トアリ、松本・橋本・群本・考本「忌」以下三字「玉作連」ニ作ル

高魂命孫天明玉命之後也。天津彦火瓊々杵命。降幸於葦原中國時。與五氏神部。陪從皇孫降來。是時造作玉璧以爲神幣。故號玉祖連。亦號玉作連。

波多門部造

神魂命十三世孫意富支閇連公之後也。

壹伎直

天兒屋命九世孫雷大臣之後也。

天孫

出雲臣

天穗日命十二世孫鵜濡渟命之後也。

神門臣

同上。

右第十四卷。

○高―小本下ニ「御」アリ
●也―底本・副本・諸本ナシ、諸版本ニヨリ補ウ
○命―色乙本・柏本・白本・松本・橋本・考本「㝵」ニ作ル
○氏―色甲本・井本「代」ニ作ル
○陪―副本・色甲本ナシ、昌本「倍」ニ作ル
○璧―副本・井本・西本・群本「壁」ニ作リ、色甲本「璧」ヲ「璧」ニ訂シタアトアリ
○命―色乙本・白本・松本ナシ
○九―橋本・考本・皇本「十一」ニ作ル
●濡―底本・西本「儒」ニ作ル、副本・諸本ニヨリ改ム
●渟―底本・副本・諸本「停」ニ作ル、諸版本ニヨリ訂ス

右京神別下　起二若倭部連一。盡二倭太一。廿九氏。

天神

若倭部連

神魂命七世孫天筒草命之後也。

伊與部

高媚牟須比命三世孫天辭代主命之後也。

天孫

土師宿禰

天穗日命十二世孫可美乾飯根命之後也。光仁天皇天應元年。改二土師一賜二菅原氏一。有レ勅改賜二大枝朝臣姓一也。

菅原朝臣

土師宿禰同祖。乾飯根命七世孫大保度連之後也。

秋篠朝臣

同レ上。

●連―底本・副本・諸本ナシ、下文ニヨリ補ウ
●太―底本・副本・諸本ナシ、西本・群本「本」トアリ、橋本ニヨリ補ウ
●九―底本・副本・諸本「八」ニ作ル、橋本ニヨリ改ム
○媚―色甲本「雄」ニ作ル
○牟―以下二字、副本・色甲本・昌本・岩本・小本「ム比須」ニ作リ、狩本・林本・中本・上本「⿱ム比須」ニ作リ、井本・大本「牟比須」ニ作ル
●比―底本・諸本ナシ、諸版本ニヨリ補ウ
○光―以下二十五字、小本・橋本・考本ナシ
○菅―林本・中本・鷹本・大本・上本「管」ニ作ル
○氏―柏本下ニ「延暦九年」ノ四字アリ
○賜―副本・色甲本・昌本「賶」ニ作ル
○也―色乙本・柏本・白本・松本ナシ
●宿禰―底本・狩本・岩本・諸本「朝臣」ニ作ル、副本・色甲本「々々」ニ作ルハ「宿禰」ノ略、群本ニヨリ改ム
○命―以下十字、昌本ナシ
○度―副本・色甲本・岩本・林本・諸本「廋」ニ作ル

大枝朝臣

同㆑上。

丹比宿禰

火明命三世孫天忍男命之後也。男武額赤命七世孫御殿宿禰男色鳴。大鷦鷯天皇御世。皇子瑞歯別尊。誕㆓生淡路宮㆒之時。淡路瑞井水奉㆑灌㆓御湯㆒。于㆑時虎杖花飛㆓入御湯瓮中㆒。色鳴宿禰稱㆓天神壽詞㆒。奉㆑號曰㆓多治比瑞歯別命㆒。乃定㆓丹治部於諸國㆒。爲㆓皇子湯沐邑㆒。即以㆓色鳴㆒爲㆑宰。令㆑領㆓丹比部戸㆒。因號㆓丹比連㆒。遂爲㆓氏姓㆒。其後庚午年依㆑作㆓新家㆒。加㆓新家二字㆒。爲㆓丹比新家連㆒也。

尾張連

火明命五世孫武礪目命之後也。

伊與部

同㆑上。

○世—大本・白本ナシ
●子—底本・副本・諸本ナシ、色乙本・諸版本ニヨリ補ウ
○杖—狩本・井本「枝」ニ作ル
○入—副本・色甲本下ニ「入」アリ
○瓮—昌本・鷹本「分瓦」ノ二字ニ作ル
○命—色乙本・小本・柏本・橋本・考本「尊」ニ作ル
○治—橋本・考本下ニ「比」アリ
○於—色乙本・白本・松本ナシ
●連—底本・林本・諸本ナシ、副本・色甲本・昌本ニヨリ補ウ
●尾張連—コノ條文、底本・林本・諸本ナシ、副本・色甲本・昌本ニヨリ補ウ

六人部

同」上。

子部

火明命●五世孫建刀米命之後也。

大炊刑部造

同神○三世孫天礪目命之後也。

朝來直

同」上。

若倭部

同神四世孫建額明○命之後也。

川上首

火明命之後也。

坂合部宿禰

火○闌○降命八世孫邇倍足尼○之後也。

●五—底本・副本・諸本「三」ニ作ル、前文・橋本ニヨリ改ム

○三—橋本・要本・考本「四」ニ作ル

○命—色乙本・白本ナシ

○闌降—諸本同ジ、橋本・考本「明」ニ作ル

○之—大本・白本ナシ

●犬—底本・副本・諸本ナシ、橋本・要本ニヨリ補ウ
○同神—橋本・考本「火闌降命」ニ作ル
○摩—副本・色甲本・昌本「麻」ニ作ル
●之—底本・副本・諸本ナシ、色乙本・柏本ニヨリ補ウ
○神—副本・色甲本・昌本・鷹本・上本ナシ、大本「○神」トアリ

○君—諸本同ジ、白本・松本・橋本・要本・群本・皇本「若」ニ作ルハ誤リ、中本「若」ノ朱書アリ

○摩—副本・岩本・林本・諸本「麻」ニ作ル
●眞—底本・副本・諸本「直」ニ作ル、諸版本ニヨリ改ム

○行—副本・色甲本・昌本「礻」ニ作ル、諸版本ナシ
○比—色乙本下ニ「止都」ノ二字アリ

阿多御手●犬養

○同○神六世孫薩○摩若相樂●之後也。

滋野宿禰

紀直同祖。○神魂命五世孫天道根命之後也。

大村直

天道根命六世孫○君積命之後也。

大家首

天道尼乃命孫比古○摩夜●眞止乃命之後也。

高市連

額田部同祖。天津彥根命三世孫彥伊賀都命之後也。

桑名首

天津彥根命男天久之○行○比乃命之後也。

地祇

宗形朝臣

大神朝臣同祖。吾田片隅命之後也。

安曇宿禰

海神綿積豐玉彦神子穂高見命之後也。

海犬養

海神綿積命之後也。

凡海連

同神男穂高見命之後也。

青海首

椎根津彦命之後也。

八木造

和多羅豐命兒布留多摩乃命之後也。

倭太

神知津彦命之後也。

右第十五卷。

○吾—副本・色甲本・昌本「吉」ニ作ル
○片—副本・色甲本・昌本「斤」ニ作ル
○神—考本・神本「命」ニ作ル
○木—橋本・要本・考本・皇本・神本「太」ニ作ル
○羅—諸本同ジ、橋本・考本・皇本・神本「罪」ニ作ル
○豐—橋本・考本・皇本・神本下ニ「玉彦」ノ二字アリ
●太—底本・副本・諸本「本」ニ作リ、林本・中本・大本「木」ニ作ル、色乙本・松本・橋本ニヨリ改ム
●命—底本・林本・諸本ナシ、副本・狩本ニヨリ補ウ

山城國神別

起二阿刀宿禰一。盡二狛人野一。卌五氏。

天神

阿刀宿禰

石上朝臣同祖。饒速日命孫味饒田命之後也。

阿刀連

同上。

熊野連

同上。

宇治宿禰

饒速日命六世孫伊香我色雄命之後也。

佐爲宿禰

同上。

佐爲連

同神八世孫物部牟伎利足尼之後也。

○卌―井本・鷹本・上本「四十」ニ作ル、副本・色甲本・昌本・林本・中本「卅」ニ作リ、色乙本・大本・白本「三十」ニ作ル

○速―副本・色甲本・昌本ナシ

○田―中本「日」ニ作リ、「一作田」ノ傍註アリ

○雄―副本・昌本同ジ、色甲本「推」ニ作ル

中臣葛野連
同神九世孫伊久比足尼之後也。
巫部連
同神十世孫伊己布都乃連公之後也。
高橋連
同神十二世孫小前宿禰之後也。
宇治山守連
同神六世孫伊香我色雄命之後也。
奈癸私造
同上。
眞髮部造
神饒速日命七世孫大賣大布乃命之後也。
今木連
同上。

○巫—鷹本・上本ナシ
○色——副本・林本・諸本「包」ニ作ル
●癸—底本・林本・諸本「矣」ニ作リ、副本・色甲本・昌本「关」ニ、色乙本・松本「若」ニ作ル、考本ニヨリ改ム
●私—底本・副本・諸本「和」ニ作ル、色乙本・松本ニヨリ改ム
○造—諸本同ジ、白本・橋本・考本「連」ニ作ル
○大—諸本同ジ、諸版本ナシ
○連—狩本「造」ニ作リ、副本・色甲本・昌本・鷹本・上本・小本ナシ。

●癸—底本・林本・諸本「矣」ニ作リ、副本・色甲本・昌本「关」ニ作ル、色乙本・松本ニヨリ改ム

○色—副本・林本・諸本「包」ニ作ル

○速—副本・林本・諸本ナシ

○利—中本・鷹本・上本「斯」ニ作リ、色甲本「斯利印」トアリ

○三—副本・昌本・色乙本・大本・内本・松本「八」ニ作リ、上本ナシ

○板擧—色乙本・松本「擧板」ニ作ル、「擧」副本・林本・諸本「輿」ニ作ル

奈●癸勝
佐爲宿禰同祖。

額田臣
伊香我色雄命之後也。

筑紫連
饒速日命男味眞治命之後也。

秦忌寸
神饒速日命之後也。

錦部首
同神十二世孫物部目大連之後也。

鳥取連
天角己利命三世孫天湯河板擧命之後也。

今木連
神魂命五世孫阿麻乃西乎乃命之後也。

○巨椋連

今木連同祖。○止與波知命之後也。

額田部宿禰

明日名門命六世孫天●由久富命之後也。

賀茂縣主

神魂命孫武津之身命之後也。

鴨縣主

賀茂縣主同祖。神日本磐余彦天皇●諡神武。○欲レ○向二中洲一之時。山中嶮絕。跋○涉失レ路。於レ是。神魂命孫鴨○建津○之○身命。化レ如二大●烏一翔飛奉レ○導。遂達二中洲一。○天皇○嘉二其有一レ功。特厚褒賞。○天○八咫●烏之號。從レ此●始也。

矢田部

鴨縣主同祖。鴨建津身○命之後也。

○丈部○

○巨—副本・林本・諸本「臣」ニ作ル
○止—小本「上」ニ作ル
●由—底本・副本・諸本「申」ニ作リ、小本「甲」ニ作ル、橋本ノ頭註、群本ノ傍註ニヨリ改ム
●諡—底本・副本・諸本ナシ、逸文・松本・橋本ニヨリ補ウ
○欲向—副本・林本・諸本「後也」ニ作ルハ誤リ
○涉—副本・色甲本・昌本・鷹本・上本ナシ
○建—逸文下ニ「耳」アリ
○之身—副本・林本・諸本ナシ、逸文・松本・諸版本「之」ナシ、群本「見」一字ニ作リ、色乙本「身之」ニ作ル
●烏—底本・副本・諸本「鳥」ニ作ル、逸文・松本・考本ニヨリ訂ス
○導—逸文「道」ニ作ル
○天—副本上ニ「之時」トアリ「之」ヲ抹消ス、昌本上ニ「之時」以下前文三十二字重出ス、諸版本上ニ「時」アリ
○嘉—諸本・逸文・群本同ジ、諸版本「喜」ニ作ル
○天—白本・諸版本ナシ
○八—副本・林本・諸本ナシ
●烏—底本・林本・諸本「鳥」ニ作ル、逸文・副本ニヨリ訂ス
●始—底本「姓」ニ作ル、諸本ニヨリ訂ス
○命—色乙本・白本ナシ
○丈部—コノ條、林本・中本ナシ、鷹本・上本ハアリ

同㆑上。

西泥土部

鴨縣主同祖。鴨建玉依彥命之後也。

祝部

同祖。建角身命之後也。

税部

神魂命子●角凝魂命之後○也。

呉公

天相命十三世孫●雷○大臣命之後也。

神宮部造

葛○木猪石岡天○下神天破命之後也。六世孫吉足日○命。磯城瑞籬宮御宇●諡崇神。天皇御世。天下有㆑災。因遣㆓吉足日命㆒。令㆑齋㆓祭大物主神㆒。災異卽止。天皇詔曰。消㆓天下災㆒。百姓得㆑福。自今以後可㆑爲㆓宮能賣●神㆒。仍賜㆓姓宮能賣公㆒。○然後庚午年籍○注㆓神宮○部

●角—以下四字、底本・林本・諸本ナシ、副本・色甲本「角凝」ノ二字ナシ、柏本「——」ニ作ル、橋本・考本ニヨリ補ウ
○也—昌本下ニ「魂命之」ノ三字アリ
●雷—底本・林本・諸本「香」ニ作ル、副本・色甲本・昌本ニヨリ改ム
○大—色乙本・白本・松本・橋本・皇本「太」ニ作ル
○木—諸本同ジ、色乙本・白本・松本・要本・考本「城」ニ作ル
○下—松本・橋本・考本「降」ニ作ル
○命—副本・色甲本・昌本・鷹本・大本「本」ニ作リ、林本・岩本・小本「本命カ」トアリ
●諡—底本・副本・諸本ナシ、橋本ニヨリ補ウ
●神—以下七字、底本・林本・諸本ナシ、副本・色甲本・昌本ニヨリ補ウ
○然—以下十二字、益本ナシ
○注—諸本同ジ、色乙本・大本・白本・松本・橋本「註」ニ作ル
○部—昌本「都」ニ作リ、狩本「御」ニ作ルハ誤リ

造也。

菅田首

天久斯麻比●止都命之後也。

天孫

土師宿禰○

天穗日命十四世孫野見宿禰之後也。

出雲臣

同神子天日名鳥命之後也。

出雲臣

○同天穗日命之後也。

○尾張連○

火明命子天香山命之後也。

六人部連

火明命之後也。

●止—底本・副本・諸本「上」ニ作リ、中本・色乙本「土」ニ作ル、橋本・群本ニヨリ改ム

○禰—中本・上本同ジ、林本・鷹本「神」ニ作ルハ誤リ

○同—諸本同ジ、橋本・考本・皇本ナシ

○尾張連—コノ條、小本次ノ「六人部連」ノ條トイレカワル

○同上―小本「火明命之後也」ニ作ル

○作―副本・色甲本下ニ「一」アリ、「部」ノ略カ、橋本「一作二石作部一」ノ頭註アリ

○富―小本「福」ニ作ル

伊福部
○同上。
石○作
同上。
水主直
同上。
三○富部
同上。
山背忌寸
天都比古禰命子天麻比止都禰命之後也。
阿多隼人
富乃須佐利乃命之後也。
地祇
石邊公

大物主命子久斯比賀多命之後也。

狛人野

○同命兒櫛日方命之後也。

右第十六卷。

大和國神別　起二佐爲連一。盡二國栖一。○卌四氏。

天神

佐爲連

石上朝臣同祖。神饒速日命十○七世孫伊○己●止足○尼之後也。

志貴連

同神孫日子湯●支命之後也。

眞神田首

伊香我○色乎命之○後也。

長谷山直

○同―色乙本・柏本・白本・松本・要本「大物主」ニ作ル

○卌―鷹本・上本・大本・井本「四十」ニ作リ、副本・色甲本・昌本「卅」ニ作ル

○七―井本・小本ナシ

○己―副本・色甲本・昌本「乚」ニ作ル

●止―底本・副本・諸本「上」ニ作リ、岩本・小本「止カ」ノ傍註アリ、益本・西本ニヨリ改ム

○尼―副本・色甲本・昌本ナシ

●支―底本・益本・諸本「友」ニ作ル、副本・岩本ニヨリ訂ス

○色―副本・色甲本・昌本・林本・諸本「包」ニ作ル

○後―以下二字、鷹本・上本ナシ

∘祖—色乙本「神」ニ作ル
∘香—柏本・白本・松本・橋本・考本「賀」ニ作ル
∘色—副本・林本・諸本「包」ニ作ル
∘二—柏本・白本・要本・考本「一」ニ作ル
∘委—松本・群本・要本「倭」ニ作ル

石上朝臣同祖。神饒速日命六世孫伊香我色男命之後也。

矢田部

饒速日命七世孫大新河命之後也。

縣使首

宇麻志摩遲命之後也。

長谷部造

神饒速日命十二世孫千速見命之後也。

委文宿禰

出自神魂命之後大味宿禰也。

田邊宿禰

同神五世孫天日鷲命之後也。

多米宿禰

同神廿二世孫意保止命之後也。

葛木忌寸

○劔—上本「斂」ニ作ル

●孫—底本・林本・諸本ナシ、副本ニヨリ補ウ

●大—底本・益本・諸本「天」ニ作ル、副本・林本・諸本ニヨリ改ム

○之—副本・色甲本・昌本ナシ

○命—副本・林本・諸本「本」ニ作ル

○大—以下五字、色乙本ナシ

高御魂命五世孫○劔根命之後也。

門部連

牟須比命兒安牟須比命之後也。

服部連

天御中主命十一世●孫天御梓命之後也。

白堤首

天櫛玉命八世孫●大熊命○之後也。

高志連

天押日○命十一世孫大伴室屋大連公之後也。

仲丸子

日臣命九世孫金村○大連之後也。

大家臣

大中臣朝臣同祖。津速魂命之後也。

添縣主

出ㇾ自㆓津速魂命男武乳遺命㆒也。

御手代首

天御中主命十世孫天諸神命之後也。

掃守

振魂命四世孫天忍人命之後也。

飛鳥直

天事代主命之後也。

大田祝山直

天杖命子天爾支命之後也。

踰部大炊

天之三穗命八世孫意富麻羅之後也。

天孫

土師宿禰

秋篠朝臣同祖。天穗日命十二世孫可美乾飯根命之後也。

◦遺—小本「遣」ニ作ル

◦杖—色甲本「伏」ニ作リ、「枝」「杖」ノ傍註アリ、柏本・白本・松本・橋本・考本「枝」ニ作ル

•穗—底本・林本・諸本「種」ニ作ル、副本・昌本・諸版本ニヨリ改ム

贊土師連
同神十六世孫意富曾婆連之後也。
尾張連
天火明命子天香山命之後也。
伊福部宿禰
同㆑上。
伊福部連
伊福部宿禰同祖。
●蝮○王●部首
火明命孫天五百原命之後也。
工造
同○祖。十世孫大美和都○禰乃命之後也。
二見首
○富須洗利命之後也。

●蝮―底本・益本・諸本「蝮」ニ作ル、副本・林本・諸本ニヨリ改ム
○王―諸本同ジ、橋本「壬」ニ作ル
●部―底本・副本・諸本「許」ニ作ル、橋本ニヨリ改ム
○祖―諸本同ジ、橋本・群本・考本「神」ニ作ル
○禰―井本ナシ
○富―群本下ニ「乃」アリ

大角隼人

出㆑自㆓火闌降命㆒也。

大坂直

天道根命之後也。

三枝部連

額田部湯坐連同祖。天津彦根命十四世孫達己呂命之後也。顯宗天皇御世。諸氏賜㆓饗醼㆒。于㆑時宮庭有㆓三莖草㆒。獻㆑之。因賜㆓姓三枝部造㆒。

額田部河田連

同神三世孫意富伊我都命之後也。允恭天皇御世。獻㆓額田馬㆒。天皇勑。此馬額如㆓田町㆒。仍賜㆓姓額田連㆒也。

奄智造

同神十四世孫建凝命之後也。

伊蘇志臣

◦四—副本・色甲本・昌本ナシ
◦呂—諸本同ジ、大本・色乙本・白本・松本「臣」ニ作ル、色乙本「呂文明本」ノ傍註アリ
◦世—小本下ニ「孫」アリ
◦草—林本・上本「学」ニ作リ、岩本・中本・鷹本「草カ」ノ傍註アリ
●河田—底本・益本・諸本ナシ、副本・色甲本・昌本「佀田」ニ作リ、岩本・井本・大本・小本・上本「佀」ナシ、橋本・考本ニヨリ補ウ
◦神—群本下ニ「十」アリ
●馬—底本・副本・諸本「長」ニ作ル、色乙本・諸版本ニヨリ改ム
◦田—橋本・考本・皇本下ニ「部」アリ
◦也—色乙本・柏本・白本・要本ナシ
◦智—中本・白本・松本・橋本・考本「知」ニ作ル
◦建—色甲本・昌本ナシ

滋野宿禰同祖。天道根命之後也。

地祇

吉野連

加彌比加尼之後也。謚神武天皇行二幸吉野一。到二神瀨一。遣レ人汲レ水。使者還曰。有二光井女一。天皇召問レ之。汝誰人。答曰。妾是自レ天降來白雲別神之女也。名曰二豐御富一。天皇卽名二水光姬一。今吉野連所レ祭水光神是也。

大神朝臣

素佐能雄命六世孫大國主之後也。初大國主神娶二三島溝杭耳之女玉櫛姬一。夜未レ曙去。來曾不二晝到一。於レ是玉櫛姬績レ苧係レ衣。至レ明隨レ苧尋覓。經二於茅渟縣陶邑一。直指二大和國眞穗御諸山一。還視二苧遺一。唯有二三縈一。因レ之號二姓大三縈一。

賀茂朝臣

大神朝臣同祖。大國主神之後也。大田田禰古命孫大賀茂都美

○同—昌本ナシ
○加—群本ナシ
○加—色甲本ナシ
●謚—底本・林本・諸本「勑」ニ作ル、副本ニヨリ改ム
○光井—諸本同ジ、諸版本「井光」ニ作ル
○召—副本・色甲本「石」ニ作リ、林本・中本・鷹本・上本「名」ニ作ル
●妾—底本・副本・諸本「彥」ニ作リ、色乙本・柏本・白本・松本・考本「臣」ニ作ル、群本ニヨリ改ム
○水—狩本「木」ニ作ル
○主—橋本・考本・皇本・神本下ニ「命」アリ
○島—副本・色甲本・昌本「嶋」ニ作ル
○未—副本・色甲本・昌本・群本「來」ニ作ル
○來—副本・色甲本・昌本・群本「未」ニ作リ、色乙本・柏本・白本・諸版本「不」ニ作ル
○不—西本同ジ、諸本・諸版本ナシ
●績—底本・林本・諸本「債」ニ作リ、副本・色甲本・昌本・群本「續」ニ作ル、色乙本・諸版本ニヨリ改ム
○覓—副本・林本・諸本「不見」ノ二字ニ作ル
○於—副本・色甲本・群本ナシ
○眞穗—色乙本・柏本・白本・松本ナシ
○御—色甲本「都」ニ作ル

命一名大賀茂足尼。奉齋賀茂神社也。

和仁古

大國主六世孫阿太賀田須命之後也。

大和宿禰

出自神知津彥命也。神日本磐余彥天皇。從日向地向大倭洲。到速吸門時。有漁人乘艇而至。天皇問曰。汝誰也。對曰。臣是國神。名宇豆彥。聞天神子來。故以奉迎。卽牽納皇船。以爲海導。仍號神知津彥。一名椎根津彥。能宣軍機之策。天皇嘉之。任大倭國造。是大倭直始祖也。

長柄首

天乃八重事代主神之後也。

國栖

出自石穗押別神也。神武天皇行幸吉野時。川上有遊人。于時天皇御覽。卽入穴。須臾又出遊。竊窺之喚問。答曰。石穗

○榮─狩本・林本・中本・鷹本・上本「栄」ニ作ル、以下同ジ、小本下ニ「栄」アリ
○田─副本・色甲本・林本・諸本ナシ、井本「ミ」ニ作ル
○禰─色乙本・小本「根」ニ作ル

○賀─井本「加」ニ作ル
○足─色乙本「定」ニ作ル
○也─色乙本・小本・白本・松本ナシ
○主─橋本・皇本下ニ「神」、考本下ニ「神」アリ
●太─底本・林本・諸本「大」ニ作ル、副本ニヨリ改ム
○田─副本・昌本「大」ニ作リ、群本「太」作ル
○地─諸本同ジ、橋本・考本・皇本「國」ニ作ル
●向─底本・林本・諸本ナシ、副本ニヨリ補ウ
○洲─諸本同ジ、色甲本・色乙本・白本・松本・橋本「國」ニ作ル
●牽─底本・益本・諸本「率」ニ作ル、副本・林本・諸本ニヨリ改ム
●皇─底本「自」ニ作ル、副本・諸本ニヨリ改ム
●海─底本・林本・諸本ナシ、副本・色甲本・昌本「汝」ニ作ル、橋本・群本ニヨリ補ウ
○椎─西本・大本「推」ニ作リ、色甲本「権」ニ作ル
○直─諸本同ジ、色乙本・白本・松本・要本ナシ、柏本・橋本・考本・皇本・神本「宿禰」ニ作ルハ非ナリ
○之後─副本・林本・諸本ナシ
●石─底本・林本・諸本ナシ、副本・色甲本・昌本ニヨリ補ウ

押別神子也。爾時詔賜二國栖名一。然後孝德天皇御世。始賜レ名人國栖意世古。次號二世古二人一。允恭天皇御世乙未年中七節進二御贄一。仕二奉神態一。至レ今不レ絶。

右第十七卷。

攝津國神別　起二津島朝臣一。盡二神人一。卌五氏。

天神

津島朝臣

大中臣朝臣同祖。津速魂命三世孫天兒屋根命之後也。

椋垣朝臣

同レ上。

荒城朝臣

同レ上。

中臣東連

○然—白本・要本ナシ
○孝—諸本同ジ、考本ニミエル如ク「仁」カ
○號—柏本・神本「乎」ニ作ル
●態—底本・副本・諸本「熊」ニ作ル、益本・橋本ニヨリ改ム
○卌—鷹本・上本・大本「四十」ニ作ル
○大—昌本「天」ニ作ル
○朝臣—白本・要本「之」ニ作ル
○三—以下八字、昌本ナシ
○孫—副本・林本・諸本ナシ
○城—柏本「木」ニ作ル
○東—諸本同ジ、群本以外ノ諸版本「東」ニ作ル

天兒屋根命九世孫鯛身命之後也。

神奴連

同神十一世孫雷大臣命之後也。

中臣藍連

同神十二世孫大江臣之後也。

中臣大田連

同神十三世孫御身宿禰之後也。

生田首

同神九世孫雷大臣命之後也。

若湯坐宿禰

石上朝臣同祖。神饒速日命六世孫伊香我色雄命之後也。

巫部宿禰

同上。

田々內臣

○一—副本・色甲本・昌本・色乙本・柏本・白本・松本ナシ

○大—諸本同ジ、橋本・考本・皇本「太」ニ作ル

○九—橋本・考本・皇本「十一」ニ作ル

○同—岩本・林本・中本・鷹本・上本「国」ニ作ル

○祖—色甲本・鷹本・上本「神」ニ作リ、大本ナシ

○田々內—諸本同ジ、色乙本「內田臣一作田々內」トアリ、松本・橋本・群本・考本「內田」ニ作ル

同上。

阿刀連

神饒速日命之後也。

物部韓國連

伊香我色雄命之後也。

矢田部造

同上。

佐夜部首

同上。

小山連

高魂命子櫛玉命之後也。

多米連

神魂命五世孫天比和志命之後也。

犬養

。速—岩本・井本「連」ニ作ル

。也—白本ナシ、色乙本・白本・松本下ニ「味瓺知命子味饒田命阿刀連祖」ノ十三字アリ

。天—昌本ナシ

同神十九世孫田根連之後也。

目色部眞時

同神十二世孫大見尼之後也。

委文連

角凝魂命男伊佐布魂命之後也。

竹原

同上。

額田部宿禰

同神男五十狹經魂命之後也。

額田部

額田部宿禰同祖。明日名門命之後也。

服部連

熯之速日命十二世孫麻羅宿禰之後也。●允恭天皇御世。任織部司。●捴領諸國織部。因號服部連。

○見―諸本同ジ、諸版本「足」ニ作ル
○尼―大本・柏本・諸版本下ニ「命」アリ
○委―諸本同ジ、松本・群本「倭」ニ作ル、中本「イ」ヲ朱デ補ウ
○伊―林本・中本・鷹本・上本・岩本・小本「伴」ニ作ル
○命―色乙本・白本・松本・要本ナシ
○宿禰―副本・色甲本・昌本・上本ナシ
○經―昌本下ニ「云」アリ
○額田部―コノ條、副本・色甲本・昌本「服部連」條ノ次ニアリ
○門―副本・色甲本・昌本・岩本・大本・小本「同」ニ作ル、白本・松本・橋本・考本「田」ニ作ル
○命之―井本「同神」ニ作ル
●也―底本・副本・諸本ナシ、井本・大本・色乙本ニヨリ補ウ
●捴―底本「拎」、副本・色甲本「杉」、昌本「珍」、益本・中本「拎」、鷹本・上本「掺」、狩本「於」、西本「拾」ニ作ル、岩本「拎惣カ」、小本「掺惣カ」トアリ、色乙本・大本・白本ニヨリ訂ス

天孫

津守宿禰

尾張宿禰同祖。火明○命○八世孫大御日○足○尼之後也。

六人部連

同神五世孫建○刀○米命之後也。

石作連

同神六世孫武○椀根命之後也。

蝮部

同神十一世孫蝮○王部犬手之後也。

○刑部首

同神十七世孫屋主宿禰之後○也。

津守

火明命之後也。

日下部

○命―鷹本・上本ナシ
○八―林本「八」ヲ「命」ニ改メタル如クミエ、中本「○八」トアリ
○足―副本・色甲本・昌本「定」ニ作ル、小本・柏本「宿」ニ作ル
○尼―小本・柏本「禰」ニ作ル
○刀―小本「斗」ニ作ル
○米―大本「未」ニ作ル
○椀―副本・色甲本・昌本「梲」ニ作リ、益本・色乙本・白本・松本「機」ニ作ル
○王―諸本同ジ、橋本「壬」ニ作ル
○刑―色乙本「利」ニ作ル
○也―副本・色甲本・昌本ナシ

阿多御手犬養同祖。火闌降命之後也。

凡河内忌寸

額田部湯坐連同祖。

國造

天津彦根命男天戸間見命之後也。

山直

天御影命十一世孫山代根子之後也。

土師連

天穗日命十二世孫飯入根命之後也。

凡河内忌寸

同神十三世孫可美乾飯根命之後也。

羽束

天佐鬼利命三世孫斯鬼乃命之後也。

地祇

●犬―底本・副本・諸本ナシ、諸版本ニヨリ補ウ

○寸―副本・色甲本・昌本ナシ

○湯―色甲本「陽」ニ作ル

○天―昌本同ジ、副本・色甲本「大」ニ作ル

○山―橋本・考本下ニ「代」アリ

○神―副本・色甲本・昌本「師」ニ作ル

大和連

神知津彥命十一世孫御物足尼之後也。

凡海連

安曇宿禰同祖。綿積命六世孫小栲梨命之後也。

阿曇犬養連●

海神大和多羅○命○三世孫穗己都久命之後也。

物忌直

椎根津彥命九世孫矢代宿禰之後也。

鴨部祝

賀茂朝臣同祖。大國主神之後也。

我孫

大己貴命孫天八現津彥命之後也。

神人

大國主命五世孫大田々○根子命之後也。

●連―底本・林本・諸本ナシ、副本・色甲本・昌本「々」トアルハ「連」ノ略、橋本・群本ニヨリ補ウ

○羅―諸本同ジ、橋本・考本「罪」ニ作ル、「罪」ガ正字カ

○命―鷹本・上本・色乙本・白本・松本・要本・考本「神」ニ作ル

○々―色乙本・柏本・白本・松本・橋本「田」ニ作ル

○人—諸本同シ、松本下ニ「當作直」ト註シ、橋本「直一作レ人非」ト頭註シテ「直」ニ作ル、考本・皇本・神本「直」ニ作ルハ非ナリ

○禰—色甲本・上本「孫」ニ作リ、昌本・鷹本「孫禰イ」トアリ

○天—以下二字、小本ナシ

○臣—昌本ナシ
○魂—色甲本・昌本ナシ
○二—副本・林本・諸本「三」ニ作ル
●根—底本・林本・諸本ナシ、副本・色甲本・昌本ニヨリ補ウ

神○人
同レ上。
右第十八卷。

河內國神別　起二菅生朝臣一。盡二等○禰直一。六十三氏。

○天神
菅生朝臣
大中○臣朝臣同祖。津速○魂命○二世孫天兒屋●根命之後也。
中臣連
同神十四世孫雷大臣命之後也。
中臣酒屋連
同神十九世孫眞人連公之後也。
村山連
中臣連同祖。

中臣高良比連

津速魂•命十三世•孫○臣狹山命之後也。

平岡連

同神十四世孫鯛身臣之後也。

川跨連

同神九世孫梨富命之○後也。

中臣連

天兒屋•根命之後也。

中臣

中臣高良比連同祖。

弓削宿禰

○天高御魂乃命孫天•毗和○志可氣流夜命之後也。

玉祖宿禰

同神十三世孫建荒木命之後•也。

•命―底本・林本・諸本ナシ、副本ニヨリ補ウ

•孫―底本・林本・諸本ナシ、副本ニヨリ補ウ

○臣―諸本同ジ、白本・松本・橋本・要本・考本「巨」ニ作ル

○後―副本・色甲本・昌本「律」ニ作ル

•根―底本・林本・諸本ナシ、副本・色甲本・昌本ニヨリ補ウ

○天―益本「大」ニ作リ、群本ナシ

•毗―底本・益本・狩本「耽」ニ作リ、岩本「眦」、井本「肶」ニ作ル、副本ニヨリ改ム

○志―副本・林本・諸本「加」ニ作リ、色乙本「和」、柏本・白本・松本「知」ニ作ル

•也―底本・副本・諸本下ニ「又大荒木又大荒田」ノ八字アリ、橋本ニヨリ削ル

○屋—副本・色甲本・昌本ナシ
○押—副本・色甲本・昌本「神」ニ作ル
○尊—橋本・群本・考本「命」ニ作ル
○神—副本・岩本・中本・上本「押」ニ作ル
○伊—昌本同ジ、副本・色甲本ナシ
○久—岩本・小本「允」ニ作ル

林宿禰
大伴宿禰同祖。室屋大連公男御物宿禰之後也。
家內連
高魂命五世孫天忍日命之後也。
佐伯首
天押日命十一世孫大伴室屋大連公之後也。
葛木直
高魂命五世孫劔根命之後也。
役直
高御魂尊孫天神立命之後也。
恩智神主
高魂命兒伊久魂命之後也。
委文宿禰
角凝魂命之後也。

美努連

同神○四世孫天●湯川田奈命之後也。

鳥取

同神三世孫天湯河桁○命之後也。

多米○連

神魂命兒天石都○倭居命之後也。

城原

同神五世孫大廣目命之後也。

紀直

神魂命五世孫天道根命之後也。

○大○村○直○田○連

大村直同祖。天道根命之後也。

●氷連

石上朝臣同祖。饒速日命十○一世孫伊己灯宿禰之後也。

○四―橋本・考本「三」ニ作ル

●湯―底本・副本・諸本ナシ、下文・小本ニヨリ補ウ

○命―以下四字、昌本ナシ

○連―副本・色甲本ナシ

○倭―副本・林本・諸本「委」ニ作リ、中本・岩本・小本「倭カ」ノ傍註アリ

○大村直田連―コノ條文、考本ナシ

●氷―底本・益本・諸本「水」ニ作ル、副本・上本ニヨリ改ム

○一―副本・林本・諸本ナシ

○鳥見連—コノ條文、小本ナシ

○連—副本・色甲本・昌本ナシ

○連—副本・林本・諸本ナシ、中本「連カ」ノ傍註アリ

○三—中本「二」ニ作リ、「三イ」ノ傍註アリ

鳥見連○
　同神十二世孫小前宿禰之後也。
高屋連
　同神十世孫伊己止足尼大連之後也。
高橋連○
　同神十四世孫伊己布都大連之後也。
宇治部連○
　同神六世孫伊香我色乎命之後也。
物部依羅連
　神饒速日命之後也。
矢田部首
　同神六世孫伊香我色雄命之後也。
物部
　同神十三○世孫物部布都久呂大連之後也。

物部飛鳥

同神六世孫伊香我色雄命之後也。

積組造

阿刀宿禰同祖。●同神子于○摩志摩○治命之後也。

日下部

神饒速日命孫比古○由支命之後也。

栗栖連

同神子○于摩志摩治命之後也。

若湯坐○連

膽杵磯○丹杵穂命之後也。

勇山連

神饒速日●命三世孫出雲醜大使主命●之後也。

物部首

同神子味●島乳命之後也。

●同―底本・副本・諸本ナシ、橋本・要本ニヨリ補ウ
○摩―色乙本「麻」ニ作ル、下モ同ジ
○治―色甲本「泊」ニ作ル
○由―副本・色甲本・昌本・鷹本・上本「田」ニ作ル
○于―色甲本「千」、昌本「亍」ニ作ル
○連―色甲本・井本ナシ
○丹―色甲本「母」ニ作ル
●命―底本・林本・諸本ナシ、副本・色甲本・昌本ニヨリ補ウ
●之―底本・益本・諸本ナシ、副本・岩本・林本ニヨリ補ウ
●島―底本・林本・諸本「嶋」ニ作ル、副本ニヨリ改ム

津門首
同神六世孫伊香我色男命之後也。
掃守宿禰
振魂命之後也。
掃守連
同神四世孫天忍人命之後也。
守部連
振魂命之後也。
掃守造
同神四世孫天忍人命之後也。
浮穴直
移受牟受比命之後也。
服連
熯之速日命之後也。

•門―底本・副本・諸本ナシ、橋本・考本ニヨリ補ウ
○掃守連―コノ條文、小本ナシ
○守―小本「部」ニ作ル
•造―底本・益本・諸本「連」ニ作ル、副本・林本・諸本ニヨリ改ム
○受―色乙本・白本・松本・要本「愛」ニ作ル
○牟―色乙本「夆」ニ作リ、白本・要本「年」ニ作ルハ誤リ
○服―橋本下ニ「部」、考本下ニ「部」アリ
•熯―底本・益本・諸本「饒」ニ作リ、副本・林本・諸本「熯」ニ作ル、岩本「熯」ニ作リ「饒カ」トアリ、諸版本ニヨリ改ム

神人

御手代首同祖。阿比良命之後也。

天孫

襷多治比宿禰

火明命十一世孫殿諸足尼命之後也。男兄男庶。其心如女。故賜襷爲御膳部。次弟男庶。其心勇健。其力足制十千軍衆。故賜靫號四十千健彥。因負姓靫負。

丹比連

火明命之後也。

若犬養宿禰

同神十六世孫尻綱根命之後也。

笛吹

火明命之後也。

吹田連

○阿―柏本・白本・橋本・考本・皇本・神本「可」ニ作ルハ非ナリ
●諸―底本・林本・諸本「請」ニ作リ、副本・色甲本・昌本「讀」ニ作ル、諸版本ニヨリ改ム
○部―考本下ニ「即負襷多治比宿禰」ノ八字アリ
●弟―底本・谷本・諸本「才」ニ作リ、副本・林本・中本・大本「第」ニ作ル、色甲本ニヨリ訂ス
○制―考本下ニ「四」アリ
○負―考本下ニ「多治比宿禰」ノ五字アリ
○綱―西本「網」ニ作リ、副本・色甲本・昌本「調」ニ作ル
○吹―井本下ニ「連」アリ、岩本・中本下ニ「連乎」トアリ、色乙本・柏本・白本・松本・要本「連手」トス
○吹―諸本同ジ、橋本・考本・皇本・神本「次」ニ作ル

火明命兒天香山命之後也。

身人部連

火明命之後也。

尾張連

火明命十四世孫小豐命之後也。

五百木部連

火明命之後也。

出雲臣

天穂日命十二世孫宇賀都久野命之後也。

額田部湯坐連

天津彦根命五世孫乎田部連之後也。

津夫江連

天津彦根命之後也。

凡河内忌寸

○尾張連―コノ條副本・色甲本・昌本・群本、前々條ノ「吹田連」條ノ前ニアリ
○火―以下三字、副本・色甲本・昌本・群本・橋本・考本「同神」ニ作ル
○連―井本・色乙本・柏本・白本・松本・要本ナシ
○火―以下六字、副本・色甲本・昌本・群本・要本「同上」ニ作ル
●命―底本・益本・諸本ナシ、大本・白本ニヨリ補ウ
○乎―大本「平」ニ作ル
○田―林本「由」ニ作ル
○也―狩本ナシ

同」上。

○大縣主

同」上。

地祇

○宗形君

大國主命六世孫吾田片隅命之後也。

安曇連

綿積神命兒●穗高見○命之後也。

等禰直

椎根津彦命之後也。

右第十九卷。

和泉國神別　起二宮處朝臣一。盡二長公一。六十氏。

天神

○大―考本・神本下ニ「縣」アリ

○宗―西本「宇」ニ作ル

●穗―底本・副本・諸本ナシ、中本・井本・小本「穗高見命」ノ傍註アリ、橋本・要本ニヨリ補ウ

○見―副本・色甲本・昌本・鷹本・上本「兒」ニ作ル

○朝臣—白本「之」ニ作ル
○祖—林本・中本「神」ニ作ル
○屋—柏本・松本・橋本・考本下ニ「根」アリ
●太—底本・益本・諸本「大」ニ作ル、副本・林本・諸本ニヨリ改ム
○斐—諸本同ジ、大本・上本・白本・松本・橋本・群本・考本「悲」ニ作ル

宮處朝臣
大中臣朝臣同祖。天兒屋命之後也。
狹山連
同上。
和太連
同上。
志斐連
同上。
蜂田連
同上。
殿來連
同上。
大鳥連
同上。

中臣部
同レ上。
民直
同レ上。
•評連
同レ上。
畝尾∘連
同レ上。
中臣表∘連
同レ上。
∘采女∘臣
神饒速日命六世孫伊香我色雄命之後也。
韓國連
∘采女臣同祖。武烈天皇御世。被レ∘遣二韓國一。復命之∘日。賜二∘姓韓

•評—底本・副本・諸本「許」ニ作リ、井本「評」ニ作ル、橋本・考本ニヨリ改ム
∘連—副本・昌本ナシ
∘連—副本・昌本ナシ、色甲本別筆デ「—」トアリ
∘采—井本「宋」ニ作ル
∘臣—副本・色甲本・昌本ナシ、考本「連」ニ作ル
∘采—昌本「宋」ニ作ル
∘遣—色甲本「違」ニ作ル
∘日—昌本同シ、副本・色甲本ナシ
∘姓—色乙本・柏本・白本・松本・要本ナシ

國連。

阿刀連

同上。

宇遲○部○連

同上。

巫部○連

同上。雄略天皇御躰不豫。○因茲召上筑○紫豐國●奇巫。令○眞○椋率巫仕奉。仍賜姓巫部連。

曾禰連

采女臣同●祖。

志貴縣主

饒速日命七世孫大賣○布之後也。

若櫻部造

●饒速日命○七世孫止○智●尼大○連之後也。履○中御世。採櫻花獻之。

○部―以下二字、副本・色甲本・昌本・鷹本・上本ナシ、林本別筆デ「部連」トアリ
○連―色乙本・白本・松本・要本ナシ
○連―右ニ同ジ
○因―林本・鷹本・上本・岩本「国」ニ作リ、井本「固」ニ作ル
○紫―色乙本・柏本・白本・要本ナシ
●奇―底本・副本・諸本「安」ニ作ル、松本・橋本・群本・考本ニヨリ改ム
○眞椋―副本・色甲本・昌本「眞源椋」ニ作リ、白本「源眞椋」、色乙本・柏本・松本「眞椋大連」、橋本「眞源椋大連」ニ作ル
●祖―底本・副本・諸本「上」ニ作ル、柏本・橋本・群本ニヨリ改ム
○布―橋本・考本下ニ「命」アリ
●饒―底本・副本・諸本ナシ、橋本・考本ニヨリ補ウ
○七―副本・色甲本・昌本・井本・群本「十」ニ作ル
○智―西本・大本・色乙本・白本・松本・橋本・考本「知」ニ作ル
●尼―底本・林本・諸本「尾」ニ作ル、副本・色甲本・昌本ニヨリ訂ス
○連―副本・色甲本・昌本「速」ニ作ルハ誤リ
○中―大本・色乙本・柏本・諸版本下ニ「天皇」ノ二字アリ

仍改㆓物部連㆒。賜㆓姓若櫻部造㆒。

榎井部

同神四世孫大矢口根大臣命之後也。

物部

同神六世孫○伊香我色雄命之後也。

○網部

同㆑上。

衣縫

同㆑上。

高岳○首

同神十五世孫物部●麁鹿火大連之後也。

安幕●首

同神七世孫十千尼○大連之後也。

大伴山前連

○伊―副本・色甲本ナシ

○網―大本・白本「綱」ニ作ルハ誤リ

○首―井本ナシ

●麁―底本・副本・諸本ナシ、橋本ニヨリ補ウ

●首―底本・林本・諸本ナシ、副本・色甲本・昌本「々」ニ作ルハ「首」ノ略、橋本・群本ニヨリ補ウ

○大―副本・林本・諸本「太」ニ作ル

大伴宿禰同祖。日臣命之後也。
爪工○連
神魂命男多久豆玉命之後也。雄略天皇御世。造㆓紫蓋爪㆒。幷奉㆑
餝㆓御○座㆒。仍賜㆓爪工連姓㆒。
掃○守○首
振魂命四世孫天忍○人命之後也。雄略天皇御代。監㆓掃除○事㆒。賜㆓
姓掃守連㆒。
物部連
神魂命五世孫天道根命之後○也。
和山守首
同㆑上。
和田首
同㆑上。
高家○首

○連—副本・色甲本・昌本・上本ナシ
○座—副本・色甲本・昌本・群本「坐」ニ作ル
○守—群本・新群本「部」ニ作ル
○首—諸本同ジ、色乙本・白本・松本・橋本・要本・考本「連」ニ作ル
○人—色乙本・柏本・白本・松本「日」ニ作ル、昌本ナシ
○事—副本・昌本ナシ
○也—副本・色甲本ナシ
○首—副本ナシ

同上。

大庭造

神魂命八世孫天津麻良命之後也。

神直

同神五世•孫生玉兄日子命之後也。

紀直

神魂命°子御食持命之後也。

大村直

紀直同祖。大名草彦命男枳彌•都•彌命之後也。

川瀬°造

神魂命五世孫天道根命之後也。

°直尻家

大村直同祖。

高野

•孫—底本・林本・諸本ナシ、副本・色甲本・昌本ニヨリ補ウ

°子—橋本下ニ「因」アリ、考本・神本「天」アリ

•都彌—底本・林本・諸本ナシ、副本・色甲本・昌本「都弥」ニ作リ、色乙本・松本「都珍」ニ作ル、柏本・橋本・考本ニヨリ補ウ

°造—副本・林本・諸本ナシ

°直—副本・昌本・群本「眞」ニ作ル

大名草●彥命之後也。

鳥取

角●凝命○三世孫天湯河桁命之後也。

川枯首

阿目加伎表命四世孫阿目夷沙比止命之後也。

荒田直

高魂命五世孫劔根命之後也。

天孫

土師宿禰

秋篠朝臣同祖。天穗日命●十四世孫野見宿禰之後也。

土師連

同上。

山直

天穗日命十七世孫日●古○曾乃己●呂命之後也。

●彥―底本・副本・諸本ナシ、上文・橋本ニヨリ補ウ

●凝―底本・狩本「疑」ニ作ル、副本・諸本ニヨリ訂ス

○三―益本「二」ニ作ル

●十―底本・副本・諸本ナシ、下文・小本・橋本・群本ニヨリ補ウ

●古―底本・林本・諸本「吉」ニ作リ、柏本「子」ニ作ル、副本・色甲本・昌本ニヨリ訂ス

○曾―白本・松本下ニ「日」アリ

●呂―底本・益本・諸本「名」ニ作リ、副本・鷹本・上本「㕣」、色甲本「㠯」、昌本「㠯」ニ作ル、橋本・群本ニヨリ訂ス

石津連

天穂日命十四世孫野見宿禰之後也。

民直

同神十七世孫若•桑足尼之後也。

若犬養宿禰

火明命十五世孫古利命之後也。

丹比連

同神男天香山命之○後也。

石作連

同㆑上。

津守○連

同㆑上。

網•津守連

同㆑上。

•桑―底本・益本・諸本「―」ニ作リ、狩本・井本・林本・中本・鷹本・上本ナシ、副本・色甲本・昌本ニヨリ改ム

○後―以下二字、昌本ナシ

○連―副本・色甲本・昌本ナシ

•津―底本・狩本・岩本・西本・井本・小本ナシ、副本・益本・林本・諸本ニヨリ補ウ

椋連

同上。

綺連○

津守連同祖。天香山命之後也。

高市縣主

天津彦根命十二世孫建許呂○命之後也。

•末使主

天津彦根命子彦稲勝命之後也。

穴師神主

天富貴命○五世孫古佐麻豆智○命之後也。

坂合部

火闌降命七世孫夜麻等古命之後也。

地祇

長公

○連―副本・色甲本・昌本ナシ

○呂―色甲本・鷹本・上本「召」ニ作ル、昌本・大本「己」ニ作リ、

•末―底本・副本・諸本「未」ニ作リ、群本・新群本「木」ニ作リ、色乙本・松本「米」ニ作ル、狩本・橋本ニヨリ改ム

○命―色乙本・柏本下ニ「之」アリ

○智―柏本・白本・橋本・要本・考本「知」ニ作ル

大奈牟智神兒積羽八重事代主命之後也。

右第廿卷。

●廿―底本・林本・諸本「二十」ニ作ル、副本・色甲本・昌本ニヨリ改ム

第三 ●帙

○左京諸蕃上 起●太秦公宿禰。盡筑紫史。○卅五氏。

漢

太秦公宿禰

○出○自秦始皇帝三世孫孝武○王也。男功滿王。●帶仲●彦天皇 諡●仲●哀。八年來朝。男融通王 一云弓月王。譽田天○皇 諡應神。十四年。○來率廿七縣百姓歸化。獻金銀玉帛等物。大鷦鷯天皇 諡仁德。御世。以百廿七縣秦○氏。分置諸郡。即使養蠶織絹貢之。天皇詔曰。秦王所獻絲綿絹○帛。朕服用柔軟。溫煖如●肌●膚。●仍●賜●姓●波●多。次登呂志公。秦公酒。大泊瀨幼武天皇 諡雄略。御世。絲綿絹帛委積如岳。天○皇嘉之。賜號曰禹都萬佐。

秦長藏連

太秦公○宿○禰同祖。融通王之後也。

●帙―底本・益本・諸本「怢」、副本・色甲本・昌本「悎」、林本・諸本「帙」ニ作ル、正字ニ改ム
○左―底本・益本・林本・諸本コノ巻重出シ、重出「左」ヲ「右」ニ作ル、鷹本・大本・上本前ニ「新撰姓氏録巻第二十一」ノ十字アリ
●太―底本・副本・諸本「大」ニ作ル、色乙本・橋本ニヨリ改ム
○卅―底本・林本・諸本重出ハ「參拾」ニ作ル、副本ニヨリ改ム
○出自―底本・副本・諸本ナシ、底本・林本・諸本ノ重出ニヨリカカグ、以下コノ巻同ジ
○王―底本・副本・諸本下ニ「之後」ノ二字アリ、底本・林本・諸本ノ重出條ニヨリ削ル、以下「出自」ノ條文同ジ
●帶―底本・益本・重出「帝」ニ作リ、橋本・考本「足」ニ作ル、私見ニヨリ改ム
●彦―底本・益本・諸本ノ重出「哀」ニ作ル、林本・中本・鷹本・上本ノ重出ニヨリ訂ス
●仲哀―底本・益本・諸本ノ重出ナシ、橋本ニヨリ補ウ
○皇―脇本・岩本・井本・中本・鷹本・上本ノ重出「王」ニ作ル
○來―色乙本・諸版本下ニ「朝」アリ
○氏―諸本同ジ、橋本・考本「民」ニ作ル
○帛―色乙本・白本・松本・要本ナシ
●肌―以下七字、諸本ナシ、色乙本・諸版本ニヨリ、私見ヲ加エテ補ウ

秦忌寸

太秦公宿禰同祖。°融通王•五世孫丹照王之後也。

秦忌寸

太秦公宿禰同祖。°融通王•四世孫大藏秦公志勝之後也。

秦造

始皇帝五世孫融通王之後也。

文宿禰

出レ°自二漢高皇帝之後鸞王一也。

文忌寸

文宿禰同祖。宇爾古首之後也。

武生宿禰

文宿禰同祖。王仁孫°阿浪古首之後也。

櫻野首

武生宿禰同祖。阿浪古首之後也。

°嘉—色乙本・白本・松本・橋本・要本・考本「喜」ニ作ル

°宿禰—副本・色甲本・昌本・諸版本ナシ

°融—以下二字、副本「同」ニ作ル

•五—以下六字、副本ニヨリ補ウ

°融—以下二字、副本「同」ニ作ル

•王—以下十三字、副本ニヨリ補ウ

°自—色乙本・白本・松本・橋本・要本・考本・皇本ナシ

°阿—副本・色甲本・昌本・岩本「河」ニ作ル

伊吉連

出自長安人劉家揚雍也。

常世連

出自燕國王公孫淵也。

山代忌寸

出自魯國白龍王也。

大崗忌寸

出自魏文帝之後安貴公也。大泊瀬幼武天皇諡雄略。御世。率四部衆歸化。男龍一名辰貴。善繪工。小泊瀬稚鷦鷯天皇諡武烈。美其能。賜姓首。五世孫勤大壹惠尊。亦工繪才。天命開別天皇諡天智。御世。賜姓倭畫師。亦高野天皇神護景雲三年。依居地。改賜大崗忌寸姓。

幡文造

大崗忌寸同祖。安貴公之後也。

•劉—氐本・鈴本・諸本「列」ニ作ル、副本・諸版本ニヨリ改ム
○家—諸本同ジ、白本・橋本・考本ナシ
○也—橋本・考本・皇本ナシ
○世—白本・松本「時」ニ作ル
○部—色乙本・白本・松本・橋本・考本ナシ
•諡—以下三字、諸本ナシ、橋本ニヨリ補ウ
○地—副本・色甲本「汝」ニ作ル
○姓—色乙本・白本・松本・橋本・考本下ニ「也」アリ

楊侯忌寸

出レ自二隋煬帝之後達率楊侯阿子王一也。

木津忌寸

後漢靈帝三世孫阿智使主之後也。

楊胡史

楊侯忌寸同祖。

淨村宿禰

出レ自二陳袁濤塗一也。

清宗宿禰

唐人正五位下李元環之後也。

清海宿禰

出レ自二唐人從五位下沈惟岳一也。

嵩山忌寸

唐人外從五位下船典賜綠。張道光入朝焉。沈惟岳同時也。

●侯―底本・副本・諸本「隻」ニ作リ、橋本・考本「候」ニ作ル、群本ニヨリ改ム
●達―底本・諸本「遠」ニ作ル、副本ニヨリ訂ス
○子―諸本同ジ、橋本・考本「了」ニ作ル、「了」ガ正字カ
○楊―松本・橋本・考本・皇本・神本「陽」ニ作ル
●袁―底本・副本・諸本「表」ニ作ル、林本・中本・鷹本・上本・小本ニヨリ改ム
○沈―副本・色甲本・昌本ナシ
○惟―大本・白本「雅」ニ作ル
○忌寸―色乙本「宿禰」ニ作ル
●綠―底本・益本・諸本「祿」ニ作ル、副本・色甲本・昌本ニヨリ訂ス
●也―底本・副本・諸本ナシ、下文・橋本・考本ニヨリ補ウ

榮山忌寸
唐人正六位上本國岳賜綠。晏子欽入朝焉。沈惟岳同時也。

長國忌寸
唐人正六位上○本押官賜綠。○五稅兒入朝焉。沈惟岳同時也。

榮山忌寸
唐人正六位○上本判官賜綠。徐公卿入朝焉。沈惟岳同時也。

嵩山忌寸
唐人正六位上本丑○倉賜綠。孟惠芝入朝焉。沈惟岳同時也。

清川忌寸
唐人正六位上本賜綠。盧如○津入朝焉。沈惟岳同時也。

清海忌寸
唐人正六位○上本賜綠。沈庭○昻入朝焉。沈惟岳同時也。

新長忌寸
唐人正六位上○馬清●朝之後也。

○本—以下三字、色甲本・白本・要本「大神宮」ニ作リ、副本・諸本・諸版本「大押官」ニ作ル
○五—小本・柏本「吾」ニ作リ、色乙本・白本・松本・橋本・要本・考本「正」ニ作ル
○上—副本・色甲本・昌本ナシ
○倉—副本・色甲本・昌本ナシ、白本・松本・橋本・要本・考本「食」ニ作ル
○津—昌本「律」ニ作ル
○上—副本・色甲本・昌本・白本ナシ、松本「位字下當在上字」ノ註アリ
○昻—諸本同シ、色甲本「昢」ニ作リ、昌本・色乙本・柏本・白本・松本・橋本・要本・考本・皇本「四助」ノ二字ニ作ル
○馬—副本・色甲本・昌本・群本「焉」ニ作ル
●朝—底本・副本・諸本ナシ、小本・柏本・橋本・考本ニヨリ補ウ

當宗忌寸

出レ自二後漢獻帝四世孫山陽公一也。

丹波史

後漢靈帝八世孫孝日王之後也。

大原史

出レ自二漢人西姓令貴一也。

桑原村主

出レ自二漢高祖七世孫萬德使主一也。

下村主

出レ自二後漢光武帝七世孫愼近王一也。

上村主

廣階連同祖。陳思王植之後也。

筑紫史

陳思王植（一名東阿王。）之後也。

○漢―橋本・考本下ニ「孝」アリ

○日―副本・色甲本・昌本・群本「白」ニ作ル

○廣―大本・小本「唐」ニ作ル

○名―白本・松本・橋本・考本下ニ「號」アリ

右第廿一卷。

●左京諸蕃下 起吉水連。盡清水首。卅七氏。

漢

吉水連

○出自前漢魏郡人蓋寛饒也。

牟佐村主

出自吳孫○權男高也。

和藥使主

出自吳國主照淵孫智聰也。天國排開廣庭天皇諡欽明。御世。○隨使大伴佐○弖比古。持內外典。藥書。明堂圖等百六十四卷。佛像一軀。伎樂調度一具等入朝。男善那使主。天萬豐日天皇諡孝德。御世。依●獻牛乳。賜姓和藥使主。奉度本方書一百卅卷。明堂圖○一。藥臼一。及伎樂一具。今在大寺也。

●左—底本・林本・諸本前行ニ「第二十二」ノ四字アリ、前巻マデノ例ニナラツテ削ル

○出—以下十一字、副本・色甲本・昌本「前漢魏郡人蓋寛饒之後也」ニ作ル、以下第廿九巻ニ至ル「出自」ノ條文、副本・色甲本・昌本多ク「之後」ノ例ニ作レドモ註ヲ略ス

○權—色甲本・昌本「推」ニ作ル

○隨—井本「隋」ニ作ル

○弖—色乙本「氐」ニ作リ、大本「乎」、白本・要本「尼」ニ作ルハ非ナリ

●獻—底本・林本・諸本ナシ、副本・昌本ニヨリ補ウ

○一—色乙本・柏本・白本・松本・橋本・要本・考本下ニ「毯」アリ

大石
高丘宿禰同祖。廣陵高穆之後也。

百濟

和朝臣
出レ自二百濟國都慕王十八世孫武寧王一也。

百濟朝臣
出レ自二百濟國都慕王卅世孫惠王一也。

百濟公
出レ自二百濟國都慕王廿四世孫汶淵王一也。

調連
水海連同祖。百濟國努理使主之後也。譽田天皇諡應神。御世。歸化。孫阿久太男彌和。次賀夜。次麻利彌和。弘計天皇諡顯宗。御世。蠶織獻二絁絹之樣一。仍賜二調首姓一。

林連

○陵―狩本ナシ
○都慕―諸本同ジ、西本「孝慕」ニ作リ「都墓イ」ノ傍註アリ、色甲本「都墓」ニ作ル
○惠―狩本「思」ニ作ル
○廿四―橋本・考本・皇本・神本「三十」ニ作ル
○世―昌本ナシ
●太―底本・益本・諸本「大」ニ作ル、副本ニヨリ改ム
○弘―小本「弥」、白本・要本「禰」ニ作ル、色乙本・松本・考本「億」ニ作ルハ誤リ
●天皇―底本・益本・諸本ナシ、大本・色乙本ニヨリ補ウ
○絁―色甲本・鷹本・上本「絶」ニ作ル

出㆑自㆓百濟國人木貴公㆒也。

香山連

出㆑自㆓百濟國人達率荆員常㆒也。

高槻連

出㆑自㆓百濟國人達率名進㆒也。

廣田連

出㆑自㆓百濟國人辛臣君㆒也。

石野連

出㆑自㆓百濟國人近速王孫憶頼福留㆒也。

神前連

出㆑自㆓百濟國人正六位上賈受君㆒也。

沙田史

出㆑自㆓百濟國人意保尼王㆒也。

大丘造

◦名—副本・鷹本・狩本・西本・小本「各」ニ作ル

◦辛—副本・色甲本・群本「争」ニ作リ、色乙本・柏本・白本・松本「帝」ニ作ル

•國—以下五字、底本・谷本・諸本「—」ニ作ル、副本・色甲本・畠本ニヨリ補ウ、「近速王」色乙本・松本「近肖古王」ニ作リ、橋本・考本「近速古王」ニ作ル

•賈受—底本・谷本・諸本「賣爰」ニ作ル、副本・諸版本ニヨリ改ム

出レ自二百濟國速古王十二世孫恩率高難延子一也。

小高使主

出レ自二百濟國人毛甲姓加須流氣一也。

飛鳥部

百濟國人國本木吉志之後也。

高麗

高麗朝臣

出レ自二高句麗王好台七世孫延典王一也。

豐原連

出レ自二高麗國人上部王虫麻呂一也。

福當連

出レ自二高麗國人前部能婁一也。

御笠連

出レ自二高麗國人從五位下高庄子一也。

●速―底本・㳒本・諸本「連」ニ作リ、色乙本・柏本・松本「肙」ニ作ル、副本ニヨリ改ム

○百―大本・色乙本・白本・松本・要本上ニ「出自」アリ

○國本―副本・昌本ナシ、色甲本下ノ「木」ナシ、上本「本」ナシ

○句―副本・色甲本・昌本・白本「旬」ニ作ル

●世―底本・林本・諸本ナシ、副本・色甲本・昌本ニヨリ補ウ

○典―副本・色甲本・昌本「臾」ニ作ル

○部―副本・色甲本「都」ニ作リ、色乙本・白本・松本・要本「郡」ニ作ルハ誤リ

●婁―底本・㳒本・諸本「虽安」ノ二字ニ作リ、副本・色甲本・群本・白本・松本・橋本「韋」、考本「葦」ニ作ル、考本ノ註釋ニミエル藍川說ニヨリ改ム

○庄―考本「莊」ニ作ル

出水連

出レ自二高麗國人後部能皷兄一也。

新城連

出レ自二高麗國人高福裕一也。

男捄連

出レ自二高麗國人高道士一也。

高史

出レ自二高麗國元羅郡杵王九世孫延拏王一也。

日置造

出レ自二高麗國人伊利須意彌一也。

福當造

出レ自二高麗國人前部志發一也。

河內民首

出レ自二高麗國人安劉王一也。

○後部ー副本・群本「邦」ニ作リ、昌本・色乙本・白本・松本「那」ニ作ルハ誤リ

○皷兄ー副本・色甲本・昌本・諸版本「致元」ニ作ル

●高ー底本・林本・諸本ナシ、副本・諸版本ニヨリ補ウ

●裕ー底本・林本・諸本ナシ、副本・色甲本・昌本・白本・要本「俗」ニ作ル、松本・橋本ニヨリ補ウ

○捄ー諸本同ジ、色乙本・松本「床」ニ作リ、橋本・考本・皇本・神本「牀」ニ作ル

○出ー以下十一字、副本・色甲本・昌本「男馬乎裔孫茇古君之後也」ノ十一字ニ作ル

○伊ー以下五字、柏本・白本「男馬王裔孫茇古君」ニ作リ、色乙本・松本「男馬王裔孫茇古君之後」ニ作ル

○福當造ーコノ條色乙本・柏本・白本・松本・橋本・要本・考本「男捄連」條ノ次ニアリ

○部ー副本・色甲本・色乙本・白本・松本・要本「郡」ニ作ルハ誤リ

●人ー底本・副本・諸本ナシ、諸版本ニヨリ補ウ

●劉ー底本・谷本・諸本「列」ニ作リ、副本・色甲本・昌本・群本「鄕」、ニ作ル、林本・中本・上本ニヨリ訂ス

後部藥使主

出自高麗國人●大兄憶徳也。

●王

出自高麗國人從五位下王仲文〔法名●東樓〕也。

高

高麗國人高助斤之後也。

高

高麗國人從五位下●高金藏〔法名●信成〕之後也、

新羅

橘守

三宅連同祖。天日○桙命之後也。

任那

道田連

出自任那國○賀○羅賀室●王也。

●大―底本・益本・林本・諸本「文」ニ作ル、副本・色甲本・昌本ニヨリ改ム

●王―底本・林本・諸本下ニ「本」、中本「木」アリ、副本・諸版本ニヨリ削ル

●法―底本・林本・諸本「結」ニ作ル、橋本ニヨリ改ム、副本・色甲本・昌本以下四字ナシ

●高―底本・林本・諸本ナシ、副本ニヨリ補ウ

●法―底本・林本・諸本「俗」ニ作ル、副本ニヨリ改ム、「法」以下四字、副本・色甲本・昌本「也」ノ下ニアリ、色乙本・松本「法」以下四字ナシ

○桙―副本・色甲本・昌本・岩本・井本「杵」ニ作ル

○賀羅―副本・色甲本・昌本・諸版本ナシ

●王―底本・林本・諸本「年」ニ作ル、副本・諸版本ニヨリ改ム

大市首

出レ自二任那國人都怒賀阿羅斯止一也。

清水首

出レ自二任那國人都怒何阿羅志止一也。

右第廿二卷。

右京諸蕃上 起二坂上大宿禰一。盡二田邊史一。卅九氏。

漢

坂上大宿禰

出レ自二後漢靈帝男延王一也。

檜原宿禰

坂上大宿禰同祖。都賀直孫賀提直之後也。

内藏宿禰

坂上大宿禰同祖。都賀直四世孫東人直之後也。

○怒―副本・色甲本・群本「努」ニ作ル
○賀―副本・色甲本「加」ニ作ル
○阿―副本ナシ
●斯―底本・益本・諸本「期」ニ作リ、昌本「新」ニ作ル、副本・上本ニヨリ訂ス
○何―大本「賀」ニ作ル
●阿―底本ナシ、狩本ニヨリ補ウ
○志―大本「斯」ニ作ル
●右―以下六字、底本・林本・諸本「第二十三」ニ作ル

●男―以下三字、底本・林本・諸本ナシ、副本・諸版本ニヨリ補ウ
●都―以下十字、底本・林本・諸本ナシ、副本・色甲本・昌本ニヨリ補ウ
○孫―副本・色甲本・昌本ナシ、考本說・新群本傍註ニヨリ補ウ
○坂―以下七字、副本・色甲本・昌本ナシ
●都―以下十二字、底本・林本・諸本ナシ、副本ニヨリ補ウ

山口宿禰
○坂上大宿禰同祖。●都賀直四世孫都黄直之後也。

平田宿禰
○坂上大宿禰同祖。●都賀直五世孫色○夫直之後也。

佐太宿禰
坂上大宿禰同祖。都賀直三世孫○兎子直之後也。

谷宿禰
○坂上大宿禰同祖。都賀直四世孫宇志直之後也。

畝火宿禰
坂上大宿禰同祖。都賀直三世孫大○父直之後也。

櫻井宿禰
坂上大宿禰同○祖。都賀直四世孫東人直之後也。

路宿禰
○坂上大宿禰同祖。

○坂—以下七字、副本・色甲本・諸版本ナシ
●都—以下十二字、底本・林本・諸本ナシ、副本・諸版本「都賀直」ノ三字ヲ「同」ニ作ル、私見ニヨリ改ム
○坂—以下七字、副本・色甲本・昌本ナシ
●都—以下十二字、底本・諸本ナシ、副本「都賀直」ノ三字ヲ「同」ニ作リ以下ノ九字アリ、橋本・考本ニヨリ補ウ
○夫—副本・昌本同ジ、色甲本「支」ニ作リ「夫イ」トアリ、群本「支」ニ作ル
○兎—副本・色甲本・昌本「兔」ニ作ル、色乙本・橋本ニヨリ改ム
○坂—以下七字、狩本「同上」ニ作ル、以下同ジ
○父—副本・色甲本・昌本・色乙本同ジ、橋本・考本・皇本・神本「人」ニ作ル
○祖—林本・中本・鷹本・上本「上」ニ作ル
○坂—以下三字、副本・色甲本・昌本・群本「谷」ニ作ル

文忌寸

坂上大宿禰同祖。都賀直之後也。

山田宿禰

出自周靈王太子晋也。

志我○閉連

●山田宿禰同祖。王安高之後也。

長野連

●山田宿禰同祖。忠意之後也。

山田造

○山田宿禰同祖。忠意之後也。

高村宿禰

出自魯恭王之後青州○刺○史○劉○琮也。

伊吉○連

出自長安人劉家○楊雍也。

○閉―副本・色甲本・昌本「閇」ニ作ル

●山―底本・谷本・諸本上ニ「出自」ノ二字アリ、副本ニヨリ削ル

●山―底本・諸本上ニ「出」アリ、狩本・林本・副本ニヨリ削ル

○山―以下十一字、副本・色甲本・昌本・群本「同上」ノ二字ニ作ル、色乙本・大本・白本・松本上ニ「出自」アリ

○刺―副本・色甲本・昌本「判」ニ作ルハ誤リ

○史―副本・色甲本・昌本「吏」ニ作ル

○劉―大本・白本・要本「列」ニ作ル

○琮―色乙本・白本・要本「宗」ニ作ル

○連―副本・色甲本・昌本・群本「造」ニ作ル

○楊―諸本同ジ、橋本・考本・皇本・神本ナシ

常世連
出レ自二燕國王公孫●淵一也。

○臺忌寸
○河內忌寸同○祖。●漢孝獻帝男白龍王之後也。

錦織村主
出レ自二韓國人波○努志一也。

檜前村主
出レ自二漢高祖男齊王肥一也。

廣階連
出レ自二魏武皇帝●男陳思王植一也。

平松連
○廣階連同祖。陳思王之後也。

上村主
廣階○連同祖。通○剛王之後也。

●淵—底本・林本・諸本「鄧」ニ作ル、考本ナシ、副本ニヨリ改ム
○臺—林本・中本・鷹本・上本・白本「壹」ニ作ル誤リ
○河—以下六字、副本・色甲本・昌本・群本ナシ
○祖—色乙本・白本・松本・橋本・考本・皇本・神本下ニ「一本」ノ二字アリ
●漢—以下十一字、底本・林本・諸本ナシ、副本・諸版本ニヨリ補ウ
○努—副本・色甲本・昌本・群本「怒」ニ作ル
●男—底本・林本・諸本「子」ニ作ル、副本・色甲本・昌本ニヨリ改ム
○廣—以下十一字、副本・色甲本・昌本・群本「同上」ノ二字ニ作ル、橋本・皇本「廣階連」ヲ「同上連」ニ作ル
○連—副本・色甲本ナシ
○剛—昌本「別」ニ作ル

椋人

阿祖使主男武勢之後也。

松野連

出レ自二呉王夫●差一也。

八清水連○

出レ自二●唐左衛郎●将王文度一也。

楊津連

○八清水連同祖。王文度之後也。

若江造

出レ自二後漢靈帝苗裔奈率張安力一也。

下村主

出レ自二後漢光武帝七世孫●愼近王一也。

秦忌寸

○太秦公宿禰同祖。功滿王三世孫秦公酒之後也。

●差―底本・益本・諸本「若」ニ作ル、副本・鷹本・上本・西本ニヨリ訂ス

○連―副本ナシ、色甲本「連」アレド後補

●唐―底本「唐」ニ作リ「不審」ノ傍註アリ、副本・諸本ニヨリ改ム

●将―底本・林本・諸本「採」ニ作ル、副本・諸版本ニヨリ改ム

○八―以下十二字、副本・色甲本・昌本・群本「同上」ノ二字ニ作ル

●愼―底本・林本・諸本「項」ニ作ル、副本・諸版本ニヨリ改ム

○太―以下七字、副本・色甲本・昌本ナシ

秦忌寸

○太秦公宿禰同祖。○○功滿王之後也。

秦忌寸

○太秦公宿禰同祖。○•始皇帝十四世孫尊義王之後也。

•秦•忌•寸

始皇帝四世孫功滿王之後也。

秦人•

太秦公宿禰同祖。•秦•公•酒之後也。

淨山忌寸

出㆑自㆓唐人賜•綠沈淸朝○㆒•也。

栗栖首

文宿禰同祖。王仁之後也。

工造

出㆑自㆓吳國人太利須須㆒也。

○太―以下十三字、副本・色甲本・昌本・群本「同上」ノ二字ニ作ル

○功滿―底本・林本・諸本同ジ、橋本・考本・皇本「□□」ニ作ル

○太―以下七字、副本・色甲本・昌本・群本ナシ

○祖―色乙本・白本・松本・橋本下ニ「一本」ノ二字アリ、以下十三字ハ細字ニ作ル

•始―以下十三字、底本・林本・諸本ナシ、副本・諸版本ニヨリ補ウ

•秦忌寸―コノ條、底本・林本・諸本ナシ、副本・色甲本・昌本ニヨリ補ウ

•人―底本・益本・諸本ナシ、副本・諸版本ニヨリ補ウ

•秦公酒―底本・副本・諸本「酒秦公」ニ作ル、諸版本ニヨリ改ム

•綠―底本・益本・諸本「祿」ニ作リ、林本・中本・鷹本・上本「錄」ニ作ル、副本・色甲本・昌本ニヨリ訂ス

○朝―副本・諸版本「庭」ニ作ル

•也―底本・林本・諸本ナシ、色乙本・松本ニヨリ補ウ

田邊史

出レ自二漢王之後知○惣一也。

●右第廿三卷。

右京諸蕃下　起二大山忌寸一。盡二海原造一。六十三氏。

漢

大山忌寸

高●丘宿禰同祖。廣陵高穆之後也。

高向村主

出レ自二魏武帝太子文帝一也。

雲梯連

高向村主同祖。○宗○寶德公之後也。

郡首

○高向村主同祖。●段姓夫公（一名富○等。）之後也。

○惣—井本・林本・中本・鷹本・上本・色乙本「捴」ニ作ル

●右—以下六字、底本・林本・諸本「第二十四」ニ作ル

●丘—底本・林本・諸本「兵」ニ作リ、井本・西本・柏本・白本・橋本「岳」ニ作ル、副本・色甲本・昌本ニヨリ訂ス

○宗—副本・諸版本ナシ、衍カ

○寶—狩本「寳」ニ作リ、井本「宗」ニ作ル

○高—以下四字、副本・色甲本・昌本・群本ナシ

●段—底本・林本・諸本「政」ニ作ル、副本・色甲本・昌本ニヨリ改ム

○一—以下四字、副本・色甲本・昌本ナシ

祝部

工造同祖。呉國人田利須須之後也。

百濟

百濟王

出レ自ニ百濟國義慈王一也。

菅野朝臣

出レ自ニ百濟國都慕王十世孫貴首王一也。

葛井宿禰

菅野朝臣同祖。鹽君男味散君之後也。

宮原宿禰

菅野朝臣同祖。鹽君男智仁君之後也。

津宿禰

菅野朝臣同祖。鹽君男麻侶君之後也。

中科宿禰

○工造―副本・色甲本・昌本ナシ
○須―副本・色甲本・昌本・色乙本・小本・柏本「々」ニ作ル

●慈―底本・狩本「玆」ニ作ル、副本・林本・諸本ニヨリ改ム

○原―副本・色甲本・昌本・群本「野」ニ作ル
○宿禰―副本・色甲本・昌本・群本「朝臣」ニ作ル
○菅―以下十二字、副本・色甲本・昌本・群本ナク、「同國都慕王十世孫貴首王」ノ十一字ニ作ル
○智―白本・橋本「知」ニ作ル
○宿禰―副本・色甲本・昌本「々々」ニ作リ、群本「朝臣」ニ作ル
○菅―以下四字、副本・色甲本・昌本・群本ナシ、以下同ジ
●麻―底本・林本・諸本ナシ、副本・色甲本・群本「蕃」ニ作リ、昌本・白本「畨」、色乙本・柏本・松本「番」ニ作ル、小本・橋本ニヨリ補ウ
○侶―柏本「保」ニ作ル

菅野朝臣同祖。鹽君孫宇志之後也。

船連

菅野朝臣同祖。大阿郎王三世孫智仁君之後也。

三善宿禰

出レ自二百濟國速古大王一也。

鳫高宿禰

出レ自二百濟國貴首王一也。

安勅連

出レ自二百濟國魯王一也。

城篠連

出レ自二百濟國人達率支母未惠遠一也。

市往公

出レ自二百濟國明王一也。

岡連

○志—小本下ニ「君」アリ
●朝—底本・谷森本・諸本ナシ、林本・上本・色乙本ニヨリ補ウ
○大—諸本同ジ、松本・橋本「太」ニ作ル
○智—諸本同ジ、鷹本「知」ニ作ル
●之—底本・谷森本・諸本ナシ、岩本・中本・鷹本・上本ニヨリ補ウ
○善—副本・色甲本・昌本「吉」ニ作ル
●國—底本・林本・諸本ナシ、色乙本・白本・橋本ニヨリ補ウ
●速—底本・谷森本・諸本「連」ニ作リ、色乙本・柏本・白本・松本「造」ニ作ル、副本・色甲本・昌本ニヨリ改ム
○古—色乙本「石」ニ作リ、松本「右」ニ作ルハ誤リ
○國—以下三字、井本「速古大王」ニ作ル
○王—副本・色甲本・昌本「山」ニ作ルハ非ナリ
○連—副本・色甲本・昌本ナシ
○惠遠—柏本「吉足」ニ作ル

○目―諸本同ジ、色乙本「自目ィ」トアリ、白本「日」ニ作リ、橋本・考本・皇本「日」ニ作ル
○百濟公―副本・群本・林本・諸本ナシ、新群本「公」ヲ「王」ニ作ル
●因―底本・林本・諸本上ニ「鬼神」ノ二字アリ、副本ニヨリ削ル、考本「百濟國鬼室集斯之後也」アリ、副本・色甲本・昌本「因」ヲ「日」ニ作ル
●氏―底本・林本・諸本「代」ニ作ル、副本ニヨリ訂ス
○三―橋本・考本「五」ニ作ル
○都―鷹本・上本「孝」ニ作リ、鷹本「都ィ」ノ傍註アリ

○連―副本・色甲本・昌本ナシ

○連―副本・昌本ナシ、色甲本「〻」ニ作ル
○都―鷹本・上本「孝」ニ作ル
○王―副本・色甲本ナシ

市往公同祖。目圖王男安貴之後也。

百濟公

因鬼神感和之義。命氏謂鬼室。廢帝天平寶字三年。改賜百濟公姓。

百濟伎

出自百濟國都慕王孫德佐王也。

廣津連

出自百濟國近貴首王也。

清道連

出自百濟國人恩率納比旦止也。

廣海連

出自韓王信之後須敬也。

不破連

出自百濟國都慕王之後毗有王也。

麻田連
出レ自二百濟國朝鮮王○淮一也。
廣田連
百濟國人辛臣君之後也。
春野連
出レ自二百濟○速古王孫比流王一也。
面氏
○春野連同祖。比流王之後也。
○己汶氏
春野連同祖。○速古王孫汶休○奚之後也。
汶斯氏
春野連同祖。●速古王孫比流王之後也。
大縣史
百濟國人和德之後也。

○淮—益本「湄」ニ作リ、井本「雍」、考本「淮」ニ作ル
○速—色乙本「肖」ニ作ル
○春—以下十一字、副本・色甲本・昌本「同上」ニ作ル
○己—柏本・橋本・要本・考本「巴」ニ作ルハ誤リ
○速—色乙本・柏本「肖」ニ作リ、中本「連」ニ作リ「速イ」ト傍註ス
○奚—副本・色甲本「矣」ニ作リ、昌本「奚」、諸版本「爰」ニ作ル
●速—底本・益本・諸本ナシ、岩本・林本・大本・小本・上本ニヨリ補ウ、色乙本・柏本「肖」ニ作ル

道祖史

出自百濟國主挨許里公也。

大原史

出自漢人木姓阿留素西姓令貴也。

苑部首

出自百濟國人知豆神也。

民首

水海連同祖。百濟國人努利使主之後也。

高野造

百濟國人佐平余自信之後也。

飛鳥戸造

出自百濟國比有王也。

御池造

出自百濟國扶餘地卓斤國主施比王也。

○主―副本・色甲本・昌本・色乙本「王」ニ作ル

○挨―小本「族」ニ作リ、橋本・考本・皇本・神本「孫」ニ作ルハ非ナリ

○木―考本・神本「本」ニ作ル

○苑―林本・中本・鷹本・上本「菀」ニ作ル

○人―副本・色甲本・昌本・群本「久」ニ作ル

●水―底本・益本・諸本「出」ニ作ル、林本・上本ニヨリ改ム

○利―色乙本「理」ニ作ル

●之―底本・西本「ノ」ニ作リ、狩本ナシ、副本・岩本・井本・上本ニヨリ改ム

○百―色乙本・大本・柏本・白本・松本・要本上ニ「出自」アリ

○平―副本・色甲本・昌本・群本「千」ニ作ル

○自―副本・色甲本・昌本「白」ニ作ル

○國―狩本ナシ

●卓―底本・林本・諸本「百十」ノ二字ニ作ル、副本・諸版本ニヨリ改ム

中野造
百濟國人杵率答他斯智之後也。

眞野造
出レ自二百濟國肖古王一也。

枌谷造
出レ自二百濟國人堅祖州耳一也。

坂田村主
出レ自二百濟國人頭貴村主一也。

上勝
出レ自二百濟國人多利須須一也。

不破勝
百濟國人渟武止等之後也。

刑部
出レ自二百濟國酒王一也。

○杵—色乙本・松本「許」ニ作ル
○智—副本・色甲本・昌本「知」ニ作ル
○國—柏本・白本・松本・橋本・考本・皇本・神本下ニ「人」アリ
○枌—副本・色甲本「杉」ニ作リ、昌本「核」、色乙本・柏本「杉」ニ作ル
○造—副本・色甲本・昌本・群本ナシ
○州—岩本「列」、色甲本「翎」ニ作リ、昌本「翔」ニ作ル
○頭—副本・色甲本・昌本・群本「顯」ニ作ル
○須—副本・色甲本・昌本・小本・色乙本・柏本「々」ニ作ル
○渟—副本・色甲本・昌本・群本「淳」ニ作ル

漢人

百濟國人多夜加之後也。

賈氏

出自百濟國人賈義○持也。

○半毗○氏

百濟國沙半王之後也。

大石椅立

出自百濟國人庭姓蚊爾也。

○林

林連同祖。百濟國人木貴之後也。

○大石林

○林連同祖。百濟國人木貴之後也。

高麗

長背連

○持―副本・色甲本・昌本・群本「將」ニ作リ、鷹本・大本「特」ニ作ル

○半―狩本「羊」ニ作ル

○氏―副本・色甲本・昌本・群本ナシ

○林―副本・色甲本・昌本下ニ「―」アリ、「椅立」ノ略カ、群本「掎立」ノ二字アリ

○大石林―コノ條文、白本・橋本ナシ

○林―以下十三字、副本・色甲本・昌本・松本「同上」ニ作ル

出自高麗國主鄒牟一名朱蒙也。天國排開廣庭天皇諡欽明御世。率衆投化。皃美體大。其背巾長。仍賜名長背王。

難波連

出自高麗國好太王也。

島岐史

出自高麗國能祁王也。

島史

出自高麗國和興也。

狛首

出自高麗國安岡上王也。

高田首

出自高麗國人多高子使主也。

日置造

出自高麗國人伊利須使主也。一名伊和須

○牟―橋本・考本・皇本・神本下ニ「王」アリ
○蒙―柏本・白本・橋本「背」ニ作ルハ誤リ
●天―以下六字、底本・林本・諸本ナシ、橋本・要本・考本ニヨリ補ウ
○投―白本・松本・要本「授」ニ作ルハ誤リ、橋本・皇本ナシ
○皃―諸本同ジ、色乙本・神本「貌」ニ作ル
○美―鷹本・大本・上本「義」ニ作リ、岩本「義美カ」トアリ
●巾―底本・副本・諸本「市」ニ作リ、中本「間イ」ト註ス、諸版本「間」ニ作ル、私見ニヨリ訂ス
○島岐史―コノ條文、色乙本ナシ
○國―諸版本下ニ「人」アリ
○祁―副本・昌本「郊」ニ作リ、岩本・井本・鷹本・上本「初」ニ作リ、西本「邦」ニ作ル、中本「祁劉イ」トアリ
○興―副本・色甲本・昌本・柏本・白本・松本「與」ニ作ル
○岡―副本・諸版本「岳」ニ作ル
●上―底本・盆本・諸本「山」ニ作リ、鷹本・大本・上本「止」ニ作ル、副本・色甲本・色乙本ニヨリ改ム
○主―副本・色甲本・昌本ナシ

高安下村主

出レ自二高麗國人大鈴一也。

後部王

高麗國•長王周之後也。

新羅

三宅連

新羅國王子天日°桙命之後也。

豐原°連

新羅國人壹°呂比麻呂之後也。

海原造

新羅國人進廣肆金加°志毛禮之後也。

•右第廿四卷。

山城國諸蕃　起二秦忌寸一。盡二多•々良公一。廿二氏。

•國—底本・狩本・諸本ナシ、大本ニヨリ補ウ

°桙—昌本「杵」ニ作リ、色甲本「杵桙」トアリ

°連—副本・色甲本・昌本ナシ

°呂—大本「品」ニ作ルハ誤リ

°志—副本・色甲本・昌本ナシ

•右—以下六字、底本・林本・諸本「第二十五」ニ作ル

•々—底本・林本・諸本ナシ、副本・色甲本・昌本ニヨリ補ウ

漢

秦忌寸

太秦公宿禰同祖。秦始皇帝之後也。功智王。弓月王。譽田天皇諡應神。十四年來朝。上表更歸レ國。率二百廿七縣伯姓一歸化。并獻二金銀玉帛種々寶物等一。天皇嘉レ之。賜二大和朝津間腋上地一居レ之焉。男眞德王。次普洞王。古記云。浦東君。大鷦鷯天皇諡仁德。御世。賜レ姓曰二波陁一。今秦字之訓也。次雲師王。次武良王。普洞王男秦公酒。大泊瀬稚武天皇諡雄略。御世。奏偁。普洞王時。秦民惣被二劫略一。今見在者。十不レ存レ一。請下遣二勅使一撿括招集上。天皇遣二使小子部雷一。率二大隅阿多隼人等一。捜括鳩集。得二秦民九十二部一萬八千六百七十人一。遂賜二於酒一。爰率二秦民一。養レ蠶織レ絹。盛レ饒詣レ闕貢進。如レ岳如レ山。積二蓄朝庭一。天皇嘉レ之。特降二寵命一。賜レ號曰二禹都萬佐一。是盈積有二利益一之義。役二諸秦氏一搆二八丈大藏於宮側一。納二其貢物一。故名二其地一曰二長谷朝倉宮一。是時始置二大藏官員一。以

○秦―以下七字、副本・色甲本・昌本・諸版本ナシ
○功―副本・色甲本・昌本・諸版本「物」ニ作ル
○伯―諸本同ジ、中本・色乙本「狛」ニ作リ、柏本「百」ニ作ル
○銀―狩本「録」ニ作ル
○嘉―岩本・井本・西本「喜」ニ作ル
○波―色甲本・大本「彼」ニ作ル
○今―副本・色甲本・昌本「令」ニ作ルハ非ナリ
●奏―底本・林本・諸本「泰」ニ作リ、副本・諸版本ナシ、柏本・私見ニヨリ訂ス
○偁―白本・要本「稱」ニ作リ、橋本・考本「偁」ニ作ル
●民―底本・副本・諸本「氏」ニ作ル、林本・中本・上本・小本・柏本ニヨリ改ム
●劫―底本・副本・諸本「却」ニ作ル、要本ノ註・神本ニヨリ改ム
●大―底本・益本・鷹本・狩本・西本・上本「太」ニ作ル、副本・諸本ニヨリ改ム
●隼―底本・林本・諸本「集」ニ作ル、副本・大本・小本ニヨリ訂ス
●民―底本・副本・諸本「氏」ニ作ル、柏本ニヨリ改ム、以下同ジ
○九―以下、二十一字、副本・色甲本・昌本ナシ
●饒―底本・林本・諸本ナシ、副本・色甲本・昌本ニヨリ補ウ
●詣―底本・林本・諸本「諸」ニ作ル、副本・色甲本・昌本ニヨリ

酒爲長宜。秦氏等一祖子孫。或就居住。或依行事。別爲數腹。天平廿年在京畿者。咸改賜伊美吉姓也。

秦忌寸

始皇帝十五世孫川秦公之後也。

秦忌寸

秦始皇帝五世孫弓月王之後也。

秦冠

秦始皇帝四世孫法成王之後也。

民使首

高向村主同祖。實德公之後也。

錦部村主

錦織村主同祖。波能志之後也。

工造

出自吳國人田利須々也。

改ム
○如岳―昌本ナシ
○庭―副本・色甲本・昌本「廷」ニ作ル
○嘉―岩本・井本「喜」ニ作ル
○特―岩本・井本「持」ニ作ル
○利―副本・色甲本・昌本「刑」ニ作ルハ誤リ
○大―副本・色甲本・昌本・群本ナシ
○員―副本・色甲本・昌本「貢」ニ作ルハ誤リ

○畿―昌本「幾」ニ作ルハ誤リ
○美―林本・中本・鷹本・大本・上本・白本・要本「義」ニ作ルハ誤リ
●也―底本・林本・諸本ナシ、副本・色甲本・昌本ニヨリ補ウ
○始―色乙本・松本・橋本上ニ「秦」アリ
○皇―上本「王」ニ作ル
●帝―底本・林本・諸本ナシ、副本ニヨリ補ウ、以下同ジ
○冠―昌本「⿱冖利」ニ作ル
○德―副本・昌本ナシ
●織―底本・益本・狩本・西本ナシ、副本・林本・諸本ニヨリ補ウ

祝部

○工●造同祖。呉國人田利須々之後也。

谷直

漢師建王之後也。

百濟

民首

水海連同祖。百濟國人○怒理使主之後也。

伊部造

出自百濟國人乃里使主也。

○末使主

出自百濟國人津留牙使○主也。

木曰佐

○末使主同祖。津留牙使主之後也。

勝

○工―以下十四字、副本・色甲本・昌本・橋本・群本・考本「同上」ノ二字ニ作ル

●造―底本・林本・諸本「部」ニ作ル、前條ニヨリ改ム

○怒―色乙本・柏本・白本・松本・橋本「努」ニ作ル

○末―副本・林本・諸本「未」ニ作ル

○主―色乙本・大本・柏本・白本・松本下ニ「之後」アリ

○末―以下十三字、副本・色甲本・昌本・橋本・群本・考本「同上」ノ二字ニ作ル

上勝同祖。百濟國人多利須々之後也。

岡屋公

百濟國比流王之後也。

高麗

黃文連

出自高麗國人久斯祁王也。

桑原史

出自狛國人漢胄也。

高井造

出自高麗國主鄒牟王廿世孫汝安祁王也。

狛造

出自高麗國主夫連王也。

八坂造

出自狛國人之留川麻乃意利佐也。

●久—底本・林本・諸本ナシ、副本・色甲本・昌本ニヨリ補ウ

●祁—底本・益本・狩本・西本「初」ニ作ル、副本・色甲本・岩本・井本・小本ニヨリ改ム、色乙本・松本・橋本「那」ニ作ル

○主—諸本同ジ、考本・神本「王」ニ作ル

○鄒—副本・色甲本ナシ

○王—副本・色甲本・昌本・群本ナシ

●祁—底本・益本・諸本「初」ニ作ル、副本・林本・諸本ニヨリ改ム

○之—副本・色甲本・昌本・群本「久」ニ作リ、林本・中本・鷹本「𠀋」ニ作ル

。新—昌本「雜」ニ作ルハ誤リ

。々—諸本同ジ、鷹本・大本・上本・白本・松本・橋本・要本「多」ニ作ル
●天—以下六字、底本・林本・諸本ナシ、橋本・考本ニヨリ補ウ
。投—諸本同ジ、色乙本・白本・要本「投」ニ作ルハ誤リ
●平—底本・益本・狩本「焉」、色乙本・群本「卆」、岩本・井本・西本・林本・中本・鷹本・上本「号」ニ作ル、副本・昌本ニヨリ改ム
。姓—色乙本・大本・白本・松本・要本ナシ
●也—底本・林本・諸本ナシ、副本・色乙本ニヨリ補ウ
●右—以下六字、底本・林本・諸本「第二十六」ノ四字ニ作ル
●廿六—底本・林本・諸本「貳拾陸」ニ作ル、副本・色甲本・昌本ニヨリ改ム

○新羅
眞城史
出レ自二新羅國人金氏尊一也。
任那
多○々良公
出レ自二御間名國主爾利久牟王一也。●天國排開廣庭天皇謚欽明。御世。○投化。獻二金多々利金●平居等一。天皇譽レ之。賜二多々良公○姓一●也。
●右第廿五卷。

大和國諸蕃 起二眞神宿禰一。盡二大伴造一。●廿●六氏。

漢
眞神宿禰
出レ自二漢福德王一也。
豐岡連

出レ自二◦漢高◦祖苗裔伊須久牟治使主一也。

秦忌寸

太秦公宿禰同祖。●秦始皇四世孫功満王之後也。

桑原直

桑原村主同祖。漢◦皇◦帝◦七●世孫◦萬◦得使主之後也。

己智

出レ自二秦●太子胡●亥一也。

三林公

己智同祖。諸齒王之後也。

長岡忌寸

◦己智同祖。諸齒王之後也。

山村忌寸

己智同祖。古禮公之後也。

櫻田連

◦漢—色乙本・大本・白本・松本ナシ

◦祖—中本・鷹本・大本・上本下ニ「田」アリ

●秦—以下十二字、底本・林本・諸本ナシ、副本・色甲本・昌本・群本ニヨリ補ウ

◦皇—諸本同ジ、小本・橋本・考本・皇本・神本「高」ニ作ル

◦帝—諸本同ジ、橋本・考本・皇本・神本「祖」ニ作ル

◦七—副本・色甲本・昌本・色乙本・柏本・白本・松本「十」ニ作ル

●世—底本・益本・諸本ナシ、副本・林本・諸本ニヨリ補ウ

◦萬—狩本「乃」ニ作ル

◦得—諸本同ジ、西本・橋本・考本「徳」ニ作ル

●太—底本・益本・諸本「大」ニ作ル、副本・林本・諸本ニヨリ訂ス

●亥—底本・林本・諸本「苑」ニ作ル、副本・色甲本ニヨリ改ム

◦己—以下十字、副本・色甲本・昌本・群本「同上」ノ二字ニ作ル

己智同祖。諸齒王之後也。

朝妻造

出自韓國人都留使主也。

額田村主

出自呉國人天國古也。

百濟

縵連

出自百濟人狛也。

和連

出自百濟國主雄蘇利紀王也。

宇奴首

出自百濟國君男彌奈曾富意彌也。

波多造

出自百濟國人佐布利智使主也。

●都留—底本・益本・岩本「孝𠔁」ニ作リ、井本「孝爲」、林本・鷹本・上本「孝畐」、中本・大本・白本「都圖」ニ作ル、副本・松本・橋本ニヨリ改ム

●呉—底本・副本・諸本上ニ「遠」アリ、諸版本ニヨリ削ル

○人天—副本・色甲本・群本「呉」ニ作ル

○百—岩本・井本ナシ

○君—大本・柏本・白本・松本・要本ナシ

●布—底本・林本・諸本「希」ニ作ル、副本・色甲本・昌本・中本ニヨリ改ム

薦口造
出自百濟國人拔田白城君也。

園人首
出自百濟國人知豆神之後也。

高麗

日置造
出自高麗國人伊利須使主也。

鳥井宿禰
日置造同祖。伊利須使主之後也。

榮井宿禰
日置造同祖。伊利須使主男麻弖臣之後也。

吉井宿禰
日置造同祖。伊利須使主之後也。

和造

○白—副本・色甲本・昌本・群本「自」ニ作ル
○人—岩本・井本・昌本・色甲本・林本・中本・鷹本・上本・色乙本「久」ニ作ル
●知—底本・林本・諸本「和」ニ作ル、副本・色甲本・昌本ニヨリ改ム
○伊—副本・色甲本・昌本ナシ
○須—狩本・岩本・林本・中本・鷹本・大本・上本・小本「酒」ニ作ル
○鳥井宿禰—コノ條文、昌本ナシ
○日—以下十三字、副本・色甲本「同上」ノ二字ニ作ル
●臣—底本・林本・諸本「位」ニ作リ、副本・色甲本・昌本「巨」ニ作ル、諸版本ニヨリ改ム
○主—松本・橋本・考本・皇本・神本下ニ「男麻弖臣」ノ四字アリ

◦日—以下十三字、副本・色甲本・昌本「同上」ノ二字ニ作ル
•伊—以下十三字、底本・林本・諸本ナシ、副本・色甲本・昌本ニヨリ補ウ
◦呂—昌本「召」ニ作リ、色甲本「召呂イ」トアリ
•三宅連—底本・林本・諸本「伊蘇志臣」ニ作ル、副本・色乙本ニヨリ改ム
•人—底本・副本・諸本ナシ、色乙本ニヨリ補ウ
◦槍—副本・色甲本・昌本「桙」ニ作ル
◦辟—色乙本・白本・松本・要本「碎」ニ作ル
◦阿—副本・色甲本・大本ナシ
◦造—井本ナシ
◦王—井本ナシ
•右—以下六字、底本・林本・諸本「第二十七」ノ四字ニ作ル
•廿九—底本・林本・諸本「貳拾玖」ニ作ル、副本・色甲本・昌本ニヨリ改ム

◦日置造同祖。伊利須使主之後也。
日置倉人
日置造同祖。•伊利須使主兄許◦呂使主之後也。
新羅
糸井造
••三宅連同祖。新羅國•人天日◦槍命之後也。
任那
◦辟田首
出レ自二任那國主都奴加◦阿羅志等一也。
大伴◦造
出レ自二任那國主龍主◦王孫佐利王一也。
•右第廿六卷。

攝津國諸蕃　起二石占忌寸一。盡二荒々公一。•廿九氏。

漢

石占忌寸

坂上大宿禰同祖。阿智王之後也。

檜前忌寸

◦石占忌寸同祖。阿智王之後也。

藏人

石占忌寸同祖。阿智王之後也。

葦屋漢人

•石占忌寸同祖。阿智王之後也。

秦忌寸

太秦公宿禰同祖。功滿王之後也。

秦人

秦忌寸同祖。弓月王之後也。

志賀忌寸

◦石ー以下十二字、副本・色甲本・昌本「同上」ニ作ル、以下同ジ

•石ー以下六字、底本・林本・諸本ナシ、色乙本・大本・柏本・白本・松本・橋本ニヨリ補ウ

○孝—中本・大本・白本「都」ニ作ル
●大—底本・林本・諸本「志」ニ作ル、副本・諸版本ニヨリ訂ス
○出自—色乙本・白本・松本・要本「漢人」ノ下ニアリ
●令—底本・林本・諸本「命」ニ作ル、副本・諸版本ニヨリ改ム
○植—副本・昌本「桓」ニ作リ、色甲本「祖」ニ作ル
○上—以下十二字、副本・色甲本・昌本「同上」ニ作ル
○臺—以下五字、副本・色甲本・昌本ナシ
●漢—底本・林本・諸本ナシ、副本・色甲本・昌本ニヨリ補ウ
○鄧—副本・色甲本・昌本「劉」ニ作リ、橋本・考本・皇本・神本「隆」ニ作ル
○北—昌本・中本・大本「比」ニ作ルハ誤リ

出レ自二後漢○孝獻帝一也。

●大原史

○出レ○自二漢人西姓●令貴一也。

上村主

廣階連同祖。陳思王○植之後也。

竺志史

○上村主同祖。陳思王植之後也。

臺直

○臺忌寸同祖。●漢釋吉王之後也。

史戸

漢城人韓氏○鄧徳之後也。

溫義

○北齊國溫公高緯之後也。

百濟

船連

菅野朝臣同祖。大阿良王之後也。

廣井連

出レ自二百濟國避流王一也。

林史

林連同祖。百濟國人木貴之後也。

爲奈部首

出レ自二百濟國人中津波手一也。

牟古首

出レ自二百濟國人汙汜吉志一也。

原首

眞神宿禰同祖。福德王之後也。

三野造

出レ自二百濟國人布須麻乃古意彌一也。

○良—副本・色甲本・昌本「郞」ニ作ル
○連—昌本ナシ
○人—副本・色甲本ナシ
○汙汜—副本・昌本・色乙本「片礼」ニ作リ、色甲本「片札」ニ作ル
○眞—井本・大本・上本「直」ニ作ルハ誤リ
○神—副本・色甲本・昌本「人」ニ作ルハ誤リ
○德—副本・色甲本・昌本ナシ
○之後—狩本ナシ
●布須—底本・林本・諸本「希沃」ニ作ル、副本・諸版本ニヨリ改ム

村主
葦屋村主同祖。意寶荷羅支王之後也。

勝
上勝同祖。多利須須之後也。

高麗

桑原史
○桑原村主同祖。●高麗國人萬德使主之後也。

日置造
鳥井宿禰同祖。伊利須○使主之後也。

高安漢人
出レ自二狛國人小須○須一也。

新羅

三宅連
●新羅國王子天日桙命之後○也。

○桑—以下六字、副本・色甲本・昌本ナシ
●高—以下四字、底本・林本・諸本ナシ、副本・色甲本ニヨリ補ウ
○使主—色乙本・白本・松本・要本「王」ノ一字ニ作ル
○須—副本・色甲本・昌本・色乙本・小本「々」ニ作ル
●新—以下九字、底本・林本・諸本「滋野宿禰同祖但遅麻守」ノ十字ニ作ル、副本・色甲本・昌本ニヨリ改ム
○也—副本・色甲本・昌本・群本下ニ「而或以二伊久米入彦命一爲レ祖」ノ十二字アリ

任那

豐津造

出㆑自㆓任那國人左李金㆒亦名佐●利己牟也。

韓人

豐津造同祖。左李金亦名佐●利己●牟之後也。

荒々公

任那國豐貴王之後也。

●右第廿七卷。

河內國諸蕃　起㆓高丘宿禰㆒。盡㆓伏丸㆒。●五●十●五氏。

漢

高丘宿禰

出㆑自㆓百濟國公●族大夫高○侯之後廣●陵高穆㆒也。

山田宿禰

●佐―以下四字、底本・林本・諸本「也牟佐利」ニ作ル、副本・色甲本・昌本ニヨリ改ム

●利―底本・益本・諸本「州」ニ作リ、上本「列」ニ作ル、前文ニヨリ訂ス

●牟―底本・益本・諸本「利」ニ作ル、前文ニヨリ訂ス

●右―以下六字、底本・林本・諸本「第二十八」ノ四字ニ作ル

●五十五―底本・林本・諸本「伍拾陸」ニ作リ、副本・色甲本・昌本・井本・諸版本「五十六」ニ作ル、要本「五十四」トアレドモ、私見ニヨリ改ム

●族―底本・益本・諸本「孫」ニ作リ、岩本・井本「孩」、林本・中本・鷹本・大本・上本「挨」ニ作ル、副本・色甲本・昌本ニヨリ改ム

○侯―狩本・井本・大本「俟」、副本・色甲本・群本「俓」、昌本「俣」、色乙本「侯」ニ作ル

●陵―底本「陸」ニ作リ、益本・西本・岩本「陸」、狩本・林本・中本・鷹本・上本「陸」ニ作ル、副本・松本・橋本ニヨリ改ム

出レ自二●魏司空王●昶一也。

山田連

○山田宿禰同祖。忠意之後也。

○山田●造

○山田宿禰同祖。忠意之後也。

長野連

○山田宿禰同祖。忠意之後也。

志我○閇連

山田宿禰同祖。王安高男賀佐之後也。

三宅史

○山田宿禰同祖。忠意之後也。

大里史

○太秦公宿禰同祖。○秦始皇五世孫融通王之後也。

秦宿禰

●魏—底本・林本・諸本「穆」ニ作ル、副本・諸版本ニヨリ訂ス

●昶—底本・林本・諸本「旭」ニ作ル、副本・色甲本・昌本ニヨリ訂ス

○山—以下六字、副本・色甲本・昌本・群本「同國人」ノ三字ニ作ル

○山田造—コノ條、色乙本・大本・白本・松本ナシ

●造—底本・林本・諸本「連」ニ作ル、副本・色甲本・昌本ニヨリ改ム

○山—以下十一字、副本・色甲本・昌本・群本「同上」ノ二字ニ作ル、

○山—右ニ同ジ

○閇—諸本同ジ、色乙本・大本・白本・松本・橋本「閉」ニ作ル

○山—以下四字、副本・色甲本・昌本・群本ナシ

○太—以下十九字、副本・色甲本・昌本・群本・色乙本・松本「同上」ニ作リ、橋本・考本・皇本「同祖」ニ作ル

○秦—以下十二字、小本・要本ナシ

•秦始皇五世孫融通王之後也。

秦忌寸

秦宿禰同祖。融通王之後也。

高尾忌寸

○秦宿禰同祖。融通王之後也。

秦人

○秦忌寸同祖。弓月王之後也。

秦•公

○秦始皇帝○孫孝德王之後也。

秦○姓

○秦始皇帝十三世孫然能解公之後也。

古志連

文宿禰同祖。王仁之後也。

河原連

•秦—以下十二字、底本・林本・諸本ナシ、副本・色甲本・色乙本・小本ニヨリ補ウ、白本「同祖」ノ二字ニ作ル

○秦—以下十一字、副本・色甲本・昌本・群本「同上」ノ二字ニ作ル、橋本・皇本「同上。祢同祖。融之後也。」トアルハ誤リ

○秦—以下三字、副本・色甲本・昌本・群本ナシ

•公—底本・益本・諸本「人」ニ作ル、副本・林本・諸本ニヨリ改ム

○秦—副本・色甲本・昌本ナシ

○孫—副本・色甲本ナシ

○姓—井本「公」ニ作ル

○秦—以下三字、副本・色甲本・昌本・群本「同」ニ作ル

廣階○連同祖。陳思王植之後也。

野上連

河原連同祖。陳思王植之後也。

河原藏人

○上村主同祖。陳思王植之後也。

河內○畵師

○上村主同祖。陳思王植之後也。

八戶史

出」自後漢光武○帝孫章○帝」也。

高安造

八戶○史同祖。盡達○王之後也。

●板茂連

伊吉連同祖。楊○雍之後也。

河內忌寸

○連—副本・色甲本・昌本・色乙本・白本・松本・要本・群本ナシ

○上—以下十二字、副本・色甲本・昌本・群本「同上」ノ二字ニ作ル

○畵—色甲本「書」ニ作ルハ誤リ

○上—以下十二字、副本・色甲本・昌本・群本「同上」ノ二字ニ作リ、橋本・皇本「同上。主同祖。陳思王植之後也。」ニ作ル

○帝—副本・色甲本・昌本・色乙本・白本・松本・群本ナシ

○帝—色乙本・柏本・白本・松本・要本下ニ「之後」ノ二字アリ

○史—副本・色甲本・昌本・色乙本・柏本・白本・松本・群本ナシ

○王—副本・色甲本・昌本ナシ

●板—底本・副本・諸本「坂」ニ作ル、上本・色乙本・柏本・松本・橋本ニヨリ訂ス

○雍—副本・色甲本・昌本・群本「羅」ニ作ル

山代忌寸同祖。魯國白龍王之後也。

火撫直

後漢靈帝四世孫阿知使主之後也。

下曰佐

出自漢高祖男齊掉惠王肥之後也。

高道連

同上。

常世連

出自燕國王公孫淵也。

春井連

下村主同祖。後漢光武帝七世孫愼近王之後也。

河內造

春井連同祖。愼近王之後也。

武丘史

●國—底本・林本・諸本「同」ニ作ル、副本・色甲本・昌本・小本ニヨリ訂ス

○四—諸本同ジ、橋本・要本・考本「三」ニ作ル

○知—副本・色甲本・昌本・小本「智」ニ作ル

●主—底本・林本・諸本「幸」ニ作ル、副本・諸版本ニヨリ訂ス

○出—以下十四字、色乙本ナシ

○掉—副本・色甲本・昌本「悼」ニ作ル

○王—副本・色甲本・昌本ナシ

●近—底本・林本・諸本「延」ニ作ル、下文・副本ニヨリ訂ス

○春—以下十一字、副本・色甲本・昌本「同上」ノ二字ニ作ル、橋本・皇本「同上。連同祖。愼之後也。」トアルハ誤リ

○武丘史—コノ條、井本次ノ「當宗忌寸」條ノ次ニアリ

○春―以下十一字、副本・色甲本・昌本・鷹本・上本「同上」ニ作ル、橋本・皇本「同上。連同祖。愼之後也。」トアルハ誤リ
○公―副本・色甲本・昌本ナシ
○交―副本・色甲本・昌本・群本「永」ニ作ル
○員―副本・色甲本・昌本・郡本「貞」ニ作ル
○忌寸―副本・色甲本ナシ、昌本「々々」ニ作ル
○孝―副本・諸版本「都」ニ作ル、
○造―狩本・上本・色乙本・白本・松本ナシ
○李―副本・色甲本「季」ニ作ルハ誤リ
●彌―底本・林本・諸本「禰」ニ作ル、副本・橋本ニヨリ改ム
○意―副本・色甲本・昌本・群本ナシ
●牟―底本・林本・諸本ナシ、副本・諸版本ニヨリ補ウ
●枳―底本・林本・諸本「招」ニ作ル、副本・色甲本・昌本ニヨリ改ム
●大―以下三字、底本・林本・諸本ナシ、橋本・考本ニヨリ補ウ
●居―底本・林本・諸本「君」ニ作ル、副本・諸版本ニヨリ訂ス
○出―以下ノ條文、副本・昌本ナシ、色甲本「西漢人伯尼姓光金之後也」ト別筆デ記ス

春井連同祖。愼近王之後也。

當宗忌寸
出自後漢獻帝四世孫山陽公也。

交野忌寸
出自漢人庄員也。

廣原忌寸
出自後漢孝獻帝男孝德王也。

刑部造
出自吳國人李牟意彌也。

茨田勝
出自吳國王孫皓之後意富加牟枳君也。大鷦鷯天皇諡仁德。御世。賜居地於茨田邑。因爲茨田勝。

伯禰
出自西漢人伯尼姓光金也。

百濟

水海連

出レ自二百濟國人努理●使●主一也。

調曰佐

○水海連同祖。

河內連

出レ自二百濟國都慕王男陰太貴首王一也。

佐良○々連

出レ自二百濟國人久○米都彥一也。

錦○部連

三善宿禰同祖。●百濟國●速古大王之後也。

依羅○連

出レ自二百濟國人素○禰志夜麻美乃君一也。

山河連

●使主―底本・益本・諸本「王」ニ作ル、上本「使」ナシ、副本ニヨリ改ム

○水―以下五字、副本・色甲本・昌本「同上」ノ二字ニ作ル

○々―副本・色甲本・昌本・色乙本・白本・松本・要本・群本ナシ

○米―林本・中本「未」ニ作ル

○部―狩本「郡」ニ作ル

●百―底本・林本・諸本上ニ「三」アリ、副本ニヨリ削ル

●速―底本・林本・諸本「連」ニ作ル、副本ニヨリ訂ス

○連―副本・色甲本・昌本・色乙本・柏本・白本・松本・要本ナシ

○禰―副本・昌本「彌」ニ作リ、色甲本・群本「旀」ニ作ル

依羅連同祖。素禰•夜麻•美乃君之後也。

岡原連

出ㇾ自二百濟國辰斯王子知宗一也。

林連

出ㇾ自二百濟國直支王一古記云二•周•王一。也。

呉服造

出ㇾ自二百濟國人阿°漏史一也。

宇努造

°宇努首同祖。百濟國人彌那子富意彌之後也。

飛鳥戸造

出ㇾ自二百濟國主比有王男琨°伎王一也。

飛鳥戸造

百濟國°末多王之後也。

古市村主

•夜―底本・井本ナシ、狩本・諸本ニヨリ補ウ

•美―底本・西本・小本・鷹本・大本・上本・色乙本・白本・松本ナシ、前文・副本ニヨリ補ウ

•周王―底本・林本・諸本ナシ、副本・色甲本・昌本ニヨリ補ウ

°漏―狩本「滿」ニ作ルハ誤リ

°宇―以下五字、副本・色甲本・昌本ナシ

°伎―西本「使」ニ作ルハ誤リ

°末―狩本「木」ニ作ルハ誤リ

出レ自二百濟國虎王一也。

上日佐

出レ自二百濟國人久爾能古使主一也。

高麗

大狛連

出レ自二高麗國人伊利斯沙禮斯一也。

大狛連

出レ自二高麗國溢士福貴王一也。

島本

高麗國人伊理和須使主之後也。

新羅

伏丸

出レ自二新羅國人燕怒利尺干一也。

右第廿八卷。

•虎―底本・林本・諸本「庘」ニ作リ、狩本「唐」、色乙本「庸」ニ作ル、副本・色甲本・昌本ニヨリ改ム

•久―底本・林本・諸本「反」ニ作ル、副本・色甲本・昌本ニヨリ改ム

○狛―狩本「狗」ニ作ル

•也―底本・林本・諸本ナシ、色乙本・白本・松本ニヨリ補ウ

○本―白本・松本・橋本・要本・考本「木」ニ作ル

○人―大本・白本・松本ナシ

○國―副本・色甲本・昌本・群本ナシ

•怒―底本・谷本・諸本ナシ、副本・林本・諸本ニヨリ補ウ、色乙本「努」ニ作ル

•干―底本・林本・諸本「子」ニ作ル、副本・色甲本・昌本ニヨリ訂ス

•右―以下六字、底本・林本・諸本「第二十九」ノ四字ニ作ル

●廿—底本・林本・諸本「貳拾」ニ作ル、副本・色甲本・昌本ニヨリ改ム

○寸—副本・色甲本・昌本ナシ

○宿禰—副本・色甲本・昌本・群本ナシ

●同祖—底本・副本・諸本ナシ、色乙本ニヨリ補ウ

○四—橋本・要本・考本・皇本・神本「三」ニ作ル

和泉國諸蕃　起二秦忌寸一。盡二日根造一。●廿氏。

漢

秦忌寸○
太秦公宿○禰○同祖。融通王之後也。

秦勝
●同●祖。

古志連
文宿禰同祖。王仁之後也。

池邊直
坂上大宿禰同祖。阿智王之後也。

火撫直
後漢靈帝○四世孫阿智王之後也。

栗栖直

○火撫直同祖。阿智王之後也。

楊●侯○史

楊侯忌寸同祖。達率楊公阿了○王之後也。

上○村主

廣●階連同祖。●東●阿王之後也。

蜂田藥師

出レ●自二呉主孫●權王一也。

○蜂田藥師

出レ自二呉國人都久爾理久爾一也。○古記云二○怒久利一。

凡人中家

山代忌寸同祖。白龍王之後也。

百濟

百濟公

出レ自二百濟國酒王一也。

○火—以下十一字、副本・色甲本・昌本・群本・橋本・考本「同上」ノ二字ニ作ル
●侯—底本・副本・諸本「隻」ニ作リ、色乙本・松本「公」、柏本・橋本・考本「候」ニ作ル、正字ニ改ム
○史—柏本・白本・橋本・要本・考本「直」ニ作ル
○王—副本・色甲本・昌本・群本ナシ
○村—副本「林」ニ作ルハ誤リ
●階—底本・林本・諸本「阿」ニ作ル、副本ニヨリ訂ス
●東阿—底本・林本・諸本「阿祖」ニ作リ、色乙本・白本・松本「東」ニ作リ、橋本・考本ニヨリ改ム、副本・色甲本・昌本「東」以下六字ナシ
●自—底本・益本・諸本ナシ、上本・色乙本ニヨリ補ウ
●權—底本・林本・諸本「擁」ニ作ル、副本・色甲本・昌本ニヨリ改ム
○蜂—以下四字、色乙本・松本・群本「額田部馳王」ノ五字ニ作ル
○古記—副本・色甲本・昌本・群本「又」ニ作ル
○怒—色乙本・松本「努」ニ作ル

六人部連
百濟公同祖。酒王之後也。
錦部連
三善宿禰同祖。
信太首
百濟國人百千之後也。
取石造
出㆑自㆓百濟國人阿麻意彌㆒也。
葺屋村主
出㆑自㆓百濟意寶荷羅支王㆒也。
村主
葺屋村主同祖。大根使主之後也。
衣縫
出㆑自㆓百濟國神露命㆒也。

○百—以下十字、副本・色甲本・昌本「同上」ノ二字ニ作ル
○太—西本「田」ニ作ル
○千—狩本「子」、色乙本「牛」ニ作リ、柏本「手」ニ作ル
●阿—底本・林本・諸本ナシ、副本・色甲本・昌本ニヨリ補ウ
○濟—井本下ニ「國」アリ
○衣縫—コノ條文、副本・色甲本・昌本・群本ナシ
○露—色乙本・松本・橋本「霊」ニ作ル

新羅

日根造

出自新羅國人億●斯富使主也。

●右第廿九卷。

勘尋氏姓職●由本系。而此等姓。祖違古記。事漏舊典。●雖加研○覈。○自然所不及。故集爲別卷。號○曰未定。附之於末。以俟後賢。

未定雜姓　起左京茨田眞人。盡和泉國山田造。一百十●七氏。

左京

茨田眞人

●渟中倉太珠敷天皇諡敏達。孫大○俣王之後也。

御原眞人

渟中倉太珠敷天皇諡敏達。皇子彥人大兄王○之後也。

●斯—底本・林本・諸本「勘」ニ作ル、副本ニヨリ改ム
●右—以下六字、底本・林本・諸本「第三十」ノ三字ニ作ル
●由—底作・林本・諸本「田」ニ作ル、副本・色甲本・昌本ニヨリ訂ス
●雖—底本・林本・諸本「雅」ニ作ル、副本・色甲本ニヨリ訂ス
○覈—諸本同ジ、色乙本・諸版本「究」ニ作ル
○自然—副本・色甲本・昌本・色乙本「替」ノ一字ニ作ル
○曰—色乙本・大本・白本・松本・要本ナシ
●七—底本・副本・諸本「九」ニ作ル、橘本・考本ニヨリ訂ス
●渟—底本・林本・諸本「停」ニ作ル、色乙本ニヨリ改ム、以下同ジ
○俣—林本・中本・大本「役」ニ作リ、鷹本・上本・白本「促」ニ作ル
○之—色乙本・白本ナシ

葛野臣
大倭根子彦國○牽天皇諡孝○元○皇子彦○布○都意斯麻己止命之後也。
池○上椋人
渟中倉太珠敷天皇諡敏達。○孫百濟王之後也。
忍坂連
火明命之後也。
野●寶連
○大穴牟遲命之後也。
物集○連
始皇帝九世孫○竺達王之後也。
百濟氏
百濟國牟利加佐王之後也。
朝戸
百濟國人○胥廣使主朝●戸之後也。

○牽—狩本・西本・井本「率」ニ作ル
○元—㳂本・狩本・西本・岩本・井本「德」ニ作ル
○布—林本・鷹本・上本・小本「希」ニ作ル
○都—林本・中本・鷹本・大本・上本・小本「部」ニ作ル
○上—岩本「原」ニ作ル
○孫—副本・色甲本・昌本「々子」ニ作ル、「皇子」ノ意、橋本・群本・考本「皇子」ニ作ル
●寶—底本・㳂本・狩本「賓」ニ作ル、副本・林本・諸本ニヨリ訂ス
○大—副本・色甲本・昌本・鷹本・大本・上本・白本「太」ニ作ル
○連—副本・色甲本・群本ナシ、昌本「—」トアリ
○竺—副本・色甲本・昌本・群本「笠」ニ作リ、林本・中本・鷹本・上本・色乙本・白本・松本「笁」、小本「筑」ニ作ル
○胥—副本・色甲本・昌本「胸」ニ作ル
●戸—底本・林本・諸本「臣」ニ作ル、副本・色甲本・昌本ニヨリ改ム

足奈
百濟國人從七位下足奈眞己之後也。

後部高
高麗國人正六位上後部高千金之後也。

右京

酒人小川眞人
男太跡天皇諡繼體。皇子○菟王之後●也。

成相眞人
渟中倉太珠敷天皇諡●敏●達。皇子難波王之後也。

中臣臣
觀松彥香殖稻天皇諡孝○昭。皇子天足彥國押人○命七世孫○鏑着大使主之後也。

中臣栗原連
天兒屋●根命●十●一○世孫雷大臣之後也。

○菟―副本・色甲本・昌本「兎」ニ作ル
●也―底本・益本・諸本ナシ、井本・上本ニヨリ補ウ
●敏達―底本・益本・諸本「孝昭」ニ作リ、林本・中本・鷹本・大本・上本「孝照」ニ作ル、上本「イ右ニハ敏達ノ名ニアリ同名不審按ニ敏達ナルヘシ」ノ傍註アリ
○昭―林本・中本・鷹本・大本・上本・小本・色乙本・白本・松本・要本「照」ニ作ル
○命―色甲本・昌本ナシ
○鏑―副本・色甲本・昌本・色乙本・白本・松本・要本ナシ
●根―底本・林本・諸本ナシ、副本・色甲本ニヨリ補ウ
●十一―底本・林本・諸本「七」ニ作リ、昌本「十」ニ作ル、副本ナシ、前文・色甲本ニヨリ改ム
○世―副本・上本ナシ

大鹿首
津速魂命三世孫天兒屋○根命之後也。

尋來津首
神饒速日命○六世孫伊香我色雄命之後也。

原造
神饒速日命天降之時•從者。天物部○峴度造之後也。

坂戸物部
神饒速日命天降之時•從者。坂戸天○物部•之後也。

二田物部
神饒速日命天降之時從者。二田天物部之後也。

物部
神饒速日命六世孫伊賀我色雄命之後也。

•大辛
天押立命四世孫•劔根命之後也。

○根—小本ナシ
○六—柏本・白本・松本・要本「三」ニ作ル
•從—底本・林本・諸本「滋」ニ作ル、副本ニヨリ訂ス
○峴—副本・色甲本・昌本・白本・松本・群本「現」ニ作ル
•從—以下四字、底本・谷本・諸本ナシ、副本ニヨリ補ウ、上本「坂戸」ヲ「二田」ニ作ル
○物—副本・色甲本・昌本ナシ
•之—底本・谷本・諸本ナシ、副本・色甲本・昌本・上本ニヨリ補ウ
•大—底本・谷本・狩本・西本「天」ニ作ル、副本・林本・諸本ニヨリ訂ス
•劔—底本・谷本・諸本「朝珇」、岩本・井本・小本・鷹本・上本「朝玥」ノ二字ニ作ル、副本・色甲本・昌本ニヨリ改ム

凡海連

火明命之後也。

高向村主

吳國人小君王之後也。

志賀◦穴●太村主

後漢孝獻帝男美波夜王之後也。

筆氏

燕相國衛滿公之後也。善作レ筆。預二於◦士流一。因レ茲賜二筆姓一。

●弖良公

百濟國主意里都解四世孫秦羅君之後也。

堅祖氏

百濟國人堅祖爲智之後也。

古氏

百濟國人杆率◦古都助之後也。

◦穴太―副本・色甲本・昌本「突」ニ作ル
●太―底本・益本・諸本「大」ニ作ル、中本・鷹本・上本ニヨリ改ム

◦士―益本・林本・諸本同ジ、井本「土」ニ作リ、副本・色甲本・昌本・色乙本「十一」ノ二字ニ作ル、上本ナシ
●弖―底本・益本・諸本「―」ニ作リ、林本・鷹本・上本ナシ、中本「弖」ノ上ニ「―」アリ、副本・諸版本ニヨリ改ム

◦古―以下三字、副本・色甲本・昌本・色乙本・柏本「玖君」ノ二字ニ作ル

加羅氏
百濟國人都玖君之後也。

呉氏
百濟國人徳率呉伎側之後也。

朝明史
高麗帶方國主氏韓法史之後也。

後部高
高麗國人後部乙牟之後也。

三間名公
彌麻奈國主牟留知王之後也。初御間城入彦五十瓊殖天皇諡崇神御世。額有角人。乘船泊于越國笥飯浦。遣人問曰何國人也。對曰。意富加羅國王子。名都努我阿羅斯等。亦阿利叱智干岐。傳聞日本國有聖歸化。到于穴門。有人。名伊都々比古。謂臣曰。吾是國王也。除吾復無二王。勿往他處。臣察其爲。

○側—副本・色甲本・昌本「刈」ニ作ル
○帶—色乙本「帝」ニ作ル
○彌—副本・色甲本・昌本・井本・群本「旀」ニ作リ、鷹本・上本「弥」、大本「珍」ニ作ル
○留—副本・色甲本・昌本ナシ
○知—副本・色甲本・昌本「智」ニ作ル
○初—副本・色甲本・昌本・群本ナシ
●乘—底本「乖」ニ作リ、狩本「乖」ニ作ル、副本ニヨリ訂ス
○問—岩本・井本「間」ニ作ル
○曰—色乙本・白本・松本ナシ
○也—副本・色甲本・昌本ナシ
○努—副本・色甲本・昌本「怒」ニ作ル
○亦—副本・色甲本・昌本・色乙本ナシ
○利—副本・色甲本・昌本ナシ
○叱—副本・色甲本・昌本「吐」、鷹本・大本・上本・色乙本「此」ニ作ルハ誤リ、井本「比」ニ作ル
○聖—考本・神本下ニ「皇」アリ
○穴—副本・昌本「宮」ニ作リ、色甲本・大本「官」ニ作ルハ非ナリ
○々—副本・色甲本・昌本ナシ
○勿—岩本・林本・鷹本・上本「句」ニ作リ、岩本「勿カ」ノ傍註アリ
○他—岩本・林本・鷹本・上本「地」ニ作リ、岩本「他カ」ノ傍註アリ

人。知非王也。卽更還不知道路。留連島浦。海北廻。經出雲國至此國也。是時會天皇崩。便留。仕活目入彥五十狹茅天皇謚垂仁。詔曰。汝速來者。得仕先皇。是以改汝本國名。追負御間城善號。曰彌麻奈。因給織絹。卽還本鄉。是改國號之緣也。

山城國

物部間

神饒速日命之後也。

春日部主寸

津速魂命三世孫大田諸命之後也。

大辟

津速魂命之後也。

山代直

火明命之後也。

○留―副本・昌本ナシ、色甲本「留」ヲ後補ス
○海北廻―林本・中本・大本・色乙本・松本・橋本「海」ナシ、白本「以廻」ニ作リ、群本「廻北海」ニ作ル
○崩―白本「召」ニ作ル
●便―底本・谷本・諸本「使」ニ作ル、副本ニヨリ訂ス
○仕―副本・色甲本・昌本・群本ナシ
●詔―底本・谷本・諸本「謚」ニ作ル、林本・中本・鷹本・大本・上本上ニ「謚」アリ、副本ニヨリ訂ス
●速―底本・谷本・諸本「連」ニ作ル、副本・上本ニヨリ訂ス
○汝―副本・色甲本ナシ
●善―底本・林本・諸本「等」ニ作リ、色乙本・白本・松本・橋本・考本「皇」、群本「天皇」ニ作ル、副本・色甲本・昌本ニヨリ訂ス
○因―谷本「固」ニ作ルハ誤リ
○織―色乙本・白本・松本・橋本ナシ
○鄉―考本「國」ニ作ル
○之緣―副本・色甲本・昌本ナシ
○間―諸本同ジ、柏本・白本「門」ニ作リ、松本・諸版本「首」ニ作ル
○神―副本・色甲本・昌本ナシ
○主寸―諸本同ジ、柏本・白本「村寸」ニ作リ、松本・諸版本「村主」ニ作ル
○三―以下七字、柏本・白本ナシ

•惠我
天穗日命之後也。

穴•太村主
曹氏寶德公之後也。

村主
漢師建王之後也。

國背°完人
秦始皇帝之後也。

物集
始皇帝九世•孫竹°支°王之後也。

•木勝
津留木之後也。

廣幡°公
百濟國津王之後也。

•田—底本・林本・諸本「日」ニ作ル、副本・色甲本・昌本ニヨリ改ム

•惠—底本・林本・諸本「慧」ニ作ル、副本ニヨリ改ム
•太—底本・副本・諸本「犬」ニ作ル、柏本・橋本ニヨリ改ム
°完—諸本同ジ、色乙本・諸版本「宍」ニ作ル
•孫—底本・副本・諸本ナシ、諸版本ニヨリ補ウ
°支王—副本・色甲本・昌本「文日」ニ作リ、橋本・考本・皇本・神本「達王」ニ作ル
•木—底本・𥁕本・諸本「大」ニ作ル、副本・上本ニヨリ訂ス
°公—色乙本・白本・松本ナシ

大和國

葦田首

天麻比止津乃命之後也。

波多祝

高彌牟須比命孫治○身之後也。

相槻物部

神饒速日命○天降之時從者。相○槻物部之後也。

犬上縣主

天津彦根命之後也。

•薦集造

○天津彦根○命之後也。

三歲祝

○大物主神五世孫意富○太多根子命之後也。

尾津直

○身―副本・色甲本・林本・中本・上本・小本「方」ニ作ル

○天―以下四字、副本・色甲本・昌本・群本ナシ、色乙本・白本・松本以下十一字ナシ

○槻―要本下ニ「天」アリ

•薦―底本・益本・諸本「芦」、狩本・岩本「芦」、上本「蘼」ニ作ル、副本ニヨリ改ム

○天―以下八字、副本・色甲本・昌本「同上」ニ作リ、橋本・考本・皇本「同上彦根命之後也」ニ作ル

○命―色乙本・白本・松本ナシ

○大―副本・色甲本・昌本ナシ

○太―副本・昌本「大」ニ作ル

◦漢高祖五世孫大水命之後也。

村主

◦漢高受王之後也。

長倉造

韓國◦天師命之後也。

漢人

漢人◦累之後也。

鋺師公

高麗國寶輪◦王之後也。

攝津國

韓海部首

武內宿禰男平◦群木菟宿禰之後也。

下神

葛木襲津彥命男◦腰◦裙宿禰之後也。

◦漢―以下ノ條文、昌本ナシ

◦高―色乙本・白本・松本・橋本下ニ「祖」アリ

◦天―昌本同ジ、副本・色甲本・群本「大」ニ作ル

◦累―副本・色甲本・群本「里」ニ作リ、昌本・色乙本・白本・松本・橋本「黑」ニ作ル

◦王―副本・色甲本ナシ

◦群―昌本同ジ、副本・色甲本「野」ニ作リ、柏本・白本・要本「郡」ニ作ル

◦腰―副本・色甲本・昌本「要」ニ作ル

◦裙―色甲本「据」ニ作ル

我孫

豐城入彥命男八綱多命之後也。

椋椅部連

伊香我色雄命之後也。

津嶋直

天兒屋根命十四世孫雷大臣命之後也。

日下部首

天日和伎命六世孫保都禰命之後也。

爲奈部首

伊香我色乎命六世孫金連之後也。

嶋首

正哉吾勝々速日天押穗耳尊之後也。

葛城直

天神立命之後也。

○男―色乙本・松本「ノ」ニ作ル

○色―副本・色甲本・昌本「包」ニ作ル

○雄―鷹本・上本・井本・柏本・白本・松本・橋本「乎」ニ作ル、色乙本「平」ニ作ルハ誤リ

●根命―底本・林本・諸本ナシ、副本ニヨリ補ウ、色乙本・白本「命」ナシ

○四―橋本・考本・皇本・神本「一」ニ作ル

●日下―底本・林本・諸本「早」ニ作ル、副本ニヨリ訂ス

○首―柏本・白本・松本ナシ

○色―副本・色甲本・昌本「包」ニ作ル

○六世―副本・色甲本・昌本ナシ

●孫―底本・林本・諸本ナシ、副本ニヨリ補ウ

阿刀部

山都多祁°流比女命四世孫毛能志乃和気命之後也。

山首

火明命°十一世孫尾張屋主都久代命之後也。

川內漢人

火明命九世孫否井命之後也。

•住道首

伊弉諾命男素戔烏命之後也。

牟佐呉公

呉國王子青•清王之後也。

河內國

佐自努公

豐城入彥命°之後也。

伊氣

°祁—狩本・西本「初」ニ作リ、井本「部」ニ作ルハ誤リ

°命—色乙本・柏本・白本ナシ

•住—底本・副本・諸本「任」ニ作ル、色乙本・松本ニヨリ改ム

•清—底本・林本・諸本ナシ、副本・色甲本・昌本ニヨリ補ウ

°命—以下四字、大本ナシ

豐城入彦命四世孫荒田別命之後也。

壬生部公

御間城入彦天皇之後也。

鴨部

御間城入彦五十瓊殖天皇諡崇神。之後也。

池後臣

天彦麻須命之後也。

大伴連

天彦命之後也。

孔王部首

穴穂天皇諡安康。之後也。

新家首

汗麻斯鬼足尼命之後也。

矢作連

○也—上本ナシ

○天—西本「大」ニ作リ、岩本「天大カ」トアリ

○首—狩本・西本・井本・林本・中本・大本・上本「道」ニ作ルハ誤リ

○斯—副本・色甲本・昌本・色乙本・柏本ナシ

○鬼—色乙本・白本・橋本「恖」ニ作ル

布都奴志乃命之後也。

葦田臣

○都○早○古乃命之後也。

三間名公

仲臣雷大臣命之後也。

○靫●編○首

神志波移命之後也。

倭川原忌寸

武甕槌神十五世孫彦●振根命之後也。

內原○直

狹山命之後也。

安曇連

○于都斯奈賀命之後也。

高安忌寸

○都—考本・神本上ニ「天」ヲ補ウ

○早—色甲本「旱 早イ」トアリ、井本「奴」ニ作ル

○古—考本・神本下ニ「禰」ヲ補ウ

○靫編首—コノ條、副本・色甲本・昌本・群本「倭川原忌寸」條ノ次ニアリ

●編—底本・林本・諸本「偏」ニ作リ、井本「偏」ニ作ル、副本ニヨリ訂ス

●振—底本・林本・諸本ナシ、副本ニヨリ補ウ

○直—副本・色甲本・昌本「々」ニ作リ、群本「首」ニ作ル

○于—以下五字、考本・神本「于都斯(比)賀奈(折)」ニ作ル

阿智王之後也。

大友史

百濟國人●白●猪奈世之後也。

船子首

百濟國人久爾君之後也。

新木首

百濟國人伊○居留君之後也。

豐村造

百濟國人德率古○曾○父佐之後也。

八俣部

百濟國人多地多○祁卿之後也。

長田使主

百濟國●人爲○君王之後也。

舍人

●白猪—底本・林本・諸本「日狛」ニ作リ、要本「日栢」ニ作ル、副本・色甲本・昌本ニヨリ改ム

○居—副本・色甲本・昌本「君」ニ作ル

○曾—井本・上本・色乙本・諸版本「魯」ニ作ル、副本・色甲本・昌本以下六字ナシ

○父—色乙本・松本「文」ニ作ル

○祁—井本「部」ニ作ル

●人—底本・林本・諸本ナシ、副本・狩本ニヨリ補ウ、松本以下三字ニ「久介辛」ト傍註ス

○君—狩本・白本・要本「居」ニ作ル

百濟國人利加志貴王之後也。

狛染部

高麗國須牟祁王之後也。

狛人

高麗國須牟祁王之後也。

宇努連

新羅皇子金庭興之後也。

竹原連

新羅國阿羅々國主弟伊賀都君之後也。

小橋造

新羅國人多弖使主之後也。

坏作造

新羅國人曾里支富主人之後也。

大賀良

◦貴—副本・色甲本・昌本・群本下ニ「志」アリ
•須—底本・林本・諸本「沃」、益本「汶」ニ作ル、副本ニヨリ改ム、松本・要本以下三字「大武神」ニ作ル
◦祁—井本「部」ニ作ル、以下同ジ
◦高—以下十字、副本・色甲本・昌本・群本「同上」ノ二字ニ作リ、橋本・皇本「高麗」ヲ「同上」ニ作ル
◦羅—色乙本・松本・要本下ニ「國」アリ
◦皇—柏本・松本・橋本・考本・皇本・神本「王」ニ作ル
◦子—昌本下ニ「金子」ノ二字アルハ衍ナリ
•興—底本・林本・諸本「典」ニ作ル、副本ニヨリ改ム
•弟—底本・益本・諸本「茅」ニ作リ、林本・中本・鷹本・上本・井本「第」ニ作リ、昌本「第」ニ作ル、副本・色甲本・大本ニヨリ改ム
◦伊—以下七字、副本・昌本ナシ、色甲本「伊賀都君之後者不見」ノ九字ヲ後補セリ
◦造—狩本・西本・井本「連」ニ作ル
◦新—以下條文、副本ナシ、色甲本「新四國人多弖使主之後者不見」ノ十三字ヲ後補セリ、昌本ニハアリ
•國—底本・昌本・林本・諸本ナシ、西本・諸版本ニヨリ補ウ

新羅國郎子王之後也。

賀良姓

新羅國郎子王之後也。

和泉國

我孫公

豐城入彦命男倭日向健日向八綱田命之後也。

椋椅部首

吉備津彦五十狹芹命之後也。

鵜甘部首

武內宿禰男己西男柄宿禰之後也。

猪甘首

天足彦國押人命之後也。

古氏

大日本根子彦大瓊天皇諡孝靈。皇子稚多祁比古命之後也。

●曾｜以下六字、底本・益本「嘗口壬星イ友冨星友二人」ニ作ル、副本ニヨリ改ム
○國｜色乙本・松本・橋本下ニ「人」アリ

○倭｜井本「和」ニ作ル
○狹｜色甲本「俠」ニ作ル
○柄｜狩本・色甲本・林本・諸本「栖」ニ作ル
○猪｜狩本・西本・岩本・中本・上本「狛」ニ作ル
○甘｜橋本・考本・皇本・神本下ニ「部」アリ
○大｜色乙本・松本・要本・考本「太」ニ作ル
○靈｜色乙本「德」ニ作ルハ誤リ
○皇｜以下十一字、副本・昌本ナシ、色甲本「皇子稚多祁古命之後者不見」ノ十二字ヲ後補セリ
●比｜底本・林本・諸本ナシ、橋本・考本ニヨリ補ウ

大部首

膽杵磯丹杵穗命之後也。

工首

神魂命之後也。

伯太首神人

天表目命之後也。

日置部

天櫛玉命男天櫛耳命之後也。

凡人

神汗久宿禰命之後也。

茨木造

天津彦命之後也。

眞髮部

天穗日命之後也。

○丹—昌本「舟」ニ作ルハ誤リ

○杵—副本・色甲本「桙」ニ作リ色乙本・白本・松本・要本ナシ

○伯—副本・色甲本・昌本「狛」ニ作ル

●太—底本・林本・諸本「大」ニ作ル、副本ニヨリ改ム

○神人—岩本・上本・白本次行「天」ノ上ニアリ、橋本・考本・皇本・神本ナシ、鷹本「神魂」ニ作リ、次行「天」ノ上ニアリ

○命—副本・色甲本・昌本「金」ニ作ルハ誤リ

●凡—底本・林本・諸本「瓦」ニ作ル、副本・色甲本・昌本ニヨリ訂ス

●汗—底本・林本・諸本「行」ニ作リ、色甲本「汗ィ」ノ傍註アリ副本ニヨリ改ム

○彦—橋本下ニ「[illegible]」アリ

小豆○首
●吳國人現養臣之後也。

神人
高麗國人許利都之後也。

近義首
新羅國○主角折王之後也。

○山○田造
○新羅○國天佐疑利命之後也。

○右第●卅卷。

正六位上行治部●省少丞臣石○川朝臣國助
從六位上行治部省少錄●臣●伊●豫部連年嗣
從七位下行治部省少錄臣越智直淨繼
從八位上行散位寮少屬臣高志連正嗣

○首―上本ナシ
●吳―底本・狩本「足」ニ作リ、岩本・井本「足」ニ作ル、副本・林本・諸本ニヨリ訂ス
○主―以下四字、色乙本「天佐疑利命」ニ作ル
○山田造―コノ條文、色乙本ナシ
○新―以下三字、副本・色甲本・昌本・群本「同國人」ニ作ル
○國―橋本・考本下ニ「人」アリ
○右―コノ行ノ前ニ、林本・中本・鷹本・上本「新撰姓氏錄卷第三十下卷」ノ十一字アリ、大本コノ行ノ次ニ「新撰姓氏錄卷終」ノ七字アリ
●卅―底本・益本・西本「三十」ニ作リ、下ニ「一」アリ、狩本下ニ「。之」トアリ、副本・林本・諸本ニヨリ削ル
●省―底本・林本・諸本ナシ、副本ニヨリ補ウ
○川―林本・中本・鷹本・大本・小本・上本「河」ニ作ル
●臣―底本・西本・井本・鷹本・上本ナシ、副本ニヨリ補ウ
●伊豫―底本・林本・諸本「伴祿」ニ作ル、副本・色甲本・昌本ニヨリ訂ス

○守―副本・色甲本・昌本・群本「宗」ニ作ル
●正―底本・益本・西本「上」ニ作ル、副本・林本・諸本ニヨリ訂ス

大舍人正七位上臣大伴宿禰根○守
散位●正七位下臣大田祝山直男足
散位從七位上臣味部○臣廣河
散位從七位下臣内藏忌寸御●富

平朝臣

桓武天皇○男一品式部卿葛原親○王男大學頭從四位下高棟王。天長二年閏七月。賜二平朝臣姓一。貫二左京一。貞觀九年五月。至二大納言正三位一薨。●六十四歲。

不レ載二姓●氏錄一姓

平。在原。大藏。惟宗。令宗。中原。宗我部。阿蘇。美麻●那。宇禰○備。常澄。當世。卜部。良。貞。都。●小長谷。國○覔。各務。帶王。○言。品治。遠●澤。風早。不知山。●面西。●甲○可。五百井。靫連。●漆島。夏身。赤染。榎本。若狹。○播○磨。

○臣—副本・色甲本・昌本「公」ニ作リ、白本下ニ「公」アリ
●富—底本・林本・諸本「當」ニ作ル、副本・色甲本・昌本ニヨリ改ム
○男—副本・色甲本・昌本・群本ナシ
○王—副本・色甲本・昌本・群本下ニ「一」アリ
●六—以下四字、底本・副本・諸本ナシ、色乙本・大本・諸版本ニヨリ補ウ
●氏—以下三字、底本・林本・諸本「等」ニ作ル、副本・色甲本・昌本ニヨリ改ム、橋本・皇本下ニ「古本云善通宿祢不レ見二本文一」ノ細字アリ
●那—底本・林本・諸本「郡」ニ作ル、副本ニヨリ改ム
○備—白本・松本「浲」ニ作ルハ誤リ
●小—底本・林本・諸本ナシ、副本ニヨリ補ウ
○覔—井本「覓」ニ作リ、鷹本・上本「覔」、昌本「不貝」ニ作ル
○言—副本・色甲本・昌本・群本「唱」ニ作ル
●澤—底本・林本・諸本「津」ニ作ル、副本ニヨリ改ム
●面—底本・林本・諸本下ノ「西」ト分ケテ一氏トス、副本ニヨリ改ム
●甲—底本・林本・諸本「早」ニ作リ、昌本「甲」ニ作ル、副本ニヨリ改ム
●可—小本「川」ニ作ル

足羽。清峯。◦䁐取。鷹取戸。

〔底本奥書〕

已上三十一氏不見之歟 四百三十六姓云々現在四百三十二姓也

安那公　同上

讃岐公　大足彦忍代別天皇々子

建部公

別　　同上

此條々延文五年庚子七月以他本書加之

神祇大副兼豊判

右之一帖者以卜部家之正本書写畢

慶安二年九月昼写了

右本誤字落字繁多也

●漆―底本・林本・諸本「潘」ニ作リ、井本・大本「潘」ニ作ル、副本ニヨリ改ム

◦播―中本・鷹本・上本「幡」ニ作ルハ誤リ

◦磨―大本・白本「麻」ニ作ル

◦䁐―狩本・西本・大本・岩本「㹃」ニ作リ、井本「張」、色甲本「脹」ニ作ル

〔副本奥書〕

已上卅一卷。　　兼治判

以吉田前内府御本重校合了両方点付之

建武二年捌月七日　　判

天下衆庶之姓氏錄者官中古今之肝心抄也。

大内左京兆令一覽給被寫置之而依彼尊

命加此奥書矣

文明七年乙未十月日　造東大寺次官正四位下左大史小槻宿禰判

○今ー副本「令」ニ作ル、色甲本・昌本ノ傍註ニヨリ訂ス

新撰姓氏錄逸文

姓氏錄云。垂仁天皇之後也。裔孫正六位上山邊大老人云々。已上敦隆作有二萬葉目錄一。〇第五卷山邊公。古今集序注。

姓氏錄云。孝元天皇曾孫。彦太忍信命之孫也。〇第七卷阿祇奈君。第八卷坂本臣。帝王編年記。

姓氏錄第八卷云。高橋朝臣本系。

阿倍朝臣同祖。大彦命之後也。孫磐鹿六鴈命。大足彦忍代別天皇論景行。御世。賜二姓膳臣一。十世之孫小錦上國益。天渟中原瀛眞人天皇論天武。御世。改二高橋朝臣姓一。三世孫五百足。男從八位上犬養。次鷹養。裔孫從五位上祖麻呂。從七位下石畠等也。已上勘文引レ之。〇第八卷高橋朝臣。太子傳玉林抄。

案二姓氏錄一云。大足彦忍代別天皇々子稻背入彦命之後也。孫

〇萬葉目錄所引ノ「姓氏錄云」ニツイテハ、建武四年元盛撰ノ作者部類歌仙事條ニモ「萬葉目錄藤原敦隆引姓氏錄山邊宿禰赤人垂仁天皇後也、裔孫正六位上山邊大老人、云々」ナル引用アリ

〇畠等ーモト「等畠」ニ作ル、考本ニヨリ改ム

〇別ーモトナシ、現抄本佐伯直ノ條ニヨリ補ウ

阿良都別命男豐嶋。天萬豐日天皇諡孝德。御世。賜佐伯直姓矣。〇第九卷佐伯直。日本高僧傳要文抄。

姓氏錄第十一云。神護景雲三年。右大臣中臣朝臣淸麿加賜大字。厥後延曆十六年。定成等四十八人同賜大字。同十七年。船長等卌七人加賜大字。自餘猶留爲中臣朝臣。〇第十一卷大中臣朝臣。東大寺要錄。

新撰姓氏錄第十一卷云。金村連。是大和國城上郡椿市村阿部連等祖也。〇第十二卷大伴宿禰。太子傳玉林抄。

姓氏錄云。多米宿禰。出自神魂命五世孫天日鷲命也。四世孫小長田。稚足彥天皇諡成務。御世。仕奉大炊寮。御飯香美。特賜嘉名。負於御多米。六世孫三枝連男倭古連之後。天渟中原瀛眞人天皇諡天武。御世。改賜宿禰姓。〇第十四卷多米宿禰。政事要略。

鴨縣主本系。

賀茂縣主同祖。神魂命孫武津之身命之後也。日本磐余彥命子天皇諡神武。欲向中洲之時。山中嶮絕。跋涉失路。於是神魂命孫鴨

〇一—「二」ノ誤リカ

〇日—現抄本上ニ「神」アリ
〇子—現抄本ナシ

新撰姓氏錄逸文 三五五

○耳津―現抄本「津之」ニ作ル
○道―現抄本「導」ニ作ル

○足―モトナシ、下文ニヨリ補ウ

○足―モトナシ、上文ニヨリ補ウ

建耳津身命。化如大烏翔飛奉道。遂達中洲。天皇嘉其有功。特厚褒賞。天八咫烏之號。從此始也。因賜葛野縣居焉。男玉依彥命十一世孫大伊乃伎命。男大屋奈世。若帶彥天皇諡成務。御世。定賜鴨縣主。男荒熊。男秋。男荒木。男長屋。次多々加比。長屋男麻作等也。○第十六卷鴨縣主。鴨脚家本新撰姓氏錄殘簡。

新撰姓氏錄卷第十七。

賀茂朝臣本系。

大神朝臣同祖。大國主神之後也。子大田々禰古命孫大賀茂都美命一名大賀茂足尼。奉齋賀茂神社。仍負姓賀茂。孫小田々足尼。次大等毗古。是伊賀國鴨藪田公祖也。小田々足尼。子宇麻斯賀茂足尼。子御多弖足尼。是伊豫國鴨部首祖也。次須多弖足尼。次忍賑足尼。是酒人君。大和。阿波。讚岐等國賀茂宿禰。并鴨部等祖也。次小賑足尼。是役君。遠江。土佐等國賀茂宿禰。并鴨部等祖也。須多弖足尼。子意富禰足尼。次千禰足尼。意富禰足尼八世孫小

乙中勝麻呂。是伊豫國賀茂伊豫朝臣。賀茂首等祖也。千禰足尼四世孫黑彥。天渟中原瀛眞人天皇諡天武。十三年。賜姓朝臣。今上弘仁二年。正六位上賀茂宿禰河守。弟正七位上關守。甥春成。從七位上高岡。友主。弟廣友。野長等七人。同賜賀茂朝臣也。

○第十七卷賀茂朝臣。鴨脚家本新撰姓氏錄殘簡。

姓氏錄第廿三卷曰。阿智王。

譽田天皇諡應神。御世。避本國亂。率母並妻子。母弟迁興德。七姓漢人等歸化。七姓者第一。段古記段光公。字畐等。一云員姓。是高向村主。高向史。高向調使。評首。民使主首等祖也。次李姓。是刑部史祖也。次皀郭姓。是坂合部首。佐大首等祖也。次朱姓。是小市。佐奈宜等祖也。次多姓。是檜前調使等祖也。次皀姓。是大和國宇太郡佐波多村主。長幡部等祖也。次高姓。是檜前村主祖也。天皇矜其來志。號阿智王爲使主。仍賜大和國檜隈郡鄉居之焉。于時阿智使主奏言。臣入朝之時。本鄉人民往離散。今聞

○並―續群書類從本坂上系圖同ジ、考本・國書逸文「幷」ニ作ル
○迁―考本「廷」ニ作ル
○光―考本「尖」ニ作ル
○畐―國書逸文「爾」ニ作ル
○員―考本「負」ニ作ル
○民―考本「氏」ニ作ルハ誤リ
○主―續群書類從本・國書逸文「王」ニ作ルハ誤リ
○小―以下五字、續群書類從本・國書逸文「小市佐。秦。宜」ニ作ル、考本ニヨリ改ム

偏在高麗。百濟。新羅等國。望請遣使喚來。天皇卽遣使喚之。大鷦鷯天皇諡仁德。御世。擧落隨來。今高向村主。西波多村主。平方村主。石村村主。飽波村主。危寸村主。長野村主。俾加村主。茅沼山村主。高宮村主。大石村主。飛鳥村主。西大友村主。長田村主。錦部村主。田村村主。忍海村主。佐味村主。桑原村主。白鳥村主。額田村主。牟佐村主。甲賀村主。鞍作村主。播磨村主。漢人村主。今來村主。石寸村主。金作村主。尾張吹角村主等是其後也。爾時阿智王奏。建今來郡。後改號高市郡。而人衆巨多。居地隘狹。更分置諸國。攝津。參河。近江。播磨。阿波等漢人村主是也。

姓氏錄曰。阿智使主男都賀使主。大泊瀨稚武天皇諡雄略。御世。改使主。賜直姓。子孫因爲姓。男山木直。是兄腹祖也。本名山猪。次志努一名成努。直。是中腹祖也。次爾波伎直。是弟腹祖也。

姓氏錄曰。山木直者。是民忌寸。檜原宿禰。平田宿禰。平田忌

○吹―モト「次」ニ作ル、關晃説・私見ニヨリ改ム

○民―考本同ジ、續群書類從本・國書逸文ナシ

○國ーモト「口」ニ作ル、關晃說ニヨリ改ム

○於ーモト「拾」ニ作ル、關晃說ニヨリ改ム

寸。栗村忌寸。小谷忌寸。伊勢國奄藝郡民忌寸。輕忌寸。夏身忌寸。韓國忌寸。新家忌寸。門忌寸。蓼原忌寸。高田忌寸。國覔忌寸陸奧國新田郡。田井忌寸。狩忌寸。東文部忌寸。長尾忌寸。檜前直大和國葛上郡。谷宿禰。文部谷忌寸。文部岡忌寸。路忌寸。路宿禰等廿五姓之祖也。

姓氏錄曰。志努一名成努。是中腹祖也。東漢費直。

姓氏錄曰。弟腹爾波伎是也。山口宿禰。文山口忌寸。櫻井宿禰。調忌寸。谷忌寸。文宿禰。文忌寸。并大和國吉野郡文忌寸。紀伊國伊都郡文忌寸。文池邊忌寸等八姓之祖也。

姓氏錄曰。中腹志努直之男。阿素奈直是也。田部忌寸祖也。

姓氏錄曰。中腹志努直之第二子。志多直。是黑丸直。於忌寸。倉門忌寸。吳原忌寸。斯佐直。石占忌寸。國覔忌寸。井上忌寸。石村忌寸。林忌寸等十姓之祖也。

姓氏錄曰。志努直之第三子。阿良直。是郡忌寸。榎井忌寸大和國吉野郡。

河原忌寸。忍坂忌寸（大和。河内等國。）與努忌寸。波多忌寸。長尾忌寸等七姓之祖也。

姓氏錄曰。志努直之第四子。刀禰直。是畝火宿禰。荒田井忌寸。藏垣忌寸等三姓之祖也。

姓氏錄曰。志努直之第五子。鳥直。是酒人忌寸祖也。

姓氏錄曰。志努直之第七子。韋久佐直。是白石忌寸祖也。

姓氏錄曰。駒子直之第一子。甲由。是大和國高市郡坂上直等之祖也。甲由之後贈大錦下坂上熊毛等。天渟中原瀛眞人天皇（諡天武。）十年。改レ直賜二姓連一。

姓氏錄曰。駒子直之第二子。糠手直。是蚊屋宿禰。蚊屋忌寸等二姓之祖也。

姓氏錄曰。駒子直之第四子。小桙直。參河國坂上忌寸祖也。

姓氏錄曰。弓束之後正四位上犬養。天渟中原瀛眞人天皇（諡天武。）十四年（日本書紀曰。白鳳十三年。）擧レ族改レ連賜二伊美吉姓一。高野天皇天平寶字二年。

○之―モト「ノ」ニ作ル、前文ニヨリ改ム、以下同ジ
○鳥―モトナシ、考本ニヨリ補ウ
○坂―以下三字モトナシ、太田亮説ニヨリ補ウ
○上―國書逸文ナシ
○熊―續群書類從本「能」ニ作ル